KB099221

DONGSUH MYSTERY BOOKS 156

黑死館殺人事件

흑사관 살인사건

오구리 무시타로/추영현 옮김

동서문화사

옮긴이 추영현(秋泳炫)

서울대사회학과 졸업. 조선일보·한국일보·동서문화 편집위원 역임. 옮긴
책 야마오카 쇼하치 《대망》 나카이 히데오 《허무에의 제물》 등이 있다.

DONGSUH MYSTERY BOOKS 156

흑사관 살인사건

오구리 무시타로 지음/추영현 옮김

초판 1쇄/2005년 3월 1일

초판 2쇄/2006년 4월 1일

발행인 고정일/발행처 동서문화사

창업 1956. 12. 12. 등록 16-345(윤)

서울·강남구신사동·540-22 ☎ 546-0331~6 (FAX) 545-0331

www.epascal.co.kr

*

편찬·필름·제작 일체 「동판」 자본으로 이루어짐에 따라
출판권 소유권자 「동판」에서 제조출판판매 세무일체를 전담합니다.

사업자등록번호 211-90-02201

ISBN 89-497-0287-8 04800

ISBN 89-497-0081-6 (세트)

흑사관 살인사건

차례

등장인물

후리야기 산데쓰 박사 살해된 성관 주인

후리야기 하다타로 성관의 새 주인

그레테 단네벨그 부인 성관에 거주하는 외국인

오토칼 레베스 첼리스트, 성관에 거주하는 외국인

가리발다 셀레나 제2바이올리니스트, 성관에 거주하는 외국인

올리거 클리보프 비올라주자, 성관에 거주하는 외국인

다고 신사이 하반신 불수의 노사학자이자 성관 집사

가미야 노부코 고 산데쓰의 비서

구가 시즈코 사서실 담당 노부인

가와나베 에키스케 고용인 관리인

클로드 딕스비 성관을 지은 건축기사

오시카네 쓰다코 고 산데쓰의 이복 조카딸

오시카네 박사 쓰다코의 남편, 의사

노리미즈 린타로 이 사건을 풀어가는 주인공

하세쿠라 검사

구마시로 수사국장

후리야기 가족사

성 알렉세이 성당 살인사건은 노리미즈(法水)가 사건 해결 발표를 끝내 하지 않았기 때문에 미궁으로 빠져들 거라는 소문이 나돌았다. 소문이 떠돌고 나서 열흘째 되던 날부터 수사 관계자들은 라자레프 살해범의 추적을 포기할 수밖에 없었다.

왜냐하면 400년 전부터 이어져 내려오던 예수회 신학교 이래 가장 신성한 가족이라 불리던 후리야기(降矢木) 성관에서 어느 날 갑자기 검은 광풍 같은 독살자의 방황이 시작되었기 때문이다.

흔히 '흑사관(黑死館)'이라 불리는 후리야기 성관에 언젠가 반드시 이런 기괴한 공포가 찾아들 것이라는 소문은 예전부터 떠돌았다.

물론 이런 억측을 낳게 한 것은 보스포루스 해협으로부터 동쪽에는 오직 후리야기 집안 건물 하나밖에 없다는 것이 가장 큰 이유 중 하나이기도 했다. 그 호화롭고 웅장한 켈트 르네상스식 성관에 익숙해진 오늘날까지도 첨탑이나 망루의 선에서 느껴지는 기이한 감각, 마치 맥케이의 고풍스러운 지리책의 삽화라도 보는 듯한 느낌은 언제 보아도 변함이 없다.

하지만 1885년 처음 이 성관을 지을 때의 눈부시게 아름다웠던 현란한 모습은 오랜 세월과 함께 퇴색했다. 건물이고 사람이고 간에 오늘날 그런 유치한 공상을 하는 이는 아무도 없었다. 마치 천연의 변색이 거칠고 쓸쓸한 얼룩을 띠면서 돌까지 좀먹어가듯이, 언제부턴가 이 성관에 요사스러운 안개 같은 것이 둘러싸기 시작했다. 그것은 이윽고 성관 전체를 어슴푸레하고 요사스러운 비밀 덩어리로밖에 보이지 않게 했는데, 그 요사스러운 기운이라고 하는 것은 사실 성관에서 거듭 쌓여간 숱한 수수께끼에 있는 것이지, 프로방스 성벽을 모방했다는 저 성벽 외관과는 아무런 상관이 없다.

이 성관이 지어진 이래 세 차례에 걸친 기괴한 연쇄적 죽음을 연상케 하는 동기 불명의 변사사건이 있었고, 거기에 현재 주인인 하다타로(旗太郞) 가족 중에 문 밖에도 안 나가는 현악 4중주단을 이루고 있는 네 사람의 외국인이 있다. 그들은 어려서부터 40년간이란 긴 세월을 성관 밖으로 한 걸음도 나가지 않고 살고 있다. 그것이 흑사관에 납빛으로 자욱한 증기가 막처럼 전면을 가로막아 버리는 것이다.

사람과 건물이 모두 낡아빠져 이젠 그것이 큰 암덩이 같은 모양으로 보였는지도 모른다. 그렇기에 역사적 안목으로 존중해야 될 가계를 유전학적 견지에서 본다면 기묘한 형태의 버섯처럼 보이기도 할 것이고, 또 고인이 된 후리야기 산데쓰(算哲) 박사의 신비스런 성격으로 미루어 지금의 이상한 가족관계를 생각하면 폐허가 된 사원처럼 보여 기분 나쁜 느낌이 들기도 할 것이다. 물론 그런 것들 가운데 무엇 하나 억측이 낳은 환상에 지나지 않는 것은 없지만 그중 오직 하나, 지금이라도 비밀의 조화를 깨뜨릴 성싶은 묘하게 불안정한 공기가 있는 것만은 확실했다. 그 고약한 전염병 같은 공기는 1902년 제2의 변사사건이 일어날 때부터 싹트기 시작했다. 그 10개월쯤 전에 산데쓰 박사가 기괴한 자살을 한 뒤 17세밖에 되지 않는 하다타로가

그 뒤를 이었다는 점과, 커다란 기둥을 잃었다는 관념이 이 성관에 더욱 큰 균열을 만들었다.

혹시 인간의 마음속에 악마가 살고 있다면, 그 균열 속에서 남은 사람들을 범죄의 밑바닥으로 끌고 갈 것 같은, 생각지도 않은 자괴감이 일어날 듯한 두려움을 세상 사람들은 차츰 짙게 느끼기 시작했다.

하지만 예상과는 달리 후리야기 집안 사람들은 표면상 조금도 흔들리지 않았다. 아마 그 까닭은 위험수위가 아직 포화점에 이르지 않았기 때문일 것이다. 그러나 그때는 이미 조용한 수면과 달리 물밑 바닥에서는 암흑의 지하수가 넘쳐흘러 큰 폭포를 이루기 시작했다.

그리고 그동안에 누적되어 온 것이 갑자기 태풍으로 바뀌어 무섭게 몰아붙이면서 성 가족 한 사람 한 사람의 숨통마저 끊어 놓으려고 했다. 더구나 이 사건에는 놀랄 만큼 많은 비밀과 신비가 숨어 있어 노리미즈 린타로(法水麟太郎)는 간교하기 짝이 없는 범인 말고도 이미 이승에서 사라진 사람들과도 싸우지 않으면 안 되었던 것이다.

그런데 사건에 들어가기 전에 필자는 노리미즈의 손에 들어온 흑사관에 관한 조사 자료에 대해 적지 않을 수 없다.

그것은 중세 악기나 복음서 사본, 고대 시계에 지나치게 집착하는 그의 골동 취미가 단서가 되었다. 할 수 있는 온갖 노력을 기울인 것으로 보이는 모든 자료들을 앞에 두고, 검사가 무의식중에 감탄하여 혀를 내두른 것도 무리는 아니었다. 피를 말리는 노력만 보아도 노리미즈는 이미 그 물밑의 우렁찬 소리에 귀를 기울인 한 사람이라는 것이 분명했다.

그날 1월 28일 아침.

별로 건강하게 타고나지 못한 노리미즈는, 그 진눈깨비 내리는 새벽녘에 일어난 사건의 피로에 지쳐 아직도 회복이 덜 된 상태였다. 그래서 일부러 찾아온 하세쿠라(支倉) 검사로부터 살인이라는 말을 듣고도 '또?'라는 식의 짜증난 표정을 지었다.

"한데 노리미즈 씨, 그게 후리야기 집안에서 일어난 일이야. 더구나 제1바이올린 연주자인 그레테 단네벨그 부인이 독살된 거라니까."

검사는 이렇게 말했다. 그의 눈동자에 비친 노리미즈의 얼굴은 아주 내키지 않는 것도 아닌 듯한 반응이었다. 그 말을 들은 노리미즈는 벌떡 일어서더니 서재로 들어가서 얼마 뒤 책을 한 아름 안고 나와 의자에 털썩 주저앉았다.

"차분히 하자고, 하세쿠라 씨. 일본에서 제일 불가사의한 집안에서 살인사건이 발생했다면 어차피 한두 시간은 예비지식을 준비해야 되지 않겠어? 대체 언제였지? 켄넬 살인사건 때에는 중국 고대 도자기가 한낱 장식물에 불과했지. 그런데 이번에는 산데쓰 박사가 감추어 놓고 있던 카롤링거 왕조 이래의 공예품이야. 그중에 혹시 보르지아 항아리가 있을지 누가 알아? 그리고 복음서의 사본 같은 것은 한 번 보고 알 수가 있어야지……."

그는 이렇게 말하고 나서 《1414년 성갈 사원발굴기》와 다른 두 권을 겨드랑이에서 젖혀놓고 견직포와 가죽으로 어슷하게 붙인, 아름답게 장정한 책 한 권을 앞으로 쑥 내밀었다.

"문장학(紋章學)?" 검사는 그때 질린 듯이 외마디 소리를 질렀다.

"응, 《문장학비록》이야. 벌써 희귀본이 되었어. 당신은 지금까지 이런 기묘한 문장을 본 일이 있어?" 노리미즈가 손가락으로 가리킨 것은 DFCO의 넉 자를 28엽(葉) 감람관(橄欖冠)으로 싼 이상한 도안이었다.

"이것이 덴쇼(天正) 유럽 파견사의 한 사람이었던 지지와 세이자에몬 나오가즈(千千石淸左衞門直員)로부터 시작되었던 후리야기 집안의 문장이라고. 붕고(豊後) 왕 프란체스코 시븐(오토모 소린,

大友宗麟)의 사인을 가운데에 놓고 그것을 피렌체 대공국의 시 표장이 새겨진 깃발로 둘러싸고 있어. 아무튼 여기 주석을 한번 읽어 봐."

——《크라우디오 아크와비버(예수회 회장) 회상록》 가운데 돈 미카엘(지지와를 가리킴)이 젠나로 콜바르타(베니스의 유리공)에게 보낸 글.

(전략) 그날 바타리아 수도원의 신부 베레리오는 나를 성찬식에 초청했지만 모습을 나타내지 않기에 미심쩍게 여기던 차, 키큰 기사가 문을 젖히고 나타났는데, 그는 바로사 교회 영지의 기사 인장을 붙이고 번개 같은 눈을 부릅뜨고 말했다. "프란체스코 대공비 비앙카 카펠로 전하는 피사 메디치 가문에서 귀하의 자손을 은밀히 낳으셨어요. 그 여아에게 흑인노예인 유모를 딸려 나무울타리 밖에서 기다리다가 받아 가라고 했지요. 나는 놀란 심정으로 그 뜻을 받들어 기사를 보냈습니다. 그로부터 회개를 하고 속죄부를 받아 수도원을 떠났는데 돌아가는 뱃길에 흑인노예는 고아에서 죽고 그 아기는 '곧 다가올 미래'라고 이름을 붙여 후리야기 집안을 창시했어요. 하지만 귀국한 다음 내 마음은 산란하여 천주께서 나를 책하는 유혹의 업장으로 멸망시킬지도 모르겠어요."(이하 생략)

"결국 후리야기의 혈통은 비앙카 카펠로에서 비롯된 카테리나 디 메디치의 숨겨둔 자식인 셈이지. 그 모녀가 다 무섭고 잔학한 성범죄자라는 거야. 카테리나는 유명한 근친 살해자인데다 또 성 바르톨로뮤의 대학살을 진두지휘한 인물이고, 또 그 딸 쪽으로는 루크레티아·보르지아에서 백년 후에 나타난 지독한 자손이, 이 또한 장검의 암살자로 불렸어. 그런데 그 13대째인, 산테쓰라는 이상한 인물이 나타난 게지." 노리미즈는 이렇게 말하면서 또 그 책 끝에 끼어 있는 한 장의 사진과 외국신문을 오려낸 기사를 꺼냈다. 검사는 몇 번이나 시계를 꺼냈다넣었다 하면서 말했다.

"덕분에 덴쇼 유럽 파견사절에 관해서는 꽤 알게 되었군. 그러나 400년 후에 일어난 살인사건과 선조의 혈통 사이에 대체 어떤 관계가 있다는 거야? 아닌 게 아니라 부도덕하다는 점에서는 사학이나 법의학, 유전학이 공통점을 가지고는 있지만……."

"그렇다니까, 아무튼 법률가는 시에도 조목을 붙이려고 하거든." 노리미즈는 비꼬며 검사에게 쓴웃음을 지어보였다. "하지만 예증이 없는 것도 아니야. 셜코의 수필을 보면 쾰른에서 형이 동생에게 선조는 드래곤을 퇴치한 성 게오르규라고 농담을 하자마자 수녀의 험담을 들은 하녀를 그의 동생이 죽여버렸다는 기록이 남아 있어. 또 필립 3세가 파리에 있는 모든 나환자를 태워 죽였다는 말을 듣고 6대 후의 영락한 베르트란이 이번에는 성병 환자에게 그런 짓을 하려고 했던 모양이야. 그것을 혈통의식에서 비롯된 제왕성(帝王性) 망상이라고 셜코는 정의를 내리고 있어." 노리미즈는 당면한 일을 깊이 생각해보라는 식으로 검사를 독려했다.

사진은 자살기사와 함께 실린 산데쓰 박사로, 조끼의 제일 밑에 있는 단추를 가릴 정도로 하얀 수염을 길게 내려뜨렸다. 마음의 고뇌로 속이 탄 듯 우울해 보이는 노인의 얼굴이지만 검사의 시선은 처음부터 다른 한 장의 외국신문으로 가 있었다. 그것은 1852년 6월 4일에 발행된 《맨체스터 우보(郵報)》로 '일본 의학생, 성 루크 요양소에서 추방되다'라는 제목의 요크 주재원이 보낸 작은 기사였다. 그런데 내용에는 눈이 휘둥그레질 만큼 놀라운 것이 있었다.

브라운슈바이크 보통의학교에서 교육을 맡은 일본 의학생 후리야기 고이기치(鯉吉, 산데쓰
의 전 이름)는 예전부터 리처드 버튼과 사귀어 주목을 끌던 차에 엑스타 교구 감독을 비방하여 현재 광기 여부를 놓고 논쟁중인 요술사 로널드 퀸시와 친해서 오늘 원적이 있는 학교로 돌려보냈다. 거기에 퀸시는 의심스러운 거액의 돈을 가지고 있어 그것을 추궁한 결과, 그가 숨겨놓은 책과 관련된 브레가 베껴 쓴 〈위칭 주법전(呪法典)〉, 블데말 1세 〈촉요(觸療)주문집〉, 헤브라이어로 베껴 쓴 〈유대비석의법〉(螢太秘釋義法 : 신비수리술로서 노탈릭 테무츠의 여러 방법 포함)〉, 헨리 클럼멜의 〈신령수서법(神靈手書法)〉, 편자 불명의 라틴어 〈칼데아 오망성 초요술(五芒星招妖術)〉 및 〈영광의 손(敍首人의 손바닥을 초에 절여 말린 것)〉을 후리야기에게 양도했다고 고백했다.

다 읽고 난 검사에게 노리미즈는 흥분한 어조로 말을 던졌다.

"그러면 나 혼자뿐이라는 말이 되는 거야. 이것을 손에 넣기가 바쁘게 산데쓰 박사와 고대 주법(呪法)과의 인연을 안 것은. 아니 참으로 무서운 일이야. 만일 요술 주법서가 흑사관의 어딘가에 남아 있다면 범인 외에 또 한 사람의 적이 늘어나니까 말이지."

"그건 또 어째서야? 마법 책과 후리야기에게 대체 무슨 인연이?"

"〈위칭 주법전〉은 이른바 기교주술로 오늘날의 정확한 과학을 저주와 사악의 옷으로 가리고 있다고 말하기 때문이야. 원래 위칭이라는 사람은 아랍과 그리스의 과학을 호칭한 실베스타 2세의 13사도 가운데 하나인데, 무모하게도 그 일파는 로마교회에 대해 대계몽운동을 일으켰어. 결국 열두 사람은 이단으로 몰려 화형을 당했지만 위칭은 혼자 몰래 도망을 쳐 이 대기교 주술서를 완성한 것으로 전해지고 있지. 그것이 훗날 보커네그로의 축성술과 보반의 공성법, 그리고 디와 클로사의 마경술과 카리오스트로의 연금술, 거기에 보티겔의 자기제조법에서부터 호헨하임의 치료의학에 이르기까지 그 원천이 되고 있다니까 놀라운 일이 아니겠어? 또 〈유대비석의법〉에서는 420가지나 되는 암호가 만들어진다고 하지만 그밖의 것은 이른바 순정(純正) 주술도 황당무계하기 짝이 없는 것들뿐이야. 그러니까 하세쿠라 씨, 우리가 진정 두려워해야 될 것은 〈위칭 주법전〉 하나라고 해야겠지."

과연 이 예측은 다음 단계에서 사실로 드러나겠지만 그때는 검사의 신경에 깊이 와닿는 것이 없었다. 노리미즈가 옷을 갈아입으러 옆방으로 간 동안 검사는 한 권의 책을 집어들고 접혀진 데가 있는 페이지를 폈다. 그것은 1886년 2월 9일 발행의 〈도쿄신지(新誌)〉 413호에서 '당대 죠보구레 박사'라는 제목의 다지마 쇼지의 희문(戱文)이었다.

최근 오야마 거리가 구경꾼을 끄는 것은 가나가와현 고자군 요시가리에 용궁 같은 서양 성관이 출현하였기 때문이다. 그것은 나가사키의 대부호인 후리야기 고이기치가 건조한 것이다. 예전에 고이기치는 고지마교가 요양소에서 네덜란드 군의관 메일델폴트의 지도를 받고 1870년 그 집안이 도쿄로 옮기자 독일로 가서 브라운슈바이크 보통의학교에 입학했다. 그 뒤 베를린 대학으로 진학, 8년을 연수한 끝에 학위 두 개를 받고 올 초에 귀국할 예정이다.

그런데 그 2년 전에 영국 기사 클로드 딕스비를 앞서 말한 곳으로 파견하여 일본에서는 아직 유례가 없는 큰 규모의 서양식 건축을 시공했다. 건물을 짓는 이유는 그와 결혼한 프랑스 브장송 출신인 텔레즈 시뇨레에게 주는 선물이라고 한다. 지형은 사브루스 계곡을 모방하고 본관은 텔레즈의 생가인 트레비유장의 성관을 모방해 텔레즈가 향수에 젖지 않도록 하기 위해서라고 했다. 그런데도 얼마전 귀국선을 타고 오던 텔레즈가 양곤에서 재귀열에 걸려 사망한 것은 애석한 일이다.

또 익살꾼인 오도리 문학박사는 이 성관을 가리켜, 중세 성채 망루의 지붕까지 벗겨가며 흑사병 사망자를 수용했다고 하는 프로빈시아 성채를 모방했기 때문에 '흑사관'이라고 조소한 것이야말로 우습다고 해야 할 것이다.

검사가 다 읽었을 때 노리미즈는 외출복으로 갈아입고 다시 나타났다. 그러나 의자에 깊숙이 허리를 묻을 때부터 끈질기게 울려대는 전화벨 소리에 눈썹을 찌푸렸다.

"저건 아마 구마시로의 독촉 전화일 거야. 하지만 시체가 도망칠 리도 없을 테니 차분하게 하자고. 그럼 그 뒤에 일어난 세 건의 변사사건과 아직도 풀리지 않은 산데쓰 박사의 행적을 당신한테 말하기로 하지. 귀국 후에 산데쓰 박사는 일본의 대학에서 신경병학·약리학 박사학위를 받았는데 교수생활로 들어가지 않고 묵묵히 은둔하며 독신생활을 시작한 거야. 여기에서 우리가 무엇보다도 주목해야 될 것은 박사가 단 하루도 흑사관에서 살지 않았을 뿐만 아니라 1890년에는 겨우 5년밖에 안 된 성관 내부를 대대적으로 개수하여 딕스비의 설계를 근본적으로 수정해버린 거야. 그리고 자기는 강에이사(寛永寺) 뒤쪽에 저택을 짓고 흑사관에는 동생인 덴지로(傳次郎) 부부가 살도록 했는데 그후 박사는 자살할 때까지 40여 년을 거의 무풍지대에서 지냈다고 할 수 있어.

저술이라고 해야 《튜들 집안의 매독 및 범죄에 관한 고찰》한 편을 쓴 것이 고작이고 학계에서는 저 유명한 야기자와 의학박사와의 논쟁이 전부야. 그 논쟁은 이렇게 되었어. 1888년에 두개인양부(頭蓋鱗樣部) 및 섭유와기형자(顳顬窩畸形者)의 범죄소질 유전설을 야기자와 박사가 제창하자 산데쓰 박사가 거기에 반박함으로써 그후 1년에 걸쳐 대논쟁을 일으켰어. 결국 인간을 배양하는 실험유전학이라는 극단적인 결론에 도달했지. 그 과정에서 마른침을 삼키게 하는 절정에 이르자 불가사의한 것은 두 사람 사이에 어떤 묵계라도 맺었는지 그 대립이 갑자기 부자연스럽기 짝이 없이 사라져 버리고 만 거야. 그런 데 이 논쟁과는 관련 없는 일이지만, 산데쓰 박사가 살고 있지 않은 흑사관에서 잇따라 기괴한 변사사건이 일어났어. 최초의 사건은 1896년의 일로, 정실 부인이 입원한 사이 애첩 간도리(神鳥) 미사호를 끌어들인 거야. 그 첫날 밤, 덴지로는 미사호를 위하여 종이를 재 단하는 칼로 경동맥을 절단했고 미사호도 그 현장에서 자살을 하고 말았어.

그러고 나서 6년 후인 1902년에 미망인이 된 박사의 사촌 여동생 후데코(筆子) 부인이 사랑하는 아라시 다이주로(嵐鯛十郎)라는 일류 배우 때문에 역시 교살당했고 다이주로 또한 그 자리에서 목을 매어 자살한 거야. 그러나 이 두 타살사건에는 전혀 동기라고 지목할 만한 것이 없었어. 이 충동성 범죄는 어쩔 수 없이 흐지부지 묻혀 버리고 말았지. 그런데 주인을 잃은 흑사관에는 한때 산데쓰의 이복 조카딸 인 쓰다코(津多子), 당신도 잘 알고 있겠지만 현재는 도쿄 신혜병원 장인 오시카네 박사의 부인이자 한때는 신극의 대스타였던 그녀가 당 시 세 살밖에 안 된 어린애를 주인으로 모시는 동안, 1916년이 되자 산데쓰의 애첩 이와마 도미가 뜻밖에도 사내아이를 임신했어. 그 사 내아이가 바로 현재의 주인인 하다타로야. 그러고는 큰 탈 없이 30여 년이 지났는데, 돌연 작년 3월 세 번째 동기불명의 변사사건이 일어 난 거야. 이번에는 산데쓰 박사가 자살을 하고 만 거지."

하세쿠라 검사는 말을 마치자 옆에 있는 서류철을 끌어당겨 유명 사건 때마다 당국에서 보내온 검시 조서들 중에서 박사의 자살에 관 한 기록을 찾아냈다.

"이제 다 되었나?"

상처는 왼쪽 제5·제6 늑골 사이를 뚫고 좌심실까지 똑바로 들어
간 상처 모양을 한 단검 자상임. 산데쓰는 방의 중앙에서 칼자루를
굳게 쥐고 발은 문으로, 머리는 커튼 깊숙이 두르고 반듯이 누운
자세로 죽었음. 용모에는 약간 비통한 듯한 모습을 띠고 치매에 걸
린 것처럼 풀어진 모습. 현장은 셔터가 내려진 어둑어둑한 방으로
집안 사람들은 아무 소리도 듣지 못했다고 함. 실제로 흐트러진 형
적도 없음. 더욱이 위에서 말한 이외에는 외상이 없고, 그가 서양
부인 인형을 안고 그 방에 들어가고 나서 겨우 10분도 안 되어 일
어난 것이 사실이라고 함. 그 인형은 루이 왕조 시대의 주름치마를
입은 등신대의 인형으로 커튼 뒤의 침대 위에 있었고, 자살용 단검
은 호부도(護符刀 : 부적
으로 쓰는 칼)로 추정됨. 뿐만 아니라 산데쓰의 신변 사정으
로 보아 전혀 동기를 알 수 없으며, 천수를 마칠 나이에 가까운 독
학자가 어떻게 이런 어리석은 짓을 했는지 그 점이 몹시 판단하기
어려움.

"어때, 하세쿠라 씨? 두 번째의 변사사건으로부터 30여 년이 되었
어도 사인 추정은 명료하지만 동기가 없다는 점은 분명 공통성이
있지 않아? 그러므로 거기에 숨겨진 눈에 보이지 않는 무엇이 이
번 단네벨그 부인에게 나타났다고 보아야 될 것 같아."

"그것은 근거 없는 주장이야. 두 번째 사건에서는 앞뒤의 관련성이
완전히 단절되어 있어. 뭐라고 하든, 일류 배우이고 후리야기 집안과
는 상관없는 외부 인물이 아닌가 말이야." 검사는 몰아세우는 듯한
어투로 말했다.

"그렇게 되나? 얼마나 당신한테 공을 더 들여야 할지 난감하군."
노리미즈는 눈으로 과장된 표정을 지으면서 말을 이었다. "그런데 하

세쿠라 씨, 최근에 등장한 미스터리소설가로 고시로 우오타로(小城魚太郞)라는 별난 작가가 있거든. 그가 요즘 낸 책으로《근세 미궁사건 고찰》이라는 것이 있는데 그는 이 책에서 유명한 '큐더비 붕괴록'을 논하고 있어. 빅토리아 왕조 말기에 번영한 큐더비 집안도 후리야기 집안의 세 가지 사건과 비슷한 꼴로 망해버렸어.

최초의 사건은 궁정시인인 큐더비가 출사하려는 아침에 일어났어. 당시 부정을 저지르고 있다는 소문이 파다한 아내가 배웅 키스를 하려고 팔을 남편 어깨에 두르자 느닷없이 주인은 단검을 뽑아 배후의 커튼을 찌른 거야. 그런데 피에 물들어 쓰러진 것은 뜻밖에도 자기 장남 월터였기 때문에 이에 경악한 주인은 뽑은 칼로 자기의 심장을 찔렀어.

다음은 그로부터 7년 후에 차남 켄트가 자살한 거야. 친구가 오른쪽 얼굴에 술잔을 던지면서 결투를 청했는데 모른 체했다고 해 비웃음거리가 되자 세상의 치욕을 견딜 수 없어서 생긴 결과였지. 그런데 같은 운명이 그 2년 뒤에 혼자 남은 딸 조지어에게 돌아온 거야. 약혼자와의 첫날밤, 무슨 일인지 상대를 매도했기 때문에 불끈 화를 내어 목이 졸려 죽었어. 그것이 큐더비 집안의 종말이 되었지.

그런데 고시로 우오타로는 도저히 운명설로밖에 설명할 수 없다고 생각되는 그 세 사건에서 과학적인 계통을 발견한 거야. 그리고 단정을 내렸어. 결론은 섬광처럼 오른쪽 얼굴 반쪽에서 일어나는 그브라마비(癲痺)의 유전에서 나온 현상이라는 거야. 곧, 주인의 큰아들 살해는 아내의 손이 오른쪽 볼에 닿아도 감각이 없기 때문에 그 손이 등 뒤의 커튼 그늘에 숨어 있는 간부한테 뻗어갈 것으로 잘못 믿었던 결과였고, 그렇다면 차남의 자살은 말할 것도 없고 딸 또한 그브라마비 때문에 애무의 불만을 호소한 까닭이 아닌가 추정하고 있지. 물론 미스터리소설가에게 있기 쉬운 자유분방한 공상임에는 틀림없지만 말이야.

하지만 후리야기의 세 사건에도 연쇄성이 암시되고 있어. 작으나마 돌파구가 열리는 것은 확실해. 그러나 유전학이라는 좁은 영역만 가지고 되는 것은 아니지. 그 넓고 아득한 가운데에 반드시 상상도 못할 무서운 것이 분명히 있을 거야."

"음, 상속자가 살해되었다고 하면 말이 되지. 그러나 단네벨그라면……" 하고 검사는 일단 고개를 갸우뚱하더니 "한데 지금 그 조서에 있는 인형이라고 하는 것은?" 하고 반문했다.

"그것이 텔레즈 부인의 메모리 상(像)이야. 박사가 코페키(보헤미아의 유명한 인형 조각가)에게 만들게 했다는 등신대의 자동인형인 모양인데 그러나 무엇보다도 이해할 수 없는 것은 4중주단의 네 사람이거든. 산데쓰 박사가 해외에서 젖먹이를 데려다가 40여 년 동안 성관 바깥의 공기를 한 번도 접할 기회를 주지 않았다니 말이야."

"응, 몇몇 비평가들만이 1년에 한 번 하는 연주회에서 그들의 얼굴을 보았다지 않아?"

"그렇다니까. 틀림없이 기분 나쁜 납빛 살갗을 하고 있을 거야. 그러나 어째서 박사가 그 네 사람에게 기구한 생활을 보내도록 했을까? 그리고 그들은 어째서 그것을 묵묵히 따랐을까? 일본에서는 그것을 이상하게 여길 뿐 아무도 파고들어서 조사한 사람이 없었는데, 우연히 네 사람의 출생지에서부터 신분에 이르기까지 모든 것을 조사한 호사가를 나는 미국에서 발견했어. 아마 이것은 그 네 사람에 관한 유일한 자료라고 해도 과언이 아니지."

그러고 나서 집어든 것은 1901년 2월호인 〈하트포드 복음전도자〉라는 잡지로, 그것이 탁상에 남은 마지막 것이었다. "저자는 팔로라는 사람으로 교회음악부에 기술되었던 거야. 한번 읽어보라고."

다른 데도 아니고 일본에서 순유럽 중세식의 신비스런 음악인이 현존한다는 것은 아마 희귀한 일 중에도 너무나 기괴한 일이라고 할 것이다. 음악사를 더듬어보아도 그 옛날 슈츄츠인겐 성의 정원에서 만하임 선거후(選擧侯) 칼 데오도르가 가면을 쓴 6명의 악사를 양성했다는 한 가지 사례가 있을 뿐이다. 여기에서 나는 그 흥미로운 풍설에 끌려 여러 방책을 써서 조사해본 결과 가까스로 네 사람의 신분만을 확인할 수 있었다.

곧 제1바이올린 연주자인 그레테 단네벨그는 오스트리아 티롤 현 마리엔벨그 마을 수렵구 감독 울리히의 3녀. 제2바이올린 연주자 가리발다 셀레나는 이탈리아 브린디시시의 주물업자 가리칼리니의 6녀. 비올라 연주자 올리거 클리보프는 러시아의 코카서스 주 타간츠시스 마을 지주 물고티의 4녀. 첼로 연주자 오토칼 레베스는 헝가리의 콘탈차읍 의사 하드닉의 2남. 모두 고향에서 명문 출신이었다. 그러나 그 악단의 소유주인 후리야기 산데쓰 박사가 과연 칼 데오도르의 호사스런 로코코 취미를 배웠는지 여부는 전혀 알 수 없는 일이다.

노리미즈의 후리야기 집안에 관한 자료는 이것뿐이지만 그 복잡한 내용은 도리어 검사의 두뇌를 혼란스럽게 할 따름이었다. 그러나 그가 공포의 빛을 띠고 흥얼거렸던 〈위칭 주법전〉이라는 한마디는 마치 꿈속에서 본 하얀 꽃처럼 언제까지나 찌르르하게 망막 위를 맴돌았다. 또 한편 이때 노리미즈에게도 그가 하는 일과 맞물려 살인사건 중 일찍이 보지 못한 이상한 시체가 드러누워 있으리라고는 미처 알지 못했다.

제1편 시체와 두 문짝을 둘러싸고

1. 영광의 기적

민간철도 T선의 종점에 이르자 거기는 어느새 가나가와(神奈川)현이었다. 그리고 흑사관이 바라보이는 구릉까지의 사이에는 떡갈나무로 이루어진 방풍림과 대나무숲이 이어져 있고 거기까지는 여느 곳이나 다름없는 사가미(相模) 북쪽의 풍경이지만 일단 언덕 위에 올라서면 전혀 다른 경치가 내려다보인다. 마치 그것은 마크베스 소유의 영토였던 북부 스코틀랜드 풍치를 그대로 옮겨놓은 듯한 느낌이 든다.

거기에는 풀도 나무도 없고 거기까지 오는 동안에 바닷바람도 수분이 고갈되어 습기 없는 땅 표면은 회색으로 풍화되고, 그것이 암염처럼 보여 울퉁불퉁한, 완만한 경사의 밑바닥에 새까만 호수라도 있을 법한 그런 황량한 풍경이 장벽이 있는 데까지 이어졌다. 그 붉은 흙과 갈색 모래는 건설 당시 옮겨 심었다는 고위도 지방에서 사는 식물들을 삽시간에 다 죽여버렸다.

하지만 정문까지는 잘 다듬어진 자동차 도로가 만들어져 있고, 담장이 튀어나온 높은 누각 밑에는 엉겅퀴와 포도나무 잎사귀 무늬의 철문이 굳게 닫혀 있었다.

그날은 전날 밤 차가운 비가 내린 다음이라 두터운 층을 이룬 구름이 낮게 깔리고 거기에 기압 변화 때문인지 사람 살갗처럼 묘한 온기가 느껴졌다. 가끔 희미하게 번개가 치면서 중얼거리는 듯한 뇌성이 게으른 소리로 들려왔다. 그런 우울한 날씨 속에 흑사관의 거대한 2층 성관은, 특히 한가운데 있는 교회 첨탑과 좌우의 망루는 거무스름하면서 한 번 솔질이라도 하고 난 듯 전체가 나무내음 짙은 산뜻한 그림을 이루고 있었다.

노리미즈는 정문가에 차를 세우고 거기서부터 앞마당을 걷기 시작했다. 벽 뒤에는 장미가 얽힌 낮은 붉은 격자 담장이 있고 그 너머로 뜰이 기하학적인 구도로 배치되어 있다. 르 노틀식 꽃동산을 이룬 것이다. 꽃동산을 가로세로 지나가는 산책로 여기저기에는 기둥을 나란히 세운 작은 정자와 물귀신과 물소 따위의 괴상한 동물상이 놓여 있고, 붉은 벽돌을 어슷하게 헤링본(화살의 오늬 같은 모양을 여러 개 짜 맞춘 무늬) 모양으로 늘어놓은 중앙의 큰길은 초록색 유와(釉瓦 : 색깔이 있는 유약을 칠해서 구운 벽돌)로 테를 둘러놓았다.

그리고 본관은 손질이 잘된 주목 울타리가 에워싸고 있고 담장 주위에는 온갖 짐승 모양과 머리글자 모양을 울타리 삼아 다듬은 회양나무와 측백나무 따위가 나란히 줄지어 있다. 또 울타리 앞으로는 파르나스 군상의 분수가 있는데 노리미즈가 가까이 가자 느닷없이 기묘한 음향을 올리며 물보라가 솟구치기 시작했다.

"하세쿠라 검사, 이것이 워터 서프라이즈라는 거야. 그 소리나 또 탄알처럼 물을 뿜어내는 것도 모두 수압을 이용한 것이지."

노리미즈는 아무렇지도 않은 듯 이렇게 말했지만 검사는 이 바로크 양식으로 기교를 부린 장치에서 무엇인가 좀 섬뜩한 예감을 느끼지 않을 수 없었다.

그러고 나서 노리미즈는 울타리 앞에 서서 본관을 바라보기 시작했다. 직사각형으로 길게 지어진 본관 중앙은 반원형으로 쑥 내밀고 있어, 좌우 두 줄로 내단 칸이 있고 그 부분의 바깥벽만은 작게 자른 장밋빛 돌을 시멘트로 굳혀 9세기식의 소박한 옛 로마양식을 이루고 있었다. 물론 그 부분은 교회임이 분명하다.

하지만 달아낸 칸의 창에는 장미 모양 창문이 아치 모양의 격자 속에 끼워져 있고 중앙 벽면에 12궁을 그린 스테인드글라스의 원화창(圓華窓 : 창살을 꽃송이 모양으로 만든 둥근 창)이 눈에 띄었다. 이들 양식의 모순이 아마 노리미즈의 흥미를 끌었던 것 같다. 그러나 그밖의 부분은 현무암을 자른 돌을 쌓아올려 창은 높이 열 자나 될 성싶은 2단 셔터로 되어 있었다.

현관은 교회 왼편에 있었고 그 큰 문짝 옆에 사복 수사관만 보이지 않았다면 아마 노리미즈의 환상적인 고증벽은 한없이 흥이 깨지지 않았을 것이다. 그러나 검사가 끊임없이 노리미즈의 신경에 긴장감을 주는 동안에도, 종루인 듯한 중앙의 높은 탑에서부터 시작하여 기묘한 모양의 창문과 수많은 굴뚝들 그리고 좌우에 있는 탑과 경사가 급한 지붕에 이르기까지 한번 죽 훑어본 다음 시선을 떨어뜨려 이번에는 벽면을 향해 몇 번이나 턱을 위아래로 끄덕이는 그 태도는 어딘지 산술적으로 비교검토하고 있는 것 같은 모습을 보였다.

아니나 다를까, 과연 이 예측은 적중했다. 처음부터 시체를 보지 않았음에도 불구하고 노리미즈는 벌써 이 성관의 분위기를 살핌으로써 그 가운데 핵심이 될 만한 것을 끄집어낸 것 같았다.

현관의 막다른 데가 큰방이었는데 거기에 대기하고 있던 늙은 고용인이 앞장서서 오른쪽 큰 계단의 방으로 안내했다. 마루에는 라일락과 검붉은색의 칠보 모양이 모자이크를 자랑하고 천장 쪽으로 이어지는 둥근 복도를 돌아가며 그려진 벽화가 대조를 이루고 있었다. 중간에 장식 없는 벽이 한결 더 돋보여 그야말로 뭐라고 형용할 수 없는

색채를 이루고 있었다. 말굽 모양으로 두 다리를 편 계단을 다 올라 가면 거기는 층층대 복도로 되어 있고 거기에서 또 하나의 짧은 계단이 뻗어 상층에 이른다. 층층대 복도의 세 면 벽에는 벽면 훨씬 위쪽에 중앙의 가브리엘 막스 작 〈부분도(腑分圖)〉를 사이에 두고 왼쪽 벽에 제럴 다윗의 〈시섬네스 피박(皮剝) 사형도〉, 오른쪽 벽면에는 드 트리의 〈1720년 마르세유의 흑사병〉이 걸려 있었다.

그림마다 세로 일곱 자 너비 열 자 이상으로 확대한 모사 복제화였는데 어째서 그런 음산한 그림들만 골랐는지 그 의도가 몹시 의문스러웠다. 그러나 거기에서 노리미즈의 눈이 잽싸게 노려본 것은 《부분도》의 앞쪽에 정면을 활짝 펴고 나란히 서 있는 중세의 두 갑옷 차림의 무사였다. 모두 손에 정기(旌旗)의 깃대를 쥔 채 뾰족한 머리로부터 드리워져 잇대어 꿰맨 두 모습이 화면 위쪽에 밀착되어 있다. 그 오른쪽 것은 퀘이커 교도의 복장을 한 잉글랜드 지주의 영토 지도를 펴놓고 손에 도면용 영국자를 가지고 있는 구도였으며, 왼쪽의 것은 로마 교회의 미사가 그려져 있었다. 그 둘 다 상류가정에는 흔히 있는 부귀와 신앙을 나타내는 상징에 불과하기 때문에 아마 노리미즈는 간과하고 말 것 같았는데 뜻밖에도 오히려 고용인을 가까이 불러서 물었다.

"이 갑옷 무사는 전부터 여기에 있었던 건가?"

"아뇨, 어젯밤부터입니다. 7시 전에는 계단의 양쪽 아래에 놓여 있었는데 8시 지나서부터 여기까지 뛰어올라와 있습니다. 도대체 누가 그런 짓을 했는지?"

"그랬을 거야. 몬테탄 후작부인의 클라니히장(莊)을 보면 알 수 있지. 계단 양쪽 아래에 놓는 것이 정칙이니까 말이야"라고 노리미즈는 시원스레 고개를 끄덕이고 나서 검사에게 "하세쿠라 씨, 시험삼아 한번 들어올려 봐. 어때, 비교적 가볍지? 물론 갑옷으로 실제 쓸 수 있는 것은 아니니까. 갑옷도 16세기 이후의 것은 전적으로 장식용이거든. 그것도 루이 왕조로 들어와서는 조각의 기교가 섬세해져서 두께가 요구되고 마침내는 입고 걸을 수 없을 정도의 무게가 되어 버렸어. 그래서 중량으로 생각해 보면, 물론 드나텔로 이전이나 맛서그리어 아니면 산소비노 무렵의 작품이겠지."

"이상한데, 당신은 언제 파이로 번스가 되어 버렸지? 한마디로 말할 수 있잖아. 안아서 올릴 수도 없을 정도의 무게는 아니라고." 검사는 신랄하게 비아냥거리고 나서 "하지만 이 갑옷 무사가 아래층에 있으면 안 되었던가? 아니면 위층에 있어야 할 필요가 있었을까?"

"물론 여기 있을 필요가 있지. 어쨌든 세 점의 그림을 봐요. 역병·형벌·해부가 아닌가 말이야. 게다가 범인이 한 가지 보탠 것이 있어. 바로 살인이지."

"농담이 아니야." 검사가 무의식중에 눈을 부릅뜨자, 노리미즈도 약간 흥분된 소리로 말했다.

"단적으로 말해서 이것은 이번 후리야기 사건의 상징인 거야. 범인은 이 커다란 깃발을 당당하게 내걸고 은연중 살육을 선언하고 있어. 아니면 우리에게 도전의 의지를 보이는 것인지도 몰라. 하세쿠라 씨, 생각해 봐요. 두 갑옷 무사가 오른쪽 것은 오른손에, 왼쪽 것은 왼손에 정기의 깃대를 쥐고 있지 않느냐 말이야. 그러나 계단 아래에 있을 때를 생각하면 오른쪽은 왼손에, 왼쪽은 오른손에 쥔 구도상의 균형을 잃지 않는 것이 정칙이 아니겠어? 그러자면 현재의 모양새를 좌우로 맞바꾸어 놓으면 되겠지. 요컨대 왼쪽부터 말한다면 부귀를 상징하는 에이커기(旗), 신앙을 상징하는 미사기(旗)로 되어 있었던 것이 반대로 되어 있으니까……. 거기에서 무서운 범인의 의도가 드러나 있어."

"무엇이?"

"Mass(미사)와 acre(에이커)지 뭐야? 이어서 읽어봐요. 신앙과 부귀가 Massacre(매서커), 즉 학살로 둔갑해 버린다고." 노리미즈는 검사가 아연해하는 모습을 보고 "하지만 아마 거기에 한정된 의미는 아니겠지. 어쨌든 이 갑옷 무사의 위치에서 나는 더 뚜렷하게 나타날 형태의 것을 찾아낼 작정이야." 그렇게 말한 다음 "그런데 어젯밤 7시부터 8시까지 사이에 이 갑옷 무사에 대한 것을 목격한 사람은 없었나?" 하고 고용인에게 물었다.

"없었습니다. 하필 그 한 시간 동안이 저희들 식사 시간이었으니까요."

노리미즈는 갑옷 무사를 하나씩 하나씩 해체해 그 주위의 그림과 그림 사이에 있는 감실같이 생긴 벽등(壁燈)에서부터 깃발의 그늘에 가린 〈부분도〉의 위쪽까지 샅샅이 살펴보았지만 전혀 소득이 없었다. 화면에서 그 부분 역시 배경의 바깥 가까이에서 여러 빛깔의 무늬가 무질서하게 배열되어 있는 데 지나지 않았다.

그는 계단 복도로부터 떨어진 위쪽 계단으로 올라갔는데 그때 무슨 생각이 났는지 노리미즈는 느닷없이 이상한 행동을 하기 시작했다. 그는 중간까지 올라갔다가 다시 되돌아가더니 원래 올라갔던 큰 계단의 꼭대기에 섰다. 그리고 호주머니에서 종이수첩을 꺼내어 계단의 층계 숫자를 세어 거기에 무엇인가 지그재그 선을 그려넣었다. 그래서 검사 역시 따라다니지 않을 수 없었다.

"그저 잠깐 심리적 고찰을 했을 뿐이야"라고 층계 위의 고용인을 의식한 듯 노리미즈는 작은 소리로 검사의 물음에 답했다. "언젠가 내게 확신이 서면 말하겠지만, 어쨌든 현재로서는 그것으로 풀어갈 만한 자료는 아무것도 잡히지 않았어. 다만 이것만 말할 수 있어. 아까 계단을 올라갈 때에 경찰차에서 들리는 것 같은 엔진 폭음이 현관쪽에서 들려왔었지. 그러자 그때 저 고용인이 그 요란한 소리에 마땅히 파묻혀버릴 어떤 희미한 소리를 듣는 것을 확인했어. 하세쿠라 씨, 보통 상태로는 도저히 들을 수 없는 소리를 말이야."

그런 몹시 모순되는 현상을 노리미즈는 어떻게 알 수가 있었을까? 그러나 그는 말만 그렇게 했지, 그 고용인에게는 털끝만큼도 혐의가 없다고 하면서 그의 이름조차 물어보려고 하지 않았기 때문에 자연히 결론의 표적부터 막연해져 이 일은 그가 꺼낸 수수께끼의 하나로 남겨지고 말았다.

계단을 다 올라가자, 정면에는 복도가 있고 엄중하게 출입을 막아 놓은 방 하나가 있었다. 철책 문짝 뒤쪽에는 몇 층의 돌계단이 있고 그 안에는 금고 문같이 새까만 칠이 번쩍번쩍 빛나고 있다. 그러나 그 방이 고대 시계실이라는 것을 알자, 수장품의 놀라운 가치를 아는 노리미즈에게는 한눈에 어리석어 보이는 수집가의 신경을 수긍할 수 있었다.

복도는 그곳을 기점으로 좌우로 뻗어 있다. 한 구획마다 문짝이 붙어 있기 때문에 그 사이는 터널처럼 어두워 낮에도 감실의 등이 켜져 있다. 좌우 벽면에는 붉은 선이 채색되어 있을 뿐 그것이 유일한 장식이었다. 이윽고 오른쪽 막다른 곳을 왼쪽으로 꺾어 거기서부터 지금 온 복도의 맞은쪽으로 나가자 노리미즈의 측면에는 짧고 좁은 복도가 나타났고 줄지어 늘어선 기둥 그늘에 일본식 갑주류가 자리잡고 있었다. 좁은 복도 입구는 돔 밑에 있는 동그란 복도로 열려 있어 그 막다른 곳에는 새 복도가 보였다. 입구의 좌우에 있는 벽등을 쳐다보면서 좁은 복도 안으로 들어가려고 하던 노리미즈가 무엇을 보았는지 깜짝 놀라 걸음을 멈추었다.

"여기에도 있군" 하면서 노리미즈는 왼쪽의 붙박이갑주^(갑주궤 위에 붙박은 것) 줄에서 제일 앞에 있는 것을 가리켰다. 그 사슴뿔같이 생긴 투구를 쓴 갑옷에 뭔가 이상한 데가 있는 모양이다. 검사는 반쯤 질린 듯한 얼굴로 반문했다.

"투구가 바뀌어 있어"라고 노리미즈는 사무적인 말투로 "맞은쪽에 있는 것은 전부 매달린 갑옷인데 두 번째의 유피(鞣皮:무두 질한 가죽) 몸통은 목덜미를 덮은 드림(길게 매달아서 처지게 하는 물건)을 하고 있어. 저것은 꽤 지위가 높은 젊은 무사가 쓰던 투구라고. 또 이쪽에 있는 것은 검정털의 사슴뿔솟음이라는 몹시 사나운 것을 우아한 붉은빛 가죽끈으로 꿰매어 놓은 것이야. 여봐요, 하세쿠라 씨. 조화를 이루지 못한 것은 모두 부정(不正)한 뜻이 숨겨져 있다고 생각지 않아?"

그렇게 말하고 나서 고용인에게 이것을 확인하자 과연 경탄한 얼굴로 "네, 그렇습니다. 어제 저녁까지는 말씀하신 대로 그리 되었습니다만" 하고 주저없이 대답했다.

그리고 좌우로 많이 늘어놓은 갑옷 사이를 지나서 맞은편 복도로 나가자 거기는 막다른 복도로 왼쪽은 본관 옆에 있는 선회계단 테라스로 나가는 문이었다. 오른쪽으로 세어서 다섯 번째가 현장의 방이었다. 두툼한 문짝 양면에는 서투른 솜씨지만 고아한 야생적 구도로 예수가 꼽추를 고쳐주고 있는 성화가 새겨져 있었다. 그 한 겹 안에 그레테 단네벨그의 시체가 옆으로 뉘어져 있었다.

문을 열자 등을 돌리고 있는 스물서넛쯤 되어 보이는 부인 앞에 수사국장인 구마시로가 몹시 못마땅한 표정으로 연필 지우개를 깨물고 있었다. 그는 두 사람을 보자 늦게 온 것을 책망하듯 눈초리를 날카롭게 하고 "노리미즈 씨, 고인이라면 저 커튼 뒤로 가보슈." 몹시 퉁명스럽게 한마디 내뱉더니 그 여인에 대한 신문도 그만두었다.

노리미즈의 도착과 동시에 구마시로는 일찌감치 자기의 작업을 포기해버렸다고 말했다. 가끔 그의 표정 속에 오가는 방심이라고나 할까, 긴장이 확 풀린 모습을 보아도 커튼 뒤에 있는 시체가 그에게 얼마나 큰 충격을 주었는가 상상하는 것은 그다지 어렵지 않았다.

노리미즈는 우선 거기에 있는 부인에게 주의를 기울였다. 귀여운 이중턱의 둥근 얼굴로 그다지 미인이라고 할 정도는 아니지만, 동그랗고 해맑은 눈동자와 터질 듯이 팽팽한 밝은 다갈색 피부가 대단히 매력적이었다. 포돗빛 애프터눈 드레스를 입고 있었는데, 자기가 먼저 고 산데쓰 박사의 비서 가미야 노부코(紙谷伸子)라고 인사를 했다. 그 아름다운 음성과는 딴판으로 얼굴은 공포감이 가득 찬 흙빛이었다.

가미야가 밖으로 나가버리자 노리미즈는 묵묵히 방안을 걷기 시작했다. 그 방은 널찍했으나 좀 어두컴컴하고 집기도 별로 없기 때문에 휑뎅그렁하고 쓸쓸했다.

마루 한가운데에는 큰 물고기의 배 속에 있는 '요나'를 도안으로 한 콥트직 깔개가 깔려 있었다. 그 부분의 마루는 색대리석과 거양옻나무 조각을 번갈아 짠 바퀴 모양의 모자이크였는데, 거기를 사이에 두고 양쪽 가의 마루에서 벽에 걸쳐 호두나무와 떡갈나무를 잘라 맞추어 군데군데에 상감을 아로새겨 떨떠름한 중세식 취향을 발산하고 있었다. 높은 천장은 나무 재질도 알 수 없을 정도로 얼룩이 검게 배어나와 그 언저리에서 귀신이라도 나올 듯싶은 음산한 공기가 조용히 밑으로 내려 뻗어오고 있었다.

문은 지금 들어간 데에 하나밖에 없고 왼쪽에는 옆마당으로 열린 2단의 덧창문이 둘, 오른쪽 벽에는 후리야기 집안의 문장을 가운데 새긴 큰 벽난로가 몇십 개나 되는 석재로 쌓아올려져 있었다. 정면에는 검정 비로드 커튼이 납처럼 무겁게 드리워져 난로에 가까운 벽쪽에 석 자쯤되는 받침대 위에 나체 꼽추로 유명한 입법자($\frac{立法者:}{이집트의\ 조상}$)의 가부좌상과 등을 대고 있고, 창가 부근은 높은 가리개로 칸막이가 되어 그 안쪽에 긴 의자와 의자 탁자가 두세 개 놓여 있었다.

구석 쪽으로 가서 사람들과 멀어지면 오래된 묵은 곰팡이 냄새가 콧구멍을 쿡 찌른다. 난로 선반 위에는 먼지가 수북이 쌓여 있어 커튼을 건드리면 숨막힐 듯한 미세한 먼지가 비로드의 올 사이에서 튀어나와 은빛으로 번쩍거리며 물보라처럼 쏟아졌다. 단번에 이 방은 여러 해 동안 쓰지 않았다는 것을 알 수 있었다.

이윽고 노리미즈는 커튼을 밀어 헤치고 내부를 들여다보았다. 그 순간 너무나 놀라 등 뒤에서 반사적으로 그의 어깨를 쥔 검사의 손이 닿은 것도 몰랐다. 물결치듯이 몸이 떨리는 것도 느끼지 못하며, 오로지 귀가 울리고 얼굴이 벌겋게 달아오른 그의 눈앞에 전개된 놀라운 세계 이외의 모든 것은 슬며시 어디론가 사라져 버린 것 같았다.

보라! 저기 누워 있는 단네벨그 부인의 시체에 성스러운 영광이 찬연하게 발산되고 있지 않는가. 흡사 빛의 안개에 싸인 듯이 겉면에서 한 치쯤 되는 공간에 맑고 밝은 빛이 흘러 그것이 온몸을 알맞게 감싸서 음침한 어둠 속에서 몽롱하게 떠오르게 하고 있다. 맑고 차가운 경건한 기품이 있고 또 거기에 현기증을 일으킬 젖빛처럼 흐린 그 빛은 깊이를 알 수 없는 신성의 계시를 나타내는 것 같다. 숨을 거둔 얼굴의 음영은 그것 때문에 단정한 상을 누그러뜨려 실로 뭐라 말할 수 없는 조용한 분위기가 온몸을 뒤덮고 있다. 그 환상적인 장엄함에서는 천사가 부는 나팔소리가 들려올지도 모르는, 금세라도 성스러운 종이 은은하게 울리기 시작하고 그 성스러운 빛이 금으로 바뀌어 퍼질지도 모른다고 생각하면, '아, 단네벨그 부인은 그 동정(童貞)을 찬양받아 최후의 황홀경에서 성녀로 맞아지게 되었을까' 하고 끝내 무의식중에 새어나오는 탄성을 지를 수밖에 없다. 그러나 동시에 그 빛은 거기에 나란히 서 있는 바보 같은 세 얼굴도 비치고 있었다.

노리미즈는 간신히 제정신을 되찾아 조사를 시작했는데 덧창문을 열자 그 빛은 희미해 거의 보이지 않았다. 시체는 온몸이 딱딱하게 굳어져 있고 죽은 지 벌써 10시간은 충분히 경과한 것으로 보였는데,

 과연 노리미즈는 조금도 흔들림 없이 끝까지 과학적인 비판을 잊지 않았다. 그는 입 안에도 빛이 있는 것을 확인하고 나서 시체를 뒤집어 등에 나타나 있는 선홍색 얼룩을 찾아서 나이 프의 날을 푹 찔렀다. 그리고 시체를 약간 옆으로 돌리자 걸쭉하고 무겁게 흘러나온 피가 뿜는 빛으로 벽이 불그스름해지고, 그것은 마치 갈라진 안개처럼 둘로 떨어져 가면서 그 틈새로 피가 꿈틀거리며 흘러가는 그림자로 비쳤다.

검사와 구마시로는 도저히 이 처참한 광경을 직시할 수가 없었다.

"혈액에는 빛이 없어." 노리미즈는 시체에서 손을 떼자, 실망한 듯 그렇게 중얼거렸다. "지금으로서는 뭐라고 해도 기적이라고 말할 수밖에 없지. 외부로부터 당한 일이 아니라는 것은 이미 분명하고, 인(燐) 냄새도 없는 데다 라듐 화합물 같으면 피부에 탄저가 생기는데 입은 옷에도 그런 흔적이 없어. 바로 피부에서 나온 것이라고. 그래서 이 빛에는 열도 냄새도 없어. 이른바 냉광(冷光)이지."

"그렇다면 이래도 독살이라고 할 수 있을까?"라고 검사가 노리미즈에게 말한 것을 구마시로가 받았다.

"응, 피의 빛깔이나 시반을 보면 알 수 있다고. 명백한 청산가리 중독이야. 그런데 노리미즈 씨, 이 기묘한 문신 같은 무늬는 어떻게 새겨넣었을까? 이것이야말로 별난 취미를 즐길 수 있는 당신의 영역이 아니겠어?"라고 옹고집인 자신에게 어울리지 않는 자조섞인 비웃음을 흘리는 것이었다. 참으로 기괴한 눈부신 빛에 이어 노리미즈의 눈을 휘둥그렇게 만드는 시체현상이 또 한 가지 있었다. 단네벨그 부인이 누워 있는 침대는 커튼 바로 안쪽에 있었는데, 솔방울 모양의 꽃꽂이로 머리를 장식하고 그 기둥 위에 레이스의 닫집을 붙인 루이 왕조식의 마호가니 제품이었다.

시체는 거의 오른쪽 밖으로 기울어진 자세로 누워 오른손은 등쪽으로 비튼 것처럼 손등을 엉덩이 위에 올려놓고 왼손은 침대에서 내려뜨리고 있었다. 은빛 머리털을 아무렇게나 묶고 검은 능직의 홑옷을 걸쳤으며 코끝이 윗입술까지 처져 흡사 유대인 같은 인상이었다. 이 부인은 얼굴을 S자로 찌푸리고 일그러뜨려 매우 우스꽝스런 얼굴을 하고 죽었다.

그런데 더욱 이상한 것은 양쪽 관자놀이에 나타나 있는 무늬모양 칼자국이었다. 그것은 마치 문신을 본뜬 것같이 가늘고 예리한 바늘끝으로 북 그어놓은 것처럼 거죽만 교묘하게 스쳐간 찰과상이라고 할 만한 상처였으며 양쪽 모두 지름이 한 치쯤 되는 원형을 이루고 있어 그 동그라미 주위에는 짧은 줄이 지네발 같은 모양으로 많이 나타나 있다. 칼자국에는 누르스름한 혈청이 배어나왔을 뿐인데 그런 갱년기 부인의 거칠어진 피부를 뒤덮고 있는 것은 청초한 아름다움과는 동떨어진 바짝 말라버린 요충의 주검 같기도 하고 으스스한 편모충의 배설물 같기도 했다. 그리고 그렇게 생긴 원인이 과연 내부에 있는지 외부에 있는지 그 추정조차 곤란할 만큼 매우 풀기 어려운 문제였다.

그러나 그 처참한 현미경적 모색에서 벗어난 노리미즈의 눈은 예기치 않게 검사의 시선과 마주쳤다. 그리고 암묵 속에 어떤 소름끼치는 일을 서로 의논할 수밖에 없었다. 왜냐하면 그 칼자국 모양이 바로 후리야기 집안의 문장의 일부를 나타내고 있어 피렌체 시장의 28엽 감람관과 다름없었기 때문이다.

2. 텔레즈, 나를 죽여라

"아무리 보아도 나는 그렇게밖에 생각되지 않아"라고 검사는 몇 번이나 말을 더듬으면서 구마시로에게 후리야기 집안의 문장을 설명한 다음, "어째서 범인은 숨통을 끊는 것만으로는 성이 차지 않았던 것일까? 어째서 이렇게 정체를 알 수 없는 짓을 저지른 것일까?"

"그렇지만 말이야, 하세쿠라 씨" 하고 노리미즈는 비로소 담배를 입에 물었다. "그보다도 나는 지금 내가 발견한 것에 스스로 놀라고 있는 참이야. 이 시체는 그것을 다 새기고 나서 몇 초 후에 절명한 거라고. 요컨대 사후도 아니고 또 독약을 마시기 이전도 아니라는 점이지."

"무슨 소리를 하고 있어?" 구마시로가 무의식중에 어이없다는 얼굴로 "이것이 즉사가 아니라면 그 설명이나 좀 들어보자고" 하며 흥분하는 것을 노리미즈는 철없는 아이를 달래듯 말했다.

"응, 이 사건의 범인이야말로 얼마나 신속 음험하고 흉악 무도한지 몰라. 그러나 내가 말하는 이유는 매우 단순해. 대체로 당신은 청산가리 중독이라는 것을 지나치게 확대해석하기 때문이야. 호흡근은 아마 순간적으로 마비되어 버리겠지만 심장이 완전히 정지하기까지는 적어도 그때부터 2분 가까운 시간이 걸린다고 봐야 되는 거야. 그런데 피부 표면에 나타나는 시체현상은 심장 기능이 떨어짐과 동시에 나타나는 것이거든."

노리미즈는 거기서 말을 잠깐 끊고 말똥말똥 상대방을 뚫어지게 보더니 다시 말을 이었다. "그것을 알면 내 주장에 아마 이의가 없을 거야. 그런데 이 상처는 교묘하게 살거죽만 살짝 갈라놓았단 말이야. 그것은 혈청이 밖으로 배어나오지 않은 것만 보아도 명백한 사실이지만, 보통 생체의 경우는 피하에 충혈이 일어나서 상처의 양쪽이 부어오르기 마련인데, 과연 이 상처에는 이 현상이 뚜렷해. 베인 상처를 보았더니, 거기에 딱지가 앉아 있지 않은 거야. 마치 투명한 안피(雁皮：산닥나무의 껍질)같이 보인단 말이야. 하지만 이쪽은 분명한 시체현상이거든. 그러나 그렇게 되면 그 두 가지 현상 사이에 대단한 모순을 불러일으켜 상처를 입을 때의 생리상태가 전혀 설명될 수 없게 되지. 그래서 그 결론을 내리자면, 손톱이나 피부가 어떤 시기에 죽어버리게 되는가를 생각해보면 알 수 있지 않겠어?"

노리미즈의 정밀한 관찰이 오히려 상처무늬에 대한 의문을 더욱 짙게 만들었다. 그 새로운 전율 때문에 검사의 목소리는 균형을 잃게 되었다.

"모두 다 해부를 기다려 봐야 해. 그렇지만 시광(屍光) 같은 초자연 현상을 일으키는 데 만족하지 않고 후리야기의 낙인을 찍었으니……. 나한테는 이 맑고 정결한 빛이 몹시 음학적(淫虐的)으로까지 여겨져."

"아니야, 범인은 결코 구경꾼을 바라지 않았어. 당신이 지금 느끼고 있는 그런 심리적인 장애를 요구하고 있는 거야. 어째서 그녀석은 그런 병리적인 개성을 가졌을까? 게다가 그야말로 창조적이야. 그러나 그것을 하일브론넬에게 말하라고 한다면 제일 음학적으로 독창적인 것은, 어린아이라고 말하겠지."

노리미즈는 어두운 미소를 지으면서 "그런데 구마시로 씨, 시체에서 빛이 나오기 시작한 것은 몇시쯤부터였지?" 하고 사무적인 질문을 했다.

"스탠드에 불이 켜져 있었기 때문에 처음은 알 수 없었어. 아마 10시 무렵일 거야. 대강 시체를 검안하고 이 주변의 조사를 마친 다음 덧문을 닫고 스탠드를 11자……." 구마시로는 꿀꺽 침을 삼키고 나서, "그래서 성관 사람들은 물론이고, 담당관 중에도 모르는 사람이 있을 정도야. 그럼 지금까지 청취한 사실들을 당신한테 들려줄게" 하고 개략적인 전말을 말하기 시작했다.

"어젯밤에 성관 안에서 어떤 집회가 열렸는데 그 자리에서 단네벨그 부인이 졸도를 한 거야. 그것이 마침 9시였어. 그로부터 이 방에서 간호에 나선 것은 사서실의 구가 시즈코(久我鎭子)와 고용인 관리인인 가와나베 에키스케(川那部易介)였고, 철야로 시중을 들었는데 12시쯤 피해자가 먹은 오렌지 속에 청산가리가 들어 있는 것이 밝혀졌어. 실제로 입 안에 남아 있는 과육의 찌꺼기에서 다량의 독물이 검출되었고 무엇보다도 이상한 일은 처음 먹은 것에 들어 있었다는 점이야. 그러므로 범인은 우연한 첫 한 방으로 표적을 맞췄다고 할 수 있지. 나머지 과일은 그대로 남아 있지만 여기에는 약물이라곤 흔적도 없어."

"그래, 오렌지에!" 노리미즈는 닫집의 기둥을 살짝 흔들면서 중얼거렸다. "그렇다면 수수께끼가 또 하나 늘어난 셈이군. 범인에게는 독극물에 관한 지식이 전혀 없었다는 사실을 말하는 거야."

"그런데 여기 종사자 가운데는 이렇다 할 의심쩍은 사람이 없어. 구가 시즈코나 가와나베 에키스케나 한목소리로 단네벨그 부인 자신이 과일접시를 골랐다는 거야. 게다가 이 방은 11시 반 무렵에 자물쇠를 잠가버렸고 유리창이나 덧문도 버섯처럼 녹이 슬어 외부에서 침입한 흔적을 찾아볼 수 없었어. 그러나 한 가지 묘한 일은 같은 접시에 배도 있었는데 부인은 다른 과일보다 그것을 더 좋아했던 모양이야."

"뭐라고, 자물쇠를?" 검사는 그것과 상처무늬의 사이에 생긴 모순에 놀란 표정이었지만 노리미즈는 아직도 구마시로에게서 눈을 떼지 않고 퉁명스럽게 한마디했다.

"나는 결코 그런 뜻으로 한 말이 아니야. 오렌지에 청산가리라는 치졸한 듯한 수작을 부렸기 때문에 범인의 비범한 소질에 두려움을 느끼지 않을 수 없다는 거지. 한번 생각해 봐. 그만큼 뚜렷한 이상한 냄새와 쓴맛이 나는 독극물을 치사량의 10배 이상이나 썼어. 놀랍잖아? 더구나 그것을 위장한 것이, 그런 성능이 극히 빈약한 오렌지라는 거야. 구마시로 씨, 그만큼 치졸하기 짝이 없는 수단이 어떻게 이런 마법 같은 효과를 거두었느냐 말이야. 어째서 단네벨 그 부인은 그 오렌지에만 손을 내밀었을까? 요컨대 그 놀라운 당착이야말로 독살자의 자랑거리가 아닐까? 그야말로 그들에게 있어서는 롬바르디아 무녀가 나타난 이래 영생 불멸의 토템 같은 것이겠지."

구마시로는 어이가 없었고 노리미즈는 다시 생각하는 듯이 물었다.

"그러고 나서 절명한 시각은?"

"오늘 아침 8시 검시 때 죽은 지 8시간이라고 했으니까 절명시각도 오렌지를 먹은 시각과 딱 들어맞아. 발견한 것은 새벽 5시 반이고 시중들었던 두 사람 모두 그때까지 무슨 일이 일어났는지 모르고 있었어. 또 11시 이후는 아무도 이 방에 들어온 사람이 없었다는 것이고 가족의 움직임도 전혀 밝혀지지 않고 있지. 그래서 그 오렌지가 담긴 과일접시는 그 상태 그대로야."

그렇게 말하고 구마시로는 침대 밑에서 은제로 된 큰 접시를 꺼냈다. 지름이 두 자 가까운 술잔 모양의 것으로 러시아 비잔틴 특유의 딱딱한 선으로 아이브소프스키의 훈족 사슴 사냥의 부조가 그려져 있었다. 접시의 밑바닥에는 공상화된 한 마리의 파충류가 거꾸로 서 있고, 머리와 앞다리가 받침대가 되어 가시 돋친 몸통이 완곡하게 구부러져 뒷다리와 꼬리로 접시를 받치고 있다. 그리고 그 반대쪽에는 반원형의 손잡이가 붙어 있었다. 그 위에 있는 배와 오렌지는 모두 두 쪽으로 잘려 있어, 감식검사의 흔적이 남아 있는데 물론 독극물은 다른 것들 중에는 없었던 것 같다.

그러나 단네벨그 부인을 쓰러뜨린 과일에는 뚜렷한 특징이 나타나 있었다. 그것이 다른 오렌지와는 달리 주황색이 아니고 오히려 붉은 빛을 띤 알이 큰 브래트종이었다. 게다가 검붉게 너무 익은 것을 보면 마치 그것이 응고되기 시작한 선지피처럼 섬뜩하게 생각되지만,

그 빛깔은 묘하게 신경을 돋울 뿐 추정의 실마리를 제공하는 것은 아니었다. 그리고 꼭지가 없는 것으로 미루어 거기에 걸쭉한 모양의 청산가리가 주입된 것으로 추단되었다.

노리미즈는 과일접시에서 눈을 떼고 방안을 걷기 시작했다. 커튼으로 가려진 그 한 구획은 앞에 있는 방과 취향이 뚜렷하게 달라 벽은 전부 회색 모르타르를 바르고 마루에는 똑같은 빛깔의 무지로 된 카펫이 깔려 있었으며 창문은 앞방보다 약간 작고 어느 정도 위쪽이 좀 잘려 있기 때문에 내부는 훨씬 더 어두웠다.

회색의 벽과 마루, 거기에 검은 커튼이라고 하면 고든 크레이그의 무대장치를 연상시키지만 그런 생동감이 부족한 표면의 기조색이 한층 더 방을 침울하게 했다. 여기도 역시 앞방과 마찬가지로 황폐해질 대로 황폐하여 걸어갈수록 벽 위쪽에서 겹겹이 쌓인 먼지가 흘러내렸다. 방안의 살림살이는, 침대 옆에 큰 술독 모양의 캐비닛이 하나 덜렁 서 있을 뿐 그 위에는 심이 부러진 연필이 달린 메모장과 피해자가 자기 전에 벗어놓은 듯한 근시 24도의 별갑 안경, 거기에 그림을 그린 명주갓이 달린 스탠드가 놓여 있었다. 근시안경도 그 정도면 다만 윤곽이 어렴풋할 뿐 사물을 식별하는 것에는 거의 문제가 없다. 노리미즈는 화랑의 양쪽 벽을 감상하면서 걸어가는 듯한 발걸음으로 천천히 나아가는데 그의 등 뒤에서 검사가 말을 걸었다.

"역시 노리미즈 씨, '기적은 자연의 모든 이법(理法)의 저쪽 멀리 있노라' 아니야?"

"응, 알게 된 것은 이것뿐이지." 노리미즈는 싱거운 소리로 대답했다. "범인은 마치 텔처럼 단 한 발의 화살로 드러난 것보다도 혹독한 청산가리를 상대의 배 속에 집어넣었겠지. 요컨대 그 최후의 결론에 도달하기 위해 빛과 상처무늬를 나타내는 것이 필요했던 거야. 말하자면 그 두 가지가 범행을 완성시키기 위한 보강작용이며 그 과정으로 빠져서는 안 되는 심원한 학문상의 원리가 거기에 숨어 있다고 보아도 될 것 같아."

"장난이 아니야. 공론이 너무 지나쳐" 하고 구마시로가 어이가 없다는 듯이 쐐기를 박았으나 노리미즈는 태연하게 이상한 주장을 이어 갔다.

"하지만 자물쇠를 채운 방 안으로 침입해서 1, 2분 동안에 새기지 않으면 안 되었어. 그렇다면 역시 크라일 아닐까? 무리를 해서라도 불가사의한 생리를 노릴 수밖에 없었겠지. 거기에 의문은 또 뒤로 비튼 듯한 오른손 모양과 오른쪽 어깨에 있는 찢어진 작은 상처에도 있지."

"아니야, 그런 것은 아무래도 상관없어." 구마시로는 내뱉듯이 말했다. "배를 깔고 기어가서 오렌지를 삼켜 버리고 그 순간에 무저항이 되었어. 다만 그뿐이라고."

"그런데 말이지, 구마시로 씨. 아돌프 헹케의 오래된 법의학서를 보면 한 매춘부가 팔을 몸 밑에 깔고 옆으로 향한 자세로 독약을 들이켰는데 그 순간의 충격에 오히려 마비된 쪽의 팔이 움직여서 병을 창에서 강으로 내던졌다는 재미있는 사례가 실려 있거든. 그러니까 일단은 최초의 몸자세를 재현시켜 볼 필요가 있다고 생각해. 그리고 시체의 빛은 아비리노의 《성인기적집(聖人奇蹟集)》 등에……."

"그렇겠지, 성직자라면 살인하고 관계가 있을 테니까." 구마시로는 노골적으로 무관심한 체하더니 갑자기 신경질적인 손놀림으로 호주머니에서 무엇인가를 꺼내려고 했다. 노리미즈는 돌아보지도 않고 등 뒤로 소리를 질러 "그런데 구마시로 씨, 지문은 어떻게 했지?"

"설명을 다 하자면 끝도 없어. 거기에 어젯밤 이 빈방에 피해자를 들어오게 했을 때 침대와 마루 청소에만 진공청소기를 썼다고 하거든. 공교롭게도 발자국이 하나도 남아 있지 않은 상태야."

"음, 그래" 하면서 노리미즈가 멈추어 선 곳은 막다른 벽 앞에서였다. 거기에는 보통사람이라면 얼굴 정도에 상당하는 높이에, 최근 뭔가 액자 모양의 것을 떼어낸 흔적이 아주 뚜렷하게 남아 있었다. 그런데 거기에서 원래의 위치로 되돌아오자 노리미즈는 스탠드에서 무엇을 찾아냈는지 느닷없이 검사를 돌아보며 말했다. "하세쿠라 씨, 창문을 좀 닫아줘요."

검사는 어이없는 표정이었으나 그래도 그의 말대로 했다. 노리미즈는 다시 시체의 요사스런 빛을 받으면서 스탠드에 불을 켰다. 그래서 비로소 검사가 알게 된 것은 그 전구가 최근에는 거의 볼 수 없는 탄소구로 아마 급하게 임시방편으로 쓴 것이 오래도록 그대로 끼어 있는 것 같았다. 노리미즈의 눈은 그 불그레한 빛 속에서 그늘진 반원을 잠시 쫓고 있었으나 방금 액자를 떼낸 자리를 찾아내기가 바쁘게 벽에서 한 자쯤 앞의 마루에 뭔가 표시를 하고 나서 원래대로 창문에서 젖빛 바깥 광선이 들어와 다시 환해졌다.

검사는 창문 쪽으로 참고 있던 숨을 후 하고 내쉬었다. "대체 무슨 생각이 떠오른 거야?"

"뭐랄까, 내 주장이라는 것도 실은 불안하니까, 시험삼아 눈으로 보이지 않았던 인간을 만들어내 보려는 게지." 노리미즈는 기분대로 하고 싶은 말을 한마디 하더니 말끝을 치켜올리려는 듯한 어세로 나오려 할 때 구마시로가 종이 한쪽을 내밀었다.

"이것으로 당신의 잘못된 주장이 분쇄되고 말았어. 굳이 괴로워하면서까지 그런 가공적인 것을 만들어낼 필요가 없어. 봐요, 어젯밤 이 방에는 사실 상상도 할 수 없는 인물이 몰래 들어와 있었던 거야. 오렌지를 입에 무는 순간에 알고 그것을 단네벨그 부인이 우리에게 알리려고 했던 거야."

그 종이조각 위에 쓰여져 있는 글자를 보고 노리미즈는 심장이 꽉 죄어드는 것 같은 느낌이 들었다.

검사는 오히려 어이가 없는 듯이 외쳤다.

"텔레즈! 이건 자동인형 아니야?"

"그렇고말고. 여기에 상처무늬를 결부시키면 설마 환각이라고 하지는 않겠지" 하고 구마시로는 떨리는 목소리로 낮게 말했다. "실은 침대 밑에 떨어져 있었는데 그것을 이 메모와 대조해 보고 나는 온몸에 소름이 끼치는 것을 느꼈어. 범인은 분명 인형을 이용한 것이 틀림없단 말이야."

노리미즈는 변함없이 충동적인 냉소주의를 발휘했다. "과연 토우(土偶) 인형에 악마학이라……. 범인은 인류의 잠재적 비판을 노리고 있는 거야. 하지만 드물게 보는 고풍스런 서체군. 마치 아일랜드 문자나 페르시아 문자 같아. 하지만 당신은 이것으로 피해자의 사인이라는 증명을 얻었다고 할 수 있을까?"

"물론이지." 구마시로는 어깨를 으쓱하고 나서 말을 이었다. "실은 당신들이 왔을 때 있던 그 가미야 노부코라는 여인이 나한테는 최후의 감정자였던 셈이야. 그런데 단네벨그 부인의 버릇이라고 하면 이런 것이었어. 연필의 중간쯤을 새끼손가락과 약지 손가락에 끼어 그것을 비스듬하게 해서 엄지와 식지로 쥐고 글씨를 썼던 거라고. 그런 까닭에 부인의 필적을 좀처럼 흉내낼 수 없었던 것 같아. 게다가 이 긁힌 자국이 연필의 부러진 촉과 딱 맞아떨어진다고."

검사는 부르르 몸을 떨었다. "죽은 사람의 무서운 포로가 아닌가? 그래도 노리미즈 씨, 당신은?"

"응, 아무래도 인형과 상처무늬를 떼놓고 생각할 수는 없지 않을까?" 노리미즈도 우울한 얼굴로 중얼거렸다. "이 방은 어쩐지 밀실 냄새가 나니까 되도록이면 환각이라고 말하고 싶어. 하지만 현실적으로는 점점 그쪽으로 끌려가고 있는 거야. 아니, 오히려 인형을 조사해 보면 상처무늬의 수수께끼를 풀 수 있는 것이 그 기계장치에서 파악될 수 있을지 몰라. 아무튼 곧고 캄캄한 가운데서 요사스런 도깨비불만 보여주고 있으니까 말이야. 빛이라면 아무리 희미한 것이라도 갈망하던 참이 아닌가. 어쨌든 가족 신문은 다음으로 하고 우선 인형부터 조사하기로 하지."

그리고 인형이 있는 방으로 가기로 하고 사복경관에게 열쇠를 가져오라고 했는데 얼마 후에 그 형사는 흥분하여 돌아왔다.

"열쇠를 분실한 모양입니다. 그리고 약물실 열쇠도요."

"할 수 없으면 때려부수기라도 해야지." 노리미즈가 단호한 표정을 지었다. "하지만 그렇게 되면 조사할 방이 두 군데가 되어 버려."

"약물실도 말인가?" 이번에는 검사가 놀란 듯이 말했다. "청산가리란 건 아마 초등학교 어린이의 곤충채집 상자에도 있잖아?"

노리미즈는 아랑곳없이 일어나서 문짝 쪽으로 걸어가면서 말했다. "그것이 말이야. 범인의 지능검사야. 결국 그 계획의 깊이를 재볼 수 있는 것이 열쇠를 분실한 약물실에 남겨진 일 같군."

텔레즈 인형이 있는 방은, 큰 계단의 뒤쪽에 해당되는 위치로 사이에 복도를 하나 두고 마치 '부분도'의 바로 뒤가 되는 복도의 막다른 곳이었다. 문앞에 이르자 노리미즈는 의심스런 얼굴로 눈앞의 부조를 응시하기 시작했다.

"이 문의 그림은 〈헤롯 왕 베들레헴 영아 학살도〉라는 거야. 이것하고 시체가 있는 방의 〈구루치료도(佝僂治療圖)〉 두 장은 유명한 오토 3세의 복음서 속에 있는 삽화지. 그렇게 되면 거기에 무슨 관계라도 있는 것 아니야?" 하고 고개를 갸우뚱하면서 시험삼아 문을 밀었는데 그것은 꼼짝도 하지 않았다.

"꽁무니 뺄 것은 없어. 이렇게 되면 때려부술 수밖에 없잖아?"

구마시로가 거친 소리로 말하자 노리미즈는 급히 가로막았다.

"부조를 보았기 때문에 아까운 생각이 들어. 게다가 울리는 진동으로 흔적이 사라져도 안 되니까. 밑에서 널빤지를 살짝 뜯어내는 게 어때?"

이윽고 문짝 밑에 뚫린 네모난 구멍으로 잠입하자, 노리미즈가 손전등을 켰다. 둥근 빛에 비치는 것은 벽면과 마루뿐이고 무엇 하나 가구다운 것은 보이지 않았다.

그런데 오른쪽 가장자리서부터 방을 한번 다 돌아가려고 할 때에 뜻밖에도 노리미즈의 바로 옆쪽, 문짝으로부터 오른쪽 가까운 벽에서 캄캄한 어둠이 벗겨졌다. 그리고 거기에서 오싹하게 끼쳐오는 무서움과 함께 텔레즈 시뇰레의 옆얼굴이 나타난 것이다. 그런 공포는 누구든지 경험하는 일이지만, 이를테면 대낮에도 옛날 사당 같은 데 가서 격자문을 열고 장비의 험한 화상을 보고 있으면 머리가 곤추설 것 같은 으스스한 느낌이 드는 것이다. 더구나 이 사건에 야릇한 분위기를 자아내고 있는 텔레즈가 낡아 찌든 방의 어둠 속에서 유령처럼 어렴풋이 떠올랐으니 그 순간 세 사람의 숨이 꽉 막히게 된 것도 무리가 아니었다.

창에 희미한 섬광이 비쳐 덧문의 윤곽이 명료하게 떠오르자 먼 데서 땅이 흔들리는 듯한 천둥소리가 어마어마하게 들려왔다. 그런 처절한 공기 속에서 노리미즈는 의젓하게 시선을 모아 눈앞의 야릇한 사람 모습을 뚫어지게 바라보았다. 아, 이 생명 없는 인형이 호젓한 한밤중에 복도를······ .

스위치의 자리를 알아냈다. 곧 방안이 밝아졌다. 텔레즈 인형은 키가 다섯 자 대여섯 치 정도의 밀랍 인형으로 주름을 잡은 청람색 스커트에 같은 색 윗옷을 입고 있었다. 그 모습에서 받은 인상은 귀엽다기보다도 오히려 이단적인 아름다움이었다. 반달 모양을 한 루벤스

눈썹과 입술의 양끝이 치켜올라간 입은 원래 음란해 보였다.

그런데 묘하게도 이 인형은 동그스름한 코와 조화를 이루어 그것이 녹아 사라지는 듯한 처녀의 동경을 나타내고 있었다. 그리고 정교한 윤곽으로 둘러싸여 동그랗게 감은 금발을 내려뜨리고 있는 것이 트레뷔유장(莊)의 미인 텔레즈 시뇰레를 정확히 복제하고 있었다. 빛을 받은 쪽은 지금이라도 혈관이 통할 것같이 보이면서 아주 싱그럽게 빛났지만, 거인처럼 생긴 체구와의 부조화가 두드러져 보였다. 어깨에서 아래로는 엄청나게 크게 만들었는데, 발바닥의 경우는 보통 사람의 약 세 배나 되어 보이는 넓이였다.

노리미즈는 고증이라도 하려는 듯한 시선을 한시도 쉬지 않았다.

"마치 기사나 강철 처녀로밖에 생각되지 않는군. 이것이 코페츠키의 작품인 모양인데, 글쎄, 몸 윤곽은 프라하라기보다 바덴바덴의 헌스블스트 (독일의 꼭두각시)에 가깝다고 해야겠지. 이 간결한 선에는 다른 인형에서는 찾아볼 수 없는 무한한 신비가 있어. 산데쓰 박사가 본격적인 인형 장인한테 부탁하지 않고 이것을 큰 꼭두각시로 만든 것은 과연 그분다운 취미라는 생각이 들어."

"인형 감상은 다음에 차분히 하기로 하고" 구마시로는 못마땅한 듯 얼굴을 찌푸렸다. "그보다 노리미즈 씨, 자물쇠가 안쪽에서 걸려 있어."

"응, 놀라운 일이 아닌가? 그러나 설마 범인의 의지로 이 인형이 원격조종되었을 리는 없겠지." 자물쇠 구멍에 끼어 있는 장식이 달린 열쇠를 보며, 검사는 소름이 끼쳤던 모양이다. 그는 발밑에서 시작하여 마루의 발자국을 따라갔다. 흔적도 없고 뒤얽혀 있는 문 입구에서 정면 창가에 걸친 마루에는 큰 마당발로 두 번 왕복한 네 줄기의 자국이 나 있고, 그밖에는 문 입구에서 현재 인형이 있는 곳으로 이어진 한 줄기의 자국이 있을 뿐이었다. 그러나 무엇보다 놀라운 것은 가장 핵심이라고 할 수 있는 인간다운 데가 전혀 없다는 것이다.

검사가 느닷없이 괴상한 소리를 내자 그것을 노리미즈가 비웃어 넘기며 말했다.

"어쩐지 미덥지 않아. 처음에는 범인이 인형의 보폭대로 걷고 이어서 그 위를 인형이 밟도록 한다. 그러면 자기의 발자국을 지워버릴 수가 있잖아? 그리고 그 다음부터의 출입은 그 발자국 위를 밟고 걷는 거야. 그러나 이 인형이 있었던 애초의 위치가 혹시 문 입구가 아니었다면 어젯밤은 이 방에서 한 걸음도 밖으로 나가지 않았다는 것을 말해주는 거지."

"그 따위 바보 같은 발자국 증거가 어디 있어? 도대체 발자국의 앞뒤를 무엇으로 증명한다는 거야?" 구마시로는 짜증을 억누르는 듯한 소리로 말했다.

"그것이 홍적세(洪積世)의 감산(減算)이라는 거야. 왜냐하면 최초의 위치가 문 입구가 아니라면 네 줄기의 발자국에 일관된 설명을 붙일 수조차 없기 때문이야. 다시 말하면 문 입구에서 창가로 향해 있는 두 줄기 가운데 하나가 제일 마지막에 남게 되거든. 그래서 가령 처음에 인형이 창가에 있었다고 하면 우선 범인의 발자국을 밟으면서 방에서 나갔다가 다시 원래의 위치로 돌아왔다고 가정해 보잔 말이야. 그러면 이어서 또 한 번 이번에는 문에 자물쇠를 채우기 위해 걸어야 되지 않겠어? 그런데 본 바와 같이 그것이 문 앞에서 현재 있는 위치의 방향으로 구부러져 있으니까 남은 한 줄기의 발자국이 전혀 소용 없게 돼. 그러므로 왕복 한 번을 범인의 발자국을 없애기 위한 것이라면 거기에서 어째서 창 있는 쪽으로 다시 한 번 돌아오지 않으면 안 되었을까. 창가에 놓아두지 않으면 어째서 인형이 자물쇠를 채울 수가 없었을까!"

"인형이 자물쇠를 채워?" 검사는 질린 듯이 고함을 쳤다.

"그밖에 누가 했단 말이야?"라고 무의식중에 노리미즈는 열띤 말투로 내뱉었다. "그러나 그 방법을 쓰는 경우, 여전히 별다른 새 아이디어는 없어. 10년을 하루같이 범인은 실을 뜨고 있거든. 한데 내가 생각하고 있는 것을 한번 실험해볼까?"

그래서 열쇠를 먼저 문짝 안으로 집어넣는다. 하지만 그가 열흘쯤 전에 성 알렉세이 성당의 지나이더실(室)에서 거둔 성공이 과연 이번에도 재연될 수 있을까? 그것이 몹시 불안스러웠다. 왜냐하면 그 고풍스런 긴 자루가 붙은 열쇠는 손잡이에서 훨씬 튀어나와 있어 앞서 보인 기교를 재현시키는 일이 거의 기대하기 어려웠기 때문이다. 두 사람이 지켜보는 가운데 노리미즈는 긴 실을 준비시키고 그것을 바깥에서 자물쇠 구멍에 들어가도록 하고 처음 자물쇠의 둥근 모양의 왼쪽을 감고 나서 이어 밑에서 위로 걸어올려 오른쪽으로 얽고, 이번에는 위쪽으로부터 둥근 모양의 왼쪽 본디 자리로 잡아당겨서 나머지를 검사의 몸에 감고 그 실 끝을 다시 자물쇠 구멍을 통해서 복도 쪽으로 드리웠다. 그러고 나서 노리미즈가 말했다.

"우선 하세쿠라 씨를 인형으로 가정하고 그것이 창가에서부터 걸어오는 것으로 하자고. 그러나 그에 앞서 범인은 처음에 인형을 놓은 자리에서 자로 재듯이 정확하게 측정을 해야 되거든. 어쨌든 문턱 가에서 좌우 두 발이 멈추도록 정할 필요가 있었던 거야. 왜냐하면 왼발이 그 위치에서 멈추면 이어서 오른발이 움직이기 시작해도 그것이 중도에서 문턱에 걸려 버리지 않겠어? 그래서 후반분의 여력이 그 발을 축으로 해서 회전을 일으켜 인형의 왼발이 차츰 뒤로 물러가겠지. 그리고 완전히 옆으로 방향을 취하게 되면 이번에는 문과 평행으로 나아가게 되기 때문이야."

그리고 구마시로에게는 문밖에서 실을 끌게 하고 검사는 벽의 인형을 향해 걷도록 했다. 그런 동안에 문앞을 지나서 자물쇠가 뒤쪽에 있게 되면 노리미즈는 그쪽의 실을 세게 구마시로에게 잡아당기게 했다. 그러자 검사의 몸이 팽팽하게 켕긴 실을 밀고 가 둥근 모양의 오른쪽이 이끌려서 보고 있는 동안에 열쇠가 돌아갔다. 그리고 문고리가 내려감과 동시에 실은 자물쇠 옆에서 뚝 끊어져 버렸다.

이윽고 구마시로는 두 가닥의 실을 쥐고 나타났는데 그는 안타까운 듯 한숨을 내쉬었다.

"노리미즈 씨, 당신은 정말 수수께끼 같은 사나이야."

"하지만 과연 인형이 이 방에서 나갔는지 어쩐지 그것을 명백하게 증명할 방법이 없어. 저 한 차례의 나머지 발자국만 해도 내 고찰만 가지고는 아직도 모자라."

노리미즈는 최후의 재확인을 하고 나서 인형 옷 뒤에 있는 갈고리 단추를 풀어 좌우로 활짝 열어 체내의 기계장치를 들여다보았다. 그것은 몇십 개의 시계를 모아놓은 정도로 극히 정교한 것이었다. 수없이 많고 다양한 톱니가 줄지어 겹쳐 있는 사이에 몇 단이나 자동적으로 작용하는 복잡한 방향조종기가 있고, 여러 관절을 움직이는 가는 놋쇠막대기가 후광처럼 방사선을 만들어내고 그 사이에 나선을 감는 돌기와 제동기가 보였다.

구마시로는 인형의 전신을 냄새 맡으면서 돌아보기도 하고 확대경으로 지문과 손가락 모양을 살펴보기 시작했으나 무엇 하나 그의 신경에 와닿는 것은 없었다.

노리미즈는 그것이 끝나기를 기다리며 "어차피 인형의 성능은 거의 뻔해. 걷고 멈추고 손을 흔들고 물건을 쥐었다 놓았다 하는 정도 아니겠어? 가령 이 방에서 나갔다 하더라도 그 상처 무늬를 새긴다는 것은 터무니없는 망상이야. 서서히 단네벨그 부인의 필적도 환상에 불과하다는 것을 알 만하지 않아?" 라고 말했지만 그의 마음에는 희미해진 인형의 그늘 대신 도저히 뿌리칠 수 없는 의문이 남게 되었다.

노리미즈는 말을 이었다. "하지만 구마시로 씨, 범인은 어째서 인형이 자물쇠를 채운 것처럼 보이려고 해야 했을까? 하긴 사건을 점점 신비스럽게 만들려는 수작이었겠지. 아니면 자기의 우월성을 뽐내고 싶어서였을지도 모르고. 그러나 인형의 신비를 강조하려고 했다면 오히려 그런 잔재주를 부리는 것보다도 문을 활짝 열어젖히고 인형 손가락에 오렌지즙이라도 묻혀 놓는 편이 효과적이 아니었을까? 아, 범인은 어째서 나한테 실과 인형의 기교를 선물로 놓고 간 것일까?" 하고 잠시 고민하는 듯한 표정이더니 "아무튼 인형을 움직여 보기로 하지"라고 말하며 눈빛이 잦아졌다.

이윽고 인형은 매우 완만한 속도로 특유의 기계적인 서투른 모습으로 걷기 시작했다. 그 탕 하고 밟는 한 걸음마다 지르릉지르릉하며 속삭이는 듯 떨리는 소리가 아름답게 울려왔다. 그것은 분명 금속선의 진동음으로 인형의 어딘가에 그런 장치가 있어, 그것이 텅 빈 몸통 속에서 공명을 일으키는 것이 틀림없다.

노리미즈의 추리에 의해 이렇게 인형을 재단하는 기밀이 아슬아슬하게 좁혀졌지만, 지금 들은 이 음향이야말로 진정 그것을 좌우할 열쇠같이 생각되었다. 이 중대한 발견을 마지막으로 하고 세 사람은 인형의 방에서 나왔다.

노리미즈는 처음엔 1층의 약물실을 조사할 것처럼 말했는데 갑자기 예정을 바꾸어 옛날 갑옷을 늘어놓은 곁복도로 들어갔다. 그리고 동그란 복도에 열려 있는 문가에 서서 물끄러미 앞쪽을 응시하시 시작했다. 복도 맞은쪽에는 두 가지의 놀랄 만큼 독신적(瀆神的)인 프레스코 (석회를 바르고 채 마르기 전에 수채로 그리는 화법)가 벽면을 차지하고 있었다. 오른쪽의 것은 처녀 수태의 그림으로 어쩐지 빈혈기를 띤 모습의 성모 마리아가 왼쪽 끝에 서 있고, 오른쪽에는 구약성서의 성인들이 모여 있는데 그들은 모두 손바닥으로 양눈을 가리고 그 사이에 선 야훼가 성욕적인 눈으로 성모 마리아를 물끄러미 바라보고 있었다. 왼쪽의 〈갈보리 산의 다음날 아침〉이라고 이름 붙이고 싶은 그림의 동기라면, 오른쪽 끝에 죽은 뒤의 강직성을 극명한 선으로 나타낸 십자가의 예수가 있고 그에 대해 겁을 먹은 비굴한 모습의 사도들이 조심조심 가까이 가는 광경이 그려져 있었다. 노리미즈는 생각을 고쳐먹은 듯 꺼낸 담배를 갑 속에 도로 넣고 엉뚱한 질문을 했다.

"하세쿠라 씨, 보드의 법칙을 알고 있나? 해왕성 이외의 행성 거리를 간단한 배수공식으로 나타내는 것 말이야. 혹시 알고 있으면 그것을 이 복도에서 어떻게 써먹을 수 없을까?"

"보드의 법칙?" 검사는 엉뚱한 질문에 놀라서 되물었다. 거듭되는 노리미즈의 이해할 수 없는 언동에 구마시로는 쓸쓸한 시선을 주었다. "그렇다면 저 두 그림에 대한 당신의 느낌을 비판해 봐야 되겠는 걸. 어때, 그 신랄한 성서관은? 아마 저런 그림을 좋아했을 것 같은 포이어바흐라는 사나이는 당신처럼 요설가는 아니었을 것 같아."

노리미즈는 검사의 말에 미소를 흘리고 나서 복도를 나왔다. 시체가 있는 방으로 돌아오자, 놀라운 보고가 기다리고 있었다. 고용인인 가와나베 에키스케가 어느새 자취를 감췄다는 것이다. 어젯밤 사서실의 구가 시즈코와 함께 단네벨그 부인의 시중을 들었고 구마시로가 제일 의혹을 가졌던 자여서 에키스케의 실종소식을 듣자 그는 자못 만족하여 양손을 비비면서 말했다.

"10시 반에 내가 신문을 마쳤으니까. 그리고 나서 감식반원이 손바닥무늬를 뜨러 갔다고 했고 현재 1시니까 그 사이에 일어난 일이군. 그렇지, 노리미즈 씨? 이것이 에키스케를 모델로 한 것 같아." 구마시로는 문짝 옆에 있는 두 개의 사람 상을 가리켰다. "나는 벌써 알고 있었어. 그 난쟁이 꼽추가 이 사건에서 어떤 역할을 했는지 말이야. 하지만 얼마나 바보짓인가? 그 녀석은 자기가 구경거리라는 것조차 알지 못하고 있었던 거야."

노리미즈는 경멸하듯이 상대를 보고 있었다.

"그렇게 될까?" 한마디 반대 의견을 암시하고는 조각상이 있는 쪽으로 걸어갔다. 그리고 주역인 가부좌상과 등을 대고 있는 꼽추 앞에 서서 말했다.

"이런 이런, 이 꼽추는 정상이 되어 버렸네. 이상스런 암합(暗合)이 아니야. 문의 부조에서는 예수한테 치료를 받고 있던 것이 안으로 들어오면 말끔히 다 나아버린 거야. 그리고 그 사나이는 아마 벙어리가 틀림없을 거야." 이 마지막 말을 할 때 그는 특히 힘을 주어 말했는데 갑자기 오한을 느낀 듯한 표정을 짓더니 언행에 신경질적인 데가 나타났다.

그러나 그 모습에는 아무런 변화도 없고 편평한 큰 머리를 가진 꼽추가 가늘게 처진 눈초리에 교활한 웃음을 머금고 있는 것에 지나지 않았다.

그동안 무엇인가를 적고 있던 검사는 노리미즈를 손가락으로 불러 탁상에 있는 종이조각을 보였다. 거기에는 다음과 같은 검사의 질문이 조목별로 적혀 있었다.

1. 노리미즈는 큰 계단 위에서 보통으로는 도저히 들을 수 없는 음향을 고용인이 들었다는 것을 안다고 했다. 그 결론은?
2. 노리미즈는 곁복도에서 무엇을 보았는가?
3. 노리미즈가 스탠드에 불을 켜고, 마루를 잰 것은?
4. 노리미즈는 텔레즈 인형의 방 자물쇠에 어째서 역설적인 해석을 하려고 몹시 애를 썼는가?
5. 노리미즈는 어째서 이 집 사람들의 신문을 서두르지 않는가?

다 읽고 나서 노리미즈는 빙그레 웃더니 1, 2, 5 밑에 줄을 치고 해답을 썼다. "혹시 만에 하나라도 행운이 와서 나에게 범인으로 지목할 인물이 발견될지도 몰라서(제2또는 제3의 사건)"라고 이어서 적었다. 검사가 깜짝 놀라 얼굴을 들자, 노리미즈는 다시 제6의 질문이라는 표제를 달아 다음 한 줄을 써넣었다.

6. 갑옷 무사는 어떤 목적으로 계단 아래에서 떠나야 했던 것인가?

"그것은 당신이 벌써……" 하고 검사는 눈을 부릅뜨면서 반문했는데 그때에 문을 조용히 열고 맨 처음으로 불려오는 사서실의 구가 시즈코가 들어왔다.

3. 시체에는 빛이 있어야 한다

구가 시즈코의 나이는 쉰두세 살쯤 되어 보였는데 일찍이 본 적이 없는 우아하고 단정한 풍모를 갖춘 부인이었다. 마치 끌로 마무리라도 한 것처럼, 매우 섬세한 안면의 선들이 쉽게 찾을 수 없는 의젓한 용모라고 할 수밖에 없었다. 그것이 가끔 긴장을 하면 거기에서 이부인의 끄떡도 하지 않는 강철 같은 의지가 나타나 은둔적인 조용한 그늘 속에서 불꽃처럼 활활 타오르는 듯한 느낌이 들었다. 노리미즈는 무엇보다도 먼저 이 부인의 정신적인 깊이와 온몸에서 배어나오는 위엄에 압도당하지 않을 수 없었다.

"댁은 이 방에 어째서 세간살이가 적은가 묻고 싶으시지요?"

시즈코가 처음 한 말이었다.

"지금까지 방을 비어 놓은 까닭은?" 하고 검사가 의문을 나타냈다.

"그렇게 부르는 것보다도 열지 않는 방이라고 하시는 편이……."

시즈코는 거리낌없이 정정하고 띠 사이에서 꺼낸 가는 담배에 불을 붙였다. "실은 더 물어보려고 하시겠지만 변사사건이 세 번이나 이 방에서 일어났기 때문입니다. 그래서 산데쓰 님의 자살을 마지막으로 이 방을 영구히 닫아 버리기로 했습니다. 이 조각상이나 침대만이 예전부터 있던 세간살이라고 할 수 있을 겁니다."

노리미즈는 복잡한 표정을 지으며 말했다. "그 열지 않는 방을 어젯밤에는 열었던 것입니까?"

"단네벨그 부인의 명령이었습니다. 겁에 질리셔서 어젯밤 최후의 피난처를 여기에서 찾지 않을 수 없었어요."

처량한 느낌이 드는 말을 시작으로 시즈코는 우선 성관 내부의 심상찮았던 이상한 분위기를 말하기 시작했다.

"산데쓰 님이 돌아가신 뒤 가족 모두가 마음의 안정을 찾지 못했습니다. 그때까지 말다툼 한 번 없었던 외국인 네 분도 차츰 말수가 줄어들고 서로 경계하는 듯한 태도가 날로 더해갔습니다. 그리고 이달에 들어와서는 아무도 여간해서는 방에서 나가는 법이 없고, 더욱이 단네벨그 님의 상태는 거의 광적이라고밖에 할 수 없었습니다. 식사마저 믿고 계시던 저와 에키스케 말고는 아무한테도 날라오지 못하게 하셨습니다."

"그 공포의 원인을 댁은 어떻게 보십니까? 개인적인 암투라면 몰라도 그 네 사람에게는 유산이라는 문제는 없지 않습니까?"

"원인은 모르지만 그분들이 자신의 생명에 위험을 느끼고 있었던 것만은 확실합니다."

"그 공기가 이달 들어서 더 심해졌다는 것은?"

"글쎄요, 제가 스위든벌크나 존 웨슬리^(감리교회의
창설자) 같으면 모르지만" 하고 시즈코는 비꼬아서 말하고 "단네벨그 님은 그런 고약한 것으로부터 어떻게든 벗어나 보려고 얼마나 노심초사했는지 모릅니다. 그 결과 그분의 지도로 어젯밤의 신의심문(神意審問)의 모임으로 나타난 것입니다"라고 덧붙였다.

"신의심문이라니요?" 검사에게는 시즈코의 검정색 일본옷 정장이 어떤 압박감으로 다가왔다.

"산데쓰 님은 좀 이상한 것을 남기셨습니다. 막크렌블그 마법이라고 한 것 같은데 교사체(絞死體)의 손목을 초에 절여 말려서 영광의 손의 손가락 하나하나의 위에 교수형 당한 죄인의 지방(脂肪)으로 만든 시체초를 세우는 것입니다. 그리고 거기에 불을 붙이면 요사스런 마음의 소유자는 몸이 움츠러져 정신을 잃어버린다고 합니다. 그래서 그 모임이 시작된 것은 어젯밤 9시 정각, 참석한 사람은 주인인 하다타로 님 외에 네 분과 거기에 저와 가미야 노부코였습니다. 하긴 오시카네 부인이 잠시 머무르셨지만 어제는 아침 일찍이 돌아가셨습니다."

"그 빛은 누구를 맞춘 것입니까?"

"그것이 바로 단네벨그 부인이었습니다. 그 다시 없는 빛은 낮의 빛도 아니고 밤의 빛도 아닙니다. 치직치직 가르랑거리면서 목쉰 소리를 내며 타기 시작하자, 퍼져가는 불꽃 속에서 섬뜩하게 약간 붉은 것이 활활 꿈틀거리기 시작한 거예요. 그것이 하나 둘 불이 붙는 동안에 우리는 인사불성이 되어 하늘로 쑥 올라가는 기분이 되었습니다. 그런데 불이 다 붙었을 때 숨이 막힐 것같이 괴로운 순간을 겪었습니다. 그때 단네벨그 님은 끔찍한 형상으로 앞쪽을 쏘아보며 웬 무서운 말을 외친 것입니다. 그리고 문에 의심할 바 없는 뭔가가 비쳤습니다." 시즈코는 떨리는 낮은 소리로 말했다.

"무슨 말을 외쳤습니까?"

"'아, 산데쓰'라고 외친 것입니다. 그러더니 그 자리에서 픽 쓰러졌습니다."

"뭐요, 산데쓰라고?" 노리미즈도 잠시 창백해졌다. "하지만 그 풍자는 너무나 극적이군요. 다른 여섯 사람 중에서 사악한 존재를 발견하려다가 오히려 자신이 쓰러졌다니 말이오. 어쨌든 영광의 손을 내 손으로 한 번 더 점화시켜 봅시다. 그러면 무엇이 산데쓰 박사를……." 노리미즈는 제자리를 되찾아 냉정하게 쏘아붙였다.

"그렇게 하면 그 여섯 사람이 개처럼 자기가 토해낸 것으로 돌아온다고 생각하시는 겁니까?" 시즈코는 베드로의 말을 빌려 통렬하게 응수했다. 그리고 이어서 말했다.

"하지만 제가 헛된 심령 도취자가 아니라는 것은 이제 차차 알게 되실 겁니다. 그런데 그분은 얼마 후에 의식을 회복하셨습니다만 핏기를 잃은 얼굴에 폭포처럼 땀을 흘리며 겨우 몸을 가누는 상태였습니다. '아, 오늘밤이야말로' 하며 절망적으로 몸부림치면서 떨리는 소리로 말씀하셨습니다. 그리고 저와 에키스케에게 이 방으로 옮겨달라고 하신 겁니다. 아무도 잘 모르는 방이라야 된다고 하면서 당장 눈앞에 닥쳐온 공포에서 벗어나려는 심리상태를 저는 알 수 있었습니다. 그럭저럭 10시가 가까워졌는데 그만 그날밤에 그분의 공포는 실현이 된 것입니다."

"그러나 그 무엇이 산데쓰라고 외치게 했을까요?" 하고 노리미즈는 다시 의문을 제기했다. "실은 부인의 임종 때에 텔레즈라고 쓰인 메모가 침대 밑에 떨어져 있었어요. 환각을 일으키게 한 생리적으로나 정신적으로 무슨 이상 같은 것이라도……? 그런데 그녀는 브루펜을 읽으신 적이 있나요?"

그때 시즈코의 눈에 반짝 이상한 빛이 나타났다.

"그렇습니다. 예순이 되면 사람이 변한다는 설도 이 경우에 분명히 하나의 설이 될 수 있겠지요. 거기에 겉으로는 알 수 없는 간질발작도 있지 않겠어요? 하지만 그때는 정신이 아주 말짱했습니다." 시즈코는 단정적으로 말하고 나서 말을 이었다. "그리고 그분은 11시 무렵까지 주무셨는데, 잠에서 깨어나자 목이 칼칼하다고 하셨기 때문에 그때 그 과일접시를 에키스케가 큰 방에서 가져왔습니다."

구마시로의 눈이 바쁘게 움직이는 것을 알고 시즈코는 다시 말했다.

"아, 댁은 여전히 스콜라파이시군요. 그때 그 오렌지가 있었던가를 묻고 싶으시지요? 그러나 인간의 기억력이란 것은 그렇게 여러분께 편리한 것만은 아닌 것 같아요. 첫째 어젯밤은 자지 않았다고 생각하지만 그 곁에서 선잠 정도는 잤다고 속삭이는 사람도 있답니다."

"그렇군요, 이것도 마찬가지입니다. 성관 사람들이 모두 다 어젯밤은 한결같이 숙면을 했다고 하니까요." 노리미즈 역시 씁쓸하게 웃으면서 "그래서 11시라고 하면 그때 누가 왔을까요?"

"네, 하다타로 님과 노부코 씨가 용태를 보려고 나오셨습니다. 그런데 단네벨그 님은 과일 말고 뭔가 음료를 마시고 싶다고 하셔서 에키스케가 레모네이드를 가져왔습니다. 그러자 그분은 조심스럽게 해로운 성분이 없는지 맛을 좀 보라고 명하신 겁니다."

"허허, 무서운 신경이군요. 그럼, 누가?"

"노부코 씨였습니다. 단네벨그 님도 그것을 보고 안심이 되셨는지 세 잔이나 거푸 마실 정도였으니까요. 그리고 나서 잠이 드셨기 때문에 하다타로 님이 벽에 걸린 텔레즈 액자를 떼어서 노부코 씨와 함께 가지고 가셨습니다. 텔레즈는 이 저택에서는 불길한 악령처럼 여겨 왔는데 유독 단네벨그 님이 몹시 싫어하셔서 하다타로 님이 그것을 떼셨다는 것은 아주 현명한 배려였다고 말할 수 있습니다."

"그러나 침실에는 어디에도 숨길 곳이 없으니까 그 액자와 인형 사이에 어떤 관계가 없을까?" 검사가 곁에서 한마디 끼어들었다. "그것보다도 그 마시고 남은 것은?"

"벌써 씻어 버렸을 겁니다. 하지만 그런 질문을 하신다면 헤르만

^{(19세기의} ^{독극물 학자)}이 비웃을 거예요."

시즈코는 노골적으로 조롱하는 표정이었다.

"만일 그것이 안 된다면 청산가리를 제로로 만드는 중화제를 살펴볼까요? 설탕이나 회반죽으로는 탄닌으로 가라앉힌 알칼로이드를 차와 함께 마실 수는 없겠지요. 그리고 12시가 되자, 단네벨그 님은 문에 자물쇠를 채우게 하고 그 열쇠를 베개 밑에 넣고 과일을 가져오라고 명하여 그 오렌지를 드신 겁니다. 오렌지를 드실 때도 아무 말씀이 없으시고 그후는 소리도 없이 잘 주무시는 것 같아서 우리는 가리개의 그늘에 긴 의자를 놓고 그 위에 누웠습니다."

"그럼, 그 전후에 희미한 방울 같은 소리가?"라고 묻자 시즈코가 부정했다. 검사는 담배를 내던지더니 중얼거렸다.

"그럼 액자는 없어졌고 부인은 텔레즈의 환각을 봤다는 거야. 그래서 완전한 밀실이 되어 버렸다면, 상처무늬와의 사이에 엄청난 모순이 생기지 않아?"

"그렇지, 하세쿠라 씨." 노리미즈가 조용히 말했다. "나는 그 이상의 미묘한 모순을 발견했어. 아까 인형의 방에서 조립한 것이 이 방으로 돌아오자 갑자기 역전해 버렸던 거야. 이 방은 열지 않은 칸이라고 했지만 실제론 오랫동안 끊임없이 드나들었어. 그 뚜렷한 흔적이 남아 있어."

"말도 안 돼." 구마시로는 깜짝 놀라며 말했다. "자물쇠 구멍에는 오래된 녹이 슬어 있고 처음 열 때에 열쇠가 꽂아지지도 않았다고 하던데. 게다가 인형 방과는 달리 단단한 나선으로 작용하는 쇠붙이니까 아무리 생각해 보아도 실로 조종될 것 같지 않고 물론 마루 입구나 벽에도 가리는 문이 없다는 것은 이미 반향 측정기로 확인했어."

"그러니까 당신은 내가 아까 꼽추가 나왔다고 하니까 비웃었던 거야. 자연이 무엇 때문에 인간의 눈에 띄는 장소 따위에 흔적을 남겨

둘 리가 없지" 하고 모두들을 조각상 앞으로 데리고 가서 "대체로 유년기부터의 꼽추는 상부의 늑골이 울퉁불퉁하게 되어 있어 염주알같이 생겼지만 그것이 이 상의 어디에 그런 것이 있는가. 그러나 시험 삼아 이 두꺼운 먼지를 한번 털어 봐."

먼지가 사태처럼 떨어졌다. 답답하게 콧구멍이 막히면서도 휘둥그레진 사람들의 눈은 분명히 그것을 조상의 첫 갈비뼈 위에서 확인한 것이다.

"그러면 염주알 위로 튀어나온 먼지를 판판하게 고르는 것이 있어야 되겠지. 하지만 어떤 정밀한 기계를 쓰거나 사람 손으로는 도저히 할 수 없는 일이야. 자연의 섬세한 힘이라야 돼. 바람과 물이 몇만 년이나 걸려서 암석에 거인상을 새겨넣듯이 이 상에도 닫혀진 3년 동안에 꼽추를 낮게 만든 작용이 있었던 거야. 이 방에 끊임없이 숨어서 드나든 인물은 언제나 이 앞의 대 위에 초를 놓았을 거고. 그러나 그 흔적 따위는 어떻게든 감쪽같이 속였다 하더라도 그 때부터 하나의 증표가 되는 상징이 만들어졌어. 불꽃이 흔들리면서 생기는 미묘한 기운의 움직임이 제일 불안정한 위치에 있는 염주알의 먼지를 아주 조금씩 떨어뜨려 갔던 거야. 안 그래, 하세쿠라 씨? 조용히 귀를 기울이면 어쩐지 무슨 벌레 같은 아름다운 정 소리가 들려오는 것 같지 않아? 가끔 이런 베를렌의 시가……."

"그렇지. 하지만 그 2년이란 세월이 어제 하룻밤을 증명한다고는 할 수 없잖아?"

그러자 노리미즈는 잽싸게 구마시로를 돌아다보며 "아마 당신은 콥트직 아래는 살펴보지 않았을걸?"

"도대체 무엇이 그런 것 아래에?"

구마시로는 눈을 동그랗게 뜨고 큰소리로 말했다.

"그런데 데드 포인트라는 것은 결코 망막 위나 음향학만으로는 풀리지 않아. 프리만은 직물의 올 틈으로 특수한 조가비 가루를 은밀히 집어넣는다는 거야."

노리미즈가 말없이 깔개를 말아 가자, 거기 마루에는 수직(垂直)에서는 보이지 않지만 모자이크의 수레 모양의 수가 늘어감에 따라 희미하게 다른 모양의 흔적이 나타나기 시작했다. 그 빛깔이 대리석과 거양옻나무의 무늬 위에 남겨진 것은 바로 물로 표시된 흔적이었다. 전체 길이가 두 자쯤 되는 타원형으로 덩어리 모양이지만, 자세히 보면 주위는 무수한 점들로 둘러싸여 있고 그 속에 온갖 형태를 가진 선과 점이 떼지어 모여 있었다. 그리고 그것이 발자취 같은 모양으로 번갈아 커튼 쪽을 향해 앞으로 갈수록 얇아졌다.

"아무래도 원형을 회복하기는 어렵겠어. 텔레즈의 발도 이렇게 크지는 않아." 구마시로는 완전히 현혹되어 버렸다.

"요컨대 음화(陰畵)를 보면 되는 거야"라고 노리미즈는 딱 잘라 말했다. "콥트직은 마루에 밀착되어 있는 것이 아니고 게다가 거양옻나무에는 팔티민산이 많이 함유되어 있기 때문에 탄수성이 있는 거라고. 겉면에서 뒤쪽으로 스며든 물이 가는 털에서 방울져 떨어지지만 그 밑에 거양옻나무가 있으면 물은 물방울이 되어 튀어나가 버리는 거야. 그리고 그 반동으로 가는 털이 차츰 자리를 바꾸어 가기 때문에 몇 번이고 방울져 떨어지는 동안에 마지막에는 거양옻나무로부터 대리석 쪽으로 옮겨 가겠지. 그래서 대리석 위에 있는 중심으로부터 제일 먼 선을 거꾸로 더듬어가서 그것이 거양옻나무에 걸린 점을 이은 것이 대략 원형의 선과 같다고 할 수 있어. 즉 물방울을 피아노 건반으로 하여 털이 론도를 춤추는 거지."

"그럴듯해." 검사는 고개를 끄덕였다. "그런데 이 물은 대체 무엇일까?"

"그것이 어젯밤에는 한 방울도……." 시즈코가 말하자 그것이 노리미즈는 재미있다는 듯이 웃는다.

"아니, 그것이 기노하세오(紀長谷雄) 경의 고사이지요. 아가씨 귀신이 물이 되어 사라졌다든가."

노리미즈의 해학은 결코 그 자리에 한정된 우스갯소리는 아니었다. 그렇게 만들어진 원형을 구마시로가 텔레즈 인형의 발 모양과 보폭을 대조해 보니까, 거기에 놀라운 일치점이 나타난 것이다. 몇 번이나 추정하는 가운데 이상한 것이 명멸을 반복하면서 정체를 알 수 없는 물을 밟고 나타난 인형의 존재는 이렇게 된다는 엄연한 사실을 인정할 수밖에 없다. 그리고 철벽 같은 문도 그 아름다운 전동음과의 사이에 더 큰 모순이 가로놓여 버린 것이다. 자욱한 담배연기와 수수께끼의 속출로 그렇잖아도 너무나 긴박한 이 분위기에 검사는 어지간히 상기되어 버린 듯, 창문을 활짝 열어젖히고 돌아오자, 노리미즈는 흘러나오는 하얀 연기를 바라보면서 다시 자리에 앉았다.

"그런데 구가 씨, 과거의 세 가지 사건에는 지금 언급하지 않더라도 대체 이 방이 어째서 그런 우의적인 일로 가득 차 있을까요? 그 입법자의 상 같은 것도 명백히 미궁의 암시가 아닐까요? 그것은 확실히 마리에트가 크로커 딜로폴리스에 있는 미궁의 입구에서 발견한 것이니까요."

"그 미궁은 아마 앞으로 일어날 사건의 암시일 거예요." 시즈코는 조용히 말했다. "아마 최후의 한 사람까지도 죽음을 당할 겁니다."

노리미즈는 놀라서 잠시 상대의 얼굴을 물끄러미 보고 있더니 시즈코의 말을 잠꼬대처럼 되뇌었다.

"아니 적어도 세 가지 사건까지는……. 구가 씨, 댁은 아직 어젯밤의 신의심문의 기억에 취해 있는 겁니다."

"그것은 하나의 증표에 지나지 않아요. 저는 벌써부터 이 사건이 일어나리라는 것을 미리 알고 있었어요. 한번 맞혀볼까요? 시체는 아마 정결한 영광으로 싸여 있을 거예요."

두 사람의 별난 문답에 어리둥절해하던 참이어서 검사와 구마시로는 그것이 무슨 청천벽력 같은 소리로 들렸다. 아무도 알 리 없는 그 기적을 이 부인은 어떻게 알고 있었다는 말인가. 시즈코는 말을 이었다. 그러나 그것은 노리미즈에 대한 비수 같은 질문이었다.

"그런데 시체에서 광채를 발산한 예를 알고 계신가요?"

"주교 워터와 아레초, 변증파(辨證派)의 막시무스, 아라고니어의 성 라켈…… 또 네 사람쯤 있었던 것으로 압니다. 그러나 그런 것은 결국 기적 매매자의 악업에 지나지 않을 것입니다."

노리미즈도 냉정하게 응수했다.

"그것으로는 시원스런 해석이라고 할 수 없습니다. 그리고 1872년 12월 스코틀랜드 인버네스의 목사 시광(屍光)사건은 *1?"

노리미즈는 시즈코의 모멸적인 언사에 좀 거센 말투로 응답했다.

"그 사건은 이렇게 해석합시다. 목사는 자살했고, 다른 두 사람은 목사한테 죽음을 당했다고요. 그래서 그것을 순서대로 말한다면 처음에 목사는 스티빈을 죽여 그 시체를 온도가 높은 휴업중의 벽돌 가마 속에 넣고 부패를 촉진시킨 것입니다. 그리고 그동안에 잔구멍을 무수하게 뚫은 가벼운 배모양의 관을 만들어 그 속으로 충분히 부패한 것을 확인하고 나서 시체를 넣고 거기에 긴 끈으로 추를 달아 호수 바닥으로 가라앉혔지요. 물론 며칠도 안 되어 배 속에 부패가스가 부풀어오르면서 그 관도 떠오른다고 봐야 되지 않겠어요? 그래서 목사는 그날 밤 추의 위치로 미루어 장소를 재어 얼음을 깨고 수면에 떠 있는 관의 잔 구멍에서 시체의 복부를 찔러 가스를 발산시키고 거기에 불을 붙였습니다. 아시다시피 부패가스에는 메탄 같은 열이 희박한 가연성 물질이 다량 들어 있기 때문에 그 인광이 달빛에 의해 구멍 가장자리에 만들어진 음영을 지우고 활주중의 아내를 빠뜨려 들어가게 한 것입니다. 아마 물 속에서 머리 위의 관을 비키려고 발버둥쳐 보았겠지만 끝내 탈진한 아내는 호수 속으로 깊이 가라앉고 만 것입니다. 이렇게 목사는 자기의 관자놀이를 쏜 권총을 관 위에 떨어뜨리고 그 위에 자기도 쓰러졌기 때문에 그 인광에 싸인 시체를 마을사람들이 후광으로 잘못 믿은 것도 무리가 아니지요. 그런 동안 가스의 양이 줄어감에 따라 뜨지 않게 된 배모양의 관은 권총을 실은 채 호수의 밑바닥에 누워 있는 아내 애비게일의 시체 위로 가라앉았는데, 한편 목사의 시체는 사지가 빙벽에 의지하여 그대로 얼음 위에 남아서 이윽고 빗속의 수면에는 얼음이 전면을 덮어 갔습니다. 아마 동기는 아내와 스티빈의 밀통이었겠지만 애인의 시체를 뚜껑삼아 구멍을 덮어버린다는 것은 얼마나 악마적인 복수입니까? 그러나 단네벨그 부인의 경우는 그런 난잡한 현상이 결코 아닙니다."

다 듣고 나서 시즈코는 약간 놀란 기색을 보였지만 안색은 별로 변하지 않았다. 그는 품속에서 두 장으로 꺾인 두루마리 모양의 질이 좋은 종이를 꺼냈다.

"보십시오, 산데쓰 박사가 그린 이것이 흑사관의 사령인 것입니다. 빛은 까닭없이 방사된 것은 아닙니다."

거기에는 꺾여진 오른쪽에 한 척의 이집트 배가 그려져 있고 왼쪽에는 여섯 획의 어느 방향에서나 사각의 후광을 등진 박사 자신이 서서 곁에 있는 이상한 시체를 바라보고 있다. 그리고 그 밑에 그레테 단네벨그 부인에서부터 에키스케까지의 여섯 사람 이름이 적혀 있고, 그 뒷면에는 무서운 살인 방법을 예언한 다음의 글귀가 쓰여져 있었다.

그레테는 영광으로 빛나게 죽음을 당할 것.
오토칼은 매달려서 죽음을 당할 것.

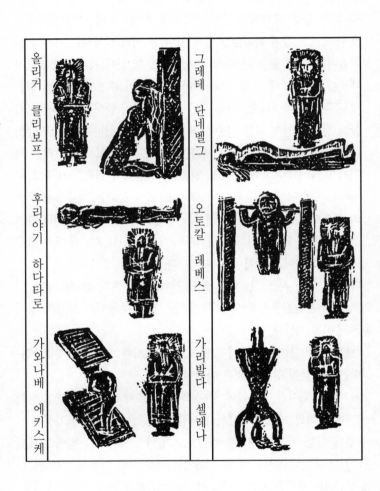

올리거 클리보프　후리야기 하다타로　가와나베 에키스케

그레테 단네벨그　오토칼 레베스　가리발다 셀레나

가리발다는 거꾸로 매달려 죽음을 당할 것.

올리거는 눈을 가리고 죽음을 당할 것.

하다타로는 허공에 떠올려 죽음을 당할 것.

에키스케는 틈새에 끼어 죽음을 당할 것.

"참으로 무서운 묵시였군요." 어지간한 노리미즈도 목소리가 떨렸다. "사각의 후광은 분명 생존자의 상징이었지요. 그리고 그 배모양의 것은 고대 이집트 인이 사후생활로 몽상하던 불가사의한 죽은 자의 배라는 생각이 들어요"라고 하자, 시즈코는 침통한 얼굴로 고개를 끄덕였다.

"그렇습니다. 뱃사람이 하나도 없는 큰 연못 가운데 떠 있어 사자 (死者)가 거기에 타면 그 명령의 뜻대로 여러 배의 기구가 저절로 움직여서 간다고 합니다. 그리고 사각의 후광과 목전의 사자와의 관계를 어떠한 의미로 생각하십니까? 결국 박사는 영원히 이 성관 안에서 살아 있는 것입니다. 그리고 그 의지에 따라 홀로 움직여 가는 사자의 배라는 것이 저 텔레즈 인형인 것입니다."

＊1 서구(西區) 아시리엄 의사신지(醫師新誌). 월커트 목사는 아내인 애비게일과 친구 스티빈을 데리고 스티빈 소유의 기와공장 가까이에 있는 빙식호 카틀린에서 놀다. 그런데 스티빈은 그 사흘째 되던 날 모습이 사라지고 이듬해 1월 11일 달밝은 밤에 호수에 온 목사 부부는 마침내 그날 밤 돌아오지 않고 한밤중 네댓 명의 마을 사람이 빗속에 달이 진 뒤 호수 위 아득한 데서 빛나는 목사의 시체를 발견했으나, 무서워서 새벽을 기다림. 목사는 타살당했는데 치명상은 왼쪽에서 머릿속으로 파고든 총상이었으며 총기는 발견되지 않음. 시체는 빙면의 우묵한 곳에 있었고 그후는 빛을 보지 못했으며 부인은 그날 밤 실종되어 스티빈과 같이 끝내 종적을 찾지 못함.

제2편 파우스트의 주문

1. Undinus sich winden (수정이여, 넘실거려라)

구가 시즈코가 제시한 여섯 장면의 묵시도는 처참하고 냉혹한 내용을 담고 있으면서도 외관상으로는 극히 낡고 서투른 선으로 매우 유머러스하게 그려져 있다. 그러나 확실히 이 사건에 있어서 그것이 모든 요소의 바탕을 이루고 있다는 것이 틀림없었다. 아마 이 시기에 잘못하면 이 두꺼운 벽은 몇천 번의 신문 검토 뒤에도 나타날 것이다. 그리고 그 자리에서 진전을 가로막을 것이 분명했다. 그러므로 시즈코가 놀랄 만한 해석을 가하고 있는 동안에도 노리미즈는 턱을 가슴에 대고 조는 체하면서 깊은 생각에 잠겨 있었지만 아마 속마음의 고뇌는 그의 경험을 초월한 것이었으리라. 사실 전혀 범인이 없는 살인사건, 이집트 거룻배와 주검 그림을 상관시켜 보는 도해법은 도저히 부정할 수 없게 되었다. 그런데 뜻밖에도 얼마 후 정시(正視)로 돌아온 그의 얼굴에는 점점 생기가 넘치고 격렬한 표정이 두드러져 갔다.

"알았습니다……. 그러나 구가 씨, 이 그림의 원리에는 결코 그런

스웨덴보그 신학(《묵시록 해석》 및 '알카나 코일례스차'에서 스웨덴보그는 출애굽기나 요한묵시록의 자구해석에 / 건강부회가 심한 수독법(數讀法)을 가지고 그 두 경전이 후세에서의 갖가지 역사적 대사변들을 예언한 / 것이 됨)은 없습니다. 착오가 있는 듯한 데가 오히려 논리형식은 정연한 것입니다. 또 모든 현상에 통한다는 공간구조의 기하학 이론이 이중에서도 역시 절대불변의 단위가 되고 있습니다. 그러므로 이 그림은 우주자연계의 법칙과 대조할 수가 있다면 당연히 거기에 추상되는 것이 없어서는 안 되겠지요"라고 노리미즈가 느닷없이 아무도 말한 일이 없는 초경험적인 추리영역으로 끌고 가려는 데 대해서 어지간한 검사도 어안이 벙벙해졌다.

수학적 논리는 모든 법칙의 지도원리라고 하지만 그 《비숍살인사건》에서마저 리먼 크리스토펠의 텐서는 단순한 범죄개념을 나타내는 데 지나지 않는 것이 아닌가. 그럼에도 노리미즈는 그것을 범죄분석의 실제에 응용하여 공허한 사유의 추상 세계로 빠져들려고 한다……

"아, 저는……" 하며 시즈코는 드러내놓고 비웃었다. "그것으로 로렌츠 수축의 강의를 듣고 직선을 비뚤어지게 그렸다는 바보 같은 이과 학생의 이야기가 생각나는군요. 그럼 민코프스키의 4차원 세계에 제4용적(입체적 중에서 영질(靈質)만이 삼투적 / 으로 존재할 수 있다는 공극(空隙))을 보탠 것을 한번 해석적으로 말해 주시겠습니까?"

그 비웃음을 노리미즈는 눈초리로 튕기고 나서 "그런데 우주구조 추론사 가운데서 제일 화려한 것이라고 하면 우선 저 가설 결투, 공간 곡률(曲率)에 관한 아인슈타인과 반 지터 간의 논쟁이 아닐까요? 그때 지터는 공간 고유의 기하학적 성질에 따른다고 주장했지만 동시에 아인슈타인의 반태양설도 반박했습니다. 그런데 구가 씨, 그 둘을 대비시켜 보면 거기에 묵시도의 본류가 나타나게 되는 것입니다"라고 마치 미친 사람이 아닌가 싶은 말을 내뱉고는 다음의 그림을 그리면서 설명하기 시작했다.

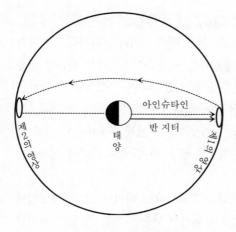

아인슈타인
반 지터
태양
제2의 영상
제1의 영상

"그럼 먼저 반태양설 쪽부터 말하면 아인슈타인은 태양에서 나온 광선이 동그란 우주의 가장자리를 돌아 다시 구(舊) 원점으로 되돌아온다는 것입니다. 그래서 최초로 우주의 극한에 도달했을 때 거기에서 제1의 상을 만들고 그러고 나서 몇백만

년의 여행을 계속하여 동그라미의 바깥둘레를 돌고 나서 이번에는 배후에 해당되는 대향점(對向点)까지 와 거기에서 제2의 상을 만든다는 것입니다. 그러나 그때에는 이미 태양은 사멸하여 하나의 암흑성에 불과하리라고 합니다. 요컨대 그 영상과 대칭하는 실체가 천체로서의 생존의 세계에는 없는 것입니다. 어떻습니까, 구가 씨? 실체는 사멸하였음에도 불구하고 과거의 영상이 나타난다는 말이죠. 그 인과관계가 마치 이 경우 산데쓰 박사와 6명의 사자(死者) 관계와 비슷하지 않습니까?

아닌 게 아니라 한쪽은 옹스트롬($\overset{\text{Å. 1센티미터의}}{\text{1억분의 1}}$)이고, 또 한쪽은 1억 조 마일이겠지만 그러나 그 대조도 세계 공간에 있어서는 고작 하나의 미소선분(微小線分)의 문제에 지나지 않습니다. 그리고 지터는 그 설을 이렇게 정정하고 있는 것입니다. 멀어질수록 나선 모양의 성운 스펙트럼선이 붉은 쪽으로 이동해 가기 때문에 거기에 따라 광선의 진동주기가 늘어진다고 추단하고 있습니다. 그래서 우주의 극한에 이를 무렵에는 광속이 제로가 되어 거기에서 진행이 뚝 그치게 된다는 것입니다. 그러므로 우주의 가장자리에 비친 상은 오직 하나이며 아마 실체와는 다르지 않을 것입니다. 그래서 우리는 그 두 이론 중에서 묵시도의 원리를 택하지 않으면 안 되게 되었습니다."

"아, 마치 미친 사람이 하는 소리를 듣는 것 같군." 구마시로는 비듬을 박박 긁으면서 중얼거렸다. "자, 이젠 서서히 천국의 연화대(蓮花臺)에서 내려오라고."

노리미즈는 구마시로의 비꼬는 말에 견디지 못해 쓴웃음을 지었으나 이어서 결론을 말했다.

"물론 태양의 심령학에서 벗어나 지터의 설을 인체생리상으로 옮겨보는 것입니다. 우주의 반경을 가로질러 긴 세월을 지나도 실체와 영상은 달라지지 않는다는 그 이론이 인간 생리 중에서 무엇을 의미할까요? 예를 들면 여기에 병리적인 잠재물이 있어 그것이 발생에서부터 생명을 다 마칠 때까지 성장도 감쇠도 하지 않고 항상 변함없는 모습을 유지한다고 하면……."

"그런다면?"

"그것이 특이체질인 것입니다"라고 노리미즈는 의기양양하게 쏘아붙였다. "아마 그중에는 심근질 비대라든가 혹은 경뇌막 시상(矢狀) 봉합유합(縫合癒合)이 없다고는 할 수 없겠지요. 하지만 그것이 대칭적으로 추상화할 수 있다는 것은 곧 인체생리 가운데도 자연계의 법칙이 순환하고 있기 때문입니다. 실제 체질액학파(體質液學派)는 생리현상을 열역학의 범위로 도입하려고 하고 있습니다. 그러므로 무기물에 불과한 산데쓰 박사에게 불가사의한 힘을 준다든가 인형에게 텔레파시의 성능을 상상해볼 수 있게 한 것은 결국 범인의 교활한 교란책에 지나지 않은 겁니다. 아마 이 그림의 사자의 배 따위에도 시간의 진행이라는 것 말고는 의미가 없겠지요."

특이체질. 논쟁의 화려한 불꽃에만 매료되어 있었지만 그 그늘에 이와 같은 음산한 빛깔의 부싯돌이 있으리라고는 꿈에도 생각지 못한 일이었다. 구마시로는 신경질적으로 손바닥의 땀을 닦으면서 말했다.

"과연, 그것이야말로……. 가족 외에 또 에키스케를 보태는 까닭이 뭐지?"

"그렇다고, 구마시로 씨." 노리미즈는 만족한 듯이 고개를 끄덕였다. "그러니까 수수께끼는 도형의 본질에는 없고 오히려 그린 사람의 의지 속에 있는 거라고. 아무리 보아도 이 의학의 환상은 얄팍한 양심적 경고문은 아니야."

"하지만 매우 유머러스한 형태가 아닌가?" 검사는 이의를 제기했다. "그래서 노골적인 암시도 완전히 익살맞은 것이 되고 말았어. 범죄를 조성하는 듯한 공기는 추호도 없어 보여"라고 항변했으나 노리미즈는 차근차근 자기의 설을 설명했다.

"과연 유머나 조크는 일종의 생리적 세척에는 틀림없지. 그러나 감정의 배출구가 없는 인간에게는 그것이 다시없는 위험한 것이 되어 버리거든. 대체로 하나의 세계, 하나의 관념밖에 없는 인간이라는 것은 흥미를 갖도록 하면 거기에만 지나치게 기울어져 오로지 역(逆)의 형태로 감응을 찾으려고 한단 말이야. 그 도착심리에 대해서인데 거기에 만일 이 그림의 본질이 비친다고 하면 그것이 최후가 되어 관찰은 그 자리에서 뒤틀리게 되는 거지. 그리고 양식으로부터 개인의 경험 쪽으로 옮겨지고 말아. 다시 말하면 희극으로부터 비극으로 되지. 그래서 그때부터는 미치광이처럼 자연도태의 자취를 좇기 시작하여 냉혈적인 무서운 수렵의 심리밖에 남지 않게 되어 버리는 거야. 그래서 하세쿠라 씨, 나는 손다이크가 아니야. 말라리아나 황열병보다도 벼락이나 캄캄한 밤이 더 무서운 것 같아."

"아, 범죄 징후학……." 시즈코는 여전히 냉소주의를 발휘하여 말했다. "대체로 그런 것은 다만 순간적인 직감에만 필요한 것으로 여겼는데요. 그런데 에키스케에 관한 얘깁니다만 그 사람은 거의 가족의 일원이나 마찬가지였답니다. 아직 7년밖에 안 되는 저 같은 사람과는 달리 고용자라는 것은 말뿐 어려서부터 44세가 된 지금까지 죽 산데쓰 님과 함께 살아왔기 때문이에요. 거기에 또 이 그림은 물론 색인에는 실려 있지 않고 절대로 남의 눈에 띄지 않았다는 것을 단언합니다. 산데쓰 님이 돌아가신 뒤 아무도 돌아보지 않는 먼지투성이 도서 밑에 묻혀 있었기에 저도 작년 말까지는 전혀 알지 못했을 정도입니다. 그리고 댁의 말대로 범인의 계획이 이 묵시도에서 출발한 것이라면 범인을 계산하고 빼기 셈을 하는 것은 아주 간단한 일이 아닐까요?"

이 불가사의한 노부인은 갑자기 이해하기 어려운 당돌한 태도로 나왔다. 노리미즈도 잠시 당황한 듯했으나 곧 소탈한 태도로 돌아가 말했다.

"그럼, 그 계산에는 몇 개나 무한기호를 붙이면 될까요? 아마 범인 자신도 이 그림만을 필요로 하지 않았을 것 같습니다. 댁은 다른 반쪽은 모르시는가요?"

"다른 반쪽이라니요? 누가 그런 망상을 믿겠어요!" 시즈코가 저도 모르게 히스테릭한 소리를 크게 지르자, 노리미즈는 비로소 그의 과민한 신경을 밝혀 말했다. 노리미즈의 직관적 사유의 테두리를 벗어나고 보면 묵시도의 도해나 이 말이나 이미 인간의 감각적 한계를 초월한 것이었다.

"그럼 모르신다니까 말씀드리지요. 아, 기발한 상상으로밖에 생각되지 않으시겠지만 실은 이 그림이라는 것이 둘로 쪼개진 절반에 지나지 않는 것입니다. 여섯 도형의 표현을 넘어선 데에 그 심오한 뜻이 내재되어 있는 것입니다."

구마시로는 놀라서 여러 그림의 네 가장자리를 접어서 맞추어 보았는데 "노리미즈 씨, 신소리는 그만 하시지. 너비가 넓은 칼날 모양은 하고 있지만 매우 정확한 선이야. 도대체 어디에 뒤에서 자른 흔적이 있어야지."

"아니야, 그런 것은 없어." 노리미즈는 대수롭지 않게 받아넘기고 전체가 日의 모양을 하고 있는 묵시도를 가리켜 보였다. "이 꼴이 일종의 기호인 거야. 원래 죽은 자가 은밀히 나타내려는 음험하기 짝이 없는 것이기 때문에, 방법까지도 철저하게 뒤틀리게 했다고. 그래서 이 그림도 보이는 바와 같이 전체가 도자(刀子, 석기 시대의 무기)의 칼날 같은 모양을 하고 있는 것이겠지. 그런데 그 오른쪽 귀퉁이에 비스듬히 자른 데가 실은 심오한 의미가 있지. 물론 산데쓰 박사에게 고고학의 조예가 없었다면 문제가 되지 않지만 이 꼴과 부합되는 것이 나르메르 메네스 왕조(통일 이집트의 초대 군주인 나르메르 왕조 시대) 무렵의 금자탑 앞 상형문자 가운데 있어. 먼저, 이렇게 옹색하고 부자연스럽기 짝이 없는 꼴 안에다 박사가 어째서 그리지 않으면 안 되었던가를 한번 생각해 봐요."

그는 묵시도의 여백에 연필로 ∩의 꼴을 그려놓고 나서 계속 말했다.

"구마시로 씨, 이것이 1/2을 나타내는 상고시대의 이집트 분수숫자라고 한다면 나의 상상도 그다지 망상만은 아니지 않겠어?"

노리미즈는 말을 맺고 나서 시즈코에게 말했다.

"물론 사어(死語)에 나타난 우의적인 모양이라는 것은 언젠가 정정될 경우가 없다고는 할 수 없겠지요. 하지만 어쨌든 그때까지는 이 그림에서 범인을 찾아내는 것만은 피하고 싶습니다."

그동안 께느른하게 허공만 쳐다보고 있던 시즈코의 눈에는 진리를 추구하려는 격렬한 열정이 불타올랐다. 그녀는 노리미즈의 해맑고 아름다운 사유의 세계와는 달리 어마어마한 음영에 넘친 질량적인 것을 세차게 쌓아올려 실증적으로 심오한 것을 천명하려고 했다.

"과연 독창이란 것은 평범하지 않아요." 시즈코는 혼잣말처럼 중얼거리고 나서 다시 원래의 냉혹한 표정으로 돌아가서 노리미즈를 보았다. "그러므로 실체가 가상보다 화려하지 않은 것은 당연한 거예요. 그러나 그런 행족의 장의용 기념물보다도 혹시 그 사각의 광배와 사자의 배를 실제로 목격한 사람이 있다고 하면 어떻게 하시겠어요?"

"그것이 댁이라면 나는 하세쿠라에게 말하여 기소하도록 하지요." 노리미즈는 끄떡도 하지 않았다.

"아니에요, 에키스케랍니다." 시즈코는 조용히 되받았다. "단네벨그 님이 오렌지를 드시기 15분쯤 전이었는데 에키스케는 그 전후에 10분 정도 방에서 나가 있었습니다. 그것은 다음에 들으니 이렇게 된 것입니다. 마침 신의심문회가 시작되어 한창이던 무렵인데 그때 에키스케가 뒤쪽 현관 돌층계 위에 서 있을 때 뜻밖에 2층 중앙에서 그의 눈에 비친 것이 있었답니다. 그때 모임을 하고 있는 방 오른쪽 옆의 쑥 내민창에 누군가 있는 낌새를 느꼈는데 새카만 사람 그림자가 섬뜩하게 움직이고 있었다는 것입니다. 그리고 그때 땅 위로 무엇인가 떨어뜨린 듯한 희미한 소리가 나서 그것이 마음에 걸려 견딜 수가 없어서 보러 가게 되었다는 것입니다. 그런데 에키스케가 발견한 것은 주변에 흩어져 있는 유리 파편들뿐이었습니다."

"그럼 에키스케가 그 장소로 가기까지의 경로를 물어보았습니까?"

"아니요." 시즈코는 고개를 내저었다. "게다가 노부코 님은 단네벨그 님이 졸도하시자 곧 옆방에서 물을 가져왔을 뿐 그밖에는 아무도 자리에서 움직인 분이 없었습니다. 이 정도로 말씀드리면 제가 이 묵시도에 바보처럼 집착하는 이유를 아실 겁니다. 물론 그 사람 그림자라는 것은 우리 여섯 사람 중에는 없습니다. 그렇다고 고용인이 범인일 수는 없지요. 그러므로 이 사건은 무엇 하나 남긴 것이 없다는 것도 지극히 당연한 것이 아닐까요?"

시즈코의 진술은 다시 찬바람을 일으켰다. 노리미즈는 잠시 담배의 빨간 끄트머리를 들여다보고 있더니 이윽고 짓궂은 미소를 띠며 말했다.

"그렇소, 그러나 니콜 교수 같은 실수투성이 선생도 이것만은 멋지게 말하지 않았던가요? 결핵환자 혈중에는 뇌에 마비를 일으키는 것이 포함되어 있다고."

"아, 언제까지나 댁은……." 시즈코는 기가 막혀서 일단 큰소리를 냈으나 곧 의연한 태도로 바꾸어 "그럼, 이것을……, 이 종이조각이 유리 위에 떨어져 있었다고 하면 에키스케의 말에는 뭔가 있다는 것을 알게 될 겁니다"라고 말하면서 호주머니에서 무엇인가를 꺼냈다. 그것은 빗물과 흙탕에 젖은 메모지 자투리였는데 거기에는 검정 잉크로 다음과 같은 독일어 문장이 적혀 있었다.

Undinus sich winden (운디누스 지히 빈덴)

"이것으로는 도저히 필적을 알아볼 수 없어. 마치 게가 그려놓은 글자 같군" 하며 노리미즈는 실망한 듯이 중얼댔으나 그 입 아래에서 두 눈을 번뜩여 "이상한데? 묘한 변화가 있어. 원래 이 한 구절은 '수정이여, 넘실거려라'였는데 여기에는 여성인 Undine에 us를 붙여서 남성으로 바꾼 것입니다. 하지만 이것이 어디에서 끌어온 말인지 아십니까? 이 성관의 장서 중 그림의 《고대독일시가 걸작선》과 파이스트의 《독일어 사료집》에서라도?"

"유감이지만 그것은 모릅니다. 언어학에 관한 것은 다음에 알려 드리겠습니다"라고 시즈코는 의외로 솔직하게 대답하고 그 글귀의 해석이 노리미즈의 입에서 나오기를 기다렸다. 그러나 그는 종이조각에 눈을 댄 채 쉽게 입을 열려고는 하지 않았다. 그 침묵의 틈을 노려 구마시로가 말했다.

"어쨌든 에키스케가 그 장소로 간 것에 대해서는 더 중대한 의미가 있습니다. 자, 무엇이든지 다 감추지 말고 말해 주시오. 그 사람은 이미 마각이 드러났으니까요."

"글쎄요. 그밖의 사실이라고 하면 아마 이것뿐일 것입니다." 시즈코는 여전히 비꼬는 듯한 태도였다. "그 사이에 제가 이 방에 혼자 있었다는 것뿐입니다. 하지만 어차피 의심을 받는다면 처음에 당하는 것이 대개의 경우 다음엔 아무것도 아닌 것이 되거든요. 거기에 노부코 님과 단네벨그 님이 신의심문회가 시작되기 두 시간 전쯤에 논쟁을 했습니다만 이런 일은 사건의 본질과는 아무 상관도 없지 않겠어요? 첫째 에키스케가 모습을 감추었다는 것도 아까 로렌츠 수축 이야기나 마찬가지겠지요. 그 이과 학생과 닮은 도착심리를 댁의 공갈 신문이 만들어낸 것입니다."

"그렇게 되는가요?" 시큰둥하게 중얼대면서 노리미즈가 얼굴을 들었는데, 어딘가 무슨 일의 가능성을 암시받은 것처럼 음울한 그림자를 던지고 있었다. 그러나 시즈코한테는 은근한 어조로 말했다.

"어쨌든 여러 가지 재료를 제공해 주셔서 감사합니다. 그러나 결론을 말한다면 매우 유감천만입니다. 댁의 훌륭한 유추논법으로도 결국 나한테는 그럴싸한 모습을 띤 것밖에 보이지 않았습니다. 그러므로 가령 인형이 눈앞에 나타난다고 하더라도 나는 그것을 환상으로밖에 보지 않을 것입니다. 첫째 그런 비생물학적인 힘이 어디에 있는가를 알지 못합니다."

"그것은 차차 알게 되실 거예요." 시즈코는 마지막으로 재확인하듯이 강조했다. "실은 산데쓰 님의 일정표 속에——그것은 자살하시기 전달인 작년 3월 10일의 난입니다만——거기에 이런 기록이 있습니다. '나는 숨기지 않으면 안 되는 은밀한 힘을 바랐는데 그것을 얻었노라, 이날 마법서를 태우다.' 이미 무기물이 되어버린 그분의 유해에는 일고의 가치도 없지만 어쩐지 저에게는 무기물을 유기물로 움직이는 불가사의한 생체조직이라고나 할 수 있는 어떤 것이 이 건물 안에 숨겨져 있는 것 같은 생각이 지워지지 않습니다."

"그것이 마법서를 태운 이유요." 노리미즈는 무엇인가를 암시하고 나서 말을 이었다. "하지만 잃은 것은 재현할 따름입니다. 그러면 다시 댁의 수리철학을 살펴보기로 합시다. 현재의 재산관계와 산데쓰 박사가 자살한 당시의 상황 말입니다."

노리미즈는 간신히 묵시도의 문제에서 벗어나 다음 질문으로 옮겼는데 그때 시즈코는 노리미즈를 응시한 채 몸을 일으켰다.

"아니요, 그것은 집사인 다고 씨가 적임자일 것입니다. 그분은 그 당시의 발견자이고 이 성관에서는 리슐리외 ($\frac{루이 \, 13세}{때의 \, 재상}$)라는 말을 들을 만했으니까요." 그리고 문 있는 데로 두세 걸음 걷다가 멈춰 서더니 돌아서서 노리미즈를 딱 노려보며 말했다. "노리미즈 씨, 제공한 것을 취하는 데도 고상한 정신이 있어야 됩니다. 그것을 잊은 사람에게는 반드시 후회하는 날이 올 것입니다."

시즈코의 모습이 방에서 사라지자 논쟁을 휩쓸고 간 방은 마치 방전 후의 진공이라고나 할까, 공허한 느낌으로 다시 퀴퀴한 곰팡내 나는 침묵에 싸여 숲에서 들려오는 까마귀의 울음 소리와 고드름 떨어지는 희미한 소리까지도 들을 수 있는 정적이 지배했다.

이윽고 검사는 목을 두드리면서 말했다.

"구가 시즈코는 실상만 좇고 당신은 추상의 세계에 빠져 있어. 그러나 말이지, 결국 전자는 자연의 이법을 부정하려고 했고 후자는 그것을 법칙적으로 경험과학의 범주로 규제하려는 것이야. 노리미즈 씨, 이 결론에는 대체 어떤 논법이 필요한 거지? 나는 귀신학이 될 것으로 생각하는데……."

"그런데 하세쿠라 씨, 그것이 내가 몽상으로 기대하는 거야. 그 묵시도에 이어져 있는, 아직 아무도 본 적이 없는 반쪽이 있다고. 바로 그것이야." 꿈꾸는 듯한 말을 노리미즈는 거의 아무 감동도 없이 말했다. "그 내용이 아마 산데쓰의 분서를 비롯하여 이 사건의 모든 의문에 통하고 있을 것으로 생각해."

"뭐야, 에키스케가 보았다는 사람 그림자까지도 말인가?"

검사는 놀라서 외쳤다.

그러자 구마시로는 진지하게 수긍하면서 "응, 그 여자는 결코 거짓말은 하지 않아. 다만 문제는 그 진상을 어느 정도의 진실로 에키스케가 전했는가 하는 것이야. 하지만 얼마나 불가사의한 여자였나"라고 공공연하게 경탄의 빛을 보이며 "자기 스스로 범인의 영역으로 다가가려고 하고 있는 거야"라고 말했다.

"아니, 마조히스트인지도 몰라"라고 노리미즈는 편안한 자세로 앉아 태평스럽게 회전의자를 삐걱삐걱 울리고 있더니 "대체 가책이라고 하는 것에는 이득이라고 할 수 없는 어떤 매력이 있는 것 아니겠어? 그 증거로 세비고라의 나케라는 수도자가 있는데 그 여자는 종교재판에서 가혹한 신문을 당한 뒤에 개종보다는 환속을 바란다고 했다니까 말이야"라고 말하고 나서 획 방향을 바꾸어 다시 원래의 자세로 돌아가서 말했다.

"물론 구가 시즈코는 박식하기 짝이 없었어. 하지만 그녀는 인덱스 같은 여자야. 기억 덩어리가 장기판 조각처럼 정확하게 배열되어 있는 것에 지나지 않아. 그렇지, 그야말로 정확성은 비길 데가 없지. 그래서 독창성이나 발전성과는 인연이 없는 거야. 첫째, 그렇게 문학에 감각이 없는 여자에게서 어떻게 비범한 범죄를 계획할 만한 공상력이 나오겠나?"

"도대체 문학이 이 살인사건과 무슨 관계가 있단 말이야?"

검사가 따졌다.

"그것이 저 '수정이여, 넘실거려라'는 의미야"라고 노리미즈는 비로소 문제의 한 구절을 밝히려는 태도로 나왔다. "그 한 구는 괴테의 《파우스트》 중에서 삽살개로 둔갑한 메피스토펠레스의 마력을 깨부수려고 저 전능박사가 외운 주문 가운데 있어. 물론 그 시대를 풍미한 〈칼데아 오망성 초요술〉의 한 글에서 화정(火精)・수정(水精)・풍정(風精)・지정(地精)의 네 요괴를 부르는 것이야. 그런데 그것을 시즈코가 몰랐다니 미심쩍게 생각되지 않나? 대체로 이런 고풍스런 성관에서 서가에 반드시 모습을 나타내는 것이라고 하면 우선 사변학에서는 볼테르, 문학에서는 괴테야. 그런데 그 여자는 그런 고전문학에 조금도 흥미를 느끼지 않았어. 그리고 또 한 가지는 그 한 구에는 섬뜩한 의사표시가 담겨져 있다고."

"그것은……."

"첫째로 연속살인의 암시인 거야. 범인은 이미 갑옷 무사의 위치를 바꾸어, 살인을 선언하고 있지만 이쪽이 더 구체적이야. 죽음을 당할 인간의 수와 그 방법까지 분명하게 말하고 있잖아. 그런데 파우스트의 주문에 나타난 요정의 수를 알면 그것이 확 가슴에 와 닿겠지. 왜냐하면 하다타로를 비롯한 네 명의 외국인 중에서 그 한 사람이 범인이라고 한다면 죽일 인원의 최대한도는 당연히 네 명이 아니면 안 되니까. 그리고 이것이 살인방법과 관련된다고 하는 것은 최초로 수정을 제시하고 있기 때문이야. 설마 당신은 인형의 발모양을 만들어 깔개 밑에서 나타난 그 이상한 물의 흔적을 잊지는 않았겠지?"

"그러나 범인이 독일어를 알고 있는 사람이라는 것은 확실한 것 같아. 거기에 이 한 구는 별로 문헌학적인 것도 아니거든." 검사가 말했다.

"장난이 아니야. '음악은 독일의 미술이다'라는 말이 있거든. 이 성관에서는 그 노부코라는 여자까지도 하프를 타는 모양이야"라고 노리미즈는 자못 놀란 듯한 표정으로 말했다. "게다가 몹시 풀기 어려운 성별의 전환도 있기 때문에 결국 언어학 장서 이외에는 그 주문을 판정할 방법이 없다고 생각해."

구마시로는 끼고 있던 팔짱을 축 내려 풀고 그에게 어울리지도 않은 탄성을 질렀다.

"아, 하나에서 열까지 조소적이 아닌가!"

"그렇지. 아닌 게 아니라 범인은 우리의 상상을 초월하고 있어. 그 야말로 차라투스트라와 같은 초인이라고. 이 불가사의한 사건을 이제까지처럼 힐베르트(David Hilbert. 현대수학의 여러 분야를 창시한 독일 수학자) 이전의 논리학으로 풀려고 해선 안 돼. 그 한 예가 그 물의 흔적인데, 그것을 진부한 잔여법(殘餘法)으로 해석하면 물이 인형의 몸통 안에 있는 발음장치를 무효하게 만들었다는 결론이 되지. 하지만 사실은 결코 그렇지가 않아. 더구나 전체가 몹시 다원적으로 구성되어 있지. 아무 단서가 없어. 오리무중인 가운데 섬뜩한 수수께끼만 우글우글 넘쳐 있어. 게다가 사자가 묻혀 있는 땅 밑의 세계에서도 끊임없이 종이뭉치 같은 것이 윙윙거리면서 부딪쳐오는 거야. 그러나 그중에 네 가지 요소가 포함되어 있는 것만은 알지. 하나는 묵시도에 나타나 있는 자연계의 섬뜩한 모습이고 그 다음은 아직 알려지지 않은 반 장을 중심으로 하는 사자의 세계야. 그리고 세 번째가 이미 일어난, 세 번에 걸친 변사사건이지. 그리고 최후는 파우스트의 주문을 축으로 해서 발전하려고 하는 범인의 현실행동인 거야."

거기서 잠시 말을 끊고 있었는데 이윽고 노리미즈의 어두운 모습이 밝은 빛을 띠었다. "그렇군 하세쿠라 씨, 당신이 이 사건의 각서를 작성하면 좋겠는데. 대체로 《그린 살인사건》(반 다인의 미스터리 작품)이 그렇지 않았나? 끝날 무렵에 번스가 각서를 만들자 그렇게도 난관에 부딪혔던 사건이 그와 동시에 기적적으로 해결을 보게 되었지. 그러나 그것은 결코 작가의 궁여지책이 아니었어. 반 다인은 어떻게 '인수'를 결정하는 일이 절실한 문제인가를 가르치고 있는 거야. 무엇보다도 우선 당장 급한 일은 바로 그거지. '인수' 말이야. 필경 그 몇 개인가를 이 아리송한 의문 가운데서 끄집어내는 데 있는 거라고."

검사가 각서를 만드는 동안 노리미즈는 15분쯤 방에서 나가 있었는데 이윽고 한 사람의 사복형사를 앞세워 돌아왔다. 그 형사는 성관 안을 구석구석까지 수색했음에도 에키스케를 찾지 못하고 끝내 헛수고가 되고 말았다는 내용을 보고했다. 노리미즈는 눈썹을 실룩실룩하면서 말했다.

"그럼, 고대 시계실과 작은 복도도 살펴보았나?"

"그런데 거기는……." 사복형사가 고개를 내저었다. "어젯밤 8시에 집사가 자물쇠를 채워 놓았고 또 그 열쇠도 분실되고 없습니다. 그리고 작은 복도에는 둥근 복도 쪽 문이 왼편 것 하나가 열려 있을 뿐입니다."

"응, 그래." 노리미즈는 일단 고개를 끄덕였으나 "그럼 중단하기로 하지. 결코 이 건물 밖으로 나가지는 않았을 테니까"라고 이상하게 모순된 두 가지 상황을 관찰하고 있는 듯한 말투를 흘렸다.

구마시로는 놀라서 "장난이 아니야. 당신은 이 사건을 현란하게 포장하고 싶겠지만 뭐라고 해도 에키스케의 입에서밖에 해답은 나오지 않아"라고 금세 성관 밖에서라도 들려올 것 같은 난쟁이 꼽추의 발견 소식에 기대를 걸었다.

결국 에키스케의 실종은 구마시로가 생각한 대로 확정되어 버렸다. 노리미즈는 문제의 유리조각이 있다는 주변 조사와 다음 신문자로 집사인 다고 신사이를 부르도록 지시했다.

"노리미즈 씨, 당신은 또 작은 복도로 갔었나?"

사복형사가 사라지자 구마시로가 좀 놀리듯 물었다.

"아니야, 이 사건의 기하학량(幾何學量)을 확인한 거야. 산데쓰 박사가 묵시도를 그리고 그 알려지지 않은 반쪽을 암시한 것에 대해 거기에 뭔가 방향이 있어야 되지 않겠어?" 노리미즈는 무뚝뚝하게 대답했는데 이어 놀라운 사실이 그의 입에서 튀어나왔다. "그래서 단네벨그 부인을 미친 사람처럼 만든 무서운 불온한 움직임이 있었다는 것을 알게 됐어. 실은 전화로 이곳 면사무소에 물어보았더니 놀랍게도 그 네 명의 외국인은 작년 3월 4일에 귀화하여 후리야기의 호적에 산데쓰의 양자, 양녀로 입적이 되어 있었어. 게다가 아직 유산상속 절차도 마치지 않았더군. 결국 이 성관은 정통 계승자인 하다타로의 손에 들어가지 않는 거야."

"이건 놀라운 일인데?" 검사는 펜을 내던지고 아연해했으나 곧 손가락을 꼽아보고 말했다. "아마 절차가 늦어진 것은 산데쓰의 유언장 때문이기도 하지만 법정기한이 이젠 2개월밖에 남지 않았어. 그것이 끝나면 유산은 국고로 들어가고 말겠지."

"그렇다고 해서 거기에 혹시 살인동기가 있었다고 하면 파우스트 박사의 방패, 저 별모양의 동그라미의 의미를 알게 되겠지. 그러나 어쨌든 하나의 각도에는 틀림없지만 네 사람의 귀화 입적과 같은 뜻밖의 일이 있을 정도이니까. 그 깊이는 보통 흔한 일이 아니야. 아니, 오히려 나는 그것을 경솔하게 수긍해서는 안 되는 까닭을 알고 있어."

"대체 무엇을 말인가?"

"아까 당신이 질문한 것 가운데 1, 2, 5항에 해당되는 거야. 갑옷무사가 계단 복도 위로 뛰어올라가 있고, 고용인은 들리지 않은 소

리를 듣고 있으며, 그리고 좁은 복도에는 보데의 법칙<small>(태양계에서 행성의
궤도 반지름을</small> <small>나타내는 데
사용하는 법칙</small>)이 여전히 해왕성만을 증명하지 못하게 말이지."

그런 놀라운 독단을 내던지고 노리미즈는 검사가 다 적은 각서를 집어들었다. 거기에는 사견이 섞이지 않은 사항만 배열하여 정확하게 기술되어 있었다.

1. 시체현상에 관한 의문 (약)

2. 텔레즈 인형이 현장에 남긴 흔적에 관하여 (약)

3. 사건 발생 전인 그날의 동정

①새벽, 오시카네 쓰다코의 이관

②오후 7시부터 8시——갑옷 무사의 위치가 계단 복도 위로 바뀌고 투구 두 개도 서로 바뀌었음

③오후 7시——고 산데쓰의 비서 가미야 노부코가 단네벨그 부인과 논쟁을 했다고 함

④오후 9시——신의심문회 중에 단네벨그는 졸도하고 그 무렵 에키스케는 그 옆방의 내민 가장자리에서 이상한 사람 그림자를 목격했다고 함.

⑤오후 11시——노부코와 하다타로가 단네벨그를 위문함. 그때 하다타로는 벽의 텔레즈 액자를 가져갔고, 노부코는 레모네이드를 시식함. 더욱이 청산가리를 주입한 오렌지를 얹어온 것으로 추측되는 과일접시를 에키스케가 가져온 것은 그때지만 문제의 오렌지에 관해서는 아직껏 증명된 것이 없음.

⑥오후 11시 45분——에키스케는 바로 앞의 사람 그림자를 보고 2층의 창가로 가서 유리조각과 함께 파우스트 중의 한 구절이 적힌 종이조각을 주움. 그 사이에 실내에는 피해자와 시즈코만 있었음.

⑦자정 무렵에 피해자가 오렌지를 먹음. 그리고 시즈코, 에키스케, 노부코 이외의 4인 가족에게는 기록할 만한 동정이 없음.

4. 과거의 흑사관 변사사건에 관하여(약)

5. 지난 1년 이후의 동향

①작년 3월 4일 4인의 외국인 귀화 입적

②같은 달 10일 산데쓰는 일정표에 불가해한 기록을 남기고 그 날 마법서를 태웠다고 함.

③4월 26일 산데쓰 자살. 그후 저택 사람들은 불안에 떨고, 마침내 피해자는 신의심문법으로 범인을 밝혀내려 함.

6. 묵시도의 고찰(약)

7. 동기의 소재(약)

다 읽고 나서 노리미즈가 말했다.

"이 각서 가운데 제1의 사체현상에 관한 의문은 제3조 안에 다 담겨 있다고 생각돼. 겉으로 보기에는 아무것도 아닌 듯한 시간의 나열에 불과하거든. 그러나 피해자가 오렌지를 먹은 경로만이라도 반드시 핀스렐 기하의 공식 정도가 꼭꼭 채워질 게 틀림없어. 그리고 산데쓰의 자살이 4명의 귀화 입적과 분서 직후에 일어난 것에도 주목할 가치가 있다고 생각해."

"아니야. 당신의 심오한 해석 같은 것은 아무래도 좋아." 구마시로는 토해낼 듯한 어투로 말했다. "그런 것보다 동기와 인물의 행동 사이에 대단한 모순이 있어. 노부코는 단네벨그 부인과 논쟁을 했고, 에키스케는 알고 있는 대로야. 거기에 또 시즈코는 에키스케가 밖으로 나가 있는 동안에 무슨 짓을 했는지 알고 있지 않아. 그런데 당신이 말하는 파우스트 박사의 동그라미는 바로 남아 있는 4명을 가리키고 있어."

"그럼, 저만은 안전권 내에 있는 겁니까?"

그때 등 뒤에서 이상한 목쉰 소리가 났다. 세 사람이 깜짝 놀라 뒤를 돌아보니 거기에는 집사인 다고 신사이가 어느새 들어와서 활달한 미소를 띠며 내려다보고 있었다. 신사이가 마치 바람처럼 소리도 없이 세 사람의 등 뒤에 나타날 수 있었던 것도 당연하다. 하반신 불수의 이 노사학자는 흡사 상이군인이나 사용하는 고무바퀴로 미끄러지듯 달리는 수동 사륜차에 타고 있었기 때문이다.

신사이는 꽤 저명한 중세사가로 이 저택의 집사로 근무하는 한편 몇 가지 저술을 발표하여 세상에 알려진 70세에 가까운 노인이었다. 수염이 없고 불그레한 얼굴에는 관골이 튀어나오고 하악골이 이상하게 발달한 대신 콧방울 언저리가 푹 꺼져, 그 모양이 추하고 괴상하기보다는 오히려 탈속적인 스님이라고나 할 흡사 12신장 가운데 있을 법한 별난 용모였다. 머리에 인도식 모자를 쓴 것이라든가, 그 모든 것이 한마디로 괴상했다. 그러나 어딘가 타협할 줄 모르는 완고하고 고루한 느낌으로 전체적인 인상으로는 딱딱한 갑각류를 연상시키는 모습이지만, 시즈코 같은 깊은 사색이나 복잡한 성격의 냄새는 찾아볼 수 없었다. 더욱이 그 수동 사륜차는 앞바퀴가 작고 뒤에는 초기 자전거에서나 볼 수 있었던 엄청나게 큰 바퀴로 기동력과 제동력을 조작하도록 되어 있었다.

"그런데 유산의 배분에 대해서인데요"라고 구마시로가 신사이의 인사에도 답례하지 않고 성급하게 말문을 열자 신사이는 불손한 태도로 모른 체했다.

"허, 4명의 입적을 아십니까? 아닌 게 아니라, 사실이지만 그것은 그 사람들에게 물어보는 것이 좋겠지요. 나에게는 도무지 그런 점은……."

"하지만 벌써 개봉된 것이 아닙니까? 유언자의 내용만은 털어놓는

것이 좋을 거요." 구마시로는 과연 노련하게 넘겨짚어 보았지만 신사
이는 전혀 동하는 기색이 없다.

"뭐요, 유언장……. 허허, 이건 처음 들어본 소리요" 하고 가볍게
받아넘겨 벌써 초장부터 구마시로와의 사이에 살기등등한 암투가 시
작되었다. 노리미즈는 처음에 신사이를 한번 훑어봄과 동시에 무엇인
가 묵상에 잠기는 듯했으나 이윽고 의욕에 넘친 눈동자를 던지며 말
했다.

"하하, 선생은 하반신을 못 쓰시는군요. 과연 흑사관의 모든 것이
내과적인 것이 아닌 것 같아요. 한데 선생은 산데쓰 박사의 죽음을
발견하신 모양인데 아마 그 하수인이 누구인지도 알고 계시겠지
요?"

이 말에 신사이뿐만 아니라 검사와 구마시로도 함께 아연할 수밖에
없었다. 신사이는 두꺼비처럼 양팔을 세우고 반신을 내밀며 포효하듯
이 소리를 질렀다.

"바보 같으니, 자살로 밝혀진 것을……. 댁은 검시조서를 보지도
않았소?"

"그래서 더욱 그래요" 하며 노리미즈는 다그쳤다. "댁은 그 살해
방법까지도 알고 계실 듯한데. 대체로 태양계의 내행성 궤도 반지름
이 어째서 그 노의학자를 죽였을까요?"

2. 종명기의 모테토

"내행성 궤도의 반지름?" 이 너무나 엉뚱한 한마디에 현혹되어 신
사이는 금방 할 말을 잃고 말았다. 노리미즈는 엄숙한 태도로 계속했
다.

"그렇지요. 물론 사학자인 댁은 중세에 웨일스를 풍미한 발다스 신
경(信經)을 아실 겁니다. 그 돌이데(⁹세기 레겐스부르크 _{그의 주교 마렙사})의 흐름을 따른 주

법경전의 신조는 무엇이었습니까 (우주에는 모든 상징이 가득하다. 그래서 그 신비적 법칙과 / 배열의 묘의는 숨겨진 사상을 사람들에게 알리든가 예고함) ”

"그러나 그것이……."

"요컨대 그 분석 종합의 이치를 말하는 겁니다. 나는 어느 미워해야 할 인물이 박사를 죽인 미묘한 방법을 알아내면서 비로소 점성술과 연금술의 묘미를 알게 되었습니다. 분명히 박사는 방의 한가운데서 발을 문 쪽에 두고 심장에 찔려 꽂힌 단검의 칼자루를 꽉 쥐고 쓰러져 있었습니다. 그러나 입구의 문짝을 중심으로 해서 수성과 금성의 궤도 반지름을 그리면 그중에서는 타살의 모든 증적이 사라집니다"라고 노리미즈는 방의 약도에 별도와 같은 이중의 반원을 그리고 나서 말을 이었다.

"그런데 그 전에 꼭 알아 놓아야 되는 것은 행성의 기호가 어느 화학기호에 해당하는가 하는 것입니다. 비너스(Venus)가 금성이라는 것은 아시겠지만 그와 동시에 구리를 나타냅니다. 또 머큐리(Mercury)는 수성인 동시에 수은의 이름도 됩니다. 그러나 고대 거울은 청동(비너스)의 얇은 막 뒤에 수은(머큐리)을 칠해서 만들었어요. 그러면 그 거울에, 즉 이 그림에서는 금성의 뒤쪽에 해당하지만 그것에는 당연히 커튼 뒤에서 쫓아온 범인의 얼굴이 비치겠지요. 왜냐하면 금성의 반지름을 수성의 위치에까지 줄인다는 것은 훌륭한 살인기교였음과 동시에 범행이 행해진 방향과 박사와 범인의 움직임까지 동시에 나타내고 있기 때문입니다. 그리고 범인은 차츰 그것을 중앙의 태양 위치로까지 줄여 갔습니다. 태양은 당시 산데쓰 박사가 죽음을 맞이할 위치였던 것입니다. 그러나 배면의 수은이 태양과 만났을 때에 대체 무슨 일이 일어났겠습니까?"

아, 내행성 궤도 반지름 축소를 비유로 하여 노리미즈는 무엇을 말하려고 하는 것일까? 검사와 구마시로도 근대과학의 정수에 훤한 노리미즈의 추리 속으로 설마 연금술사의 아슬아슬한 세계가 전기 화학 특유의 유사율 (^{類似律, 닮은 것은 닮은 것을 낳고,}
결과는 그 원인을 닮는다는 법칙)의 원리와 함께 나타나리라고
는 생각하지 않았다.

"그런데 다고 씨, S라는 글자가 무엇을 나타내고 있을까요?"라고
노리미즈는 기세를 늦추지 않고 계속했다. "첫째는 태양이고, 그리고
유황입니다. 그런데 수은과 유황의 화합물은 붉지 않은가요? 태양은
붉고 또 핏빛입니다. 요컨대 문가에서 산데쓰의 심장은 터진 것입니
다."

"뭐야, 문가라고……? 이건 우스꽝스런 폭언이야"라고 신사이는
미친 듯 팔걸이를 때리면서 "당신은 꿈을 꾸고 있어. 그야말로 실상
을 뒤집는 소리야. 그때 피는 박사가 쓰러져 있는 주위에서만 흐르고
있었어요"라고 말했다.

"그것은 일단 줄어든 반지름을 범인이 곧 원상태로의 위치로 되돌
렸기 때문이지요. 그리고 한번 더 S자를 보는 겁니다. 또 있지요. 악
마회의 날, 입법자……, 그렇지요. 그야말로 입법자인 것입니다.
범인은 저 모습처럼……" 하고 노리미즈는 거기서 일단 입을 다물고
물끄러미 신사이를 응시하면서 다음에 뱉을 말과의 시간적 간격을 가
슴속으로 은밀히 재고 있는 것 같았다. 그런데 느닷없이 적당한 때에
맞춰 "저처럼 서서 걸을 수 없는 인간, 그가 범인입니다."

노리미즈가 날카로운 소리로 말하자마자 이해할 수 없는 이상한 현
상이 신사이에게 일어났다.

신사이는 바로 상체를 꿈틀거리며 일으키더니 순식간에 두 눈을 부
릅뜨고 입을 나팔모양으로 열어 마치 뭉크의 노파에게서나 볼 수 있
는 무참한 형상이 되었다. 그리고 끊임없이 침을 삼키려고 애쓰는 듯
한 고민상태가 계속되다가 간신히 말을 꺼냈다.

"자, 내 몸을 좀 보라고. 이런 불구자가 어떻게……?" 그는 겨우
목쉰 소리를 쥐어짜냈다. 그러나 신사이에게는 확실히 목에 무슨 이

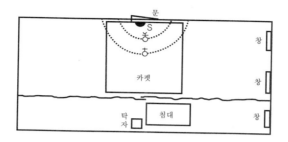

상이 생긴 것으로 보여 그 뒤에도 계속 호흡곤란으로 이상하게 말을 더듬으며 고통이 심해 보였다. 그 상태를 노리미즈는 차가운 눈으로 보면서 말을 이어갔는데 그 태도에는 여전히 그런 것까지 염두에 둔 듯 자기의 말 템포에 빈틈없는 주의를 기울였다.

"아니, 그 불구라는 점 때문에 살인을 저지를 수 있었습니다. 나는 댁의 육체가 아니고 그 수동 사륜차와 카펫만 바라보고 있었습니다. 아마 벤베누토 첼리니(^{문예부흥기의 금속}
세공가로 놀라운 살인자)가 카르드나초의 바르미에리(^{롬바르디아}
제일의 대자객)를 쓰러뜨렸다는 이야기를 아시겠지만 솜씨로는 당하지 못한 첼리니는 처음에 카펫을 느슨하게 깔아놓고 중간에 그것을 확 당겨 파르미에리가 발목을 접질려 비실거릴 때에 칼로 살해한 것입니다. 그러나 산데쓰를 쓰러뜨리기 위해서는 그 깔개를 응용한 문예부흥기의 칼솜씨가 결코 한마당의 낭만은 아니었습니다. 결국 내행성 궤도 반지름의 신축이라는 것은 요컨대 당신이 갔던 카펫의 그것에 지나지 않았던 거지요. 자, 그럼, 범행의 실제를 설명할까요?"라고 말하고 나서 노리미즈는 검사와 구마시로에게 힐책하는 듯한 시선을 보냈다. "도대체 어째서 문짝의 부조를 보고도 당신들은 꼽추의 눈이 움푹한 것에 주의가 미치지 못했단 말이지?"

"과연 타원형으로 오목하군." 구마시로는 곧 일어나서 문짝을 살펴보았는데 아닌 게 아니라 노리미즈 말대로였다. 노리미즈는 그 말을 듣자 회심의 미소를 짓고 신사이를 향해 다그쳤다.

"여보세요, 다고 씨. 그 우묵한 위치가 마치 박사의 심장 둘레에 해당하지 않는가요? 그것이 타원형을 하고 있으니까, 장도의 칼자루 끝에 있는 것은 일목요연합니다. 그렇다면 마땅히 천수를 즐기는 것 외에 자살할 동기가 하나도 없고, 더욱이 그날은 애인의 인형을 안고 젊은 시절의 추억에 잠겨 있던 박사가 어째서 문짝가로 떠밀려서 심장이 뚫려 있었을까요?"

신사이는 소리를 내기는커녕 아직도 증상이 이어져 그야말로 탈진 상태가 되어 있었다. 백지장처럼 안색이 변한 얼굴에서는 기름 같은 땀방울이 떨어지고 도저히 바로 보기 어려운 처참한 몰골이었다. 그럼에도 불구하고 노리미즈는 잔인한 추궁을 전혀 그만두려고 하지 않았다.

"그런데 여기에 기묘한 역설이 있는 것입니다. 그 살인이 오히려 온몸이 멀쩡한 사람에게는 불가능한 것입니다. 왜냐하면 거의 소리를 내지 않는 수동 사륜차의 기동력이 필요했기 때문에 그것이 우선 굴곡을 만들고 여러 겹으로 오그라들게 했다가 끝에 가서 박사를 문짝에 격돌시킨 것입니다. 당시 방은 어느 정도 어둑어둑하여 오른쪽 커튼의 그늘에 당신이 숨어 있는 것도 모르고 박사는 커튼 왼쪽을 젖히고 고용인이 날라온 인형을 침대 위에서 보며, 자물쇠를 걸려고 문으로 향했을 겁니다. 그런데 거기에 따라 당신은 범행을 개시했지요.

먼저 그 이전에 깔개 건너편을 압정으로 고정시켜 인형의 의상에서 장도를 뽑아놓고 마침내 박사가 등을 보이자 카펫의 끄트머리를 쳐들어 세로 부분을 발판으로 밀어서 속도를 가했습니다. 그래서 카펫에 주름이 생겨 그 굴곡이 차츰 높이를 더한 것입니다. 그리고 등 뒤에서 발판을 박사의 오금에 충돌시켰어요. 그러자 굴곡이 옆에서 무너져 거의 겨드랑이 밑에까지 높아졌겠지요. 그와 동시에 이른바 옌드러식 반사가 일어나 그 부분에 가해진 충격이 상박근에 전도되어 반사운동을 일으켰기 때문에 자연히 박사는 무의식중에 양팔을 수평으로 올렸겠지요. 그 양 겨드랑이로 박사를 뒤에서 껴 안고 오른손에 가진 장도로 심장 위를 가볍게 찌르고 곧 손을 떼었을 거요.

그러자 박사는 반사적으로 단검을 쥐려고 했기 때문에 간발의 차이로 두 손이 교대하다 이번에는 박사가 칼자루를 쥐어 버립니다. 그리고 그 순간에 뒷문에 충돌하여 자기가 쥔 칼의 날이 심장을 관통한 것입니다. 요컨대 고령으로 걸음이 더딘 박사에게 카펫에 굴곡을 만들어서 소리를 내지 않고 뒤쫓을 수 있는 속력과 그 기계적인 추진력. 그때부터 칼자루를 쥐도록 하기 위해 양팔을 자유롭게 해 놓아야 되기 때문에 무엇보다도 우선 오금을 자극하여 옌드러식 반사를 일으키지 않으면 안 됩니다. 그런 모든 요소를 구비하고 있는 것이 이 수동 사륜차이며 그 범행은 순식간에 소리를 낼 겨를이 없을 만큼 놀랍게 빠른 속도로 이루어진 것입니다. 그러므로 불구인 당신이 아니고는 아무도 박사에게 자살의 흔적을 남기고 숨을 거두게 할 수 없었을 것입니다."

"그러면 카펫의 굴곡은 무엇 때문이야?"

구마시로가 옆에서 물었다.

"그것이 내행성 궤도 반지름의 수축이 아닌가! 일단 한계에 이르기까지 수축된 것을, 이번에는 굴곡의 정점에 박사의 목을 맞추어서 카펫을 원래대로 펴놓았던 거야. 그래서 칼자루를 꽉 쥔 채 박사의 시체는 방 한가운데에 와버린 거지. 물론 빈방이지만 폐쇄되어 있지는 않았으니까, 거의 흔적은 남지 않았고. 사후에는 결코 굳게 쥘 수 없는 거야. 하지만 대개 검시관이란 비밀이라는 이상한 매력에 감수성이 결핍되어 있지."

그때 이 살기에 넘친 음침한 방의 공기를 흔들며, 고풍스런 모테토를 연주하는 거룩한 종명기(鐘鳴器, 종으로 소리를 내는 악기의 일종)의 소리가 울려왔다. 그러나 그 색다른 양태와의 대조에 기를 잃고 있는 참이었다. 그때까지 팔걸이에 엎드려 있던 신사이가 필사적인 노력으로 숨이 차서 거의 끊어질 듯 미미한 소리를 짜냈다.

"거짓말이야……. 산데쓰 님은 역시 방 한가운데서 죽어 있었던 거야……. 그러나 이 영광스런 일족을 위해…… 나는 세간의 이목이 두려워 그 현장에서 제거한 것이 있었어……."

"무엇을 말이오?"

"그것은 흑사관의 악령인 텔레즈 인형이었소……. 등 뒤에 업힌 것처럼 시체 밑에 깔려 단검을 쥔 산데쓰 님의 오른손 위로 양 손바닥을 겹치고 있었기 때문에…… 그래서 의복을 통한 출혈이 적어서 나는 에키스케에게 명하여……."

검사와 구마시로도 이젠 자지러질 듯한 경악의 빛은 나타내지 않았지만 이미 생존의 세계에는 있을 리 없는 불가사의한 힘의 소재가 하나의 현상마다 짙어가는 것을 느꼈다. 그러나 노리미즈는 냉정하게 단언했다.

"이 이상은 어쩔 수 없어요. 나도 이보다 더 나아가는 것은 불가능하니까요. 박사의 시체는 이미 흙이나 다름없는 무기물이 되었고 이제 기소를 결정할 이유라고 하면 당신의 자백밖에 없으니까요."

노리미즈가 그렇게 말을 마칠 때였다. 모테토의 소리가 멈추는가 하더니 갑자기 뜻밖에도 아름다운 현악 소리가 고막을 울리기 시작했다. 여러 벽 건너 저쪽 멀리에서 네 개의 현악기가 혹은 장엄한 합주를 하고 때로는 속삭이는 시냇물처럼 제1바이올린이 '사마리아의 평화'를 연주했다. 그것을 듣자 구마시로는 화가 난 듯이 쏘아붙였다.

"뭐야 저건? 이 집 식구 하나가 죽음을 당한 마당에."

"오늘은 이 저택의 설계자인 클로드 딕스비의 기일이라서……"라고 신사이가 숨을 헐떡이며 대답했다. "성관의 기록표에 귀국선을 타고 가던 중 양곤에서 몸을 던진 딕스비의 추억이 담겨 있답니다."

"그렇군. 소리없는 진혼곡이란 말이죠? 어쩐지 존 스테이너의 작품 비슷한 것 같아. 하세쿠라 씨, 나는 이 사건으로 저런 사중주단의 연주를 듣게 될 줄은 몰랐어. 자, 교회로 가봅시다."

노리미즈는 황홀해진 느낌이었다.

그 사복 형사에게 신사이의 간호를 지시하고 방을 떠났다.

"당신은 어째서 최후의 한 걸음에서 추궁을 늦추었나?"

구마시로가 재빨리 힐책하려 하자, 뜻밖에도 노리미즈는 폭소를 터뜨렸다.

"그럼, 그것을 진정으로 여겼나?"

검사와 구마시로는 그순간 조롱당했구나 했지만 그토록 정연했던 조리에 도저히 그 말대로 믿기지가 않았다. 노리미즈는 웃음이 터져 나오는 것을 참는 듯한 얼굴로 말을 이었다.

"솔직히 말하면 그것은 내가 제일 싫어하는 공갈신문이었어요. 신사이를 보는 순간에 직감적으로 짚이는 것이 있어서 급하게 꾸며낸 것이었지만 진짜 목적은 딴 데 있었던 거야. 다만 신사이보다도 정신적으로 우월한 자리를 차지하고 싶었을 뿐이야. 이 사건을 해결하기 위해 우선 그 완고한 등딱지를 분쇄할 필요가 있어."

"그럼, 문이 움푹 팬 것은?"

"둘 둘은 다섯이야. 그것이 이 문의 음험한 성질을 드러내고 있어. 또 그와 동시에 물의 흔적도 증명하고 있는 거야."

그야말로 놀라운 역전이었다. 쾅하고 정수리를 얻어맞은 것처럼 어리둥절한 두 사람에게 노리미즈는 지체 없이 설명하기 시작했다. "물론 물은 문을 연다고. 결국 이 문을 열쇠 없이 열기 위해서는 물이 없어서는 안 되는 것이지. 그럼 최초로 그것을 유추한 것을 말하기로 하지. 멈스벨리 경이 쓴 《존 디 박사 귀설(鬼說)》이라는 고서가 있어. 거기에는 마법 박사 디의 이상한 수법이 많이 적혀 있는데 그중에서 멈스벨리 경을 경탄시킨 보였다 안 보였다 하는 문의 기록이 실려 있거든. 그것이 나한테 물로 문을 열어라 하는 것을 가르쳐 준 거야. 물론 하나의 신앙요법이지만 우선 디는 학질 환자를 간호원과 함께 어느 방으로 들여보내고 자물쇠를 간호원에게 주어서 문을 잠그도록 했어. 그리고 약 한 시간 뒤에 문을 열자 자물쇠가 채워져 있는데도 문은 둔갑이라도 한 듯이 쏙 열려 버렸지. 거기서 디는 결론을 내린 거야. '귀신 붙은 티폰(半羊人)은 달아나도다'라고. 그런데 바로 문짝 부근에서 양 냄새가 나서 환자는 정신적으로 치유되어 버린 거지. 여봐요, 구마시로 씨. 그 양 냄새라는 것에는 디의 사술이 들어 있었던 거야. 한데 당신은 아마 람프레히트 습도계에도 있듯이 머리털이 습도에 의해 늘었다 줄었다 할 뿐만 아니라 그 정도가 길이에 비례한다는 사실도 알고 있겠지. 그래서 시험삼아 그 신축 이론을 도래걸쇠의 미묘한 움직임에 응용해 보라고. 아는 바와 같이 나선으로 사용하는 도래걸쇠라고 하는 것은 원래 못박아서 붙인 목재 주택 _{(회반죽 벽 위에 규칙적으로 깎은 목재를} _{때려박은 18세기 초기의 영국 건축양식)} 특유의 것이라고 하는데 대체로 편편한 놋쇠 막대의 끝에 떨어져 있는 것으로 그 막대의 상하에 의해 지탱점에 가까운 각체의 두 변에 따라 일어났다 쓰러졌다 하는 장치로 되어 있어. 지탱점에 가까울수록 내각이 작아진다고 하는 것은 간단한 이치라서 쉽게 알 수 있지. 그래서 도래걸쇠의 받침점에 가까운 한 점을 묶어서 그 끈을 쓰러진 경우 수평이 되도록 펴놓고 그 선의 중심과 아슬아슬하게 머리털의 다발로 묶은 추를 놓는다고 가정하고 자물쇠 구멍으로 뜨거운 물을 부어넣어 봐. 그러면 당연히 습도가 높아져서 머리털이 늘어나 추가 끈 위로 가세하여 끈은 활모양이 되기 마련이겠지. 따라서 그 힘이 도래걸쇠의 최소 내각에 작용하여 쓰러진 것이 일어나 버리지. 그래서 디의 경우는 그것이 양의 오줌이었을 것으로 생각되는 거야. 또 이 문으로서는 꼽추의 눈 이면이 아마 그 장치에 필요한 위험한 구멍이 되었을 것이므로 그 엷은 부분이 자주 되풀이되는 건습 때문에 오목하게 팼을 것이 분명하거든. 요컨대 그 장치를 만든 것이 산데쓰이고 그것을 이용하여 오랫동안 드나든 인물이 범인으로 상상이 간단 말이야. 어때, 하세쿠라 씨? 이것으로 아까 인형의 방에서 범인이 어째서 실과 인형의 기교를 남겨놓았는지 알겠지? 밖에서 기교만을 탐색하고 있는 날에는 이 사건은 영원히 문짝 하나에 가려져 버리고 마는 거야. 이쯤 되면 서서히 위티그스 주법(呪法)의 분위기가 무르익어가는 느낌이 들지 않아?"

"그럼 인형은 그때의 넘친 물을 밟았다는 말이 되나?" 검사는 끌려가는 듯한 소리를 냈다. "이제 그 다음은 그 방울 같은 소리뿐이군. 이것으로 범인을 동반한 인형의 존재는 마침내 확립되었다고 보아도 상관없겠어. 그러나 당신의 신경이 번뜩일 때마다 그 결과가 당신 의향과는 반대 형태로 나타났지 않아? 그것은 대체 어떻게 된 노릇이야?"

"응, 나 역시 잘 모르겠어. 마치 함정 속을 걷고 있는 느낌이야." 노리미즈에게 착잡한 모습이 보였다.

"나는 그 점이 양쪽으로 통하고 있지 않나 하는 생각이 들어. 지금 신사이의 혼란은 어때? 그것은 결코 예사로 보아넘길 일이 아니야."

바로 이것이다 하는 듯이 구마시로가 말했다.

"그런데 말이야"라고 노리미즈가 쓴웃음을 짓고 "실은 나의 공갈신문에는 묘한 얘기지만 일종의 생리고문이라고나 할 수 있는 것이 따른 거야. 그것이 있었기 때문에 처음으로 그런 멋진 효과가 생긴 거라고. 그런데 2세기 아리우스학파의 신학자 필리레이우스는 이런 담법론을 말하고 있어. '영기(靈氣, 흡의 뜻)는 호기와 함께 몸 밖으로 탈출하는 것이니 그 허점을 때리라'고. 또 비유로는 '동떨어진 말을 고르라'고. 그야말로 지당한 말이야. 그래서 내가 내행성 궤도 반지름 밀리미크론적인 살인사건에 결부시킨 것도 궁극적으로는 공통된 인수(因數)를 쉽게 알아차리지 못하도록 하기 위해서였지. 그렇지 않은가? 에딩턴의 《공간, 시간 및 인력》이라도 읽어본 날이면, 그중의 숫자에 전혀 대칭적인 관념이 없어진다고. 그리고 비네 같은 중기의 생리적 심리학자까지도 폐장이 가득할 때의 정신적 균형과 그 질량적인 풍부성을 말하고 있어. 물론 그런 경우 나는 바로 숨을 쉬려고 할 때에만 격정적인 말을 결부시켰지만 또 그와 동시에 혹시나 하고 생리적인 충격도 노렸던 거야. 그것은 후두후근축닉(喉頭後筋搐搦)이라는 지속적인 호흡장애를 말하지. 뮬만은 그것을 《노년의 원인》이란 저서에서 근질골화(筋質骨化)에 따르는 충격심리 현상이라고 설명하고 있어. 물론 간헐적인 현상임은 분명하지만 노령자가 숨쉬는 도중에 조절력을 잃으면 실제 신사이에게서 본 것과 같이 무참한 증상을 일으키는 경우가 있는 거야. 그래서 심리적으로나 기질적으로 내게는 별로 맞지 않는 그 두 가지를 뽑은 셈이지. 어쨌든 그런 잘못투성이 주장으로 모든 상대의 생각을 방해하려는 것과 또 하나는 거세술이야. 그 굴껍데기를 벌려서 내가 반드시 듣지 않으면 안 되는 것이 있기 때문이지. 요컨대 나의 권모술수란 것은 어떤 한 행위의 전제에 지나지 않지만 말이야."

"무서운 마키아벨리로군. 하지만 왜 그러지?"

검사가 단단히 벼르고 묻자 노리미즈는 살짝 웃었다.

"장난이 아니야, 당신이 먼저 했잖아? 1, 2, 5의 질문을 잊었나?

게다가 그 리슐리외 같은 실권자는 개운찮은 인물들에게 흑사관의 심장을 들여다보지 못하게 하고 있어. 그러기에 말이야, 그 사람이 진정주사에서 깨어날 때가 경우에 따라서는 이 사건의 해결에 계기가 될지도 모르는 거야."

노리미즈는 여전히 막연한 것을 암시할 뿐, 자물쇠 구멍에 뜨거운 물을 부어넣을 시험준비를 마친 다음 연주대가 있는 1층의 교회로 갔다. 큰방을 가로질러 음악소리가 십자가와 방패 모양의 부조가 붙어 있는 저쪽 큰문까지 울려 왔다. 문 앞에는 한 명의 고용인이 서 있어, 노리미즈가 그 문을 조금 열자 차갑고 넓은 공간이 쓸쓸한 기운에 흔들리면서 관후하고도 활달한 공기를 느끼게 했다. 그것은 성전의 장엄함만이 갖는 알 수 없는 매력이었다. 교회 안에는 갈색 증기의 작은 방울이 한껏 자욱하게 낀, 연무처럼 어두운 가운데 약하고 평온한 광선이 어딘가 초월적인 꿈과 같은 모양으로 감돌고 있다. 그 빛은 제대의 촛불에서 온 것으로 삼각기둥 모양을 한 큰 촛대 앞에는 유향(乳香)이 피워져 그 연기와 빛이 불화살처럼 죽 늘어서 있는 작은 원주를 따라 올라가서 머리 위의 아득한 부채꼴의 둥근 천장으로까지 뻗쳐 올라갔다. 음악소리는 기둥에서 기둥으로 반사되어 가고, 이상한 화음이 용솟음쳐 이제라도 금빛 찬란한 제의를 입은 사제가 나타날 것 같은 느낌이 드는 것이었다.

그러나 노리미즈에게는 이 분위기가 죄를 묻는 것같이 섬뜩하게만 여겨지는 것이었다. 제대 앞에는 반원형의 연주대가 설치되어 있고 거기에 도미니크 수사들의 수도복 차림을 한 4인 합주단이 무아의 황홀경에 들어가 있었다.

오른쪽 끝의 다듬지 않은 큰 돌같이 보이는 첼리스트 오토칼 레베스는 반달 모양의 수염이라도 기르고 싶은 듯이 볼이 불룩하고 몸집에 비해서는 작은 표주박 모양의 머리를 하고 있었다. 그는 아무래도 낙천가로 보이는데 더욱이 첼로가 기타 정도로밖에 보이지 않았다. 그 차석이 비올라 주자인 올리거 클리보프 부인인데 치켜올라간 눈썹에 눈초리가 매섭고 갈고리 모양의 가느스름한 코를 하고 있는 것이 어딘지 준엄한 인상의 용모였다. 소문으로는 그녀의 기량은 저 대연주자인 클루치스도 능가한다고 하는데 그래서인지 연주중의 태도 역시 거만한 기백과 태깔스러운 데가 있고 과장된 면이 엿보였다.

그런데 다음의 제2바이올리니스트 가리발다 셀레나 부인은 모두가 전자와는 대조적이었다. 살갗이 납빛으로 투명해 보이고 그렇잖아도 얼굴 윤곽이 작은데 부드럽고 동글동글하며 아담하고 유순한 인상이었다. 그리고 짙은 검은 빛 시원스런 눈인데도 응시하는 듯한 예리함이 없다. 이 부인에게는 전체적으로 우울한, 어딘가에 겸손한 성격이 숨겨져 있는 것 같았다. 이들 세 사람의 나이는 40대 중반으로 짐작되었다.

그리고 마지막으로 제1바이올리니스트는 고작 17세의 소년인 후리야기 하타지로였다. 노리미즈는 일본 전국에서 제일 아름다운 청년을 보는 것 같은 느낌이었다. 그러나 그 아름다움이란 연극배우나 기생 오래비 같은 미남으로 어느 면으로 보아도 사색적인 깊이나 수학적인 정확성은 찾아볼 수 없었다. 왜냐하면 그런 예지를 이루는 요소를 전혀 갖추지 못하여 박사의 사진에서 볼 수 있는 이마에 나타난 위엄 같은 것이 없기 때문이었다.

노리미즈는 도저히 들을 수 없을 것으로 여겼던 이 신비스런 악단의 연주를 듣게 되었지만 거기에 도취되지는 않았다. 왜냐하면 악곡의 마지막 부분에 이르자 두 바이올린이 약음기를 붙인 것을 알게 되어 그 때문에 저음의 현만 억세게 누른 듯한 음향과 그 느낌이 천국의 영광으로 끝을 맺는 장엄한 피날레라기보다도 오히려 지옥에서 울려오는 공포와 탄식의 신음소리 같은 이상한 느낌이 들었기 때

문이다. 막을 내리기 전에 노리미즈는 문을 닫고 옆에 있는 고용인에게 물었다.

"자네는 늘 이렇게 보초를 서나?"

"아니요, 오늘이 처음입니다." 고용인 자신도 알 수 없는 듯한 표정을 지었지만 그 까닭이 무엇인지 알 것 같았다. 그러고 나서 세 사람은 천천히 걸어가는데 노리미즈가 말문을 열었다.

"바로 이 문이 지옥문인 거야."

"그럼, 그 지옥은 문 안이야 밖이야?" 하고 검사가 반문하자 그는 호흡을 크게 하고 나서 매우 연극적인 몸짓을 하면서 말했다.

"밖이라고. 그 네 사람은 분명히 겁에 질려 있어. 만일 그것이 연극만 아니라면 내 상상과 부합되는 데가 있어."

진혼곡의 연주는 계단을 다 올라갔을 때에 끝이 났다. 그리고 잠시 아무 소리도 들리지 않았다. 그러고 나서 세 사람이 구획문을 열고 현장의 방 앞을 지나 복도로 나갔을 때였다. 다시 종명기가 울리기 시작하고 이번에는 라서스의 앤섬(성가)을 연주하기 시작한 것이다_(다윗의 시편 91편).

낮에 날아온 화살이 있고
어둠에는 걸어온 역병이 있고
한낮에는 해로운 심한 병이 있고
하나 그대 두려워하지 말지어다

노리미즈는 그것을 작은 소리로 중얼거리면서 성가와 같이 장례행렬의 속도로 걷고 있었으나 그 음색은 되풀이되는 한 구절마다 쇠약해져 그와 함께 노리미즈의 얼굴에도 우려의 빛이 더해갔다. 그리고 세 번째로 되풀이 되었을 때, '어둠……,' 이 한 절은 거의 들리지 않

앞으나 다음의 '한낮에는……'의 절에 이르자 이상스럽게도 같은 음색이면서도 배음이 나왔다. 그리고 최후의 절은 마침내 들을 수 없게 되었다.

"과연 당신의 실험은 성공한 거야"라고 검사가 눈을 동그랗게 뜨며 자물쇠를 건 문을 열었는데 노리미즈만은 정면 벽에 등을 기댄 채, 어두운 표정으로 허공을 응시했다. 그러나 이윽고 중얼거리듯이 작은 소리로 말했다.

"하세쿠라 씨, 작은 복도로 가봐야 되겠어. 거기에 매달린 갑주 가운데 틀림없이 에키스케가 살해되어 있어."

두 사람은 그 말을 듣고 무의식중에 펄쩍 뛰었다. 아, 노리미즈는 어떻게 종명기 소리로 시체의 소재를 알았단 말인가?

3. 에키스케는 틈새에 끼어 죽음을 당할 것

그런데 노리미즈는 코앞의 작은 복도로 가지 않고 둥근 복도를 돌아 교회 천장에 붙어 있는 종루 계단 밑으로 가서 섰다. 그리고 과원 모두를 그 장소로 소집해, 그곳을 비롯해서 옥상에서 벽 둘레 위의 보루까지 파수꾼을 세우고 첨탑 밑의 종루를 주시하도록 했다. 이렇게 해서 2시 30분 정각에 종명기가 다 울리고 나서 딱 5분 뒤에는 물 샐 틈 없는 철저한 포위망이 이루어진 것이다. 이제 사건은 이것으로 끝장나지 않을까 하는 생각이 들 정도로 결론을 내기 위한 긴장 속으로 몰려 갔다. 하지만 물론 노리미즈의 뇌를 쪼개 보지 않는 한 그가 과연 무엇을 꾀하고 있는지 예측할 수 없는 것은 말할 것도 없다.

그렇지만 독자 여러분은 노리미즈의 행동이 의표(意表)를 넘어선 점을 의식할 것이다. 그것이 과연 적중할 것인가 아닌가는 별문제로 치더라도, 그야말로 인간의 한계를 벗어날 정도의 비약이었다. 종명기의 소리를 듣고 에키스케의 시체가 작은 복도에 있다고 상상하는가

하면, 이어서 행동으로 나타날 것이 종루를 노린다는 것이다. 그러나 헷갈리고 뒤얽힌 것을 과거의 언동에 비추어보면 거기에는 한 가닥의 맥락이 통하고 있다는 것을 발견할 수 있다. 왜냐하면 처음은 검사의 개별 질문서에 답한 내용이었으며, 그 뒤 집사인 다고 신사이에게 잔 인한 신문을 강행하면서까지 그리고 또 그 다음에는 그의 입을 통해 서 말하게 한 그 엄청난 역설이 그것을 말해준다. 물론 그 공변법 (共變法. 귀납법의 제5형식. 어떠한 현상이라도 어떤 다른 현상이 변화함에 따라 그 자신도 변화할 때 그 사이의 원인 또는 결과가 되거나 혹은 양자간 인과의 사실에 의해 결합함) 같은 인과관계는 다른 두 사람에게도 금세 전파되었다. 그리고 그 놀라운 내용이 신사 이의 진술을 듣지 않더라도 이 기회에 밝혀지지 않을까 생각되었다. 그러나 지시를 끝내고 난 다음 노리미즈의 태도는 너무 의외였다. 도 로 원래의 어두운 표정으로 돌아가 회의적이고 착란인 듯한 그림자가 어른거렸다. 그리고 작은 복도 쪽으로 걸어가다가 느닷없이 토해낸 노리미즈의 탄성이 두 사람을 경악시켰다.

"아, 전혀 알 수 없게 돼 버렸어. 에키스케를 죽인 범인이 종루에 있다고 하면 저만큼 정확한 증명이 아무 의미도 없게 된다고. 솔직 히 말하면 내가 현재 알고 있는 인물 이외의 한 사람을 상상하고 있었는데 그것이 엉뚱한 자리에 나타나 버렸어. 설마 별개의 살인 은 아닌 것 같은데 말이야."

"그럼 무엇 때문에 우리를 끌고 다닌 거야? 처음에 당신은 에키스 케가 작은 복도에서 살해되어 있다고 했어. 한데도 불구하고 그 입구 밑에서 엉뚱하게 종루를 지키게 한 거야. 궤도가 없어. 전연 무의미 한 전환이 아닌가 말이야."

검사가 화가 나서 소리쳤다.

"그다지 놀랄 일은 아니야." 노리미즈는 입을 비쭉하며 웃음을 띠 고 대꾸했다. "바로 그것이 종명기의 음향인 거야. 연주자가 누군지 는 모르지만 차츰 소리가 약해지더니 마지막 일절은 마침내 연주되지 않았어. 게다가 최후로 들린, '한낮에는……'의 대목이 이상하게도 배음(倍音, 도·레·미·파와 마지막 도를 기본음으로 하는 한 옥타브 위의 음계)을 냈어. 알겠나, 하세쿠라 씨? 이것은 대체로 일반적인 법칙이 아니라고 생각해."

"그렇다면 당장 당신의 평가나 들어보기로 하자구"라고 구마시로가 끼어들자 노리미즈의 눈에 이상한 빛이 나타났다.

"그것이 바로 악몽이야. 무서운 신비 아닌가 말이야. 어떻게 산문적으로 풀 수 있는 문제냐고." 그는 일단 열광적인 말투였으나 차츰 마음을 가라앉히고 "한데 우선 에키스케가 이미 이 세상 사람이 아니라고 하면, 물론 몇 초 후에는 그 엄연한 사실이 밝혀질 줄 알지만 그렇게 되면 가족 전부의 수에 하나의 음수가 남아 버린다고. 그래서 최초는 4인 가족이지만 연주를 마치고 곧 교회를 나섰다고 하더라도, 거기에서 종루까지 올라올 시간적 여유가 없어. 신사이는 모든 면에서 제외시켜야 되고. 그러면 남은 것은 노부코와 구가 시즈코가 되지만 종명기의 음향이 일시에 뚝 그친 것이 아니고 차츰 약해져 간 점을 생각하면 그 두 사람이 함께 종루에 있었을 것으로는 상상도 되지 않아. 물론 그 연주자에게 무슨 이상이 발생한 것이 틀림없지만 그 찰나에 음향의 최후에 들린 일절이 희미한 소리지만 배음을 냈다는 사실이야. 말할 것도 없이 종명기의 이론상 배음은 절대로 불가능한 거지. 그렇다면 구마시로 씨, 이 경우에 종루에는 한 사람의 연주자 외에 또 한 사람이 기적적인 연주를 할 수 있도록 둔갑하고 있어야 한다는 말이지. 아, 그것이 어떻게 종루에 나타났을까?"

"그렇다면 어째서 먼저 종루를 살펴보지 않는 거야?"라고 구마시로가 따지고 들자 노리미즈는 약간 떨리는 소리로 "실은 그 배음에 함정 같은 것이 있는 듯한 느낌이 들어서였어. 어쩐지 미묘한 자기 폭로 같은 느낌이 들기 때문에 그것을 내 신경에만 전한 것인데 어쩐지 무슨 수작이 있는 성싶어서 그랬던 거야. 첫째 범인이 그만큼 범행을 서두르지 않으면 안 될 이유를 모르잖아. 게다가 구마시로 씨, 우리가 종루에서 어물어물하고 있는 동안 1층에 있는 네 사람은 거의 무방비 상태가 아니었겠어? 대체로 이렇게 휑뎅그렁 넓은 성관 안이라는 것은 어느 곳이나 허점투성이야. 어떻게 막을 방법이 있어야지. 그래서 기왕에 일어난 일은 어쩔 수 없지만 새로 희생자가 발생하는 것만은 어떻게든지 막아야 된다고 생각했기 때문이야. 요컨대 나를 괴롭히고 있는 두 가지 관념에 각각의 대책을 강구해 놓은 셈이지."

"음, 또 귀신 말인가?" 하고 검사는 아랫입술을 깨물며 중얼거렸다. "모두가 정도를 벗어난 미치광이 짓 같아. 마치 범인은 바람처럼 우리 앞을 지나가서 나 보란 듯이 우롱하고. 어때, 노리미즈 씨? 이 초자연은 대체 어떻게 되는 거지? 이제 서서히 시즈코가 한 진술 방향으로 정리해 가는 것이 어떨까?"

아직 현실로 다가오지 않았음에도 불구하고 모든 사태가 명백히 수렴되어 가는 방향을 제시하고 있다. 이윽고 활짝 열려 있는 작은 복도의 입구가 눈앞에 펼쳐졌는데 막다른 둥근 복도에 열려 있는 한쪽 문이 어느새 폐쇄된 것같이 보여 내부는 암흑에 가까웠다. 그 차갑게 다가오는 공기 속에서 희미하게 피냄새가 끼쳐 왔다. 그것은 수사를 개시한 지 아직 4시간밖에 되지 않았는데, 그럼에도 불구하고 노리미즈 등이 암중모색을 계속하고 있는 동안 범인은 날뛰면서 벌써 제2의 사건을 감행한 것이다.

노리미즈는 곧 둥근 복도의 문을 열어 빛을 들여보낸 다음 왼쪽에 늘어서 매달려 있는 갑주들을 바라보기 시작했다. 그런데 금방 "이거야"라고 하며 한가운데 있는 하나를 가리켰다. 좌우로 즐비하게 걸려 있는 갑주 중에서 노리미즈가 그것을 골라 얼굴을 가리고 있는 투구를 벗기자 거기에 에키스케의 처참한 시신이 나타났다. 과연 노리미즈의 비범한 예시력이 적중한 것이다.

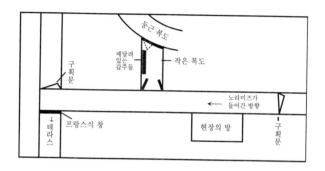

뿐만 아니라 단네벨그 부인의 시광과 번갈아서 이 난쟁이 꼽추는 기괴하기 짝이 없이 갑주를 입은 채 공중에 매달려 살해되어 있었다. 아, 여기에도 또 범인의 현란한 장식벽이 유감없이 발휘되어 있는 것이다.

처음 눈에 띈 것은 목에 그려진 칼에 찔린 두 줄기의 상처자국이었다. 그것을 자세히 말하면 합친 모양이 마치 두이(二)자 같고, 그 위치는 갑상연골에서 가슴뼈에 걸친 전경부였으나 상처가 쐐기모양을 하고 있기 때문에 단검 모양으로 추단되었다. 또 깊이가 이어진 형상이 ⌐꼴을 하고 있는 것도 특이했다. 위의 것은 처음 기관의 왼쪽을 6센티미터 정도의 깊이로 찌르고 나서 칼을 뽑아 옆으로 얕은 자창을 넣어 돌려서 오른쪽으로 다시 푹 찌르고 칼을 뽑은 것이다. 아래의 하나도 대체로 같은 모양인데 그 방향만은 밑으로 어슷하게 되어 있어 상처 끝은 흉곽 속으로 들어가 있었다. 그러나 모두 큰 혈관이나 장기에는 닿지 않았고 또 아주 교묘하게 기도를 비켜갔기 때문에 물론 즉사시킬 정도의 것이 아니었던 것은 분명하다.

그리고 천장과 갑옷을 묶어 매달아 놓고 있는 두 줄의 삼끈을 끊고 시체를 갑옷에서 벗겨 내려고 하자, 이상한 것이 나타났다. 그때까지는 부자연스러운 부분이 늘어진 목에 가려 알 수 없었는데, 이상하게도 에키스케는 갑옷을 옆으로 입고 있었던 것이다. 즉 몸을 넣는 왼쪽 겨드랑이 있는 데를 등 뒤로 하고, 거기에서 튀어나온 등의 융기를 황골을 쪼갠 것 속에 집어넣었다. 그리고 상처에서 흘러나온 거무스름한 피는 방울져 떨어지고 이미 체온이 식어 하악골부터 굳어지기 시작했으며 죽은 지 2시간은 넉넉히 지난 것 같았다.

그러나 시체를 끌어내어 보니 깜짝 놀랄 일이 있었다. 왜냐하면 전신에 걸쳐 뚜렷이 질식 징후가 나타나 있고 무참한 경련의 흔적이 도처에 깔려 있을 뿐만 아니라 두 눈과 배설물, 그리고 흘린 핏빛에서도 한눈에 생생하게 알 수 있는 것이 남아 있었다. 또 그 용모가 참으로 무참하게 사투할 때의 격렬한 고통과 고뇌를 엿볼 수 있었다. 그러나 기관에도 경색을 보이는 물질은 발견되지 않았고 구강 역시 숨을 막히게 한 형적이 없을 뿐만 아니라, 목을 죈 흔적도 찾아볼 수 없었다.

"그야말로 라자레프(성 알렉세이(성당의 사자))의 재현이로군." 노리미즈는 신음하는 듯한 소리를 냈다. "이 상처는 죽인 뒤에 낸 거야. 그것은 칼을 뽑은 단면을 보아도 알 수 있어. 일반적으로는 칼로 찌른 순간에 뽑으면 혈관 단면이 수축되어 버리는데 이것은 축 늘어진 채 벌어져 있잖아? 게다가 이만큼 뚜렷한 특징을 가진 질식 시체를 본 적이 없어. 잔인하고도 냉혹하기 짝이 없군! 아마 상상을 초월한 무서운 방법을 쓴 것이 틀림없어. 그리고 질식의 원인인 무언가가 에키스케에게 서서히 다가갔던 거야."

"그것을 어떻게 알 수 있나?" 구마시로가 미심쩍은 듯이 묻자, 노리미즈는 그 처참한 내용을 분명히 했다.

"요컨대 사투의 시간이 징후의 정도하고 비례되지만 법의학에 새로운 사례를 만들어 준 것 같아. 그래서 그 점을 생각하면 어떻게 되어 에키스케가 차츰 숨막혀 갔던가를 상상할 수밖에 없지 않겠어?

아마 그 사이에 에키스케는 처참한 몸부림으로 어떻게 죽음의 쇠사슬에서 벗어나려고 발버둥친 것이 틀림없어. 그러나 갑옷 무게 때문에 몸이 말을 듣지 않아, 더는 어떻게 할 수가 없게 되었겠지. 그래서 도리없이 최후의 순간을 기다리는 동안 아마 어렸을 적부터 현재까지의 기억이 번개처럼 줄을 이어 지나갔을 거야. 그렇잖아, 구마시로 씨? 인생 가운데 이만큼 비참한 시간이 또 있었을까? 그리고 이만큼 심각한 고통을 안겨 준 잔인한 살인방법이 달리 있었을까?"

어지간한 구마시로도 그 뜻밖에 눈을 가리는 듯한 광경을 상기하며 부르르 몸을 떨며 말했다. "그런데 에키스케는 자기가 이 안으로 들어왔을까? 아니면 범인이……."

"모르지, 그것을 알면 살해방법도 풀리지. 첫째 비명을 지르지 않았다는 데 의문이 가잖아?"라고 노리미즈가 한마디 하자 검사는 투구의 무게로 납작해진 시체의 머리를 가리키며 그의 설을 꺼냈다.

"나는 어쩐지, 투구의 무게하고 어떤 관계가 있을 듯한 느낌이 들어. 물론 칼자국과 질식의 순서가 바뀐다면 문제는 없지만 말이지……."

"그렇다고" 노리미즈는 상대의 말을 수긍했으나 "일설에는 두 개의 산트리니 정맥은 외부의 힘을 받으면 얼마 후에 혈관이 파열한다고 하거든. 그때는 뇌가 압박을 받기 때문에 질식 비슷한 징후로 나타난다는 거야. 하지만 이만큼 뚜렷할 수는 없어. 대체로 이 시체는 그렇게 급하게 죽음을 당한 것이 아니야. 천천히 조금씩 닥쳐왔어. 그러니까 직접적인 사인으로는 목 있는 쪽에 의미가 있지 않나 싶어. 물론 기관을 찌부러뜨린 정도는 아니지만 경부의 대혈관에 상당한 압박을 받았어. 그러면 에키스케가 어째서 비명을 지르지 않았을까, 알 것 같은 느낌이 들잖아?"

"응, 그렇다면……."

"결과는 충혈이 아니고 반대로 뇌빈혈을 일으켰던 거야. 더욱이 그리진겔이라는 사람은 게다가 간질 같은 경련을 수반한다고도 말하고 있어." 노리미즈는 아무렇지도 않은 듯이 대답했지만 어딘지 역설을 고민하는 것 같았고 쓸쓸하고 어두운 그림자를 엿보였다.

구마시로는 결론을 말했다.

"어쨌든 칼자국이 사인에 관계가 없다고 하면 이 범행은 아마 이상 심리의 산물이 아니겠어?"

"아니, 어째서?"라고 노리미즈는 고개를 억세게 내젓고 "이 사건의 범인만큼 냉혈적인 인간이 없는데 어째서 타산을 떠나 자기의 흥미 위주로 움직일 수 있겠어?"

그리고 지문과 핏방울의 조사를 시작했는데 거기에서는 하나도 얻은 것이 없었다. 특히 갑옷의 내부 말고는 한 방울도 발견하지 못한 것이다. 조사를 마치고 나서 검사는 노리미즈에게 물었다.

"당신은 어떻게 에키스케가 여기에서 살해된 것을 알게 된 거야?"

"물론 종명기에서 울리는 소리였지." 노리미즈는 대수롭지 않게 대답했다. "요컨대 밀이 말한 잉여추리야. 아담스가 해왕성을 발견한 것도 잔여 현상은 어떤 알 수 없는 무언가가 먼저 일어난 후였다는 거야. 이 원리 이외에는 없는 거라고. 하지만 에키스케 같은 괴물이 모습을 감추더라도 발견되지 않아. 거기에 또 배음 말고 또 하나, 종명기 소리에 이상한 데가 있었기 때문이지. 문으로 차단된 현장의 방과는 달리 복도에는 공간이 건물 안으로 통하고 있었으니까."

"그렇다면……."

"그때 여운이 적었기 때문이야. 대체로 종에는 피아노처럼 진동을 멈추게 하는 장치가 없어서 이만큼 여운이 뚜렷한 것은 없어. 게다가 종명기는 하나하나의 음색과 음계도 달라서 이어서 잇따라 일어나는 소리가 서로 뒤섞여 마침내는 불유쾌한 소음으로 밖에 들리지 않게 돼. 그것을 셸슈타인은 색채원(色彩圓)의 회전으로 비유하여 처음에 빨강과 푸름을 동시에 받아 그 중앙에 노랑을 느끼는 듯한 감각이 일어나지만 끝에 가서는 온통 잿빛의 것밖에는 보이지 않게 되어 버린다고 했어. 그야말로 지당한 말이거든. 더구나 이 성관에는 군데군데 둥근 천장과 굽은 벽 따위로 만들어진 부분이 있어서 나는 혼란스러워 보였어.

그런데 아까는 그렇게도 맑은 소리가 들려온 거야. 바깥 공기 속으로 흩어져 가면 자연히 여운은 희박해지기 때문에 그 소리는 분명히 테라스로 이어진 프랑스식 창문으로 들려왔어. 그것을 깨닫고 나는 무의식중에 깜짝 놀란 거야. 왜냐하면 어딘가에 건물 속에서 퍼져오는 소음을 차단하지 않으면 안 되는 것이 있어야 되었기 때문이지. 구획문은 앞뒤가 다 닫혀져 있으므로 남은 것은 작은 복도의 둥근 복도 쪽에 열려 있는 문짝 하나밖에 없지 않겠어. 그러나 아까 두 번째로 갔을 때는 확실히 왼쪽에 매달려 있는 갑옷 하나를 내가 펴놓고 온 것 같은 기억이 났어. 게다가 거기는 다른 의미에서 나의 심장이나 마찬가지니까 절대로 손을 대지 않도록 당부해 놓았어. 물론 그것이 닫혀져 버리면 이쪽 한구석은 소음장치가 잘 되어 있어 소리를 거의 꽉 막아 버리게 되는 거야. 그래서 우리에게 들려오는 것은 테라스를 통해서 들려오는 강한 하나의 기본음밖에는 없지 않겠어?"

"그러면 그 문은 무엇이 닫은 거야?"

"에키스케의 시체였어. 삶에서 죽음으로 옮겨가는 처참한 시간 사이에 에키스케 자신으로는 어떻게 할 수 없는 이 무거운 투구를 움직인 것이 있었던 거야. 보이는 바와 같이 좌우가 전부 비스듬하게 되어 있어 그 방향이 하나 간격으로 왼쪽, 오른쪽, 왼쪽으로 되어 있잖아? 즉 중앙의 투구가 회전했기 때문에 그 어깨방패판이 곁에 있는 어깨방패를 옆에서 밀어 그 갑옷도 회전시켜 순차로 그 파동이 마지막의 것까지 전해진 거지. 그리고 최후의 어깨방패판이 손잡이를 두드려 문을 닫아 버린 거고."

"그럼, 이 투구를 회전시킨 것은 뭐야?"

"그것이 투구하고 덮개뼈인 거야"라고 말하며 노리미즈는 덮개를 젖히더니 굵은 고래힘줄로 만든 덮개뼈를 손으로 가리켰다. "하지만 에키스케가 이것을 보통의 방식으로 입으려고 하면 첫째 곱사등이 걸리지 않겠어. 그래서 처음에 나는 에키스케가 갑옷 속에서 자기의 곱사등을 어떻게 처치했을까를 생각해 보았어. 그러자 마음에 짚이는 것이 있었는데 투구 옆에 있는 맞당김 구멍을 등으로 하고 덮개뼈 속으로 곱사등을 들어가도록 하면 된다는 것이었지. 요컨대 그 형태를 떠올려 보았지만 그러나 병약한데다 힘도 없는 에키스케에게는 도저히 그만한 무게를 움직일 힘이 없어."

"덮개뼈와 투구?" 구마시로는 의아한 듯이 몇 번이나 되풀이했는데 노리미즈는 아무렇지도 않게 결론을 말했다.

"그럼 내가 투구와 덮개뼈라는 이유를 말하지. 요컨대 에키스케의 몸이 공중에 뜨면 갑옷 전체의 중심이 그 위쪽으로 옮겨가지 않겠어? 뿐만 아니고 그것이 한쪽으로 쏠리게 돼. 대체로 멈춰 있는 물체가 자동적으로 운동을 일으키는 경우란 질량의 변화나 중점의 이동 말고는 없어. 그런데 그 원인이라는 것이 실제로 투구와 덮개뼈에 있었던 거야. 그것을 자세히 말하면 에키스케의 자세는 이렇게 되겠지. 정수리에는 투구의 중압이 가해지고 곱사등은 덮개뼈의 반원 속에 꼭 끼어 발이 공중에 뜬 상태이니까 말할 나위도 없이 몹시 고통스러운 자세가 된 것이 틀림없어. 그래서 의식이 있는 동안은 어딘가에서 떠받쳐 주니까 견디었겠지만 그동안은 중심이 아랫배 언저리에 있다고 보아도 상관없겠지. 한데 의식을 잃어버리면 떠받치는 힘이 없어지니까 수족이 공중에 떠버리고 중심이 덮개뼈 쪽으로 옮겨지는 거야. 즉 에키스케 자신의 힘이 아니고 고유의 중량과 자연의 법칙이 결정할 문제가 아니겠어?"

노리미즈의 초인적인 해석력은 새삼스러운 것이 아니었지만, 순간적으로 그만한 것을 어떻게 쌓아올렸나 싶을 정도이기에 노련한 검사와 구마시로도 정수리가 찡하게 마비되어 가는 듯한 느낌이다. 노리미즈는 말을 계속했다.

"그런데 절명 시각 전후에 누가 어디서 무엇을 하고 있었는가를 알면 좋겠는데. 그러나 그건 종루의 조사를 마치고 나서도 상관없어. 우선 구마시로 씨, 고용인 중에서 마지막으로 에키스케를 본 사람을 찾아줄 수 없겠나?"

구마시로는 이윽고 에키스케와 같은 또래의 고용인을 데리고 돌아왔다. 그 사나이의 이름은 고가 쇼주로라고 했다.

"자네가 최후로 에키스케를 본 것은 몇 시쯤이었지?"

노리미즈가 대뜸 말을 꺼냈다.

"그것뿐 아니라 저는 에키스케 씨가 이 갑옷 속에 있었던 것도 알고 있습니다. 그리고 죽었다는 것도……." 불쾌한 듯이 시체에서 얼굴을 돌리면서도 쇼주로는 뜻밖의 말까지 했다.

검사와 구마시로는 충격적으로 눈이 휘둥그레졌으나 노리미즈는 부드러운 소리로 다시 말했다.

"그럼, 처음부터 차근차근 말해 보라고."

"처음은 확실히 11시 반쯤으로 생각됩니다." 쇼주로는 별로 주눅들지 않은 태도로 답변을 시작했다. "교회와 탈의실 사이의 복도에서 사색이 된 그를 우연히 만났습니다. 그때 에키스케 씨는 너무나 운이 나빠서 맨 처음으로 혐의자가 되어 버렸기 때문에 참외빛처럼 변한 것 같은 소리로 푸념을 늘어놓기 시작했는데 제가 흘끗 보았더니 눈에 너무나 충혈이 되어 있었기 때문에 열이 있느냐고 물어보니까 어떻게 열이 나지 않겠느냐고 하면서 저의 손을 잡아 자기의 이마에 갖다댔습니다. 38도 정도는 되는 것 같았습니다. 그러고 나서 터벅터벅 큰방 쪽으로 가는 것을 보았습니다. 아무튼 그의 얼굴을 본 것은 그것이 마지막이었습니다."

"그럼, 그런 다음 자네는 에키스케가 갑옷 속으로 들어가는 것은 보지 못했나?"

"네, 여기 매달린 갑옷이 모두 흔들거리고 있었기 때문에…… 아마 그것이 1시 조금 지나서였던 것으로 생각됩니다만 보시는 바와 같이 둥근 복도 쪽 문이 닫혀 있어서 내부는 캄캄했습니다. 그런데 쇠장식의 움직임으로 희미한 빛이 눈에 들어왔습니다. 그래서 하나하나 갑옷을 점검했는데 그중에서 우연히 연둣빛 방패 뒤에서 그의 손바닥이 잡힌 것입니다. 그 순간 저는 하하, 이것은 에키스케야 하는 생각이 번뜩 들었습니다. 도대체 그런 작은 사람이 아니면 누가 갑옷 속에 몸을 숨길 수 있겠습니까? 그래서 '여보, 에키스케 씨' 하고 불러 보았습니다만 대답이 없었습니다. 그러나 그 손이 몹시 뜨거웠는데 아마 40도는 되는 것 같았습니다."

"아, 1시가 지나서도 아직 살아 있었단 말이지?"

검사가 무의식중에 탄성을 질렀다.

"그렇습니다. 그런데 또 묘한 일이 있었습니다." 쇼주로는 무엇인가를 암시하는 말을 이어갔다. "그 다음은 2시에 있었던 일인데 처음 종명기가 울릴 때였습니다. 다고님을 침대에 눕히고 나서 의사한테 전화를 걸러 가는 도중이었습니다. 다시 한번 이 갑옷 있는 데로 와 보았더니 그때는 에키스케 씨의 이상한 숨소리가 들렸습니다. 저는 어쩐지 기분이 나빠서 곧 작은 복도로 나가 형사님한테 전화로 대답을 하고 나서 돌아오는 길에 또 이번에는 대담하게 손을 만져 보았습니다. 그런데 불과 10분밖에 되지 않았는데 웬일일까요? 그 손은 마치 얼음장같이 차디차고, 숨도 완전히 멎어버린 것입니다. 저는 깜짝 놀라서 달아났습니다."

검사와 구마시로도 어느새 말할 기운도 사라진 것같이 보였다. 쇼주로의 이런 진술에 의해 그토록 열띤 법의학의 높은 탑이 무참하게 무너져 버린 것만이 아니다. 둥근 복도에 열려 있는 문짝의 폐쇄가 1시 조금 지나서였다면 노리미즈의 완질식설(緩窒息說)도 근본적으로 뒤집힐 수밖에 없었다. 에키스케가 고열에 시달렸던 시각마저, 추정 시간에 의혹이 발생했음에도 불구하고 한 시간이라는 차이는 너무나 치명적이었다. 뿐만 아니라 쇼주로가 제시한 실증에 따라 해석하면 에키스케는 불과 10분 동안에 어떤 알 수 없는 방법에 의해 질식되었고 더욱이 그 뒤에 목에 칼상처를 입었다고 보아야 된다. 노리미즈만은 태산같이 흔들림이 없었다.

"2시라고 하면 그때 종명기로 모테토가 연주되고 있을……. 그럼 그때부터 앤섬이 울릴 때까지는 30분 정도의 시간이 있었으니까, 전후를 관련시켜 볼 때 시간적으로 빈틈이 없어. 어쩌면 종루에 가보면 아마 에키스케의 사인에 대해서 무엇인가 알 수 있는 게 있을지 몰라"라고 독백 비슷한 말투로 중얼거리고 나서 "그런데 에키스케에게는 갑옷에 대한 지식이 있었던가?"

"네, 손질은 전부 그 사람이 다했고, 가끔 갑옷에 대해 아는 바를 자랑스럽게 이야기했습니다."

쇼주로를 보내고 나서 검사는 기다렸다는 듯이 말했다.

"좀 기발한 상상일지 모르지만 말이야. 에키스케는 자살을 한 것이고, 이 칼자국은 범인이 그후에 가한 게 아닐까?"

"그렇게 되는 거야." 노리미즈는 어이없다는 표정으로 말을 이었다. "그렇다면 매달린 갑옷은 혼자 입었을지 모르지만, 도대체 투구의 끈을 매준 것은 누구지? 그 증거는 다른 것과 비교해 보면 알지 않아? 모두 옛날의 전통적 무사처럼 차렸던 거야. 그런데 이 괭이 모양의 투구만은 갑옷을 잘 알고 있는 에키스케에게 어울리지 않게 범절을 벗어난 방법을 썼어. 내가 방금 이것을 쇼주로에게 물어본 것도 이유는 역시 당신과 같은 데에 있었지."

"그러나 남자식 결법 아니야?" 구마시로가 분발하는 소리를 냈다.

"뭐야, 섹스튼 브레이크 같은 소리를 하는군." 노리미즈는 경멸하는 시선으로 보더니 "설사 남자식 결법이든 남자가 신은 여자의 신발 자국이든 그런 것이 이 끝없는 사건에 무슨 소용이 있어? 그것은 다 범인의 이정표에 지나지 않는 거야." 그렇게 말하고 나서 "에키스케는 틈새에 끼어 죽음을 당할 것"이라고 중얼댔다.

묵시도에서 에키스케가 죽게 될 형상을 예언했던 그 한 구절은 누구의 뇌리에나 새겨졌지만 이상하게 입 밖에 내는 것을 꺼리는 힘을 가지고 있었다. 이어서 끌려가듯이 검사도 같은 소리를 반복했다. 그 소리가 또 이 우중충한 공기를 더욱더 음산하게 만들었다.

"아, 그런 거라고, 하세쿠라 씨. 그것이 투구와 덮개뼈인 거야." 노리미즈가 아주 냉정하게 "그러니까 언뜻 보기에는 법의학이 둔감한 것 같아도 이 시체에 초점이 두 가지인 것같이 생각되지 않아? 오히려 본질적인 의문은 에키스케가 자기의 의사에 의해 그 속으로 들어갔는가 하는 것과 어째서 갑옷을 입었는가, 즉 이 갑옷 속으로 들어가기 전후 사정과 범인이 살해를 필요로 한 동기지. 물론 우리들에 대한 도전의 의미도 있겠지만."

"바보 같으니." 구마시로는 분노를 담아 외쳤다. "손바닥으로 어떻게 해를 가릴 수 있겠나? 혐의를 벗어나려고 발버둥친, 빤히 들여다보이는 범인의 자위책이야! 에키스케가 공범자란 것은 벌써 결정적이야. 이것이 단네벨그 사건의 결론이 아닌가?"

"어째서 합스부르크가(家)의 궁정음모도 아닌데 그런 거지?" 노리미즈는 다시 직관적인 수사국장을 조소했다. "공범자를 이용하여 독살을 꾀한 범인이라면 이미 지금쯤 당신은 조서의 진술을 받고 있어야 되는 것 아닌가?"

그러고 나서 복도 쪽으로 걸어나가면서 말을 이었다.

"자, 이제부터 종루로 가서 내 요행수를 한번 보도록 해."

거기에서 유리조각이 있는 주변의 조사를 마친 사복 형사가 약도를 가지고 왔는데, 노리미즈는 그 그림으로 무엇인가를 싼 듯한 딱딱한 것을 손으로 만져 보기만 하고 곧 호주머니에 넣은 다음 종루로 향했다. 2단으로 꺾인 계단을 다 올라가자 거기는 거의 반원으로 된 자물쇠 모양의 보고로 되어 있고, 중앙과 좌우에 문이 셋 있었다.

구마시로와 검사도 비장하게 긴장을 하고 함정 깊숙이 웅크리고 있을지도 모를 이상한 초인의 모습을 상상하며 숨을 죽였다. 그런데 이윽고 오른쪽 끝의 문짝이 열리자 구마시로는 무엇을 보았는지 주르르 오른쪽으로 달려갔다. 벽가에 있는 종명기의 건반 앞에는 아니나 다를까, 가미야 노부코가 쓰러져 있었던 것이다. 그것은 연주의자의 허리에서 밑에만 남기고 그대로의 모습으로 위쪽을 보고 오른손에 단단히 단도를 쥐고 있는 것이었다.

"아, 요것이" 하면서 구마시로는 사정없이 노부코의 어깨죽지를 찼는데 그때 노리미즈는 중앙 문을 거의 넋 나간 사람처럼 바라보고 있는 자신을 깨달았다. 미색 도료 중에서 네모진 하얀 것이 두둥실 떠올랐다. 가까이 가서 보고 검사와 구마시로는 무의식중에 몸이 움츠러들었다. 그 종이조각에는……

Sylphus Verschwinden (바람신이여, 사라질지어다)

제3편 흑사관 정신병리학

1. 풍정(風精)······ 다른 이름은?

Sylphus Verschwinden(질프스 펠슈빈덴, 바람신이여, 사라질지어다)

　종명기실 중앙의 문높이에 그들의 응시를 비웃는 듯이 새하얀 빛으로, 다시 파우스트의 오망성 주문의 한 구가 붙여져 있었다. 뿐만 아니라 sylphe(질페)라는 여성 명사를 또 남성 명사로 바꾸어 놓았고, 다시 옛 아일랜드어같이 네모진 문자로 필자의 성별은 그만두고 털같은 한 줄까지 필적의 특징을 엿볼 수 없도록 만들어 놓은 것이다. 그 물샐틈없는 포위망을 어떻게 숨어서 빠져 나갔는지, 또 노부코가 범인으로서 노리미즈의 기지에서 발휘된 포위망을 알고 궁지를 벗어날 조치를 어떻게 취했던 것일까······ . 어쨌든 여기에서 얄궂은 배음을 연주한 악마를 결정짓지 않으면 안 되었다.

　"이것은 의외야. 실신한 게 아닐까?"

　노부코의 온몸을 대충 사무적으로 살펴보고 나서 노리미즈는 구마시로의 구두를 흘끔 보더니 "미미하지만 심장소리가 들리고 호흡도 가늘게 이어지고 있어. 이처럼 눈동자의 반응도 멀쩡하잖아?"

그렇게 노리미즈가 상태를 말하자 바로 지금까지 요것이라고 매도하면서 어깨죽지를 찼던 구마시로도 서서히 자기의 경솔한 행동을 후회했다. 왜냐하면 가미야 노부코는 단도를 쥐고 '이 사람을 보라'고 하듯 뒤로 몸을 젖힌 거만한 자세를 하고 있었던 것이다. 그때까지는 유령의 대담한 암약에 씌워, 뒤얽혀 날뛰는 숱한 물마루를 볼 뿐이었으며, 사건의 표면에는 사람 그림자 하나 나서는 것이 없었다. 거기에 한 줄기 포말이 쑥 솟아올랐는데 그것이 수면에 부서졌는가 하면, 느닷없이 나타난 것은 무엇일까. 현재 눈언저리에 보이는 가시연인 것이다.

그러기에 구마시로마저 일시의 흥분이 식어감에 따라 온갖 의심에 사로잡혀 경계를 시작한 것도 무리가 아니었다. 완전히 의표를 벗어나 이 모습을 보고는 도리어 반대의 견해가 유력해져 가는 게 아닌가. 에키스케의 목을 에인 것으로 보이는 단검을 굳게 쥔 노부코는 '바로 이것이야'라고 하는 듯 보여주고 있지만 한편 그 이상 엄밀히 실신하기까지의 경로가 밝혀지지 않으면 안 된다. 결론은 그것 하나였다. 브즐 왕비가 부르기만 하면 당장이라도 비처럼 쏟아지는 흑인 페니스로 이 사건의 도착성(倒錯性)도 마침내 갈 데까지 가버린 것이다.

이제 여기에서 종명기실의 대체적인 모습을 설명해 둘 필요가 있을 것 같다. 앞에서도 설명한 것처럼 그 방은 교회의 둥근 천장에 닿아 있고 종이 있는 첨탑의 맨 밑에 있었다. 그리고 계단을 다 올라간 데에는 거의 반원을 이루고 있는 자물쇠 모양의 복도로 되어 있고 중앙 곧 반원의 정점과 그 좌우에 문이 셋 있다. 방안으로 들어가서 생각이 난 일이지만 그때 왼쪽 끝의 하나만 열려 있었다. 일대의 벽면을 방안에서 보면 그것이 음향학적으로 설계되어 있는 것을 알 수 있다.

한마디로 말해서 거대한 돛을 세운 조개 모양 오목한 타원형이다. 아마 여기에 종명기를 갖출 때까지는 4중주단의 연주실로 썼겠지만 중앙문에도 외관상의 위치로 보아 부자연스러울 뿐만 아니라 뒤에서 벽을 잘라 만든 것 같은 흔적이 남아 있었다. 또 그것 하나만이 시원스럽게 넓어 거의 3미터를 넘을 정도의 높이였다. 거기에서 맞은쪽 벽까지 사이는 휑뎅그렁한 떡갈나무 판자로 둘러 있었다.

종명기의 건반은 벽을 도려내어 그 떡갈나무 판자 속에 들여놓았다. 33개의 종들이 바로 앞에 있는 천장에 매달려서 그것이 건반과 발판에 의해 각각의 음계로 조율되어 있었다. 저 옛날 칼뱅이 즐겨 귀를 기울였고 또 네덜란드의 운하에서 물을 타면 풍차가 저절로 움직인다고 전해오는 그 쓸쓸한 수도원 같은 소리를 내는 장치로 되어 있었다. 그러나 음향학적인 구조는 천장에도 미치고 있어, 타원형의 벽면에서 건반에 걸쳐 완만한 경사를 이루고 있다. 더욱이 그것이 마치 울림판처럼 중앙에 동그란 구멍이 뚫려 그 위가 각기둥 모양의 공간으로 되어 있다. 그리고 그 양끝이 아까 앞마당에서 본 12궁의 원화창이었다.

게다가 황도상의 별자리가 그려진 그림 하나하나가 본판에서 교묘한 구조로 유리되어 있기 때문에 그 주위에는 한 변만 빼고 가는 빈틈이 만들어져 공기의 파동에 따라 희미하게 진동한다. 그것이 어쩐지 유리잔 하모니 같기도 하지만 어쨌든 그 좁은 공간을 통과하는 소리는 약음기를 거쳐 부드러워져 종명기 특유의 여운이나 협화음을 이루는 소리라면 아무리 빨리 연주하더라도 어느 정도까지는 혼란을 막을 수 있다.

이 장치는 33개의 종들과 마찬가지로 베를린의 바로히얼 교회를 본보기로 한 것인데 바로히얼 교회에서는 반대로 그것이 교회의 내부를 향해서 만들어진 것이다. 이렇게 해서 노리미즈의 조사는 원화창

부근까지 미쳤지만, 겨우 알게 된 것은 그 바깥을 첨탑으로 올라가는 철사다리가 지나가고 있다는 사실 하나뿐이었다.

이윽고 노리미즈는 사복형사에게 문 밖에 서 있도록 지시하고 자기는 여러 가지 궁리를 집중하여 건반을 눌러 무엇보다도 근본적인 의미를 담고 있는 배음을 증명하려고 했지만 그 실험은 공염불이 되고 말았다. 결국 종명기로 연주할 수 있는 음계가 두 옥타브에 지나지 않는다는 것과 거기에 아까 들었던 배음이라는 것이 그 위의 음계였다는 두 가지 사실이 분명해졌을 뿐이었다.

일찍이 성 알렉세이 교회의 종소리에도 이것과 비슷한 요괴적인 현상이 나타난 일이 있었다. 하지만 그것은 단순한 기계학적인 문제로, 요컨대 종의 순서에 불과했던 것이다. 그런데 이번에는 그와는 달리 첫째로 30여 음계를 결정하는, 바꾸어 말하면 물질 구성의 대법칙이라고 할 수 있는 종의 질량에 애초부터 근본적인 의혹이 담겨져 있다. 그러므로 이것을 요약해 보면 결국 종의 주조 성분을 부정하든가 아니면 악음을 허공에서 붙잡는 정령적인 존재가 있다는 극단적인 결론에 도달하게 될 수밖에 없었다.

이렇게 해서 배음의 신비가 마침내 밝혀지자 노리미즈에게는 딱한 피로의 빛이 나타나 이젠 말할 기운조차 없는 것 같았다. 그러나 정체를 알 수 없는 노부코의 실신에 한 번 더 신경을 혹사해야 했다. 이미 해도 기울어져 장대한 결구(結構)는 희미해진 어둠 속으로 사라져가고 창문으로 조금 들어오는 미미한 빛만이 차가운 공기 속에서 침침하게 흔들리고 있었다. 그 가운데서 가끔 날개처럼 그늘이 지나가지만 아마 큰 까마귀 떼가 창밖을 스치고 첨탑 위에서 흔들리는 종 위로 돌아가서일 것이다.

그런데 노부코의 상태에 관해서도 자세히 말할 필요가 있다고 생각한다. 노부코는 동그란 회전의자에 허리만 남긴 채 밑에는 조금 왼쪽을 향하고 상반신은 그와 반대로 약간 오른쪽으로 기울어져 있어 등 뒤로 홀떡 몸을 젖히고 있다. 그 이등변 삼각형 비슷한 형상만 보아도 그녀가 연주 중에 그 자세 그대로 뒤로 쓰러졌다는 것은 분명했다. 그러나 이상한 것은 온몸에 걸쳐 털끝 하나 상처가 없고 다만 마루에 부딪힐 때 생긴 듯한 피하출혈의 흔적이 후두부에 미세하게 남아 있을 뿐이었다. 또 중독이라고 할 만한 징후도 찾아볼 수 없다. 두 눈은 뜨고 있지만 활기 없이 흐린 상태이고 표정에도 긴장한 데가 없으며 게다가 아래턱만 벌리고 있는 것으로 보아 어딘지 가슴속이라도 불쾌해 보이는 표정이 남아 있는 것 같았다.

온몸은 단순 실신 때의 특유한 징후만 나타나 있고 경련의 흔적도 없이 솜처럼 느슨해져 있으나 미심쩍은 것은 어렴풋이 기름기가 떠 있는 단검만은 꽤 단단히 쥐고 있는 것이다. 팔을 올려 흔들어 보아도 전혀 손아귀에서 벗어날 기미는 없었다. 여러모로 실신의 원인은 노부코의 몸 안에 숨어 있는 내재적인 것으로밖에 생각할 수 없었다. 노리미즈는 마음속으로 결정한 바가 있어 노부코를 안아올린 사복형사에게 일렀다.

"본청의 감식의사에게 그렇게 말해주게. 첫째 위세척부터 해주고, 그러고 나서 위 속의 잔재물과 소변검사를 하고 부인과적인 관찰을 해달라고. 또 한 가지는 압통점(壓痛點)과 근반사(筋反射)를 잘 살펴보도록."

노부코가 1층으로 옮겨지자 노리미즈는 담배 한 모금을 쭉 빨고 나서 "아, 이 국면은 내가 도저히 수습할 것 같지 않아"라고 자신 없는 소리로 중얼거렸다.

"하지만 노부코의 몸에 나타난 것만 보면 아주 간단해. 그래서 제정신이 돌아오면 모두 다 알게 되겠지." 검사는 아무렇지도 않게 말했지만 노리미즈는 회의에 가득 찬 얼굴로 한숨만 내쉬었다.

"천만의 말씀이야. 복잡하게 뒤얽힌 문제점들은 여전하지 않아? 도리어 단네벨그 부인이나 에키스케보다도 풀기가 어려울지 몰라. 그것이 짓궂게도 징후적인 것이 아니기 때문이지. 전혀 아무것도 아닌 것 같으면서 오히려 모순투성이야. 여하튼 전문가의 감식을 구하기로 하자고. 나 같은 얕은 지식으로 어떻게 이 수수께끼같이 얽힌 소뇌(小腦)를 판단할 수 있겠나? 근육에 전달되는 감각 자체도 이미 뒤죽박죽 엉망진창인걸."

"그러나 이렇게 단순한 것을……" 하고 구마시로가 이의를 제기하려고 하자 노리미즈는 즉시 그것을 가로막았다.

"하지만 내장에도 원인이 없고 중독을 일으킬 만한 약물도 찾아내지 못하는 날에는 그야말로 '풍정천갈궁 (風精天蠍宮, 운동 신경을 판장함)으로 사라져가다'가 되어 버릴 수도 있어."

"장난이 아니야. 어디에 외부에서 원인이 있다는 거야? 게다가 경련도 없고 명백한 실신 아니냐 말이야." 이번에는 검사가 으르렁거리며 대들었다. "당신은 단순한 것도 비비꼬아서 보기 때문에 골치가 아파."

"물론 명백하다고. 실신이 그래서 문제가 되는 거야. 그것이 정신병리학의 영역에 속한다면 오래된 페퍼의 《유사증 감별》한 권으로 여유있게 처리할 수 있지. 물론 간질이나 히스테리 발작도 아니야. 또 심신 전도라면 표정으로도 짐작이 가고 카타레프시나 병적 반수(半睡)도 결코 아니지." 그렇게 말하고 나서 노리미즈는 잠시 천장을 쳐다보다가 이윽고 변화가 없는 가성으로 말했다.

"그런데 하세쿠라 씨, 실신이 하등신경에 전달되어도 그런 것들이 제멋대로의 방향으로 움직이거든. 그것은 대체 어째서일까? 그래서 나는 이런 신념도 갖게 되었어. 이를테면 단검을 쥐고 있는 것에 유리한 설명이 붙여진다고 해도 말이지. 배음의 신비가 벗겨지지 않는 한 당연히 실신의 원인에 자기 스스로 꾀한 혐의를 끼워넣을 수밖에 없다고. 어때?"

"그건 신화 같은 소리야. 자, 좀 쉬는 게 좋겠어. 당신은 너무 지쳤어." 하며 구마시로는 아예 받아들이려고도 하지 않았으나 노리미즈는 아직도 꿈을 꾸는 것처럼 말을 계속했다.

"그렇다고 구마시로 씨, 사실 그것은 전설에 지나지 않아. 네게라인의 《북유럽 전설집》 가운데 그 옛날 뜨내기 소리꾼이 노래를 부르면서 다녔다는 류데스하임의 이야기가 실려 있지. 시대는 프레데릭(제5) 십자군의 다음이지만 좀 들어봐요. 음유시인 오스월드는 베니트신을 넣은 술을 마시자 금세 포금(抱琴)을 안고 사시나무처럼 떨기 시작하여 이윽고 왕비 게르톨데의 무릎에 쓰러진 거야. 류데스하임은 미리 마술사 레베도스로부터 그 이야기를 듣고 곧 머리를 떨어뜨려 시체와 함께 불질러 버렸어. 이것은 뜨내기 소리꾼 중의 시왕(詩王) 이우페시스스가 지었다고 하는데 이것은 역사가 벨포레가 십자군에 의해 북유럽으로 들여온 아랍 칼데아 주술의 첫 문헌이 되고 그것이 자라서 꽃피고 열매 맺은 것이 파우스트 박사였고 그 사람이야말로 중세 마법 정신의 화신으로 결론짓고 있어."

"그랬어?"라고 검사는 비꼬듯이 웃고, "5월이 오면 사과꽃이 피고 성 안의 낙농가에는 정열적인 분위기가 찾아들겠지. 그렇게 되면 어쨌든 남편은 십자군에 가 있지 않겠어? 그가 집을 비울 동안에 정조대의 자물쇠를 만들어서 마님은 서정시인과 춘정을 즐기는 것도 할 수 없는 일이겠지. 하지만 말이야, 그 방향을 살인사건 쪽으로 바꿔봐."

노리미즈는 약간 미소를 지어 보이면서 침통한 어조로 되받았다.

"한심하군, 하세쿠라 씨. 당신은 검사이면서도 병리적 심리의 연구마저 소홀히 하고 있어. 만일 그렇지 않다면 《고대 덴마크 전설집》

같은 역사시에 나타나 있는 마법정신과 그 가운데 매독성 간질성의 인물들이 많이 예증으로서 인용되고 있어. 그 정도의 것은 마땅히 외우고 있어야 되는 것 아닌가. 그런데 이 류데스하임 이야기는 별로 인증되고 있지는 않지만 메르헨의 《몽롱상태》를 읽어보면 시로서 노래한 오스월드의 실신상태가 거기에는 과학적으로 설명되어 있지. 그 중의 단순실신의 장에 이렇게 적혀 있어. 실신이 일어나면 대뇌작용이 일방적으로 응집하기 때문에 집념이 금세 사라져 버리고 전신이 둥둥 뜨는 것 같은 부양감이 생긴다. 그러나 한편 소뇌의 작용이 정지하는 것은 좀 다음이기 때문에 그 두 가지가 서로 역학적으로 작용하여 근소한 동안이지만 전신에 횡파(橫波)를 받는 것 같은 동요를 일으킨다는 거야. 그런데 노부코의 신체는 그때에 자연의 법칙을 무시해 버리고 오히려 반대 방향으로 움직였던 거야." 노부코가 앉았던 회전의자를 휙 뒤로 젖히며 그 회전축을 가리켰다.

"그런데 하세쿠라 씨, 내가 지금 자연의 법칙 어쩌고 과장된 말을 했지만 고작 이 의자의 회전을 두고 한 말에 지나지 않아. 나선 방향은 여기서 보는 것과 같이 오른쪽 나사야. 그리고 굴대가 완전히 나선 구멍 속으로 들어가 버려서 오른쪽으로 낮아지게 하는 회전은 이미 한계에 와 있지. 그러나 노부코의 다리 상태를 생각하면 허리를 의자 깊숙이 빼고 거기서부터 밑의 다리 부분은 좀 왼쪽으로 향하고 상반신은 그와 반대로 오른쪽으로 약간 기울어져 있었던 거야. 바로 그 형체는 약간 왼쪽으로 돌아가면서 쓰러졌다는 것을 말해주지. 이것은 분명히 반칙적인 거야. 왜냐하면 왼쪽으로 회전하면 당연히 의자가 떠올라오지 않으면 안 되기 때문이야."

"애매한 반어는 안 돼." 구마시로가 난색을 표하자 노리미즈는 모든 관찰점을 제시하여 모순을 밝혔다.

"물론 현재의 이 형체를 애당초의 것으로는 생각하지 않아. 그러나 예를 들어 나선에 여유가 있었다고 해봐. 실신할 때 옆으로 흔들린 것만 생각해서 그 밖에 수직으로 작용하는 중량이 있다는 것을 잊어서는 안 돼. 그것이 있기 때문에 흔들리면서도 차츰 그 방향이 결정되어가는 거야. 요컨대 그 진폭이 줄어드는 오른쪽으로 커지는 것은 당연하지 않겠어? 그리고 한 가지 더 안을 내놓는다면 이번에는 오른쪽으로 크게 한 번 회전을 하고 나서 현재의 위치에서 나선이 막혔다고 가정하는 거야. 하지만 그것이 회전하는 동안에 당연히 원심력이 작용하겠지. 따라서 저런 정좌(正座)나 마찬가지 형체가 정지된 상태에서는 도저히 기대할 도리가 없다고 생각해. 그래서 구마시로 씨, 의자의 나선과 노부코의 다리 상태를 대조해 보면 거기에 놀라운 모순이 나타나는 거야.”

“아, 의지를 수반한 실신……” 하면서 검사는 헷갈리는 듯 한숨을 내쉬었다.

“그것이 만일 진실이라면 그린 집안의 아더겠지. 그래서…….” 노리미즈는 뒷짐을 지고 뚜벅뚜벅 걸어다니면서 “나 역시 이유없이 위세척이나 소변검사를 시키지는 않아. 물론 문제가 되는 것은 그런 자신이 꾀한 재료가 발견되지 않는 경우에 있을 수 있는 거지”라고 건반 앞에 멈춰서서 그것을 손바닥으로 힘껏 내리누르면서 말했다. 그 행위는 다른 설을 암시하는 것이었다.

“이와 같은 거라고. 종명기의 연주에는 여성 이상의 체력이 있어야 되는 거야. 간단한 앤섬이라도 세 번을 되풀이하면 대개 녹초가 되어 버리지. 그래서 그때 음색이 점점 미약해져 갔는데 아마 그 원인은 이런 데에 있지 않았나 싶어.”

“그럼, 그 피로에 실신의 원인이 있었나?”

구마시로는 숨찬 듯이 물었다.

“응, 피로할 때의 증언을 믿지 말라고 슈테른이 말할 정도라고. 거기에 무슨 예상 밖의 힘이 작용했다면 바로 절호의 상태가 됐을 것이 틀림없어. 다만 이 모든 것이 배음 발생의 원인이 증명된 다음의 일이야. 그것은 확실히 알리바이 중 알리바이가 아닐까?"

"그럼 노부코의 탄주술(彈奏術)로서 말인가?" 검사가 놀라서 반문했다. "나는 도저히 그 배음이 종만 가지고는 증명될 수 없다고 생각하고 있어. 그보다 당면 문제는 단검을 노부코에게 쥐어 주었는가 아닌가 하는 데 있다고 생각해."

"아니야, 실신하고 나면 결코 단단히 쥘 수가 없는 것이야." 노리미즈는 다시 걷기 시작하면서 몹시 기운이 없는 소리를 냈다. "물론 거기에 대해서 다른 설도 있기 때문에 나는 전문가의 감정을 요구했어. 게다가 에키스케의 죽음과도 시간적으로 포괄되어 있지. 고용인 쇼주로는 숨이 끊어진 지 한 시간 후로 여겨지는 2시에 에키스케의 숨소리를 분명히 들었다고 진술했으나, 그 시각에는 노부코가 모테토를 연주하고 있었어. 그렇다면 최후의 앤섬을 연주하기까지 20분 남짓 동안에 에키스케의 목을 베고 실신의 원인을 만들었다고 보지 않으면 안 된다고. 나는 거기에 대한 반증이 나오지 않을까 전전긍긍하고 있어. 대체로 포위형을 만들어 짜낸 결과라는 것이 2−1＝1의 해답이 아닌가. 그러나 배음이…… 배음이?"

물론 그 이상의 혼돈은 저쪽에 있었다. 노리미즈는 필사적으로 온 힘을 노부코에게 총력을 집중시키려고 했다. 일찍이 '콘스탄스켄트 사건'이나 '그린 살인사건' 등의 교훈이 이 경우에 반복적인 관찰을 부추겨 왔기 때문이다. 하지만 온갖 형태로 분열하고 있는 당착은 노리미즈의 분석적인 개개의 설에도 확고한 신념을 구축하지 못한다. 외견상으로는 역설이나 반어를 그럴듯하게 구사한 장대한 수사로 뒤덮여 있다. 그렇지만 주장이 사라지고 나면 새로운 회의가 일어나 그는 저주받은 네덜란드 사람처럼 고달프게 방황을 계속하는 것이다.

그리고 마침내 문제가 배음에 부딪치게 되자 노리미즈는 다시 다른 설로 되돌아와야 할 것 같았다. 갑자기 그는 하늘에서 떨어진 영감이라도 받은 것처럼 이상한 빛을 두 눈에 띠며 멈춰섰다.

"하세쿠라 씨, 당신의 한마디가 아주 좋은 암시를 가져왔어. 당신이 배음은 이 종만 가지고는 증명할 수 없다고 한 말은 결국 연주의 정령주의에 대신할 다른 무엇을 찾으라는 말이거든. 어딘가 다른 곳에 향석(響石)이나 목편악기 같은 것이 있으면 그것을 음향학적으로 증명하라는 의미도 된단 말이야. 그것을 깨달았기 때문에 나는 옛날 마그덴부르크 수도원의 수수께끼라고 했던 《겔베르트의 월금(月琴)》의 고사를 생각해냈어."

"겔베르트의 월금이라고?" 검사는 노리미즈의 당돌한 말에 당황할 수밖에 없었다. "도대체 월금이라는 것이 종이 둔갑한 것과 어떤 관계가 있다는 거야?"

"그 겔베르트라는 것이 실베스타 2세를 가리키는데. 그 주법전(呪法典)을 만든 위티그스의 사부(師父)에 해당하는 거지." 노리미즈는 기백이 넘친 소리로 부르짖고 마루에 비친 어슴푸레한 그림자를 응시하면서 몽환적인 목소리로 말했다.

"그런데 펭클라이크(14세기 잉글랜드의 언어학자)가 편찬한 《트르발 역사시 집성》가운데 겔베르트에 관한 요이담(妖異譚)이 실려 있어. 물론 당시의 사라센 혐오 풍조 때문에 겔베르트를 마치 요술쟁이같이 취급을 하고 있지만, 그 일절을 발췌해 볼까? 일종의 연금 서정시라고 할 수 있지."

겔베르트 알데바란을 처다보면서
덜시머(유럽 민속 악기)를 연주한다
처음 낮은 현을 튕기고 나서 침묵하고

그러고 그 얼마 후에
　　곁의 월금은 사람 없이도 울리며
　　께느른한 소리처럼 높은 현음(絃音)으로 대답하네
　　그리되면
　　옆사람은 귀를 막고 달아나는구나

　"그런데 키제베텔의 《고대악기사》를 보면 월금은 장선악기(腸線樂器)이지만 평금(平琴)이 10세기 시대 것에 이르면 장선 대신으로 금속선이 사용되었는데 그 소리가 마치 현대의 철금에 가까워. 그래서 나는 그 요이담을 자세히 살펴본 일이 있었지. 그래서 말이야, 구마시로 씨. 중세의 비문헌적 역사시와 살인사건과의 관계를 여기에서 잘 음미해 보면 어떨까 생각하는데."

　"흥, 또 시작인가?" 구마시로는 침이 묻은 담배와 함께 구역질하듯이 말했다. "이제는 뿔피리하고 갑옷 따위 얘기는 다 끝난 줄 알았는데."

　"있고말고. 그것이 역사가 비라레가 엮은 《니코라스 에 잔》이라고, 잔 다르크 앞에 서면 고문판관들도 부들부들 떨리기 시작하는, 참으로 기괴하기 짝이 없는 이상신경을 그려내고 있어. 그 심리를 후세의 재판 정신병리학의 쟁쟁한 축들이 어째서 인용하지 않는가를 나는 매우 의심쩍게 생각하고 있을 정도야. 그런데 이 경우는 매우 요술적인 공명현상을 착상한 거지. 요컨대 그것을 피아노에 비유하여 말한다면 처음 █▆의 건반을 소리가 나지 않도록 가볍게 누르고 나서 █▆의 건반을 세게 치고 그 소리가 그칠 무렵에 █▆의 건반을 누른 손가락을 떼면 그때부터는 묘하게 성음적인 음색으로 █▆의 소리가 분명하게 나온다고. 물론 공명현상이야. 즉 █▆의 소리 중에는 그 배음 곧 2배의 진동수를 가진 █▆의 소리가 포함되어 있기 때문이지만 그런 공명현상을 종에서 찾는다는 것은 이론상 전혀 불가능할지도 몰라. 그렇지만 또 요소적인 암시를 이끌어낼 수가 있어. 그것이 의음(擬音)인데 구마시로 씨, 당신은 실로폰을 알고 있지. 그것은 나무토막이나 어떤 종류의 돌을 때리면 금속성의 음향을 내지. 고대 중국에는 편석고(扁石鼓) 같은 향석(響石) 악기와 방향기(方響器)라는 편판(扁板) 타악기가 있었고, 고대 잉카의 건목고(乾木鼓)와 아마존 인디언의 칼날 모양 향석도 알려져 있어. 그러나 내가 목표로 하는 것은 그런 단음적인 것이나 음원(音源)을 드러낸 형태의 것이 아니야. 그런데 당신들은 이런 놀라운 사실을 듣고 어떻게 생각하나. 공자는 순(舜)의 운학(韻學) 중에 일곱 가지 소리를 내는 나무기둥이 있다는 것을 알고 어리둥절했다는 거야……"라고 해박한 증거들을 말한 다음 노리미즈는 이런 고사에 관한 글의 과학적 해석을 하나하나 살인사건의 현실적 시각에 부합시키려고 했다.

"어쨌든 마법박사 디의 보였다 안 보였다 하는 문짝도 있을 정도니까. 이 성관에 그 이상 기교나 주술의 습작이 남아 있지 않다고는 할 수 없겠지. 반드시 최초의 영국인 건축기사 딕스비의 설계를 개수한 곳에 산데쓰 박사의 위칭 주법정신(呪法精神)이 담겨 있는 게 틀림없어. 요컨대 하나의 기둥이나 가로대에라도 말이야. 그리고 벽에 두른 장식선이나 복도 벽면의 붉은 선까지도 주의를 기울여야 된다고 생각해."

"그럼, 당신은 이 성관의 설계도도 있어야 되겠네."

구마시로는 어이가 없어 큰소리를 질렀다.

"응, 저택의 모든 게 필요하지. 그러면 아마 범인이 날뛴 알리바이를 타파할 수 있지 않나 생각해." 노리미즈는 되물리치듯이 말하고 이어서 두 가지의 궤도를 명시했다. "아무튼 끝없는 여행 같지만 풍정을 찾는 길은 이 두 가지밖에는 없어. 결과적으로 겔베르트식의 공명 탄주법이 재현된다면 물론 문제없이 노부코가 스스로 실신을 꾀했다고 해도 상관이 없어. 또 어떤 의음적인 방법이 증명된다고 하면 범인은 노부코에게 실신을 일으킬 만한 원인을 주고 그런 연후에 종루에서 사라졌다고 할 수 있는 거지. 어쨌든 배음이 울린 그때 그 자리에는 노부코 말고는 아무도 없었던 거야. 그것만은 분명한 사실 아니야?"

"아니야, 배음은 부수적인 것이야." 구마시로는 반대의 견해를 밝혔다. "요컨대 당신의 난해성 기호벽이 혼란만 일으키고 있어. 고작 논리형식의 문제에 불과하지 않아? 노부코가 실신한 원인만 밝혀내면 굳이 당신처럼 처음부터 돌벽 속에다 대가리를 처박을 필요는 없다고 생각해."

"그런데 구마시로 씨." 노리미즈는 짓궂게 되받아서 말했다. "아마 노부코의 답변에만 기대한다면 우선 이런 정도로 끝나지 않을까 생각해. '기분이 나빠서 그후의 일은 전혀 몰라요'라고 말이야. 아니 그뿐이 아니야. 그 배음 속에는 실신의 원인을 비롯해서 단검을 쥐고 있었던 사연으로부터 아까 내가 지적한 회전의자의 모순에 이르기까지 온갖 의문이 담겨진 것이 틀림없어. 경우에 따라서는 에키스케 사건의 일부까지도 상관이 있을지 모른다는 생각이 들어."

"응, 확실히 심령주의로군." 검사가 암담하게 중얼거리자 노리미즈는 끝까지 자기의 주장을 강조했다.

"아니 그 이상이야. 대체로 악기의 심령연주는 그다지 드문 일이 아니지. 슐레더의 《생체자기설》 한 권만 해도 스무 가지에 가까운 예를 들고 있어. 그러나 문제는 소리의 변화에 있는 거야. 그런데 성 오리게누스까지도 탄복하여 마지않았다는 천고의 대마술사 알렉산드리아의 안티오우스마저도 물풍금을 원격 연주했다고 하지만 그 음조에 관해서는 전혀 기록이 없어. 그리고 근세에 이르러서는 이탈리아의 대영매인 유저피어 파랄디노가 금그물 속에 넣은 손풍금을 연주했지만 핵심이 되는 음색에 관해서는 역시 언급이 없어. 결국 심령현상까지도 시간과 공간에는 군림할 수 있지만 물질구조에만은 아무런 영향도 미치지 못한다는 것을 알 수 있어. 그런데 구마시로 씨, 그 물질구성의 대법칙이 기분 좋게 무너져 버린 거야. 아, 얼마나 무서운 녀석인가. 풍정(공기와 소리의 요정), 이 녀석은 종을 치고는 달아나버렸어."

결국 배음에 대한 노리미즈의 추단은 명확하게 인간의 사유와 창조의 한계를 긋고 만 것이다. 그러나 범인은 그마저 사정없이 뛰어넘어서 누구든지 꿈에도 생각하지 않았던 곳의 초심령적인 기적을 성취하고 있는 것이다. 그러기에 뒤얽힌 그물을 간신히 벗어났는가 싶으면 눈앞의 벽이 어느새 구름으로 뒤덮여 있다. 그렇게 되면 노부코의 진술에도 그다지 기대를 걸 수 없게 된 것은 말할 것도 없지만 따로 노리미즈가 제시한 불가사의한 배음에 도달하는 두 가지 길에 만의 하나라도 요행을 생각해 보는 것조차 이제는 잊어버려야 할 정도로 불안해졌다.

얼마 후에 종명기실을 나와 단네벨그 부인 방으로 돌아오자 부인의 시체는 이미 해부를 위해 떠나고 없어 그 음침한 방 안에는 아까 가족의 동태조사를 지시해 놓은 사복형사 혼자만 오도카니 기다리고 있었다. 그 집 고용인을 조사한 결과는 다음과 같았다.

후리야기 하다타로. 정오 점심 후 다른 가족 세 사람과 큰방에서 회담하고 1시 50분 모테토의 종 신호와 함께 모두 교회로 가서 진혼곡을 연주하고 2시 35분, 교회에서 다른 3명과 함께 나와 자기 방으로 들어감.

올리거 클리보프 (위와 같음)

가리발다 셀레나(위와 같음)

오토칼 레베스(위와 같음)

다고 신사이. 1시 30분까지는 고용인 2명과 함께 과거의 장의기록 중에서 뽑아 적는 일을 했는데, 신문 후는 자기 방에서 드러누움.

구가 시즈코. 신문 후는 도서실에서 나오지 않음. 그 사실은 도서를 나르는 소녀에 의해 확인.

가미야 노부코. 정오에 점심을 자기 방으로 날라오게 한 때 이외에는 복도에서 본 사람도 없고 자기 방에만 틀어박혀 있는 것으로 추측됨. 1시 반쯤 종루 계단을 올라가는 모습을 목격한 사람이 있음.

이상, 사실과 다름 없음.

"노리미즈 씨, 다마스커스로 가는 길은 딱 이것 하나뿐이야." 검사는 구마시로와 시선을 맞추고 자못 희열에 젖은 것처럼 손을 비볐다. "보라고. 모두가 노부코에게 집중되어 가지 않아?"

노리미즈는 그 조사서를 호주머니에 집어넣은 손으로 아까 작은 복도에서 받은 유리조각과 그 부근의 약도를 꺼냈다. 그러나 펴 보자, 실로 이 사건에서 몇 번째나 또다시 그들을 놀라게 한 것인가. 두 줄기 발자국이 표시되어 있는 약도에 싸여 있는 것이 무엇이었을까. 뜻밖에도 그것은 사진 건판의 파편이었던 것이다.

2. 죽은 영혼들이 모이는 곳

요오드화 은판(銀板). 이미 감광이 되어 있는 이 건판을 앞에 놓고 어지간한 노리미즈조차 두 마디도 말을 잇지 못했다. 사실 이 사건과는 이상하게 동떨어진 대조를 이루고 있기 때문이었다. 그럼에도 우여곡절을 겪고 간신히 더듬어 처음부터의 경과를 음미해 보아도 대체 건판이라는 감광물질에 의해 표장(標章)을 형상화한 곳은 물론 거기에 투영하여 은유하는 듯한 하이픈 하나도 찾아내지 못한 것이다. 그것이 만일 실제로 범죄행위와 관계가 있는 것이라면 아마 신이 빚어 낸 일인지도 모른다.

잠시 침묵이 흘렀다. 그 사이에 고용인이 난로에 장작을 집어넣어 방안이 훈훈해지자 노리미즈는 불길을 바라보면서 가만히 탄식을 했다.

"아, 흡사 공룡의 알 같군."

"근데, 대체 무엇에 필요했을까?" 검사는 비유가 심한 노리미즈의 말에 쉽게 대꾸했다. 그리고 개폐기를 틀고 나서 "설마 촬영용은 아닐 것이고." 구마시로는 갑작스럽게 밝아지자 눈을 깜박거리면서 "아니 사령은 사실일지도 몰라. 첫째, 에키스케가 목격한 모양이지만 어젯밤 신의심문회가 한창일 때 이웃방의 내민 언저리에서 무엇인가가 움직이고 있었는데, 그 사람 그림자가 지상으로 무엇을 떨어뜨렸다는 것 아니야? 더구나 그때 일곱 사람 가운데 방에서 나간 사람이 아무도 없었던 거야. 대체 2층의 창에서 떨어뜨린 것이라면 이렇게 잘게 깨질 염려가 없었을 텐데."

"응, 그 사령은 아마 사실일 거야." 노리미즈는 훅 담배연기를 동그랗게 불어냈다. "그러나 그 녀석이 그후에 죽었다고 하는 것도 역시 사실일 거고." 뜻밖의 이상한 소리를 내뱉었다. "하지만 단네벨그 사건과 그 이후의 것을 두 가지로 구분해 봐. 내가 가지고 있는 그 역설이 깨끗이 시원스럽게 사라져 버리지 않는가 말이야. 즉 바람의 신은 물귀신이 있는 것을 알고 그것을 죽인 거야. 그 두 가지 주문이 이어져 있는 것에 결코 현혹되면 안 되지. 다만 범인은 한 사람이야."

"그럼, 에키스케 외에도 말인가?" 구마시로가 깜짝 놀라 눈이 휘둥그레졌는데 그것을 검사가 억누르고 노리미즈를 타이르듯이 바라보았다.

"괜찮아, 내버려둬. 자기의 공상에 끌려서 휘돌아가고 있으니까. 어쩐지 당신의 설은 별난 데가 있어. 자연과 평범을 싫어하지. 풍류적인 기교에는 결코 순수성이나 양식이 없는 거야. 실제로 아까도 당신은 꿈 같은 의음(擬音)을 가지고, 그 배음에 공상을 그리고 있었어. 그러나 비슷한 아주 작은 소리라도 노부코의 탄주가 거기에 겹쳐졌다면 어떻게 할 거야?"

"이건 놀랐는데! 당신은 벌써 그런 나이가 되었나?"라고 괘사 떠는 얼굴을 짓더니 노리미즈는 짓궂은 미소를 지으며 "대개 헬젠이나 에월트도 그랬지만 서로 청각의 생리에 대한 논쟁을 하면서도 이것 하나만은 확실히 인정하고 있었어. 곧 당신이 말한 경우에 해당되는 일이지만⋯⋯. 예를 들면 비슷한 음색으로 작은 소리가 둘이 겹친다고 하더라도 음계가 낮은 쪽은 속귀의 기초막에 진동을 일으키지 않는다는 거야. 그런데 늙어서 노화가 오면 그것이 반대로 되어 버리는 거지"라고 검사를 몰아붙이고 나서 다시 시선을 건판 위로 떨어뜨리자 그의 표정에는 복잡한 변화가 일어났다.

"하지만 이 모순된 산물은 어떤가? 나 역시 전혀 이 배합의 의미를 납득하지 못하겠어. 그러나 찡하고 울려오는 것이 있어. 그것이 묘한 소리로 '자라투스트라는 이렇게 말했다'고 하는 거야."

"도대체 니체가 어쨌다는 거야?" 이번에는 검사가 놀라 말했다.

"아니야, 슈트라우스의 교향시도 아니라고. 조로아스터교의 주법 강령인 거야. '신격으로부터 받은 빛은 그 근원인 신마저도 죽이나니'라고 말했어. 물론 그 주문의 목적은 접신(接神)의 법열(法悅)을 노리는 거야. 결국 긁어 입신을 하는 경우에 그 논법을 이어가면 수도

자에게 환각의 통일이 일어난다는 말이지." 노리미즈는 그 사람답지 않은 신비설을 내뱉었으나 말할 나위도 없이 깊이를 알 수 없는 이성의 그늘에 숨어 있는 것을 그 자리에서 평가하는 것은 불가능했다.

그러나 노리미즈의 말을 신의심문회의 이변과 대조해보면 시체 밀초의 촛불을 받은 건판이 단네벨그 부인에게 산데쓰의 환상을 보이고 의식을 빼앗은 것이 아닐까 하는 그윽하기 짝이 없는 암시가 차츰 농후해지지만 그것을 조금 구체적으로 암시하고 나서 노리미즈는 일어섰다.

"그러나 이것으로 점점 신의심문회의 재현이 절실한 문제가 되었어. 자, 뒷마당으로 가서 이 약도에 그려져 있는 두 줄기 발자국을 조사해 보기로 할까?"

그런데 그 도중 지나가는 길에 1층의 도서실 앞까지 오자, 노리미즈는 못박힌 듯이 멈춰서 버렸다. 구마시로는 시계를 보면서 노리미즈에게 말했다.

"4시 20분. 이제 서서히 어두워져 가고 있어. 언어학의 장서라면 다음에 보아도 되지 않아?"

"아니야. 진혼곡의 원보를 보는 거야." 노리미즈는 단호하게 말하여 다른 두 사람을 당혹스럽게 했다. 그러나 그것으로 아까 연주중 종지부 가까이 되어, 약음기를 달고 자못 악상을 무시한 이해할 수 없는 두 바이올린 소리에, 노리미즈가 강한 집념을 가지고 있다는 것을 알았다. 그는 등 뒤에서 손잡이를 돌리며 말했다.

"구마시로 씨, 산데쓰라는 인물은 실로 위대한 상징과 시인 아니야? 이 방대한 성관도 그 사나이에게는 고작 '그늘과 기호로 만들어진 집'에 불과했던 거야. 마치 천체처럼 많은 표장을 흩뿌려 놓고 그 유추와 종합으로 어느 하나의 무서운 것을 암시하려고 했어. 그래서 그런 안개를 속에 놓고 사건을 바라보았자 무엇을 알게 되겠어? 그 정체를 알 수 없는 성격은 끝까지 밝혀내지 않으면 안 돼."

그 마지막 도달점이라는 것이 묵시도의 알려지지 않은 그림 반쪽을 의미하고 있다는 것도…… 그리고 그 한 점에 집중된 작업의 하나가 얼마나 그의 마음을 숨차게 찾도록 내몰고 있는가, 충분히 상상하고도 남음이 있다. 그러나 문을 열자 거기에는 사람은 그림자도 없었지만 노리미즈는 눈부신 듯한 감각적 충격을 받았다. 사방의 벽면은 곤달드식의 패널로 구획지어져 있고 벽면 상층에는 위요식 채광층이 만들어져 거기에 늘어서 있는 이오니아식 여인상 기둥이 천장의 아치를 머리 위로 받치고 있다. 그리고 채광층에서 들어오는 광선이 《다나에의 금비수태》를 묵시록의 24인 장로들이 둘러싸고 있는 천장화에 뭐라고 형용할 수 없는 엄숙한 생동감을 주는 것이었다. 더구나 마루에 튜일레식의 글자를 새긴 서실가구가 놓여 있는 것이나 전체적인 기조색으로서 젖빛의 하얀 대리석과 같은 갈색과 대조를 이루게 한 면 등 그 모두가 웬만한 데서는 도저히 찾아볼 수 없는 18세기식의 훌륭한 서실 구조였다.

그 휑뎅그렁한 도서실을 가로질러 막다른 곳에 광선이 비치는 문을 열자 호사가에게는 부러움을 살 만한 후리야기의 서고가 펼쳐졌다. 20층 남짓으로 구획되어 있는 서가의 맨끝에 책상이 있고 거기에 구가 시즈코의 짓궂은 입이 대기하고 있었다.

"어머, 이 방으로까지 오시다니! 별일은 없으셨나봐요."

"그렇소. 그 이후로 인형이 나타나지 않는 대신 죽은 넋이 잇따라 출몰하고 있지요." 노리미즈는 선수를 빼앗겨 쓴웃음을 지었다.

"그렇겠지요. 아까는 또 묘한 배음이 들렸어요. 하지만 설마 노부코 씨를 범인으로 몰지는 않으시겠지요?"

"어, 그 배음을 알고 계셨어요?" 노리미즈는 약간 눈을 깜빡거렸는데 도리어 탐색하는 듯한 시선으로 상대를 보며 말했다.

"그러나 이 사건 전체의 성격을 알게 되었소. 그것이 여사가 말한 민코프스키의 4차원 세계입니다." 전혀 동요하는 빛을 보이지 않고 잇따라 주제에 대한 말을 꺼냈다. "그래서 그 지난 일들을 조사해 보려고 하는데 확실히 진혼곡의 원보는 있는가요?"

"진혼곡이요?" 시즈코는 의아한 얼굴을 했다. "하지만 그것을 보고 대체 어떻게 하시려는 거예요?"

"그럼 아직 모릅니까?" 노리미즈는 약간 놀란 표정을 보이며 엄숙한 어조로 말했다. "실은 피날레가 가까워지자 두 바이올린이 약음기를 단 것입니다. 그러니까 오히려 나는 베를리오즈의 〈환상교향곡〉이라도 듣는 기분이 들었어요. 분명히 거기에는 교수대에 오른 죄인이 지옥으로 떨어지는 그 순간의 우레소리를 들려주려는 마당인데 우박소리 같은 북의 독주가 있었다고요. 거기에서 나는 산데쓰 박사의 소리를 듣는 듯한 느낌이 들었어요."

"어머나, 당치도 않은 오산이에요." 시즈코는 안타깝게 웃었다. "그건 산데쓰님이 지으신 게 아니에요. 웨일스의 건축기사인 클로드 딕스비의 자작이랍니다. 어쨌든 그런 것에 신경을 쓰신 것을 보니 또 한 사람 죽은 넋이 늘었겠네요. 하지만 댁의 대위법적 추리에 꼭 필요한 것이라면 무슨 수로든 찾아오겠습니다."

노리미즈가 잠시 멍청해진 것도 결코 무리가 아니었다. 그가 존 스테너(음악교수)의 작곡으로 짐작하고 거기에 산데쓰가 어떤 의도로 수정을 가했다고 생각한 진혼곡이 다른 사람도 아닌 이 성관의 설계자의 곡이었던 것이다. 귀국하던 중 배에서 투신자살했다는 웨일스의 건축기사가 이 불가사의한 사건에도 무슨 관련이 있지 않을까. 그러나 노리미즈가 처음부터 죽은 사람의 세계에 파고드는 일을 게을리하지 않은 것은 투철한 안목이 있다고 해야 될 것이다.

시즈코가 원보(原譜)를 찾고 있는 동안 노리미즈는 서가를 훑어보며 후리야기의 경탄할 만한 소장서를 일일이 기억할 수 있었다. 그것이 흑사관에서 정신생활의 전부를 차지한 것은 물론이지만 이 서고의 어딘가에 끝을 알 수 없는 신비스런 사건의 근원이 되는 것이 숨어있는지도 모른다. 노리미즈는 즐비한 책의 배문자를 재빨리 훑어보면서 잠시 동안 종이와 가죽의 훈훈한 냄새에 도취되었다.

1676년판 브리니우스의 《만유사(萬有史)》 30권과 고대 백과사전의 짝으로 나온 《라이덴고문서》가 우선 노리미즈의 탄성을 자아냈다. 이어서 소라누스의 《사자신지장(使者神指杖)》을 비롯, 울브리치, 로스린, 론드레이 등의 중세 의학서로부터 바코, 아르노, 아그리파 등의 기호어로 쓴 연금약학서, 고대중국 것으로는 수나라의 《경적지 옥방지요(經籍志玉房指要)》《두꺼비 도경(圖經)》《선경(仙經)》 등의 방술의심방(房術醫心方)이 있었다. 그밖에 《Susrta》, 《Charaka Samhita》 등 바라문 의학서, 아우프레히트의 《카마수트라》 산스크리트 원본. 그리고 20세기 20년대의 한정판으로 유명한 《생체해부요강》, 하르트만의 《소뇌질환의 징후학》 등의 부류에 이르기까지 그야말로 1,500권의 의학서가 정열하고 있었다.

다음으로 신비종교에 관한 책도 꽤 많았다. 런던 아시아협회의 《공작왕주경(孔雀王呪經)》 초판, 태국황제 칙간(勅刊)의 《아운나티》, 브레임필드의 《쿨스나 야줄 베이다》를 비롯, 슈라긴트빈트, 칠더스 등의 산스크리트 밀교 경전 따위. 거기에 유대교의 비경성서(非經聖書), 묵시록, 전도서 중에서 특히 노리미즈의 눈길을 끈 것은 유대교회 음악의 희귀본으로서 프로우베르거의 《페르디난트 4세의 죽음에 대한 비탄》의 원보와 성 브라디오 수도원에서 뛰어난 수사본으로 전하여진 희귀서, 베사리오의 《신인혼혼(神人混婚)》이 은밀히 바다를 건너 후리야기의 서고에 수장된 사실이었다.

그리고 라이첸슈타인의 《밀의(密儀) 종교》의 대저술에서 데 루제의 《장제주문(葬祭呪文)》. 또 포박자의 《하람편(遐覽篇)》, 비장방의 《역대 3대기》 《화호경(化胡經)》 등의 선술신서(仙術神書)에 관한 것도 보였다. 그러나 마법책은 키제베타의 《스핑크스》, 웰나 대주교의 《잉글하임 주술》 등 70여 종에 이르지만, 대부분은 힐드의 《악마의 연구》 같은 연구서로 본질적인 것은 산데쓰에게 분서를 당한 것으로 여겨진다.

또 심리학에 속한 부류로는 범죄학, 병적 심리학, 심령학에 관한 저술이 많고 코루티의 《의양(擬佯)의 기록》, 리프만의 《정신병자의 언어》, 바티디의 《납질요요성(蠟質撓拗性)》 등 병적 심리학 외에 프란시스의 《죽음의 백과사전》, 슈렝크 노팅의 《범죄심리 및 정신병리적 연구》, 구아리노의 《나폴레옹적 면상(面相)》, 카리에의 《빙착 및 살인자살 충동연구》, 크라프트 에빙의 《재판정신병학교 교과서》, 보뎅의 《도덕적 의환(癡患)의 심리》 등의 범죄학서. 그리고 심령학에도 마이어스의 대저작 《인격 및 그후의 존재》, 서베지의 《원감술(遠感術)은 가능한가》, 게르링의 《최면적 암시》, 슈타르케의 이상한 책 《영혼생식설》까지 포함한 방대한 장서였다.

그리고 의학, 신비종교, 심리학의 부문을 지나서 고대문헌학의 서가 앞에 서서 핀란드의 옛시 《칸테레》의 원본, 바라문 음리학서(音理學書) 《산기타 라스나라카》, 《그르돈 시편》, 그라마틱스의 《덴마크사》 등으로 눈을 옮겼을 때였다. 시즈코가 간신히 진혼악의 원보를 가지고 나타났다. 그 책은 짙은 갈색으로 변색되어 도리어 안 여왕만 두드러져 보이고 가사는 거의 알아볼 수 없었다. 노리미즈는 받아들자 잽싸게 마지막 페이지에 눈을 주고는 "아, 옛날의 성음부 기호로 적었군" 하고 중얼거리고 나서 아무렇게나 탁자 위로 내던졌다.

그리고 시즈코에게 말했다. "그런데 구가 씨, 댁은 이 부분에 어째서 악음기 부호를 붙였는지 알겠어요?"

"모르겠는데요." 시즈코는 비꼬며 웃었다. "Con sordono에는 약음기를 붙여라──그밖의 의미가 있을까요? 아니면 Homo Huge (사람 새끼들아 도망쳐라)라고나 할까요?"

노리미즈는 신랄한 비웃음에도 까딱하지 않고 도리어 활기찬 소리로 말했다.

"아니, 도리어 '이 사람을 봐요' 하는 쪽이겠지요. 이것은 바그너의 《파르시팔》을 보라'라고 말하고 있는 겁니다."

"파르시팔이라고요!" 시즈코는 노리미즈의 이상한 소리에 당황했지만 그 문제는 건드리지 않고 다른 질문을 했다.

"그리고 또 한 가지, 레서의 《사후 기계적 폭력의 결과에 관하여》가 있으시다면……."

"아마 있을 거예요." 시즈코는 잠깐 생각한 다음 말했다. "혹시 바쁘시면 저쪽의 제책(製冊)으로 나오는 잡서 가운데서 찾아보시지요."

시즈코가 가리킨 오른쪽의 쪽문을 올리자 그 안의 서가에는 재장정을 필요로 하는 책들이 아무렇게나 처박혀 있고 다만 ABC순으로 늘어놓여 있었다. 노리미즈는 W의 부류를 처음부터 정성들여 훑어보았는데 이윽고 그의 얼굴에 산뜻한 빛이 떠오르는가 싶더니 "이거야" 하면서 간소한 검정 헝겊으로 장정한 책을 뽑았다.

보라, 노리미즈의 양쪽 눈에는 이상한 빛이 번쩍거리고 있지 않은가. 이 조각조각난 한 권의 책이 과연 무엇을 가져다 줄 것인가? 그런데 표지를 열자 뜻밖에도 그의 얼굴이 싹 경악의 빛으로 변했다. 그리고 무의식중에 그 책을 마루 위에 떨어뜨렸다.

"왜 그러지?" 검사가 깜짝 놀라며 다가섰다.

"표지만 그럴듯한 레서의 명저야." 노리미즈는 아랫입술을 꾹 깨물었으나, 떨리는 소리는 그치지 않았다. "그런데 알맹이는 몰리에르의

《탈튜프》였어. 보라고, 도미에의 책머리 그림이 저 악당놈을 비웃고 있지 않나 말이야."

"앗, 열쇠가 있어!" 그때 구마시로가 느닷없이 괴상한 소리를 질렀다. 그가 마루에서 그 책을 집어들었을 때 책 속 가운데쯤에서 도끼 비슷한 모양의 쇠붙이가 눈에 띄었기 때문이다. 꺼내보았더니 동그란 모양에 작은 팻말이 달려 있고 거기에는 약물실이라고 쓰여 있었다.

"탈튜프와 분실한 약물실의 열쇠라……." 노리미즈는 얼빠진 소리로 중얼거리더니 구마시로를 돌아보고 "이 눈에 띈 팻말의 의미야 어떻든지 대체 범인의 장난기 넘치는 짓은 어째?"

구마시로는 노리미즈에게 화풀이를 하며 악담을 했다.

"한데 주역은 이쪽이라고 하고 싶을 정도야. 처음부터 보상도 받지 못하는 주제에 내리 비웃음만 사고 있지 않나!"

"그런 지저분한 성직자 따위 얘기가 아니야." 하세쿠라 검사는 구마시로를 달래듯이 가벼운 경구까지 썼으나 도리어 그것이 오싹한 결론을 끄집어내고 말았다.

"사실 완전히 쿼더 후작의 마크베스 님이라고나 하고 싶은 처지야. 어째서 그녀석이 죽은 넋도 아니고 노리미즈 씨가 짐작했던 것을 그전에 숨긴다는 것은 생각할 수도 없는 일이야."

"응, 그야말로 깨끗한 패배야. 실은 나도 부끄럽고 창피하게 여기고 있어." 노리미즈는 왠지 눈을 내리깔고 신경질적인 어조로 말했다. "아까 나는 열쇠를 분실한 약물실에 범인을 달아보는 것이 있다고 했어. 또 에키스케의 사인으로 나타난 의문을 풀어보려고 레서의 저서 생각이 난 거야. 그런데 그 결과 이지(理智)를 칭량(秤量)하기는커녕 도리어 이쪽에서 범인이 만들어놓은 책략에 걸려들고 말았어. 하지만 이렇게 해서 비웃음을 산 면을 숨겨 놓으려고 하는 것

을 보면 의외로 그 저술 역시 내가 생각한 것처럼 본질적인 기록은 아닌지도 모르겠어. 어쨌든 에키스케의 살해도 처음부터 계획 속에 들어 있었던 거야. 어째서 그 사인에 나타난 모순이 우연이라는 건가?"

노리미즈는 그가 레서의 저술을 지목한 이유를 밝히지 않았지만 어쨌든 거기에 이르기까지의 그들의 진로가 보람없는 일에 범인의 신경 섬유 위를 걷고 있었다는 것은 확실했다. 뿐만 아니라 여기에서 분명히 범인이 장갑을 던졌다는 것도, 또 상상을 뛰어넘은 그 초인성도 이것 하나로 충분히 뒷받침된다고 할 것이다. 이윽고 원래의 서고로 돌아오자 노리미즈는 미정리 서고에서 일어난 일을 분명하게 밝히지는 않고 시즈코에게 물었다.

"마침내 사건의 파동이 이 도서실에도 미쳐 왔어요. 최근 이 쪽문을 지나간 인물을 기억하시나요?"

"어머, 그런가요? 지난 일주일 동안에는 단네벨그 님뿐인 것 같아요." 시즈코의 답변은 거짓말이라고밖에 생각되지 않을 정도로 의외였다. "그분은 뭔가 알고 싶은 것이 있었던 모양으로 이 미정리 서고 속을 열심히 뒤져보신 것 같았습니다."

"어젯밤은 어땠습니까?"

구마시로는 참지 못하겠다는 듯이 물었다.

"그게 하필이면 단네벨그 님을 시중드는 바람에 도서실에 자물쇠 거는 일을 깜빡 잊어 버렸거든요." 대수롭지 않게 대답하고 시즈코는 노리미즈에게 얄궂은 미소를 보였다. "그러면 댁에게 현자의 보석을 선물하고 싶은데 크니파의 《생리적 필적학(筆蹟學)》은 어떨까요?"

"아니, 보고 싶은 것은 오히려 말로의 《파우스트 박사의 비극》이 좋지요." 이 책이름은 주문의 본질을 모르는 상대의 냉소를 반격하는 데 충분했으나 또 그밖에도 로스코프의 《Voeks Buch의 연구》

^(파우스트 전설의)(원본이라고 함), 발트의 《히스테리성 수면상태에 관하여》, 워즈의 《왕가의 유전》도 빌려보고 싶다고 말한 뒤, 도서실을 나왔다. 그리고 열쇠가 손에 들어왔기 때문에 이어서 약물실을 조사하기로 했다.

약물실은 위층의 뒤뜰 쪽에 있어 일찍이 산데쓰의 실험실로 쓰였던 것 같다. 빈방 사이에 끼여 오른쪽에 신의심문회가 열렸던 방으로 이어져 있다. 그러나 거기에는 약물실 특유의 상투적인 이상한 냄새가 감돌 뿐, 그 마루에는 증명할 방도가 없는 슬리퍼 흔적만이 가로세로 새겨져 있고 그밖에는 아무것도 남아 있지 않았다. 따라서 그들에게 남은 일이라면 열 가지 남짓한 약품선반들과 약통 속을 살펴보고 약병이 움직인 흔적과 병 속의 감량(減量)을 확인하는 일이 다였다. 하지만 두껍게 쌓인 먼지가 오히려 그 조사를 쉽게 진행하도록 해주었다. 처음 눈에 띈 것은 병마개가 벗겨진 청산가리였다.

"응, 좋아. 그럼, 그 다음……." 노리미즈는 일일이 적어갔는데 이어서 나온 세 가지 약명을 듣자 그는 이상스럽게 눈을 깜빡거리면서 회의적인 표정을 지었다. 왜냐하면 황산마그네슘에 요오드포름 따위는 너무나 흔한 약이 아닌가. 하세쿠라 검사도 괴이한 듯이 고개를 숙이고 혼자 중얼거렸다.

"설사약, 살균제, 수면제야. 범인은 이 세 가지로 무엇을 하려고 했을까?"

"아니야, 금방 내던졌을 거야. 그런데 그걸 우리가 마시게 된 셈이지"라고 노리미즈는 여기에서도 또 그가 즐겨 쓰는 비극적 준비라는 괴상한 말을 꺼냈다.

"뭐라고, 우리가 말이야?" 구마시로가 기겁을 하여 외쳤다.

"그럼. 익명 비평에는 독살적 효과가 있다고 하지 않던가?" 노리미즈는 아랫입술을 꽉 깨물었는데 실로 의표를 벗어난 관찰을 말했다. "그래서 처음에 황산마그네슘인데 물론 내복을 하면 설사약이 틀림없어. 그러나 그것을 모르핀을 섞어서 직장주사하면 상쾌하고 몽롱하게 수면을 촉진시킨다고. 또 다음의 요오드포름에는 기면성(嗜眠性) 중독을 일으키는 경우가 있지. 그리고 포수(抱水)클로랄은 다른 약물로는 도저히 수면을 취할 수 없는 이상항진의 경우에도 순식간에 혼수상태가 되도록 하는 거야. 그러니까 새로운 희생자에게 필요한 정도의 얘기는 아니잖아. 완전히 범인의 조소벽이 낳은 산물에 지나지 않아. 요컨대 이 세 가지 것에는 우리가 겪고 있는 곤혹스런 상태가 풍자되어 있는 셈이야."

눈에 보이지 않는 유령이 이 방에도 기어들어와서 내내 그랬듯이 노란 혓바닥을 내밀어 비웃고 있는 것이었다. 하지만 조사는 그대로 계속되었는데 결국 수확은 두 가지에 불과했다. 그 하나는 산화염의 큰병에 마개를 딴 형적이 있다는 것과, 또 하나는 거듭 죽은 자의 비밀이 드러난 일이었다. 왜냐하면 자칫 보지 못하고 지나칠 뻔했는데, 깊숙이 있는 빈 병의 옆구리에 산데쓰 박사의 필적으로 다음과 같은 글귀가 적혀 있었던 것이다.

딕스비의 소재를 암시했건만 마침내 지시한 일 없이 이 세상에서 사라지다.

산데쓰가 구하고 있었던 것은 어떤 약물이었을 것이다. 그러나 그것이 무엇인가 하는 것보다도 노리미즈의 흥미는 오히려 아무런 의미도 없어 보이는 빈 병 쪽으로 기울어져 거기에 한없는 신비감을 느끼는 것이었다. 그것은 황량한 시간의 시(詩)일 것이다. 이 알맹이 없는 유리그릇이 끊임없이 무엇인가를 기대하면서도 허무하게 수십 년을 보내버렸고, 더구나 아직도 채워질 가망이 없는 것이다. 곧 산데쓰와 딕스비 간에 무엇인지 모르게 서로 다투고 있는 듯한 느낌이 들었던 것이다. 또 산화염 같은 제고제(製膏劑)에 작용한 범인의 의지도 이 경우에 수수께끼로 남을 수밖에 없었다. 이상의 두 가지에서 사건의 은폐와 노출 양면에 부딪힌 중대한 암시를 받았는데, 노리미즈 등 세 사람은 그것을 나중 일로 남겨두고 약물실을 떠나야 했다.

이어서 어젯밤 신의심문회가 열렸던 방을 조사하게 되었는데, 이 성관에서는 드물게 장식이 없는 방으로 분명히 처음은 산데쓰의 실험실로 설계되었던 것이 틀림없다. 넓이에 비해서 창이 적고 방 둘레는 납으로 벽을 만들었고 마루의 시멘트 바닥 위에는 어젯밤 모임에만 쓴 것으로 보이는 싸구려 카펫이 깔려 있었다. 더욱이 마당 쪽에는 창문이 하나밖에 없고 그밖에는 왼쪽 모퉁이의 벽 위에 동그란 환기창이 하나 빼꼼 뚫려 있을 뿐이었다. 그리고 벽둘레를 온통 검은 커튼으로 둘러쳤기 때문에 그렇잖아도 음침한 방이 한결 더 어두컴컴해져 어떻게 할 수 없는 침울한 공기가 감돌았다.

말라비틀어진 영광의 손 하나하나의 손가락 위에 시체초를 끼어 그것이 지지직 소리를 내며 타기 시작할 때의 그 끔찍한 환상이 아직 가냘프고 희미한 광선이 되어 이 방 어딘가에 남아 있을 것 같았다.

그 방을 한번 돌아보고 나서 노리미즈는 왼쪽 옆의 빈방으로 갔다. 거기는 어젯밤 에키스케가 신의심문회가 한창일 때 사람 그림자를 보았다는 가장자리가 내밀어진 방이었다. 그 방은 넓이나 구조가 앞방과 거의 비슷했으나 창이 네 군데나 있기 때문에 방 안은 비교적 밝았다.

마루에는 발이 굵은 마직물을 깔고 그 위에 쓸데없는 가구류가 하얀 먼지를 뒤집어 쓴 채 높게 쌓여 있었다. 노리미즈는 문옆에 있는 수도에 눈이 멈췄는데 거기에서 어젯밤에 누군가 물을 썼는지 수도꼭지에 지렁이처럼 고드름이 서너 줄기 드리워져 있다. 말할 나위도 없이 그것은 어젯밤 단네벨그 부인이 실신하자 곧 물을 날라왔다는 가미야 노부코의 행동을 뒷받침하는 것에 지나지 않았다.

"어쨌든 문제는 이 쑥 내민 가장자리야." 구마시로는 오른쪽 끝 창가에 서서 실망한 듯 중얼거렸다. 그 창문 바깥에는 아칸서스의 이파리 같은 아라베스크 벽장식이 되어 있다. 고풍스런 철책 가장자리가 드러나 있기도 했다.

거기서부터는 뒤뜰의 화훼원과 채소밭을 사이에 두고 멀리 잘 다듬어진 우아한 나무울타리가 바라보였다. 땅거미가 탑으로 밀려와 덮일 만큼 나직하게 깔린 하늘은 그 자락에 어스레한 잿빛 잔광을 감돌게 할 뿐 울타리 위쪽에는 벌써 어둠이 밀려왔다. 그리고 때때로 사이를 두고 웽웽 불어오는 바람에 삐걱거리는 소리가 허공을 스치자 셔터는 쓸쓸하게 흔들리고 눈발이 하나 둘 사다리 위에서 부서져 간다.

"하지만 죽은 넋은 산데쓰뿐만 아니잖아?" 하세쿠라 검사가 반응했다. "또 한 사람 늘어난 셈이지. 그러나 딕스비라는 사나이는 대단한 게 아니야. 아마 그녀석은 떠돌이 망령이겠지."

"천만에, 녀석은 거대한 악령이야." 노리미즈는 뜻밖의 소리를 했다. "그 약음기 기호에는 중세 미신의 형상이 무시무시한 힘으로 버티고 있는 거야."

악보의 지식이 없는 두 사람에게는 노리미즈가 밝혀주는 것을 기다릴 수밖에 없었다. 노리미즈는 담배를 한 모금 깊게 들이마시고 나서 말했다.

"물론 Con Sordino에는 별 의미가 없지만 거기에는 하나의 예외가 있어. 그것은 아까 시즈코를 당황하게 한 《파르시팔》이거든. 바그너는 그 악극 중에서 프렌치 호른의 약음기 기호에 ✝라는 부호를 사용하고 있어. 그런데 그것은 관을 넣어두는 감실의 십자가 심벌이기도 하고 또 수론(數論)점성학에서는 세 행성의 성좌의 연결을 나타내고 있는 거야"라고 노리미즈는 손가락으로 손바닥에 그린 그 기호의 세 구석에 딱 +자가 될 만한 위치에 점을 세 번 찍었다.

"그럼, 대체 그 감실이라는 것은 어디에 있는 거지?" 하세쿠라 검사가 반문하자 노리미즈는 좀 심각한 모습으로 귀를 창밖으로 기울이는 동작을 했다.

"안 들리나, 저것이? 바람이 그치는 사이에 종의 추가 종에 닿는 소리가 나한테는 들리는데."

"과연 그렇군." 그렇게 말은 했지만 구마시로는 등줄기에 섬뜩한 느낌을 받고 자기 이성의 힘을 의심하지 않을 수 없었다. 잎 스치는 소리가 뒤섞여 살짝 가볍게 닿는 트라이앵글처럼 맑은 소리가 들려왔지만 그 소리는 바로, 침엽수로 둘러싸여 있어 거기에는 아무것도 없다고 여겼던 뒤뜰의 아득한 오른쪽 끝에서 울려오는 소리였다. 그러나 그것은 신경의 병적 작용도 아니고 요사스런 장독(瘴毒) 때문이라고밖에 달리 볼 도리가 없었다. 이미 노리미즈는 묘혈의 소재를 알고 있었던 것이다.

"아까 창 너머로 굵은 너도밤나무의 두 기둥을 보았기에 그것이 관이 쉬었다 가는 관주문(棺駐門)인 줄 알았어. 언젠가 단네벨그 부인의 상여가 그 밑에서 멈출 때 머리 위에서 종이 울려오겠지. 하지만 그 이전에 나는 다른 의미로 그 묘혈을 찾아가 보아야 되겠어. 왜냐하면 저 +의 기호——딕스비가 악상을 무시하면서까지 암시하지 않으면 안 되었던 것이 무엇인지 그것을 알기 위해서는 그 묘혈과 종루의 12궁 말고는 다른 방도가 없다고 생각되기 때문이야."

그러고 나서 뒤뜰로 나오는 동안 눈이 좀 세차게 내려서 서둘러 발자취의 조사를 끝내지 않으면 안 되었다. 먼저 노리미즈는 좌우에서 걸어온 두 줄기 발자취가 만난 자리에 서서 거기에서부터 왼쪽에 걸친 한 줄기를 쫓기 시작했다. 거기는 마치 죽은 넋이 움직였다고 하는 내민창 언저리의 바로 밑이 되는데 그 주변 일대의 마른잔디를 태워 버린 듯한 흔적이 남아 있었다. 그 새까만 초토가 어젯밤부터 내린 비 때문에 땅이 질척질척해져 그 위에 은빛 안장 같은 모양으로 한가운데에 내민 것의 그림자가 거꾸로 비쳤다. 뿐만 아니라 타고 남은 부분이 여러 모양을 하고 초토의 군데군데에 노랗게 남아 있는 곳은 마치 태운 시체의 피부를 보는 것처럼 섬뜩한 느낌이었다.

그런데 그 두 줄기 발자취를 자세히 말하면 노리미즈가 처음에 살피기 시작한 왼쪽 것은 길이가 20센티미터쯤 되는 남자 발자국으로 매우 몸이 왜소한 인물로 여겨지는데 전체가 편편하고 내민 데도 없는 모양으로 특정 용도에 쓰이는 고무장화로 추정되었다. 그것을 따라가 보니 본관 왼쪽 끝과 밀착해서 지은 '조원창고(造園倉庫)'라는 팻말이 붙은 샬레이식 (스위스 산악지방의 양식)의 멋을 낸 나무창고로부터 시작되어 있었다. 또 하나는 길이가 26, 7센티미터 정도로 이것은 보통사람에게 맞는 남자용 덧신 자국이었다. 본관의 오른쪽 가까운 출입문으로부터 시작되어 애프스 (지붕이 둥글고 반원형으로 튀어나온 부분) 바깥 활모양을 따라 현장에 이르고 있는데, 그 두 자국은 어느 것이나 건판의 조각이 떨어져 있는 장소와의 사이를 왕복했다.

노리미즈는 호주머니에서 줄자를 꺼내어 하나씩 신발자국에 대고 재기 시작했다. 덧신 쪽 보폭에는 약간 절름거린 듯한 데가 있을 뿐, 이렇다 할 특징 없이 아주 정연했다. 그러나 인상에는 의심스러운 데가 나타났다. 즉 발가락 끝과 뒤꿈치와 양쪽 끝만 푹 꺼져 있고 안쪽으로 치우쳐 굽은 안짱다리의 모양을 보이고 있는데, 이상한 것은 그 양쪽 끝이 가운데로 갈수록 얕아지고 있는 것이다. 또 고무장화로 보이는 쪽은 형상의 크기에 비례하여 보폭이 좁고 가지런하지 않을 뿐 아니라 뒤꿈치 쪽에 중심이 실린 것같이 눈에 띄게 힘이 들어간 자국이 남아 있었다.

또 인상 전체의 옆나비도 아주 작은 차이지만 하나하나가 달랐다. 게다가 발가락 끝부분을 가운데와 비교하면 균형상 약간 작은 듯하여 그것이 좀 부자연스러워 보였다. 그 부분의 인상이 특히 선명하지 않고 형상의 차이도 그 언저리가 가장 심했다. 그리고 앞으로 가는 보행선은 건물을 따라 있는데 돌아오는 길에는 조원창고까지 곧장 가려고 했었는지 7, 8보를 걸어서 타다 남은 마른 잔디 바로 앞까지 오자 너비 석 자쯤밖에 안 되는 띠 모양의 지점을 가랑이로 넘어간 형적이 남아 있었다.

그런데 거기에서 두 걸음째가 되면 마치 건물이 큰 자석이나 된 듯이 갑자기 보행이 번갯불 모양으로 꺾어져 거기에서 옆으로 뛰어서 건물과 아슬아슬하게 되고, 이번에는 돌아오는 길에 새겨진 선을 따라 출발점인 조원창고로 돌아왔다. 또한 걸음을 돌릴 때는 오른발로 몸을 틀어 왼발이 먼저 땅에 닿는 데 비해, 마른 잔디밭을 지나는 구둣자국은 왼발로 틀어 오른발을 먼저 내딛고 있었다. 뿐만 아니라 두 모양의 신발자국의 어느 것이나 건물에 발을 건 듯한 형적은 남아 있지 않았다.

이상 설명한 모두 50보 가까운 신발자국에는 주위에서 작은 틈으로 스며든 흙탕물이 바닥에 잠길 듯 말 듯 괴어 있을 뿐, 인상의 각도는 아직도 선명하게 유지되고 있었다. 즉 비 맞은 자국은 조금도 나타나지 않았다. 그러고 보면 신발자국이 새겨진 것은 어젯밤 비가 내리다 그친 11시 반 이후임이 틀림없다. 더구나 그 두 모양의 신발자국에 대해서 전후를 설명해주는 것이 있었다. 그것은 건판의 파편을 중심으로 두 신발자국이 합류하고 있는 부근에 한 군데 덧신이 다른 쪽 신 위를 밟은 흔적이 남아 있었다. 따라서 덧신을 신은 인물이 온 시각이 고무장화로 여겨지는 쪽과 동시이거나 혹은 그 뒤라는 것이 분명해진 것이다.

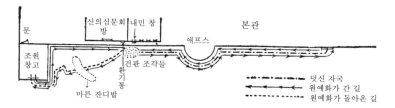

이어서 노리미즈의 조사가 조원창고에도 손을 댄 것은 당연하지만 그 샬레이식의 오두막은 마루가 없는 나무를 쌓아올린 구조로 내부에서 문 하나로 본관과 통하고 있었다. 그리고 각종의 원예용구와 해충구제용 분무기 따위가 어수선하게 놓여 있었다.

노리미즈는 본관으로 드나드는 문쪽에서 한 켤레의 장화를 찾아냈다. 그것은 앞이 나팔모양으로 벌어져 있고 허벅지의 절반쯤까지 올라오는 순 고무제의 원예화였다. 더욱이 밑바닥에 묻어 있는 흙탕 속에서 사금 같은 것이 반짝이고 있는 것은 건판의 미세한 알갱이였다. 뿐만 아니라 다음에야 그 원예용 장화가 가와나베 에키스케의 소유물이었음이 판명되었다.

그러고 보면 독자 여러분은 이 두 가지 신발자국에 여러 의문이 생기겠지만 특히 어떤 하나의 놀라운 모순에 봉착하리라 생각된다. 또 신발자국 서로의 시간관계에서 추리해 보아도 깊은 밤 으슥한 시각에 두 인물에 의해 무슨 일이 저질러졌을까? 아마 그 편린조차 짐작할 수 없을 것이다. 물론 노리미즈 역시 원형을 회복하는 것은 말할 것도 없고 이 얽히고설킨 수수께끼에는 의의를 단 한마디 말조차 꺼낼 여지가 없었던 것이다. 그러나 노리미즈는 마음속에 얼핏 떠오른 것이 있는 듯 감식반에 신발자국의 조형을 만들도록 지시하고 나서 다음 사항의 조사를 사복형사에게 의뢰했다.

1. 부근의 마른 잔디는 언제 태웠는가?

2. 뒤뜰 쪽 모든 셔터에 달린 고드름의 조사.

3. 야간 당번에 대해 뒤뜰에서 어젯밤 11시 반 이후의 상황 청취.

그러고 나서 얼마 후에 어둠 속을 밝힌 붉은 등이 움직였다는 것은 노리미즈 일행이 제등을 빌려 채소밭 뒤에 있는 묘지로 갔기 때문이다. 그 무렵에는 눈이 본격적으로 내리고 거센 바람이 탑 위에서 피리소리를 울리며 그것이 선풍을 일으켜 내리 불어오자 지면에 쏟아졌던 눈이 다시 춤추듯이 솟아올라 그렇잖아도 희미한 등불의 행방을 가로막았다. 이윽고 구슬픈 자연력에 뒤흔들리는 상수리나무 숲이 나타나고 그 사이에 관이 쉬어가는 두 기둥의 문이 보였다.

거기까지 오자 머리 위의 격자에 종을 달아맨 고리에서 이를 가는 것처럼 삐걱거리는 소리가 들리고 진동 없는 종을 치는 추 소리가 미친 새같이 음산한 소리를 내고 있었다. 묘지는 거기서부터 시작되어 작은 자갈길의 막다른 곳에 딕스비가 설계한 묘가 있었다.

이 묘의 주위는 요한과 독수리, 루가와 날개를 단 송아지 같은 12사도의 동물을 새긴 철책으로 둘러싸여 그 중앙에는 거대한 석관 같은 장감(葬龕)이 누워 있었다. 묘책(墓柵)의 내부는 대체로 성(聖) 갈성당(스위스 콘스탄스 호반에 있는 6세기에 건설된 성당)이나 남웨일스의 벤블로크 성당 등에도 현존하고 있는 노지식(露地式) 장감을 모방한 것인데 거기에는 뚜렷한 차이점이 나타나 있었다. 왜냐하면 묘지의 나무로서 전형적인 마가목이나 비파류가 아니고 무화과·측백나무·호도·자귀나무·도엽산호·편도·수랍목 일곱 그루가 다음 그림과 같은 위치에 배치되어 있었다. 또 그런 나무들에 둘러싸인 중앙의 장감은 움브리아의 울보사나이를 돋보이게 새긴 약연석(藥碾石)의 대좌까지는 그만두고라도 그 위를 덮은 하얀 대리석의 널뚜껑에 이르면 비로소 색다른 구상이 나타나는 것이었다. 전통적인 의식으로서는 그 위에 문장이나 사람의 상 또는

단순한 십자가가 통례였으나 거기에는 음악을 전통으로 하는 후리야기의 표장으로서 삼각금(三角琴)을 선으로 새겨 그 위에 단철제(鍛鐵製)의 그리스 십자가와 못박힌 예수가 자리하고 있었다.

더욱이 그 예수도 다른 모습으로 목을 좀 왼쪽으로 기울이고 양손의 손가락을 위를 향해 뒤집어 틀어올리고 나란히 한 발끝을 자못 고통을 참고 있는 듯이 안쪽으로 극도로 젖힌……, 거기에 갈비뼈가 훤히 들여다보여 어쩐지 빈혈기를 띠며 쇠약한……, 그런 모든 것이 카타콤 시대의 것과 아주 비슷하지만 도리어 그보다도 히스테리 환자의 활모양으로 굳어진 꼴을 보는 것처럼……, 어쩐지 그런 정신병리적 느낌에 압도되는 것이었다. 대체로 관찰을 끝내자 노리미즈는 열병환자 같은 눈으로 검사를 돌아보았다.

"하세쿠라 씨, 캄벨에게 말하라고 한다면 중증의 실어증 환자라도 남을 저주하는 말은 마지막까지 남겨놓았다고 하지 않겠어? 또 인간은 누구나 탈진하여 반항할 힘을 잃었을 때는 그 격정을 완화시켜 주는 것은 정령주의 말고는 없다는 거야. 분명히 이것은 저주라고. 무엇보다 딕스비는 웨일스인이라는 사실이야. 아직도 악마교인 발더스의 유풍이 남아 있어. 뮤이여더치 십자가식의 이교 취미에 도취하는 자가 있다고 하는 저 웨일스 태생이란 말이야."

"도대체 당신은 무슨 소리를 하는 거야?"

하세쿠라 검사가 끔찍한 듯이 큰소리로 말했다.

"실은 하세쿠라 씨, 이 장감은 흔한 보통 것이 아니야. 보즈라(사해의
(납쪽)의 황야에서 낮에는 하이에나가 지키고 밤에는 '마신이여 내려오소서'라고 했다는 사령집회의 표적인 거야." 노리미즈는 눈썹의 눈을 털면서 말했다. "하지만 나는 유대교도도 리비족(유대교에서 祭司
(가 되는 일족))도 아니니까 말이야. 눈앞에 사령집회의 표적을 바라보고 있어도 그것을 모세처럼 무너뜨려야 할 의무는 없다고 생각해."

"그렇다면" 구마시로는 찌르듯이 말했다. "아까 약음기 기호의 해석은 어떻게 된 거야?"

"그렇고말고, 구마시로 씨. 역시 내 추정이 딱 맞았어." 노리미즈는 ✚의 기호가 가져다 준 의미를 해설하기 시작했다. "내가 예상한 세 행성의 연결이 정확히 암시되고 있는 거야. 먼저 메 묘지의 나무 배치를 보자고. 알보나우트 이후의 점성학에서는 측백나무와 무화과가 토성과 목성의 소관으로 되어 있고, 맞은쪽 중앙에 있는 자귀나무는 화성의 상징이 되어 있어. 또 그것은 흰 연꽃, 수레국화 등 초목류로도 나타낼 수 있지만……. 대체 이 세 외행성 모임에 어떤 의미가 있는가 하면 몰렌바이테 같은 흑주술적 점성학에서는 그것이 변사(變死)의 표징으로 되어 있는 거야. 그런데 11세기 독일의 닉스교(문멜호의 수정으로 넉지라는 그리스도교
(도를 몹시 기피한 요정을 예배한 악마교)를 알고 있나? 그 악마교단에 속한 독약업자들은 그 세 행성의 모임을 세 가지 풀로 나타내어 그 세 가지를 처마에 달아매고 몰래 독약의 소재를 암시했다고 하거든. 그것이 후세에 이르러 세 가지 나뭇잎으로 대신했다고 하는데 그 세모꼴과 어울린 것은 무엇일까?"

제등의 검붉은 불이 얕게 눈이 덮인 성상(聖像)의 음영을 가로세로로 흔들어 뭐라 할 수 없는 오싹한 생동감을 주었다. 또 그 빛은 노리미즈의 콧구멍과 입 안을 이상할 만큼 확대시켜 보여 과연 중세의 이교정신을 말하는 사람에게 어울리는 용모를 만들어냈다. 그러나 구마시로는 이의를 제기했다.

"한데, 호도, 편도, 도엽산호, 수랍목 네 그루라면 결국 정방형이 되는 것 아냐?"

"아니야, 그것은 물고기야." 노리미즈는 엉뚱한 소리를 했다. "이집트의 대점성가인 넥타네브스는 해마다 나일강의 범람을 알려주는 피스세스자리를 ♓이 아니고 ⯝라는 기호로 나타냈어. 왜냐하면 지금 당신이 말한 정방형이 페가수스자리의 말카브 외의 두 별에 안드로메다자리의 알페라츠별을 결부시켜 그렇게 이루어진 정사각형을 가리키고 있기 때문이야. 그리고 이 삼각금의 선을 새긴 트라이앵글자리라고 하면 그 중앙에 긴 성상이 피스세스자리가 아닐까?

그런데 1524년에도 그렇게 되어 당시 유명한 점성수학자인 스토프렐이 재홍수설을 제창했을 정도로 세 바깥 행성이 피스세스자리와 연결한다는 천체현상은 대재앙의 전조가 되었던 거야. 그러나 재앙을 인위적으로 만들려고 한 것이 저주가 아닌가. 아무튼 이것을 보란 말이야. 실은 아까 도서실에서 본 맥스웰의 범영(梵英)사전에 눈에 익지 않은 장서인이 찍혀 있었는데 이제 생각해보니 그것이 딕스비의 도장인 것 같아. 그것으로 미루어 추리하면 아마 이 장감도 그 사나이의 괴상한 취미와 병적인 성격을 말하고 있는 것이 분명해." 이렇게 말하면서 노리미즈가 성상 주위에 덮인 눈을 털어내자 단절의 십자가에서 드러난 처참한 온몸에는 볼수록 불가사의한 변화가 나타났다. 그것은 혹시 그가 마법을 쓰지 않았나 의심이 갈 만큼 인간 세계에는 있을 것 같지 않은 괴상한 부호였다. 책형을 당한 몸이 머리에서 발끝까지 하얀 ✝란 모양으로 남아 있었기 때문이다. 그러나 노리미즈는 조용히 성상이 변화한 수수께끼 같은 기호에 대해서 설명하기 시작했다.

"하세쿠라 씨, 흑주술은 이교와 그리스도교를 잇는 연자부(連字符)라고 보들레르가 말했잖아. 그야말로 이것은 조복주어(調伏呪語)에 쓰는 범어인 ✝자인 거야. 또 삼각굽의 ✡에 닮은꼴은 저주조복(咀呪調伏)의 흑색 삼각로에 없어서는 안 되는 적시법 모양인 거야. 칠다스의 《주법사》에는 불공견색신변진언경(不空羂索神變眞言經)의 해석이 실려 있는데, 그에 따르면 ✝은 화단(火壇)에 화천(火天)을 부르는 금강화(金剛火)야. 그 글자 조각을 ✡ 형태로 쌓아둔 섶나무 아래에 두고 불을 붙여 '오무아기아토웨이소와카'라고 주문을 외우면 아득한 과거의 대서사시 〈마하브라타〉에 나오는 4대 장군이 모습을 드러냈대. 즉 건달파대력장군, 대룡중장군, 구반차대신장군, 북방야차귀장군, 이 네 장군이 비슈라비나의 통솔에서 벗어나 비밀리에 다가오고 또한 서사시 〈라마야나〉에 나오는 나찰나한 열 명도 고개를 흔들며 악이 판치는 불세상에 왜 부르느냐면서 나타났대. 내가 만일 밀교문학에 빠진 사람이라면, 매일 밤마다 이 묘지에는 눈에 보이지 않는 부호주술의 불이 피워지고 있고, 흑사관의 누상을 방황하는 음침한 바람이 분다는 결론을 내려야 할 것이야. 하지만 나에게는 그것이 하나의 심리분석이라고밖에 해석되지 않아. 그리고 딕스비라는 신비스런 성격을 가진 사나이가 생전에 지녔던 의지라는 추단만으로 만족하고 싶어. 왜냐하면 구마시로 씨, 내가 이미 위험성을 깨닫고 심령학의 저술로는 로지의 《레이먼드》, 볼만의 《스코틀랜드인 홈》의 개정판 이후로 읽지 않았고 또 《요괴평전》 전질을 태워 없앴을 정도였으니까."

결론에 이르자 노리미즈는 무쇠 같은 유물론자의 본성을 발휘했다. 하지만 그의 팽팽한 현 같은 신경을 건드리는 것은 당장 그 자리에서 사라지지 않는 유추의 꽃잎이 되어 활짝 피는 것이었다. 겨우 하나의 약음기 기호에서도 이 성관 사람들조차 생면부지의 고인 클로드 딕스비의 놀라운 심리를 밝혀내는 것이었다. 그리고 노리미즈 일행은 묘지를 나와 설한풍 속에 본관 쪽으로 걸어갔는데, 이렇게 수사는 밤에도 계속되어 마침내 흑사관에서 신비의 핵심을 이루고 있다는 세 사람의 외국인 악사와 마주하게 되었다.

3. 바보, 뮌스터베르크

일행이 다시 원래의 방으로 돌아오자 노리미즈는 지체 없이 신사이를 불러오라고 명했다. 얼마 후에 발을 쓰지 못하는 노인은 4륜차를 몰고 왔는데, 이전의 생기는 간데없고 아까 받은 가책 때문에 얼굴은 흙빛으로 떠 있어 마치 딴사람처럼 보이는 초췌한 모습이었다.

이 노사학자는 손가락을 신경질적으로 떨면서 어딘지 걱정스런 표정으로 다시 신문을 받는 데 두려움을 뚜렷이 나타내고 있었다. 노리미즈는 자기가 잔인한 생리고문을 하였음에도 불구하고 짐짓 시치미를 떼며 용태를 물어본 뒤 입을 열었다.

"다고 씨, 실은 이 사건이 일어나기 전부터 나는 알고 싶은 것이 있었어요. 그것은 살해된 단네벨그 부인을 비롯한 네 사람의 외국인에 관한 것인데 대체 어째서 산데쓰 박사는 저 사람들을 어려서부터 양육해야 되었던 거지요?"

"그것을 알면" 신사이는 휴 하고 안도의 빛을 띠었는데 아까와는 달리 솔직한 진술을 시작했다. "이 성관이 세상에서 도깨비집 같다는 말까지는 듣고 있지 않겠지요. 아실지 모르지만 저 네 분은 아직 젖도 떼기 전에 아주 어려서부터 각각 본국에 있는 산데쓰 님의 친구들이 보내준 모양입니다. 그러나 일본에 도착한 뒤 40여 년이란 세월을 확실히 잘 먹고 잘 입고 수준 높은 교육과정을 거쳐 길러냈기 때문에 겉만 보면 충분히 궁정생활이라고 할 수 있겠지요. 하지만 내가 보기에는 오히려 고급스런 벽으로 둘러싸인 감옥이라고 하는 편이 적합한 표현이 아닌가 생각합니다. 마치 그것은 《하임스클린글라》(오딘신으로부터 시작된 고대 노르웨이 왕 역대기)에 있는 주교 테오리디얼의 집사나 똑같아요. 그 당시 날마다 받는 조세 때문에 평생을 돈계산만 했다는 자엑스 할아범과 마찬가지로 저 네 분도 이곳에서 한 걸음도 외출이 허락되지 않았습니다. 오랜 관습은 무서운 것이라 오히려 본인들이 남과 접촉하는 것을 싫어하는 이른바 대인공포증 경향이 심해진 것입니다. 1년에 한 번의 연주회마저도 초청한 비평가들에게 연주대 위에서 목례만 할 뿐 연주가 끝나면 지체 없이 자기 방으로 들어가 버리는 식입니다. 그러므로 그분들이 어째서 어려서부터 이 성관으로 오게 되었는지, 그리고 어째서 철제의 조롱 속에서 초로의 나이가 되었는지 그런 일들은 오늘에 와서는 지나간 한낱 고사(故事)에 불과한 것입니다. 다만 그런 기록만을 남긴 채 산데쓰님은 모든 비밀을 무덤 속으로 가져간 거지요."

"아, 로엡 같은 짓을……" 하고 노리미즈는 익살스럽게 탄식했으나 "지금 댁은 저 사람들의 대인공포증을 식물 향전성(向轉性)처럼 생각하셨지요. 그러나 아마 그것은 단위의 비극이겠지요."

"단위라고요? 물론 4중주단으로서는 한 동아리를 이룬 셈이겠지요." 신사이는 단위라는 노리미즈의 말에 깊은 뜻이 숨겨진 것을 몰랐다. "그런데 그분들을 만나보셨던가요? 어느 분이나 냉정한 금욕주의자입니다. 가령 거만하고 냉혹하더라도 그만큼 깔끔한 인격은 진정 고독 이외에는 바라는 것이 없을 것입니다. 그래서 일상생활에서는 서로 별스런 친밀성 같은 것도 없어 젊어서부터 밀접한 생활을 하면서도 전혀 연애소동 한번 일어나지 않았던 겁니다. 더욱이 서로 접근하려는 의식이 없는 까닭도 있겠지만 감정의 충돌 따위는 그들 간에는 물론 인종이 다른 우리와도 아직껏 본 일이 없을 정도입니다. 어쨌든 그 네 분이 제일 애틋한 정을 느낀 인물이라면 역시 산데쓰 님이라고 해야겠지요."

"그런가요, 박사한테……." 일단 노리미즈는 의외라는 듯한 표정이었으나 담배연기를 뻐끔뻐끔 토하면서 보들레르를 인용했다. "그럼 우선 그 관계라는 것이 '내 그리운 마왕이여'인가요?"

"그렇습니다. 그야말로 '나 그대를 찬양하리'지요."

신사이는 약간 동요했지만 노리미즈 못지않은 대구로 장단을 맞추었다.

"그러나 어떤 경우는" 하고 노리미즈는 좀 생각하는 듯한 얼굴을 하더니 "멋쟁이와 아첨꾼은 밀치락달치락 서로 싸우다……"라고 하다가 멈추고 "곤자고를 죽여"(햄릿
중에서)라는 독백을 끄집어냈다.

"어차피 '그대 한밤중 칠흑 같은 어둠 속에서 꺾은 풀 향기에'이겠지요."

"아니, 천만에요" 하고 신사이는 고개를 흔들고 "'세 번 마신(魔神)의 저주에 시들고 독기에 물들도다'라는 것은 결코……"라고 대답했으나 이상한 억양으로 거의 운율을 잃고 있었다. 뿐만 아니라 어째선지 당황하여 다시 읊었으나 도리어 그것이 신사이를 창백하게 만들어 버렸다.

"한데 다고 씨, 어쩌면 내가 환각을 보고 있는지도 모르지만 이 사건에 '하건만 천상의 문은 닫혀져'라고 여겨지는 면이 있는데"라고 노리미즈는 문이라는 한 글자를 밀턴의 《실락원》 중에서 루치펠의 추방을 그린 한 구절로 말했다.

"그런데 이와 같이" 신사이는 반가워하면서도 어딘가 묘하게 딱딱한 태도로 대답했다. "'숨겨진 문도 없는가 하면 뚜껑널판도 비밀계단도 없나니! 그러기에 확실히 다시 열어야 할 일 또한 없도다'이지요."

"하하하, 아니 도리어 '이상한 공상에 사나이는 스스로 애를 밴 줄로 아노라'인지도 모르지요"라고 노리미즈가 폭소를 터뜨리자 그때까지 음성적인 데가 있는 것 같아 이상한 긴박감이 흘렀던 공기가 우연히 거기에서 풀려버렸다. 신사이도 홀가분해진 얼굴로 대답했다.

"그보다 노리미즈 씨, 이것을 저는 '처녀는 항아리가 되었다고 여기어 세 번 큰소리 질러 뚜껑을 찾았노라'라고 생각합니다만."

이 기이한 시문의 응답에 옆에 있던 두 사람은 어리둥절하다가 구마시로는 답답한 듯이 곁눈질을 하며 사무적인 질문을 했다.

"그런데 묻고 싶은 것은 유산상속을 어떻게 하고 있는지 실상을 듣고 싶습니다."

"그것이 불행하게도 분명하지 않습니다." 신사이는 침울한 얼굴이 되어 대답했다. "물론 그 점이 이 성관에 어두운 그림자를 던져주고 있다고 해야겠지요. 산데쓰 님은 돌아가시기 2주일쯤 전에 유언장을 작성하여 그것을 성관의 큰 금고 속에 보관시켰습니다. 그리고 열쇠와 숫자를 맞추는 부표를 함께 쓰다코 님의 부군인 오시카네 도키치 박사에게 맡겼는데 무슨 조건이 있는 듯 아직 개봉하지 않고 있습니다. 저는 상속 관리인으로 지정되었다는 조항뿐 본질적으로 전혀 힘이 없는 사람입니다."

"그럼 유산의 배분에 관계가 있는 사람들은요?"

"그것이 이상하게도 하다타로 님 외에 4명의 귀화해 입적된 분들이 함께 들어갑니다. 그러나 인원은 그 5명뿐이지만 내용에 대해서는 아는지 모르는지 아무도 입도 벙끗하지 않고 있습니다."

"정말 놀랐어." 검사는 요점을 적고 있던 연필을 내던지며 말했다.

"단 하나인 피붙이를 제외했다니. 거기에는 무슨 불화 같은 원인이

......."

"그런 것은 없었습니다. 산데쓰 님은 쓰다코 님을 제일 사랑하셨어요. 또 그 뜻밖의 권리는 네 분에게는 아닌 밤중에 홍두깨 같은 것이었습니다. 특히 레베스 님은 '이게 꿈 아닌가요?'라고 말할 정도였으니까요."

"그럼, 다고 씨. 빨리 오시카네 박사에게 다녀가라는 부탁을 해주세요"라고 노리미즈는 조용히 말했다. "그렇게 하면 어느 정도 산데쓰 박사의 정신감정도 하는 셈이 되겠지요. 그럼 이제 돌아가셔도 됩니다. 그리고 이번에는 하다타로 씨를 불러 주시겠습니까?"

신사이가 사라지자 노리미즈는 검사 쪽으로 몸을 돌렸다.

"이제 당신한테 두 가지 일이 생겼군. 오시카네 박사에게 소환장을 보내는 일하고, 또 하나는 예심판사에게 가택수색영장을 발부하도록 해야겠어. 한데 우리의 편견을 떨쳐버리려면 천생 유언장의 개봉 말고는 다른 방법이 없잖아? 어차피 오시카네 박사도 기다렸다는 듯이 승낙을 해주지는 않겠지만."

"그런데 당신과 신사이가 했던 그 시문의 문답 말이지." 구마시로가 솔직히 파고들었다. "그건 무슨 도락적 예술취미의 산물 아니야?"

"그건 아니야. 순환론적인 발산으로 곱게 봐줘. 내가 엉뚱한 착각을 일으켰는지 아니면 융이나 뮌스터베르크가 왕바보가 되든지 둘 중 하나겠지."

노리미즈는 모호한 말로 이렇게 얼버무려 버렸는데 그때 복도 쪽에서 휘파람소리가 들려왔다. 그 소리가 그치자 문이 열리고 하다타로가 나타났다. 그는 아직 17세에 지나지 않았으나 태도가 매우 어른스럽고 누구나 성년기를 앞두고 조금 남아 있기 마련인 동심 따위는 추호도 찾아볼 수 없었다. 그런데 유독 잘생긴 용모를 무너뜨리고 있는 것이 침착하지 못한 눈과 좁은 이마였다. 노리미즈는 정중하게 의자를 권하면서 말했다.

"저는 그 《페트루슈카》가 스트라빈스키의 작품 중에서 제일 좋다고 생각합니다. 무서운 원죄철학이 아닐까요? 인형마저도 입을 벌리고 있는 무덤이 기다리고 있으니까요."

모두에 하다타로는 전혀 예기치 않았던 말을 듣자, 그 창백하고 매끈하게 뻗은 몸이 갑자기 굳어버리고 신경질적으로 침을 삼키기 시작했다.

노리미즈는 이어서 "하지만 댁이 휘파람으로 《유모의 춤》 부분을 분다고 거기에 따라 텔레즈의 자동장치 인형이 움직이지는 않는다고요. 게다가 또 어젯밤 11시쯤 당신이 가미야 노부코와 둘이서 단네벨 그 부인을 찾아갔고 그러고 나서 곧 침실로 들어갔다는 것도 알고 있어요."

"그럼, 무엇을 묻고 싶으신가요?" 하고 하다타로는 충분히 변성기가 온 성인음성으로 반항기를 띠며 반문했다.

"요컨대 당신들에게 부과한 산데쓰 박사의 의지는 어땠는지 말입니다."

"아, 그것이라면" 하고 하다타로는 좀 자조하는 듯한 흥분을 보이며 "확실히 음악교육을 시켜준 것만은 감사하지만요. 그렇지 않은 날에는 벌써 미치광이가 되어 버렸겠지요. 그렇지요. 권태·불안·회의·퇴폐, 그것으로 나날을 보냈으니까요. 누가 이런 압사당할 것 같은 우울한 환경에서 예스런 예능적 의상 같은 사람들과 함께 어울려 살수 있겠어요? 실제 아버지는 저한테 인간의 참혹한 고생 기록을 남길, 그것만을 위해서 가냘프게 삶을 유지하는 방법을 가르쳐 준 것입니다."

"그럼, 그밖의 모든 것을, 귀화하여 입적한 네 사람이 빼앗아 갔다는 것인가요?"

"아마 그렇게 될 수도 있겠지요" 하고 하다타로는 묘하게 주눅들린 것처럼 말했다. "아니, 사실 아직도 그 이유가 확연하지는 않습니다. 어쨌든 그레테 님을 비롯한 네 사람의 의사가 거기에는 조금도 영향을 주지 않고 있으니까요. 그런데 이 같은 앤 여왕시대의 경구를 아십니까? 배심원이 주교의 저녁식사를 대접받기 위해서는 죄인 한 명이 목매어 죽음을 당했다는. 대체로 아버지라는 인물은 그런 주교 같은 사나이였습니다. 영혼의 구석구석까지도 비밀과 책략으로 둘러싸여 있어 견딜 수가 없었어요."

"한데 하다타로 씨, 거기에 이 성관의 병폐가 있는 겁니다. 언젠가 알게 되겠지만 당신인들 박사의 생각을 다 알 수는 없겠지요"라고 상대의 맹신을 달래듯이 말하고 나서 노리미즈는 다시 사무적인 질문을 했다.

"그런데 입적에 관한 일을 박사에게서 들은 것은 언제쯤인가요?"

"그것이 자살하기 2주일쯤 전이었습니다. 그때 유언장이 작성되어 아버지는 저와 관계되는 부분만 읽어 들려주었습니다"라고 말하다가 하다타로는 갑자기 침착성을 잃었다. "하지만 노리미즈 씨, 나에게는 그 부분의 내용을 들려드릴 자유가 없습니다. 입밖에 내는 것이 마지막으로 그것은 내 지분의 상실을 의미하게 되니까요. 그것은 다른 네 사람도 마찬가지로 역시 자기에 관한 사실밖에는 알지 못합니다."

"아니 결코." 노리미즈는 타이르듯 부드러운 음성으로 말했다. "대체로 일본의 민법에서는 그런 점이 매우 관대하답니다."

"그러나 안 됩니다." 하다타로는 새파랗게 질린 얼굴로 단호하게 말했다. "무엇보다도 나는 아버지의 눈이 무서워 죽겠습니다. 메피스토펠레스 같은 인물이 훗날에 어떻게든 무슨 형태로 음험한 제재 방법을 쓰지 않고 놓아두겠습니까? 그레테 씨가 죽음을 당한 것도 틀림없이 그런 점에서 무슨 잘못을 저지른 게 분명합니다."

"그럼 보복이라는 말입니까?" 구마시로가 날카롭게 추궁했다.

"그렇습니다. 그러니까 내가 말할 수 없는 이유는 충분히 아시겠지요? 그뿐만 아니라 우선 재산이 없으면 나에게는 생활이라는 것이 없게 되니까요"라고 태연히 말하고 나서 하다타로는 일어섰다. 그리고 바이올린 연주자 특유의 가늘고 빛나는 손가락을 탁자 끝에 나란히 짚고 몹시 격렬한 말투로 마지막 말을 했다.

"더 이상 물어볼 말은 없다고 생각하는데 나 역시 그 이상의 대답은 불가능합니다. 그러나 이 일만은 똑똑히 기억해 두십시오. 성관 사람들은 흔히 텔레즈 인형의 일을 악령이라고 하는 것 같은데 바로 아버지께서 그런 것이 아닌가 나는 생각합니다. 아니 확실히 아버지는 이 성관 안에 아직도 살아 있을 겁니다."

하다타로는 유언장의 내용에는 극히 조금 언급했을 뿐 시즈코에 이어 다시 흑사관 사람 특유의 병적 심리를 강조한 것이다. 그렇게 진술을 마치자 쓸쓸한 듯 목례를 하고 문 쪽으로 걸어나갔다. 그런데 그가 가는 길에 이상한 것이 기다리고 있었다. 문가에까지 오자 웬일인지 그는 그 자리에 못박힌 듯 선 채 움직이지 못하고 거기서부터 앞으로는 한 걸음도 나아가지 못하게 되어 버렸다.

그것은 단순한 공포와는 다른 몹시 복잡한 감정이 동작에 나타나 있었다. 왼손을 손잡이에 걸친 채 한쪽 팔을 축 늘어뜨리고 두 눈으로 불쾌하게 전방을 응시하고 있는 것이었다. 분명히 그는 무엇인가 문 건너에 피하고 싶은 것을 의식하고 있는 것 같았다. 이윽고 하다타로는 얼굴이 몹시 굳어지면서 추한 증오의 모습을 드러냈다. 그리고 옥죄인 듯한 소리를 앞으로 내질렀다.

"크, 클리보프 부인…… 댁은……."

그렇게 말한 순간 문이 바깥 쪽에서 열렸다. 그리고 두 고용인이 문턱 양쪽에 서기가 바쁘게 그 사이로 올리거 클리보프 부인의 반신이 거만하고 위엄에 찬 태도로 나타났다. 그녀는 높은 담비 깃이 달린 노란 재킷 위에 소매가 없는 비로드 외투를 입고 오른손에는 무늬가 새겨진 호사스런 지팡이를 짚고 있었다. 그 검정과 노랑의 대조가 그녀의 빨강 머리에 강렬한 색감을 주어 온몸이 불길같이 격정적인 것에 싸인 듯한 느낌을 주었다. 머리를 아무렇게나 끌어올리고 귓불이 머리와 45도 이상이나 떨어져 있어 그 상단이 마치 준열한 성격처럼 날카로웠다.

이마는 좀 벗겨졌고 회색 눈은 그윽한 빛을 담아 눈 속의 신경이 노출된 듯한 날카로운 응시였다. 그리고 관골부터 밑으로 벼랑 모양을 이루고 있는 것을 보면 그 부분의 표출이 험하고 모가 난 것 같았다. 곧장 내리뻗은 콧마루도 그것이 콧방울보다도 길게 내려와 어쩐지 책략적이고 비밀스런 느낌을 주는 것이었다. 하다타로는 그녀를 지나치면서 어깻죽지 너머로 되돌아보며 말했다.

"올리거 씨, 안심하세요. 모두 다 듣던 대로였어요."

"알겠어요." 클리보프 부인은 의젓하게 눈을 반쯤 뜨고 고개를 끄덕이며 뽐내는 몸짓으로 대답했다. "하지만 하다타로 씨, 가령 혹시 내가 먼저 불려가는 경우도 생각을 했어야지요. 당신도 틀림없이 우리와 마찬가지로 행동하셨을 것으로 믿어요."

클리보프 부인이 '우리'라고 복수를 쓰는 게 좀 이상한 느낌이 들었지만 그 까닭은 잠시 후에 밝혀지게 된다. 문가에 서 있었던 것은 그녀 혼자만이 아니고 뒤를 이어 가리발다 셀레나 부인, 오토칼 레베스 씨가 나타났기 때문이다. 셀레나 부인은 가지런한 털에 우아한 세인트버나드견의 쇠줄을 쥐고 키나 용모나 그 모든 것이 클리보프 부인과는 대조적인 모습이었다. 짙은 녹색 스커트에 밴드로 선을 두른 조끼를 입고, 거기에 팔꿈치까지 퍼진 새하얀 리넨의 깃, 머리에는 아우구스티누스회 수녀가 흔히 쓰는 하얀 스카프를 덮고 있었다.

누구든지 그 우아한 모습을 본다면 이 부인이 격정적인 범죄의 도시로 지칭되는 이탈리아 남부의 브린디시 출신으로 보이지는 않을 것이다. 레베스 씨는 프록코트에 회색 바지, 거기에 날개 모양의 칼라를 매고 맨 마지막으로 거구를 흔들면서 나타났는데, 아까 교회에서 멀리 볼 때와는 달리 가까이서 본 느낌은 오히려 오뇌적이고 마음 어딘가에 억눌린 것이 있는 듯한 몹시 음침한 인상의 중년신사였다.

그리고 이 세 사람은 마치 성찬식 때 행렬처럼 느릿느릿 걸어오는 것이었다. 마치 그것은 18세기 부르텐베르크나 카린티아 근방의 조촐한 궁정생활을 방불케 하는 장면 같았다. 또 방금 하다타로와의 사이에 벌어진 추악한 암투를 생각하면 거기에 뭔가 범죄동기라도 있지 않나 싶은 거무스름한 물이 흔들리며 내려가는 느낌이 들지 않는 것도 아니었다.

하지만 무엇보다도 조사 결과 이 세 사람에게는 처음부터 의심이 끼어들 여지가 없었다. 이윽고 클리보프 부인이 노리미즈 앞에 서자 지팡이 끝으로 탁자를 치면서 명령조의 억센 음성으로 말했다.

"우리는 부탁하고 싶은 일이 있어서 왔어요."

"그것이 뭔데요? 아무튼 앉으세요." 노리미즈가 약간 머뭇거린 것은 그녀의 명령적인 말투 때문이 아니었다. 멀리서 보았을 때 홀바인의 마가렛 와이어트(헨리 8세의 전기작가. 타머스 와이어트 경의 여동생)의 얼굴과 닮았다고 생각한 클리보프 부인의 얼굴이 가까이서 보니까 마치 마마자국처럼 보기싫은 주근깨투성이였기 때문이다.

"실은 텔레즈 인형을 태워주셨으면 해서요"라고 클리보프 부인이 딱 잘라서 말하자 구마시로가 깜짝 놀라 큰소리를 질렀다.

"뭐라고요? 고작 인형 하나를 가지고. 그것은 또 어째서인가요?"

"그게 단순한 인형이라면 사물이겠지요. 어쨌든 우리는 방어수단을 찾지 않으면 안 되게 되었어요. 요컨대 범인의 우상을 없애 달라는 것입니다. 한데 당신은 레벤스팀의 《미신과 형사법전》*¹을 읽어보신 일이 있나요?"

"아, 주세페 아르초 이야기를 말씀하시는 거지요?" 그때까지 노리미즈는 뭔가를 깊이 생각하는 표정을 하고 있다가 비로소 말에 끼어들었다.

"바로 그렇습니다." 클리보프 부인은 득의양양한 얼굴을 끄덕이며 다른 두 사람에게 의자를 권하고 나서 "나는 어떻게든지 심리적으로라도 범인의 결행력을 무디게 하고 싶어요. 잇따라 일어나는 참극을 막는 데 이제 당신네 힘만 기다릴 수가 없어요."

거기에 이어서 셀레나 부인이 입을 열었지만 그녀는 양손을 머뭇머뭇 가슴에 대고 오히려 애원하는 듯한 태도로 말했다.

"아니요, 심리적으로 토템 정도의 얘기가 되겠지요. 저 인형은 범인에게는 그야말로 군터 왕의 영웅 (^{니벨룽겐의 민담 중 군터 왕 대신
브룬힐트 여왕과 싸운 지그프리트의 고사})인 거예요. 앞으로도 큰 범죄가 일어날 때는 틀림없이 범인은 음흉한 책략 속에 숨어 있고 저 프로빈시어인만이 모습을 드러내고 말 거예요. 하지만 에키스케와 노부코 씨와는 달리 우리는 무방비 상태로 있지는 않아요. 그러니까 설사 잘못이 있다고 해도 붙잡힌 것이 인형이라 하더라도 또 다음 기회가 있지 않겠어요?"

"그렇지. 어차피 세 사람의 피를 볼 때까지는 이 참극은 끝나지 않겠지요." 레베스 씨는 부석부석한 눈꺼풀을 껌벅이면서 슬픈 듯이 말했다. "그런데 우리에게는 의무적인 계율이 있기 때문에 이 성관으로부터 재난을 벗어나는 일은 불가능합니다."

"그 계율 말인데요, 좀 말해 줄 수 있을까요?" 검사가 기회를 놓칠세라 파고들었지만 그것을 클리보프 부인이 당장 가로막고 나섰다.

"우리에게는 그것을 말할 자유가 없답니다. 그런 무의미한 탐색을 하시는 것보다도……"라고 느닷없이 격렬하게 떨리는 목소리로 "아, 우리는 이렇게 암담한 나락 속, 화염의 바닷속을 헤매고 있는 것입니다. 그런데 당신들은 어째서 그런 호기심만 가지고 새로운 비극을 눈을 부릅뜨고 기다리고 있는 겁니까?" 라고 비통한 소리로 영의 시구를 울부짖는 것이었다.

노리미즈는 세 사람을 번갈아 바라보고 있었는데 이윽고 상체를 쑥 앞으로 내밀고 발을 다시 꼬면서 차가운 미소를 지으며 "그렇소. 그 야말로 영원히 끝이 없어요"라고 갑자기 미치지 않았나 싶을 정도의 말을 내뱉었다. "그런 잔인하고 영원한 형벌을 과한 것도 모두 고인이 된 산데쓰 박사인 겁니다. 아마 하다타로 씨가 한 말을 들으셨겠지만 박사야말로 아버지라 불림으로써 의기양양한 기분이 되어 환희를 느끼며 그대를 내려다보고 있는 것입니다."

"어머, 아버님이요?" 셀레나 부인은 자세를 가다듬고 노리미즈를 다시 보았다.

"그렇습니다. '죄와 재난의 깊이를 뚫고 내 십자가의 추는 드리워지리'이니까요." 노리미즈는 자찬조로 호이티어를 인용하자 클리보프 부인은 냉소하는 표정으로 "아니에요, '하오나 미래의 심연은 그 십자가로 잴 수 없을 만큼 깊도다'랍니다"라고 되받았으나 그 냉혹한 표정이 발작적으로 경련을 일으키면서 "하지만 아, '어김없이 얼마 후에 그 사나이는 죽도다'이겠지요. 당신네는 에키스케와 노부코 씨의 두 사건으로 이미 그 무능을 폭로하고 있으니까요."

"그렇소" 하고 간단히 고개를 끄덕였으나 노리미즈는 점점 도전적으로 더욱 신랄해졌다. "그러나 누구든지 최후의 시간이 이제 얼마나 되는가를 재는 것은 불가능하겠지요. 아니 도리어 어젯밤 같은 경우는 '저기 서늘하게 숨겨진 집에 불가사의한 것 엿보듯이 보도다'라고 생각하는데요."

"그럼, 그 인물은 무엇을 보았을까요? 나는 그런 시구를 전혀 모릅니다만."

레베스 씨가 쭈뼛쭈뼛한 말투로 묻자 노리미즈는 교활한 미소를 지어 "그런데 레베스 씨, '마음도 검고, 밤도 검고, 약도 솜씨도 생기를 잃도다'입니다. '그 장소가 때마침 사람도 없었으니'였어요."

그렇게 말을 꺼낸 것은 언뜻 빤히 들여다보이는 귀신의 얼굴 같기도 하고 또 고의로 이면에 숨겨진 가시 돋친 계략을 겉으로 드러내놓은 것 같은 느낌이었지만, 그러나 그의 교묘한 낭송법은 묘하게 근육을 딱딱하게 하고 피가 얼어붙는 듯한 오싹한 공기를 만들어버렸다. 클리보프 부인은 그때까지 목걸이를 만지작거리고 있던 손을 탁상에 모아 노리미즈에게 도전하는 듯한 응시를 보내기 시작했다. 그러나 그동안 어쩐지 한 가닥 위기를 내포한 듯한 침묵 때문에 문 밖에서 거칠어진 눈보라의 울부짖음이 똑똑히 들려 한결 더 처참하게 보였다. 노리미즈가 간신히 입을 열었다.

"그러나 원문에는 '또 한낮을 들불이 흩어질 만큼 해가 불타오를 때'로 되어 있는데 거기는 이상하게도 한낮이나 밝은 데서는 보이지 않고 밤도 캄캄하지 않으면 볼 수 없는 세상인 것입니다."

"캄캄한 데서만 보인다?"

레베스 씨는 경계심을 잊은 듯이 반문했다.

노리미즈는 그 말에는 대답하지 않고 클리보프 부인 쪽으로 돌아섰다. "그런데 그 시문이 누구의 작품인지 아십니까?"

"아니요, 모릅니다." 클리보프 부인은 좀 딱딱한 태도로 대답했으나 셀레나 부인은 노리미즈의 오싹한 암시에 무관심한 듯 조용하게 "구스타프 팔케의 《자작나무의 숲》이 아닌가요?" 하고 물었다.

노리미즈는 만족한 듯이 고개를 끄덕이고 함부로 담배연기를 동그랗게 불어내면서 짓궂은 웃음을 띠었다.

"그렇습니다. 바로 《자작나무의 숲》입니다. 어젯밤 이 방 앞 복도에서 확실히 범인은 이 자작나무 숲을 보았을 겁니다. 그러나 그는 '꿈꾸다, 하지만 바람만큼 잘 되진 않았도다'였어요."

"그럼, 그 사나이는 죽은 사람 방을 친한 자가 드나들 듯이 돌아왔다는 말이에요"라고 클리보프 부인은 갑자기 명랑하게 떠들기 시작하더니 레나우의 《가을의 마음》이란 책이름을 꺼냈다.

"아니 미끄러져 간다——천만에 그녀석은 비틀비틀하고 간 것이지요, 하하하" 하고 노리미즈는 폭소를 터트리면서 레베스를 돌아보고 "그런데 레베스 씨, 물론 그때까지는 '그 슬픈 나그네 동반자를 찾아내도다'였으니까요."

"그, 그것을 알고 있는 주제에"라고 클리보프 부인은 참을 수 없다는 듯 벌떡 일어나서 지팡이를 거칠게 흔들며 외쳤다. "그러니까 우리는 그 반려자를 태워서 없애달라는 거예요."

그런데 노리미즈는 자못 찬성하지 않는 듯한 표정으로 담뱃불만 바라보며 대답을 하지 않았다. 그러나 옆에 있는 검사와 구마시로에게는 언제 멈출지 끝이 없는 노리미즈의 상념이 여기에서 가까스로 정점에 도달한 듯한 느낌을 주었다. 하지만 노리미즈의 노력은 그칠 기색이 없고 이 정신극으로 끝까지 비극적 전개를 꾀하려 했다. 그는 침묵을 깨고 대들 듯이 날카로운 어조로 말했다.

"한데 클리보프 부인, 나는 이 미치광이 광대놀음이 인형이나 태워서 끝나리라고는 도저히 생각할 수 없어요. 사실을 말하면 더 음흉하고 몽롱한 수단으로 따로 놀아난 인형이 있어요. 대체로 프라하의 세계 인형조작연맹에서조차 최근에 《파우스트》를 상연한다는 기록이 없으니까요."

"파우스트라고요! 아, 저 그레테 님이 임종 때 쓰셨다는 종이조각의 글자 말인가요?" 레베스 씨는 성심을 다하여 끼어들었다.

"그렇소. 처음의 막에 수정(水精), 두 번째가 풍정(風精)이었어요. 지금도 그 가련한 공기의 요정이 놀랄 만한 기적을 일으키고 달아나 버린 겁니다. 게다가 레베스 씨, 범인은 Sylphus(질푸스)라는 남성으로 바뀌었지만 당신은 그 기선(氣仙)이 누구인지 아십니까?"

"뭐라고, 내가 모를 거라고? 이제 서로 장난은 그만둬요." 레베스는 반격을 당한 것처럼 당황했으나 그때 불손하기 짝이 없었던 클리보프 부인의 태도에 갑자기 움추리는 듯한 그늘이 비쳤다. 그리고 아마 충동적으로 일어난 듯한 어딘가 그녀답지 않은 소리로 말했다.

"노리미즈 씨, 나는 보았어요. 그 사나이라는 것을 확실히 본 거예요. 어젯밤 내 방에 들어온 것이 아마 풍정이 아니었나 생각해요."

"뭐요, 풍정을?" 구마시로의 무뚝뚝한 얼굴이 갑자기 굳어졌다. "그러나 그때 문에는 자물쇠가 채워져 있었지요."

"물론 그랬어요. 그것이 이상하게도 열린 거예요. 그리고 키가 크고 몹시 야윈 사나이가 어두컴컴한 문 앞에 서 있는 것을 본 것입니다." 클리보프 부인은 이상하게 혀가 꼬부라진 듯한 소리로 말을 계속했다. "나는 11시쯤 되어서 침실로 들어갔을 때 확실히 자물쇠를 잠갔어요. 그리고 나서 잠시 졸다가 눈을 뜨고 베갯머리의 시계를 보려고 하니까 어떻게 된 일인지 잠옷의 가슴 양쪽이 억눌린 것처럼, 또 머리를 잡아당기는 것같이 아무리 애써도 머리를 움직일 수가 없는 거예요. 평생 머리를 풀고 자는 습관이 있는데, 이것은 붙들어 매진 게 아닌가 생각하니 등줄기에서 머리끝까지 저려 오면서 소리도 나오지 않고 몸을 꼼짝도 할 수 없게 되었어요. 그러자 등 뒤에서 살랑살랑 시원한 바람이 일어나고 미끄러지듯이 희미한 발소리가 옷자락 쪽으로 멀어져 갔어요. 그리고 그 발소리의 주인은 문 앞에서 내 시야에 들어왔답니다. 그 사나이가 뒤돌아본 것입니다."

"그것은 누구든가요?"

그렇게 묻고 검사는 무의식중에 숨을 죽였다.

"알 수 없었어요." 클리보프 부인은 안타까운 듯이 한숨을 내쉬며 말했다. "스탠드 불빛이 거기까지는 미치지 않았거든요. 하지만 윤곽만은 알았어요. 키가 5피트 4, 5인치쯤 되고 날씬하고 깡마른 체격 같았어요. 그리고 눈만……." 이렇게 그녀가 설명한 모습은 어딘지 하다타로를 방불케 한 것이었다.

"눈에?" 구마시로는 거의 관성적으로 한마디 끼어들었다. 그러자 클리보프 부인은 갑자기 거만한 태도로 돌아가 "분명히 파세트 병 환자의 눈을 어두운 데서 보고 작은 안경으로 잘못 보았다는 얘기가 있지 않아요"라고 비꼬는 말로 되받았으나 잠시 기억을 더듬는 듯한 태도를 계속하고 나서 말했다. "아무튼 그런 말은 감각 외의 신경으로 들어주셨으면 해요. 굳이 말하자면 그 눈이 진주처럼 빛났다고 할 수밖에 없어요. 그리고 그 모습이 문 저쪽으로 사라지자 손잡이가 살짝 움직이고 걸음소리가 희미하게 왼쪽으로 멀어져 갔습니다. 그래서 겨우 제정신이 돌아왔는데 어느새 머리가 풀리고 나는 비로소 목을 자유롭게 움직일 수가 있게 되었답니다. 그때 시각은 12시 반이었는데 자물쇠를 다시 고쳐 잠그고 손잡이를 옷장에 묶었어요. 하지만 그러고 나서는 한숨도 눈을 붙일 수가 없었지요. 그런데 아침이 되어 살펴보았지만 방안에는 이렇다 할 이상이 하나도 없는 거예요. 틀림없이 그 인형조작자의 소행인 것입니다. 그 교활한 겁쟁이는 눈을 뜨고 있는 나한테는 손가락 하나도 건드릴 수가 없었던 겁니다."

결론적으로 큰 의문을 하나 남겼지만 클리보프 부인의 읊조리는 듯한 조용한 소리는 옆에 있는 두 사람에게 악몽 같은 것을 안겨주었다. 셀레나 부인이나 레베스 씨나 양손을 신경질적으로 깍지 끼고 말할 기력조차 잃게 만든 모양이다. 노리미즈는 잠에서라도 깨어난 것처럼 황급히 담뱃재를 털고 셀레나 부인 쪽으로 얼굴을 돌렸다.

"그런데 셀레나 부인, 그 떠돌이는 언젠가 문초하기로 하고 혹시 이런 고트프리트를 아십니까? '내가 곧 악마와 하나됨을 어느 누가 방해할 수 있으랴. 하지만 그 단검……'" 하며 다음 구절을 말하기 시작하자 셀레나 부인은 금세 혼란을 일으킨 듯 첫 음절부터 시 특유의 선율을 잃어 버렸다. "'그 단검의 각인에 내 몸은 전율하도다'이던가요? 아, 어째서 당신은 또 그런 것을 물으십니까?" 하고 차츰 흥분을 하여 몸을 부들부들 떨면서 외치는 것이었다. "있잖아요, 당신들은 열심히 찾고 계시겠지요. 하지만 그 사나이를 어떻게 알 수가 있겠어요? 아니 결코 절대 알아내지 못할 거예요."

노리미즈는 종이를 말아 입속에서 굴리며 오히려 잔인하게 보이는 미소를 띠어 상대를 바라보더니 "나는 당신의 잠재비판을 별로 바라지 않아요. 그런 풍정의 무언극 따위는 아무래도 좋아요. 그보다 이것은 '어디에 살아야, 그대 어두운 음향'인 겁니다"라고 디메일의 《늪위》를 꺼냈는데 시선은 여전히 셀레나 부인에게서 떼려고 하지 않았다.

"아, 그럼 그." 클리보프 부인은 묘하게 주눅든 것 같은 말로 "글쎄, 그렇지만요. 노부코 씨가 잘못하여 아침의 찬송을 두 번 되풀이한 것 아시지요? 실은 오늘 아침에 그분은 한번 다윗의 시편 91번의 찬송을 쳤는데 낮의 진혼곡 뒤에는 '불이여 우박이여 눈이여 안개여'를 칠 셈이었던 거예요."

"아니, 저는 지금 교회 안의 일을 말하고 있는 겁니다." 노리미즈는 냉혹하게 뿌리쳤다. "실은 이것을 알고 싶은 겁니다. '그때 거기에 확실히 있는 것은 장미였도다, 그 언저리에는 새소리 그쳐 들리지 않았도다'였어요."

"그럼 장미 유향을 태운 것 말인가요?" 레베스 역시 두서없는 말로 살피듯 상대를 쳐다보면서 "그것은 올리거 씨가 후반부를 꽤 지나서 일시 연주를 중지해서 태웠는데 이제 다시 그 우스꽝스런 연주를 되풀이하는 소리는 그만두시지요. 우리는 당신들한테 인형의 처치에 대한 의향만 전하면 되니까요."

"아무튼 내일까지 생각해 보겠습니다." 노리미즈는 딱 잘라서 말했다. "그러나 결국 우리는 인신을 옹호하는 기계니까요. 호위라는 점에서는 저 마법박사에게 손가락 하나도 까딱하지 못하게 할 것입니다."

노리미즈가 말을 그렇게 끝내는 것과 동시에 클리보프 부인은 분통을 터뜨릴 자리를 노골적으로 동작에 나타내며 성급하게 두 사람을 일어서라고 재촉했다. 그리고 노리미즈를 증오에 찬 눈으로 내려다보며 비통한 말투로 쏘아붙였다.

"할 수 없군요. 어차피 당신들은 이 학살의 역사를 통계적인 숫자로밖에 생각하지 않으니까요. 아니요, 우리의 운명은 알비 교도*²나 웨트리언카 군민(郡民)*³과 다름없는 처지가 될지 몰라요. 하지만 혹시 대책이 가능하다면…… 아, 그것을 할 수 있다면 우리 힘만으로 할 거예요."

"아니 천만의 말씀." 노리미즈는 즉시 비꼬아 응수했다. "그런데 클리보프 부인, 확실히 성 암브로시우스였던가요? '죽음은 악인에게도 또한 유리하도다'라고 말하지 않았던가요?"

쇠줄을 잊어버린 세인트버나드견이 구슬픈 듯이 울면서 셀레나 부인의 뒤를 쫓아간 것을 마지막으로 세 사람이 사라져 버리자 사복형사 하나가 아까 지시받은 뒤뜰의 조사를 마치고 왔다. 그는 조사서를 노리미즈에게 건네주고 나서, "단검은 역시 그것 하나뿐이었습니다. 그리고 본청의 오츠보네 의사에게는 지시대로 전달했습니다"라고 결과를 보고하자 노리미즈는 또 첨탑에 있는 12궁의 동그란 창문을 촬

영하도록 지시한 뒤, 사복형사를 내보냈다. 구마시로는 당황한 듯한 얼굴로 가벼운 한숨을 내쉬었다.

"아, 또 문짝하고 자물쇠야. 범인은 저주꾼인가, 자물쇠장수인가? 도대체 어느 놈이란 말인가? 정반대로 존 디 박사의 보였다 안 보였다 하는 문이 그리 흔하게 있을 리도 없고."

"놀랐는데" 노리미즈는 비꼬는 미소를 던졌다. "그 따위 것이 어디에 창작적인 기교가 있단 말이야? 하기야 이 성관에서 한 걸음이라도 밖으로 나가면 물론 놀라운 의문이 되는 것은 틀림없어. 그렇지만 아까 당신도 서고 안에서 범죄현상학이란 훌륭한 책이름을 보았지. 요컨대 그 문이 자물쇠로 걸리지 않도록 한 기교라는 것이 이 성관의 정신생활에서 일부를 이루는 것이라고, 본청으로 돌아가 클로스*4라도 보면 그것으로 모든 것을 다 알게 되겠지."

노리미즈가 아예 다시 말하려고도 하지 않고 그대로 어쩔 수 없는 것으로 팽개친 것은, 평소에 검토적인 그를 아는 두 사람에 따르면 의외로 놀라운 일이었음이 분명하다. 하지만 분명 이 사건의 깊이와 심미성을 그가 서고에서 헤아릴 수 있게 된 결과일 것이다. 검사는 다시 노리미즈의 풍류적인 신문 태도를 따지고 들었다.

"나는 레베스 같은 사람은 아니야. 하지만 당신한테 부탁하고 싶은 건 이젠 동작극(動作劇)뿐이라고. 그런 연애시인 취향의 노래자랑은 그만 하고, 서서히 클리보프 부인이 넌지시 암시한 하다타로의 유령을 음미해 보는 게 어때?"

"장난이 아니야." 노리미즈는 익살을 부리듯 아무렇지도 않은 태도였으나 그 얼굴에는 여느때의 환멸적인 우려의 빛이 말끔히 사라졌다. "천만의 말씀이라고, 나의 심리표출 모색극은 끝났지만 그것은 역사적인 갈등의 표현인 거야. 한데 내가 맞붙은 것은 그 세 사람이 아니야. 뮌스터베르크라고, 역시 그녀석은 터무니없는 바보였어."

이때 경시청 감식의사인 오쓰보네 고안(乙骨耕安)이 들어왔다.

＊1 키프로스의 왕 피그말리온으로부터 시작된 우상신앙을 적은 범죄에 관한 책. 로마인 막네지오와 함께 일컫는 주세페 아르초는 역사상 저명한 반음양(半陰陽)으로서 남녀 두 기의 조상을 가지고 남자가 될 때에는 여자의 상을, 여자가 되는 경우에는 남자의 상에 예배를 드리게 되어 있었음. 그래서 사기, 절도, 싸움질을 일삼았는데 한번은 남자의 상을 부숴 버리게 되자 그 불가사의했던 이중인격은 사라졌다고 전해짐.

＊2 알비교도──남프랑스, 알비에서 일어난 새 종교, 마니교의 영향을 받아 신약성서의 모든 것을 부정했기 때문에 교황 인노첸시오 3세의 주창으로 신십자군에 의해 1209년부터 1229년까지 약 47만 명이 죽음을 당함.

＊3 웨트리언카 군민──1878년 러시아령 아스트라칸의 흑사병 창궐기에 웨트리언카 군을 포병의 포위선으로 봉쇄하여 공포 발사와 아울러 총살로 위협, 군민의 도주를 막아 거의 흑사병으로 죽게 했음.

＊4 노리미즈가 클로스라고 말한 것은 《예심판사요람》 중 범인의 직업적 습성의 장(章)으로 아벨트의 《범죄의 비밀》에서 인용한 사례로 여겨짐. 예전에 고용인이었던 제화공인 범인이 어느 은행가의 방으로 숨어들어가 그 방과 침실 사이의 문짝이 딱 잠기지 않도록 하기 위해 미리 빗장구멍 속에 교묘하게 세공한 세모기둥 모양의 나무토막을 끼워 넣음. 그것을 모른 은행가는 취침 전에 자물쇠를 걸려고 해도 빗장이 움직이지 않아서 이미 잠겨진 것으로 착각하여 범인의 계획은 감쪽같이 성공했다는 사건 줄거리.

제4편 시와 갑옷과 환영의 조형

1. 고대 시계실로

노부코의 진찰을 마치고 들어온 오쓰보네 의사는 예순을 좀 넘긴 연배로 홀쭉하게 말라빠진 버마재비 같은 얼굴을 하고 있는데, 반짝반짝 빛나는 눈과 일종의 기품을 풍기는 대머리가 인상적이었다. 그러나 경시청에서 가장 노련한 의사로 특히 독물감식에 있어서 그 방면의 저술을 대여섯 가지 낼 정도였고, 물론 노리미즈하고도 잘 아는 사이였다. 그는 자리에 앉기가 바쁘게 허물없이 담배를 청하더니 한 모금 맛있는 듯이 빨고 나서 말을 꺼냈다.

"이봐요, 노리미즈 씨. 내 생각으로는 유감이지만 지각상실이야. 대체 회전의자가 어떻게 생겼든 간에 결국 저 창백하고 투명한 잇몸만 보아도 나는 사표를 걸고 말할 수 있어. 그야말로 단순 실신이라고 단언할 수 있지. 그런데 여기서 특히 구마시로 씨에게 한마디 하고 싶은데, 저 여자의 실신은 실은 음험하고 몽롱한 데가 있어. 너무나 다 갖추고 있지 않나 말이야."

"그렇군." 노리미즈는 실망한 듯이 고개를 끄덕였다. "아무튼 자세히 들어봐야겠어. 혹은 그중에서 당신의 망령기 같은 게 작용했을지도 모르니까. 한데 당신의 검출법은?"

오쓰보네 의사는 군데군데 전문용어를 섞어가면서 극히 사무적으로 그의 소견을 말했다.

"물론 흡수가 빠른 독극물이 있기는 있는데. 거기에 특이체질을 가진 사람은 중독량보다 훨씬 적은 스트리키니네로도 굴근진전증(屈筋震顫症)이나 간헐강직증(間歇强直症)과 비슷한 증상을 일으킬 경우가 있어. 그러나 중독된 말초적 소견은 없고, 위 속의 내용물은 거의 위액뿐이더라고. 이것은 좀 의심스러운 생각이 들지. 하지만 이 여자가 소화가 잘 되는 음식을 먹고 나서 두 시간쯤 후에 쓰러졌다면 위가 비어 있다는 것은 조금도 의심할 것이 없어. 그리고 오줌에도 반응적 변화가 없고, 정량적(定量的)으로 증명할 것도 없어요. 다만 인산염이 너무나 많을 따름이었어. 그 원인을 나는 심신 피로의 결과로 판단하는데, 어때?"

"잘 봤어. 그 지나친 피로만 아니었다면 나는 노부코의 관찰을 방치했을 거야." 노리미즈는 무엇인가를 암시하며 상대의 말을 긍정했다. "그런데 당신이 쓴 시약은 그것뿐이야?"

"천만에. 결국 도중에 그치고 말았지만 나는 노부코의 피로상태를 조건으로 어떤 산부인과적 관찰도 시도해 봤지. 노리미즈 씨, 오늘 밤의 법의학적 의의는 Pennyroyal(일종의 유독제충제) 하나로 귀결되는 거야. 저 X·XX 정도를 건강 미임신 자궁에 작용시키면 복용 후 한 시간 정도에서 격렬한 자궁마비가 일어나지. 그리고 거의 순간적으로 실신과 유사한 증상이 나타나는 거야. 그런데 그 성분인 Oleam Hedeamae Apoil마저도 검출되지 않았어. 물론 그 여자는 아직 산부인과적 수술을 받은 흔적이 없을 뿐만 아니라 중독에 대한 장기의 특이성을 보인 데도 없었던 거야. 그래서 노리미즈 씨, 나의 독물 유례집은 결국 이것이 전부이지만 결론으로 한마디 하라고 한다면 저 실신의 형법적 의의는 오히려 도덕적 감정에서 비롯되었다고 할 수밖에 없어. 요컨대 고의냐 내발(內發)이냐 하는 문제라고."

오쓰보네 의사는 탁자를 탕 치면서 자신의 소견을 강조하는 것이었다.

"아니, 그것은 순수 심리병리학이야." 노리미즈는 어두운 얼굴로 대답했다. "그런데 경추(頸椎)는 살펴보았지? 나는 크잉케는 아니지만 '공포와 실신은 경추의 통각(痛覺)이다'라고 한 것은 지당한 말이야."

오쓰보네 의사는 담배 끝을 꾹 깨물면서 오히려 놀란 표정을 지었다. "응 나도, 얀 레그의 《병적 충동행위에 대하여》하고, 자네의 전문서 정도는 읽었어. 과연 제4경추에 압박을 받는 경우에 충동적 흡기를 당하면 횡격막에 경련적인 수축이 일어나지. 그러나 말이야. 그 핵심인 구루라는 것은 그 여자가 아니었지. 그 이전에 꼽추 한 사람이 죽음을 당했다고 하던데."

"그런데 말이야." 노리미즈는 숨찬 듯이 말했다. "물론 확실한 결론은 아니야. 아마 회전의자의 위치나 불가사의한 배음연주를 생각한다면 일고의 가치도 없겠지. 하지만 한 가지 가설로서 나는 히스테리성 반복수면에 생각이 미친 거야. 그것을 실신의 과정에 적용시켜 보고 싶어."

"물론 노리미즈 씨, 원래 나는 비환상적인 동물이야." 오쓰보네 의사는 현혹을 뿌리치려는 듯한 표정으로 익살스럽게 되받았다. "대개 히스테리의 발작 중에는 모르핀에 대한 항독성이 높아져. 그러나 어쨌든 피부를 축축하게 만드는 것은 어쩔 수 없는 일이야."

여기에서 오쓰보네 의사가 모르핀을 예로 들어 항진신경의 진정 어쩌고 한 말은 물론 노리미즈에 대한 풍자였지만, 그것은 그때그때 인간의 사유한계를 넘어서 보려고 하는 그의 공상을 향해서 한 말이었다. 왜냐하면 그 히스테리성 반복수면이라는 병적 정신현상은 실로 희귀병 중에서도 희귀병에 속했기 때문이다.

실제 병적 심리를 잘 다루는 고시로 우오타로(小城魚太郎)의 단편 중에도 살인을 범하려고 하는 한 의료원이 어떤 환자에게 의학적인 술어를 들려주고 그것을 다음 발작 때 지껄이도록 해서 자기의 알리바이에 이용한다는 작품도 있듯이 자기최면적인 발작이 일어나면 자기가 하고 또 들은 말 가운데 가장 새로운 부분을 그것과 조금도 다름없이 재연하고 또 지껄이기 때문에 별명으로 '히스테리성 무암시후 최면현상'이라고 부르는 것이 오히려 이 현상의 실체에 알맞은 표현 같이 여겨진다.

그러기에 오쓰보네 의사가 내심 노리미즈의 예민한 감각에 흥분하면서도 겉으로 통렬한 익살로써 이의를 제기한 것도 무리는 아니었다. 그 말을 듣자 노리미즈는 일단 자조 비슷한 한숨을 지었으나 이어서 그에게는 드문 일이지만 조광적(躁狂的)인 흥분상태가 나타났다.

"물론 드문 현상이지. 그러나 그것을 꺼내지 않고 어떻게 노부코가 실신하여 단검을 쥐고 있었겠는가 하는 것을 설명할 수 있겠어? 그렇잖아, 오쓰보네 씨? 앙리 피에롱은 피로에서 비롯한 히스테리성 지각일실의 사례를 수십 가지나 들고 있어. 그리고 저 노부코라는 여자는 오늘 아침에 자명종을 치고 그때 쳐서는 안 되는 찬송을 실신 직전에 재연했다고. 그래서 그때 어떤 까닭으로 배가 눌렸다고 하면 그 조작으로 무의식 상태에 빠진다는 셜코의 실험을 믿고 싶지 않겠어?"

"그럼 당신이 경추에 신경을 쓴 이유도 거기에 있었나?"

오쓰보네 의사는 어느새 끌려들어가고 말았다.

"그래. 어쩌면 자기가 나폴레옹이나 된 것처럼 환상을 보고 있는지도 모르지만 아까부터 나는 하나의 심상적 표본을 가지고 있어. 당신은 이 사건에 지크프리트와 경추의 관계가 있다고는 생각하지 않나?"

"지크프리트라고?" 여기서는 어지간한 오쓰보네 의사도 어안이 벙벙해졌다. "하긴 귀납적으로 머리가 돌아버린 사나이를 그 표본으로 한 사람, 나도 알고 있어."

"아니, 결국은 비율의 문제야. 그러나 나는 지성에도 마법적 효과가 있다고 믿고 있어." 노리미즈는 충혈된 눈으로 몽상의 그림자를 띠고 말했다. "그런데 강렬한 가려운 감각에 전기자극과 같은 효과가 있는 것을 알고 있나? 또 마비된 부분의 중앙에 지각이 있는 자리가 남으면 거기에 극심한 가려움이 생기는 것도 아마 아르츠의 저술 같은 것을 읽어서 알고 있겠지? 그런데 당신은 노부코의 경추에 타박상 같은 흔적이 없다고 했어. 하지만 오쓰보네 씨, 여기에 딱 한 가지, 실신한 인간에게 반응운동을 일으키게 하는 방법이 있어. 생리상 결코 굳게 쥘 도리가 없는 손가락의 운동을 이상한 자극으로 불러일으키는 방법이 있는 거야. 그리고 그것이 지크프리트+나뭇잎이라는 공식으로 나타내게 되어 있어."

"그렇군." 구마시로는 비꼬면서 고개를 끄덕였다. "아마 그 나뭇잎이라는 것이 돈키호테겠지."

노리미즈는 일단 가볍게 탄식을 했는데 더욱 기백을 집중하여 신기를 발휘하듯 절망적인 저항을 꾀했다.

"자, 들어봐. 아마 악마적인 유머일 테니까. 에테르를 분무상태로 하여 살갗에 불어대면 그 부분의 감각이 삼투적으로 없어지거든. 그것을 실신한 사람의 온몸에 뿌리는데 손의 운동을 담당하는 제7 제8 경추에 해당되는 부분만을 마치 지크프리트의 나뭇잎처럼 남겨두는 거야. 왜냐하면 실신 중엔 피부의 촉각이 작용하지 않지만 내부의 근각이나 관절감각, 거기에 가려운 감각에는 자극이 제일 쉽게 되기 때문이지. 그러면 당연히 그 자리에 극심한 가려움증이 일어나게 되지. 그리고 그것이 전기자극처럼 경추신경의 목적으로 하는 부분을 자극하여 손가락에 무의식운동을 일으킬 것이 틀림없어. 결국 이것 하나로 노부코가 어떻게 단검을 쥐었는가 하는 점에 근본적인 공식을 파악한 듯한 느낌이 든 거야. 오쓰보네 씨, 당신은 고의인가 내발인가라고 말했지만 나는 고의가 에테르로 바뀌는 것이 무엇인가라고 말하고 싶은 거야. 어떻게 그 본체로 파고들기까지에는 아직도 섬세하고 미묘한 분석적 신경이 필요해." 그의 표정에는 볼수록 몹시 괴로운 그늘이 나타났고, 전혀 다른 가라앉은 목소리로 중얼거렸다.

"아, 나는 너무 지껄였어. 그러나 결국 회전의자의 위치……, 그 배음 연주는 어떻게 되는 거지?"

그러고 나서 잠시 노리미즈는 연기의 행방을 바라보고 있더니 흥분 상태가 가라앉았는가 싶었다. 이윽고 오쓰보네 의사를 향해서 화제를 바꾸었다.

"그런데 당신한테 부탁해 놓은 노부코의 서명은 받아놓았나?"

"그런데 말이야. 여기에는 충분히 질문할 예제로서의 가치가 있어. 어째서 당신은 노부코가 깨어날 순간에 자기 이름을 쓰도록 하려고 한 거야?"라고 말하고 오쓰보네 의사가 꺼낸 종이조각에 갑자기 세 사람의 시선이 집중되었다. 거기에는 가미야가 아니라 후리야기 노부코라고 적혀 있었기 때문이다. 노리미즈는 잠깐 눈만 깜빡거렸을 뿐 그가 던진 파문을 해설했다.

"아, 오쓰보네 씨. 나는 노부코가 써주는 사인이 몹시 갖고 싶었어. 그렇다고 내가 롬브로조도 아니지만 말이야. 수정이나 풍정을 알자고 해서 클레베의 《필적학》까지 동원할 필요는 없지만 말이야. 사실 실신 때문에 기억상실을 가져오는 경우도 가끔 있거든. 그렇기에 혹시 노부코가 범인이 아니라면 이대로 망각 속에 묻혀버리지나 않을까 하고 그것을 두렵게 생각하고 있는 거야. 그런데 나의 시도는 《마리아 브르넬의 기억》*¹을 참고로 하고 있지."

'마리아 브르넬……'에서 번뜩 연상되는 것이 있는 듯, 세 사람의 표정에는 일치된 것이 나타났다. 노리미즈는 새 담배를 입에 물었다.

"그래서 말이야, 오쓰보네 씨. 노부코가 눈을 뜰 때를 조건으로 한 것도 요컨대 마리아 브르넬 부인과 같은 몽롱한 상태를 노려 운이 좋으면 자칫 사라져 버릴지도 모르는 잠재의식을 기록시키려고 했던 거야. 그런데 그 여자 역시 법심리학자의 사례집에서 벗어나지 않았던 거야. 그렇잖아? 노부코의 선례는 오필리어에게서 찾을 수 있겠지. 하지만 오필리어는 미쳐버리기는 했지만 어려서부터 유모에게서 들은 '내일은 발렌타인의 날'이라는 유행가를 기억한 것에 지나지 않아. 그런데 노부코는 후리야기라는 매우 드라마틱한 성을 붙여서 우리를 어리둥절하게 한 거지."

그 서명에는 놀라울 만큼 끌어당기는 힘이 있었다. 잠시 모두가 꼼짝도 않고 있었는데 구마시로가 직접적으로 기세를 올렸다.

"결국 구텐베르크는 바로 후리야기 하다타로인 거야. 이제 클리보프 부인의 진술이 딱 맞아떨어진 거라고. 자, 노리미즈 씨, 당신이 할 일은 하다타로의 알리바이를 깨뜨리는 일이야."

"아니야, 이렇게 보는 것은 곤란해. 아직도 후리야기 X인 거야"라고 검사는 쉽게 수긍하려는 기색을 보이지 않았다. 그리고 은연중 산데쓰의 불가사의한 작용을 암시하면서 노리미즈도 거기에 수긍하고, 심하게 비꼼을 당한 것처럼 착잡한 표정을 지었다. 사실 그것이 유령 같은 잠재의식이라고 하면 아마 노리미즈의 승리일 것이다. 하지만 그것이 단순한 한때의 심적 착오라고 한다면 그야말로 추리측정을 초월한 괴물이 분명한 것이다. 오쓰보네 의사는 시계를 보면서 일어섰는데 이 독설가는 비꼬는 말 한마디 없이 사라질 위인이 아니었다.

"한데 오늘밤은 부처님도 안 나올 거야. 그러나 노리미즈 씨, 문제는 공상보다 논리 판단력이 어떤가에 달려 있어. 이 두 가지의 보조가 조화를 이루면 당신은 나폴레옹이 될 테니까 말이야."

"아니, 톰센(덴마크 사학자. 바이칼호 기슭의 오르콘 강 상류에 있던 돌궐인의 옛 비문을 판독함) 정도로 만족해." 노리미즈는 대꾸했으나 그 말의 여파로 갑자기 범상치 않은 풍운을 불러일으켰다. "물론 나한테 대단한 사학의 조예는 없지만 말이지. 오르콘 강의 비문 이상으로 의문이 풀릴 수 있는 길이 열렸어. 당신은 잠시 큰방에서 금세기 최대의 발굴을 기다리고 있어."

"발굴?" 구마시로는 깜짝 놀란 표정이었다. 노리미즈가 마음속으로 무슨 생각을 하고 있는지 알 길이 없지만 그 미간 사이에 나타난 의젓한 결의만 보아도 바야흐로 그가 건곤일척의 큰 도박을 하려는 것은 분명했다. 이윽고 이 가슴답답하고 긴박한 공기를 깬 것은 오쓰보네 의사가 가고 나서 불려온 다고 신사이의 등장이었다.

노리미즈는 지체 없이 단도직입적으로 물었다.

"솔직히 물어보겠는데 당신은 어젯밤 8시부터 8시 20분 사이에 성관 안을 순회하고 고대 시계실에 자물쇠를 채운 모양인데 그 무렵부터 자취를 감춘 사람이 하나 있었지요. 다고 씨, 어젯밤 신의심문회 때 이 성관에 있었던 가족수는 5명이 아니고 분명히 6명이지 않았어요?"

그 순간 신사이는 온몸이 감전이 된 듯 부들부들 떨었다. 그리고 무엇인가 매달리고 싶은 것이라도 찾는 듯한 모습으로 사방을 두리번두리번 둘러보았다. 그는 느닷없이 반발적인 태도로 나왔다.

"허허, 이 눈보라 속에 산데쓰 님의 유해를 발굴한다면 당신들은 영장을 가지고 계신 것 같군요."

"아니, 필요하다면 아마 법률 정도는 벗어나는 일도 있겠지요." 노리미즈는 쌀쌀하게 응수했다. 그러나 이 이상 신사이와의 문답은 필요없다는 판단에서 솔직히 자기 생각을 설명하기 시작했다.

"물론 당신이 처음부터 솔직히 이렇습니다 하고 말해주리라고는 꿈에도 기대하지 않았어요. 그래서 내가 먼저 그 사라진 사람을 개괄적으로 증명해 보겠소. 그런데 댁은 맹인의 청촉각 표준형이라는 말을 아시나요? 맹인은 시각 이외의 모든 감각을 구사하여 그 하나하나로 전해주는 분열된 것을 종합하는 것입니다. 그래서 자기에게 가까이 오는 물체의 조형을 시험해 보려고 하지요. 안 그렇소, 다고 씨? 물론 내 눈에 그 인물의 모습이 비쳤을 리는 없어요. 더욱이 소리도 들어본 일이 없고, 그 사람에 관한 자세한 말은 추호도 들은 일이 없지요. 그러나 이 사건의 시작과 동시에 어떤 하나의 원심력이 작용하고 그 힘은 관계자의 테두리에서 벗어난 먼 데로 내동댕이쳐진 권외의 인물이었습니다. 나는 처음으로 이 성관에 들어왔을 때 이미 어떤 낌새를 느꼈어요. 그것을 고용인의 행위에서 간파할 수 있었던 겁니다."

"그럼, 내가 물어본……." 검사는 이상하게 흥분하여 소리쳤다. 그리고 자기의 의심이 풀려가는 계기가 왔다는 것을 깨달았다. 노리미즈는 검사에게 미소로 대답하고 말을 계속했다.

"요컨대 이 신경 무언극으로 보자면 처음에 고용인의 안내로 큰 계단을 올라갈 때가 애초의 시작이 된 것입니다. 그때 마침 요란스런 경찰차의 엔진 소리가 울려왔는데, 그 고용인은 내 구두에서 우연히 희미하게 삐걱거리는 소리가 나자 웬일인지 앞에서 걸어가고 있었음에도 불구하고 몸을 움츠리면서 옆으로 피한 겁니다. 나는 그것을 깨달았는데 무의식중에 신경에 짚이는 것이 있었어요. 그래서 계단을 다 올라갈 때까지 시험삼아 두세 번 같은 동작을 해보았더니 그때마다 고용인도 같은 반응이 되풀이 된 겁니다. 분명히 말없는 현실은 무엇인가를 말하려고 합니다. 그래서 나는 추단을 내렸어요. 엔진의 소음이 있음에도 불구하고 마땅히 억눌려서 들리지 않아야 될, 아니 보통으로는 절대로 들을 수 없는 소리를 들었기 때문이라고. 그러나 그것은 기적이 아닙니다. 의학상의 용어로 바이러스 징후라고 하여 격심한 소음과 함께 나는 미세한 소리도 들을 수가 있다는 청각의 병적 과민현상에 지나지 않는 것이지요."

노리미즈는 천천히 담배에 불을 붙여 한모금 빨더니 말을 계속했다.

"말할 나위도 없이 그 징후는 어떤 정신 장애의 전조로 오는 것입니다. 하지만 치헨의 《기피의 심리》 같은 책을 보면 극도의 기피심리에 몰릴 때의 생리현상으로서 거기에 관한 많은 실험적 연구를 예로 들고 있습니다. 그중에서도 가장 흥미를 끄는 것은 돌므돌프의 《죽음·가사 및 조기의 매장》 중의 한 사례일 겁니다. 확실히 1862년에 볼드의 감독사제 던네가 급사하여 의사가 그의 죽음을 증명했기 때문에 입관하여 장례를 치르게 되었지요. 그런데 그 도중에 던네가 관 속에서 살아난 것입니다. 그러나 말을 할 수 없었기 때문에 구원을 요청할 수도 없고 혼신의 힘을 발휘하여 관 뚜껑에 조금 틈을 내기는 했지만 그는 그대로 탈진하여 다시는 관 속에서 움직일 수 없게 되어 버렸어요. 그런데 산 채로 매장되려고 하는 말할 수 없는 공포 속에서 마침 장엄한 장송곡의 합창이 울려퍼지고 있는데 그의 친구 두 사람이 은밀히 나누고 있는 말소리를 들었다는 거예요." 그러고 나서 노리미즈는 이 사건으로 이야기를 바꿔갔다.

"그렇게 되면 이 경우 물론 하나의 의문이 생기겠지요. 대체로 고용인은 방관적인 흥분이 있을 수는 있지만 아직 현장에 다다르지 않은 수사관이 뭔가 물어보려고 접근하는 기색이 보여도 거기에 아무런 공포감을 가질 이유가 없어요. 그래서 그때 나는 일어난 어떤 일의 전제라고나 할까, 섬뜩한 예감이 든 것입니다. 말하자면 신경 과민의 드라마틱한 유희라고나 할까, 좀 표현하기 어려운 다가오는 모종의 공기를 느낀 것입니다. 그것이 뚜렷하지 않기 때문에 더욱 발버둥쳐서라도 접근해야 된다는 마음이 솟구쳤습니다. 그리고 그것이 곧 당신의 함구령이 떨어진 산물이라는 것을 알게 됨과 동시에 굳이 숨기려고 한 운명적인 한 사람을 그 키까지도 잴 수 있게 된 겁니다."

"키를요?" 어지간한 신사이도 놀라서 눈이 휘둥그레졌는데 여기에서 세 사람은 일찍이 경험해보지 못한 흥분에 휩싸였다.

"그렇습니다. 그 투구 앞의 장식물이 이 사람을 보라고 하는 것입니다." 노리미즈는 의자를 끌어당기면서 조용히 말했다. "아마 당신도 들으셨겠지만 작은 복도의 옛날식 갑옷 중에서 둥근복도 쪽의 문가에 있는 붉은 빛 가죽끈으로 꿰맨 것 위에 거친 검정 털의 사슴뿔을 세운 투구가 얹혀 있었습니다. 또 그 앞줄에 매달린 갑옷의 원피몸통 하나가 아름다운 사자좌가 달린 투구를 쓰고 있어 그 두 가지를 배합시켜 판단하면 자리를 바꾸어 놓은 흔적이 뚜렷이 남는 것입니다. 그뿐만 아니라 자리를 바꾼 것이 어젯밤 7시 이후라는 것도 고용인의 증언으로 확인되었습니다. 그러나 그 자리바꿈에는 매우 섬세한 심상이 비쳐지고 있어요. 그리고 그것이 둥근 복도 맞은쪽에 있는 두 벽화와 함께 비로소 그 본체를 드러낸 것입니다. 아시는 바와 같이 오른쪽의 것은 《무염 수태도》로 성모 마리아가 왼쪽 끝에 서 있고, 왼쪽의 《갈보리산의 아침》은 오른쪽 끝에 예수를 못박은 십자가가 서 있는 것입니다. 요컨대 그 두 투구를 자리바꿈하지 않고는 성모가 십자가에 못박혔다는 세상에 없는 이상한 현상이 나타나기 때문이었습니다. 그러나 그 원인은 손쉽게 밝혀낼 수가 있었어요. 다고 씨, 둥근 복도의 문가에는 겉면에 광택 없는 유리로 편평한 면과 오똑한 면을 번갈아서 만든 육각형의 벽등이 있었지요. 실은 붉은 빛의 갑옷 쪽을 두르고 있는 평면판에 하나의 기포가 생긴 것을 발견했습니다.

그런데 안과에서 쓰는 코크티우스 검안경 장치를 아시나요? 평면 반사경의 한가운데 아주 작은 구멍이 뚫려 있어 그 반대의 축에 오목한 거울을 놓고 거기에 모아든 광선을 평면경의 가는 구멍으로 안저에 보내려고 하지만, 이때에 천장의 샹들리에 빛이 오목 판면에 모아져 그것이 앞쪽의 평면판에 있는 기포를 지나서 맞은쪽에 있는 투구 앞 장식물에 비쳤던 것입니다. 결국 그것을 알면 장식한 투구의 강렬한 반사광을 받아야 되는 위치를 기초로 해서 눈의 높이를 잴 수 있지 않겠어요?"

"그러나 그 반사광이 무슨 현상을 일으킵니까?"

"다름 아닌 복시(複視)가 일어나는 것입니다. 최면중에도 안구를 옆에서 누르면 시준축(視準軸)이 혼란을 일으켜 복시가 생기게 되는데 옆에서 오는 강렬한 광선으로도 마찬가지 효과를 낳습니다. 그 결과 앞쪽에 있는 성모와 겹쳐지기 때문에 마치 성모가 책형을 받은 것 같은 착시가 일어나는 거지요. 말할 것도 없이 그 자리바꿈을 한 사람은 부인입니다. 왜냐하면 그런 환상같이 나타난 성모 책형의 상은 첫째 여성으로서 가장 비참한 귀결을 의미합니다. 또 한편으로는 하늘에서 내려다보이는 듯한 의식에 쫓겨 심판이나 형벌이라고 하는 묘한 원시인에게나 있음직한 공포가 찾아드는 것입니다. 대체로 그런 종교적 감정 어쩌고 하는 것은 일종의 본능적 잠재물이니까요. 그것은 어떤 위대한 지적 능력을 가지고서도 쉽사리 극복할 수 있는 것이 아닙니다. 직관적이기는 하지만 결코 사변적은 아닙니다. 원래 형벌신 일신설(一神說)은…… 가톨릭 정신은 아우구스티누스가 '영겁 형벌설'을 제창했을 때 이미 초개인적인 요지부동의 힘에 도달했으니까요. 그러므로 뜻밖이든 아니든 그 엄청난 마력은 금세 정신의 균형을 분쇄해버리고 맙니다. 특히 연약하고 변화하기 쉬운 뭔가 색다른 계획을 결행하려고 할 때의 심리

상태로는 그 충격에 아마 잠시도 버티지 못하겠지요. 다고 씨, 그런 동요를 막기 위해서 그 부인은 두 개의 투구를 자리바꿈한 것입니다. 그러나 투구의 장식과 나란히 선 위치에서 키를 대충 잴 수 있었는데 5피트 4인치입니다. 키가 그만한 부인은 대체 누구일까요? 말할 나위도 없이 고용인들이라면 귀중한 장식품의 모양을 바꾸려는 짓은 하지도 않을 것이고, 네 사람의 외국인은 물론이고 노부코나 구가 시즈코도 다 1, 2인치 정도씩 작아요. 그런데 다고 씨, 그 부인은 아직도 이 성관 안에 숨어 있는 것입니다. 아, 대체 그것은 누구일까요?"

두세 차례 신사이의 자백을 촉구했지만 상대는 여전히 묵묵부답이었다. 그러자 노리미즈가 오히려 도전적으로 나왔다.

"나의 뇌리에서 그 하나의 심상이 차츰 큰 역설로 발전했는데, 아까 댁의 입으로 간신히 그 진상을 말해주신 겁니다. 그래서 이제 내 산정(算定)도 끝이 난 것입니다."

"뭐라고 했지요, 내 입에서요?" 신사이는 어이가 없다기보다도 순간적으로 표변한 상대의 말투에 농락을 당한 듯한 분노를 나타냈다. "그것이 댁의 유일한 장애인 것 같소. 왜곡된 공상 때문에 바른길을 벗어나는 것입니다. 나는 겁주는 어떤 위협에도 놀라지 않아요."

"하하하, 겁주는 위협이라." 노리미즈는 갑자기 폭소를 터뜨렸지만 차분히 세련된 자세로 말했다.

"아니, '화살 맞은 암사슴은 울며 가라, 무정한 수사슴은 희롱하나니' 쪽이 좋겠지요. 그러나 아까 댁은 내가 《곤자고 죽이기》 가운데서 '그대 한밤 야음에 꺾은 풀의 내음이여'라고 했더니, 그다음 구절에서 세 번이나 '마녀의 저주에 시들고 독기에 물들도다'라고 대답하셨어요. 그때 어째서 세 번째 이후의 운율을 잃으셨지요? 또 무슨 이유로 그것을 고쳐 말할 때에 위드 헤카테(With

Hecates)를 1절로 하여 반(Ban)과 스라이스(thrice)를 합치고 또 미심쩍게도 그 반스라이스(Banthrice)를 말하면서 댁은 갑자기 안색에서 생기가 사라졌습니다. 물론 내 목적은 문헌학상의 고등비평을 하려는 것은 아니었습니다. 이 사건의 발단과 꼭 닮아 참으로 어마어마한 허세 같은 세 번의 마녀……. 다음 구절을 댁의 입에서 나오도록 하려고 한 것이지요. 요컨대 '시어(詩語)에는 특히 강렬한 연합작용이 일어난다'는 브르통의 가설을 표절하여 그것을 살인사건의 심리실험에 다른 형태로 응용하려고 한 것이지요. 말하자면 무기를 숨긴 시의 형식이라고나 할까요.

그래서 댁의 신경운동을 음미해보려고 했는데 마침내 그 가운데 하나의 유령 같은 강음(强音)을 잡아낸 것입니다. 그런데 바베이지 (에드먼드 킨 이전의 셰익스피어극 명배우)는 셰익스피어의 작품에 운율이 있는 부분, 즉 그리스식의 양적 운율법이 많은 것을 지적했어요. 요컨대 하나의 긴 음절이 양에 있어서 짧은 두 음절과 마찬가지라는 원칙에서 거기에 두운·각운·강음을 안배하여 억양의 조화를 이루는 시 형태의 음악적 선율을 만들어낸 것입니다.

그러므로 한마디라도 그 낭송법을 어기면 운율 전체의 절이 혼란을 일으키겠지요. 그러나 댁이 세 번째에서 막혀 그후의 운율을 그르친 것은 결코 우연한 사고로 돌릴 수는 없는 것입니다. 그 한마디에는 적어도 비수만큼의 심리적 효과가 있기 때문이지요. 그래서 댁은 그것이 나를 자극한다는 것을 알고 곧 당황하여 말을 고쳤던 것입니다. 하지만 그 복송(復誦)에서는 지금 말한 운율법을 무시하지 않으면 안 되었습니다. 그것이 내가 생각한 급소였는데 도리어 수습하기 어려운 혼란만 초래한 꼴이 되었어요. 왜냐하면 스라이스(thrice)를 피하고, 앞 절의 반(Ban)을 이은 반스라이스(Banthrice)는 반시 (Banshee, 헤카테 전설에 나오는 여자 요정)가 변사에 직면하여 둔갑한다는 노인

─── 곧 반슈라이스(Banshrice)처럼 들리기 때문이지요, 다고 씨, 내가 끄집어낸 '그대 한밤중에'의 한 구에는 이런 식으로 이중, 삼중의 함정이 있었던 것입니다. 물론 나는 댁이 이 사건에서 요정 같은 역할을 했다고는 생각하지 않지만, 그 마녀가 저주하는 독에 물들었다는 세 번은 대체 무엇을 의미한 것일까요, 단네벨그 부인 …… 에키스케…… 그리고 세 번째는?"

그렇게 말하고 나서 노리미즈는 잠시 상대를 똑바로 보았는데 신사이의 얼굴은 차츰 몽롱한 절망의 빛으로 싸여갔다. 노리미즈는 이어서 "그리고 나서 나는 그 《곤자고 죽이기》를 세 번 다시 도마 위에 올려 이번에는 반대로 내려가는 하향곡선으로서 관찰한 것입니다. 그리고 마침내 그 한마디에 자백의 심리를 철저하게 지배하고 있는 무서운 힘이 있다는 것을 확인할 수 있었습니다. 그러기 위해서, 포프의 《머리털 도둑》 중에서 제일 익살맞은 이상한 공상의 장난으로 '남자 스스로 애를 배었노라 믿게 하노라'를 끌어내어 조금도 마음속에 술수가 없음을 댁에게 암시한 것입니다. 그런데 그 다음 구인, '처녀는 항아리가 된 줄로 알고, 세 번이나 소리를 질러 마개를 찾았도다'고 대답한 댁은 그 가운데 스라이스(thrice)라는 글자가 있는 것을 거의 의식하지 않은 듯, 태연스럽게 매우 본격적인 낭송법을 쓰지 않았습니까? 물론 그것은 느슨해진 심리상태에 있기 쉬운 맹점현상입니다. 또 앞뒤로 둘을 대비시켜 보면 같은 스라이스(thrice)라도 《곤자고 죽이기》에 나타난 것과 《머리털 도둑》의 그것과는 심리적 영향에 있어서 뚜렷한 차이가 있다는 것을 헤아릴 수 있었습니다. 그래서 나는 결론을 더한층 확실히 다지기 위해 이번에는 셀레나 부인으로부터 어젯밤 이 성관에 있던 가족의 수를 알아내려고 했습니다. 그런데 내가 말한 고트프리트의 '나 이제 곧 악마와 하나됨을 누가 방해할 수 있으리'에 대해, 셀레나 부인은 그 다음 구인 '단검의 각인에 내

몸은 무서워 떨리도다'라고 대답한 것입니다. 그러나 어째서 제히 (sech, 단검)라고 하자 당황한 빛을 나타내며, 더욱이 단검의 각인과 두운을 울려 하나의 음절로 해서 말할 데를 제히(sech)와 슈템펠 (Stempel, 각인)의 사이에 간격을 둠으로써, 그 다음의 운율을 엉망 으로 만들어 버린 것입니다. 어째서 셀레나 부인은 그런 엉터리 낭송 법을 썼을까요? 그것은 말할 것도 없이 제크스템펠(Sechstempel, 육 궁)이라고 들리는 것이 두려웠기 때문입니다. 그 전설시의 후반에 나 타난《신의 성채》의 영주가 부린 마법으로 발브기리스의 숲속에 나타 난다는 그 여섯 번째의 신전에 들어가면 그 사람은 다시는 볼 수 없 다고 하기 때문입니다. 그러므로 셀레나 부인이 묻지 않고 말도 하지 않은 동안에 암시한 그 여섯 번째의 인물이라는 것은……, 아니 어젯 밤 이 성관에서 갑자기 사라진 여섯 번째 사람이 있었다는 것을 내 신경에 비친 당신네 두 사람의 심상만 가지고도 벌써 부정할 여지가 없게 되어 버렸어요. 이렇게 나의 맹인조형(盲人造型)은 완성된 것 입니다."

신사이는 더는 못참겠다는 듯이 팔걸이를 쥔 양손이 이상하게 떨리 기 시작했다.

"그럼 댁의 마음속에 있는 그 인물이라는 것은, 도대체 누구를 가 리키는 말입니까?"

"오시카네 쓰다코입니다." 노리미즈는 즉각 느긋하게 말해버렸다. "일찍이 그 사람은 일본의 모드 아담스라는 말을 듣던 대단한 여배우 였습니다. 5피트 4인치라는 숫자는 그 사람 키 말고는 없어요. 다고 씨, 댁은 단네벨그 부인의 변사를 발견함과 동시에 어젯밤부터 모습 을 나타내지 않은 쓰다코 부인에게 당연히 의혹의 눈길을 돌렸겠지 요. 그러나 영광스러운 일족 중에서 범인이 나오지 않도록 하려는 어 떤 조치를 취해야 된다는 필요성을 절박하게 느꼈을 것입니다. 그래서 모두에게 함구령을 내리고 부인의 신변 물품을 어딘가 눈에 띄지 않는 곳에 감추었을 겁니다. 물론 그런 지배적인 조치를 취할 수 있는 인물이라면 다고 씨 말고는 없습니다. 이 성관의 실권자 말고는 다른 사람이 있을 수 없지 않습니까?"

오시카네 쓰다코……. 그 이름은 사건의 테두리를 벗어난 인물인 만큼 이것은 청천벽력 같은 소리였다. 노리미즈의 신경운동이 미묘한 작동을 계속하여 절정에 다다랐다는 것이 고작 이것인가. 그러나 하세쿠라 검사와 구마시로는 얼굴에 마비라도 일으킨 듯 쉽게 말이 나오지 않았다. 왜냐하면 이것이 과연 노리미즈의 신기가 빚어낸 것이라고 하더라도 도저히 그대로를 진실로 받아들일 수 없을 정도로 오히려 공포에 가까운 가설이었기 때문이다. 신사이는 수동 사륜차를 쓰러질 만큼 뒤흔들면서 큰소리로 떠들썩하게 웃어댔다.

"하하하, 노리미즈 씨. 말도 되지 않는 터무니없는 소리는 그만두시오. 댁이 말한 쓰다코 부인은 어제 아침 일찍 이 성관을 떠났어요. 도대체 어디에 숨어 있다는 겁니까? 사람이 들어갈 만한 데는 지금까지 샅샅이 뒤져 보았을 것 아닙니까? 혹시 어디에 숨어 있다면 내가 앞장서서 범인을 끌어내 보이겠습니다."

"천만에요. 범인은커녕……." 노리미즈는 냉소를 하며 말을 되받았다. "그 대신 연필하고 해부칼이 필요한 겁니다. 그건 나 역시 한번은 쓰다코 부인을 풍정의 자화상으로 바라본 적이 있었지요. 그런데 다고 씨, 이것이 또 비통하기 짝이 없는 에피소드가 되었다니까요. 그 사람은 시체가 되어서도 갈채를 받을 수 있는 시기를 놓쳐 버렸으니까요. 그것이 어젯밤 8시 이전이었던 것입니다. 그 무렵에는 쓰다코 부인은 이미 멀리 정령계로 사라져 갔어요. 그래서 그 사람이야말로 단네벨그 부인 이전의, 이 사건에서 최초의 희생자였던 것입니다."

"뭐요, 살해되었다고?" 신사이는 거의 벼락과도 같은 충격을 받은 듯 무의식 중에 반사적으로 반문했다.

"그, 그럼, 그 시체는 어디에 있습니까?"

"아, 그 말을 들으면 댁은 아마 순교적인 기분에 잠기겠지요." 노리미즈는 일단 연극 냄새를 풍기는 듯 한숨을 내쉬고, "사실을 말하자면 댁은 그 손으로 시체가 들어 있는 육중한 강철문을 걸어 잠근 것입니다"라고 단호하게 말했다.

그 순간 세 얼굴에서 감각이 싹 가신 것도 무리가 아니었다. 노리미즈는 이 사건이 마치 환상적인 유희라도 되는 듯 토해내는 한마디마다 기발한 상승곡선을 그려갔다. 그리고 그 최고 정점에 이르러 분명 세 사람의 감각적 한계를 보여준 것이다. 거기에서 노리미즈는 이 고트식(북방식) 비극에 다음 막의 커튼을 올렸다.

"그런데 다고 씨, 어젯밤 7시 전후라고 하면 고용인들의 식사 시간이었을 것이고 또 작은 복도에서 투구를 바꿔치기 한 때하고도 맞아떨어질 무렵인데 그 전후에 큰 계단의 양 밑자락에 있던 두 중세의 갑옷무사가 계단을 한 걸음 뛰어올라가서 《부분도》 앞을 가로막은 것입니다. 그러나 그 한 가지 일만 가지고도 쓰다코 부인의 시체가 고대 시계실 안에 있다는 것이 증명되거든요. 자, 말보다 현실문제이니까 저 강철문을 열어주시겠습니까?"

그리고 고대 시계실로 가기까지의 캄캄한 복도는 얼마나 지루한 느낌인지! 아마 창문을 억세게 뒤흔드는 바람이며 눈도 그들의 귀에는 들리지 않았을 것이다. 열병환자처럼 충혈된 눈으로 오로지 상체만이 앞으로 나아갈 뿐, 몸의 모든 절도를 잃어버린 세 사람에 비하면 극히 침착한 노리미즈의 걸음 역시 초조하기는 마찬가지였을 것이다. 이윽고 최초의 철책문이 좌우로 열리자 칠로 맑게 칠한 검정 거울처럼 빛나는 강철문이 나왔다.

신사이는 몸을 구부려 꺼낸 열쇠로 오른쪽 문의 손잡이 밑에 있는 철제 상자를 열고 그 속의 문자판을 돌리기 시작했다. 오른쪽으로 왼쪽으로 그리고 또 오른쪽으로 틀자, 희미하게 빗장 열리는 소리가 났다. 노리미즈는 문자판이 세밀하게 새겨진 것을 들여다보고

"과연 이것은 빅토리아왕조에서 유행한 나침판식 (문자판 둘레에는 잉글랜드 근위 용기병연대의 4왕표가 있음)이군"이라고 했지만 그 말이 어딘지 모르게 허망한 여운을 남겼다. 자물쇠의 성능에 대하여 거의 신빙성을 두고 있지 않은 노리미즈로서는 아마 이 이중으로 닫혀진 철벽이 그의 마음속에 도사리고 있는 어떤 하나의 관념을 무너뜨린 것이 분명해 보였다.

"이름은 모릅니다만 합친 글자를 닫은 방향과 반대로 하면 세 번의 조작으로 문이 열리는 장치가 되어 있습니다. 즉 닫을 때의 마지막 글자가 열 때의 처음 글자가 되는 셈인데, 이 문자판의 조작법과 철상자의 자물쇠는 산데쓰 님이 돌아가신 뒤 나밖에는 아는 사람이 없습니다."

다음 순간 침을 삼킬 틈도 없이 모두들 숨막힐 듯한 긴장을 느낀 것은 노리미즈가 양쪽의 손잡이를 쥐고 육중한 철문을 좌우로 열기 시작했기 때문이다. 내부는 칠흑같이 어둡고 움막처럼 축축한 공기가 차갑게 다가왔다. 그런데 어떻게 된 일인지 도중에 노리미즈가 느닷없이 동작을 멈추고 전율을 느끼는 듯 굳어져 버렸다. 그러나 그 모습은 무엇엔가 귀를 기울이고 있는 것 같았다. 똑딱똑딱 진자 소리와 함께 땅밑에서 울려오는 것 같은 이상한 음향이 흘러드는 것이었다.

2. Salamander soll gluhen (화신이여, 세차게 타거라)

그러나 노리미즈는 일단 멈췄던 동작을 다시 움직이기 시작하며 양쪽 문을 활짝 열자 안에는 좌우의 벽가에 기묘한 모양을 한 고대시계가 죽 늘어놓아 있었다. 어스름한 바깥빛이 방 안쪽의 어둠과 만난

언저리에는 몇 개의 문자면 유리 같은 것이 섬뜩한 느낌의 비늘빛으로 보여 그 희미한 빛에 생동감이 새겨져 간다. 왜냐하면 여기저기에서 움직이고 있는 길고 조붓한 진자가 끊임없이 맥동하듯이 명멸을 반복하고 있었기 때문이다.

이 무덤 속 같은 음침한 공기 속에서 시대의 먼지를 뒤집어 쓴 정적과 갖가지 초침 소리가 쉽게 깨지지 않는 것은 아마 누구 한 사람 가슴이 답답하면서도 숨을 내쉬지 않은 까닭일 것이다. 그런데 그때 한가운데 큰 상감기둥 위에 걸린 인형시계가 갑자기 태엽 풀리는 소리를 내면서 고풍스런 미뉴에트를 연주하기 시작했다. 오르골을 타기 시작한 우아한 음색이 이 침울함을 깨고 다시 모두들 귀에 질질 끄는 듯한 무거운 음향이 울려왔다.

"불을 켜야지!" 구마시로는 겨우 제정신이 돌아온 듯 고함을 쳤다. 신사이가 벽의 스위치를 틀자 과연 노리미즈의 귀신 같은 추측은 적중되어 있었다. 왜냐하면 방 깊숙한 곳, 긴 궤 위에 쓰다코 부인이 네 사람의 눈앞에 양손을 가슴 위에 모으고 길게 누워 있는 것이 아닌가. 그 단정한 아름다움은 그야말로 도자기로 빚은 베아트리체의 예술이라고밖에 할 수 없었다. 그러나 질질 끄는 듯한 굼뜬 음향은 바로 쓰다코 부인이 누워 있는 언저리에서 들려왔다. 섬뜩하고 땅을 진동시킬 듯한 코고는 소리, 그것도 병적으로 가르랑거리는 소리와 뒤섞여……. 아, 노리미즈가 시체로 추측했던 쓰다코 부인은 아직 살아 있는 것이 아닌가. 살갗은 완전히 생기를 잃고, 체온은 죽은 사람 정도까지 내려갔지만 미미하게 호흡을 하고 있고, 미약하나마 심장이 뛰고 있다. 그리고 얼굴을 빼고는 전신이 미라같이 모포로 감싸여 있었다. 그때 오르골의 미뉴에트 소리가 그치자 두 동자인형은 번갈아 오른손의 망치를 들어올려 차임벨을 두드렸다. 8시를 알린 것이다.

"클로랄을 가져와." 노리미즈는 내쉬는 숨을 확인하고 얼굴을 떼면

서 힘찬 소리로 말했다. "동공도 줄어들었고 냄새도 시체나 다름없어. 하지만 살아 있다는 게 다행이야. 그렇지, 구마시로 씨? 쓰다코 부인이 회복되면 이 사건의 어딘가에 서광이 비칠지 몰라."

"그렇군. 약물실의 조사도 헛일은 아니었어." 구마시로는 무슨 쓴 벌레라도 씹은 듯한 얼굴이었다. "그러나 덕분에 엉뚱한 비보를 듣게 되었어. 엄청난 환멸이야. 저 동판 인쇄처럼 선명한 동기를 가진 여자가 무슨 바보같이 대포를 들이대고 있는 거야. 당신이 영매라도 한 번 불러 보면 어때?"

사실 구마시로가 말한 것처럼 유산분배에서 유일하게 제외된 사람으로서 가장 유력한 동기를 가진 오시카네 쓰다코 부인에게는 어딘가 말랑한 금이라도 갈 것 같은 데가 있을 듯이 보였다. 그러던 참에 흉악한 인물로 나타났을 뿐만 아니라 노리미즈의 추측을 뒤엎고 이번에는 알 수 없는 혼수상태에서 미묘한 추단을 요구하는 것이었다. 그 예측을 불허하는 역전 분규에는 구마시로 혼자만이 아니고 정말 견딜 수 없는 사건임이 틀림없었다. 검사도 화가 난 듯 한숨을 쉬면서 말했다.

"그저 놀라울 뿐이야. 겨우 20시간 남짓되는 동안에 두 사람의 사망자와 두 사람의 혼수자가 생겼다고. 어쨌든 문제가 되는 것은 문자판이 돌려진 그 이전이야. 그 사이에 범인은 혼수상태가 된 쓰다코를 여기에 날라왔겠지"라고 말하고 노리미즈를 확신이 선 듯한 표정으로 보면서 "하지만 노리미즈 씨, 약의 양을 대충 알면 그것을 목구멍에 넣은 시각도 짐작할 수 있잖아? 그런데 나는 무엇인가 있지 않나 하는 생각이 들어. 이 혼수에는 틀림없이 이면 뒤에 또 다른 이면이 있는 것이 분명해"라고 검사 역시 쓰다코 부인에 얽힌 동기의 확고한 무게에 끌려가는 것이었다.

"분명히 잘 보았어." 노리미즈는 만족한 듯이 고개를 끄덕였다.

"그러나 약의 양 따위는 아무런 상관이 없어. 무엇보다 문제가 되는 것은 범인에게 이 사람을 죽일 의사가 없었다는 사실이야."

"뭐라고, 죽일 의사가 없었어?" 검사는 무의식중에 그 말을 큰소리로 되풀이하고 이의를 제기했다. "하지만 약량을 잘못 잰 경우도 있을 수 있지 않아?"

"하세쿠라 씨, 이 사건에는 약량이 근본적인 문제는 아니야. 다만 잠들도록 해서 이 방에 내던져 놓기만 하면 그것이 문제없이 치사량이 되어 버리는 것이야. 다량의 클로랄에는 체온을 낮추는 뚜렷한 성능이 있어. 게다가 이 방은 돌과 금속으로 둘러싸여 있어서 몹시 온도가 낮지. 그러니 창문을 열어 바깥 공기가 들어오게만 하면 이 방의 기온은 동사시키는 데 알맞은 조건이 구비되지 않겠어? 그런데 범인은 그런 가장 안전한 방법을 선택하지 않았을 뿐만 아니라, 보는 바와 같이 미라처럼 감싸서 이해할 수 없는 보온 수단까지 베풀고 있어." 여전히 노리미즈는 기괴하기 짝이 없는 수수께끼 중에서 또 새 의문을 끄집어내는 것이었다.

그런데 과연 그의 말과 같이 창문의 걸쇠에는 석순처럼 녹이 슬어 있고 더욱이 청소가 되어 있는 실내에는 사소한 흔적마저 남아 있지 않았다. 노리미즈는 실려 나가는 쓰다코 부인을 물끄러미 배웅하면서 어딘가 섬뜩한 듯한 얼굴로 말했다.

"아마 내일 하루만 지나면 충분히 신문을 견딜 수 있을 것 같은데. 그러나 이것 하나만은 어떻게 되든 기억하고 있지 않으면 안 돼. 어째서 범인이 쓰다코 부인의 자유를 빼앗아 구금했는가야. 나의 지나친 생각인지 모르지만 말이지. 그런 수단을 취하게 된 음흉한 술책이 어쩌면 의식을 회복하여 처음 입을 열 때 불쑥 나오지 않을까 하는 생각이 들어. 아무래도 균열이 있을 성싶다 하면 거기에는 어김없이 함정이 있으니까."

신사이는 노리미즈의 놀라운 폭로에 부딪힌 탓인지 불과 그 10분 동안에 몰라볼 정도로 초췌해져 있었다. 힘이 빠진 손으로 사륜차를 굴리면서 뭔가 말하고 싶은 애원조의 몸짓을 하자 "알고 있어요, 다고 씨"라고 노리미즈는 가볍게 제지하고 "댁이 취한 조치에 대해서는 내가 구마시로 씨에게 잘 부탁해 놓겠습니다. 그런데 오시카네 쓰다코 부인의 모습이 보이지 않게 된 것은 어젯밤 몇 시 무렵이었지요?"

　"그게 꽤 늦어서였을 겁니다. 아무튼 신의심문회에 결석하셨기 때문에 그때 처음 알게 되었습니다."

　신사이는 겨우 안도의 빛을 띠고 말했다.

　"저녁 6시께 부군인 오시카네 박사한테서 전화가 걸려 왔습니다. 어젯밤 9시 급행으로 큐슈대학의 신경학회에 간다는 말씀을 하셨던 모양인데 그때 고용인 한 사람이 쓰다코 님이 전화실에서 나오시는 것을 본 뒤로 우리 눈에 띄지 않게 된 것입니다. 또 이 전화에 대해서는 자택으로 확인했을 때 그쪽에서 일러준 말입니다."

　"그렇군, 6시부터 8시. 어쨌든 그동안의 동정을 개인별로 조사하는 일이야. 조사하다 보면 화승총쯤은 날아들지도 모르지만 말이지." 구마시로가 거의 직관적으로 말하자, 그것을 노리미즈는 놀란 듯이 되돌아보았다.

　"장난이 아니야. 과연 당신은 체력적이군. 그러나 그 미친 시인이 하는 짓에 어떻게 알리바이 어쩌고, 그런 진부한 생각을 할 수 있겠나?"라고 애당초 상대하지도 않았다. 그는 모노클이 아쉬운 듯한 감상적인 태도로 즐비하게 늘어놓은 신기한 고대시계들에 시선을 돌렸다.

　거기에는 카르데아의 로서스 해시계와 비스마르크 섬 다크다크 사의 종려실시계. 물시계의 종류로는 우선 토레미조 역대의 이집트

왕과 오시리스 마트의 여러 신, 거기에 세바우 나아우의 뱀귀신까지 양테에 새겨 넣은 크테시비우스형을 비롯하여 5세기 아비신족(인도 서역의 민족. 6세기 끝 무렵
돌궐인 때문에 코카서스로 쫓겨감)의 주발 모양 각계의(刻計儀)에 이르기까지 10여 종이 있었다. 그리고 호헨슈타우펜가(家)의 조상인 프레더릭 폰 뷰렌의 문장이 새겨진 희귀한 디아보로형 모래시계 등이 주목을 끌었지만 기름시계와 화승시계 같은 중세 에스파냐에서 자취를 감춘 것으로는 피야리 파샤(1571년 베네치아 공화국과 레판토
에서 해전을 일으킨 술탄의 사위)로부터의 전리품과 프랑스 구교도의 수령 기즈공 앙리(성 바르톨로뮤제 때
신교도를 학살한 인물)가 헌상한 시계 등이 눈에 띄었다.

아마 이 정도면 고대시계의 수집가로서 세계에서 유례를 찾기 어려운 경지일 것이다. 그러나 그 중앙에 왕좌처럼 군림하고 있는 황동제의 대좌 기둥에는 오스만식의 장루(橋樓), 패널에는 인어가 상감되어 있고 그 위에 코틀레이식의 탑 모양을 한 인형시계가 걸려 있다. 거기에는 근세의 것과 같은 눈금반이 없고 탑 위의 둥근 테두리 안에 차임벨이 하나 있어 그것을 사이에 두고 네덜란드 하렘 근방의 풍속을 한 남녀 한 쌍의 동자인형이 마주보고 있었다. 그리고 30분마다 그때까지 자동적으로 감긴 태엽이 풀리면 동시에 내부의 오르골이 울리기 시작하여 그 주악이 끝나면 이번에는 두 동자인형이 번갈아 막대를 들어올려 차임벨을 두드려서 정해진 시각을 알리는 장치로 되어 있었다.

노리미즈가 옆에 있는 문을 열자, 그 위에는 오르골 장치가 있고 그 밑에 시계의 기계실이 있었다. 그러나 그때 문 뒤쪽에서 뜻밖에도 이상한 가는 글씨로 쓴 전각을 발견한 것이다. 즉 오른쪽 문에는……

덴쇼(天正) 14년 5월 19일(1586년), 에스파냐 왕 필립 2세로부터 클라비어 쳄발로와 함께 이것을 받음.

또 왼쪽문에도 다음 글자가 새겨져 있었다.

　덴쇼 15년 11월 27일(1587년), 고아의 예수회 성 바오로 성당
에서 프란시스코 사비에르 성인이 받은 것을 이 유물 바구니에 담
아 동자의 한쪽 팔로 함.

　그야말로 그것은 예수회 순교사가 흘린 하나의 선혈의 시였을 것이
다. 그러나 후단에 이르자 그 사비에르 순교성인이 받은 유물이 중요
한 회전을 하게 되는데, 그때는 다만 노리미즈가 유구무한한 것에 감
동할 뿐, 마치 거대한 손바닥에 꽉 쥐어진 것처럼 뭐라고 형용할 수
없는 위압감을 느꼈다.
　잠시 그 전각문을 쳐다보다가 이윽고 "아, 그렇게 되었지요. 확실
히 중국 상상도(上川島)에서 죽은 사비에르 성인은 아름다운 시랍
(屍蠟)이 되었을 것입니다. 과연 그 유물과 유물 바구니가 동자인형
의 오른팔이 되어 있으니까"라고 꿈꾸듯이 미미한 소리로 중얼거렸
는데 갑자기 태도를 바꾸어 신사이에게 물었다.
　"그런데 다고 씨, 언뜻 보기에 먼지가 없는데 이 시계실은 언제쯤
청소를 했습니까?"
　"바로 어제였습니다. 1주일에 한 번씩 하기로 되어 있으니까요."
　고대 시계실을 나오자 신사이는 무엇보다 먼저 그를 무참하게 패배
로 몰아붙인 의심을 풀지 않으면 안 되었다. 노리미즈는 신사이의 물
음에 맛없는 미소를 짓고 "그럼 댁은 디나 그레이엄의 흑경마법(黑
鏡魔法)을 아십니까"라고 우선 다짐을 하고 나서 담배 연기를 내쉬
고 말을 시작했다.

"아까도 말한 대로 그 열쇠라는 것이 계단의 양 밑부분에 있는 중세의 두 갑옷 무사입니다. 물론 장식용으로 대단한 무게는 아닙니다만 그건 아시는 바와 같이 7시 전후, 때마침 고용인들의 식사시간을 노려 급히 계단 복도까지 뛰어올라갔습니다. 게다가 쌍방이 다 긴 정기(旌旗)를 가지고 있는데 내가 처음에 그 정기가 바뀐 것을 알고 추단할 때 범인의 살인선언으로 해석했습니다. 그러나 좀 신경을 건드리는 것이 있기 때문에 일단 두 정기와 그 뒤쪽에 있는 가브리엘 막스의 《부분도》를 비교해 보았습니다.

물론 그림 가운데 두 인물에는 쓰다코 부인의 소재를 가리키는 것은 없었지만 그때 문득 두 정기가 화면의 훨씬 위쪽을 뒤덮고 있다는 것을 깨달았습니다. 거기에 다마스쿠스로 가는 길을 가리켜 주는 이정표가 있었던 겁니다. 결국 그 주변 일대의 언뜻 보기에는 화필이라도 내동댕이친 듯한 온갖 빛깔이 선을 이룬 덩어리 모양을 하고 색채의 잡군을 만들고 있는 데가 바로 그것이었습니다. 한데 점묘법 이론을 아십니까? 색과 색을 섞는 대신 원색의 섬세한 선과 점을 번갈아 늘어놓고 그것을 어떤 일정한 거리를 두고 바라보게 하면 비로소 보는 사람의 시각 속에 그 색채분해가 종합되는 것을 말한답니다. 물론 조금이라도 앞뒤로 차이가 나면 금세 통일은 깨지고 화면은 말할 수 없는 혼란에 빠지고 맙니다. 요컨대 그것이 루앙 대성당의 문을 그린 모네의 수법인데 그것을 한결 법식화했을 뿐만 아니라 더욱 이론적으로 한 단계 더 나아간 것이 그 그림 속에 숨겨져 있었습니다." 노리미즈는 거기까지 말하고 강철문을 닫도록 하고 "그럼 한번 실험을 해볼까요, 저 혼란한 잡색 안에 무엇이 숨겨졌는지? 처음에 구마시로 씨, 그 벽에 있는 세 군데 스위치를 눌러봐요."

재빨리 구마시로가 그렇게 하자 처음에 《부분도》 위쪽에 있는 불이 꺼지고 이어서 오른쪽의 드 트리의 《1720년 마르세유의 페스트》의 위쪽에서 오른쪽으로 비스듬히 떨어져 있는 하나도 꺼졌기 때문에 계단복도에 남아 있는 빛은 왼쪽의 제럴 다윗의 《시섬네스 박피 사형지도》의 옆에서 비쳐 《부분도》를 수평으로 어루만지고 있는 한 줄기 광선뿐이었다.

그러나 스위치 하나는 계단 아래에 있었다. 그러자 그때까지 별다른 게 눈에 띄지 않더니 갑자기 《부분도》 전면이 눈부시도록 강렬하게 빛나기 시작했다. 마지막 스위치 하나를 더 누르자, 머리 위의 등이 꺼졌다. 노리미즈는 손뼉을 탁 치며 외쳤다.

"이제 됐어. 역시 내 추측대로야."

그런데 그러고 나서 잠시 동안 앞쪽의 그림 속을 혈안이 되어 찾아보았지만 세 사람의 눈에는 빛나기만 할 뿐 아무것도 비치지 않았다.

"대체 어디에 무엇이 있다는 거야?" 마루를 차며 구마시로는 갑자기 거칠게 화를 냈다. 그러나 그때 무심코 신사이가 뒤쪽의 강철문을 돌아보자 거기에는 구마시로의 어깨를 엉겁결에 붙잡는 것이 있었다.

"앗, 텔레즈야!"

그것은 분명히 마법이 아닐까 의심될 정도로 이상하기 짝이 없는 불가사의한 현상이었다. 앞쪽 화면이 눈부실 만큼 빛나고 있음에도 불구하고 그 위쪽 부분이 비치고 있는 뒤쪽의 강철문에는 과연 어디에서 비쳐오는지 뚜렷하고 확실한 선으로 용모가 단정하고 예쁜 젊은 여자의 얼굴이 나타났다. 더욱 섬뜩한 것은 틀림없이 그것이 흑사관에서 못된 귀신처럼 여기는 텔레즈 트레뷰였던 것이다. 노리미즈는 곁에서 놀라고 있는 것에는 아랑곳없이 그 요사스런 환영의 이유를 밝혔다.

"알겠지요, 다고 씨? 혼란한 색채가 저 거리까지 오면 비로소 통일을 나타내는 겁니다. 그러나 그 점묘법의 이론이라는 것은 이 경우 다만 분열된 색채를 종합하는 거리를 보여준 것뿐이지요. 물론 그 색채만으로는 몽롱한 것이 이 칠문으로 비친 데 불과합니다. 실은 그 기초이론 위에 또 몇 가지 기교가 필요한 것이지요. 그것은 다름 아니라 20세기 초에 매독균 염색법으로 셔우딘과 호프만이 고안한 《암시야조휘법(暗視野照輝法)》입니다. 원래 매독균은 무색 투명한 균이기 때문에 그대로 보통의 투시법을 써가지고는 현미경으로 실체를 볼 수가 없었어요. 그래서 하나의 안으로 현미경 밑에 검은 배경을 깔고 광원을 바꾸어 수평으로 광선을 보내도록 했는데 그 결과 비로소 투명한 균만 반사되어 오는 광선을 볼 수가 있었던 것입니다.

요컨대 이 경우는 왼쪽 옆의 《시섬네스 피박사형지도(皮剝死刑地圖, 살갗을 벗겨내는 사형 집행)》의 곁에서 비쳐 화면을 수평으로 어루만지는 광선이 거기에 해당됩니다. 그럼 물론 색채에서 광도 쪽으로 본질이 옮겨가 버립니다. 그러므로 황색이나 황록색같이 비교적 광도가 높은 빛깔이나 대비현상에서 고유의 색 이상의 광도를 내는 색채는 아마 흰빛에 가까울 정도로 빛날 것이고 또 그 이하의 색은 단계적으로 차츰 어둠이 늘어갈 것이 틀림없습니다. 그 광도의 차가 이 검정 거울에 비치면 더욱 결정적으로 되어 버리겠지만 실제로 끈끈한 그림물감에서는 전체적으로 빛나는 현상이 일어나지 않으면 안 됩니다. 그러나 색조를 빼앗아 그 빛나는 것을 흡수해 버릴 뿐만이 아니라 그것을 흑과 백의 단색화로 확연하게 구분시켜 버리는 것이 참으로 이 칠문, 즉 검정거울입니다. 그러므로 아무리 비슷한 색이라도 광도가 가장 높은 것과 대비하면 어느 정도 어둠이 늘 것이 틀림없기 때문에 거기에 텔레즈의 얼굴이 저런 확실한 선으로 뚜렷하게 그려져 나오게 되지요. 그렇지요, 다고 씨? 댁은 역사학자 홀크로프트나 고서 수집가인 존 빙커튼 등의 저서를 읽으셨겠지만 일찍이 마법박사인 디나 그레이엄이 어리석은 민중을 현혹시킨 흑경마법도 바탕을 알고 보면 본체는 고작 이 정도에 불과합니다. 등불이 다 꺼지고 이 일대가 암흑이 되면 어째서 텔레즈상이 나타나야만 되었을까요?"

거기에서 노리미즈는 잠깐 숨을 돌려 담배에 불을 붙였는데 다시 뚜벅뚜벅 걸어 돌아다니면서 말을 시작했다.

"파사현정(破邪顯正)의 눈으로 봐야겠지요. 아마 산데쓰 박사는 세계적인 수집품을 보호하기 위해 문자반을 철상자 속에 넣는 것만 가지고는 불안했을 겁니다. 그래서 이런 매우 연극적인 장치를 몰래 만들어 놓은 것입니다. 왜냐하면 생각해 보세요. 지금 켰다껐다한 세 등은 항상 켜 놓지 않았던가요? 그래서 혹시 이 방에 침입하려는 사람이 있으면 자기의 모습이 드러나지 않도록 하기 위해 우선 가까이에 있는 세 스위치를 눌러 이 일대를 암흑으로 만들지 않으면 안 되겠지요. 거기에 철책문을 열었다고 하면 그때까지 머리 위의 등으로 방해를 받던 것이 갑자기 칠문 위에 섬뜩한 모습으로 빛나기 시작하겠지요. 그러나 등 뒤에 있는 《부분도》는 그 위치에서 보기만 해도 그저 색채가 분열되어 있을 뿐이고 더욱이 눈부실 만큼 온통 빛나기 때문에 어디에 그 상의 근원이 있는지 판단이 서지 않게 되어 결국 깜짝 놀랄 신비현상으로 남게 되는 것입니다.

요컨대 담이 작고 의심이 많은 범인은 한번 쓰디쓴 경험을 하고 나면 겁에 질리고 말 것입니다. 그러니까 어젯밤은 몰래 갑옷 무사를 떠메고 두 정기로 문제의 부분을 가렸던 것입니다. 그렇지요, 다고 씨? 확실히 이것만은 풍정이 행한 일 가운데 제일 서투른 희극이 아니었을까요?"

노리미즈가 말을 끝내자 검사는 차가워진 손등을 비비면서 다가와 말했다.

"멋있어, 노리미즈 씨. 당신은 톰센 정도가 아니고, 앙투안 로시뇰

(사상 최고의 암호해독가, 루이 13, 14세를 섬기고 특히 추기경 리슐리외의 총애를 받음)이라고."

"아, 그것은 풍정의 장난이 아니던가."

노리미즈는 암담한 안색으로 한숨을 지었다. "그 녀석은 시인 보아로벨한테 암호도 아닌 《파우스트》의 문장으로 야유를 당한 거라고."

이렇게 사건이 일어난 첫날은 모순당착을 숱하게 되풀이한 채 끝이 났다. 그러나 다음날 아침이 되자 모든 신문은 이 사건보도로 1면을 큼직큼직하게 장식하여 일본에 유례가 없는 신비적 살인사건이라고 자못 선정적인 기사를 떠들썩하게 써댔다. 게다가 사건이 발생한 시초임에도 불구하고 벌써 미스터리 소설가까지 끌어내어 거기에 장황한 추리적 감상을 늘어놓게 한 것을 보면 후쿠야기 집안 사람들의 끝없는 신비와 관련된 이 사건을 저널리즘적으로도 부추길 심산인 것같이 보였다.

그러나 노리미즈는 종일 서재에 틀어박혀 그날 하루는 끝내 흑사관을 찾지 않았는데 아마 그것은 유언장을 개봉하도록 후쿠오카에서 소환된 오시카네 박사의 귀경이 그 다음날 오후라는 것과 또 하나는 쓰다코 부인의 예후(豫後)가 아직 신문을 견딜 것 같지 않다는 두 가지 일이 결정적인 이유가 된 성싶었다.

하지만 그것을 지금까지의 예에 비추어 본다면 노리미즈가 조용히 숙고한 끝에 무엇인가 하나의 결론에 도달하려는 시도로 추측되었다. 물론 그날 오전 중에 법의학 교실에서 부검에 대한 발표가 있었다. 그중에서 요점을 뽑아보면 단네벨그 부인의 사인은 명백한 청산가리 중독으로 약량 역시 놀랍게도 0.5로 계측되었는데 제일 주목해야 할 시광과 자상무늬는 모두 원인 불명으로 단지 단백뇨가 발견되었다는 것에 그치고 말았다. 그리고 에키스케의 경우 절명 추정시각은 노리미즈의 추정대로였지만 이례적인 완성 질식의 원인이나, 절명시각과 어긋난 맥동이나 호흡에 대해서는 그야말로 갑론을박의 형태로 특히 에키스케가 꼽추였다는 점에서 편견이 많은 것 같았다.

그중에서도 이미 고전이나 마찬가지인 카스버 리먼의 자기적 교시법 따위를 끄집어 내어 죽은 뒤에 칼자국이 가해지기 전에 에키스케는 스스로 질식을 꾀한 것이 아닌가라는 항간의 억측이나 비슷한 이설도 나올 정도였다. 그런데 그 다음날 아침, 즉 1월 30일, 노리미즈는 갑자기 각 신문·통신사에 하세쿠라 검사와 구마시로 수사국장 입회 하에 에키스케의 사인을 발표하겠다고 통지했다.

노리미즈의 서재는 극히 간소하여 그저 겹겹이 쌓인 책더미로 둘러싸여 있을 따름이었으나, 그래도 그의 서재는 세간에 널리 알려져 있었다. 왜냐하면 그 벽면을 장식하고 있는 것에, 현재는 매우 희귀한 예술품으로 높이 평가받고 있는 동판화로 1668년판의 런던 대화재도가 걸려 있었기 때문이다. 여느때 같으면 그것을 배경으로 그의 가장 별난 취미인 동서고금의 대화재사를 도도하게 열변을 토했을 터인데, 그날은 노리미즈가 발표문 초안을 손에 들고 문을 열자 안에는 30명쯤 되는 기자들이 몸도 움직일 수 없을 만큼 꽉 들어차 있었다. 노리미즈는 술렁이는 소리가 진정되는 것을 기다려 초고를 읽기 시작했다.

처음에 후리야기 집안의 고용인인 가와나베 에키스케의 죽음을 발견한 그 전후의 전말을 대략 설명하겠다. 즉 오후 2시 30분 작은 복도에 매달린 갑옷 속에서 정식 갑주를 착용한 모습으로 질식하여 사후 인후부에 두 줄의 凵 모양을 한 상처를 입고 절명되어 있는 것이 발견되었다. 명백히 시체의 여러 징후는 죽은 지 2시간 이내임을 증명하고 있는데 그 질식방법은 완만하게 진행된 듯 경로도 전혀 알 수 없다. 더구나 같은 고용인 한 사람은 1시 조금 지났을 무렵에 피해자가 열이 높은 것을 알고 동시에 맥박이 뛰는 것도 확인했을 뿐만 아니라 시체를 발견하기 겨우 30분 전인 정각 2시에 피해자의 호흡소리를 들었다고 하는 참으로 기괴하기 짝이 없는 사실을 진술했다.

따라서 위에서 말한 사실에 기초하여 여기에서 사견을 밝히고자 한다. 최초 원인불명의 질식에 대해서는 그것을 기계적 흉선사(胸腺死)라기보다 흉선에 어떤 기계적인 압박을 외부에서 가한, 곧 가와나베 에키스케는 성년에 달해서도 발육이 멈추지 않는 흉선을 가진 일종의 특이체질자에 틀림없는 것이다. 그래서 그 방법은 목걸이로 경동맥을 강하게 죄었기 때문에 뇌빈혈을 일으켜 그대로 가벼운 몽롱상태에 떨어진 것과, 투구를 옆으로 씌웠기 때문에 흉판의 불룩한 고리로 쇄골 위쪽이 강한 압박을 받아 그 압력이 왼쪽 무명정맥에 가해진 것이 주요인일 것이다.

따라서 거기에 흘러드는 흉선정맥에 울혈을 가져오고 그것이 흉선에도 미치는 울혈비대를 일으켰기 때문에 당연히 기관을 좁힘으로써 장시간에 걸쳐 서서히 질식이 진행된 결과, 죽음에 이르게 한 것으로 생각된다. 그러나 해부에 대한 소견발표를 보면 거기에는 흉선에 대한 기록이 아무것도 없다. 그렇지만 그렇게 불문에 붙인 것은 하나의 구실이며 그런 사실은 불가사의한 피해자의 호흡과 중대한 인과관계를 갖는 것이다. 더욱이 그 요점을 말하면 어째서 경쟁한 법의학자들은 두 자창이 모두 중(中) 이상의 혈관에서는 동맥을 피하고 정맥만을 흉강에 걸쳐 에었다는 사실을 모른단 말인가. 거기에 인간생리의 대원칙을 뒤집은 범인의 속임수가 숨어 있는 것은 물론이다. 그런데 칼로 凵모양으로 에지 않으면 안 되었던 자창의 목적은 다름이 아니라, 비대한 흉선을 끊어서 수축시켰을 뿐만 아니라 사후의 동맥수습 (죽은 뒤에 곧 동맥을 끊어도 출혈을 하지 않지만 잠시 후 동맥의 수축에 의해 펌프식으로 혈액을 정맥으로 보냄)

에 의해 흘러나온 혈액을 흉강 내에 채워 폐장을 압박함으로써 남아 있는 공기를 토해낸 것으로 보인다.

다음으로 사후 맥동 및 고열에 대해서는 하르트만의 명저 《생체 매장》만 보아도 유명한 테라 베르겔의 기적 (심장 부근의 마사지에 의해 심음을 일으키고 고열이 났다는 부인의 사례) 등에서 볼 수 있듯이 질식사 후에 회전을 시키든가 하여 시체에 운동을 계속하게 하는 경우는 고열이 나고 맥박이 뛰는 예가 전혀 없는 것도 아니다. 에키스케의 경우가 바로 절명 후의 갑옷 회전이 시체 발견의 한 원인으로써 증명되고 있지 않은가.

따라서 위에서 말한 것을 종합해보면 에키스케가 죽은 것은 역시 오후 1시 전후였으며 그가 어떻게 갑옷을 입었는가 하는 것과 어떤 착용법을 알고 있었는가 하는 따위는 물론 이 경우에 문제가 되지 않는다. 에키스케는 힘이 없고 병약하기 때문에 남의 힘을 빌리지 않고는 도저히 할 수 없는 일로 추단되는 것이다. 그러나 이번의 발표가 다만 사인의 추정에 한정되어 있어, 사건을 해결하는 데 아무런 진전도 보여주지 못한 것을 수사관계자로서 충심으로 유감스럽게 생각하는 바이다.

노리미즈의 낭독이 끝나자 참고 있던 숨을 모두 한꺼번에 내쉬었다. 그리고 흥분으로 잠시 소연했으나 이윽고 구마시로가 쫓아내듯이 기자들을 내몰고 나니 다시 여느때처럼 세 사람만의 세계로 돌아왔다. 노리미즈는 잠시 묵묵히 생각하고 있었으나 모처럼 홍조를 띤 얼굴을 들고 말했다.

"이봐요, 하세쿠라 씨. 마침내 나는 어떤 결론에 도달했어. 모든 공식은 도저히 알 수 없지만 말이지. 그러나 하나하나 일어난 사고부터 공통적인 인수를 알 수가 있다면 어떻겠나?"라고 두 사람의 얼굴을 휙 스쳐간 경악의 빛에 곁눈질을 했다.

"당신은 이 사건의 의문일람표를 만들어 주었지. 그럼 각 항목 위에 나의 설을 부연해 가도록 하지."

검사가 침을 삼키면서 호주머니 속의 메모를 꺼낼 때였다. 문이 열리고 고용인이 한 통의 속달을 노리미즈에게 주고 갔다. 노리미즈는 그 각봉투를 뜯어 내용을 한번 훑어보았는데, 각별한 표정은 보이지 않고 말없이 각봉투를 탁자 앞쪽으로 내던졌다. 그런데 거기에 눈이 간 검사와 구마시로는 곧 어떻게 할 바를 모르는 전율에 사로잡혀 버렸다.

보라, 파우스트 박사에게서 온 세 번째의 화살편지가 아닌가! 거기에는 여느때처럼 다음 문장이 적혀 있었다.

Salamander soll gluhen. (화신이여, 세차게 불타거라)

＊1 한스 그로스의 《예심판사 요람》 가운데 잠재의식에 관하여 한 예를 들고 있다. 곧 1893년 3월, 바이에른 디트킬헨의 교사 집에서 두 아이가 살해되고 부인과 하녀는 중상을 입어 주인인 브르넬이 혐의자로 구속된 사건이 있었다. 그런데 부인은 깨어나서 신문조서에 서명을 요구받자 마리아 브르넬이라고 쓰지 않고 마리아 구텐베르크라고 적은 것이다. 그러나 구텐베르크라는 성은 부인의 친정에도 없고 더욱이 그 나름대로 부인의 기억을 환기시켜 보려고 해도 그 이름을 쓴 까닭을 찾지 못했다. 요컨대 그 사건이 난 때부터 잠재의식으로 내려간 것이다. 그런데 수사가 진행됨에 따라 하녀의 정부에게서 그 이름이 발견되어 즉시 범인으로 체포하게 되었다. 즉 마리아 구텐베르크라고 적을 때는 끔찍한 범행을 당할 때 식별한 범인의 얼굴이 머리 부상과 실신에 의해 상실되었으나 각성 후의 몽롱한 상태에서 우연히 그것이 잠재의식이 되어 나타났던 것이다.

제5편 제3의 참극

1. 범인의 이름은 르첼른 역의 전몰자 중에

Salamander soll gluhen. (화신이여, 세차게 불타거라)

흑사관을 새까만 날개로 덮고 있는 눈에 보이지 않는 악마가 세 번이나 파우스트 박사를 분발시켜 오망성 주문의 한 구를 보내왔다. 거기에는 누구보다도 구마시로가 우선 말할 수 없는 모욕을 느끼지 않을 수 없었다. 사실 나머지 네 사람은 구마시로의 부하에 의해 마치 고트식 갑옷처럼 몸을 움직일 수도 없을 만큼 장비를 갖추고 있는 것이다. 그럼에도 불구하고 무적을 자랑하듯이 편집광적인 실행을 선언하고 단네벨그 부인과 에키스케에 이어 세 번째의 참극을 예고하고 있지 않는가.

그렇게 되면 구마시로가 만들어 놓은 인간의 성벽이 첫째 어떻게 될까. 거의 다시는 범죄를 저지르지 못할 만큼 쌓아올린 철통 같은 성채도 범인에게는 냉소의 허상에 불과한 것이 아닌가. 뿐만 아니라 얼씬만 해도 파멸을 의미하는 위험을 무릅쓰고까지 감행하려고 하는, 미치지 않고는 생각도 할 수 없는 결심을 표명하였기 때문에 그 대담

무쌍함에 세 사람이 잠시 말을 잃었던 것도 무리가 아니었다.

그날은 며칠째 계속된 맑은 날씨였다. 부드러운 햇살이 벽면을 장식한 런던 대화재에는 마치 브릭스턴 부근에 떨어져 있는 불길이 템스 강을 건너 일대를 검은 연기로 시커멓게 뒤덮고, 킹스크로스 쪽으로 기어올라가려 하고 있다. 그러나 그와 전혀 다른 실내 공기는 두드리면 곧 파열음이 울릴 듯한 긴장감이 감돌았는데, 노리미즈는 뭔가 승산이 있는 것 같은 얼굴로 차분히 눈을 감고 묵상에 잠기면서도 끊임없이 미소를 띠고 무슨 생각을 하는지 고개를 끄덕였다. 이윽고 구마시로가 무리하게 용을 쓰는 듯한 소리를 냈다.

"나는 신사이는 아니지만 허세의 위협에는 놀라지 않겠어. 그 무분별한 자의 행동도 마침내 이것으로 끝장이 나겠지. 하지만 생각을 해봐. 현재 내 부하들이 그 네 사람의 주위를 철통같이 에워싸고 있어. 그러면서 동시에 범인의 행동기록원 노릇도 하고 있는 셈이지. 하하, 노리미즈 씨. 무슨 이런 얄궂은 일이 다 있어? 어쩌면 범인에게 호위가 붙어다닌다고 할 수 있잖아?"

하세쿠라 검사는 여전히 우울한 얼굴로 구마시로의 과신에 반대의 견해를 말했다.

"천만에. 그 네 사람을 따로따로 떼어놓아 보았자, 이 참극은 끝날 것 같지 않아. 인간의 힘으로서는 도저히 막을 수 없다는 생각이 든다고. 사실 나는 누군가 알 수 없는 인물이 흑사관 어딘가에 숨어 있다는 느낌 때문에 견딜 수가 없는 거야."

"그럼 당신은 딕스비가 양곤에서 죽은 게 아니라는 거야?"

구마시로는 눈을 부릅뜨고 몸을 쑥 내밀었다.

"아무튼 농담은 그만 두자고. 그만큼 산데쓰의 유해가 마음에 걸린다면 이 사건 처리가 대충 마무리되는 대로 발굴을 해보면 어떨까?"

"응, 신경이 날카로워진 탓인지도 몰라. 하지만 결코 소설적이거나 공상만은 아냐. 결국 이 신비적인 사건이 거기까지도 더듬어 가야 되지 않나 하는 생각이 드는 거지." 나름대로 검사는 잠꼬대 같은 소리를 다시는 입밖에 내지 않았지만 거기에는 배후에서 뒤쫓아오는 악몽 같은 불가사의한 힘이 작용하고 있었다. 비교적 몽상적인 노리미즈마저도 그 딕스비의 생사가 어떻게 되었나 하는 의문과 산데쓰의 유해발굴이라는 두 가지 문제 제기에 순간적으로나마 머리가 지끈거리는 듯한 느낌이 든 것은 사실이었다. 검사는 의자를 쭉 뒤로 밀어 젖히고 또 탄식을 계속했다.

"아, 이번에는 화신인가! 그러면 권총이나 대포란 말이지. 아니면 케케묵은 스나이들 총이나 42파운드 포라도 들이댈 작정인가?"

노리미즈는 그때 돌연히 눈을 뜨고 부추김이라도 받은 듯 반신을 탁자 위로 쑥 내밀었다.

"42파운드 캐넌포라고! 그렇고말고, 하세쿠라 씨. 그러나 당신이 그것을 의식해서 한 말이라면 대견스런 일이야. 이번의 화신은 결코 지금까지처럼 음험 몽롱한 것이 아니라는 생각이 들어. 틀림없이 범인의 고전 취향에서 로드만의 동그란 탄알이 불가사리처럼 하얀 연기를 뿜어내면서 작렬하겠지?"

"아, 여전히 호쾌한 코믹 오페라인가? 그렇다면 아무런들 어때!" 구마시로는 지긋지긋한 듯이 혀를 내둘렀지만 자리를 고쳐 앉았다. "하지만 논거가 있는 것이라면 한번 듣고 싶은데."

"물론 있고말고." 노리미즈는 소탈하게 고개를 끄덕였는데 그 얼굴에는 억제할 수 없는 흥분의 빛이 나타났다.

"그것은 이번의 화신이야말로 수정·풍정이라는 전례가 있는 성별 전환이 이루어지지 않았다는 것을 말하는 거야. 그래서 저 오망성 주문에 나와 있는 네 가지 정령 말인데 각기 수정·풍정·화정·지정이라는 물질 구조의 4대 요소를 대표하고 있는 거지. 말할 것도 없이 중세의 연금술사가 가상했던 원소정령(元素精靈)이 분명해. 그리고 지금까지는 수정과 문을 열어준 물, 풍정과 배음 연주라는 식의 말하자면 요소적인 부합밖에 알지 못했던 거야. 하지만 일단 거기에 성별전환의 해석을 가하면 어딘지 밀교 같아 보였던 것이 그 자리에서 공식화되어 버리지. 그렇잖아, 구마시로 씨? 수정과 남성으로 바꾸지 않으면 어떻게 그 문을 열 수 없었겠나? 거기에 범죄방정식의 일부가 정밀한 형태로 환하게 보이는 것을 우리는 지금까지 간과하고 있었던 거야."

"뭐라고 범죄방정식?" 노리미즈의 뜻밖의 말에 구마시로는 가슴을 다 태워버리듯 고함을 질렀다. 그러나 대체로 진리라는 것은 왕왕 더없는 건강부회의 우스꽝스러운 희극에 불과한 경우가 있다. 더구나 언제나 그것은 평범한 형태로 발 밑에 떨어져 있는 것이 아닌가. 이어서 노리미즈가 폭로한 한 측면이 얼마나 두 사람을 어리둥절하게 만들었는지.

"한데 당신은 스필딩호(湖)의 수정을 그린 베클린의 장식화를 본 일이 있나? 울창한 전나무 숲 밑에 빙식호의 물이 까맣게 빛나고 있는 거야. 그것은 짙은 남색을 살아 있는 점토에 녹아들게 한 빛깔로 끈끈하게 괸 물이지. 그 수면에 이무기의 등이 아닌가 싶은 금빛을 띤 아름다운 머리털이 수초처럼 옆으로 길게 뻗쳐 있는 거야. 하지만 구마시로 씨, 나는 전혀 직업적인 감상가가 아니니까, 엽관(獵館)이나 울퉁불퉁한 자연교(自然橋) 따위를 끌어내서까지 당신에게 명상을 자아내게 하고 싶지는 않아. 그런 수정을 남성으로 바꾸어 버리는 단계가 되면 먼저 변화를 일으키지 않으면 안 되는 것이 대체 무엇인가, 그것을 묻고 싶은 거야."

노리미즈의 얼굴이 조금 홍조를 띠고 오망성의 결함을 지적하는 메피스토펠레스의 대사를 인용했다. "차분히 보아 다오, 저 숨은 맹세는 끝나지 않았도다. 바깥을 향해 있는 모퉁이가 저렇게 조금 열렸나니."

"그렇군. 머리털과 자물쇠의 각도에 물! 이것은 해박한 선생께 인사드립니다. 많은 땀을 흘리신 성과지요."

이렇게 마찬가지 멋진 말투로 검사도 메피스토펠레스의 대사에 장단을 맞췄지만 범인과 노리미즈와의 두 양태의 의미에 압도되어 버렸다……. 그날밤 단네벨그 부인이 시체가 된 방 문에는 자물쇠 구멍에 부어넣은 물의 습도에 따라 머리털이 신축했고 자동적으로 개폐되는 디 박사의 보였다 안 보였다 하는 문 장치가 숨겨져 있었다. 그런데 거기에 필요한 물과 모발이 칼데아의 옛 주문 속에 숨겨져 있던 것은 그만두고라도 그 이상 놀라운 일은 따로 있었던 것이다. 그것은 그 장치를 역학적으로 큰 효과를 내도록 한 빗장의 각도가 기계도(機械圖)같이 정밀하고 오망성의 봉쇄를 깬 메피스토펠레스의 대사 속에 나타나 있었다. 그렇게 되면 그 방정식은 사건 가운데 가장 의문이라고 하는 다음의 풍정에 대해서 추궁하지 않으면 안 되었다. 그러나 그 해답을 찾는 검사의 얼굴에는 애처롭기까지 한 실의의 빛이 나타났다.

"그럼, 종명기실의 풍정이 그 배음 연주와는 어떤 관계가 있는 거야. 그 λ(람다)는, θ(델타)는?" 하고 검사가 숨차게 묻자 노리미즈는 갑자기 태도를 바꾸어 비극적으로 고개를 내저었다.

"장난이 아니야. 어째서 그것이 그런 유희적 충동의 산물이 될 수 있겠나? 거기에는 악마의 제일 엄숙한 얼굴이 나타나 있는 거야. 그렇지 않아, 하세쿠라 씨? 몰두와 혹사로부터는 매우 놀라운 유머가 쏟아져 나오지. 그래서 저 풍정의 유머는 지금 같은 논리추구만으로도 짓눌려 찌부러지는 것이 아닌가. 어김없이 수정 따위와는 전혀 다를 정도로 난폭하고 환상적인 것이 분명해. 게다가 원래 그 풍정이란 것은 눈에 보이지 않는 기체의 정이니까 말이야. 따라서 꼭 집어서 말할 수 있는 특징도 없는 거라고." 오히려 그렇게 냉혹하게 쏘아붙이고 나서 구마시로를 돌아보며 그는 만면에 살기를 띠며 단언했다.

"요컨대 틀림없이 범인의 냉소벽이 결국은 제 무덤을 파게 되는 거야. 시험삼아 수정과 성별전환을 이루지 않은 화정을 비교해 봐. 반드시 그 해답은 전례의 둘과는 전혀 뒤바뀐 범행형식을 나타낼 거야. 범인은 은밀한 수단을 빌리지 않고 당당하게 모습을 드러내어 브라켄베르그 화술의 정화를 발휘하겠지. 물론 표적과 방아쇠를 실로 연결하여 반대방향으로 자동발사를 시도하는 짓은 하지 않을 것이고 땀으로 줄어든 레트린겔지(紙)를 손가락에 감아 방아쇠에 위조지문을 남기려는 비열한 수단도 취하지 않을 거야. 말하자면 일체의 음흉한 술책을 배척하는 기사도 정신이지. 그러나 우리에게 만일 이에 대한 대비가 없는 날에는 두 가지 전례에서 나타낸 복잡 미묘한 기교에 익숙해진 눈으로 보게 되어 반드시 착각을 일으키기 마련이야. 결국 거기에 범인이 노리는 반대암시가 있는 것인데……… 이번에야말로 비웃어주면서 반격하고 말겠어."

물론 그 한마디는 앞으로의 호위방식에 결정적인 지침을 주는 것이 틀림없었다. 하지만 이런 노리미즈의 지능이 다음번의 범죄에서 완전히 범인의 기선을 제압한 것같이 보였고, 특히 화정의 한 구가 결국 범인을 파멸로 몰고 가는 듯이 보이기는 했지만 이제까지 그와 범인 사이에 되풀이되어 온 권모술수의 발자취를 돌아보면 노리미즈의 추단을 바탕으로 하는 것이 아직도 속단할 수는 없는 것이 아닐까. 그러나 오망성 주문에 대한 그의 추구는 결코 그것만으로 그치지 않았다.

"그러나 아직도 나는 그 오망성 주문에 더 깊이 내재하고 있는 핵심이 있다고 믿고 있어. 이 사건의 성인과 관련된, 범행동기라기보다 더 심오한 것이 있을지도 몰라. 아니, 좀더 넓은 의미로 말한다면 흑사관의 땅 밑에는 전면에 걸쳐 몇 가지 비밀의 뿌리가 있어. 그것이 얽히고설켜 서로 겹쳐 있는 곳의 형상을 어떤 동기로 알 수 있게 되지 않을까 생각하고 있었지. 그래서 시험삼아 여러 각도에서 하나하나 저 주문을 비쳐 보았다고." 거기까지 말하고는 노리미즈도 피로의 빛을 나타내며 어제 하루를 소비하여 머리를 짜낸 이야기를 했다.

그것에 따르면 범인을 일종의 전람광(展覽狂)으로 믿고 있는 노리미즈는, 우선 전설학을 고찰하는 데로 화살을 돌리는 것이었다. 아나톨 르브라의 《브리튼 전설학》과 거울드의 《올드닉》까지 섭렵하고 성별전환의 깊이 숨어 있는 범죄동기에 부합하는 것을 중부 유럽에서 전해 내려온 구비 속에서 찾아내려고 했다. 또 셀라하우헨의 《슈바르츠부르그 성》 등에서 요정의 명칭에 관한 어원학적 변천을 알아보려고도 했다. 즉 수정과 수마(水魔) 사이에 일치되는 점이 있다면 여신 프리지다의 화신이라고 하는 백부인(白夫人) 전설 속에서 색다른 모양의 이중인격적 의의를 발견할 수 있지 않을까 하고 생각했기 때문이다. 또 《폴크스 부흐(Volks Buch)》와 고트프리트의 신비 시, 그리고 괴테의 《파우스트》 제1고(稿)와 제2고, 제3고의 비교도 시도해 보았으나 결국 그 제1고에는, 제2고 이하에는 확연하지 않은 지령이 장대한 철학적 모습을 나타내고 있을 따름이었다.

그러나 이 오망성 주문에 관한 노리미즈의 해설은 오히려 강연과 마찬가지였다. 그래서 바짝바짝 긴박감이 갈수록 더해지던 공기가 차츰 느슨해지고 등에 햇살을 받은 두 사람 사이에는 훈훈한 구름처럼 졸음이 오기 시작했다. 검사가 얄궂은 탄식을 하며 말했다.

"아무튼 이 일 한 가지는 사양하겠어. 이 자리가 탄약탑이라는 것을 말이야. 어쨌든 그런 이야기는 한가할 때 장미원에서나 해주면 좋겠는데.”

그런데 다음 순간에 노리미즈의 얼굴은 금세 광채가 번뜩이고 갑자기 철편 같은 무시무시한 울부짖음으로 가라앉은 분위기를 일소시켰다. 그는 맛있는 듯이 담배를 두세 모금 빨고 나서 말했다.

“장난이 아니야. 그렇게 훌륭한 마왕의 의상을 탄약탑이나 포벽(砲壁) 속에 가두어 두어서야 되겠냐 말이야. 하세쿠라 씨, 나의 마법사적 고찰은 마침내 헛수고가 되고 만 것은 아니었어. 지리멸렬하게 괴로움을 당했던 오망성 주문의 정체가 뜻밖에 루이 13세 때 기밀내각사(機密內閣史)에서 발견된 거야. 바꾸어 말하면 당시 부즉불리(不卽不離)의 태도를 취하고 있었지만, 신교도의 보호자인 구스타프 아돌프스(스웨덴왕)와 대치하고 있던 것이 유명한 추기경 재상 리슐리외였던 거야. 참으로 이 사건의 본체가 저 음흉하기 짝이 없는 암약 속에서 이루어진 거라고. 그런데 하세쿠라 씨, 당신은 리슐리외 기밀내각의 내용을 알고 있나? 암호해독가인 프랑소와 비에테와 로시뇰? 연금마술사 겸 암살자인 오치류는? 문제는 이 악당 주교인 오치류에게 있는데……. 아, 얼마나 섬뜩한 일치인가. 피해자의 이름과 범인의 이름, 저 용기병왕(龍騎兵王)을 쓰러뜨린 뤼첸 역의 전몰자 중에 나타나 있어.”[*1]

그 순간 검사와 구마시로는 자기들로서는 어찌할 수 없는 현혹의 소용돌이 속에 휘말리고 말았다. 범인의 이름, 그것은 곧 이 사건이 장막으로 가려진 것을 의미한다. 그러나 동서고금의 범죄수사사를 두루 섭렵해 본들 사실에 따라 범인이 지적되어 사건이 해결되었다는 신화 비슷한 사례가 이제껏 한 건이라도 있었던가. 그러므로 두 사람은 놀라서 어리둥절했는데 특히 검사가 맹렬한 비난의 기색으로 실행 불가능한 세계에 몰두하는 노리미즈를 엄격하게 몰아붙였다.

“아, 또 당신의 병적인 정신광란이 도졌나? 아무튼 신소리는 그만

뭐. 투구나 총포 따위로 사건을 해결할 수 있다면 역사상 전례가 없는 그 증명법이나 한번 들어보지."

"물론 형법적 가치로서는 완전한 것은 아니지." 노리미즈는 담배연기를 옆으로 길게 뻗치면서 조용히 말했다.

"그러나 가장 의심해야 될 얼굴이 우리를 현혹했던 많은 의문 가운데 산재하고 있는 거야. 그 하나하나로부터 공통적인 인자를 발견해 그것들을 어떤 한 점으로 귀납하고 종합할 수가 있다면 어떨까? 또 그렇게 된다면 당신들은 굳이 그것을 우연의 산물이라고만 생각하지 않겠지."

노리미즈는 탁자를 쾅 치면서 강조했다. "그런데 나는 이 사건을 유대적 범죄라고 단정하는데, 어때?"

"유대……? 아, 당신은 또 무슨 소리를 하는 거야?" 구마시로는 눈을 씀벅거리며 괴롭게 목쉰 소리를 짜냈다. 아마 그는 시끄러운 악기들의 불협화음을 듣는 느낌이었을 것이다.

"그렇다고 구마시로 씨, 당신은 유대인이 헤브라이 글자인 $\aleph$(아레프)에서 $\gimel$(요드)까지 숫자를 붙인 시계의 문자반을 본 일이 있나. 그것이 유대인의 신조인 거야. 의식적인 율법을 엄격히 지키는 것과 잃어버린 왕국의 전례를 따르는 일이지. 아, 나 역시 그렇지 않은가. 어떻게 지금까지 토속인종학이 이 너무나 풀기 어려운 난제의 사건을 해결해 보려고 했을까? 어쨌든 하세쿠라 씨가 쓴 의문일람표를 기초로 하여 저 섬뜩한 붉은 눈의 시차를 계산해 나가자고." 노리미즈의 눈빛은 사라지고 탁상의 노트를 펴서 그것을 읽기 시작했다.

1. 4명의 외국인에 관하여

피해자 단네벨그 부인을 비롯한 4명의 외국인이 어떤 이유로 어렸을 때 외국에서 오게 되었는가, 또 그 이해하기 어려운 귀화입적에 관하여는 사소한 조사도 허락되지 않음. 아직도 철벽같이 막혀 있음.

2. 흑사관 기왕의 세 사건

같은 방에서 세 번에 걸쳐 모두 동기불명인 자살사건에 대하여 노리미즈는 완전히 관찰을 포기한 듯함. 특히 작년의 산데쓰 사건에 대하여는 신사이를 공갈하는 재료가 되기는 했지만 과연 그의 견해처럼 본 사건과는 전혀 별개의 것이라고 할 수 있을까. 노리미즈가 흑사관의 도서목록 중에서 위즈의 《왕가의 유전》을 뽑아 가져온 것은 그 옛이야기의 연속을 유전학적으로 고찰하려는 것이 아닌가 보여짐.

3. 산데쓰와 흑사관의 건설기사 클로드 딕스비와의 관계

산데쓰는 약물실 안에 딕스비로부터 받기로 되었으나 받지 못한 어떤 약물인 듯한 것을 기다렸던 흔적이 보임. 그 의지를 하나의 작은 병에 남겨 두었음. 또 노리미즈는 관감(棺龕) 십자가의 해독에 의해 딕스비에 대한 저주의 의지를 증명했음. 이상 두 가지 점을 종합하면 흑사관의 건설 전에 이미 양자 간에는 어떤 이상한 관계가 발생한 것으로 짐작됨.

4. 산데쓰와 위칭 주법

딕스비의 설계를 산데쓰는 건설 후 5년째 되는 해에 개수했음. 그때 디 박사의 은현문(隱顯門)과 흑경마법의 이론을 응용한 고대 시계실의 문을 단 것이 아닌가 생각됨. 그런데 산데쓰의 이상한 성격으로 미루어 보더라도 그런 중세의 이단적인 농기물(弄技物)이 상기의 두 가지에만 한정된 것 같지는 않음. 그리고 사망 직전에 주법서를 태운 것은 오늘의 분규와 혼란에 그 원인이 미치고 있는 것으로 추측되는데 어떨까?

5. 사건 발생 전의 분위기

4명의 귀화입적, 유언장 작성에 이어 산데쓰의 자살에 봉착하자 돌연 비린내나는 모래안개 같은 공기가 넘치기 시작함. 그리고 해가 바뀜과 동시에 그 공기는 마침내 점점 더 험악해졌다고 함. 굳이 그 원인이 유언장을 둘러싼 정신적 갈등에만 있는 것으로는 보이지 않음.

6. 신의심문회의 전후

단네벨그 부인은 시체납촉(屍體蠟燭)이 점화됨과 동시에 산데쓰를 부르짖으며 졸도함. 또 그때 에키스케는 옆방의 쑥 내민 창 언저리에서 이상한 사람 그림자를 목격했다고 함. 그러나 참석자 중에는 누구 한 사람도 방 밖으로 나간 사람이 없었음. 그리고 그 바로 밑 지상에는 인체형성의 이법을 무시한 두 줄의 신발 자국이 나타나 있고, 그 합류점에 어떤 용도에 쓰이는지 전혀 알 수 없는 사진건판의 파편이 흩어져 있었음. 이상 네 가지 수수께끼는 시간적으로 근접해 있지만 저마다 서로 동떨어진 성질을 가지고 있어 도저히 모아서 묶을 수가 없음.

7. 단네벨그 사건

시광과 후리야기의 문장을 새긴 칼무늬. 그야말로 전망은 초월적이라고 할 수밖에 없음. 더욱이 노리미즈는 칼무늬가 그어진 시간이 겨우 1, 2분 사이라고 함. 또 그의 설로는 그 두 가지 현상을 0.5초의 청산가리(거의 독살이 불가능하다고 여겨질 정도의 약량)를 포함한 오렌지가 피해자의 입 속으로 들어가기까지의 과정에 집중함. 곧 불가능한 것을 가능하게 하는 보강작용이며 그 결과의 발현과 같은 것으로 추단됨. 그러나 그의 관찰에 잘못이 없다고 하더라도 그것을 증명하여 범인을 적발하는 것은 신이나 할 수 있는 일이 아닐까? 더구나 가족의 동정에는 특기할 만한 것이 없고 오렌지가 나온 경로도 전혀 알 수가 없음.

텔레즈의 자동식 인형. 임종에 즈음하여 단네벨그 부인은 이 요사한 귀신인 산데쓰 부인의 이름을 종잇조각에 적었음. 그리고 현장의 깔개 밑에는 인형의 발자국이 문이 열린 물을 밟고 생생하게 새겨져 있음. 그러나 그 인형에는 특종의 명음(鳴音) 장치가 되어 있는데 시중을 든 구가 시즈코의 귀에는 그 방울소리가 들리지 않았다고 진술했음. 물론 노리미즈는 인형이 놓여 있던 방의 상황에 한 가닥 의념은 남지만 그것은 그 자신에게도 확실한 것이 아니고 부정과 긍정의 경계를 이루는 것은 그 아름답게 떨리는 한 줄기 소리에 있다고 해도 과언이 아님.

8. 묵시도의 고찰

노리미즈가 그것을 특이체질도로 추정한 것은 잘 본 것이다. 왜냐하면 자체의 상하 양단이 끼어 있는 에키스케의 그림이 그의 시체현상에도 나타나 있기 때문이다. 그러나 노부코가 졸도하고 있는 모습이 셀레나 부인의 그것과 비슷해 보이는 것은 어째서일까. 또 노리미즈가 상형문자에서의 추리로 묵시도에 알려져 있지 않은 절반이 있다는 것은 가령 논리적이라고 하더라도 매우 실재성이 빈약하고 결국 그의 광기의 산물로밖에 생각할 수 없음.

9. 파우스트의 오망성 주문(약)

10. 가와나베 에키스케 사건

노리미즈의 사인 천명은 동시에 갑주를 입힌 곳을 범인의 소재로 지적하고 있음. 그것을 시간적으로 추구하면 노부코만 부재증명이 성립되지 않음. 더구나 노부코는 그 목을 엔 단검을 쥐고 실신했고 또 기적으로밖에 생각할 수 없는 배음이 경문가의 마지막 한 절에서 시작되었음. 그밖에 의문의 초점이라고도 해야 될 것은 과연 범인이 에키스케를 공범자로서 살해했는가의 여부인데 물론 쉽게 추단할 수 없는 것은 말할 것도 없음. 결국 그 곡절과 분규가 너무나 기이하다는 상황을 미루어 생각해도 차츰 노부코의 실신은 범인의 곡예적 연기라는 것으로 종합되어 가지만, 그러나 공평하게 논한다면 아직도 가미야 노부코는 오직 한 사람의, 가장 의심해야 될 인물이라는 것은 말할 것도 없음.

11. 오시카네 쓰다코가 고대 시계실에 유폐당한 일

이것이야말로 참으로 놀라운 일이 아닐 수 없음. 노리미즈가 시체로 되어 있을 것으로 추측했던 것이 이해할 수 없는 보온에 의해 혼수상태로 살아 있었음. 물론 그녀가 어째서 자택을 떠나 친정에서 기거하고 있었을까, 하는 점을 추구할 필요가 있는 것은 물론이지만 그러나 범인이 쓰다코를 살해하지 않은 점에 노리미즈는 두려운 생각을 가지고 함정을 예상하고 있음. 그러나 에키스케가 신의 심문회의 도중 옆방의 내민창 가장자리에서 목격한 사람 그림자는 절대로 쓰다코가 아님. 왜냐하면 그날밤 8시 20분에 신사이가 고대 시계실의 문자반을 돌려 철문을 봉쇄했기 때문임.

12. 그날밤 12시 30분 클리보프 부인의 방에 침입했다는 인물은?

여기에 에키스케의 목격담——저녁에 내민창가에 나타남. 그 요사스럽고 눈에 보이지 않은 인물이 밤이 이슥하여 클리보프 부인 방에도 모습을 나타냄. 부인의 말로는 그것은 분명 남자였으며 더구나 모든 특징이, 키는 다르지만 하다타로를 가리킴.

그렇다면 노부코가 깨어난 순간에 적은 사인에 후리야라는 성을 쓴 것은 어떻게 보아야 할까? 그것을 구텐베르크 사건에서 선례가 있는 잠재의식이라고 해석한다면 노부코를 쓰러뜨렸다는 풍정의 정체에는 하타타로의 모습이 가장 유력해짐. 그리고 그 추정이 노부코의 노출적인 실신자태와 모순되는 점이 이 사건 최대의 풀기 어려운 난점이 아닐까?

13. 동기에 관한 고찰

모두가 유산을 둘러싸고 얽힌 사건임. 첫째 요점은 4명의 외국인 귀화입적에 의해 하다타로의 전체 상속이 불가능해졌다는 사실임. 다음으로 하다타로 이외에 유일한 핏줄인 오시카네 쓰다코를 제외시켰다는 점을 주목할 필요가 있음. 따라서 하다타로 대 3명의 외국인 사이에는 이미 회복하기 어려운 정도의 거리가 생겼지만 무엇보다 이 큰 모순은 어떻게 할 수 없는 일이 되었음. 즉 동기를 가진 자에게는 현상적으로 혐의로 잡을 만한 것이 없고 노부코 같은 범인을 방불케 하는 자에게는 그 반대로 동기의 그림자조차 찾아낼 수가 없음.

다 읽고 나서 노리미즈는 그것을 탁상에 펴놓고 먼저 그 제7항 (시광과 칼 무늬의 향)에 손가락을 갖다댔다. 그 무렵에는 난간의 작은 창으로 들어오는 햇살이 런던 대화재도의 템스 강 바로 위에까지 올라와 있어 머리 위의 검은 연기에 어마어마한 생동감을 자아내기 시작했다. 그렇잖아도 검사와 구마시로는 입술이 터지고 침이 말라 오로지 노리미즈가 꺼낸 괴상하고 상하가 전도된 세계가 하나의 큰 공중제비를 넘어 몽상의 날개를 떨어뜨려 버릴 시기를 노리는 것이었다. 그런 야릇한 살기등등한 공기 속에서 노리미즈는 새 담배에 불을 붙이며 천천히 입을 열었다.

"한데 처음에 그 불가사의한 시광과 칼무늬 말인데 문제는 아직도 그 순환론적인 형식에 있는 거야. 그 오렌지가 어떤 경로를 거쳐 단네벨그 부인의 입속으로 들어갔는가 하는 과정이 확연해지지 않는 한 여전히 실증적인 설명은 불가능하다고 생각해. 그렇지만 그 시광과 칼무늬의 발생과 비슷한 범죄상의 미신이 유명한 《유대인 범죄의 해부적 증거론 (골트 벨트 저)》에 기록되어 있어"라며 그 한 권을 서가에서 빼냈는데, 거기에는 유대적 범죄풍습이 간략한 예주(例註)로 기록되어 있을 뿐이었다.

1819년 10월의 어느 날 밤 보헤미아령 코니그라츠에 있는 부유한 농부가 침대 위에서 심장이 찔린 뒤 실내에서 불이 나 시체와 함께 불태워져 버린 참사가 일어났다. 그리고 거기에는 통행자의 증언이 있었는데 마침 그날 밤 11시 30분에 커튼이 벌어진 사이로 피해자가 십자를 긋고 있는 것을 목격했다고 진술한 사람이 나타났다. 그렇게 되자 범행시각이 11시 반 이후로 되어 가장 깊은 동기를 가진 것으로 지목되었던 유대인 제분업자에게 의외로 부재증명이 인정되었다. 따라서 사건은 그것으로 오리무중의 미궁에 빠지고 말았다.

그런데 그 반 년 뒤에 프라하 시의 보조헌병 데니케에 의해 범인의 간계가 폭로되어 역시 처음 혐의자인 유대인 제분업자가 붙잡히게 되었다. 발각의 빌미는 함무라비 법전의 해석에서 시작된 유대 고유의 범죄풍습에 있었다. 곧 시체 또는 피해입은 자리를 에워싸고 초를 세워 조명하면 그것으로 범죄가 영구히 발각되지 않는다는 미신이 단서가 되었다는 것. 물론 그 초가 화재의 원인이 되었던 것은 말할 것도 없다.

아아, 개막 초장에 노리미즈는 어쩌자고 그런 활기 없는 예증을 들고 나온 것인가. 하지만 이어서 그가 거기에 사건을 말하고 해답을 정리하자 우연히 그 독창(獨創) 속에서 과연 순환론의 한 구석을 무너뜨릴 만한 빛이 들기 시작했다.

"그런데 그 글만으로는 헌병 데니케의 추리 경로를 전혀 알 수 없지만 나는 그것에 해석을 시도했지. 시체를 에워쌌다고 하는 촛불의 수는 실제로는 다섯 자루밖에 되지 않았어. 더구나 시체에 십자를 긋도록 하기 위해서는 그것으로 시체를 싸지 않고 깎은 대처럼 한쪽을 깎아 키가 짧은 초 네 자루를 주위에 세워서 그 중앙에 온 길이의 절반쯤 초를 제거하여 심만 길게 한 한 자루를 놓고 시체를 둘러싸게 해야 됐어. 왜냐하면 풍향계의 네 손의 방향을 서로 다르게 했을 때 어떤 현상이 일어나는가. 결국 이 경우는 어슷하게 깎은 쪽 부분을 서로 다른 방향으로 세웠기 때문에 불을 붙이면 열을 받은 초의 증기가 경사를 따라 어슷하게 날아오르지. 따라서 저마다 깎인 방향이 다르기 때문에 그 위쪽으로 X(닫앞) 모양의 기류를 일으키는 거야. 그것이 중앙의 긴 심지를 회전시켜 그 빛이 그린 그림자로 시체의 손에 십자를 그리는 것 같은 착각을 나타낸 것이지. 그렇게 해서 시광과 칼무늬의 성인을 추구해 가면 반드시 우리는 신의심문회까지 거슬러 올라가야 한다는 생각이 드는 거야.

보헤미아의 코니그라츠에서 붙인 촛불 속에 단네벨그 부인에게만 나타난 산데쓰의 환영이 숨겨져 있었던 것이 아닐까? 어때, 하세쿠라 씨? 우연한 가운데 가끔 수학적인 것이 튀어나올 수가 있는 거야. 왜냐하면 원래 상수란 항상 첫 출발형식은 가정이고 그런 뒤에 늘 변함없는 인수를 결정하니까 말이야." 노리미즈의 얼굴에 일단 혼란스러워하는 듯한 어두운 그림자가 나타났지만 그는 다시 말을 이어 시광에 관하여 지리적으로도 기묘한 우연의 일치가 있음을 분명히 했다. 그러나 그런 동떨어진 대조는 결과적으로 분란을 조장하는 결과가 되었다.

"다음으로 나는 가톨릭 성직자에 관한 시광현상에 주목했지. 그런데 아브리노의 《성직자 기적집》을 읽어보면 신구 양 교도의 갈등이 가장 첨예했던 1625년부터 30년까지의 5년 동안에 셴벨그(모라비아령)의 드이버텔, 츠이타우(프로이센)의 그로고우, 프라이슈타트(오스트리아)의 알노르딘, 프라우엔(색소니령)의 므스코비테스 등 모두 4명이 사후에 몸에서 빛을 발했다는 기록이 남아 있어. 거기에 말이야, 구마시로 씨, 우연치고는 도저히 이해할 수 없는 부합이 있는 거야. 왜냐하면 그 네 지점을 이어보면 거의 정확한 정사각형이 되어 그것이 코니그라츠 사건을 일으킨 보헤미아령을 둘러싸고 있기 때문이지. 아, 그 실수는 무엇일까? 나는 말을 할수록 점점 모를 것 같은데. 그러나 시체를 비친다는 유대인의 풍습만은 그것을 범인의 미신적 표상으로 삼을 수 있을 것 같은 생각이 들어." 노리미즈는 천장으로 고개를 돌리고, 어쩐지 무기력하게 한숨을 내쉬는 것이었다. 그러나 그 소리를 들은 검사는 희망이 완전히 사라져 버렸다. 그는 입가가 비틀어질 만큼 냉소를 띠고, 배후의 서가에서 월터 하르트의 《구스타프 아돌프》를 꺼냈다. 그리고 연달아 책장을 넘기더니 무엇인가를 발견한 듯 편 쪽에 손가락을 대고 노리미즈를 돌아보았다. 이건 노리미즈의 광적 산책을 풍자한 검사의 통렬한 비아냥이었다.

바이마르후(侯) 빌헬름의 열악한 병정들 질은 아른하임과의 경쟁에 패배하여 왕의 지원을 늦추도다. 더욱이 노이엔호엔 성내에서 그것을 통렬히 비난하는 소리가 높았으나 빌헬름후(侯)는 안색에 조금도 변화가 없었느니라.

그것만으로는 성이 차지 않았는지 하세쿠라 검사는 끈질기게 악담을 퍼부었다.

"아, '슬퍼해야 할 서목(書目)이여'가 아닌가, 바로 당신 특유의 서재적(書齋的) 착란이겠지만. 물론 그 경탄할 만한 현상에 대한 것은 어린애 장난에 지나지 않아. 천만에, 심오한 말은커녕, 아예 유희적인 산책이라고 할 가치도 없어. 당신이 만일 종명기실의 장면에 정확한 해법도 내놓지 못한다면 이제 더 이상의 연설은 집어

치워."

"그런데 말이야, 하세쿠라 씨." 노리미즈는 상대의 냉소를 조용히 미소로 답하며 말했다. "어째서 범인이 유대인이 아니면 그때 노부코에게 납질요요증(蠟質撓拗症)*²을 일으키게 할 수가 있었겠는가? 어느 순간에 노부코는 마치 조상처럼 경직되어 버렸을 거라고. 따라서 그 회전의자의 위치는 문제가 되지 않아."

"납질요요증이라고?" 거기에는 어지간한 검사도 탁자를 억세게 뒤흔들며 고함을 칠 수밖에 없었다. "빌어먹을, 당신 궤변도 도를 벗어나 이제는 우스꽝스럽게 되었군. 노리미즈 씨, 그건 드문 병 중에서도 아주 희귀한 병이지 않아?"

"물론 문헌에만 있는 드문 병인 것은 틀림없지"라고 일단 긍정했으나 노리미즈의 소리에는 어딘가 조롱하는 듯한 여운이 섞여 있었다. "그렇지만 그렇게 드문 신경의 배열을 가령 인위적으로 만든다고 하면 어떻게 되겠나? 한데 당신은 근식상실(筋識喪失)이라는 주시엔이 만든 술어를 알고 있나? 히스테릭한 자의 발작 중에 눈꺼풀을 감게 하면 마치 납질요요증처럼 온몸에 경직상태가 일어나지. 요컨대 유대인 특유의 어떤 풍습을 빼고 나면 그 병리적 곡예를 연출하는 것은 불가능하다고 하는 거야"라고 놀라운 단정을 내렸다.

구마시로는 그때까지 묵묵히 담배만 피우고 있었는데 갑자기 얼굴을 들고 "아, 노부코와 히스테리인가……? 과연 당신의 투시안은 상당해. 다만 문제를 정신병원 말고 다른 쪽으로 옮기자고"라고 그답지 않은 흥미 있는 말을 했다.

노리미즈는 생각지도 않았던 병리해부를 흑사관의 건물에 시도하며 끝까지 그 가능성을 강조했다.

"저런저런, 구마시로 씨. 나야말로 이 사건이 흑사관에서 일어난 일이라는 점에 주의를 환기하고 싶어. 대체로 범죄라는 것은 동기에서만 시작되는 것이 아냐. 특히 지적인 살인범죄는 비뚤어진 내관(內觀)에서 저질러지는 경우가 많은 거라고. 물론 그렇게 되면 일종의 음학성의 형식을 띠지만 종종 감정 외에도 어떤 감각적 착각에서 해방되지 못하고 더구나 끊임없이 억압을 당하는 경우에 발생하는 경우가 있는 거야. 마치 흑사관의 성채와 같은 음울한 건물에서 내가 말하는 그런 비도덕적인, 오히려 악마적인 성능을 매우 풍부하게 가지고 있다고 할 수 있어. 한데 그 엄숙한 얼굴을 한 못된 장난꾼이 대체 어떻게 인간신경의 배열을 변형시켜 가는가, 여기에 적합한 예가 있어."

그 기발한 추론에서 독단으로 보이는 옷을 벗기려고 노리미즈는 먼저 예증을 들었다. "이것은 20세기 초에 괴팅겐에서 일어난 사건이었는데 오토 브레멜이라는, 베스트팔리안다운 예민한 소년이 그곳에 있는 도미니크 수도원의 부속학원에 입학한 거야. 그런데 어둡고 억압적인 분위기의 건물에서 느껴지는 압박감이 곧 사춘기의 취약한 신경을 먹어들어간 것이었어. 처음에는 건물의 안팎에 광도의 차이가 심한 것이 그에게 때로는 우연이라고 하기에는 너무나 이상한 잔상을 보여주는 경우가 있었지. 그리고 끝내 환청이 들릴 정도의 증상이 되었다는 것은, 그의 방 창밖에 철로가 있었는데 거기를 통과하는 열차의 소음을 끊임없이 되풀이해서 들었기 때문이었어. 그러나 부친이 아들의 증상에 놀라 자택으로 데려갔기에 브레멜의 정신상태가 간신히 붕괴를 면했지. 그것이 또 기적이나 마찬가지인 거야. 기숙사를 나오자 동시에 환시와 환청이 나타나지 않게 되고 얼마 후에는 건강한 청춘을 되돌릴 수가 있었던 거야. 구마시로 씨, 당신은 형법가가 아니니까 혹은 모를 수도 있지만 교도소의 건축양식에 따라서 구금성 정신병이 잇따르는 경우와 그리고 그것이 전혀 없는 곳도 있는 모양이야."

노리미즈는 거기에서 담배를 꺼내어 한 대 피웠는데 아직도 지식의 탑에서 내려오지 않고 더욱 신랄한 사례를 인용하는 데 열중했다.

"시대는 16세기 중엽 필립 2세 때의 일인데 그 하나는 음학적인 기혈벽(嗜血癖)의 이례적인 표본이라고 할 수 있는 경우야. 에스파냐의 세비야 종교재판소에 신문관보(訊問官補)인 포스코로라는 젊은 성직자가 있었어. 그런데 그의 신문법은 몹시 느릴 뿐만 아니라 모든 성인의 축일에 이루어지는 이단분살행렬(異端焚殺行列)도 두려워하는 상태였기 때문에 어쩔 수 없이 종교재판 차장인 스피노자가 그의 고향 산토니아 장원으로 돌려보낸 거야. 그런데 한두 달이 지나서 스피노자는 포스코로한테서 이런 편지를 받았는데 동봉한 종잇조각에 그려진 마초라다(천인한형구)의 기계화를 보고 깜짝 놀랐어.

'세비야의 공형소(公刑所)에는 십자가와 고문용 형구가 나란히 있어요. 하지만 신이 만일 지옥의 음화에 불을 댕겨 영원히 그것을 빛내려고 한다면 먼저 공형소의 건물부터 회교식의 키큰 아치를 몰아내야 하지 않을까요? 나는 산토니아에 와서부터 옛날 고트인이 남긴 어두운 낡은 집에서 살고 있어요. 실로 이 집은 특별한 성질을 가지고 있어 그 자체가 이미 인간의 온갖 고뇌를 깊이 상징하는 모양을 나타내고 있답니다. 나는 거기에서 여러 가지 혹형을 결합하고 혹은 비교하여 마침내 그 기술에서 완전한 기사가 되었습니다'라는 편지였지.

어때, 구마시로 씨? 이런 처참한 독백은 애당초 무엇이 그렇게 말하도록 만들었을까? 어째서 포스코로의 기혈벽이 잔인한 고문용 형구가 가지런히 늘어서 있는 데서는 일어나지 않고 아름다운 비스카요만(灣)의 자연 속에서 생겨났을까? 그 세비야 종교재판소와 산토니아장(莊)과의 건축양식의 차이를 이 사건에서도 결코 간과하면 안 된다고 나는 단언하고 싶은 거야." 노리미즈는 여기에서야 격렬한 기세를 접었다. 그리고 이상 두 가지 예를 흑사관의 실제에 적용시켜 그 양식 속에 숨어 있는 무서운 마력을 천명하려고 시도했다.

"실제로 나는 사실 한 번밖에 가보지 않았고 더구나 그 암담한 날씨마저도 흑사관의 건축양식에 여러 가지로 평범하지 않은 현상이 나타난 것을 깨달은 거야. 물론 그런 감각적 착각에는 도저히 포착할 수 없는 불가사의한 힘이 있어. 요컨대 그것으로부터 끊임없이 해방되지 않은 것이 결국 병리적 개성을 낳게 된 것이지. 그러니까 구마시로 씨, 나는 이렇게까지 말할 수 있어. 흑사관 사람들은 아마 그 정도에는 차이가 있겠지만 엄밀한 의미에서 심리적 신경병자가 아닌 사람은 없다고."

누구나 정신의 어딘가 한 구석에는 반드시 경중은 있겠지만 신경병적인 것이 숨어 있음이 분명하다. 그것을 척결하여 범죄현상의 초점으로 배열하는 데에 노리미즈 수사법과 비교될 수 있는 것은 없었다. 하지만 이 경우 노부코의 히스테리성 발작과 유대형 범죄와는 도저히 일치될 수 없을 정도로 동떨어진 것이 아닌가?

하지만 월드슈타인의 좌익은 왕의 우익보다도 훨씬 개방적이었으니 왕인 빌헬름후에게 명하여 전열을 정비시킨다. 그때 후는 다시 과실을 저질러 캐넌포의 사용을 늦추게 한다.

검사는 노리미즈를 신경이 무딘 빌헬름후에 비기면서 은근히 계속 비꼬았는데 구마시로는 참지 못하겠다는 듯 입을 열었다.

"아무튼 로스차일드든 로젠펠트든 상관없으니까, 그 유대인의 상관 대기라도 한번 보여줘. 게다가 당신은 노부코의 발작을 설마 우연의 사고로 돌릴 생각은 아니겠지?"

"천만의 말씀. 그렇다면 노부코는 어째서 아침의 경문곡을 그때 되풀이하여 쳤겠나?" 노리미즈는 어조를 높여 반박했다. "알겠나, 구마시로 씨? 그 여자는 몹시 체력을 써야 되는 종명기로 모테토를 세번이나 되풀이하여 쳤어. 그렇게 하면 못소의 《피로》를 인용하지 않더라도 신경병 발작이나 최면 유발에는 매우 취약한 좋은 조건이 된단 말이야. 거기에 그 여자를 몽롱한 상태로 만든 유인이 있었던 거지."

"무슨 그런 도깨비 같은 것이 있지? 대체로 종루의 점귀부(點鬼簿)에는 죽은 사람 이름이 하나도 적혀 있지 않거든."

"도깨비는커녕 물론 인간도 아니지. 그것이 종명기의 건반이야." 노리미즈는 탕 하는 장식음을 들려주며 거기에서도 두 사람의 의표를 벗어났다. "실은 이것이 하나의 착시현상인데, 예를 들면 한 장의 종이에 직사각형의 구멍을 뚫어 그 뒤에서 동그랗게 자른 종이를 움직여 봐. 그 원이 세게 움직임에 따라 차츰 타원으로 되어가는 것과 같은 현상이 위아래 두 단의 건반에 나타났던 것이야. 그런데 여기에 자주 쓰는 하단의 건반이 있다고 해. 그러면 그 끊임없이 오르내리는 건반을 상단의 움직이지 않는 건반과의 사이에서 쳐다보고 있으면 그 하단 건반의 양단이 상단 건반의 그늘에 묻히는 쪽으로 비뚤어져 그것이 차츰 가늘어져 가는 것처럼 보이게 돼. 결국 그렇게 멀리 보이는 착시가 일어나면 그때까지 피로에 의해 좀 몽롱해지기 시작한 정신이 한꺼번에 녹아 버리게 되는 거지. 물론 그에 따라 고유의 발작을 일으키게 되는 거야. 그래서 구마시로 씨, 나한테 막말을 하라고 한다면 그때 노부코에게 세 번 반복을 명한 그 인물이 밝혀지면 바로 범인으로 지목할 거야."

"하지만 당신 이론은 결코 심오하지 않아." 구마시로는 바로 이때다 하는 듯이 날카롭게 파고들었다. "대체 그때 노부코의 눈꺼풀을 감게 한 것은? 온몸을 납질요요성 같은 밀랍인형처럼 만들어버린 경로가 설명되어 있지 않잖아."

노리미즈는 의젓하게 미소를 지으며 상상력이
빈곤한 상대에게 안타까워하는 표정을 보이더니
곧 탁상의 종잇조각에 위의 그림을 그려 설명하기 시작했다.

"이것이 고양이 앞다리라고 하는 유대인 범죄자 특유의 결박방식이
야, 구마시로 씨. 그래서 이 묶는 방식 하나에 회전의자에 모순을
나타낸 근식상실(筋識喪失)——저 납질요요성 비슷한 상태를 만
들어낸 것이 있었던 거야. 보는 바와 같이 아래쪽 끈을 잡아당기면
매듭이 차츰 밑으로 내려간다고. 하지만 매듭에 끼어 있는 물체가
벗어나면 끈은 홀랑 풀어지게 되어 있어. 그러니까 범인은 미리 그
열쇠의 사용수와 처음 묶을 높이를 재어보고 나서 그 열쇠와 종을
치는 타봉을 연결하고 있는 끈의 위쪽에 단검 자루를 매놓은 거야.
그러면 연주가 진행됨에 따라 단검을 회전시키면서 매듭이 차차 밑
으로 내려갔겠지. 노부코가 몽롱한 상태로 연주하고 있는, 마침 모
테토의 두 번째쯤에서 그녀의 눈앞을 칼날의 빛이 번뜩 비치고 사
라지면서 가로세로 되어 단검이 밑으로 내려왔다고.

결국 명멸하는 빛 속에 눈꺼풀을 수직으로 쓰다듬어 감게 한 거
지. 그것을 현혹조작이라고 하며 최면중의 부인에게 눈을 감기는
리제오어의 수법인 거야. 그래서 눈꺼풀이 감김과 동시에 납질요요
성 그대로 근식을 상실한 몸이 금세 중심을 잃어 그 자리에서 토우
처럼 등 뒤로 넘어진 거지. 그 찰나에 열쇠와 끈을 뒤쪽에서 내챘
기 때문에 단검이 매듭에서 튀어나와 마루 위에 떨어졌어. 물론 노
부코는 발작이 진정됨과 동시에 깊은 혼수에 빠져들고 만 거지."

검사의 독살스러운 경멸을 되돌아보며 노리미즈는 갑자기 비통한
표정을 짓고 "그러나 말이야. 노부코는 어떻게 그 단검을 쥐게 되었
을까? 또 그 기이한 변태의 극치라고도 할 수 있는 배음연주는 어쩌

서 일어난 것인가? 그런 한계 밖의 일에는 아직 손가락 하나 대보지 못했어"라고 일단 얕은 한숨을 내쉬었지만 그 고달픈 표정이 세 번이나 바뀌더니 마침내 그는 상쾌한 개가를 올렸다.

"아니 나는 시리우스의 시차를 계산하는 거야. 또 δ(델타)도 있는가 하면 ζ(크시)도 있어! 그런 것을 한 점으로 귀납하여 종합해 버리기만 하면 되는 거야."

거기에서 공기는 뜨겁게 달아올랐다. 벌써 해결이 가까워졌다는 것이 오랫동안 노리미즈와 같이 지낸 두 사람에게 감각적으로 와닿는 모양이다. 구마시로는 눈을 반짝이며 얼굴을 바짝 갖다대고 물었다.

"그럼, 솔직하게 흑사관의 괴물을 지적해 줄 수 없겠어? 당신이 말하는 유대인이라는 것은 대체 누구를 말하는 거지?"

"그것이 경기병(輕騎兵) 니콜라스 브라에야." 노리미즈는 뜻밖의 이름을 말했다. "한데 그 사나이가 구스타프 아돌프에게 접근한 단서라고 하는 것은 왕이 란데슈타트에 입성할 때 유대의 굴문 쪽에서 벼락을 만나 말이 광분하는 것을 제지했기 때문이야. 그래서 하세쿠라 씨, 무엇보다도 브라에의 용맹무쌍한 전적을 한번 살펴봐야 해." 검사가 농락했던 하르트의 《구스타프 아돌프》를 처들어 뤼첸 전투의 종말에 가까운 페이지를 가리켰다. 그와 동시에 두 사람의 얼굴에 경악의 빛이 번뜩이고 지나갔다. 검사는 음 하고 신음소리를 내며 무의식 중에 물고 있던 담배를 떨어뜨렸다.

　전투는 9시간에 걸쳐 계속되어 스웨덴군의 사상자는 3,000, 연맹군은 7,000명을 남기고 패주했는데 야음은 추격을 막았고 그날 밤 부상병들은 밤새도록 거기에 누워 잤다. 새벽에 서리가 내려 달아나지 못한 자는 모조리 얼어 죽었다. 그에 앞서 일몰 후에 브라에는 오헴 대령을 따라 전투가 가장 치열했던 네 곳의 풍차지점을 순찰하던 중 그의 날렵한 저격의 표적이 되는 자를 지적했다. 벨트르트 발스타인 백작, 플다 공작 겸 대수도원장 밧헨하임……

거기까지 오자 구마시로는 얼굴이라도 얻어맞은 듯 홱 몸을 뒤로 물렸다. 말도 쉽게 나오지 않았다. 검사는 잠시 꼼짝도 않고 있었으나 이윽고 거의 들리지도 않는 모기소리로 다음 구절을 읽기 시작했다.

"디트리히슈타인 공작 단네벨그, 아말티공령 사령관 셀레나, 아, 프라이벨히의 법관 레베스……." 침을 꿀꺽 삼키고 나서 흐려진 눈으로 노리미즈를 쳐다보았다. "아무튼 노리미즈 씨, 당신이 꺼내온 이 요정동산의 광경을 설명 듣고 싶어. 아무래도 배역의 의미를 전혀 모르겠어. 어째서 뤼첸 전투를 줄거리로 해서 흑사관의 학살자가 일어나야 했을까? 거기에 기우에 지날지 모르지만 나는 여기에 이름이 나오지 않은 하다타로와 클리보프의 두 사람 가운데 범인의 서명이 있지 않을까 하는 생각마저 들어."

"응, 그것이 몹시 악마적인 광대놀음이야. 생각하면 할수록 섬뜩해. 첫째 이 대단한 연극을 꾸민 작자라는 것이 결코 범인 자신이 아닌 거야. 결국 그 줄거리는 저 오망성 주문의 본체에서 온 거지. 뤼첸 전투에서는 경기병 브라에와 그 모체인 암살자의 마법 연금술사인 오치류와의 관계가 이 사건에 이르자 범인 +x(플러스 엑스)의 공식으로 변해버린 거야." 노리미즈는 이 요술 같은 부합의 해석을 가부간 사건 후로 미루었지만 이어서 양눈에 처절한 기운을 띤 흑사관의 악마를 가리켰다.

"그런데 그 브라에가 오치류가 보낸 자객이라는 것을 알면 거기에서 그의 정체를 밝힐 필요가 있다고 생각되지 않아. 그것이 이중의 배신인 거야. 구교도에게 대항해서 비교적 유대인에게 온건했던 구스타프 왕을 암살한 것은 신교도한테서 받은 은혜와 그의 종족에 대한 두 가지 의미에서 저지른 이중의 배신이 아닌가 말이야. 요컨대 하르트의 역사책에는 나오지 않지만 프로이센 왕 프리드리히 2세의 전기작가 다바는 경기병 브라에를 브로크 태생의 폴란드계 유대인이라고 폭로했어. 그리고 그의 본명은 루리에 크로프막 클리보프라는 거야!"

그순간 모든 것이 일시에 정지한 것같이 생각되었다. 마침내 가면이 벗겨지고 이 광기어린 연극은 끝이 난 것이다. 항상 심미성을 잊지 않는 노리미즈의 수사법이 여기에서도 또 화술(火術) 초기의 종교전쟁으로 장식된 화려하기 짝이 없는 종국을 만들어낸 것이다. 그러나 검사는 아직도 반신반의하는 얼굴로 담배를 입에서 뗀 채 멍청하게 노리미즈를 바라보고 있었다. 게다가 노리미즈는 비꼬는 미소로 하르트의 역사책을 넘기다가 그 페이지를 검사에게 내밀었다.

구스타프 왕의 사후, 바이마르후 빌헬름의 선봉 총병(銃兵)이 호이엘스벨다에 나타남에 이르러서야 비로소 그가 실레지아에 야심이 있음을 알게 되었다.

"알겠지, 하세쿠라 씨? 바이마르후 빌헬름은 실제는 야릇한 조소적인 괴물이었던 거야. 그러나 그토록 클리보프가 쌓아올린 장벽이라도 성을 무너뜨릴 철퇴를 휘두르면 결코 난공불락이 아니지" 하고 배후에 있는 화재그림의 검은 연기가 벌겋게 단 불꽃처럼 물든 석양빛을 머리에 받으면서 노리미즈는 범인 클리보프를 도마 위에 올려놓고 토막내는 해석을 시도했다.

"처음에 나는 클리보프를 토속인종학적으로 관찰해 보았어. 물론 이스라엘 코헨이나 쳄벌린의 저술을 꺼내지 않더라도 그 붉은 머리와 주근깨 그리고 콧마루의 생김새가 모두 아모레안 유대인(^{유럽인에 가장 가}
까운 유대인 모습)의 특징임을 명백히 지적할 수 있어. 그러나 그것을 더욱 확실하게 하고 있는 것이 유대인에게 특유한 유대왕국 회복의 신조인 거야. 유대인이 흔히 그 모양을 커프스 단추나 넥타이핀으로 쓰고 있지만 그 다윗의 방패인 여섯모꼴이 클리보프의 가슴장식으로 튜들장미의 여섯 꽃잎 모양이 나타나 있었어."

"하지만 당신의 논지는 매우 애매해." 검사는 부정적인 얼굴로 이의를 제기했다. "과연 희귀한 곤충의 표본을 보고 있는 것 같은 느낌이지. 그러나 클리보프 개인의 실체적 요소에는 조금도 언급이 없었어. 나는 당신의 입으로 그 여자의 심장박동과 호흡의 향기를 맡아보고 싶은 거야."

"그것이 자작나무숲(^{구스타프}
팔케의 시)이야." 노리미즈는 거리낌 없이 말하고 언젠가 세 사람의 외국인 앞에서 토했던 이상한 말을 여기에서도 가볍게 반복하는 것이었다. "우선 처음의 그 묵시도를 기억해 보자고. 클리보프 부인은 천조각으로 두 눈이 가려져 있었지. 그래서 그 그림을 내 주장대로 특이체질의 도해라고 해석하면 결국 거기에 그려져 있는 죽은 모양이 클리보프 부인이 가장 빠지기 쉬운 상태에 틀림없어. 한데 하세쿠라 씨, 눈이 가려져서 죽는다. 그것이 척수로(脊髓癆)라는 거야. 더구나 제1기의 비교적 눈에 띄지 않은 징후가 10여 년에 걸쳐 계속되는 경우도 있어. 하지만 그중에서도 제일 뚜렷하게 나타나는 것이 다름아닌 롬벨그 징후야. 두 눈이 가려지든가 갑자기 사방이 캄캄해지든가 하면 온몸이 중심을 잃고 비틀거리게 되는 거지. 그것이 그날 밤 이슥해서 복도에서 일어난 현상이었지. 즉 클리보프 부인이 단네벨그 부인이 있는 방으로 가기 위해 칸막이문을 열고 그 앞의 복도 안으로 들어간 거야.

알다시피 양쪽 벽에는 장방형의 감실 모양으로 파고들어간 벽등이 켜져 있었어. 그래서 자기 모습이 드러나지 않도록 하기 위해 우선 칸막이문 쪽에 있는 스위치를 누른 거야. 물론 캄캄해진 그 순간 그 때까지 무심코 주의를 하지 않았던 롬벨그 징후가 일어난 것은 말할 것도 없어. 그런데 그렇게 몇 번이나 비틀거림에 따라 장방형을 한 벽등의 잔상이 망막 위로 여러 갑절로 겹쳐져 온 거지.

하세쿠라 씨, 여기까지 말하면 더 이상 말할 필요가 없잖아? 클리보프 부인이 간신히 몸을 추슬러서 바로 섰을 때 그녀의 눈앞에 펼쳐진 어둠 속에서 무엇이 보였을까? 그 수없이 늘어선 벽등의 잔상이라는 것이 다름아닌 팔케가 노래한 그 섬뜩한 자작나무숲이야. 더구나 클리보프 부인은 그것을 스스로 고백한 거지."

"천만에. 설마 그 여자의 복화술까지 당신이 간파한 줄은 몰랐어."

구마시로는 힘없이 담배를 버리고 마음속의 환멸을 드러내 보였다. 거기에 노리미즈는 조용히 미소를 지어 답했다.

"그런데 구마시로 씨, 그때 나한테는 아무 소리도 들리지 않았을지도 몰라. 오로지 한 마음, 클리보프 부인의 두 손을 들여다보고 있었으니까."

"뭐야, 그 여자 손을?" 이번에는 검사가 놀라 말했다. "하지만 불상에 관한 32상이나 밀교의 의궤에 관한 말이라면 다음에 할 기회가 있겠지."

"아니, 같은 조각의 손이라도 나는 로댕의 《성당》을 말하고 있는 거야."

여전히 노리미즈는 사뭇 연극조의 태도로 기괴하기 짝이 없는 말을 굴리듯이 내던졌다. "그때 내가 자작나무숲이라는 말을 꺼내자 클리보프 부인은 두 손을 합장하듯이 살며시 모으고 탁상에 얹었어. 물론 밀교에서 말하는 주문의 표시가 아니더라도 적어도 성당에 가까운 거야. 특히 오른쪽 손바닥의 무명지를 꺾은, 몹시 불안정한 꼴이었기 때문에 끊임없이 클리보프 부인의 심리에서 무엇인가의 표출을 찾아 내려고 했던 나는 그것을 보고 무의식중에 개가를 올린 것이었어. 왜 냐하면 셀레나 부인이 《자작나무숲》이라고 해도 까딱도 하지 않았던 그 손이 이어서 내가 그 다음 구(句)로 '그는 꿈꾸도다'라고 하여 그 남자라는 의미를 흘리자 이상하게도 그 무명지가 안정을 잃고 덜덜 떨리면서 클리보프 부인은 갑자기 까불면서 떠드는 태도로 변했기 때 문이야. 아마 거기에 나타난 몇 가지의 모순당착은 도저히 법칙으로 는 규제할 수 없을 만큼 전도된 것이 틀림없어. 도대체 긴장에서 해 방된 다음이 아니라면 어떻게 흥분이 겉으로 나타날 수 있었겠는 가?"

거기에서 잠깐 말을 끊고 노리미즈는 창문의 걸쇠를 풀어 입속에 가득한 연기를 뿜어내고 나서 말을 계속했다. "그런데 보통사람과 이 상신경의 소유자와는 말초신경에 나타나는 심리 표출이 전혀 반대인 경우가 있어. 예를 들면 히스테리의 발작 중에 그대로 방치해두는 경 우 환자의 수족이 제멋대로의 방향으로 움직이지만 일단 그 어딘가에 주의를 돌리도록 하면 그 부분의 운동이 딱 멈춰버리는 거야. 요컨대 클리보프 부인에게서 나타난 것은 그 반대의 경우였는데 아마 그 여 자는 마음의 불안을 행동에 나타내지 않으려고 애썼던 거지. 한데 내 가 '그는 꿈꾸도다'라고 한 한마디에서 우연히 그 긴장이 풀렸기 때문 에 거기에서 억압당하고 있던 것이 일시에 방출되어 주의를 자기의 손으로까지 돌릴 만한 여유가 생긴 거야. 그렇게 되어 비로소 오른쪽 손바닥의 무명지가 불안정을 호소하기 시작한 것은 말할 것도 없지. 그래서 그 이해할 수 없었던 손떨림이 일어난 거야.

하세쿠라 씨, 캄캄하지 않으면 보이지 않는 자작나무숲을 그 여자 는 자기의 손가락 하나로 말없이 고백한 거지. 그(자작나무숲──그 는 꿈꾸도다) 달려 내려가는 곡선 속에 아무 유감없이 클리보프 부인의 심상이 완전히 그려진 것이 아니겠어? 하세쿠라 씨, 언젠가 당신은 시문 문답을 별난 취미의 노래자랑이라고 한 적이 있었지. 그런데 그게 얼마나 효과적이었나? 심리학자 뮌스타베르크에게, 아니 하버드의 실험심리학 교실에 대한 논박인 거야. 그런 대단한 전기계기나 기록계 따위를 꺼내봤자 아마 냉혈성 범죄자에게는 털끝만한 효과도 없을 거야.

더구나 생리학자 베버처럼 자기 스스로 심동(心動)을 멈추게 하고 폰타너처럼 홍채를 자유자재로 수축할 수 있는 인물을 만나는 날에는 그 기계적 심리실험이 대체 어떻게 될 것인가? 그러나 나는 손가락 하나만 움직이고 또 시문의 자구 하나로 발굴을 하며 시구로 거짓말을 하도록까지 해서 범인의 심상을 드러내게 하지 않았어."

"뭐라고, 시문으로 거짓말을?" 구마시로가 꿀꺽 침을 삼키며 따지자 노리미즈는 살짝 어깨를 으쓱하더니 담뱃재를 떨어뜨렸다. 그가 밝힌 것은 이제는 이 참극이 끝나지 않았나 하는 생각이 들 정도로 충분한 것이었다. 노리미즈는 우선 그 전제로서 유대인 특유의 것에 자기방어적인 거짓말 버릇이 있다는 것을 지적했다. 처음에 미슈나 토라 경전(14권의 유대교 본교전(本教典)) 중에 있는 이스라엘 왕 사울의 딸 미칼의 고사로부터 시작하여 차츰 현대로 내려와서 게토(유대인 제한 거주지) 안에 조직되어 있는 장로조직(같은 종족 범죄자를 비호하기 위해 증거인멸·상호부조적인 거짓말로써 하는 장로조직)에까지 이르고 있다. 그리고 끝으로 노리미즈는 그것을 민족적 성벽으로 단정했다. 그런데 이어서 그 거짓말 버릇에 풍정과의 밀접한 교섭이 폭로된 것이다. *3

"그래서 유대인은 거기에 일종의 종교적인 허락을 인정했던 거야. 즉 자기를 방어하는 데 필요한 거짓말만은 허락해야 된다는 것이라고. 그러나 물론 나는 그것만 가지고 클리보프를 규정하려는 것이 아니었어. 나는 어디까지나 통계상의 숫자라는 것을 경멸해. 그러나 말이지, 그 여자는 그 자리에서 가공적인 말을 꾸며내어 실제

보지도 못한 인물이 침실에 침입했다고 하지 않았어? 아닌 게 아니라 그것만은 사실이었지."

"아, 그것이 거짓말이라고?" 검사는 눈썹을 치켜올리며 큰소리로 말했다. "그럼 당신은 그것을 어느 종교모임에서 들었나?"

"천만에, 그런 산문적인 게 아니야." 노리미즈는 힘을 주어 되받았다. "한데 법심리학자인 슈테른에게 《진술의 심리학》이라는 저술이 있어. 거기에서 저 브레스라우 대학의 선생이 예심판사에게 경구로 한 말이야. '신문중의 용어에 주의하라.' 왜냐하면 지능이 우수한 범죄자는 즉석에서 상대가 말하는 언어 중 하나하나의 단어를 종합하여 그 자리에서 거짓말을 꾸며대는 재주가 비상하기 때문이라는 거지. 그래서 그때 나는 그 분자적 연상과 결합력을 역으로 이용하려고 했던 거야. 시험삼아 레베스에게 풍정에 관한 질문을 던졌지. 왜냐하면 내가 그러기 전에 도서실을 조사할 때 포프, 팔케, 레나우 등의 시집이 최근에 새로 나왔다는 것을 알았기 때문이지. 즉 포프의 《머리털 도둑》에는 풍정에 관해 과연 거짓말을 꾸미는 데 적합한 기술이 보였기 때문이야. 물론 내가 찾았던 것은 범인의 타고난 기품이었지. 그 안에 있는 풍정의 인상을 하나로 모아 거기에 관조하는 모습을 떠오르도록 한다는, 그런 미친 소리의 세계야. 결코 그 미친 시인이 단지 하나의 추억을 그린 그림만으로 만족하지 않을 것으로 생각했기 때문이지. 그래서 나는 마른침을 꿀꺽 삼켰어. 그리고 그 음흉하고 냉혹하기 짝이 없는 클리보프의 진술 속에서 마침내 범인의 모습을 파악할 수가 있었어."

노리미즈의 얼굴에는 사뭇 그때의 흥분을 되새기는 듯한 피로한 빛이 떠올랐다. 하지만 그는 말을 이어 마침내 클리보프 부인을 범인으로 지적하려는 《머리털 도둑》의 글에 해석의 메스를 댔다.

"한데 그 해답은 아주 간단한 거야. 《머리털 도둑》의 제2절에는 풍정의 부하인 4명의 작은 요정이 나오지. 그 첫째가 Crispissa(크리스피사)로 머리를 빗는 요정이야. 그것이 '클리보프 부인이 감은 머리를 수상한 사나이가 붙들어 매도다'라는 대목에 해당한다. 그 다음은 Zephyretta(제피레타), 곧 '산들산들 부는 바람에 그 사나이가 문 쪽으로 멀어져 가다'라고 적힌 가운데 나오는 것이고, 세 번째는 Momentilla(모멘틸라), 곧 시시각각으로 움직이는 것이며 눈을 뜨고 부인이 보려고 했다는 베갯머리의 시계에 상당하는 거야. 그리고 마지막이 Brilliante(브릴리안테), 곧 빛나는 것인데 그것을 클리보프 부인은 수상한 사나이의 형용에 사용하여 '눈이 진주처럼 빛났다'라고 말하고 있어. 하지만 거기에는 또 한 측면의 견해는 있어. 그 진주라는 말이 옛말로 백내장을 나타내는 것을 알자, 오른쪽 눈의 백내장 때문에 무대를 떠난 오시카네 쓰다코 부인이 그와 비슷해진 거야. 그러나 어쨌든 그런 클리보프 부인의 심상을 결론으로 더욱 확실하게 하는 것이 있었어.

요컨대 어떤 한 점을 향해서 이상 네 가지의 기지수(旣知數)가 종합되어 간 것인데……, 그것은 다름아닌 부인 고유의 병리현상, 곧 척수로인 거야. 그때 클리보프 부인은 눈을 떴을 때에 가슴 언저리에서 잠옷의 양끝이 잠겨 있는 듯한 느낌이었다고 했어. 하지만 그 병 특유의 윤상감각(흉부에 띠 모양의 것이 싸고 있는 듯한 느낌의 한 징후)을 생각하면 그런 사치스런 진술을 한 원인이 혹은 일상적으로 경험하고 있는 감각에서 나온 것이 아닌가 의심된다고. 그것을 나는 그 거짓말을 꾸며낸 근본인 상수로 믿고 있지."

구마시로는 가만히 생각에 잠겨 담배를 피우고 있었는데 이윽고 노리미즈를 보는 눈에 짙은 비난의 기색이 서렸다. 그러나 그는 드물게 조용히 말했다.

"당신이 말한 그럴듯한 이론은 잘 알아들었어. 하지만 무엇보다도

검은 선은 별자리가
눈에 잘 보이도록
필자가 가필한 선

흰 선은 종명기의
여운을 완화하는
지그재그 형태의 빈틈

우리가 바라는 것은 다만 한 가지라도 완전한 형법적 의의를 살리
는 일이야. 요컨대 시리우스의 최대 시차보다도 그것을 구성하고
있는 물질의 내용인 거야. 말을 바꾸면 각각의 범죄현상에 당신의
견해가 밝혀지기를 바라는 거지."

"그럼" 노리미즈는 만족한 듯이 고개를 끄덕이고 나서 책상 서랍
에서 사진 한 장을 꺼냈다. "드디어 비장의 마지막 카드를 꺼내 볼
까? 그런데 이 사진은 종명기실의 머리 위에 열려 있는 12궁의 원화
창인데 나는 한번 쓱 훑어보고 곧 알았어. 이것 역시 관을 모신 감실
의 십자가와 마찬가지로 설계자인 클로드 딕스비가 남긴 비밀 기법이
야. 왜냐하면 통례로는 춘분점이 있는 양자리가 원의 중심으로 되어
있지만, 여기에는 염소자리가 대신하고 있어. 또 가로세로 스쳐가는

지그재그의 빈틈에도 종명기의 여운을 완화하는 성능 외에 무슨 의미가 있어야 된다는 생각이 들었기 때문이야.

그런데 구마시로 씨, 원래 12궁이라는 것은 옛날부터 흔한 미신상의 산물에 불과한 거야. 첫째 문자암호가 아니기 때문에 핵심적 비밀인 ABC를 발견하는 데 필요한 자료가 여기에는 전혀 주어지지 않았어. 그러나 나는 라이지(마크베스 등과 어깨를 나란히 한 이 분야의 대가. 1918년 'Cryptohraphie'를 발표)는 아니지만 가정한다는 관용어는 해독가에게는 바로 금과옥조나 마찬가지라고 생각해. 왜냐하면 ♍(처녀자리)이니 ♌(사자자리)이니 하는 것처럼 12궁 고유의 부호가 있는데 나는 거기에 유대식 해석법을 대입해 봤지. 요컨대 1881년의 유대인 대학살 때에 폴란드 그로직 마을의 유대인이 12궁에 빛을 맞추어 이웃 마을에 위급함을 알렸다는 사실이 있을 정도이고……. 거기에 브크스톨프의 《헤브라이어 약해》를 보면 Athbash(아트바시)법·Albam(알밤)법·Atbvakh(아트바크)법을 비롯하여 천문산수에 관한 수리법이 적혀 있어. 거기에 또 그때 헤브라이의 천문가가 사자자리의 큰 낫 모양이라든가 처녀자리의 Y자 모양 등에 헤브라이 문자의 어떤 것을 대보았다는 기록이 남아 있기 때문이야. 물론 그중에는 현재의 알파벳의 어원을 이룬 것이 있지. 하지만 12궁 전부가 되면 그런 형체적 부호로 적혀 있지 않은 네 가지가 있어. 거기에서 나는 뜻밖의 장애에 부딪쳐 버렸어.

그러나 유대식 비밀 기법을 역사적으로 더듬어가면 16세기에 이르러 유대노동조합과 프리메이슨 결사의 암호법 중에 그 빠진 부분을 메워 주는 것이 있었어. 구마시로 씨, 놀라운 것은 이 12궁 중에 유대 비밀 기법사의 모든 것이 들어 있다는 사실이야. 그렇게 되면 그 알 수 없었던 인물 클로드 딕스비가 웨일스 태생의 유대인이었다는데 이의가 없을 거야. 말을 바꾸면 이 사건에는 두 사람의 유대인이 나타나게 되는 거야."

노리미즈는 하나하나의 성좌 모양에 헤브라이 글자를 대가면서 12궁의 해독을 시작했다.

곧 궁수자리의 활에는 ש(신), 전갈자리에는 ל(라메드), 처녀자리의 Y자형에는 ע(아스), 사자자리의 큰 낫모양에는 י(요츠드), 쌍둥이자리의 쌍둥이 어깨동무에는 ה(헤), 물론 황소자리는 주성(主星) 알데바란의 헤브라이 이름 '신의 눈'대로 제1위(아레프)가 된다. 그리고 쌍둥이자리는 카르데아 상형문자에 고기모양의 어원이 있어 נ(눈). 그리고 마지막 물병자리의 물병 모양의 ת(타우)가 되어 그것으로 형체적 해독은 모두 끝나는 것이다. 그리고 그 8개의 헤브라이 글자를 각 어원을 이루고 있는 현재의 ABC로 바꾸어 가면 결국 (S. L.Aa, I.H.A.N.T.)가 되지만 또 12궁에는 염소자리·천칭자리·게자리·양자리 등 4자리가 남게 된다. 거기에 노리미즈는 다음 그림과 같은 프리메이슨 ABC를 대본 것이다.

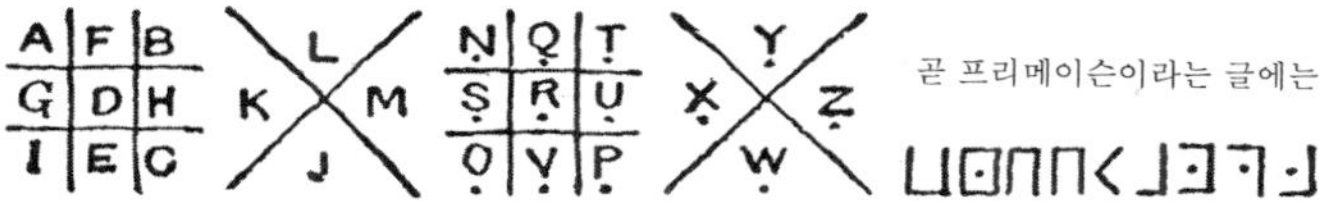

거기에 따르면 염소자리의 L형이 B, 천칭자리의 ㅁ형이 D, 게자리의 ⊡형이 R, 그리고 양자리의 ㄇ형이 E가 된다. 그것을 노리미즈는 다시 프리메이슨 암호의 또 하나의 방법인 지그재그식을 써서 염소자리의 B로부터 시작되어 있는 선모양의 빈틈을 더듬어 갔다. 그리고 마침내 혼란을 정리하여 비밀 ABC의 배열을 가지런하게 만들었다. 거기에 검사와 구마시로는 갑자기 미로의 저쪽에서 암흑계 속으로 비쳐오는 한 줄기의 광명을 발견한 것이다. 그 성스러운 빛은 이 사건에 범죄의 현실로서 나타난 열 손가락이 넘는 비합리성을 반드시 뒤집을 것이 틀림없다. 노리미즈의 경탄할 만한 해석에 따라 흑사관 살인사건은 마침내 절망적이었던 대단원에 접어든 것은 아닐까? 왜냐하면 그 해답은 Behind Stairs(^{비하인드}_{스테어스}), 즉 큰 계단의 뒤에 있었기 때문이다.

해독을 마치자 노리미즈는 조용히 말했다.

"그래서 큰 계단 뒤라는 의미를 파고들어가 보았지만 거기에는 거의 의혹이 끼어들 만한 여지가 없었어. 텔레즈 인형을 들여놓은 방과 그 옆에 작은 방밖에 없기 때문이야. 게다가 아마 그 해답도 예스러운 비밀축성 풍경을 벗어나지 못한다고 생각해. 쪽문, 갱도, 하하, 대체 무슨 뜻으로 딕스비가 12궁에 비밀기법을 남겼는지, 그런 것은 여기에서 문제가 되지 않아. 자, 이제부터 빨리 흑사관으로 가서 클리보프의 보완작업을 서둘러야겠어."

노리미즈가 피우던 담배를 재떨이에 비벼 끄자 검사는 소녀처럼 얼굴을 붉히며 노리미즈에게 말했다.

"아, 오늘 당신은 로바체프스키(^{비(非)유클리드}_{기하학의 창시자}) 같군. 어떻게 시리우스의 최대 시차를 계산해 냈을까!"

"아니, 그 공로라면 슈니츨러(^{오스트리아의}_{소설가·극작가})에게 돌려줘야지." 노리미즈는 마치 연기 같은 몸짓을 하며 "알리바이, 증거 수집, 검출…… 이제 그런 것은 빈 제4학파 이후의 수사법으로는 의미가 없어. 심리분석이야. 범인의 신경병적 천성을 탐사하는 것과 그 미친 소리의 세계를 하나의 마음을 비추는 거울로 관찰하는, 그 두 가지가 있을 뿐이야. 그렇잖아, 하세쿠라 씨? 마음은 넓은 하나의 나라가 아니겠어? 그것은 혼돈이기도 하고 또 사소한 작물일 수도 있어."

슈니츨러를 즉흥적으로 모방하는 소리를 흥얼거리고 나서 노리미즈는 크게 하품을 하고 일어섰다.

"자, 구마시로 씨. 대단원의 커튼을 올리라고. 아마 이번 막이 내 대관식이 되겠지."

그런데 그때 갈채하는 소리가 의외의 장소에서 일어났다. 갑자기 전화벨이 울리는 그 순간을 경계로 사태가 급전해 버린 것이다. 클리보프 부인에게로 귀납되어 갔던 노리미즈의 초인적 해석도 이 끝을 모르는 공포의 비극을 만나게 되자, 고작 한바탕 미친 환상극이 되고 말았다. 노리미즈는 조용히 수화기를 내려놓았다. 그리고 핏기가 싹 가신 얼굴로 두 사람을 보며 뭐라고 말할 수 없는 비통한 말을 쏟았다.

"아, 나는 슈라이어 미하엘레(독일 정치가)는 아니지만 정열을 기울여 고행을 자청했는데 또 피투성이로 몸짓하는 미친 사고라니. 그것도 다름아닌 클리보프가 저격을 당했다는 거야." 햇살을 이고 어둑어둑해져가는 대화재 그림 위에 노리미즈는 언제까지나 얼빠진 시선을 쏟고 있었다. 마치 그 모습은 그가 쌓아올린 장대한 지식의 탑이 맥없이 무너지는 참상을 바라보는 것 같았다. 노리미즈의 역사적 철군, 이것이야말로 수사사상 공전의 후퇴라고 할 만한 스펙터클이 아니겠는가.

2. 공중에 떠서…… 죽음을 당하다

노리미즈가 클리보프 부인에게 유대인 학살을 꾀하여 열심히 12궁 비밀 기법의 해독을 하고 있을 때, 사복형사들에 의해 방패처럼 둘러싸여 있는 흑사관에는 그 틈새를 어떻게 숨어들어왔는지 세상에 다시 없는 이상한 참극이 일어난 것이다.

그것은 2시 40분에 발생한 사건으로 피해 당사자인 클리보프 부인은, 마치 앞마당에 면한 본관의 중앙, 곧 첨탑 바로 밑의 2층 무기실 안에서 때마침 오후의 햇살을 온몸에 받으며 창가의 탁자에 기대어 독서를 하고 있었다.

그런데 갑자기 뒤쪽에서 누군가의 손으로, 장식품의 하나였던 핀란드식 불화살촉이 발사되었는데 그 화살은 그녀의 머리를 조금 스치고 머리털을 휘어 감았다. 그리고 그 힘찬 직진력은 순간적으로 그녀를 공중으로 매달아 그대로 바로 앞에 있는 덧문에 명중시켰기 때문에 그 순간 클리보프 부인은 공처럼 창밖으로 내동댕이쳐졌다.

그러나 그 구부정하게 생긴 억센 활촉이 창살 사이에 단단히 박히고 또 끝부분의 오늬에 얽혀 붙은 그녀의 머리털이 끈질기게 떨어지지 않아 부인의 몸은 그 화살에 끌려 공중제비꼴이 되고 허공에서 팽이처럼 빙글빙글 회전하기 시작한 것이다. 참으로 단네벨그 부인과 에키스케에 이은 엄청난 피투성이의 동화(童話) 같은 풍경이었다. 범인은 끝없이 요술 같은 마력을 구사해 이날 또 클리보프 부인에 인형을 조작하듯 장난을 쳤다. 그리고 변함없이 오색찬란한 초이법(超理法)·초관능(超官能)의 신화극을 유감없이 연출한 것이다. 그 광경은 클리보프 부인의 빨간 머리를 햇볕으로 부채질하여 빙빙 돌아가는 것이 마치 불꽃이 활활 타오르는 것처럼 보이기도 했고 화난 고르곤(메두사의 목)의 머리털을 방불케 할 만큼 처참하기 짝이 없는 몰골이었다.

그리고 그때 클리보프 부인이 혹시 정신없이라도 창틀에 한쪽 손을 걸치지 않았다면, 그 사이에 오늬가 시든 화살촉을 빠져나가게 하든가 해서 결국 세 길이나 되는 높이에서 땅 위로 곤두박질쳐 박살이 나고 말았을 것이다. 그러나 비명소리를 듣고 쫓아온 사람들에 의해 클리보프 부인은 곧 끌려내려왔지만 머리털이 거의 무참하게 뽑힌 데다 모근에서 흐르는 출혈로 혼수상태가 되어 쓰러진 그녀의 얼굴은 온통 피범벅이 되어 맨얼굴을 볼 수 없을 지경이었다.

그 참극이 벌어진 지 불과 35분 뒤에 노리미즈 일행은 흑사관에 도착했다.

성관에 들어서기가 바쁘게 그는 곧 클리보프 부인의 병상을 위문했다. 그러자 때마침 의사의 손으로 의식이 회복되어 있어 그 사정을 띄엄띄엄이나마 들을 수가 있었다. 그러나 그 이상의 진상은 혼돈

속, 그 어디에 숨어 있는 범인이 알고 있을 따름이다.

그때 그녀는 창문을 정면으로 하고 의자의 등을 문 쪽으로 돌리고 있었기 때문에 자연히 등 뒤에 있는 사람의 모습을 볼 수 없는 상태였고, 또 그 방으로 들어오는 좌우의 복도에는 각각 한 사람씩 사복형사가 길모퉁이에서 감시의 눈을 번뜩이고 있었지만 아무도 거기를 출입하는 인물은 없었다. 바꾸어 말하면 그 방은 거의 밀폐된 빈 상자나 마찬가지로 사복형사의 눈을 피해 적어도 형체를 갖춘 생물이라면 절대로 출입이 불가능했다. 노리미즈는 청취가 끝나자 클리보프 부인의 병실에서 나와 지체 없이 문제의 무기실을 점검했다.

그 방은 정면에서 보자, 정확히 본관 한가운데에 해당하고 두 줄의 달아낸 방에 끼어 있는데 두 유리창만이 다른 데와 달리 18세기 말기의 2단 상하식으로 되어 있다. 또 방 안도 북방 고트식인 현무암을 쌓아올린 석조로 둘레는 한 아름이나 되는 네모진 각석을 쌓아올려 그것이 어둡고 거칠어 보이지만 어딘지 위엄을 느끼게 하는 데가 있었다. 그리고 실내에는 진열품 외에 거대한 돌탁자와 닫집이 없고 등받이가 긴 의자가 하나 있을 뿐이었다.

더구나 그 암담한 분위기를 한결 더 장엄하게 만들고 있는 것은 둘레의 벽면을 장식하고 있는 각 시대의 고대 무기류였던 것이다. 그다지 상고시대의 것은 아니지만 몰갈텐 전쟁 당시의 작은 방사식 투석기, 둔전병이 상비했던 타고 오르는 사다리, 중국 원나라 때의 투화기(投火機) 같은 규모가 큰 무기 종류로부터 손으로 쓰는 안장 모양 방패 외의 열두세 가지 방패류, 테오도시우스 고들개 철편, 아라곤 시대의 큰 메, 게르만 도리깨, 노르만형의 큰 창에부터 16세기의 창에 이르기까지의 10여 종의 창극류(鎗戟類), 또 보병용의 전부(戰斧)를 비롯한 사벨류도 각 연대에 걸쳐 있는데 특히 블간디 낫칼과 자바겐검이 진귀한 것이었다.

그리고 군데군데에 누프셔텔 갑주와 맥시밀리언형, 거기에 펄네스와 바이얄형 등 중세의 갑옷들이 진열되어 있고, 총기로는 초기의 총포류 두세 가지가 있을 뿐이었다. 그러나 그런 진열품을 돌아보는 동안 노리미즈는 그가 귀하게 소장하고 있는 클로스의 《고대 군기서(古代軍器書)》를 가지고 오지 않은 것

을 몹시 안타까워했다. 그는 가끔 한숨을 내쉬며 눈을 가늘게 하고 세밀하게 새긴 문장 따위에 가까이 가서 열심히 들여다보았다. 확실히 갖가지 전쟁도구들이 주는 매력은 그가 직무를 잊을 정도로 황홀한 것이었다. 그러나 실내를 다 돌고 간신히 물소의 뿔과 물범이 달린 북방 해적식의 투구 앞에 이르자 그는 옆 벽면에 있는 균형 잃은 공간을 들여다보던 눈을 돌려 바로 앞에 있는 마루에서 한 벌의 화전(火箭)을 집어들었다. 그것은 총 길이가 세 자나 되는 핀란드식의 것으로 화약을 묻힌 화살을 발사하여 적의 요새에 쏘아맞춰 살상과 파괴를 겸한다는 무서운 무기였다. 그런데 그 구조를 대강 말하면 활에 붙은 끈의 시위를 중앙의 손잡이까지 끌어 발사할 때는 그 손잡이를 옆으로 눕히는 장치로, 화포 초기 무렵의 감아올리는 식에 비하면 아주 유치한 13세기의 것이 틀림없었다. 곧 이 하나의 화전에서 발사된 거친 화살이 클리보프 부인에게 생사가 걸린 대곡예를 연출한 것이다.

그러나 그것이 걸려 있던 벽면의 위치는 노리미즈의 가슴 아래쪽이었다. 또 그와 동시에 구마시로가 돌탁자 위에 있던 거친 화살을 가져왔지만 그 화살대는 2센티미터 남짓, 화살촉은 청동제의 네 갈래로 되어 있어 황새의 깃털로 만든 오늬며 보기에도 강인하고 흉포하기 짝이 없어 클리보프 부인을 매달아 늘어뜨리면서 돌진할 만큼 강력하여 그 성능을 충분히 짐작할 수 있었다.

뿐만 아니라 화전에는 지문은커녕 손가락이 닿은 흔적조차 없는 데다가 의문은 먼저 구마시로의 입에서 나와 자연발사설은 처음부터 한 조각 그늘도 설 자리가 없었다. 왜냐하면 사건 발생 직전에는 그 화전은 화살을 시위에 메긴 채 창문이 있는 쪽으로 촉이 향하도록 걸려 있었고, 그 조작은 여성이라도 굳이 못할 리가 없었기 때문이다. 구마시로는 우선 절반쯤 열려 있는 오른쪽 덧문에서 그 벽면에 걸쳐 손가락으로 직선을 그었다.

"노리미즈 씨, 높이는 아주 적합한걸. 그러나 덧문까지의 각도가 완전히 25도 이상이나 차이가 난다고. 혹시 어떤 이유에서 자연발사가 되었다고 하면 벽면과 평행으로 모퉁이에 있는 기마의 안장에 맞아야 되는 것 아니야? 범인은 틀림없이 이 화전을 웅크리고 당겼음이 분명해."

"하지만 범인은 표적을 잘못 쏜 거라고. 그것이 나한테는 무엇보다도 이상하게 생각되는 의문이야." 손톱을 깨물면서 노리미즈는 시무룩한 얼굴로 중얼거렸다. "첫째 거리가 가까워. 게다가 이 노에는 표척(標尺)까지 붙어 있어. 그때 클리보프는 등을 뒤로 돌리고 의자에서 목만 내놓고 있었던 거야. 그 뒤통수를 노리는 것은 아마 윌리엄 텔이 큰 바늘로 사과를 찌르는 것보다 쉽지 않았을까 생각돼."

"그럼 노리미즈 씨, 당신은 대체 어떤 생각을 하고 있는 거야?" 그때까지 아무것도 기대하지 않았던 검사는 주위에 쌓여 있는 돌을 살피고 다니면서 회반죽에 갈라진 틈이라도 찾아보려고 했지만 별 소득이 없이 돌아와서 노리미즈에게 날카롭게 물었다. 그러자 노리미즈는 갑자기 창가로 걸어와 거기에서 창 너머 앞쪽에 있는 분수를 가리키며 말했다.

"그런데 문제는 저 분수란 말이야. 저것은 바로크 시대에 유행한 악취미의 산물인데 저기에는 수압이 이용되고 있어. 누군가 일정한 거리에 가까이 오는 자가 있으면 분수 꼭대기의 군상에서 불시에 물보라가 솟아오르는 장치가 되어 있거든. 한데 이 창유리를 보면 아직도 생생하게 물거품의 흔적이 남아 있지 않아? 그러고 보면 아주 가까운 시간 안에 저 분수에 접근하여 물보라가 솟아오르게 한 사람이 있었다는 것을 말하는 거야. 물론 그것뿐이라면 그다지 수상할 것도 없겠지. 그런데 오늘은 미풍도 없는 날씨야. 하고 보면 물거품이 여기까지 어떻게 날아왔나 하는 의문이 생겨. 하세쿠라 씨, 그것이 또 참 재미있는 예제가 아니겠어?"라고 말을 이어가려던 노리미즈의 얼굴에 금세 어두운 그림자가 보이더니 그는 과민하게 눈을 반짝거렸다. "어쨌든 라이프니츠파에게 묻는다면 '오늘의 범죄상황은 극히 단순하나니'라고 할 거야. 어떤 자가 요괴처럼 잠입해서 그 빨간 머리의 유대 할멈 뒤통수를 노렸다고. 그리고 잘못 쏨과 동시에 그 모습이 사라져 버렸다고 할 수밖에. 물론 그 수수께끼 같은 침입에는 저 Behind Stairs의 한마디가 한 가닥 희망을 안겨 주겠지. 하지만 내 예상이 빗나가지 않는 한 설사 현상적으로 해결이 된다고 해도 말이야. 오늘 사건을 계기로 해서 이 사건의 술래잡기 놀음이 더 어려워질 것 같아. 저 물보라, 그것을 신비스럽게 말하면 수정이 화정 대신에 잘못 쏘았다라고 해야겠지."

"또 요정 타령인가. 하지만 도대체 그런 것을 진정으로 믿고 하는 말이야?" 검사는 담배를 꾹 깨물면서 비난의 화살을 날렸다. 노리미즈는 손가락 끝을 신경질적으로 움직여 창문틀을 두드리면서 말했다. "그렇고말고. 그 귀여운 심술꾸러기는 차츰 묵시도의 계시까지 무시하는 경향이 있어. 요컨대 흑사관 살인사건의 근원인 교본마저 농락을 하고 있다고. '가리발더는 거꾸로 죽음을 당할지어다.' 그것은 노부코의 실신 자체를 나타낸 말이야. 그리고 눈이 가려져 죽음을 당하게 되어 있는 클리보프가 아슬아슬하게 공중에 떠서 죽음을 당할 차례였던 거야. 그때 하늘 높이 솟은 분수의 물보라가 눈에 보이지 않는 손에 이끌렸던 것이라고. 그리고 이 방의 창으로 음산하게 밀려왔던 거야. 알겠나, 하세쿠라 씨? 그것이 이 사건의 악마학이라는 말이야. 병적인, 게다가 이만큼 공식적인 부합이 가지런히 고루 갖추어지다니, 정말로 기막힌 우연이야."

그 한 가지는 전에 검사가 의문일람표 속에 보냈을 정도로 한없이 본체와 동떨어져 붙잡을 수 없는 안개 같은 것이었다. 그러나 노리미즈가 이렇게 분명하게 지적하고 나니 이 사건의 범죄현상보다도 그속에서 희미하게 꿈틀거리고 있는 장독 같은 것이 오히려 더 오싹하게 다가오는 것이었다. 그런데 그때 문이 열리고 사복형사에게 호위된 셀레나 부인과 레베스가 들어왔다. 들어오는 순간 세 사람의 침울한 모습을 훑어본 듯 유순해 보이던 셀레나 부인이 변변한 답례도 하지 않고 돌탁자 위에 한쪽 손을 거칠게 짚고 말했다.

"아, 여전히 고상하고 오붓한 모습들이군요. 노리미즈 씨, 당신은 그 흉악한 인형을 부리는 쓰다코 님을 조사해 보았나요?"

"뭐라고? 오시카네 쓰다코를?" 그 말에는 어지간한 노리미즈도 놀란 모양이었다. "그럼 당신네를 죽인다는 말이라도 하던가요? 아니, 사실 그분에게는 도저히 깨뜨릴 수 없는 장벽이 있는 겁니다."

거기에 레베스가 끼어들었다. 그리고 여전히 손을 비비면서 아부하듯 느리고 부드러운 어조로 말했다.

"그런데 노리미즈 씨, 그 장벽이라는 것이 우리에게는 심리적으로 쌓여 있지만요. 들으셨겠지만 그분은 부군이 자택에 계신 데도 불구하고 약 한 달 동안이나 이 성관에서 묵고 있는 것입니다. 그럴 만한 이유도 없는데 자기 집을 떠나서 무엇 때문에……, 아니 어린애 같은 상상이지만."

"아니, 그 어린애 말입니다. 대개 인생에서 어린애만큼 사디즘적인 것은 없다고 말하지 않던가요?"

노리미즈는 찌르는 듯한 익살을 레베스에게 보내고 이어서 "그런데 레베스 씨, 언젠가 '분명히 거기 있는 것은 장미로다, 그 언저리에는 새소리 멈춰 들리지 않도다'라고 레나우의 《가을의 마음》에 대해 물으셨지요. 하하, 기억나십니까? 그러나 한마디 주의하라는 말을 하고 싶은데 이 다음 차례야말로 댁이 죽음을 당할 순번이 된다는 것입니다"라고 어쩐지 예언을 방불케 하는 노리미즈 특유의 역설이 숨어 있는 섬뜩한 말을 내뱉었다. 그러자 그 순간 레베스에게 충동적인 고민의 빛이 떠올랐으나 침을 꿀꺽 삼키고 안색을 회복하여 말했다.

"완전히 그와 마찬가지입니다. 정체를 모르는 접근이라는 것은 드러낸 협박보다도 더 공포감을 주지요. 그러나 우리에게 침실의 빗장을 내리라고 한다든가, 또 그것을 요새처럼 경비를 강화하게 한 원인이라는 것은 결코 어제오늘의 이야기가 아닙니다. 실은 어젯밤의 신의심문회와 같은 사건이 그전에도 한 번 있었으니까요."

레베스는 긴장된 얼굴로 방금 노리미즈와 교환했던 무언극을 까맣게 잊은 듯이 말을 계속했다.

"그것은 산데쓰 님이 돌아가신 지 얼마 되지 않은 작년 5월 초였습니다. 그날 밤은 하이든의 C단조 4중주곡의 연습을 교회에서 하기로 했습니다. 그런데 곡이 진행되고 있는 동안 갑자기 그레테 님이 뭔가 작은 소리로 외치는가 싶더니 오른쪽 큐를 마루에 떨어뜨리고 왼손도 차츰 축 늘어뜨리면서 열려 있는 문 쪽을 물끄러미 보는 것이었습니다. 물론 우리 세 사람은 그것을 알고 연주를 중지했어요. 그러자 그레테 님은 왼손으로 바이올린을 거꾸로 문 쪽에 내던지면서 '쓰다코 씨, 거기에 있던 사람이 누구요?' 하고 외친 것입니다.

아니나 다를까, 문 밖에서 쓰다코 님의 모습이 나타났지만 그분은 전혀 알지 못하는 얼굴로 '아니요, 아무도 없어요'라고 했습니다. 그런데 그 말을 듣고 그레테 님은 뭐라고 한 줄 아세요? 거친 소리로 우리의 피를 일시에 얼어붙게 하는 말을 외친 것입니다. '분명히 거기에 산데쓰 님이……'라고요."

레베스가 이렇게 말했을 때 온몸이 공포에 질려 움츠러든 셀레나 부인은 레베스의 두 팔을 꽉 붙잡았다. 그 어깨죽지를 레베스는 위로하듯이 끌어안고 마치 비밀의 깊이를 모르는 사람을 비웃는 듯한 눈길을 노리미즈에게 보냈다.

"물론 나는 그 의문에 대한 해답이 신의심문회의 그 사건이 되어 나타났다고 믿고 있습니다. 아니 원래 신령주의와는 인연이 먼 분이었지요. 그런 신비스럽고 해괴한 암합(暗合)이란 것에도 반드시 교정(教程) 공식이 틀림없이 있다고 생각합니다. 아시겠습니까, 노리미즈 씨? 댁이 찾고 있는 장미의 기사는 두 번에 걸쳐 이상하게도 부합하고 있어요. 그것은 말할 것도 없이 쓰다코 님인 것입니다."

그동안 노리미즈는 말없이 마루바닥만 보고 있었는데 마치 어떤 사건의 가능성을 예기하고 있는 것처럼 얕은 한숨을 흘렸다. 그리고 "특히 댁의 신변에는 앞으로 엄중한 호위를 붙이겠습니다. 댁에게 다시 《가을의 마음》을 물었던 것을 사과합니다"라고 평소에 볼 수 없었던 이상한 말을 하면서 그는 문제를 사무적인 방향으로 돌렸다.

"그런데 오늘 사건이 났을 때는 어디에 계셨습니까?"

"네, 내 방에서 조콘다(세인트버너드 견의 이름)를 목욕시키고 있었습니다"라고 셀레나는 주눅들지 않은 대답을 하고 나서 레베스를 보고 말했다. "분명히 레베스 님은 분수 쪽에 계셨지요."

그때 레베스 씨의 얼굴에는 심상찮은 당황의 그림자가 스쳤다. "아니 텔레즈 부인, 화살촉하고 오늬를 거꾸로 하면 노의 시위가 끊어져 버리지 않아요?"라고 그럴듯이 달아오른 부자연한 웃음소리로 얼렁뚱땅하고 말았다.

두 사람은 장황하게 쓰다코의 행동에 대해 가혹한 비판을 늘어놓고 나서 방을 나갔다. 두 사람의 모습이 저쪽으로 사라지자 그것과 엇갈려서 하다타로 이하 네 사람의 알리바이가 사복형사에 의해서 보고되었다. 그에 따르면 하다타로와 구가 시즈코는 도서실에, 이미 회복이 된 오시카네 쓰다코는 아래층의 큰 방에 있었던 것이 증명되었지만 이상스럽게 이때에도 노부코의 동정만이 밝혀지지 않고 아무도 그녀를 보았다는 사람이 없었다. 이상의 조사를 사복형사로부터 다 듣고 나서 노리미즈는 몹시 복잡한 표정을 띠고 이날 세 번째의 이상한 설을 내놓았다.

"하세쿠라 씨, 나에게는 레베스의 장렬한 모습이 끊임없이 끈질기게 따라다니는 것 같아. 그 사나이의 심리는 참으로 착잡하기 짝이 없고, 누구를 감싸려고 하는 기사적 정신인지도 모르겠고, 또 그런 심각한 정신적 갈등이 벌써 그에게 광인의 경계를 넘어서게 하는지도 몰라. 그러나 무엇보다도 가능성이 많은 것은 그가 운구차에 실려가는 모습이야."

별로 특별한 데도 없는 레베스의 언동에 색다른 해석을 하며 분수의 군상에게 눈이 가자 노리미즈는 서둘러 꺼내려고 하던 담배를 도로 집어넣었다. "그럼 이제부터 분수를 조사하기로 하지. 아마 범인이라고 하는 의미에서가 아니라 오늘 사건의 주역은 레베스가 틀림없는 거야."

그 분수의 꼭대기는 노란 구리로 만든 파르나스 군상으로 되어 있고 수반의 사방에 디딤돌이 있으며 거기에 발을 대면 군상의 머리 위에서 각 방향으로 네 줄기의 물이 높이 솟아오르는 장치가 되어 있었다. 물이 솟아오르는 시간은 약 10초 정도 계속된다는 것을 알았다. 그런데 그 디딤돌 위에는 서리 녹은 흙이 신발자국을 뚜렷이 남기고 있고 그것을 따라가니 레베스 씨는 그 하나하나의 복잡한 경로를 더듬어가서 각각 단 한 번씩밖에 밟지 않았다는 것이 밝혀졌다.

곧 처음은 본관 쪽에서 걸어가 제일 정면의 하나를 밟고, 그러고 나서 다음에 그 맞은쪽을, 세 번째에는 오른쪽 것을, 마지막에 왼쪽의 하나를 밟는 것으로 끝났다. 그러나 그 복잡한 행동의 의미가 도대체 어디에 있는가, 어지간한 노리미즈도 전혀 짐작이 가지 않았다.

그러고 나서 본관으로 돌아오자 그저께 신문실로 정한 열지 않는 방, 곧 단네벨그 부인이 시체가 되었던 방에서 우선 첫 신문자로 노부코를 부르기로 했다. 그녀가 오는 동안 무엇인지 모르게 노리미즈의 신경에 이상한 예감이 들게 한 것은, 수십 년 전부터 이 방에 군림하며 몇 번이나 닫아 놓았다 열었다 하면서 유혈참사까지 여러 번을 목격해 온 저 침대에 관심이 가는 것이었다. 그는 커튼 밖에서 얼굴만 들이밀었을 뿐인데 무의식중에 감전이라도 된 듯 선 채로 움직이지 못했다. 지난번에는 조금도 느끼지 못했던 이상한 충동에 사로잡혔기 때문이다. 시체가 하나 사라졌을 뿐 커튼으로 갈라진 한쪽에는 색다른 생기가 발동하고 있다. 시체가 사라지고 구도가 바뀌었기에 순수한 각과 각, 선과 선의 교착을 바라보게 되어서 일어난 심리상의 영향인지도 모른다.

하지만 그것과는 어딘가 다른 느낌으로 같은 섬뜩한 찬 기운이라도, 살아 있는 고기의 거죽에 닿는 듯이 어쩐지 이 한칸의 공기에서 미미한 심장 고동 소리라도 들려올 것 같은, 말하자면 생체조직을 조종하고 있는 불가사의한 힘이 느껴졌다.

그러나 검사와 구마시로까지 들어오자 노리미즈의 환상은 흔적도 없이 날아가 버렸다. 역시 구도의 탓이 아닐까? 노리미즈는 이때만 큰 침대를 자세히 바라본 적이 없었다.

닫집을 받치고 있는 네 기둥 위에는 솔방울 모양을 한 장식물이 조각되어 있고 그 밑으로는 전부 놀랄 만큼 극명하게 칼자국을 남긴 15세기 베네치아의 삼십노루선(三十櫓樓船)이 부조되어 있었다. 그리고 그 이물 한가운데는 목이 없는 '브란덴부르크의 독수리'가 극풍을 거스르며 날개를 활짝 펴고 있었다. 그런 언뜻 보기에 역사성이 담긴 무늬가 기묘하게 배합된 이 마호가니 침대를 장식하는 구도였다.

노리미즈가 간신히 그 목 잘린 독수리의 부조에서 얼굴을 뗐을 때였다. 조용히 손잡이를 돌리는 소리가 나더니 불려온 가미야 노부코가 들어오고 있었다.

＊1 1631년 스웨덴 왕 구스타프 아돌프는 독일 신교도 옹호를 위해 구교연맹과 프로이센에서 싸워 라이프치히 레히를 공략하여 발렌슈타인군과 뤼첸에서 싸움. 전투의 결과는 그의 승리로 돌아갔으나 전후의 진중에서 오치류가 실을 끌고 온 한 경기병 때문에 저격을 당하여 그 암살자는 작스 로엔베르그후(侯)를 위해 그 자리에서 사살됨. 때는 1632년 12월 6일.

＊2 일종의 경직증. 이 발작은 돌연 의식을 박탈하여 환자의 온몸을 경직시키고 그 자신의 의사에 의한 수의운동을 전혀 불가능하게 함. 그러나 외부의 작용에 의한 운동에는 전혀 무저항으로 마치 부드러운 밀랍이나 고무 인형처럼 수족은 그 움직여지는 위치에 언제까지나 정지하고 있음. 그것이 납질요요라는 흥미 있는 병명이 붙여진 연유라고 함.

＊3 이스라엘 왕 사울의 딸 미칼은 부친이 자기 남편 다윗을 죽이려는 것을 알고 꾀를 내어 도망치게 하고 그 사실이 드러나자 거짓으로 대답한다.
"다윗이 만일 자기를 도망가도록 하지 않으면 저를 죽이겠다고 해서 저는 무서워서 그를 도망치게 했습니다."
사울은 딸의 죄를 용서했다.

제6편 산데쓰 매장의 밤

1. 저 철새……, 둘로 갈라진 무지개

가미야 노부코의 등장, 그것이 이 사건의 최고 클라이맥스였다. 그와 동시에 요사스런 기운의 세계와 인간의 한계를 가르고 있는 마지막 한 선이 되기도 했다. 왜냐하면 사건 중의 인물은 클리보프 부인을 마지막으로 모조리 다 체로 걸러내 버리고, 이제는 노부코만이 유일하게 남아 있는 한 떨기 희망이 되었기 때문이다. 더구나 전에 종명기실에서 그녀가 연출했던 것은 애매모호하여 도저히 인간의 표정으로는 볼 수가 없었다. 아무리 기괴한 변칙이라고 하더라도 규제할 바 없는, 바꾸어 말하면, 살인범이 생생한 표현을 가장 강렬하게 표상하고 있는 하나의 연극용 가면이 틀림없기 때문이다. 그러므로 여기에서 혹시 노리미즈가 노부코의 칭량을 계기로 방향을 바꾸지 못하는 날에는 아마 그 어둡고 흉악한 커튼이 사건의 대단원을 범인의 손에 의해 내리게 할 것이다. 아니, 그렇게 되면 이 사건의 범죄현상을 일관하고 있는 이무기 같은 괴물, 즉 사건의 추이 경과가 명백히 그쪽을 향해 수렴되려고 해도 노리미즈마저 어떻게 막을 도리가 없는 저 악마의 초자연력을 확인하는 수밖에 없게 된다.

그래서 노부코의 창백한 얼굴이 문 그늘에 나타나자 방안의 공기가 이상할 만큼 긴장했다. 노리미즈조차 자제할 수 없는 묘한 신경적 충동이 치밀어왔다. 온몸을 차가운 손톱으로 긁힌 것처럼 초조해지는 것을 어떻게 할 수 없었다.

노부코의 나이는 스물서너 살이지만 탄력적으로 오동통하고 얼굴이나 몸매의 윤곽이 플랑드르파의 여인과 비슷했다. 하지만 그 얼굴은 일본인으로는 드물 정도로 아기자기한 모습이어서 그것이 그녀의 내면적 깊이를 여실히 말해주는 것 같았다.

뿐만 아니라 가장 인상적인 것은 그 초롱초롱한 포도알 같은 두 눈이었다. 거기에서는 지적인 열정이 마치 영양처럼 재빠르게 줄달음쳐 오지만 또 그녀의 정신세계 가운데 웅크리고 있는 듯한 색다른 병적인 빛도 포함하고 있었다. 전체적으로 그녀에게는 흑사관 특유의 이상하게 어둡고 끈적끈적한 점액질적인 데가 없었다. 그러나 사흘에 걸친 절망과의 싸움과 처참한 고뇌 때문인지 노부코는 볼품없이 초췌해져 있었다. 이미 걸을 힘도 없어 보였고 그 헐떡이는 듯한 힘겨운 호흡이 쇄골과 인후의 연골 사이를 가쁘게 위아래로 움직이는 것까지 세 사람이 앉은 자리에서도 똑똑하게 보였다.

그러나 흔들흔들 걸어와서 자리에 앉자 노부코는 흥분을 가라앉히려고 하는 듯 두 눈을 감고 두 팔로 가슴을 단단히 감싸며 잠시 가만히 움직이지 않고 있었다. 거기에 검정색 투피스에 크게 드러난 띠무늬의 끝이 마치 책형용 창 같은 모양으로 그녀의 목을 두르고 있다. 그래서 우연히 만들어진 그 이색적인 구도에서는 묘하게 중세적 문초를 받는 분위기를 자아냈다. 그리고 떡갈나무와 모난 돌로 둘러싸인 침울한 죽음의 방 둘레를 그것이 소용돌이처럼 흔들리며 퍼져갔다.

이윽고 노리미즈의 입술이 천천히 침묵을 깨려고 했을 때 선수라도 치려는 것이었을까, 갑자기 노부코가 두 눈을 크게 떴다. 그리고 그녀의 입에서 느닷없는 말이 튀어나왔다.

"저는 고백할 것이 있습니다. 종명기실에서 정신을 잃었을 적에 분명히 단검을 쥐고 있었어요. 또 에키스케가 죽음을 당하기 전후에도 그리고 오늘 클리보프 님의 사건이 났을 때도 기묘한 일이지만 저에게만은 알리바이라는 도움이 없었습니다. 아니, 저는 처음부터 이 사건의 대단원에 서게 된 거예요. 그러므로 여기에서 아무리 쓸데없는 문답을 되풀이해 보아야 결국 국면전환에 도움이 안 된다고 생각합니다." 노부코는 몇 번이나 더듬거리며 크게 숨을 들이마셨다. "게다가 저에게는 정신장애가 있고 가끔 히스테리 발작이 일어납니다. 네, 그렇습니다. 이것은 구가 시즈코 님한테서 들은 말이지만, 범죄 정신병리학자인 크라프트에빙 (독일의 정신의학자)은 니체의 말을 인용해서 천재의 패덕 약탈성 (悖德掠奪性)을 강조하고 있어요. 중세기 전체를 통틀어 가장 큰 인간성의 특징으로 보이는 것은 환각을 일으키는, 달리 말하면 깊은 정신적 요란함의 능력을 갖는 데 있다는 것입니다. 호호, 그렇지 않을까요? 모두가 고루고루 갖추어져 너무나 명료할 만큼 명료하거든요. 이제 저는 스스로 범인이 아니라고 주장하는 것이 싫어졌어요."

그것은 어딘지 그녀의 말이 아닌 듯한 음성으로 들렸다. 거의 자포자기하는 태도였다. 그러나 거기에는 묘하게 어린애 같은 시위를 하는 듯이 여겨져 거기에서 절망으로부터 벗어나려고 발버둥치는 처참한 노력이 틈새로 보이는 것 같기도 했다.

말을 마치자 노부코의 온몸을 딱딱하게 긴장시키고 있던 인대가 확 풀리는 것같이 보이더니, 그 얼굴에 지친 듯한 피로의 빛이 나타났다. 거기에 노리미즈가 부드러운 소리로 물었다.

"아니, 그럴 필요는 없어요. 혹시 댁이 종명기실에서 본 인물의 이름만 댄다면."

"누구를 말하라고요?" 노부코는 시치미를 뗀 얼굴로 앵무새처럼 되물었다. 그러나 그 뒤의 모습은 미심쩍은, 의아한 것이라기보다 뭔가 잠재하고 있는 공포감 같은 것에 부추김을 당하고 있는 것 같았다.

그러나 성급한 구마시로는 가만히 참고 있을 수가 없어 지체 없이 노부코가 몽롱한 상태에서 한 서명문제를 꺼냈다. 그리고 그것을 짧게 말한 다음 준엄하게 노부코가 입을 열도록 다그쳤다.

"알겠어요. 우리가 묻고 싶은 것은 오직 그것뿐이오. 아무리 댁을 범인으로 결정하고 싶지 않아도 결국 결론이 뒤바뀌지 않는 한 도리가 없어요. 요컨대 요점은 그 두 가지뿐이고 그밖에 많은 것을 물을 필요가 없다고요. 이것이야말로 댁에게는 일생의 부침을 결정할 운명의 고비인 것입니다. 중대한 경고라는 의미를 잊지 말기를 ……."

침통한 얼굴로 구마시로가 먼저 윽박지르듯이 재다짐을 하자 그 뒤를 이어 하세쿠라 검사가 타이르듯이 말했다.

"물론 그런 경우에는 아무리 선천적인 거짓말쟁이라도 제외될 수는 없는 겁니다. 그렇다 치더라도 정신적으로 완전히 건강하게 되는 것이 그 순간에 있으니까요. 자, 그 x의 실수(實數)를 말해 주시지요. 후리야기 하다타로……, 분명 그지요? 아니, 대체 누가 한 짓입니까?"

"후리야기…… 글쎄"라고 거만한 소리로 중얼거릴 뿐 노부코의 얼굴은 점점 창백해졌다. 마음속으로 서로 다투고 있는 듯한, 보기에도 끔찍한 고투였다. 그러나 대여섯 번 마른침을 삼키는 동안 문득 지적인 생각이 떠오른 듯 노부코는 떨리는 소리로 말했다. "아, 그분에게 무슨 용건이 있었을까요? 그렇다면 건반이 있는, 도려낸 천장에는 동면하고 있는 박쥐가 붙어 있었어요. 그리고 큰 흰개미가 한두 마리 살아 있는 것도 알고 있어요. 동면동물의 응광성(應光性)만 아신다면…… 그래서 빛만 비쳐 주신다면 그 동물들은 그쪽으로 얼굴을 돌리고 무엇이든지 지껄여 주지 않겠어요? 아니면 이 사건의 공식대로 그것이 산데쓰 님이었다고 말씀드릴까요?”

노부코는 의연하게 결심을 했다. 그녀는 자기의 운명을 희생해서라도 어떤 한 가지 일에 침묵을 지키려고 한 모양이다. 그러나 말을 마치자 웬일인지 마치 무서운 말이라도 기다리고 있는 것처럼 표정이 굳어져 버렸다. 아마 그녀 자신도 모욕의 한계를 다하고 있는 자기의 말에, 무의식중에 귀를 가리고 싶은 충동을 느꼈을 것이다.

구마시로는 입술을 꾹 깨물고 증오의 표정으로 상대를 노려보았다. 그때 노리미즈의 눈에는 괴상한 빛이 나타나며 팔을 낀 채 탁자에 탁 놓았다. 그리고 과연 그다운 이상한 질문을 했다.

“아, 산데쓰…… 그 흉조의 쟁기, 스페이드 킹 말인가요?”

“아닙니다. 산데쓰 님은 하트의 왕이십니다”라고 노부코는 반사적으로 말한 다음 크게 한번 한숨을 쉬었다.

“그래, 하트라면, 애무와 신뢰를 뜻하던가요?” 순간적으로 노리미즈의 눈이 과민하게 깜박였다. “그럼, 그 일러바친다는 박쥐 말인데, 대체 그것은 어느 쪽에 붙어 있었지요?”

“그것이, 건반의 중앙에서 보면, 바로 머리 위에 있었어.” 노부코는 머뭇거리지 않고, 자제하는 태도로 대답했다. “그런데 그 옆에는 좋아하는 먹이인 개미가 있었어요. 그러나 그 개미가 끝까지 침묵을 지키고 있는 한은, 아무리 잔인한 박쥐라도 공연히 상처내려고는 하지 않겠지요. 그런데 실제로는 그와 반대였는걸요.”

“아니, 그런 동화 같은 꿈이라면, 다시 천천히 보여 주면 좋겠는데…… 이번에는 감방 안에서 말이야.” 구마시로가 독살스럽게 큰소리를 치자, 노리미즈는 그것을 즐기듯 보고 나서 노부코에게 말했다.

"상관 말고 계속해요. 원래 나는 셸리의 아내 같은 작품은 질색입니다. 그런 내장의 분비를 촉진시키는 감각에는 이젠 질렸으니까요. 그런데 그 흰털의 보어가 흔들린 것은 어째서였을까요? 그것이 종명기실의 어떤 장면에서, 댁에게 바람을 보냈지요?"

"사실을 말씀드리면, 그 개미는 끝내 박쥐의 먹이가 되고 말았습니다. 왜냐하면 저에게 그 어려운 일을 명한 것이 클리보프 님이었거든요……. 그것도, 혼자 삼십노루선을 저으라고 말이에요." 그 순간, 차가운 분노가 노부코의 얼굴을 스쳐갔지만, 그것은 곧 흔적도 없이 사라져 버렸다. 그녀는 말을 계속했다.

"하지만 여느때 같으면 레베스 님이 치던 그 육중한 종명기를, 여자인 저에게, 그것도 세 번씩이나 되풀이해서 치라고 하신 거예요. 그래서 처음 친 모테토의 중간쯤 되자 벌써 손발이 저리고, 시야가 차츰 몽롱해졌습니다. 그 증상을, 구가 님은 '미약한 광망(狂妄)'이라고 하시더군요. 병리적 정열의 파선상태라는 것입니다. 그때는, 반드시 극단으로 윤리적인 것이, 마치 '군마같이 귀를 쫑긋 세우면서 몸을 일으킨다'고 하셨어요, 더구나 그것이 최고로 깨끗한 행복의 순간이라고 하지만, 그것이 윤리학이긴 하겠으나 결코 도덕적이 아니고, 거기에 또 '살인의 충동을 거부할 수 없다'고 그분은 말씀하셨어요. 아아, 이래도 댁이 생각하시는 듯한, 시적인 고백이 되는 거예요"라고 구마시로에게 차가운 멸시를 보내고 나서 그때의 기억을 끌어냈다. "아마, 이런 현상의 일부에 해당이 될까요? 저 자신이 무엇을 치고 있는지 정신이 없는 가운데, 차가운 바람이 저의 얼굴을 마구 두드리고 지나간 것만은 이상하게 똑똑히 생각이 나요. 말하자면 냉통(冷痛)이라고나 할까, 그런 감각이었어요. 하지만 끊임없이 그것이, 명멸하면서 자극을 쉬지 않았기 때문에, 간신히 모테토를 세 번까지 칠 수가 있었던 거예요. 그리고, 손을 쉬고 있는 동안도 마찬가지였어요. 1층의 교회에서 들려오는 진혼곡 소리가, 세로 비올라로 낮은 현 쪽으로 꺼져가기 시작하여, 차츰 귀에서 멀어져 갔는데…… 그런가 하면 그것이 도로 들려와서, 이번에는 방 안 가득히 널리 퍼져간 거예요. 그러나 그 율동적인, 마치 메트로놈이라도 듣는 것처럼 반복되는 소리가 차츰 피로의 고통을 덜어 주었답니다. 그리고 아주 느리기는 하지만, 서서히 저를 기분좋은 졸음 속으로 끌어갔어요. 그래서 곡이 끝나고 저의 손발이 다시 움직이기 시작해서도, 저의 귀에는 차임벨 소리는 들리지 않고 끊임없이 그 소리없는, 유쾌한 율동만이 들려왔답니다. 그런데 그때였습니다. 갑자기 저의 얼굴 오른쪽에 충격을 주는 것이 있었어요. 그러자 그 부분에 염증이 일어나, 확확 달아오르는 것같이 따끈한 것을 느꼈습니다. 하지만 그 찰나에 몸이 오른쪽으로 뒤틀리고, 그로부터 아무것도 알 수 없게 되어 버렸어요. 그 순간이었지요…… 제가 도려낸 천장에서 개미를 본 것은요. 그러나 오늘 아침에 가 보았더니, 그 개미는 어느새 보이지 않고 마침 그 자리에는 박쥐만 모른 체하고 붙어 있었어요."

노부코의 진술이 끝나자 동시에 세 사람의 시선이 예기치 않게 부딪쳤다. 더구나 거기에는 말할 수 없는 곤혹의 빛이 나타났다. 왜냐하면 노부코의 발작 원인을 만든 것으로 지목되는 종명기의 연주를 명한 인물이라는 것이 다른 사람도 아닌, 바로 조금 전에 공중제비를 연출한 클리보프 부인이었기 때문이다. 뿐만 아니라 노부코가 말한 대로 과연 오른쪽으로 쓰러졌다면, 마땅히 회전의자에 나타난 의문이 더 커질 수밖에 없다.

구마시로는 교활하게 눈을 가늘게 뜨면서 물었다.

"그래서 댁의 오른쪽에서 습격한 것이 있었다고 하면, 마침 거기에는 계단을 올라가 막다른 데에 문이 있었는데. 어쨌든 쓸데없는 자기 희생은 그만두는 게⋯⋯."

"아니요. 저야말로 그런 위험한 게임에 휘말리는 것은 사절하겠어요." 노부코는 어디까지나 자기의 의지를 관철하겠다는 태도를 분명히 했다. "질색이에요⋯⋯. 그런 무서운 용(龍)에게 가까이 한다는 건요. 하지만 좀 생각해 보세요. 설사 제가 그 인물을 지적한다고 가정해도, 그런 천박한 전제를 가지고 어떻게 그 신비스런 힘에 가설을 꾸며낼 수가 있을까요? 도리어 저는 단검이라는 중대한 요점에, 여러분의 법률적 심문을 요구하고 싶습니다. 아니, 저 자신도 유사 범인이라고 믿고 있을 정도예요. 게다가 오늘 사건만 해도 그렇잖아요? 그 빨간 머리는 원숭이라고 했는데."

검사는 주의깊게 듣고 따졌으나, 속으로는 '의외로 이 아가씨는 나이에 비해 무서운 데가 있군' 하고 생각했다.

"그것이 또 엄숙한 문제가 아닐까요?" 노부코는 입을 삐죽 하더니 묘하게 보이는 몸짓을 했다. 이마에 비지땀을 흘리고 있는 것으로 보아, 내심 갈등을 겪고 있음이 엿보였다. 얼마나 절망으로부터 벗어나려고 발버둥치고 있는가. 이미 노부코는 혼신의 힘을 다하여, 그 피로의 빛이, 힘겨운 듯한 눈꺼풀의 움직임에서도 엿보였다. 그러나 그녀는 시원시원하게 말을 했다. "대체로 클리보프 님이 죽음을 당했다고 해도 슬퍼할 사람은 아무도 없을 거예요. 정말, 살아 있는 것보다 죽음을 당해 주는 편이 훨씬 낫다고 생각하는 사람이 많을 겁니다."

"그럼, 누구인지 이름을 말해 주시오." 구마시로는 이 아가씨의 농락하는 듯한 태도에 경계심을 가지면서도, 무의식중에 이 표제에는 이끌리고 말았다. "혹시 클리보프 부인의 죽음을 바라는 사람이 있다면?"

"예를 들면 저가 그런 걸요." 노부코는 거리끼는 기색이 전혀 없이 곧바로 대답했다. "왜냐하면 제가 우연히 그 이유를 만들어 버렸기 때문입니다. 예전에 성관 내부에서의 일이었습니다만, 산데쓰 님의 유고를, 비서인 저의 손으로 발표한 일이 있었어요. 그런데 그중에, 크미에르니키 대박해에 관한 상세한 기록이 들어 있었거든요. 그것이 ……"라고 말을 시작하다가, 노부코는 느닷없이 충동적인 표정을 짓더니 입을 꾹 다물어 버렸다. 그리고 잠시 말을 할까말까, 속으로 갈등을 겪는 듯했다. 이윽고 "그 내용은, 어떻든 저의 입으로는 말씀드릴 수가 없네요. 그러나 그때부터 저는 얼마나 처참한 처지가 되었는지 모르실 겁니다. 물론 그 기록은 그 자리에서 클리보프 님이 찢어 버렸지만, 그 이후에 저는 그분 멋대로 적대시당하게 되었답니다. 오늘도 역시 그랬어요. 고작 창문을 열라고 불러 놓고, 그 위치로 열기까지 몇 번이나 올렸다내렸다 하도록 시킨 줄 아세요?"

크미에르니키의 대박해. 그 내용은 세 사람 중, 노리미즈 혼자밖에 몰랐다. 즉 17세기에 빈번했다고 전해진 코카서스의 유대인 박해 중에서 가장 심했던 것으로, 그것이 계기가 되어 카자흐족과 유대인 간에 잡혼이 이루어지게 된 것이다. 그러나 클리보프 부인이 유대인이라는 것은 이미 그가 간파했다고 해도, 그 찢어 버렸다는 기록의 내용에 어쩐지 마음이 끌렸다는 것은 당연하다. 그때 사복형사 한 사람이 들어와서 쓰다코의 남편 오시카네 박사가 여행에서 돌아왔다는 소식을 전했다. 오시카네 박사에게는 유언장을 개봉하기 위해 미리 당돌한 소환을 명했기 때문에, 여기에서 일단 노부코의 신문은 중단하지 않으면 안 되었다. 그래서 노리미즈는 또 단네벨그 사건을 뒤로 미루고 빨리 오늘의 동정에 관해서 알려고 했다.

"한데, 기왕의 문제는 다음에 다시 조사하기로 하고……. 오늘 사건이 일어났을 때 댁은 어째서 자기의 알리바이를 증명하지 못한 거지요?"

"웬일인지 두 번이나 불운을 겪게 되나 봐요." 노부코는 좀 푸념조로 슬픈 듯 말했다. "하지만 저는 그때 수피정 (樹皮亭 : 본관) 안에 있었거든요. 거기는 남오미자나무 울타리로 둘러싸여 아무데서도 보이지 않는 곳이에요. 게다가 클리보프 님이 매달린 무기실의 창문도, 그 둘레만 남오미자나무 울타리로 가려져 있어요. 그래서 그런 동물 곡예가 있었다는 것도 저는 전혀 알지 못했습니다."

"그래도 부인의 비명은 들었을 것 아니오?"

"물론 듣고말고요." 노부코는 거의 반사적으로 말이 떨어지기가 무섭게 곧 대답했다. 그러나 이상한 혼란이 표정 속에 나타나고 입에서 갑자기 떨리는 소리가 나왔다. "그렇지만 아무래도 저는, 그 수피정에서 떠날 수가 없었어요."

"그건 또 어째서요? 대체로 그런 일이, 근거도 없이 혐의를 더 갖게 만드는 거요." 구마시로는 호기라도 포착한 듯이 준엄하게 파고들었지만, 노부코는 입술을 떨면서 양손으로 가슴을 안고 간신히 격정을 억누르고 있었다. 그러나 그 입에서는 얼음처럼 차가운 말이 튀어 나왔다.

"아무래도 말씀드릴 수가 없어요. 이 일은 몇 번 되풀이하셔도 마찬가지예요. 그보다 마침 클리보프 님이 비명을 지르기 한 순간 전인데, 저는 그 창문 옆에, 참으로 불가사의한 것이 있는 것을 보았답니다. 그것은 색깔도 없고 투명한 것이 번쩍이고 있는 것 같았어요. 그런데다 형체도 뚜렷하지 않고 마치 기체 같았어요. 한데 그 이상한 것이, 창문 위쪽의 바깥 공기 중에서 나타나더니 그것이 둥둥 떠가면서, 어슷하게 그 창문 안으로 들어가더라구요. 그 순간 클리보프 님이 찢어질 듯한 비명을 지른 것입니다." 노부코는 생생하게 공포의 빛을 띠고 노리미즈의 얼굴을 엿보듯이 들여다보는 것이었다. "처음에 저는 레베스 님이 계셨기 때문에 분수의 거품이 아닌가 하고 생각했어요. 하지만 생각해 보면, 미풍조차 없는데 물거품이 흘러갈 수는 없지 않겠어요?”

“아무튼 요 며칠 동안 고민으로 불면에 시달렸겠지만, 오늘 밤부터는 다리를 쭉 뻗고 실컷 자도록 해 주겠어. 이것이 형사 피고인의 천국이라는 거야. 포승으로 댁의 손목을 꽉 묶는 거요. 그러면 온몸에 기분좋은 빈혈이 일어나서 차츰 꾸벅꾸벅 졸음이 올 거라고.”

그 순간 노부코는 시선을 밑으로 뚝 떨어뜨리면서 두 손으로 얼굴을 가리고 탁자 위에 엎드렸다.

경찰차를 부르려고 구마시로가 수화기를 들었을 때였다. 노리미즈는 무슨 생각을 했는지 그 전화선이 이어져 있는, 벽에 붙은 플러그를 쭉 뽑아서 그것을 노부코의 손바닥에 놓았다. 그러고 나서 어리둥절한 세 사람을 곁눈질하며 그의 착상을 말했다. 아아, 사태는 다시 역전되고 만 것이다.

“실은 댁한테는 불운한 그 괴물이, 나에게 시상(詩想)을 가져다 주었소. 이것이 봄이라고 한다면, 저 언저리는 꽃가루와 꽃향기의 바다가 되겠지. 그러나 초목의 끝이 마른 한겨울에도, 저 분수와 수피정의 자연무대 그것이 나한테 댁의 알리바이를 인정하게 만들었어요. 댁과 클리보프 부인도, 저 철새…… 무지개에 의해 구제받은 것이오.”

“아, 무지개라니요……? 무슨 말씀을 하시는 거예요?” 노부코는 갑자기 용수철처럼 몸을 일으켜, 눈물 젖은 아름다운 눈으로 노리미즈를 보았다. 한편 그 무지개는 검사와 구마시로를 절망의 심연으로 떨어뜨렸다. 아마 두 사람에게는, 그 찰나가 무력함을 직감하는 순간이었을 것이다. 하지만 그 노리미즈가 꺼낸, 화려하고 짙은 채색의 향기 높은 그림에는 도저히 매료되지 않을 수 없는 이상한 감각이 있었다.

노리미즈는 조용히 말했다.

"무지개……, 바로 그것은 가죽채찍 같은 무지개였소. 그러나 범인을 깔본다든가, 구가 시즈코의 현학적인 가면을 쓴다든가 하는 동안은 거기에 차단되어 그 무지개를 볼 수가 없었어요. 나는 마음으로 극심한 고난을 겪은 댁의 입장을 동정합니다."

"그럼 구가 님의 말을 빌린다면 동기변전(動機變轉)인가요? 그렇지요. 하지만 그런 바람은 벌써 씻어 버렸는 걸요. 위선이나 현학……, 그런 악덕은 분명 저에게는 너무나 무거운 의상일 뿐이에요." 첫날부터 쌓이고 쌓였던 울분이, 그녀의 제어력을 뛰어넘어 일시에 쏟아져 나온 것이었다. 노부코의 몸이 마치 새끼사슴처럼 탄력이 붙어, 두 팔을 수평으로 올리고 그 주먹을 두 귓불에 대면서, 좌우로 몸을 흔들며, 기쁨으로 황홀해진 눈동자로 그녀는 허공에 뭐라는 글자를 썼던 것일까? 뜻밖에 찾아든 환희에 노부코는 완전히 도취되고 말았던 것이다.

"아아, 너무나 눈부셔요……. 저는 이 빛이, 언젠가는 반드시 오고야 말 것이라고……. 그것만은 굳게 믿고 있었지만……. 하나, 그 암담한" 말을 꺼내다가 노부코는 보고 싶지 않다는 듯이 눈을 딱 감고 고개를 미친 듯 흔들었다. "정말 뭐든지 해서 보여드리고 싶어요. 춤을 추든지 물구나무서기를 하든지"라고 하며 일어서서 3/4 박자의 무용곡에 맞는 춤을 혼자 빙글빙글 돌면서 추더니, 탁자 끝에 두 손을 탁 짚고, 내려온 머리를 왈가닥처럼 혹 뒤로 처올리며 말했다.

"하지만 종명기실의 진상과, 수피정에서 나올 수 없었던 일만은, 묻지 말아주셔요. 아셨어요? 이 성관의 벽에는 불가사의한 귀가 있답니다. 그것을 어긴 날에는 언제까지 댁의 동정을 받게 될지 모르게 될 거예요. 자, 그럼 다음 신문을 시작해 주세요."

"아니, 이제는 물러가도 됩니다. 단네벨그 사건에 관해 참고로 물어볼 말은 있지만." 노리미즈는 그렇게 말하고, 기쁨에 겨워 흥분이

가실 줄 모르는 노부코를 돌려보냈다. 지루한 침묵과 날카로운 검은 그림자. 그녀가 사라진 다음의 방 안은, 흡사 태풍 후의 정적이 일었 지만 거기에는 뭐라고 할 수 없는 비통한 공기가 넘쳐 있었다. 왜냐 하면 그들은 노부코를 놓아줌으로써 세상의 희망이 끊어졌기 때문이 다. 저 어마어마한 흑사관의 저류——사소한 범죄현상 하나하나까 지, 그림자가 미쳐오는 대마력, 사건의 동향은 무턱대고 저돌적으로 흘러가는 것은 아닌가. 구마시로는 얼굴에 노기를 띠고 잠시 이를 갈 면서, 갑자기 노리미즈가 뽑은 플러그를 마루에 내동댕이쳤다. 그리 고 벌떡 일어나서 거칠게 방 안을 돌아다녔으나, 노리미즈는 태연스 럽게 말했다.

"알겠어, 구마시로 씨. 이것으로 마침내 제2막이 끝난 거야. 물론 문자 그대로, 미궁의 혼란 분규야. 그러나 아마 다음 막이 시작되 면 레베스가 등장하고, 그로부터 이 사건은 갑자기 내리막길을 걸 어 파국으로 치닫게 되겠지."

"해결……? 말도 안 되는 소리. 나는 이제 사표를 내던질 기력조 차 잃어 버렸어. 아마 처음부터 싹수가 노란 것으로 보았겠지. '제2 막까지는 지상의 장면이고, 제3막부터는 신령이 강림하는 세계'라도 된다는 말인가?" 구마시로는 침통한 말투로 중얼거렸다. "어쨌든 다 음 일은, 당신이 귀중하게 소장한 16세기 중엽의 책이나 섭렵하는 것 이겠지. 그리고 우리의 묘비문을 짓는 일이고."

"응, 그 16세기 초의 책 말인데, 실은 그와 비슷한 공론이 하나 있 어." 검사는 침통한 태도를 잃지 않고, 따지듯이 험악하게 노리미즈 를 보며 몰아세웠다. "이봐, 노리미즈 씨. 무지개 밑으로 마른 잎을 실은 마차가 지나갔다. 그리고 나막신을 신은 아가씨가 춤을 추었다. 그러면 이 사건에는 인간은 한 사람도 없게 된 것 아니야? 아무리 생각해도 나한테는, 이 목가적인 풍경의 의미를 알 수가 없어. 도대체 그 무지갠가 뭔가 하는 현상을 어디에다 억지로 결부시키려는 거야?"

"천만의 말씀. 결코 그것은 문헌도 시도 아니야. 물론 유추나 조응도 아니라고. 실제로 진정한 무지개가, 범인과 클리보프 부인과의 사이에 나타나게 된 것이야." 노리미즈가 아직도 몽상에서 깨어나지 못한 열띤 눈동자를 돌렸을 때, 문이 조용히 열렸다. 그 순간 숨막힐 것 같은 어떤 압박감이 느껴졌다. 아마 이 학식이 풍부하며 중성적인 강렬한 개성을 가진 신비론자는, 인간에게서는 범인을 찾아낼 수 없게 된 이 색다른 사건을, 한결 더 암담하게 만들 것이 틀림없을 것이다. 시즈코는 가볍게 목례를 마치자, 여느때나 마찬가지로 냉담한 태도로 말했다. 그러나 그 내용은 감정이 몹시 격렬한 것이었다.

"노리미즈 씨, 나는 전혀 반대로 생각합니다. 그러나 댁은 그 철새라는 것을, 물론 그대로 믿고 계시지는 않겠지요?"

"철새라니요?" 노리미즈는 기이한 소리에 눈을 부릅뜨고, 곧바로 반문했다. 조금 전에, 자기가 무지개의 표상이라고 한 말이, 우연인지는 모르지만 시즈코에 의해 되풀이 되었기 때문이다.

"그렇습니다, 살아남은 세 사람의 철새 말이에요." 그렇게 내뱉듯이 말하고 시즈코는 물끄러미 노리미즈의 얼굴을 정시했다. "요컨대 그들이 어떤 방어적인 책동을 부리든, 쓰다코 님은 절대로 범인이 아니에요. 나는 그것을 끝까지 주장하고 싶습니다. 더구나 그분은 오늘 아침부터 일어나기는 하셨지만, 아직 신문에 응할 만한 회복상태가 아닙니다. 잘 아시겠지만 클로랄의 초과량이 대체 어떤 증상을 일으키는지 말이에요. 도저히 오늘 하룻동안에는, 그 빈혈과 시신경의 피로에서 회복되기는 어려우실 겁니다. 어쩐지 그분에게, 메리 스튜어트(16세기 스코틀랜드에서 성녀 같았던 여왕. 1587년 2월에 엘리자베스 여왕에게 처형됨.)의 운명이 닥쳐 오지 않을까 걱정되어서 ……. 결국 댁의 편견이 두려운 거예요."

"메리 스튜어트?" 노리미즈는 갑자기 흥미를 느낀 듯이 상반신을 탁자 위로 쑥 내밀었다. "그럼, 그 너무나 선량하고 사람좋은 분 말입니까? 아니면 여왕 엘리자베스의 권모술수를…… 저 세 사람에게……."

"그것은 양쪽 다입니다." 시즈코는 냉정하게 대답했다. "잘 아시겠지만 쓰다코 님의 부군인 오시카네 박사는, 자신이 경영하는 자선병원 때문에 거의 사재를 탕진하셨어요. 그래서 앞으로 사업유지를 위해서는, 어떻게 부인을 밀어붙여서라도 쓰다코 님이 다시 각광을 받도록 해야만 되게 되었어요. 아마 그분이 받는 갈채가, 의료에 목마른 몇 만이나 되는 사람들에게 촉촉한 복음이 될 거예요. 나에게 은혜를 베풀면 보답이 오겠지만, '하건만 문에 선 사람은 남에게 방해를 주나니'가 되겠지요. 노리미즈 씨, 댁은 이 솔로몬의 의미를 아시지요. 그 문, 요컨대 이 사건에 처참한 빛을 쏟아넣은, 저 열쇠 구멍이 있는 문을 말하는 거예요. 거기에, 흑사관 영생의 비밀 열쇠가 있는 것이라구요."

"그것을 좀더 구체적으로 말해 주지 않겠소?"

"그러면 19세기 독일 심리학자 슐츠의 정신맹아설(精神萌芽說. 이 설은 광신적인 정신과학자 특유의 것으로, 일종의 윤회설. 즉 사후 육체로부터 떠난 정신은, 무의식 상태에서 영존한다는 것. 그것은 의식을 나타내는 것은 불가능하나, 일종의 충동작용을 낳을 힘이 있다고 함. 그리고 생사의 경계를 헤매며, 때로는 잠재의식 속에도 나타난다고 하는 학설)을 알고 계신가요? 나 역시, 확실한 논거 없이 주장하지는 않겠어요"라고 으젓하게 미소를 지으며 시즈코는 다시 이 사건에 찬바람을 몰고 왔다.

"뭐, 뭐라고요, 정신맹아설?" 노리미즈는 갑자기 험상궂은 표정을 보이며 더듬더듬 소리쳤다. "그러면, 그 논거는 어디에 있나요……? 댁은 어째서 이 사건에 생명불멸론을 주장하는 겁니까? 그렇다면, 산데쓰 박사가 아직 이해할 수 없는 생존을 이어가고 있단 말인가요? 아니면 클로드 딕스비가……."

정신맹아, 그 섬뜩한 한마디가 처음에는 시즈코의 입에서 나오고, 이어 노리미즈에 의해 불사설이라는 주석이 붙여졌다. 물론 그 두 점의 맥락을 찾는다면 이 사건의 밑바닥에서, 어둠 속에 자라 소리도 없이 퍼져가서 차츰 경계를 넓혀가고 있는 것이 틀림없다. 그러나 이제 그 공포와 공상이 눈앞에서 현실화되어 가는 듯한 느낌이 들어, 무의식중에 심장을 움켜잡힌 것 같았다.

그러나 한편 시즈코도 노리미즈의 입에서 딕스비의 이름이 튀어나오자, 마치 수수께끼라도 던져진 듯이 회의적인 표정을 띠며, 그것이 그녀의 마음을 단단히 붙잡아 버린 것 같아 보였다. 대체로 집착이 강한 인물은, 하나의 의문에 사로잡혀 버리면 거의 무의식에 가까운 방심상태가 되어, 그동안에 이상한 우발적인 동작을 나타내는 것이다. 그것이 맞아떨어졌는지, 시즈코는 왼쪽 중지에 낀 반지를 뽑아 그것을 손가락에 빙빙 돌리기 시작하더니, 또 뽑아서 보고는 끼어 보기도 하면서, 자못 신경질적인 행동을 되풀이하는 것이었다. 그러자 노리미즈의 눈에 수상한 빛이 나타나고 그 순간 소리가 끊긴 틈을 타서 일어섰다. 그리고 두 손을 뒤로 한 채 방안을 뚜벅뚜벅 걷더니, 이윽고 시즈코의 등뒤로 오자 갑자기 폭소를 터뜨렸다.

"하하, 엉뚱한 소리도 정도 문제지. 그 스페이드 킹이 아직도 살아 있다니."

"아니요, 산데쓰 님이라면 하트 킹이십니다." 시즈코는 거의 반사적으로 외쳤으나, 그와 동시에 덜컥 공포 비슷한 충동을 나타내면서 느닷없이 그 반지를 새끼손가락에 끼어 버렸다. 그리고 크게 한숨을 내쉬며 말했다. "그러나 내가 정신맹아라고 말한 것은 하나의 우화로서 말씀드린 거예요. 그것을 회화적(繪畫的)으로 가볍게 생각해 주시면 좋겠습니다. 도리어 그 의미는, 요하네스 에크하르트 (1260~1329년, 에트푸르트의 도미니크 수도) 가 말한 영성 쪽에 가까울지도 모르겠어
(사로 중세 최대의 범신론 신비주의 신학자)

요, 아버지로부터 아들로 인간의 씨가 반드시 유전하지 않으면 안 되는 생사의 경계, 결국 암흑으로 풍우가 휘몰아치는 저 황야 말이에요. 좀더 구체적으로 말할까요? '우리가 악마를 찾아내지 못함은, 그 모습이 전혀 우리가 초상 속에서 찾으려 하지 않기 때문이로다'라는 것은 물론, 이 사건의 가장 깊은 신비는 그런 초본질적인 형용이나 내용을 말로는 안 되는, 저 철학 속에 담고 있는 것입니다. 노리미즈 씨, 그것은 지옥의 기둥도 흔들 정도의, 혹독한 형벌이거든요."

"잘 알았습니다. 왜냐하면, 그 철학의 막다른 골을 나는 이미 알고, 하나의 의문이 생겼으니까요." 노리미즈는 눈썹을 치켜올리며 의기양양하게 되받았다. "아시지요, 구가 씨? 성 스테파노 조약까지도 유대인의 대우에는 말미의 한 부분을 완화하는 데 그친 것입니다. 그런데 어째서 박해가 가장 심한 코카서스에서, 상당한 면적의 토지소유가 허락되어 있었을까요? 요컨대 문제가 되는 것은, 그 정체를 모르는 음수에 있는 겁니다. 그러나 그 지주의 딸이라는 이 사건의 유대인은, 이미 범인이 아니었습니다."

그때 시즈코의 온몸이 무너지기 시작하려고 떨리는 것이었다. 잠시 간신히 헐떡거리며 가쁜 숨을 몰아쉬더니 "아아, 무서운 양반……" 희미하게 고함 소리를 쥐어짰다. 그러나 이어서 이 불가사의한 여인은 더는 못참겠다는 듯이 범인의 범위를 명시하는 것이었다. "이제 이 사건은 끝난 것이나 같아요. 요는, 그 음수의 동그라미 문제입니다. 동기를 단단히 싸고 있는 그 오망성의 원에는, 어떤 메피스토펠레스라도 숨어들어갈 수 있는 틈이 없어요. 그래서 방금 말한 황야의 의미를 아시면, 더 이상 아무것도 말씀드릴 것이 없습니다"라고 벌떡 일어서려고 하는 것을, 노리미즈가 서둘러 제지했다.

"그런데 구가 씨, 그 황야라고 한 것은, 과연 독일 신학의 빛이었지요. 하지만 그 운명론은, 일찍이 타울러와 즈이조가 빠진 거짓

빛인 것입니다. 나는 댁이 말한 정신맹아설에서 하나의 놀라운 임상적인 묘사가 있는 것을, 듣기만 해도 미칠 듯한, 색다른 것을 발견한 겁니다. 댁은 어째서 산데쓰 박사의 심장에 대한 것을 생각한 것입니까? 그 악마를……? 하트 킹이라니. 하하, 구가 씨, 나는 라파테일은 아니지만 말이죠. 인간의 내관을, 외모로 알 수 있는 방법을 터득했습니다."

산데쓰의 심장, 거기에는 시즈코뿐만 아니라 검사와 구마시로도, 순간적으로 화석이 된 것처럼 굳어져 버렸다. 그것은 분명 마음의 지주를 밑바닥부터 뒤흔드는 것이었다. 어쩌면 이 사건의 가장 큰 전율을 느끼게 하는 대목일 것이다. 그러나 시즈코는 꾸며 붙인 듯한 비웃음의 빛을 띠고 말했다.

"그럼 댁은 그 스위스의 목사같이, 인간과 동물의 얼굴을 비교해 보려는 거예요?"

노리미즈는 천천히 담배에 불을 붙이고 나서, 그의 미묘한 신경을 분명하게 밝혔다. 그러자 그때까지 백화제방(百花齊放)의 형태로 분산되어 있던 불합리한 것들이, 보는 앞에서 그 한 곳으로 흡착되어 버린 것이다.

"혹은 그것이 신경과민의 탓인지는 몰라도, 어쨌든 댁은 산데쓰 박사를 하트 킹이라고 하셨어요. 물론 거기서부터 색다르게 부딪쳐오는 공기를 느꼈습니다. 왜냐하면 마치 그와 조금도 다름없는 말을 노부코 씨로부터도 들었기 때문입니다. 아마 그 암합에는 이 사건 최후의 카드가 될 수 있는 가치가 있을 겁니다. 이제까지 우리가 더듬어온 추리 측정의 정통을, 뿌리에서부터 뒤엎어 버릴 정도의 괴물일지도 모르지요. 특히 댁의 경우에는 거기에 무언극 같은 심리작용까지 수반하고 있기 때문에, 거기에서 힘을 얻어 한결 더 깊이 댁의 심상을 드러낼 수가 있는 것입니다.

한데, 오스트리아 신심리학파에 따르면, 그것을 징후발작이라고 하지만, 목적 없이 무의식적 운동을 계속하는 동안은, 가장 의식 밑에 깔린 것이 나타나기 쉬운, 남에게 알리고 싶지 않은 자기 마음속 깊이 숨겨 놓은 것이, 어떤 형태로 밖으로 표출되어 나타나든가, 아니면 거기에 무슨 암시적인 충동을 주면, 거기에 따라 연상적인 반응이 종종 언어 속에 나타나는 일이 있다는 겁니다. 그 암시적인 충동이라는 것이 다름아닌, 산데쓰를 두고 내가 스페이드 킹이라고 한 말입니다. 그러나 그 전에, '딕스비'라고 내가 한 말 한마디가, 딕스비의 정체를 모르는 댁의 마음을 한없이 붙들어 놓았어요. 그래서 무의식중에 반지를 뺐다 끼었다 하기도 하고, 또 뱅뱅 돌리기도 하는 발작징후가 댁에게 나타난 것입니다. 그래서 나는 묘하게 마음을 부추길 수 있는 '참'을 드린 것입니다. 그 쉴 수 있는 참 말입니다. 그것은 다만 연극만이 아니고, 특히 신문 때에 필요한 것입니다. 그렇지요, 구가 씨? 그런 의미에서 수사관은 무엇보다도 연출자가 되지 않으면 안 됩니다. 아니, 장광설을 양해하십시오. 무엇보다도 사과할 일은, 나는 댁의 허락도 받지 않고 마음속 깊은 데까지 침입을 했기 때문에……."

거기에서 노리미즈는 새 담배를 꺼내어 그 자랑스런 연출의 묘사를 펴나갔다.

"그러나 그 참이라는 것은 혼돈스런 것입니다. 그중에는 여러 가지 심리현상이 †자 모양으로 떼지어 있어, 마치 소나기구름처럼 뭉게뭉게 의식면을 둥둥 떠가게 하는 것이지요. 그 상태는 거기에 어떤 충동만 주면, 잠시도 버티지 못할 만큼 아주 무른 겁니다. 그래서 나는 스페이드 킹이라는 말을 꺼낸 것입니다. 왜냐하면, 정신 전체를 하나의 유기체라고 한다면 당연히 거기에서 물리적으로 생겨나는 것이 있어야 되지 않겠어요? 그 매우 암시적인 한마디로 무엇인가 반응이 있기를 나는 기대했어요. 그러자 과연 댁은 내 말을 하트 킹이라고 고쳐 불렀습니다. 그야말로 그 하트 킹이었어요. 나는 그때 광란에 가까운 색다른 계시를 받은 것입니다. 그러나 이어서 댁에게는 두 번째의 충동이 나타나 갑자기 절도를 잃고 무의식중에 반지를 새끼손가락에 끼어 버린 것입니다. 설마 내가 그때의 공포에 질린 빛을 놓칠 수가 있었겠어요?” 날카롭게 중도에서 말을 끊으면서 노리미즈의 얼굴에는 섬뜩한 기색이 감돌았다.

“아니, 나야말로 더욱 더 짓눌리는 것 같은 공포에 젖은 것입니다. 왜냐하면, 트럼프를 보았더니 그 인물상의 어느 것이나 위아래의 동체가 왼쪽이 깎여 비스듬하게 맞춰져 있고, 각각 핵심이 되는 심장 부분이 상대의 화려한 망토 밑에 숨겨져 있기 때문입니다. 그리고, 그 화상에서 잃은 심장이 오른쪽 상단에 낙관이 찍혀 놓여 있지 않습니까? 그렇게 되면 나의 지나친 생각일지 모르지만, 그 속에서 빛나고 있는 처참한 빛을 어떤지 보고 말 수 있겠어요, 아아, 심장이 오른쪽에 있구나. 그러니까 혹시, 하트의 임금님이라는 한마디를 댁의 심상이 말해 주듯이 해석하여, 산데쓰 박사를 오른쪽에 심장을 가진 특이체질자라고 한다면 말입니다. 혹은 그것이 지리멸렬하게 흩어진 불합리한 것 모두를 이 기회에 일소해 버리는 서광이 될 수도 있겠지요.”

이 놀랄 만한 추정은 전에 오시카네 쓰다코를 발굴한 실적에 이어 참으로 이 사건 중 두 번째의 큰 연극이었다. 그 초인적인 논리에 매료되어 검사와 구마시로는 얼굴에 마비라도 일으킨 듯, 쉽게 말도 나오지 않았다. 물론, 거기에는 하나의 걱정이 있었다. 하지만 이어서 노리미즈는 예증을 들어 거기에 섬뜩한 생기를 불어넣은 것이다.

“한데 그것이 만일 사실이라면 우리는 도저히 차분하게 있을 수는 없었겠지요. 왜냐하면, 그 당시 산데쓰 박사는 왼쪽 가슴의 좌심실,

그것도 거의 끄트머리 부분을 찔렀는데, 너무나 자살의 상황이 뚜렷했기 때문에 그 시체에 부검을 요구할 것까지도 없었던 것입니다. 그렇게 되자 첫째 의문은 좌폐의 밑줄기를 관통한 부위로 그것이 과연 즉사할 만한 곳인가 하는 것이었지요. 그 증거로는 외과수술이 비교적 유치했던 남아전쟁 (南阿戰爭) 당시에도 후송거리가 짧은 경우는 거의 전부 쾌유했거든요. 그래그래, 그 남아전쟁 때의……." 노리미즈는 담배를 꾹 씹더니, 음성을 낮추고 오히려 두려움에 가까운 빛을 띠었다. "한데, 메이킨스가 편찬한 《남아전쟁 군진의학집록 (軍陣醫學集錄)》이라는 보고서가 있는데, 그 안에 거의 산데쓰의 경우와 비슷한 기적을 예로 들고 있어요. 그것은, 전투중 오른쪽 가슴 상부를 사벨에 찔린 채 쓰러져 있던 용기병이 그로부터 60시간 뒤에 관 속에서 다시 살아났다는 것입니다. 그러나 편저자인 유명한 외과의사 메이킨스는 거기에 대하여 다음과 같은 견해를 말했어요. '사인은, 대정맥을 사벨의 등으로 압박했기 때문에 맥관이 일시적으로 좁아져 그것이 심장으로 가는 혈량을 격감시킨 것이 틀림없다. 그러나 울혈로 팽창되어 있는 맥관은 시체의 위치가 달라질 때마다 가슴의 피가 유동하기 때문에 그로 인하여 일종의 물리적인 영향을 받았을 것이다. 요컨대 그 작용이라는 것은, 가끔 시체의 심장을 소생시키기도 하는 일종의 마찰 비슷한 것이었을 것으로 생각된다. 왜냐하면, 원래 심장이란 것은 이학적 장기이며, 또 브라운세컬 교수의 말처럼, 아마 숨이 끊어진 동안에도 청진기나 촉진으로는 도저히 청취할 수 없는, 미세한 고동이 이어지고 있을 것이 틀림없기 때문이다.' 그렇다면 구가 씨, 나는 이 두려운 의심을 어떻게 해야 되겠습니까?"

노리미즈는 이렇게 산데쓰의 심장 위치가 다르기 때문에 죽은 이의 재생이라기보다도 더욱 더 과학적 논거의 확실한 하나의 괘념을 농후하게 하는 것이었다. 그러나 그때 마음속으로 처참한 암투를 계속하고 있던 시즈코에게 갑자기 필사적인 기색이 번뜩였다. 어디까지나 진실에 대하여 양심적인 그녀는 공포고 불안이고 다 제쳐 버렸다.

"아, 모든 것을 말씀드리지요. 과연 산데쓰 님은 오른쪽에 심장을 가진 특이체질자이셨습니다. 그렇지만 무엇보다도 난 산데쓰님이 자살하시는데 오른쪽 폐를 찌르셨다는 의지가 의심스럽게 생각되었습니다. 그래서 나는 시험삼아 시체 피하에 암모니아 주사를 놓았습니다. 그런데 거기에는 분명히 생체 특유의 빨간색이 떠오르지 않겠습니까? 게다가 또 웬 무서운 일일까요? 그 실이, 매장한 다음날 아침에 끊어져 버린 거예요. 그래서 나는 도저히 산데쓰 님의 산소를 찾아갈 용기가 나지 않은 것입니다."

"그 실이라는 것은 무엇이지요?" 검사가 날카롭게 되물었다.

"그것은 이렇게 된 것입니다." 시즈코는 질문에 곧 대답했다. "사실을 말씀드리면, 산데쓰 님은 서둘러 빨리 매장하는 것을 몹시 두려워하였던 분이기에, 이 성관의 건설 당초에 대규모의 지하묘지에 은밀히 콜니체 칼니키 ^(러시아 황제 알렉 산더 3세의 시종) 식과 비슷한 조기매장 방지장치를 설치해 놓은 것입니다. 그래서 매장식날 밤, 나는 한숨도 자지 않고 그 전기벨이 울리기만을 밤새도록 기다렸어요. 그런데 그날 밤은 아무 일도 없이 지나갔기 때문에 당일 아침 큰 비 속에 날이 새기를 기다려 더욱 빈틈없는 확인을 위해 뒷뜰로 묘소를 보러 갔습니다. 왜냐하면 그 주위에 있는 칠엽수 숲속에는 전기벨을 울리는 스위치가 숨겨져 있었기 때문이지요. 그런데 그 두꺼비집 틈에 곤줄박이 새끼가 끼어들어가 손잡이를 끌어당기는 실을 끊어 버린 것입니다. 아아, 그 실은 분명 지하의 관 속에서 끌어온 것이 틀림없었는데."

"그러고 보니, 그렇군요." 노리미즈는 침을 삼키고 좀 기세를 올려 물었다. "그 사실을 알고 있는 것은 대체 누구누구입니까? 산데쓰의 심장 위치와 그 조기매장 방지장치의 소재를 알고 있는 것은?"

"확실히 저하고 오시카네 선생뿐이라는 것을 말씀드립니다. 그러니까 노부코 씨가 말한 하트 킹 어쩌고 한 말은 틀림없이 우연히 같게 된 데 지나지 않는다고 생각해요."

그렇게 말하고 나서, 갑자기 시즈코는 마치 산데쓰의 보복을 두려워하는 듯한 공포의 빛을 드러냈다. 그리고 왔을 때와는 다른 돌변한 태도로 구마시로에게 신변의 경호를 요청하고 방에서 나갔다. 큰 비가 내린 밤……, 그것은 묘에서 방황하여 나온 모든 흔적을 없애 버릴 것이다. 그리고 만일 산데쓰가 생존해 있다면 사건을 미궁으로 몰아넣어 불가사의하게 모두를 뒤집어서 그것을 그대로 현실 실증의 세계로 옮길 수 있다. 구마시로는 흥분하여 거칠게 고함을 질렀다.

"뭐든지 할 수 있는 것은 다 해보아야 돼. 자, 노리미즈 씨, 영장이야 있든 없든 이번에는 산데쓰의 묘부터 발굴하는 거야."

"아니야, 아직도 수사의 정통성을 의심하기에는 빠르다고 생각해." 노리미즈는 어쩐지 마뜩찮은 얼굴로 말하기를 주저했다. "하지만 한번 생각해봐. 방금 시즈코는 그것을 알고 있는 것이 자기하고 오시카네 박사밖에 없다고 하지 않았어? 그렇다면, 알고 있을 리가 없는 레베스가 어째서 산데쓰 이외의 인물에게 무지개를 돌려서 그렇게 놀라운 효과를 거두었을까?"

"무지개?" 검사는 화가 치민 듯이 중얼거렸다. "여보, 노리미즈 씨. 산데쓰의 심장이변을 발견한 당신을, 나는 아담스나 르벨리에라고 생각하고 있을 정도야. 그렇잖아? 이 사건에서는 산데쓰가 해왕성 같은 존재라고. 첫째, 그 별은 우주 공간에 여러 가지 불합리한 것을 흩뿌리고 난 다음에야 발견되었으니까."

"장난이 아니야. 어째서 그 무지개가 그런 개연성이 모자란다고 할 수 있어? 우연인가……? 아니면, 레베스의 아름다운 몽상이지. 바꾸어 말하면, 그 사나이의 고상한 고전어학 정신이라고." 노리미즈는 여전히 괴상하기 짝이 없는 말을 하는 것이었다. "여보, 하세쿠라 씨. 분수의 디딤돌 위에 레베스의 발자국이 남아 있었던 것을 알지? 그것을 우선 운문으로 해석할 필요가 있어. 처음 네 개의 디딤돌 중에서 본관을 따라서 하나를 밟았고 다음에 그 맞은쪽의 하나를, 그리고 마지막이 좌우로 되어 끝이 났어. 하지만 그 순환에서 가장 중요한 것을 말한다면 우리가 간과하고 있던 다섯 번째로 밟은 발자국이야. 그것이 처음에 밟은 본관 둘레에 있는 첫 돌이고, 결국 레베스는 한 번 다 돌아서 원래의 기점으로 돌아왔기 때문에 처음 밟은 돌을 두 번 밟게 된 거야."

"그러나 결국 그것이 어떤 현상을 일으켰다는 거야?"

"결국 우리에게 노부코의 알리바이를 인정하게 했고, 또 현상적으로 말하면 그것이 상공으로 올라가 포말에 대류를 일으키게 한 거야. 왜냐하면, 1에서 4까지의 순서를 생각하면 제일 마지막으로 올라간 거품의 오른쪽이 가장 높고, 이어서 그 다음 순서대로 거의 의문부인 ?꼴을 이루면서 낮아져 갔겠지. 거기에 다섯 번째의 거품이 올라갔기 때문에 그 기동력에 부추김을 받아 그때까지 떨어지고 있던 네 거품이 다시 그 모양대로 상승했겠지. 그렇게 되면 당연히 마지막 거품과의 사이에 대류의 관계가 일어나지 않으면 안 된다고. 그것이 그 까딱도 하지 않은 공기 속에서 다섯 번째의 거품을 둥둥 떠가도록 만든 거야. 즉, 그 1에서 4까지의 거품이라는 것은, 마지막으로 올라가는 김을 어느 한 점으로 보내 주는, 다시 말해 거기에 하나의 방향을 결정하기 위해서 필요했던 거지."

"그래, 그것이 무지개를 만들어낸 김인가?" 검사는 손톱을 깨물면서 고개를 끄덕였다. "그렇군. 그것 한 가지로 노부코의 알리바이가 성립된다는 거지. 그 여자는 색다른 기체가 창문 안으로 들어간 것을 보았다고 말했으니까."

"그런데 하세쿠라 씨. 그 장소는 창문이 열려 있는 부분은 아닌 거야. 그때 문살을 수평으로 한 채로, 덧문이 반쯤 열려 있었던 것을 알고 있지. 결국 분수의 김은 그 문살의 틈새로 들어간 거라고." 노리미즈는 착실하게 고쳐서 말했는데, 이어 그는 그 무지개에게 화를 입은 유일한 인물을 지적했다. "그렇지 않으면 그런 진한 색채를 가진 무지개가 결코 나타날 리가 없어. 왜냐하면 공기 중의 김을 중심으로 생긴 것이 아니고, 문살 위에 서린 이슬방울에서 시작했기 때문이야. 결국 문제는 일곱 색깔의 배경을 이루는 것에 있었는데…… 그 이상의 조건이라는 것이 그 무지개를 보는 각도에 있었던 거야. 바꾸어 말하면 화전이 떨어져 있는 그때 범인이 있던 위치를 말하는 거야. 더구나 저 외눈의 대스타가……."

"뭐라고, 오시카네 쓰다코가?" 구마시로는 당황하여 소리쳤다.

"응. 무지개의 양다리 쪽에는 황금의 항아리가 있다고 하거든. 아마 그 무지개만은 잡을 수가 없겠지. 왜냐하면 구마시로 씨, 대체로 무지개는 시반지름 약 42도에서 먼저 빨간색이 나타나거든. 물론 그 위치라는 것이 화전이 떨어졌던 장소에 걸맞은 거야. 또 그 빨간색을 클리보프 부인의 빨강 머리에 대칭하게 되면, 자칫 표준을 그르치기 쉬운 강렬한 현요함이 상상되지. 하지만 가까운 거리에서 보는 무지개는 둘로 갈라져 있고, 더구나 그 빛은 희부옇고 여린 거야." 노리미즈는 일단 입을 다물었다가 점점 의기양양하게 엷은 웃음을 띠며 말했다. "그런데 구마시로 씨, 오시카네 쓰다코에게만은 결코 그렇지가 않아요. 왜냐하면, 외눈으로 보는 무지개는 하나밖에 없기 때문이야. 거기에, 명암의 정도가 강하기 때문에 색채가 아주 선명하여 옆에 있는 같은 색의 것과 판별이 전혀 되지 않게 되거든. 아, 저 철새, 그것은 우선 레베스의 연문(戀文)이 되어 창문으로 날아들었어. 그리고 그것이 우연히 클리보프 부인의 빨강 머리를 잡아채어, 그에 따라 표적을 잘못 쏜 결함이 있는 것이라면 쓰다고 말고는 달리 있지가 않아."

"그렇군. 하지만 당신은 지금 무지개를 레베스의 연문이라고 했지?" 검사가 듣고 따지며 자기 귀를 의심한 듯한 얼굴로 물었는데, 거기에 노리미즈는 개탄하는 듯한 태도로 그 특유의 심리분석을 시작했다.

"아, 하세쿠라 씨. 당신은 이 사건을 어두운 일면밖에 알지 못하고 있어. 왜냐하면 당신은, 그 빨강 머리의 클리보프가 공중제비를 당하기 직전에 노부코가 창가에 나타난 것을 잊어 버렸기 때문이야. 그래서 레베스는 그것을 보고 노부코가 무기실에 있는 줄 알고, 그로부터 분수 옆에서 그의 이상인 장미를 노래했지. 그런데 당신은 《장미의 아가(雅歌)》의 마지막 글귀를 알고 있나? '내 사랑하는 자여, 서둘러 달리기를 바라노라. 향기로운 산들 위에 다다라 사슴처럼, 새끼사슴 같아라'라고. 그 신에 대한 동경을 연정 속에 간절히 담고 있는 그야말로 세계 최대의 연문인데 거기에는 사랑하는 사람의 마음을 무지개에 빗대어 노래하고 있는 거야. 저 일곱 색깔, 그것은 보들레르에 의하면, 열대적인 열광적 아름다움이 되고, 또 차일드가 노래하면, 거기에서 가톨리시즘의 장중한 영혼의 열망을 낳게 되는 것이었어. 또 그 포물선을 근세의 심리분석학자들은 썰매로 경사면을 활주할 때의 심리에 비기고 있지. 그리고 무지개를 연애심리의 표상으로 삼고 있는 거야. 하세쿠라 씨, 그 일곱 빛깔은 정묘한 색채화가의 팔레트라고 할 수 있지 않을까? 그리고 피아노의 건반 하나하나에도 해당하는 것이고. 게다가 무지개의 포물선은 그 채색법이기도 하고, 선율법이나 대위법으로도 볼 수 있는 거야. 왜냐하면 움직여가는 무지개는 시반지름 2도씩의 차이로 그 시야에 들어오는 색깔을 바꾸어가기 때문이야. 요컨대 레베스는 운문으로 된 연문을 무지개에 빗대어 노부코에게 보낸 것이지."

그것에 따르면, 노리미즈는 처음에는 레베스가 무지개를 만든 것을 다른 누군가를 비호하려고 한 기사적인 행위로 보았으나, 더 깊이 파고들어가서 마침내 그것이 연애심리로 귀착되어 버리자, 필연적으로 클리보프 부인을 잘못 쏜 것을, 우연한 사건으로 돌릴 수밖에 없게 되었다. 그러나 검사와 구마시로에게는, 그 어느 것이나 실증적인 것이 아니었으므로 반신반의라기보다, 어째서 노리미즈가 무지개 어쩌고 하는 몽상적인 것에 구애되어, 긴요한 산데쓰의 묘 발굴을 하려고 하지 않나 하여, 그것이 무엇보다도 초조했다. 특히 레베스의 연애심리가 마지막 단계에 이르러 이 사건 최후의 비극이 일어나리라고는 전혀 생각지도 않은 일일 것이고, 또 노리미즈가 오시카네 쓰다코를 범인으로 빗댄 것에도, 그밖에 어떤 중대한 암시적 관념이 숨어 있으리라는 것은 물론 눈치챈 근거가 없었던 것이다. 이래서, 일단 절망적으로 보였던 사건은 단시간의 신문 중에 다시 새로운 기복을 되풀이했는데, 이어서 현상적으로 모든 희망이 걸려 있는, 대계단의 뒤(비하인드 스테어스)를 조사하기로 했다. 그것이 5시 30분.

2. 대계단의 뒤에……

노리미즈가 12궁에서 끌어낸 해답——대계단의 뒤에는, 그 장소와 부합되는 것으로 두 작은 방이 있었다. 하나는 텔레즈 인형을 놓아 둔 방이고, 또 하나는 그 방과 나란히 있는 가구 하나 없는 빈 방이었다.

노리미즈는 우선 두 번째 방을 골라 손잡이에 손을 대었더니, 문이 잠겨 있지 않아 슬그머니 소리도 없이 열렸다. 구조상 창이 하나도 없어서 방 안은 칠흑처럼 캄캄했다. 그리고 고여 있어 찌든 차가운 공기가 으스스하니 다가왔다. 앞에 나선 구마시로가 손전등을 비추면

서 벽가를 걷는 동안, 뜻밖에 무슨 소리를 들었는지 뒤따르던 검사가
갑자기 멈춰섰다. 그는 무엇인가 섬뜩한 듯 숨을 죽이고 귀를 쫑긋
기울였다. 이윽고 노리미즈에게 미미하게 떨리는 소리로 속삭였다.

"노리미즈 씨, 당신은 저게 들리지 않아? 옆방에서 방울을 흔드는
듯한 소리가 울려오고 있어. 가만히 들어봐. 저, 어때? 저건 분명
텔레즈 인형이 걷고 있는⋯⋯."

과연 검사의 말대로 구마시로가 밟는 육중한 구두소리 대신, 짜르
릉짜르릉 희미하게 떨리는 듯한 소리가 들려왔다. 무생물인 인형의
걸음⋯⋯. 그야말로 간담을 서늘하게 하는 경악이었다. 그러나 그렇
게 되면 당연히, 인형 쪽에 있는 누군가를 상상하지 않으면 안 된다.
거기에서 세 사람은 일찍이 느껴보지 못했던 흥분의 절정으로 끌어올
려졌다. 이제는 주저할 때가 아니다. 구마시로가 광포한 바람을 일으
키며 손잡이를 부서뜨리려고 잡아당기자 노리미즈는 무슨 생각이 났는
지 갑자기 우렁찬 소리로 폭소를 터뜨렸다.

"하하, 하세쿠라 씨, 실은 당신이 말한 해왕성이 이 벽 속에 들어
있어. 한데, 그 별은 애초부터 기지수(旣知數)가 아니었거든. 기억
을 살려 보라고. 고대 시계실에 있던 인형시계의 문에, 대체 뭐라
고 잘게 새겨져 있던가 말이야. 400년 전에 지지와 세이자에몬이
필립 2세로부터 받았다는 사다리꼴 현악기는 그 뒤 아무도 그 소재
를 아는 사람이 없었던 거야. 아마 그 소리는 끊어진 현이 진동으
로 떨리면서 울렸겠지. 처음에 무거운 인형이 옆방의 벽가를 걸었
어. 그리고 다음은 구마시로 씨야. 결국 대계단 뒤의 해답이라는
것은 이 옆방과의 경계에 있는 벽이야."

그러나 그 벽면에는 아무리 찾아보아도 쪽문을 만들어 놓은 흔적조
차 없었다. 그래서 어쩔 수 없이 그 일부를 부수기로 했다. 구마시로
는 처음에 음향을 확인하고 나서, 알맞은 자리에 손도끼를 휘둘러 판

벽을 내리치자, 과연 거기에서 숱한 현이 시끄럽게 울리는 소리가 났다. 그리고 나무토막이 부서지면서 떨어져 그 한 장을 떼내자 널빤지 그늘에서 차디찬 공기가 흘러나왔다. 거기는 두 벽면에 끼어 있는 공동이었다. 그 순간 악마의 비밀통로를 어둠 속에서 붙잡아낼 것 같은 느낌이 들어, 세 사람의 침 삼키는 소리가 동시에 들렸다. 나무 떨어지는 소리와 함께 악기의 현소리가 미친 새처럼 처참한 음향을 울려댔다. 그것은 주위의 널빤지를 구마시로가 부수기 시작했기 때문이다. 그런데 이윽고 그 한 귀퉁이에서 먼지투성이가 된 것을 빼내며 그는 숨을 헐떡거리다가 크게 한숨을 내쉬고, 노리미즈에게 책 한 권을 건네주었다. 그리고 녹초가 된 약하디약한 소리로 말했다.

"아무것도 없어. 쪽문이고, 비밀계단이고, 덮개고. 겨우 이것 한 권이 수확이야. 아아, 이 따위가, 12궁 비밀 기법이라니!"

노리미즈도 이 충격에서 쉽게 벗어나지는 못했다. 분명히 그것은 이중으로 누름돌이 보태어진 실망을 의미했기 때문이다. 어째서 그런가 하면 딕스비가 설계자였다는 데에서 거의 의심할 여지없이 비밀통로의 발견에 감쪽같이 실패하고 말았다. 그것은 물론 말할 것도 없는 것이다. 하지만 그와 동시에 사건의 당초 단네벨그 부인이 자필로 적었던 인형의 범행이라는 가정을 겨우 그 한 줄로 연결을 끊고 있던 떨림소리의 소재가 명백해졌다. 그렇기 때문에 분명히 여기에서 저 프로빈셔인의 어마어마한 무서운 귀신을 인정하지 않을 수 없게 되었다. 그러나 원래의 방으로 돌아와 그 한 권의 책을 펴면서 노리미즈는 섬뜩한 듯 몸을 움츠렸다. 하지만 그 눈에는 또렷이 경탄하는 빛이 나타났다.

"아아, 놀라운 일이 아닌가? 이것은 홀바인의 《죽음의 춤》이라는 책이야. 이제 희귀본이 된 1538년 리옹의 초판본이라고."

거기에는 40년이 지난 오늘에 이르러, 흑사관에서 일어난 음산한 죽음의 춤을 예언하는 듯한, 딕스비의 최후의 의지가 명료하게 나타나 있었다. 그 갈색 송아지가죽으로 장정된 표지를 펴자, 뒷면에는 잔 드 츠이젤 부인에게 바친 홀바인의 헌정문이 나오고, 그 다음 장에 홀바인의 디자인을 목판으로 옮긴 류첸블가의, 1530년에 바젤에서의 제작을 증명한 글이 실려 있었다. 그러나 책장을 넘겨가자 죽음의 신과 해골들을 담고 있는 숱한 판화를 쫓아가는 동안, 노리미즈의 눈이 갑자기 어떤 한 점에 못박혀 버렸다.

그 왼쪽의 페이지에는, 해골이 큰 창을 휘둘러 어느 기사의 동체를 찔러죽이고 있는 그림이 그려져 있고, 또 그 오른쪽에는 많은 해골이 나팔과 피리를 불며 북을 치기도 하고, 승리에 도취하여 난무하는 광경이었다. 그런데, 그 위쪽 난에 다음과 같은 영문이 적혀 있었다. 그것은 잉크의 빛깔로 보아, 처음 보는 딕스비의 자필이 틀림없었다.

Quean locked in kains. Jew yawning in knot. Knell karagoz! Jainists underlie below Inferno.
——매춘부는 카인의 패거리에게 갇혀 버리고, 유대인은 난제를 놓고 조소하더라. 흉종(凶鐘)으로 인형(^{터키의}_{인형})을 불러깨우고, 자이나 교도들(^{인도의}_{종교})은 지옥 밑바닥에 눕게 되리.

그리고 다음 글이 이어져 있다. 그것은 의미로 말하자면, 〈창세기〉를 비꼬며 비웃는 말들을 퍼붓는 듯한 것이었다.

여호와신은 남녀추니(^{남자와 여자의 생식기를}_{둘 다 가지고 있는 사람})였도다. 처음에 스스로 덤벼들어 쌍동이를 낳으셨느니라. 처음에 태에서 나온 것은 여자로서 이브라 부르고, 다음은 남자로서 아담이라고 부르다. 그런데 아담

은 해를 보자 배꼽 위는 해를 좇고 배후에 그림자가 생겼으나, 배꼽 아래는 해를 거역하여 앞쪽에 그림자가 드리워지다. 신은 이 불가사의를 보고 매우 놀라 아담을 두려워하여 스스로 아들을 삼았지만, 이브는 보통 사람과 다르기에 계집종으로 하여 마침내 이브와 다투게 되고 이브는 애를 배어 딸을 낳고 죽도다. 신은 그 딸을 하계에 내려보내 사람의 어머니가 되게 하시다.

노리미즈는 그것을 잠깐 훑어보기만 했으나, 검사와 구마시로는 만지작거리며 몇 분 동안 응시하고 있었다. 그러나 마침내 쓸데없는 것이라는 듯한 손놀림으로 탁상으로 내던졌지만, 과연 글에 담겨 있는 딕스비의 저주 의지에는 무섭게 다가오는 것이 있었던 것이 사실이다.

"과연 명백한 딕스비의 고백인데, 이만큼 무서운 독을 품은 생각이 있을 수 있을까?" 검사는 무심코 떨리는 소리로 노리미즈를 보았다. "확실히 글 속에 있는 매춘부라는 것은 텔레즈를 가리키는 말이겠지. 그럼 텔레즈·산데스·딕스비의 이 삼각연애 관계의 귀결은 당연히 '카인의 패거리에게 갇혀 버리고'라는 한 구절로 명료해져 버리지. 딕스비는 우선 이 성관에 난제를 던져 놓고 나서 그 착잡한 매듭 속에서 비웃음을 치고 있는 거야." 검사는 신경질적으로 손가락을 깍지끼고, 천장을 쳐다보았다. "아아, 그 다음은 '흥종으로 인형을 불러깨우고'가 아닌가? 안 그래, 노리미즈 씨? 딕스비라는 불가해한 사나이는 이 성관의 동양인들이 지옥의 밑바닥으로 우글우글 굴러떨어져 가는 광경까지도 미리 알고 있었던 모양이야. 요컨대, 이 사건이 생긴 원인은 멀리 40년 전에 있었던 거지. 이미 그 사나이는 그때 사건의 역할을 끝에 있는 단역까지도 정해 놓았던 거야."

딕스비의 의지가 무서운 저주인 것은, 그가 그것을 적는데 홀바인의 《죽음의 춤》을 인용한 것만 보아도 분명하지만, 그보다도 더 무섭게 여겨지는 것은, 그가 끈질기게 몇 단의 비밀 기법을 준비한 사실이었다. 그것을 미루어 보면, 아마 어딘가에 하나의 놀랄 만한 계획이 남겨져 있어 그것이 빚어낼 불운을 극히 난해한 비밀 기법으로 가려 사람들이 그것에 질리도록 괴로워하는 모습을 은밀히 옆에서 비웃는다는 책략같이 여겨졌다.

그 비밀 기법의 깊이는 이 사건의 진전에 정비례하는 것이 아닐까? 그러나 노리미즈는, 그 글에서 딕스비에게도 있을 법한 유치한 문법까지도 무시하고 있는 점과, 또 관사(冠詞)가 없는 것도 지적했지만 다음의 〈창세기〉 비슷한 이상한 문장에 이르자, 그 두 문장이 연관되어 있는 곳은 모두 흡사 안개에 싸여 있는 듯한 표정을 지었다. 그리고 나서 노리미즈는 오시카네 박사에게 유언장의 개봉을 부탁하기 위해 일층의 살롱으로 갔다.

살롱 안에는 오시카네 박사와 하다타로가 마주앉아 있었는데, 일행을 보자 일어나서 맞았다. 의학박사 오시카네 도키치는 50대에 접어든 신사로 옅은 반백의 머리를 곱게 빗고, 거기에 잘 어울리는 갸름한 윤곽에 이목구비도 단정한 인상이었다. 여러모로 인도주의자 특유의 몽상가는 아닌 듯 싶고 포용력이 풍부한 인물로 보였다. 박사는 노리미즈를 보자 은근히 목례를 하고 그의 아내를 죽음의 위기에서 구해 준 일에 몇 번이나 감사의 말을 되풀이했다. 그러나 모두가 자리에 앉자 먼저 박사가 흥미 없는 듯한 태도로 말을 꺼냈다.

"대체 어떻게 된 일입니까, 노리미즈 씨? 이제 누구나 다 '원소'로 되돌아가는 것이 아닌가요? 대체 범인은 누구입니까? 아내는 그 환영을 보지 못했다고 하더군요."

"그렇습니다. 그야말로 신비스런 사건입니다." 노리미즈는 뻗었던 다리를 당기고 두 팔을 탁상에 놓았다. "그래서 지문을 채취한들, 연줄을 끊어본들, 아무 소용도 없는 일입니다. 요컨대 그 밑바닥에 잠겨 있는 것을 드러내 밝히지 않고는 사건해결이 불가능한 것입니다. 결국 현장검증가나 환상가가 될 시기가 된 것 같습니다."

"아니, 원래 나는 그런 철학문답이 서투른 사람입니다." 박사는 경계하는 눈치로 눈을 깜박이면서 노리미즈를 보았다. "한데, 댁은 방금 연줄이라고 하셨지요? 하하, 그것이 무슨 영장 같은 것하고도 관계가 있습니까? 노리미즈 씨, 나는 이대로 가만히 법률의 위력을 방관하고 싶군요." 박사는 이렇게 말하면서 유언장의 개봉에 동의하지 않겠다는 의향을 내비쳤다.

"그건 말할 것도 없습니다. 가택수색영장 같은 것은 아무것도 가지고 있지 않습니다. 하지만 한 사람의 사직 정도로 끝난다면 아마 우리는 법률을 어기는 것쯤 문제가 아닙니다." 구마시로는 밉살스럽게 박사를 노려보며 단호한 결의를 내보였다. 그 갑작스레 살벌해진 공기 속에서 노리미즈가 조용히 말했다.

"그렇습니다, 바로 한 줄의 실 말입니다. 결국 그 문제는 산데쓰 박사를 매장하던 날 밤에 있었던 일입니다. 분명히 댁은 그날 밤에 이 성관에서 묵으셨지요. 그런데, 그때 만일 그 실이 끊어졌다면, 그랬더라면, 오늘의 사건은 일어나지도 않았을 것입니다. 아아, 그 유언장이……. 그리 되면, 산데쓰 일대(一代)의 정신적 유물이 되었을 텐데."

오시카네 박사의 얼굴이 창백해지면서 삽시간에 새하얗게 변했는데, 실의 진상을 모르는 하다타로는 부자연스러운 웃음을 띠며 중얼거리듯 말했다.

"아, 나는 노의 현을 말하는 줄로 알았습니다."

그러나 박사는 노리미즈의 얼굴을 물끄러미 쳐다보면서 대들듯이 물었다.

"어쩐지 말씀하신 뜻을 확연히 이해할 수 없지만, 결국 그 유언장의 내용이 뭐냐고 물으신 것 아닙니까?"

"나는 현재에는 백지라고 믿고 있습니다." 눈을 험상궂게 뜨고 노리미즈는 뜻밖의 말을 던졌다. "좀더 자세히 말하면 그 내용은, 어떤 시기가 되면 백지로 변할 수 있게 된다, 그 말입니다."

"말도 안 되는, 무슨 그런 소리를 하는 겁니까?" 박사의 놀란 표정이 금세 증오로 바뀌었다. 그리고 염치도 없이 뻔히 들여다보이는 수작을 부리는 듯한 상대를 찬찬히 응시하더니, 갑자기 마음속에 무슨 생각이 짚였는지 조용히 담배를 놓고 말했다.

"그럼, 유언장을 작성한 당시의 상황을 말할 테니 댁부터 그릇된 믿음을 없애도록 하셨으면 합니다. ……그날은 분명히 작년 3월 12일이었다고 생각됩니다. 갑자기 선생이 나를 부르시기에 무슨 일인가 했더니, 그날 우연히 유언장 생각이 나서 그 자리에서 유언장을 작성하겠다고 말씀하셨어요. 그리고 나하고 둘이 서재로 들어가 나는 떨어진 의자의 맞은쪽에서 선생이 한창 초안을 적고 있는 것을 바라보고 있었습니다. 그것은 옥타보 판형(⁸/₁₂절판형)의 편지지에 두 장쯤 쓰신 것인데, 다 읽어보고 그 위에 금가루를 뿌리고 또 봉인을 하셨습니다. 아마 댁은 그분이 모든 것을 옛날 방식으로 다룬 것을, 요컨대 그 복고취미를 아실 겁니다.

한데, 그것이 끝나자 그 두 장을 금고의 서랍 속에 넣고 그날 밤은 방의 안팎에 엄중한 파수꾼을 세워, 그 발표를 다음날 하기로 했습니다. 그런데 다음날 아침이 되자, 가족이 죽 늘어선 앞에서 선생은 어째서 그런지 느닷없이 그중의 한 장을 찢어버리셨습니다. 그리고 그 갈기갈기 토막난 것에 다시 불을 붙여, 재로 만들어서 그것을 창문으로 빗속에 던져 버렸습니다. 그 주도면밀한 것만 보아도, 그 내용이 의심할 것도 없이 몹시 중요한 비밀을 담고 있었던 게 틀림없습니다.

그리고 남은 한 장을 단단히 봉하여 그것을 금고 속에 보관하고 사후 만 1년이 되면 열어보라고 나한테 명하셨습니다. 그런데 이 금고를 열 때가 아직 되지 않았어요. 노리미즈 씨, 나는 아무래도 고인의 뜻을 어길 수가 없습니다. 그러나 결국 법률이라는 것은 바보 짓에 불과하지요. 아무리 비밀을 간직한 뜻이 웅대하다고 하더라도 그 예의를 벗어나는 방식은 결코 용서하지 않을 테니까요. 좋소, 나는 여러분이 하시는 대로 언제까지나 방관하겠습니다." 박사는 승자라도 되는 듯 단언했으나 아까부터 끊임없이 나타났다 사라졌다 하던 불안의 빛이 갑자기 얼굴 전체로 퍼졌다.

"하나, 댁이 아까 말한 한마디는 듣고 말 수는 없어요. 알겠습니까? '작성한 그날 밤은 엄중한 감시를 시켰다. 그리고 먼젓것은 태워버리고 남은 한 장을 금고에 보관했다. 그 문자를 맞추는 부호하고 열쇠까지'"라고 말하기 시작하다가, 호주머니에서 부호책과 열쇠를 내밀었다. 그리고 그것을 거친 손놀림으로 짤가닥 탁자 위에 놓았다. "어떻소, 노리미즈 씨? 재치있는 말이나 유머로는 그 문을 열 수 없을 것입니다. 아니면, 용철제(熔鐵劑)라도 쓰렵니까? 어쨌든, 댁이 그런 이상한 말을 한 것은 물론 상당한 논거가 있으시겠지요."

노리미즈는 담배 연기의 동그라미를 천장으로 토하고 모른 체하며 말했다.

"아니, 참으로 이상한 일입니다. 실제 오늘 나는, 실하고 선이라는 것에 몹시 운명적으로 맺어진 느낌입니다. 요컨대, 그때도 아직 끊어지지 않았다는 것이 유언장의 내용을 잃게 만든 원인이라고 믿는 것입니다."

노리미즈의 의중에 숨어 있는 것은 막연해서 알지 못했으나, 그 말을 들은 박사는 온몸에 감전이 된 듯 떨면서, 뭔가 어떤 한 가지 때문에 노리미즈에게 완전히 압도당해 버린 것같이 보였다. 그리고, 핏기가 가신 얼굴은 굳어졌고, 잠시 말없이 있더니 이윽고 일어나서 비장한 결의를 띤 말을 했다.

"좋소, 댁의 그릇된 믿음을 풀기 위해서는 할 수 없군요. 나는 선생과의 약속을 깨고, 오늘 여기에서 유언장을 열어 보지요."

그리고 두 사람이 돌아올 때까지 누구 한 사람 입을 여는 이가 없었다. 저마다 머릿속으로 각인각색의 상념이 소용돌이치고 있었다. 검사와 구마시로는 사건의 발전을 기대하고 있고, 또 하다타로는 그 유언장 속에 뭔가 자기에게 불리한 것을 일거에 뒤집어 버릴 수 있는 것이 나오기를 간절히 기다리고 있는 것같이 보였다.

잠시 후에, 두 사람의 모습이 다시 나타나고 노리미즈의 손에 큰 봉투 하나가 쥐어졌다. 그런데 모두가 들여다보는 가운데 봉투를 베어 내용을 훑어보는 노리미즈의 얼굴에는 안타까운 실망의 빛이 나타났다. 아아, 여기에서도 또 한 가닥 희망의 빛이 사라져 버린 것이다.

거기에는 전혀 다른 언급이 없고, 다음 몇 줄이 적혀 있을 뿐이었다.

1. 유산은 하다타로와 그레테 단네벨그 하 4인에 대하여 균등하게 배분하도록 한다.
2. 특히 이미 이 성관이 지켜온 영구적인 경구인 성관 지역 밖으로의 외출·연애·결혼을 금지한다. 아울러, 이 글의 내용을 입 밖에 내는 자는 즉시 그 권리를 박탈하기로 한다. 단 그 잃은 부분은 그것을 안분하여 다른 사람에게 똑같이 배분하기로 함.

이상은 구두로 각자에게 전해 놓았음.

하다타로도 마찬가지로 낙담한 듯한 표정이 보였으나, 과연 젊은 그는 곧 두 손을 크게 벌리고 기쁨의 빛을 불태웠다.

"이것입니다, 노리미즈 씨. 이제야 겨우 나는 자유롭게 되었습니다. 사실을 말하면 나는 어딘가 구석에 구멍을 파고, 그 속으로 고함을 쳐볼까 하는 생각을 했습니다. 하지만 생각해 보면 혹시 그런 짓을 한 날에는 그 무서운 메피스토펠레스가 어떻게 용서를 하겠습니까?"

이래서 마침내 노리미즈와의 승부는 오시카네 박사의 승리로 돌아갔다. 그러나 내용을 백지라고 주장한 노리미즈의 속셈은 결코 그렇지가 않았던 모양이다. 물론 그 한마디는, 박사를 억압한 정체를 알수 없는 계략에는 쓸모가 있었던 것이 확실하다. 아마 내심으로는 묵시도의 알 수 없는 반쪽을 간절히 바랐을 것이다. 큰 기대를 걸었던 일막을 이쯤에서 억울하게 끝낼 수밖에 없게 되었다. 그런데 이상하게도 승리를 자랑해야 할 박사는 여전히 신경적인 것이 사라지지 않고 묘하게 주눅들린 듯한 소리로 말하는 것이었다.

"이제 겨우 내 책임은 끝났군요. 그러나 뚜껑을 열어보나마나 결론은 이미 뻔합니다. 문제는 평균율의 증가에 있으니까요."

그래서 노리미즈는 살롱에서 나가기로 했다. 그는 박사에게 여러 가지로 걱정을 끼친 것에 누누이 사과를 하고 나왔으나 이층으로 가는 길에 무슨 생각이 났는지 갑자기 혼자 노부코의 방으로 들어갔다.

노부코의 방은 약간 본파즐식에 치우친 취미로, 복숭아빛의 패널을 금빛 포도넝쿨 모양으로 가장자리를 두르고 있어, 밝은 느낌을 주는 서재 같은 구조였다. 왼쪽이 좁고 길게 서실로 들어가는 통로이고, 오른쪽의 도라지색 커튼 뒤가 침실로 되어 있었다. 노부코는 노리미즈를 보자, 마치 알고 있었다는 듯이 침착하게 의자를 권했다.

"이제 서서히 오실 때가 되었다고 생각했어요. 이번에는 틀림없이 단네벨그 님의 일을 물으시려고 하겠지요?"

"아니, 결코 문제라는 것은 그 시광이나 칼무늬에 있는 것이 아니지요. 물론 청산가리에는 적확한 중화제가 없기 때문에, 댁이 단네벨그 부인과 같이 레몬수를 마셨다고 하더라도 굳이 그것은 예로 들만한 가치가 없겠지요"라고 노리미즈는 그녀를 안심시키기 위해 먼저 전제하고 나서 "댁은 그날 밤, 신의심문회 직전에 단네벨그 부인과 말다툼을 하셨던 모양이던데?"

"네, 그렇습니다. 그렇지만 그것에 대한 의문이라면 도리어 제가 할 말이 있는걸요. 저는 그분이 어째서 화를 내셨는지 전혀 짐작이 가지 않아요. 실은 이렇게 된 것입니다." 노부코는 주저하지 않고 바로 대답하면서, 전혀 상대의 기색을 살피는 태도도 없었다. "마침 저녁 식사 후 한 시간쯤 되어서 도서실로 돌려보내야 되는 카이젤스베르히의 《성 우르슬라기(記)》를 책장에서 꺼내려고 할 때였습니다. 갑자기 비틀거리다가, 들고 있던 그 책을 귀퉁이에 있는 청국산 큰 유리 화병에 부딪혀 쓰러져 버린 것입니다. 그런데 거기서부터가 이상하게 된 거예요. 그게 몹시 큰소리를 냈지만, 별로 꾸지람을 들을 정도의 문제는 아니었거든요. 그런데 단네벨그 님이 바로 오셔서 말씀이에요……. 저는 아직까지도 도무지 이해가 가지 않습니다."

"아니, 부인은 아마 댁을 꾸짖은 것은 아니었을 겁니다. 화를 내고 웃고 한탄하고……. 하지만 그 대조가 되는 것은 상대의 인간이 아니고 자기가 받은 감각에 스스로 묻고 있는 것입니다. 그처럼 의식이 이상하게 분열된 듯한 상태, 그것은 이따금 어떤 유의 변질자에게 나타나는 것이니까요." 노리미즈는 노부코의 긍정을 기대하듯이 물끄러미 그녀의 얼굴을 지켜보았다.

"그런데, 사실은 결코……." 노부코는 진지한 태도로 딱 잘라 부정하고 나서 "마치 그때의 단네벨그 님은 편견과 광란의 괴물밖에 아무것도 아니셨습니다. 게다가 그 수녀 같은 성격을 가진 분이 떨리는 소리로 몸부림을 치면서 저의 신상에 대해서 잔인하게 샅샅이 들추어

내셨습니다. 마구간집 딸…… 천민이라고요. 학원의 보모……, 그것은 그만두고라도 저를 기생충이라고까지 매도하신 거예요. 저로서도 얼마나 마음이 괴로웠던 일인데……. 설사 산데쓰 님 생전에 자비를 베풀어 주셨더라도, 언제까지나 쓸데없이 이 성관에, 신세를 지고 있는 것을, 어떻게든지……"라고 아가씨다운 비애가 분노로 바뀌어 갔는데, 겨우 눈물에 젖은 볼 언저리가 진정되자 "그러므로 제가 아직도 이해할 수 없다는 의미가 무엇인지 아시겠지요? 그분은 저의 실수로 일으킨 소음에는 전혀 언급이 없었으니까요."

"나 역시 완전히 댁의 입장에 동정하고 있습니다." 노리미즈는 위로하듯 말했는데, 마음속으로 그는 무엇인가를 기대하고 있는 것같이 보이기도 했다. "그런데 댁은, 단네벨그 부인이 이 문을 열었을 때 보셨던가요. 대체 그때 댁은 어디에 있었지요?"

"어머, 어울리지 않는 말씀이에요. 마치 심리파의 구식 탐정 같으시군요." 노부코는 노리미즈의 질문에 깜짝 놀란 듯한 표정을 보였다. "마침 그때 방에 있지 않았습니다. 벨이 고장났기 때문에 고용인 방으로 화병 뒷처리를 부탁하러 갔거든요. 한데 돌아와보니, 단네벨그 부인이 침실 안에 계시지 않겠어요?"

"그럼 그전부터 커튼 뒤에 있는 것을 몰랐던 게 아닐까요?"

"아니요, 아마 저를 찾으려고 침실 안으로 들어오신 것 같아요. 그 증거로는 그분 모습이 커튼 사이로 언뜻 보였을 때에는 거기에서 조금 오른쪽 어깨를 내놓고 그대로 잠시 서 계셨으니까요. 그러다가 옆의 의자를 끌어당기시고, 역시 그 두 커튼 중간에 앉으셨습니다. 어때요, 노리미즈 씨? 저의 진술 중에는 어느 하나도 산데쓰 님을 비롯해서 흑사관의 정령주의가 나타나 있지 않지요. 하지만 정직은 최상의 술책이라고 하지 않던가요?"

"고맙소. 이제 더 이상 댁에게 물어볼 것이 없습니다. 그러나 한 가지 주의를 부탁하는데, 가령 이 사건의 동기가 성관의 유산에 있다고 하더라도 자신의 방어를 위해서 많은 주의를 하시는 것이 좋을 것입니다. 특히 가족들과는 되도록 자주 접근을 하지 않도록. 언젠가 알게 되겠지만 그것이 지금 무엇보다도 좋은 방책이니까요." 노리미즈는 의미있는 경고를 남기고 노부코의 방을 나왔다. 그러나 그때 그는 색다른 열띤 눈으로 문 나란히 있는 오른쪽에 있는 뭔가에 시선을 던졌다. 거기에는 그가 들어갈 때 이미 발견한 것인데 문에서 석 자쯤 떨어진 데에 나무결이 가늘게 잘라진 끝이 쑥 나와 있고, 거기에 거무스름한 의복의 섬유 같은 것이 걸쳐져 있었기 때문이다.

그런데 단네벨그의 입은 옷 오른쪽 어깨에 걸려서 찢어진 데가 한 군데 있었는데, 거기에도 또 심상치 않은 의문의 흔적이 있었던 것이다. 왜냐하면 보통 무심코 들어갈 때의 여러 자세를 상상해 본다면, 석 자의 거리를 옆으로 움직여서 갈라진 나무토막 끝에 오른쪽 어깨가 걸리는 일은 연결시켜 생각할 도리가 없었기 때문이다.

그러고 나서 노리미즈는 어두운 복도를 혼자 조용히 걸어갔다. 그는 가다가 걸음을 멈춰서서 창을 열고, 바깥 공기 속으로 크게 숨을 내쉬었다. 그것은 매우 깊이가 있는 성찰이었다. 하늘 어딘가에 달이 떠 있는 듯, 어슴푸레한 빛이 전망탑과 성벽과 그것을 뒤덮고 있는 활엽수들에 내리비치어 마치 눈앞에 보이는 일대가 바닷속처럼 파랗게 정체되어 있는 것 같았다.

또 그 야경이 바람에 씻겨 물결처럼 남쪽으로 퍼져갔다. 그러는 동안 노리미즈의 뇌리에 문득 스쳐가는 것이 있어 그 관념이 차차 커져갔다. 그는 여전히 그 자리를 떠나지 않고, 스치는 숨마저 두려워하는 듯, 조용히 귀를 기울이기 시작한 것이다. 그러자 그로부터 10여 분이 지나서 어디선가 뚜벅뚜벅 걷는 발소리가 울려오고, 그것이 차츰 귀에서 멀어져 가자 노리미즈의 몸이 간신히 움직이기 시작하더니 그는 다시 노부코의 방으로 들어갔다. 그리고 거기에 2, 3분 있는가 했더니 다시 복도에 나타나, 이번에는 그 반대쪽이 되는 레베스의 방 앞에 섰다. 그리고 노리미즈가 문의 손잡이를 당기자 과연 그의 추측이 적중한 것을 알았다. 왜냐하면, 그 순간 그 우울한 염세적인 인물 레베스의 시선에는 색다른 정열이 넘쳐 마치 야수 같은, 거칠게 내쉬는 숨소리가 부딪혀 왔기 때문이다.

제7편 노리미즈, 마침내 놓치다!

1. 사비에르 성인의 손이……

일부러 노리미즈가 소리를 죽이고 문을 열었을 때였다. 레베스는 난로 곁에 있는 흔들의자에 앉아서 얼굴을 두 무릎 사이에 묻고 관자놀이를 두 주먹으로 꽉 누르고 있었다. 가르마를 탄 긴 은빛 머리 밑에는, 광포한 빛에 빨갛게 불타는 잉걸불을 물끄러미 응시하고 있는 두 눈이 있었다. 여느때 같으면 저 우울한 염세가같이 보였던 레베스는 이제 일찍이 보지 못했던 격정이 그 온몸을 뒤덮고 있다. 그는 끊임없이 옆머리 귀밑털을 쥐어뜯으며 거친 숨을 내쉬고, 또 거기에 따라 새겨진 주름이 실룩실룩 얼굴을 옥죄어 당기며 휘저었다. 요괴 같은 추악한 모습이었다. 그런 두개골 밑에서는 도저히 평온하고 조화로운 것이 존재할 도리가 없는 것이다. 분명, 레베스의 마음속에는 어떤 하나의 광적인 집착이 있는 것이 틀림없다. 그리고 그것이 이 중년의 신사를 마치 짐승처럼 숨차게 헐떡이는 광기를 부추긴 것 같다.

레베스는 노리미즈를 보자, 그 눈에서 오뇌의 그림자가 사라지고 몽롱하게 산처럼 벌떡 일어섰다. 그 변화에는 흡사 다른 레베스가 나타난 것이 아닌가 하는 생각이 들 정도로 너무나 큰 차이가 있었다. 태도에도 의외라든가 혐오라든가 할 만한 데가 없고, 변함없이 새하얀 아지랑이가 낀 듯한, 그러면서도 그 얼굴이 보이지 않는 쪽에는 아주 교활한 짝눈이라도 움직이고 있을 듯한 그런, 언제나 보는 망연하고 섬뜩한 느낌 뿐, 노리미즈의 예의에 벗어난 것을 책하려는 준엄한 태도 역시 찾아볼 수 없었다. 레베스의 색다른 성격은 그야말로 괴물이라고밖에 달리 평할 방법이 없었다.

그 방은 번개무늬의 부조에 모스크식을 가미한 구조로 벽에서 천장까지 나란히 주름으로 되어 있고, 그 많은 주름이 격자를 짜고 있는 천장 한가운데에서 13촉형의 고풍스런 샹들리에를 드리우고 있었다. 그리고 묘한 요괴 같은 누르스름한 빛이 마루의 가구와 그릇들에 내리비치고 있었다.

노리미즈는 노크를 하지 않은 것을 정중하게 사과하고 나서 레베스와 마주보고 긴 의자에 앉았다. 그러자 레베스가 먼저 노련하게 헛기침을 한 다음 입을 열었다.

"그런데, 아까 유언장을 개봉하셨다지요? 그럼, 이 방에 오신 것도 나한테 그 내용을 말해 주시려는 것 아닌가요? 하하, 한데 노리미즈 씨, 확실히 그것은 바보 같은 장난인데 이제야 말할 수 있게 되었군요. 사실을 말하자면 개봉은 곧 유언을 실행하는 것입니다. 요컨대, 거기에는 기한의 도래를 나타내는 의미밖에 없고, 그 내용은 즉각 실행해야 되는 것입니다."

"그렇군요……. 과연 그대로라면 편견은커녕 착각도 일으킬 여지가 없습니다. 그러나 레베스 씨, 마침내 그 유언장 이외에 내가 동기의 심연을 찾아 맞추어 볼까요?" 노리미즈는 웃음 속에 묘한 가시돋친 저의를 품고 상대를 보았다. "그런데 거기에 대해서 꼭 댁의 협조가 필요해서 말입니다. 실은 그 밑바닥의 심연 속에서 이상한 동요가 울려오는 것을 들었어요. 아아, 그 동요, 그것은 사실 내 환상이 아니었습니다. 물론 그 자체로는 몹시 비논리적인 것으로 결코 단독으로는 측정할 수 없습니다. 그러나 그 그림자를 좇아 관찰해 가면 우연히 그 가운데서 하나의 상수를 발견하게 될 것입니다. 레베스 씨, 그 값을 댁에게 결정해 달라고 하고 싶은데…….."

"뭐요, 이상한 동요를?" 일단 놀란 표정을 짓더니 레베스는 난로의 빨간 불에서 노리미즈의 얼굴로 시선을 옮겨갔는데, "아, 알았어요. 노리미즈 씨, 속이 뻔히 들여다보이는 연극은 그만 집어 치웁시다. 어째서 댁같이 용맹무쌍한, 마치 켁스홀므의 척탄병 같은 분이 노래가 부족해서 비참한 목가라니……. 하하, 용감무쌍한 사람이여! 바라건대, 위풍당당하여라!" 상대의 술수를 간파하고 레베스는 통렬하게 비꼬는 말을 내뱉었다. 그리고, 벌써 경계의 장벽을 쳐 버린 것이다. 그러나 노리미즈는 까딱도 하지 않고 상대를 빤히 쳐다보면서 점점 더 냉정해져 갔다.

"그렇군요. 내가 산출한 것이 어쩌면 좀 표정적으로 지나쳤는지 모르겠습니다. 하지만 이렇게 말하면 혹은 나의 얕은 지식을 비웃으시겠지만, 사실 나는 아직도 《디스코르시》(16세기 전반의 피렌체의 외교가 마키아벨리 저 《음모사(陰謀史)》)도 읽어 보지 않았습니다. 그래서 보시는 바와 같이 개방적이고 함정이나 술수 따위는 관련이 없습니다. 차제에 사건의 귀추를 말하여 모르고 계시는 부분까지 알려 드리겠습니다. 그러고 나서 동의를 구하도록 할까요?"라고 팔을 무릎 위에 비켜 놓고 상대를 응시한 채 노리미즈는 상체를 기울였다. "그것은 이 사건의 동기에 세 조류가 있다는 것입니다."

"뭐라고요, 동기에 세 조류……? 아니, 분명히 그것은 하나일 텐데요. 노리미즈 씨. 댁은 쓰다코를, 유산분배에서 빠진 한 사람을 잊으셨어요."

"아니, 그것은 별도로 하고 먼저 내 말부터 들어보십시오." 노리미즈는 상대를 견제하고, 처음에 딕스비를 들었다. 그리고 12궁 비밀 기법의 해독을 비롯하여 홀바인의 《죽음의 춤》을 말하고, 거기에 적혀 있는 저주의 의지를 설명하고 나서, "요컨대, 그 문제는 40여 년 전, 일찍이 산데쓰가 외유할 당시의 비사였던 것입니다. 거기에 따르면, 산데쓰·딕스비·텔레즈 이 세 사람 사이에 요란한 삼각관계가 있었다는 것이 밝혀졌습니다. 그리고 아마 그 결과, 딕스비는 유대인이었기 때문에 패배했을 겁니다. 그러나 그 후에 딕스비에게 뜻밖의 기회가 찾아왔다는 것은, 결국 흑사관의 건설이었지요. 아시겠습니까, 레베스 씨? 그럼 딕스비는 무엇으로 패배의 앙갚음을 했겠습니까? 그 독을 품은 무서운 의지가 형태를 갖추고 나타난……. 그래서 우선 상기할 수 있는 것이 지난 세 변사사건의 내용일 것입니다. 그 어느 것이나 동기가 불명한 점이, 참으로 이상한 시사점을 보여주고 있는 것입니다. 또 건설 후 5년째 되던 해에, 산데쓰는 내부를 개수했습니다. 그런 것도 아마, 딕스비의 보복이 두려워서 한 조치가 아니었을까요? 그러나 무엇보다도 놀라운 것은 딕스비가 40여 년 후인 오늘을 예언하고 이상한 글 속에서 인형의 출현을 적고 있다는 사실입니다. 아, 독을 품은 딕스비의 그 의지가 아직도 흑사관 어디엔가 남아 있다는 느낌이 들지 않습니까? 더구나 그것은 분명히 인지를 뛰어넘은 불가사의한 현상이라고밖에 볼 수 없습니다. 아니, 나는 더 심한 막말을 하겠습니다. 양곤에서 투신했다는 딕스비의 종말도, 그 사실 여부를 음미해야 할 필요가 있다고."

"음, 딕스비……. 그분이 혹시 정말 살아 계시다면, 올해가 꼭 80 세가 됩니다. 한데 노리미즈 씨, 댁이 동요라고 한 것은 결국 그것을 말하는가요?" 레베스는 여전히 조소하는 태도를 바꾸지 않았다. 그러나 노리미즈는 상관없이 냉정하게 다음 항목으로 옮겨갔다.

"말할 것도 없이, 딕스비의 터무니없는 망상과 내 우려가 우연히 일치했는지도 모릅니다. 그러나 다음으로 산데쓰의 경우가 되면 우선 아무도 지나간 생각이라고 여기지 않는 것이 실은 이상한 생기를 띠고 다가오는 것입니다. 물론, 산데쓰가 유산의 배분에 대해서 취한 조치는 명백한 동기의 하나입니다. 또, 거기에는 하다타로 이하 쓰다코에 이르기까지 5인의 사람들이 저마다 각기의 이유를 가지고 포함된 것입니다.

그러나 그 밖에 또 하나 미심쩍은 것은 다름아닌 유언장에 있는 제재 조항인데, 그것이 실행상 거의 불가능하다고 생각되기 때문입니다. 그렇잖아요, 레베스 씨? 가령 연애라고 하는 심적인 것을 어떻게 입증할 수가 있겠습니까? 그러므로 거기에 산데쓰의 알 수 없는 의지가 엿보이는 것같이 생각되어 내가 보기에는 개봉이 가져온 새로운 의혹이라고 해도 될 것입니다. 더구나 그것은 단독으로 분리된 것이 아니고, 어떻게든 하나의 맥락으로…… . 따로 내가 내재적 동인이라고 부르는 것이 있어, 그 두 점의 사이를 지나가는 것이 있다고 생각되는 것입니다. 그래서 레베스 씨, 나는 눈 딱 감고 노골적으로 하는 말인데, 어째서 당신네 4명의 태생지와 신분이 공보에 적힌 것하고 다른가요? 그래서, 한 예를 들면 클리보프 부인의 경우인데, 겉으로는 그분이 코카서스의 지주의 다섯째 딸이라고 합니다. 그러나 사실은 유대인이 아닌가요?"

"음, 대체 그것을 어떻게 아셨습니까?" 레베스는 엉겁결에 눈을 크게 떴으나 그 놀라움은 곧 회복되었다. "아니, 그것은 아마 그분만의 이례일 것입니다."

"그러나 일단 불행한 우연의 일치가 드러난 이상 그것을 끝까지 추적할 것입니다. 뿐만 아니라, 한편 그 사실과 대조하는 것은 이 집

사람들의 특이체질을 암시하고 있는 시양도(屍樣圖)가 있습니다. 또 그것을 네 분이 어릴 적 일본으로 데려왔다는 사실과 관련시켜 보면, 거기에서 분명하게 산데쓰의 이상한 의도가 빤히 들여다보일 것입니다."

노리미즈는 거기에서 말을 끊었는데, 숨을 크게 쉬고 나서 말을 계속했다. "그런데 레베스 씨, 여기에서 나 자신도 어쩌면 머리가 돈 것이 아닌가 하고 생각하는 사실이 있습니다. 그것은 이제까지 망상에 불과했던 산데쓰 생존설에 거의 확실한 추정이 이루어졌다는 것입니다."

"뭐라고, 무슨 말이지요?" 그 순간 레베스의 온몸에서 일제히 감각이 사라져 버렸다. 그 충격의 강도는 눈꺼풀까지도 경직시킬 정도로 레베스는 뭔지 알 수 없는 소리를 벙어리처럼 우우거렸다. 그런 다음에 그는 몇 번이나 되물으며 간신히 노리미즈의 설명에 납득이 가자 온몸이 열병환자처럼 떨리기 시작했다. 그리고 일찍이 아무한테서도 볼 수 없었을 정도로 공포와 고뇌의 빛에 싸이고 말았던 것이다.

"아아, 역시 그랬었군. 움직이기 시작했다면 결코 멈추려고 하지 않겠지." 낮은 소리로 신음하듯 중얼거리다가 문득 무슨 생각을 했는지, 레베스의 눈이 반짝반짝 빛났다. "이상해, 웬 놀라운 우연의 일치일까? 아아, 산데쓰의 생존······. 확실히, 이 사건의 첫날 밤에 지하의 묘굴에서 일어나서 온 것이 틀림없어. 그것이 노리미즈 씨, 아직 나타나지 않은 '지정이여, 힘쓰라'예요. 결국 저 오망성 주문의 4번째에 해당되는 것이 아닐까요? 아닌 게 아니라, 우리 눈에는 보이지 않았겠지요. 하지만 그 카드는 이미 수정 이전에, 요컨대, 이 무서운 비극에는 알지 못하는 동안에 서막으로 나타나 버린 것입니다." 레베스는 얼굴에 절망한 듯한 야릇한 표정을 지었다. 그 흥미로운 레베스의 해석에는 노리미즈도 솔직히 고개를 끄덕였는데, 그는 차츰 말의 톤을 높여갔다.

"한데 레베스 씨, 나는 유언장과 불가분의 관계가 있는, 또 하나의 동기를 발견했습니다. 그것은 산데쓰가 남긴 금제(禁制)의 하나인 연애의 심리입니다."

"뭐요, 연애……." 레베스는 조금 떨렸지만 "아니, 여느때의 댁이라면 그것을 연애적 욕구라고 하시겠지요"라고 상대를 증오하듯 노려보며 반문하는 것이었다. 거기에 노리미즈는 냉소를 띠어 말했다.

"그렇군요……. 하지만, 댁처럼 연애적 욕구 어쩌고 하면, 점점 그 한마디에 형법적 의미를 보태는 것 아닙니까? 그러나 나는 그 전제로서 한마디 산데쓰의 생존과 지정(地精)과의 관계에 언급하지 않을 수 없군요. 과연 그 마법적 효과는 아주 큰 것이 틀림없습니다. 그러나 레베스 씨, 결국 나는 그것이 비례의 문제가 아닌가 생각합니다. 댁은 아마 그 부합을 무한기호같이 해석하여 영원한 악령이 사는 눈물의 계곡이라는 정도로 이 사건을 믿고 계시지요. 그렇지만 나는 그와는 반대로 이미 선량한 수호신 그레트헨의 손이 파우스트 박사에게 내밀고 있다는 것을 알고 있습니다.

그럼, 어째서 그런가 하면 대체로 그 악귀에게 희생을 당하지 않은 인물이 아직 앞으로 몇 사람 남았다고 생각합니다. 그러므로, 그만큼 지성과 통찰력을 갖춘 범인이라면, 마땅히 여기에서, 범행을 계속하는 데에 위험을 느끼지 않으면 안 되는 것이 도리이겠지요. 아니, 그뿐만이 아닙니다. 이제 범인에게는, 이 이상 시체의 수를 늘려야 될 이유가 없습니다. 요컨대 클리보프 부인의 저격을 마지막으로 그 시체 수집벽이, 아주 깨끗이 소멸되어 버렸기 때문입니다. 그럼 여기에서 레베스 씨, 내가 수집한 심리표본을, 한번 보여 드리겠습니다. 즉, 법심리학자인 한스·리헬 등은, 동기의 고찰은 투영적 $\binom{\text{射影的}}{\text{projective}}$으로 하라고 하지만, 그러나 나는 동기에 대해서도 어디까지나 측정적 $\binom{\text{測定的}}{\text{metrical}}$입니다. 그리고 사건 관련자 모두의 마음속을 이미 철저히 다 조사했습니다. 그에 따르면, 범인의 근본적인 목적은 오직 한 가지, 단네벨그 부인에게 있었다고 할 수 있습니다. 그러므로 클리보프 부인이나 에키스케 사건은, 실제의 동기를 은폐하기 위한 연막전술로서 장난기까지 내보인 것입니다. 물론 노부코의 경우는 가장 음흉하고 흉악하기 짝이 없는, 그 악귀 특유의 교란책이라고밖에 할 수 없습니다."

노리미즈는 처음으로 담배를 꺼냈으나, 음성으로 넘쳐흐르고 있는 악마적인 여운만은 어떻게 숨길 수가 없었다. 이어서 그는 놀라운 결론을 말했다. "그러니까 그것이 오늘 노부코에게 무지개를 보낸 심리이고, 또 그 이전에는, 댁과 단네벨그 부인과의 은밀한 연애관계였습니다."

아아, 레베스와 단네벨그 부인과의 관계! 그것은 비록 신이라도 알 까닭이 없었을 것이다. 바로 그 순간 레베스는 죽은 사람처럼 창백해져 버렸다. 그 충격은 목을 경련시켰는지 소리도 쉽게 나오지 않는 모양이다. 그리고 목덜미의 인대를 채찍같이 휘어 구부리면서, 마치 조상처럼 되어 엉뚱한 데를 쳐다보는 것이었다. 그것은 참으로 긴 침묵이었다. 창 너머에서 힘차게 용솟음치는 분수의 소리가 들려오고, 그 거품이 별에 걸쳐 희미하게 빛나고 있었다. 사실 처음에는 노리미즈가 잘 써먹는 수법이라고 생각하여 철저히 경계를 했음에도 불구하고, 마침내 의표를 초월한 그의 투시력이 그 울타리를 뛰어넘어 갔다. 그리고 승패의 기미를 일거에 결정지어 버린 것이다. 이윽고 레베스는 힘없이 얼굴을 들었다. 거기에는 조용한 체념의 빛이 떠 있을 뿐이었다.

"노리미즈 씨, 저는 원래 비환상적인 동물입니다. 그러나 댁에게는 어딘가 유희적인 충동이 많아요. 과연 무지개를 보낸 일만은 수긍하겠습니다. 그러나 나는 결코 범인은 아닙니다. 단네벨그 부인과의 관계란 것은, 실로 충격적인 비방입니다."

"아니, 안심하십시오. 이보다 두 시간 전이라면 몰라도, 현재는 그 금제가 있어도 이미 효력을 상실했습니다. 이제는 아무도 댁의 지분상속을 방해하는 것이 불가능해졌으니까요. 그보다 문제가 되는 것은, 그 무지개와 창문에……"

그러자 레베스는 곤혹스런 가운데도 비수에 젖은 표정을 보이며 말했다.

"아닌 게 아니라, 그때 노부코가 창가에 보였기 때문에, 역시 무기실에 있다고 생각하여 나는 무지개를 보냈습니다. 그러나 하늘의 무지개는 포물선이고, 이슬방울의 물은 쌍곡선입니다. 그러므로 무지개가 타원형을 이루지 않는 한 노부코는 내 품에 뛰어들어오지 않는다고요."

"하지만 여기에 기묘한 부합이 있거든요. 그것은 저 악마의 화살인데 그것이 클리보프 부인을 매달고 돌진하여 찔린 장소면 역시 같은 문입니다. 요컨대 댁의 무지개도 거기에서 들어간 덧문의 문살이었습니다. 그렇잖아요, 레베스 씨? 인과응보의 이치라고 하는 것은, 반드시 복수신이 정한 인간의 운명뿐만은 아니니까요." 어딘가 섬뜩한 말투로 넌지시 한발 한발 다가가자, 일단 레베스는 온몸을 웅크리고 가냘프게 한숨을 내쉬었다. 그러나 곧 반발하는 태도로 나왔다.

"하하, 쓸데없이 공연한 소리는 그만 하시요, 노리미즈 씨. 나같으면 그 세 갈래 화살이, 뒷뜰의 채소밭에서 쏘아올린 것이라고 하겠는데요. 왜냐하면, 지금이 순무의 한창때이거든요. 오뇌는 순무, 화살대는 갈대라고 하는 민요를 댁도 아시겠지요?"

"그렇소, 이 사건 역시 그렇다고요. 순무는 범죄현상, 갈대는 동기인 것입니다. 레베스 씨, 그 두 가지를 다 구비한 사람이라고 하면, 우선 댁밖에는 없어요." 갑자기 무자비한 태도가 된 노리미즈의 온몸이 활활 타오르는 불꽃 같은 것으로 둘러싸여 버렸다. "물론 단네벨그 부인은 타계한 사람이고, 노부코도 입을 열 리가 없습니다. 그러나 사건 첫날 밤 노부코가 꽃병을 깼을 때, 분명히 댁은 그 방으로 가셨지요."

레베스는 무의식중에 당황해 팔걸이를 쥔 한쪽 손이 이상스럽게 떨리기 시작했다.

"그럼 내가 노부코에게 사랑을 구한 것이 발견되었기 때문에 지분을 잃지 않으려고 단네벨그 님을 죽인 것이라고요? 천만에, 그것은 댁이 멋대로 꾸민 취향이야. 댁은 비뚤어진 공상 때문에 바른 길을 벗어나고 있어요."

"레베스 씨, 그 해법이란 것은 댁이 여러 번 부딪혀 보아서 알고 있을 텐데요. '거기 있는 것은 장미로다, 그 언저리에서 새소리는 사라져 들리지 않나니.' 결국, 레나우의《가을의 마음》한 대목이 아니겠어요?" 노리미즈는 조용하고 세련된 태도로, 그의 실증법을 말하는 것이었다.

"한데, 이제는 의식하시겠지만 나는 사건의 관련자를 비쳐보는 마음의 거울로서, 실은 시를 활용합니다. 그래서 수많은 상징을 흩뿌려놓은 것입니다. 결국 거기에 맞는 부호라든가 반응 따위를, 징후적으로 해석해서 마음속을 헤아려 보려고 한 거지요. 자, 그 레나우의 시말인데, 그것을 써서 나는 일종의 독심술에 성공한 것입니다. 왜냐하면, 심리학상의 술어로 연상분석이라고 하여, 그것을 라이헤르트 같은 신파 법심리학자들은, 예심판사의 신문중에도 쓰라고 권고하고 있습니다. 왜냐하면 여기에 다음과 같은 뮌스터베르크의 심리실험이 있기 때문에……. 처음에 훤소($\substack{\text{喧騒} \\ \text{Tumult}}$)라고 쓴 종이를 시험을 치르는 사람에게 보이고, 그 직후에, 철로$\binom{\text{Rail-}}{\text{road}}$라고 귀에 대고 속삭이자, 그 종 잇조각의 글자를, 피험자는 터널이라고 대답했다는 것입니다. 요컨대 우리의 연상중에 딴데서 유기적인 힘이 작용하면 거기에 일종의 착각이 일어나지 않으면 안 되기 때문이죠. 하지만 나는, 거기에 독자적인 해석을 가하여, 그 공식, 즉 Tumult＋Railroad＝tunnel을 역으로 응용하여, 먼저 1을 상대의 심상으로 하여, 그 미지수를 2와 3으로서 묘파하려고 꾀한 것입니다. 그래서 우선, '거기에 있는 장미로다'라고 한 뒤에 댁이 말한 한 구 한 구를 검토해 보았습니다.

그러자, 댁은 내 안색을 살피는 듯한 태도로, '그럼 장미유향을 태운다면'이라고 하셨지요. 나는 거기에서 쩡하고 신경을 건드리는 것이 있음을 느꼈습니다. 왜냐하면 가톨릭이나 유대교에서도, 유향에는 보스웨리어와 튤리펠러 두 종류밖에 없으므로, 물론 잡종 향료는 종교의식에서 허용하지 않기 때문입니다. 요컨대, 장미유향이라는 한마디가, 댁의 마음속 깊이 숨겨둔 것이 있어, 그 유기적인 영향에 틀림없다는 결론에 도달했습니다. 분명히 그 한마디는 무엇인가 하나의 진실을 말하려 하고 있습니다. 그러나 그것이 무엇인지는 조금전에 노부코가 방을 비운 것을 노려, 그 방을 다시 조사하기까지는 알 방법이 없었지요." 노리미즈는 천천히 담배에 불을 붙여 한 모금 빨고 나서 말을 계속했다.

"그런데 레베스 씨, 그 방의 서실 안에는 양쪽으로 책장이 늘어서 있더군요. 그리고 노부코가 비틀거리다가 꽃병에 부딪혔다는 《성 우르슬라기》는 입구 바로 옆에 있는 책장 상단에 있었습니다. 하지만 그 책은 몸의 중심을 잃을 만큼 무거운 것이 아닙니다. 문제는 도리어 그것과 나란히 꽂혀 있던 한스 센스페르거의 《예언의 훈연 (Weissagend rauch)》에 있었던 겁니다. 그것을 발견한 나는 그 우연한 적중에, 무의식적으로 섬뜩한 느낌마저 들었습니다. 왜냐하면 그

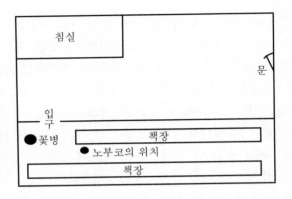

《예언의 훈연》에는, 마침 뮌스터베르크의 실험과 동일한 해법이 포함
되어 있기 때문입니다. Tumult＋Railroad＝tunnel의 공식이 딱
Weissagend rauch＋Rosen＝Rosen Weihranch에 적응되는 것이지요,
요컨대 예언의 훈연이라고, 그때 댁의 뇌리에 부동하고 있던 하나의
관념이, 장미에게 유도되어 거기에서, 장미유향이라는 한마디가 되어
의표면에 나타난 것이지요.

이렇게 나의 영상분석은 완성되어 댁이 그 한 권의 이름을 끊임없
이 뇌리에서 떼놓지 못하는 이유를 알게 되었습니다. 왜냐하면 다시
그 방의 상황을 자세히 관찰하자, 노부코가 꽃병을 쓰러뜨리기까지의
진상이 밝혀져, 거기에 댁의 얼굴이 나타났기 때문입니다." 노리미즈
는 이렇게 말하고 나서, 문제를 노부코의 동작으로 옮겼다. 노리미즈
특유의 독특하고 미묘한 생리적 해석을 말하는 것이었다.

"그래서 그 《예언의 훈연》의 존재가 명료해지면 자연히 노부코의
거짓말이 성립되지 않는 거지요. 그 여자는 발이 걸려 넘어질 때
《성 우르슬라기》를 꽃병에 부딪혀 쓰러뜨렸다고 했습니다. 하지만
그 꽃병이라는 것이 입구의 맞은쪽 끝에 있었기 때문에, 그때 노부
코의 몸 자세와 꽃병의 위치를 생각할 때, 도저히 납득이 가지 않

아요. 우선 노부코가 왼손잡이가 아닌 한 《성 우르슬라기》를 오른손으로 던져 머리 위 너머로 그것을 꽃병에 부딪혔다는 것은, 전혀 불가능할 것입니다. 그래서 나는 엘브점 반사의 생각이 난 겁니다. 위팔을 높이 들면 어깨의 쇄골과 척추 사이에 근육이 부풀어올라, 그 정점에 상박신경의 한 점이 나타납니다. 그 한 점에 강한 타격을 가하면, 그쪽의 상박부 밑으로 격렬한 반사운동이 일어나 그 뒤에는 즉시 마비되어 버리거든요. 아니 사실 그 현장에도 엘브 반사를 일으키는 데 딱 맞는 조건이 구비되어 있었어요. 마침 그 두 권이 있었던 자리라는 것은, 두 손을 올리지 않으면 닿지 않는 높이였기 때문입니다. 그런데 레베스 씨, 그렇게 노부코의 거짓말을 정정해 가는 동안 문득 나는, 그때 그 방에서 일어난 실상을 그려볼 수가 있었습니다. 그것은 노부코가 《성 우르슬라기》를 뽑으려고 오른손을 책장 상단에 뻗을 때였습니다. 그때 방의 앞쪽 어디에선가 무슨 소리가 난 겁니다. 그래서 노부코는 책을 쥔 채 뒤를 돌아보다가 배후에 있는 책장의 유리문을 본 것입니다. 그때 그녀의 눈에, 침실에서 나온 인물의 모습이 비친 거지요. 그래서 깜짝 놀란 순간 나란히 있던 《예언의 훈연》을 건드렸기 때문에 그 천 페이지도 더 되는 육중한 책이 노부코의 오른쪽 어깨에 떨어진 겁니다. 그리고 갑작스레 일어난 그 격렬한 반사운동으로, 오른손에 쥔 《성 우르슬라기》를 머리 너머로 왼쪽 꽃병에 내동댕이친 것이겠지요. 그렇지 않습니까, 레베스 씨?

그렇게 되면 그 《예언의 훈연》에 의해 하나의 심적 검증을 할 수 있게 되지 않겠어요? 곧 그때 침실에 숨어 있던 인물에게 하나의 허수를 붙일 수가 있는 거지요. 허수⋯⋯. 그러나 리먼은 그에 따라 공간의 특질을 단순한 3중으로 퍼진 크기로부터 구해내고 있지 않습니까? 아니, 내가 솔직히 말하지요. 그때 침실에서 나온 댁은 소음을 듣고 노부코 쪽으로 가서, 떨어져 있는 《예언의 훈연》을 원래의 자리에 집어넣어 주었던 것입니다. 그리고 방에서 사라지는 것을 단네벨그 부인에게 들켰기 때문에, 그것이 산데쓰가 죽은 뒤 은밀한 관계에 있던 부인을 격노하게 만든 것입니다. 그러나 한편 지분상속에 관한 금제가 있기 때문에 어지간한 부인도 그것을 까놓고 말할 수는 없었던 것이지요."

그동안 레베스는 주먹쥔 두 손을 무릎 위에 놓은 채 가만히 듣고만 있었다. 그러나 상대의 말이 끝난 뒤에도 정관적인 표정이 변하지 않았다. 레베스는 차갑게 쏘아붙였다.

"과연 동기는 그것으로 충분해요. 그러나 이때 댁에게 무엇보다도 필요한 것은, 단 한 가지라도 완전한 형법적 의의를 찾는 일입니다. 즉 이번에는 범죄현상에 댁의 천명을 요구하고 싶어요. 노리미즈 씨, 그 사슬테의 어디에서 내 얼굴을 증명할 수 있습니까? 아닌게 아니라 나에게, 그 《예언의 훈연》은 영원히 기억으로 남겠지요. 또 무지개를 보내서, 노부코에게 내 마음을 알리려고 했습니다. 그러나 도저히 그것만으로는 나와 메피스토펠레스와의 계약이 ……. 아니, 이제 나는 댁의 그 현학적인 말에 구역질이 납니다."

"물론입니다, 레베스 씨. 그러나 댁의 작시가 혼돈 속에서 한 줄기 빛이 되었습니다. 실은 이 사건의 종말은 그 무지개에 나타난 파우스트 박사의 모든 참회에 있었던 것입니다. 아니, 솔직히 말하지요. 물론 그 7색은, 시에서도 관상(觀想)을 의미하는 것이 아니고 참으로 흉악무도한 칼날의 빛이었던 것입니다. 그렇지요, 레베스 씨. 댁은 클리보프 부인을, 그 무지개의 자욱한 김으로 저격했지 않소?" 노리미즈는 갑자기 무시무시한 얼굴이 되어 미친 듯한 말을 내뱉었다. 그 순간 레베스는 화석처럼 굳어져 버렸다. 느닷없이 머리 위에서 번뜩 내리치는 것을, 아마 레베스도 그때까지는 상상도 못했을 것이다. 현혹, 경악. 물론 그 찰나에 레베스가 모든 지성을 잃어 버린 것은 말할 것도 없다. 그런데 상대가 그렇게 망연자실하는 모습에 노리미즈는 오히려 잔인한 반응을 느꼈던 것 같다. 노리미즈는 손아귀에 든 먹이를 즐기는 듯한 태도로 차분히 입을 열었다.

"사실 그 무지개는 얄궂은 조소적인 괴물이었지요. 그런데 댁은 동고트의 왕 테오드리히를, 저 라벤나 성의 비극을 아십니까?"

"음, 처음에 잘못 쏘아도, 테오드리히에게는 활과 마찬가지인 단검이 둘 있었지요. 하나 나는 고행자도 순교자도 아니오. 오히려 그런 죄를 씻는 윤회사상은 나한테 말할 것이 아니고 파우스트 박사에게 해야겠지요." 레베스가 떨리는 목소리로 만면에 증오의 빛을 띠며 말한 것은, 그 라벤나 성의 비극에 클리보프 사건을 방불케 하는 장면이 있었기 때문이다. *1

"그러나 그 무지개가 일러바친 것만은 어떻게 할 수가 없어요." 노리미즈는 다시 쉬지 않고 몰아붙이며 무서운 기세로 말했다. "그러나 댁이 오드워컬을 죽인 옛사람의 지략을 배웠다니 대단합니다. 아시겠지만 테오드리히가 쓴 활의 시위라는 것은, 탁이목(橐黃木)의 섬유로 짠, 하이데크루크왕(북독일 게르만
족의 한 족장)으로부터의 전리품이었던 겁니다. 그런데 그 탁이목이라는 식물섬유에는 온도에 따라 조직이 신축하는 특성이 있습니다. 따라서 차가운 북독일에서 따뜻한 중부 이탈리아로 왔기 때문에, 그토록 두려운 북방민족의 살인 무기도 곧 그 성능을 잃어버린 것입니다.

그래서 그 화전의 시위를 보았을 때 나는 이상한 예감이 들었어요. 그리고 그 탁이목의 신축을 인공적으로도 이용할 수 있지 않나 생각했습니다. 그렇지요, 레베스 씨. 그때 화전은 벽에 걸려 있었고, 화살을 메긴 채로 약간 위쪽으로 방향을 돌리고 있었어요. 그리고, 그 높이도 마침 우리의 가슴 언저리의 높이였고요. 그런데 여기에서 주의해야 될 점은 그것을 받치고 있는 못의 위치인 것입니다. 그것은 대가리가 납작한 것이 셋, 그중에서 둘은 시위를 꼰 매듭을, 나머지 하나는 발사하는 손잡이 바로 밑에서 활몸통을 지탱하고 있었어요. 물론 그 위치에서 자동발사가 되도록 하기 위해서는, 약 20도가량 벽과 벌어지도록 하지 않으면 안 되지요.

그 음흉한 기교라는 것은 지금 말한 각도를 만드는 것과, 사람손을 빌리지 않고 활을 당겨 더욱 그 긴장을 푸는 것이었어요. 그래서 거기에 필요했던 것이 전에 쓰다코를 쓰러뜨린 클로랄이었던 것이지요."

노리미즈는 다리를 바꾸어 꼬며, 새 담배를 꺼내고 나서 말을 계속했다.

"그런데 댁은, 에텔이나 클로랄 수용액에 저온성이 있는 것을, 다시 말하면 그것이 닿은 면의 온도를 빼앗는다는 것을 아십니까? 이 경우 시위를 꼰 탁이목의 섬유끈 세 가닥 중에서 한 가닥에 클로랄을 발라 두는 것입니다. 그래서 거기에 분수에서 자욱한 김이 보내오기 때문에 그 녹기 쉬운 마취제가 차가운 이슬방울이 되어 그것이 발려 있는 한 가닥을 차츰 수축시켜 갔습니다. 물론 그 힘이 사수같이 되어, 활을 죄기 시작한 것은 말할 것도 없지요. 그러면 거기에 따라 다른 수축되지 않은 두 가닥이 풀리기 때문에 그것이 확장할수록, 노의 위치가 내려가지 않겠어요? 그러니까 그렇게 밑으로 처질 때마다, 더욱 반동이 강한 위쪽의 꼰눈이 못에서 벗어나기 때문에 노의 위쪽이 벌어지면서, 거기에 따라 활몸통의 발사하는 손잡이 부분도 옆으로 쓰러지며 못에 눌려 화살은 열려 있는 각도대로 발사되겠지요. 그리고 발사의 반동으로 노는 마루 위에 떨어졌는데, 수축한 시위는 다 증발됨과 동시에 본래대로 된 것은 말할 나위도 없어요. 그러나 레베스 씨, 원래 그 책략의 목적은,

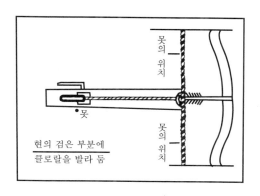

현의 검은 부분에
클로랄을 발라 둠

못의 위치

못의 위치

•못

군이 클리보프 부인의 생명을 빼앗는 데 있었던 건 아니지요. 오직 댁의 알리바이를 한결 더 굳히면 되었으니까요."

그 사이 레베스는 진땀을 줄줄 흘리며 야수처럼 핏발이 선 눈으로 노리미즈의 장광설에 틈을 노렸으나, 그 정연한 이론에 압도되고 말았다. 그러나 그런 절망이 그를 내몰아 레베스는 일어서자 주먹으로 가슴을 치며 처참한 몰골로 울부짖기 시작했다.

"노리미즈 씨, 이 사건의 악령은, 단적으로 말해서 바로 당신이야. 그러나 미리 말해 두지만, 당신은 혓바닥을 놀리기 전에 먼저 《마리엔버트의 애가》라도 한 번 읽어봤어야지, 알겠나? 여기에 영원한 여성을 찾으려는 사람이 있었다고 해 봐. 그 정신의 체관적 아름다움이라는 것은 야심도, 반항도, 분노도, 혈기도, 그 모두가 봇물을 터는 것처럼 세차게 흘러가 버리는 것이야. 그런데 당신은 수치나 처벌밖에는 모르는 딱한 인물이야. 아니, 그뿐만이 아니지. 당신이 이끌어 온 사냥꾼 패가 오늘도 여기에서 야비하고 혹독한 본성을 드러내고 있지 않소! 사수는 분명히 사냥감을 움직이지도 못하고……."

"그렇군, 수렵이라고요……. 그러나 레베스 씨, 댁은 이런 미봉을

아시나요? '저 산과 구름의 잔도(栈道), 노새는 안갯속 길을 찾고,
암굴에는 해묵은 용의 족속이 산다네'"라고 노리미즈가 심술궂은 웃
음을 지었을 때, 입구의 문에서 밤바람인 듯싶은 희미한 옷스치는 소
근거림이 들렸다. 그것은 차츰 복도 저쪽으로 들릴락말락 사라져가는
노랫소리였다.

> 사냥꾼 한 패가 야영을 시작할 때
> 구름은 하늘을 덮고, 안개는 골짜기를 메워
> 밤과 땅거미가 함께 몰려오네

그것은 틀림없는 셀레나 부인의 소리였다. 그러나 그 소리를 듣자,
레베스는 상심한 듯이 긴 의자에 쓰러질 듯 기대어 간신히 버티어 섰
다. 그리고 머리를 뒤로 홱 젖히고 숨을 가쁘게 쉬면서 입을 열었다.

"댁은 어떤 기회에 한 사람의 희생을 조건으로 그녀를 구해주려고
하는 거지요? 이제 내게는 더 이상 해명할 기력조차 없습니다. 이제
는 호위도 그만두시오. 내 피로 이것을 심판한다면, 언젠가 그 혀뿌
리에서 듣는 것이 있을 테니까요." 레베스는 굳은 결심을 보이면서
호위도 거절하는 것이었다. 그래서 모든 무장을 버리고 알몸으로 파
우스트 박사 앞에 나서겠다는 것이다.

거기에 노리미즈 역시 얄궂게도 응락한다는 대답을 남기고 방을 나
왔다. 그들이 대책을 강구하고 또 신문실로 써온 단네벨그의 방에는
검사와 구마시로가 이미 저녁식사를 마치고 있었다. 그 탁상에는 뒤
뜰의 구두자국을 조형한 두 석고형과 한 켤레의 덧신이 놓여 있었다.
그리고 그것은 레베스의 소지품으로 뒷계단 밑에 있는, 벽장에서 간
신히 찾아냈다는 것이었다.

그 무렵에는 오시카네 박사도 돌아갔다. 식사를 마치자 노리미즈가

입을 열었다. 레베스와의 대결 전말을 붉은 포도주를 기울이면서 말을 마쳤다.

"과연……"이라고 일단 수긍을 했으나 구마시로는 강한 비난의 빛을 띠고 말했다. "당신의 딜레탕티즘에는 질렸어. 도대체 레비스를 조처하는 데 주저하는 것은 어째서지? 생각해 봐. 이제까지 동기와 범죄현상이 모두 엇갈려 그 두 가지를 겸해서 증명할 수 있는 인물이 전에는 아무도 없었잖아? 아무튼 서곡은 끝났으니까 지체 없이 막을 올리기로 해. 과연 당신이 좋아서 쓰는 노래자랑도, 어떤 의미에서는 자기도취일지도 모르지만 말이야. 그러나 그 전제로 결론이 필요한 것을 잊으면 안 되지."

"천만에, 어째서 레베스가 범인이란 말이야?" 노리미즈는 익살스러운 몸짓을 하며 폭소를 터뜨렸다. 아아, 세기의 이단아 노리미즈, 그는 그 고백 비극에 별난 무슨 동기변전이라도 준비하고 있었을까. 검사와 구마시로는 그 순간 조롱당한 것을 깨달았으나, 그만큼 정연한 조리를 생각하면 그의 말을 곧이곧대로 믿을 수는 없었다. 이어서 노리미즈는 그 궤변주의의 본성을 폭로함과 동시에 앞으로 레베스에 관한 불가사의한 역할을 분명히 했다.

"과연 레베스와 단네벨그 부인과의 관계는 정말로 틀림없는 거야. 그러나 그 화전의 시위가 탁이목이라면, 나는 전사(前史) 식물학으로, 세계가 경악할 만한 큰 발견을 한 셈이지. 여보, 구마시로 씨, 1753년에 베링 섬 부근에서 바다소 최후의 종류가 도살되었어. 그러나 저 한대식물은 벌써 그 이전에 사멸한 것이야. 역시 그 노의 시위는 전혀 색다른 것이 아닌 평범한 대마로 만들어진 거야. 하하, 저 코끼리같이 육중한 기둥 모양을 나는 송곳처럼 가늘게 한 거지. 마지막으로 레베스를 새 좌표로 삼아, 이 어려운 사건을 풀어볼 작정이야."

"실성했나? 당신은 레베스를 산 미끼로, 파우스트 박사를 끌어내려고 하는 거야?" 그토록 침착한 검사도 깜짝 놀라 덤벼들 것 같은 기색을 보이자, 노리미즈는 좀 잔인한 미소를 지어 대답했다.

"그렇지, 도덕세계의 수호신 하세쿠라 씨! 솔직히 말해서 내가 레베스에 대해 가장 두려워하는 것은 결코 파우스트 박사의 손톱이 아니야. 실은, 그 사나이의 자살심리라고. 레베스는 최후로 이런 문구를 말하더군. '내 피로 이 심판을 한다면, 언젠가는 그 혀뿌리로부터 듣는 것이 있을 테니까'라고 말이야. 그것이 어쩐지 레베스가 펼쳐 보일 비장한 시대사극 같아, 그 성격배우의 볼 만한 장면의 연기가 되지 않을까 염려되는 거야. 그러나 그것은 비수이긴 해도 결코 비장한 일이 될 수는 없어. 그 한 구라는 것이 《루크레티아 도둑》이라는 셰익스피어의 시극 속에 나오는, 로마의 가인 루크레티아가 탈키니우스에게 능욕당하고 자살을 결심한 장면으로 나타나기 때문이지"라고 노리미즈는 좀 기가 죽은 듯한 안색을 지었으나, 눈썹을 치켜올리고 의연하게 큰 소리를 치는 것이었다.

"그렇지만 하세쿠라 씨. 그 대결 속에는 범인으로서 도저히 빠져나갈 수 없는 위기가 포함되어 있어. 사실 내가 맞붙은 것은 레베스가 아니야. 역시 파우스트 박사라고. 사실을 말하면, 나는 아직 사건의 표면에 나타나지 않은 오망성 주문의 최후의 하나인 지정(地精)이라는 카드의 소재를 알고 있다는 사실이야."

"뭐야. 지정의 종잇조각?" 검사와 구마시로는 기겁할 정도로 놀랐다. 그러나 노리미즈의 미간에는 도박을 한다기보다 너무나 단정적인 자신감에 넘쳐 있었다. 그의 처절한 신경작용이 어떤 책략에 의해서, 요괴의 아성에 바짝 다가갈 수 있는 것일까? 그 갑작스런 긴장된 공기 속에서 노리미즈는 식어 버린 홍차를 다 마시고 나서 다시 말하기 시작했는데, 그것은 놀라운 심리분석이었다.

"한데, 나는 골튼의 가설을 표절하여 그것으로 레베스의 심상을 분석해 보았어. 그것은 그 심리학자의 명저 《인간능력의 고찰》 가운데 나오는 것인데, 상상력이 뛰어난 인물의 경우 말이나 숫자에 공감현상이 일어나 그것과 관련된 도식을 구체적인 명료한 형태로 머릿속에 그려낼 수가 있다는 거야. 예를 들어 숫자일 경우, 시계의 문자반에 나타난 것이 그 예가 되지만…… 이제 레베스의 말 중에, 그보다 더 강렬한 표현이 나타난 거야. 하세쿠라 씨, 그 사나이는 노부코에게 구애를 한 결과에 대해 슬픈 어조로 이렇게 말하더군. '천공의 무지개는 포물선이고, 이슬방울의 무지개는 쌍곡선, 하지만 그것이 타원형이 아닌 한 노부코는 내 품안으로 뛰어들지 않으리'라고. 그런데 그때 레베스의 눈에 미세한 운동이 일어나, 그가 기하학적인 용어를 말할 때마다 어쩐지 공중에 도식을 그리고 있는 것 같은 움직임을 읽을 수가 있었어. 거기에서 나는 그 무언극 같은 심리표출에 숨막힐 듯한 하나의 징후를 발견한 거야. 왜냐하면 포물선(⟩)과 쌍곡선(⟨)을 타원형(⟩)으로 이으면, 그 합한 것이 KO가 될 테니까. 요컨대, 지정(Kobold)의 두 머리글자 K와 O인 거야. 그래서 나는 즉각 거기에 암시적인 충격을 주려고 Kobold의 Ko를 뺀 나머지 넉 자인 bold와 비슷한 발음을 끌어내려고 했지. 그러자 레베스는 세 갈래 화살을 Bohr라고 하더군. 또 거기에 이어서 레베스가 나를 놀리면서 그 화살이 뒤뜰 채소밭에서 발사되었다고 하며, 그 속에 순무(rube)라는 한마디를 자주 써먹더군. 그래서 하세쿠라 씨, 우연히도 나는 레베스의 의식면을 떠돌고 있는 이상한 괴물을 발견하게 된 거야. 나는 스테링은 아니지만, 마음은 하나의 그룹이고, 또 거기에는 자유 가동성(可動性)이 있다고 한 것은 지당한 말인 것 같아. 왜냐하면, 그 레베스의 한마디에는 그 사나이의 마음속 깊이 숨겨져 있던 하나의 관념이, 아주 선명하게 분열된 모습으로 나타났기 때문이지. 알겠나, 하세쿠라 씨? 처음에 KO라는 글자의 형식을 떠올리고 나서, 레베스는 세 갈래 화살을 Bohr라 하고, 마음속으로 지정을 의식하고 있다는 것을 분명히 했어. 그리고 또, 순무라는 말을 썼는데, 거기에는 중대한 의미가 숨어 있다고. 왜냐하면 지정에 유도되어 반드시 연상하지 않으면 안 되는 하나의 비밀이 레베스의 뇌리에 있었기 때문이야. 그럼 시험으로 세 갈래 화살과 순무를 합쳐 보라고. 그러면 격자 밑의 책상……. 아아, 내 머리가 돌아 버린 게 아닐까? 실은 그 책상이라는 것이 노부코의 방에 있는데 말이야."

지정의 카드, 지금이야말로 사건의 마지막 판국이 그 한 점에 걸려 있다. 만일 노리미즈의 추단이 진실하다면, 그 발랄한 아가씨는 파우스트 박사를 흉내내지 않으면 안 된다.

노부코의 방으로 가는 복도가 세 사람에게는 얼마나 멀었던 것인가. 그러나 노리미즈는 고대 시계실 앞까지 오자 무슨 생각을 했는지 갑자기 멈추어 섰다. 그리고 노부코의 방 조사를 사복형사에게 맡기고 오시카네 부인 쓰다코를 부르도록 명했다.

"장난이 아니야. 쓰다코를 가두었던 문자반에 암호라도 있으면 별문제이지만, 그 여자의 신문은 뒤로 해도 되지 않겠어?"

구마시로가 동의하지 않는 듯 짜증스런 어조로 말했다.

"아니, 그 회전금(回轉琴) 시계를 가서 봐야 돼. 실은 묘하게 집착이 가는 것이 하나 있어서 그래. 그것이 나를 미치게 한단 말이야"라고 구마시로는 딱 잘라 말하여 두 사람을 당황하게 했다.

노리미즈의 전파악기 같은 미묘한 신경은, 건드리는 것만 있으면 그 자리에서 유추의 달변으로 발휘되는 것이다. 그래서 언뜻 보기에는 무궤도한 것같이 보이지만, 막상 뚜껑을 열어보면 그것이 유력한 하이픈이 되기도 하고, 혹은 사건의 전도에 미지의 빛나는 빛으로 반사되는 경우도 많았다.

거기에, 벽에 손을 대면서 쓰다코 부인이 나타났다. 그녀는 1920년대, 특히 마테를링크의 상징적 비극 같은 데에 출연하여 이름을 날렸던 만큼, 마흔 고개를 한두 살 넘었지만 그 풍부한 정서는, 청자색의 눈 언저리와, 살갗을 싸고 있는 질그릇 같은 은은한 빛이, 지난날 무대에서의 화려한 모습을 연상케 했다. 게다가 남편인 오시카네 박사와의 정신생활이, 그녀에게 체관적 깊이를 더하게 한 것은 물론이다. 그러나 노리미즈는 이 우아한 부인에게 처음부터 가차없이 준열한 태도로 나갔다.

"처음부터 이런 말씀을 드리는 것은 지극히 예의에 벗어난 줄 압니다. 그러나 이 성관 사람들의 말을 빌리면, 부인은 인형 조작가라고 부를 수밖에 없습니다. 한데, 그 인형과 실에 대한 말이지만, 사건 당시에는 그것이 텔레즈 인형이었습니다. 그리고 또 악의 근원은 영생 윤회의 형태로 되풀이되어 갔던 것입니다. 그러므로 나로서는 부인께 당시의 상황을 묻겠습니다. 앞서의 여전히 도깨비 이야기 같은 운명론은 말씀하실 필요가 없습니다."

쓰다코는 처음부터 전혀 예기치 않았던 말을 들었기 때문에, 그 야위고 해쓱한 얼굴이 갑자기 굳어지면서 꿀꺽 거칠게 침을 삼켰다. 노리미즈는 이어서 그 섬뜩한 추궁을 늦추지 않았다.

"물론 부인이 그날 저녁 6시쯤, 부군인 박사에게 전화를 거셨다는 것과 또 그 직후에 신기하게도 방에서 자취가 사라지셨다는 것을, 나는 이미 잘 알고 있습니다."

"대체 무엇을 묻고 싶으신가요? 이 고대 시계실에는 내가 혼수상태가 되어 갇혀 있었던 거예요. 더욱이 그날 밤 8시 20분 무렵에는, 다고 씨가 이 철문의 문자반을 돌렸다고 들었습니다." 안면을 약간 긴장시켜 쓰다코는 좀 반항조로 되물었다.

그러자 노리미즈는 철책문에서 등을 떼어, 물끄러미 상대의 얼굴을 들여다보면서 마치 미친 사람이 아닌가 싶을 정도의 말을 쏟아냈다.

"내 마음에 걸리는 것은 이 철책문 밖이 결코 아니고, 도리어 내부에서 있었던 일입니다. 부인은 중앙에 있는 회전금이 붙은 인형시계를, 또 그 동자인형 오른쪽이 사비에르 성인의 유물 바구니로 되어 있어, 시간을 알릴 때에 차임벨을 울리는 것도 잘 알고 계시지요. 그런데, 그날 밤 9시가 되어 사비에르 성인의 오른팔이 축 내려가자, 동시에 이 철문이 사람 손도 대지 않았는데 처철로 열렸어요."

2. 빛과 색과 소리, 그것이 어둠 속으로 사라질 때

아아, 사비에르 성인의 손! 그것이 이 이중의 자물쇠로 잠긴 철문을 열었다니……. 노리미즈의 투시신경이 미묘한 표출을 계속하여 쌓아올린 높은 탑이 이것이었던가. 그러나 검사와 구마시로도 얼굴이 마비된 듯 말도 제대로 나오지 않았다. 왜냐하면 이것이 과연 노리미즈의 신기라고 하더라도, 도저히 그대로 받아들일 수 없을 만큼 오히려 광기에 가까운 가설이었기 때문이다. 쓰다코는 그 말을 듣자 현기증이라도 난 듯이 쓰러져 가더니 가까스로 철책문에 기대었다. 그러나 그 얼굴은 창백하게 사색이 되고 숨이 끊어질 듯 헐떡이면서 눈을 감아 버렸다. 노리미즈는 아주 고소한 양 회심의 미소를 지었다.

"그래서 그날 밤, 부인은 묘하게 실과 선이라는 것이 운명과 결부된 것입니다. 그러나 그 방법으로는 여전히 1년이 하루같이……. 아니 아무튼 내가 생각하고 있는 것을 한번 실험해 볼까요."

그러고 나서, 부호표와 문자반을 덮고 있는 철제 상자를 여는 열쇠를 신사이에게서 빌려 우선 철상자를 열고, 거기에서 문자반을 꺼내 오른쪽으로 왼쪽으로 그리고 또 오른쪽으로 맞추자 문이 열렸다. 그

러자 문의 뒤쪽에서 배후가 드러나 나침반식의 기계장치가 나타났는데, 노리미즈는 거기에 표면으로는 문자반의 주위에 해당하는, 쑥 내민 장식물에 실을 감아 그 한 끝을 고정시켰다.

"한데, 이 나침반식의 특성이 부인의 속임수에 가장 중대한 요소를 이루고 있는 것입니다. 왜냐하면 이 맞춤문자를 덮었던 방향으로 거슬러 가면, 세 번의 조작으로 빗장이 열리지요. 또 그것을 반대로 하면, 걸쇠가 빗장구멍 속으로 들어가 버리니까요. 요컨대 열 때의 기점은 닫혀질 때의 종점이며, 또 닫힐 때의 기점은 열 때의 종점에 해당되는 셈입니다. 그러므로 실행은 지극히 단순하여 그 좌우의 회전을 알맞게 기록하는 것이 있어, 거기에 문자반 쪽으로 반작용을 시킬 힘만 있으면, 이론상으로 채워진 빗장이 열리게 된다는 것입니다. 물론 내부에서라면 그 철상자의 열쇠는 문제가 되지 않겠지요. 그래서 그 기록통이라는 것이 다름아닌 저 회전금인 것입니다."

노리미즈는 실을 인형시계 쪽으로 끌고 가서 그것을 활짝 열고, 그 음색을 울리는 회전통을 시각을 알리는 장치에 연결시키고 있는 것으로부터 벗겨냈다. 그리고 그 원통에 무수하게 박혀 있는 가시 하나에 실의 한쪽 끝을 묶어서, 그것을 팽팽하게 하고 나서 검사에게 말했다.

"하세쿠라 씨, 당신은 밖에서 문자반을 돌려 이 부호표대로 문을 걸어봐요."

그러자 검사의 손으로 문자반을 회전시키는 데 따라, 회전금 통이 돌아가기 시작했다. 그리고 우회전에서 좌회전으로 이동하는 데서, 그것이 반전할 때 다른 가시에 걸려 세 번의 조작이 멋지게 기록된다. 그것이 끝나자 노리미즈는 그 통에, 예전대로 시보장치를 걸어서 이었다. 그것이 마침 8시 20초쯤 전이었다. 기계부에 연결된 회전통은 푸더덕하는 태엽소리를 울리며, 지금까지와는 반대 방향으로 돌기 시작했다.

그때 숨을 죽이고 지켜보고 있던 모두의 눈에 확실히 놀라는 빛이 나타났다. 왜냐하면 그 회전에 따라 문자반이 좌회전과 우회전을 선명하게 반복하고 있지 않는가. 그러는 동안, 찍찍 하며 기계부의 태엽이 소리를 내자, 동시에 탑 위의 동자인형이 오른손을 쳐들었다. 그리고 종을 방망이로 때리자, 그때 바로 철문 쪽에서 초침 소리와 섞여 명료하게 들리는 것이 있었다. 아아, 문이 다시 열리는 것이다. 모두들 참고 있던 숨을 내쉬었는데, 구마시로는 혀를 빨면서 노리미즈에게로 다가갔다.

"당신은 정말 불가사의한 인물이야." 그러나 노리미즈는 거기는 돌아보지도 않고 이미 체념한 표정의 쓰다코 쪽을 향하여 "그렇잖아요, 부인? 이 속임수의 발단은, 박사에게 건 부인의 전화에 있었던 것입니다. 그러나 그것을 짙게 냄새피운 것은, 실지로 클로랄을 마시게 했는데도 불구하고 댁에게 이해할 수 없는 방온수단이 베풀어져 있었다는 사실입니다. 마치 미라처럼 모포를 둘둘 말아서 덮게 하지 않았다면, 아마 몇 시간 내로 동사하셨을 겁니다. 마취제를 먹였다, 그러나 살해할 의사가 없다. 그런 풀 수 없는 모순이 내 관심을 끌게 만든 것입니다. 그런데 그날 밤, 부인이 이 문을 열고 어디로 가셨는지 맞혀 볼까요? 대체 약물실의 산화염 병 속에는 무엇이 있었을까요? 그 바래기 쉬운 약물의 색깔을 아직도 선명하게 유지시키고 있는 것은……."

"그렇지만요." 쓰다코는 침착성을 회복하여 조용히 무게있는 음성으로 말했다. "그 약물실 문이, 내가 갔을 때에는 벌써 열려 있었습니다. 게다가 클로랄에도, 그 전에 손을 댄 듯한 흔적이 남아 있었어요. 더 말씀드릴 필요는 없겠지만 그 산화염 병 속에는, 용기에 숨겨

놓은 2그램의 라듐이 감추어져 있었답니다. 그것을 나는, 전에 큰아버지한테 들었기 때문에 오시카네의 병원경영을 돕기 위해 어떤 중대한 결심을 해야 되었습니다. 그래서 한 달쯤 전부터 이 성관에서 떠나지 않고……. 아아, 그동안 나에게는 얼마나 많은 시선이 집중했을까요? 그러나 그런 것도 꾹 참고 나는 끊임없이 실행의 기회만 노리고 있었던 겁니다. 그러니까 내가 이 방에서 시도한 모든 일은 물론 어리석은 방어책의 일환이었습니다. 만일 라듐의 분실이 드러날 경우에 대비하여, 가공적인 범인을 한 사람 만들 작정이었어요. 제발 노리미즈 씨, 그 라듐을 회수해 주세요. 아까 오시카네가 가지고 갔으니까요. 하지만 2일밖에 없다는 것을 다짐합니다. 내가 훔친 것이 틀림없지만 나의 범행과 동시에 일어난 살인사건과는 절대로 아무 관계도 없습니다."

쓰다코 부인의 고백을 듣고 노리미즈는 잠시 말없이 생각을 하더니, 다만 얼마 동안 이 성관에 머물도록 명했을 뿐, 그녀를 그대로 돌려보냈다. 거기에 구마시로가 불복하는 듯한 태도를 보이자 노리미즈는 조용히 말했다.

"과연 저 쓰다코라는 여인은, 시간적으로 매우 불행한 처지에 놓인 거야. 하지만 단네벨그 사건 말고는 저 여자의 얼굴은 아무데도 나타난 적이 없어. 그러나 구마시로 씨, 솔직히 그 전화 한 번에 더 깊은 혐의가 깔려 있는 게 아닌가 하는 생각이 들어. 어쨌든 구가시즈코의 신분과 오시카네 박사를 지체 없이 철저히 조사하도록 지시해 줘."

그때, 노리미즈의 예측이 적중했다는 보고가 사복형사에 의해 전달되었다. 과연 지정이라는 카드가 노부코의 방에 있는 격자 밑 책상서랍에서 발견된 것이다. 그래서 노리미즈 일행은, 노부코를 연행해 왔다는, 예전의 방으로 돌아왔다. 문을 열자 흐느껴 우는 소리가 들렸다. 노부코는 두 손으로 얼굴을 가리고 탁자 위에 엎어져 어깨를 몹시 떨고 있었다. 구마시로는 독살스러운 말투로 그녀의 등 뒤에서 퍼붓기 시작했다.

"당신 이름이 과거장에서 지워진 것도 불과 네 시간밖에 안 되었어. 그런데 이번에는 무지개도 나오지 않을 게고, 춤출 일도 없겠지."

"아니요." 노부코는 억세게 얼굴을 홱 돌렸는데, 진땀이 만면에 방울져 있었다. "그 카드는 언제인지도 모르게 서랍 속에 처박혀 있었던걸요. 그것을 레베스 님한테만 말했어요. 그러니까 틀림없이 그분이 댁에게 밀고한 것이 분명해요."

"아니요, 그 레베스라는 인물에게는 이런 마당에 드문 기사적 정신이 있었어요." 조용히 말하면서 노리미즈는 의아한 듯이 상대의 얼굴을 뚫어지게 바라보았다. "하지만 사실대로 말을 해야 돼요. 노부코 씨, 그 카드는 도대체 누가 쓴 것이지요?"

"저는 잘…… 잘 모릅니다." 노부코는 살려 달라는 듯한 시선으로 노리미즈를 보았다. 노부코는 땀을 점점 더 흘리며 혀가 이상하게 꼬부라져 발음도 정확하게 할 수 없게 되었다. 범인 노부코가 꼼짝 못하고 몰리는 몰골에 구마시로는 은근히 미소를 지었다. 그런데 노리미즈는 몹시 냉정한 태도로 잠깐 노부코의 이마에 시선을 모아, 관자놀이에 맥박치며 새끼처럼 불거진 혈관을 응시하고 있었다. 그러다 갑자기 이마의 땀을 닦아 주더니 그는 눈썹을 꼿꼿이 치켜올렸다.

"이런 안 되겠어. 빨리 해독제를!"

노리미즈는 이 상황에 예상치도 않았던 의외의 말을 토했다. 그리고 갑작스런 사태의 역전에 뭐가 뭔지 모른 채 잔뜩 긴장해 있는 구마시로의 등을 밀어 노부코를 급히 나르도록 했다.

"저렇게 땀이 나는 것을 보니 아마 피로카르핀 중독인 것 같아."

잠시 끼고 있던 팔짱을 풀고 노리미즈는 검사를 보았다. 그러나 그 얼굴에는 또렷이 공포의 빛이 드러났다. "어쨌든 저 여자가, 지정의 카드를 우리가 발견한 것을 알 리가 없으니까, 자살의 목적으로 마신 것은 아니야. 억지로 마시도록 된 거지. 그것도 결코 죽일 작정이 아니고 그 미몽상태로 우리를 떠보기 위해 노부코에게 세 번째의 불운을 가져다 준 것이 분명해. 그렇잖아, 하세쿠라 씨? 그것이 삼단논법의 전제가 되는 줄도 모르고 어떤 사람을 비논리적이라고 단정지을수는 없어. 그러면 노부코와 피로카르핀을 전제로 하고 말이야. 우선 벽을 뚫고 마루가 환히 들여다보이도록까지, 우리의 커튼 내부를 알아낼 방법이 없으면 안 되는 거지. 아아, 참으로 무서운 일이 아닌가. 아까 이 방에서 주고받은 대화가 파우스트 박사에게 벌써 고스란히 들어갔어."

사실 완전히, 이 사건의 범인에게는 가상을 실재로 강요하는 불가사의한 힘이 있는지도 모른다.

구마시로는 참을 수 없다는 듯이 숨을 들이마셨다.

"그러나 오늘의 노부코에게는 감사해도 좋을 것이라는 생각이 들어. 실은 아까 내 부하가 노부코의 방을 뒤지고 있을 때 그녀는 클리보프의 방에서 차를 마시고 있었다는군. 그런데 그 자리를 함께 한 인물이, 동기가 되고 있는 오망성 동그라미에 딱 어울려 떨어질 수 없는 사람들뿐이었다는 거야. 어때, 노리미즈 씨? 첫째가 하다타로래. 그리고 레베스, 셀레나⋯⋯. 그 머리에 붕대를 한 클리보프도 그 때는 침대 위에 일어나 있었다는 거야."

구마시로가 말한 내용에는 이 경우 누구나 충격을 받지 않을 수 없었다. 왜냐하면 그것에 의해 범인의 범위가 명확하게 한정되어, 이제까지의 분규와 혼란이 일제히 통일된 듯한 느낌이 들었기 때문이다. 거기에 검사가 그럴싸한 착상을 제의했다.

"나는 이것이 유일한 기회가 아닐까 생각해. 즉 범인이 피로카르핀을 손에 넣은 경로를 명확하게 찾는 일이야. 혹시 그것이 쓰다코라면 충분히 오시카네 박사를 통해서라고 할 수도 있는 일이 아니겠어? 하지만 그밖의 인물이라면 우선 그 출처가, 이 성관의 약물실 말고는 상상할 수 없다는 생각이 들어. 그래서 나는 홈즈는 아니지만 또 한 번 약물실을 조사해 보면, 범인의 전투상태를 알 수 있지 않을까 생각하는데."

검사의 이 제의에 의해 다시 약물실의 조사가 시작되었다. 그러나 거기에는 피로카르핀의 약병은 있었지만, 이것이다 할 만큼 손을 댄 흔적은 없었다. 감량은 말할 것도 없고 처음부터 한 번도 쓴 적이 없는 듯, 전체에 두꺼운 먼지만 수북이 쌓여 있었다. 그리고 약장 아주 깊숙한 데에 묻혀 있었다.

노리미즈는 일단 실망의 빛을 나타냈으나, 갑자기 담배를 버리면서까지 소리지를 일이 생겼다. "그렇지, 하세쿠라 씨? 당신의 사인이 너무 선명했기 때문에, 거기에 눈이 팔려 나는 세밀한 일을 깜박했어. 피로카르핀의 소재는 굳이 이 약물실에만 한정할 일이 아니야. 원래 그 성분은, 야포란지의 잎 속에 포함되어 있는 것이거든. 자, 이제부터 온실로 가. 어쩌면 최근 거기에 출입한 인물의 이름을 알 수 있을지도 모르니까."

노리미즈가 가리킨 온실은 뒤뜰의 채소밭 뒤에 있는 것으로, 그 옆에는 동물축사와 새집이 나란히 있었다. 문을 열자 후끈한 기운이 끼쳤다. 여러 가지 꽃가루 향기——묘하게 관능을 자극하는, 일종의 암내가 콧구멍을 쿡 찔렀다. 입구에는, 양치식물 두 그루가 있고, 그 크게 늘어진 잎을 빠져나가 시멘트 바닥 위로 내려가자, 전면에는 열대식물 특유의 수액을 듬뿍 품고 있는 검푸른 잎이 묵직하고 무성하게 서로 뒤덮여, 그 녹음이 군데군데에 연지와 보랏빛 얼룩으로 점철

되어 있었다. 등 있는 쪽에, 약간 개여뀌와 닮은 눈에 선 모양의 잎사귀가 나타났는데, 그것을 노리미즈는 야포란지라고 했다. 그런데 조사 결과 과연 그가 말한 대로, 그 줄기에서 여섯 군데쯤 최근에 잎을 훑어간 듯한 흔적이 남아 있었다. 그러자 노리미즈는 미간을 찌푸리고 그 얼굴에 점점 두려운 빛이 물결쳤다.

"여보, 하세쿠라 씨. 여섯에서 하나를 빼면 다섯이 되겠지. 그 다섯에는 독살적 효과가 있는 거야. 그러나 지금 노부코의 경우에는 여섯 잎 전부가 필요했던 건 아니었어. 결국, 10분의 0.01 정도를 포함한 한 잎만으로, 그런 땀이나 부정확한 발음을 일으킬 수 있는 거야. 그러면 범인이 아직도 가지고 있을 다섯 잎 그 나머지에 나는 범인의 전투상태를 본 것 같은 느낌이 드는 거야."

"야아, 얼마나 무서운 녀석인가!" 신경질적으로 눈을 깜박거리더니 구마시로도 마음이 떨리는 것 같은 소리로 말했다. "나는 지금까지 독극물이라는 것의 용도에, 음흉한 짓이 있으리라고는 생각하지 않았어. 어떻게 냉혈적인 파우스트 박사가 아니고는 하지 못할, 그런 잔인한 행위를 할 수 있단 말인가."

검사는 옆을 돌아보며 일행을 안내하는 원예사에게 물었다.

"최근에 누군가, 이 온실에 드나든 사람이 있었던가?"

"아, 아닙니다. 이 한 달쯤은 아무도……."

원예사 노인은 눈을 부릅뜨고 말을 더듬었는데, 검사를 만족시킬 만한 대답은 아니었다. 거기에 노리미즈가 윽박지르는 듯한 음성으로 추궁했다.

"이봐, 사실대로 말해야 돼. 살롱에 있는 등화란(藤花蘭)의 색배합은 자네 솜씨가 아니지?"

이 전문적인 질문은 곧 놀랄 만한 효과를 가져왔다. 늙은 원예사는 마치 그 자신이 활의 시위라도 되는 듯, 노리미즈의 일격으로 엉겁결에 뜻밖의 말을 토설했다.

"그러나 날품팔이인 저의 입장도 좀 살펴 주셨으면 합니다." 원예사는 하소연하는 눈으로, 구걸하듯이 머뭇머뭇 두 사람의 이름을 댔다. "처음은 그 무서운 사건이 일어난 그날 오후였습니다만, 그때 하다타로 님이 드물게 나오셨습니다. 그리고 어제는 셀레나 님이……이 카테리아 모세를 무척 좋아하셔서. 하지만 이 야포란지의 잎 만은 말씀을 듣기까지 전혀 알지 못했습니다." 관목인 야포란지의 가지에 두 송이 꽃이 피었다. 즉, 가장 혐의가 희박했던 하다타로와 셀레나 부인에게도, 일단 파우스트 박사의 검정 도사복을 상상하지 않으면 안 되게 되었으니, 따라서 저 피투성이의 행렬에 새로 두 사람이 보태졌다. 이렇게 사건의 이틀째 날은, 변화무쌍한 수수께끼가 속출함으로써, 혼란의 절정을 이룬 것 같았다. 뿐만 아니라 관계가 있는 인물 전부가 혐의자로 지목되었기 때문에, 그 수습이 언제까지 갈지 끝이 보이지 않고 오직 범인의, 미로 같은 두뇌에 조롱당하고 있을 뿐이었다.

그 이틀 후, 마침 그날은 흑사관에서 1년에 한 번인 공개연주회가 개최되는 날이었다. 검사와 구마시로는 노리미즈의 이틀에 걸친 검토 결과에 기대를 걸고 다시 회의를 열었다. 고풍스러운 지방법원의 구관에서, 시각은 이미 3시를 지나고 있었다. 그러나 그날 노리미즈에게는 보기에도 처참한 기운이 넘쳐 있었다. 이미 하나의 결론에 도달하지 않았나 싶을 만큼 얼굴은 약간 상기되어 그 홍조에는 동적인 것이 느껴졌다. 노리미즈는 가볍게 입을 축이고 나서 입을 열었다.

"나는 오늘 하나하나의 사실과 현상을 들어, 그것을 분류적으로 설명해 나가기로 하겠어. 그래서 최초로 이 구두자국 말인데……" 노리미즈는 탁상에 올려놓은 두 석고형을 집어들었다. "물론 여기에 장황한 설명은 필요없겠지만, 우선 첫째가 작은 쪽 순고무제의 원예화야. 이것은 원래 에키스케가 늘 신고 다니던 것으로 원예창고에서 나와, 건판의 파편이 있었던 데까지를 왕복했었어. 그런데 그 보행선을 보면 모양의 크기에 비해 보폭이 몹시 좁은 데다, 전체가 지그재그로 움직인 거야. 또 거기 발모양 자체에도 우리의 상상을 초월하는 의문을 던져 주고 있어. 한번 생각해 보라고. 에키스케 같은 난쟁이 발에 맞는 신으로, 그 옆나비가 하나하나 다르지 않아? 게다가 발가락 끝의 인상을 가운데 쪽과 비교하면 균형상 좀 작은 것 같지. 더욱이 발꿈치 쪽에 중점을 두었는지 그 부분에 특히 힘을 준 흔적이 남아 있어⋯⋯. 또 하나 덧신의 경우는, 본관 오른쪽 끝에 있는 출입문에서 시작하여, 중앙의 내민 칸을 활 모양으로 돌아, 역시 그것도 건판의 파편이 있었던 곳과의 사이를 왕복했어. 그러나 그쪽은, 구두 모양에 비해 좀 절름거리면서 갔을 뿐 보선은 아주 정연하지. 의문이라면 도리어 구두 모양이겠지. 즉, 발가락 끝과 발꿈치의 양단이 움푹 패여 있고, 안으로 치우쳐 굽은 안짱다리 모양을 보이고 있어. 또, 그것이 가운데로 갈수록 얕아져 있지. 물론, 건판의 파편이 끼어 있기 때문에, 그 두 줄의 구두자국이 무엇을 목적으로 했는가, 그것은 이미 밝혀졌다고 해도 과언이 아니야. 더구나 그것이 시간적으로도 그날 밤비가 그친 11시 반 이후라는 것이 증명되어 있고, 또 한 군데에서 덧신이 원예화를 밟고 있어, 두 사람이 그 자리에 당도한 전후도 밝혀져 있는 거야. 그런데 가령 이만큼 의문이 풀려간다면, 이 결론을 내는데 우리는 조금도 주저할 것이 없겠지. 현실주의자인 구마시로 씨는 벌써 알고 있겠지만, 그 두 발 모양을 채증적(採證的)으로 해석해 보면, 등치가 큰 레베스가 신은 덧신 쪽에는 그보다 엄청나게 더 큰 거인이 상상되고, 또 난쟁이가 신은 원예화는 주인인 에키스케보다 오히려 더 작은 사람이 아니면 안 되기 때문이야. 말할 것도 없이 그런 인체형성의 이법을 무시한 것이 설마 이 인간세계에 존재할 수 있을 것 같지가 않아. 물론, 자기의 발 모양을 감추려는 간사한 꾀이며, 거기에는 쉽지 않은 속임수가 숨어 있는 것이 분명해. 그래서 우선 그날 밤 그 시각 무렵에 뒤뜰로 갔다는 에키스케가 애당초 둘 중에서 어느 쪽인가, 그것을 먼저 결정할 필요가 있다고 생각해."

이상하게 열기를 띤 공기 속에서 노리미즈의 해석신경이 크게 맥박치기 시작했다. 그리고 구두 모양의 의문에 종횡으로 메스를 댄 것이다.

"그런데 그 진상이라는 것이 알고 보면 매우 악마적인 장난이야. 놀랍지 않아? 거구인 레베스의 덧신을 신은 것이 도리어 그 절반도 안 될 것 같은 왜소한 인물이었어. 그리고 다음으로 저 스위프트(걸리버여행기의 저자)적인 원예화인데, 그쪽은 우선 레베스 정도는 아니지만 보통사람과 그다지 다르지 않은 체구를 가진 사람에 틀림없어. 그래서 내 추정을 말하면 먼저 덧신 쪽에 에키스케를 맞추어 보았는데 어떨까? 구마시로 씨, 분명히 그 사나이는 작은 복도에 있던 갑옷의 신을 신고 그 위에 레베스의 덧신을 억지로 신은 것이 틀림없어."

"잘 보았어. 과연, 에키스케는 단네벨그 사건의 공범자야! 그 행위의 목적은 말할 것도 없이 독을 넣은 오렌지를 주고받고 했던 것이 틀림없지. 그토록 딱 맞아떨어지는걸. 지금까지도 당신의 우여곡절하는 신경이 방해를 놓고 있지만 말이야." 구마시로는 거만하게 단정하고 자기의 설과 노리미즈의 추정이 마침내 일치하는 것을 몹시 만족해했다. 그러나 노리미즈는 반발하듯이 빈정거렸다.

"천만에. 어째서 저 파우스트 박사에게 조무래기 악마가 필요하겠나? 역시 악귀의 음흉한 전술인 거야. 그래서 가령 가족 중에 한 사람의 냉혹하기 짝이 없는 인물이 있었다고 해봐. 그 사람이 흑사관에서 기피하는 대상일 뿐 아니라, 사실에 있어서도 에키스케를 죽였다고 가정하자고. 한데 에키스케는 그날 밤 단네벨그 부인의 시중을 들고 있었거든. 그 한 가지가 도저히 피할 수 없는 선입관이 되어 버린다고. 가령 다른 사람에게 묘하게 이끌려서 그 건판의 파편이 있었던 장소로 가서, 그 다음날 죽음을 당했다고 해도 말이지. 당연히 에키스케는 공범자로 지목될 것이 틀림없어. 그리고 주범으로 그 한 사람을 지목하지 않고 오히려 에키스케와 친했던 권내의 인물로 낙착되는 것이 당연하다고 해야겠지.

원예화 쪽은 일단 제쳐 놓고, 클리보프 부인의 얼굴이 다시 떠오르지 않겠어? 바로 그 클리보프인 거야. 문제는 저 코카서스 유대인의 발에 있었어. 그런데 구마시로 씨, 당신은 바반스키 통점(痛點)이라는 말을 아나? 그것은 클리보프 부인처럼 초기의 척수로 환자에게서 자주 보는 징후로 발꿈치 뒤쪽에 나타나는 통점을 가리키는 거야. 거기가 눌리면 걷는 데 참을 수 없을 만큼 통증을 느끼는……."

그러나 그 한마디에 무기실의 참극을 결부시켜 생각하면 우선 광기가 빚은 짓이라고밖에 믿어지지 않았다. 구마시로는 놀라서 눈이 휘둥그레졌는데 검사는 그것을 무시하고 말했다.

"물론 우발적인 일임에는 틀림없지만, 우리의 간장에 변조를 가져온 것이 아닌 한 말이지. 분명히 그 원예화에는 중심이 발뒤꿈치에 있는 것 같아. 아무튼 노리미즈 씨, 문제를 동화로부터 다른 쪽으로 바꾸는 게 어때?"

"그렇기는 하지만 저 파우스트 박사는 아벨스의 《범죄 현상학》이란 책에도 없는 새로운 수법을 찾아낸 거야. 만일 그 원예화를 거꾸로 신었다고 하면 어떻게 될까?" 노리미즈는 비꼬는 웃음을 돌려주며 말했다. "물론, 그것이 순고무제 장화이기에 가능한 일이지만, 그 방법을 말한다면 발가락 끝을 구두 뒤꿈치로 신는 것만은 아니지. 즉 발꿈치를 신발 속으로 다 넣지 않고, 조금 들린 것같이 발가락 끝으로 구두 뒤꿈치 쪽을 강하게 누르면서 걷는 거야. 그러면 발꿈치 밑에 있는 구두가죽이 자연히 둘로 꺾여서 마치 받침을 댄 것 같은 모양이 되지. 따라서 구두 뒤꿈치에 가해지는 힘이 직접 발가락 끝의 위로는 가지 않고, 거기에서 약간 밑으로 가지 않겠어? 과연 왜소한 발로 큰 구두를 신은 것 같은 발자국으로 나타나겠지. 뿐만 아니라, 그것이 느슨해진 용수철처럼 불규칙한 수축을 하기 때문에 그때마다 가해지는 힘이 다르지 않겠어? 그래서 어느 구두자국이나 하나하나가 조금씩이라도 차이가 나타나는 거야. 그러면 오른발로 왼쪽 구두를, 왼발로 오른쪽 구두를 신는 꼴이 되니까 보선의 가는 길이 오는 길이 되고, 돌아오는 길이 가는 길이 되어 모두가 거꾸로 되어 버리는 거지. 그 증거라고 하면 건판이 있었던 장소에서 회전할 때와 마른 잔디를 넘어갈 때, 그 두 경우에 어느 쪽 발을 썼는가를 음미해 보면 알겠지. 그렇게 해 보면, 이 차이가 나는 숫자가 명확하게 산출되지 않겠어? 그렇게 되면 하세쿠라 씨, 아무래도 클리보프 부인이 이 속임수를 쓰지 않으면 안 되었던 의미가 뚜렷해지는 거야. 그것은 단순히 그 위장 발자국을 남긴 것만은 아니었어. 무엇보다도 가장 약점인 발꿈치를 보호하고 자기 얼굴을 발자국에서 지우려고 했던 거지. 그리고 그 행동의 비밀은 그 건판의 파편에 있었다고 나는 결론 내리고 싶어."

구마시로는 담배를 입에서 떼고 놀란 듯이 노리미즈의 얼굴을 물끄러미 바라보았다. 가볍게 한숨을 내쉬고 나서 말했다.

"과연……. 그러나 파우스트 박사의 본체는 무기실의 클리보프 말고는 없다는 게지. 만일 그것을 증명할 수 없다면, 더구나 당신의 장난기 있는 산책은 그만두는 것이 좋겠어."

그 말을 듣자 노리미즈는 압수해 온 화전을 잡아들고 그 활 끝을 탁상으로 억세게 내던졌다. 그러자 뜻밖에 그 시위에서 하얀 가루가 쏟아져 나왔다. 노리미즈는 어리둥절하는 두 사람을 보고 말을 시작했다.

"역시 범인은 우리를 속이지 않았던 거야. 이 불타는 모시풀 가루가 더 말할 나위도 없는, 저 '화신이여, 세차게 불타거라'인 것이야. 모시풀을 토륨과 세륨의 용액에 적시면, 가스등의 맨틀 재료가 되고, 그 섬유는 강인한 대신 적은 열에도 변화하기 쉬워. 범인은 실은 그 섬유를 꼰 것을 두 박고지모양(人)으로 짜서, 시위 속에 감춰 놓았던 거야. 그런데 늘 무의식적으로 어린애들이 하는 역학적인 문제이지만, 원래 활이라는 것은 시위를 수축시켜 그것을 순간적으로 늦추어 주더라도 보통 끌어당겨 발사하는 것이나 마찬가지 효과가 있어. 요컨대 범인은 미리 시위의 길이보다 짧은 박고지, 그것도 길이가 다른 둘을 써서 그 가장 짧은 한 줄로 그 길이까지 시위를 수축시켰어. 물론 외견상으로도 꼰 눈을 최대한으로 굳힌다면 미심쩍은 점은 조금도 남지 않겠지. 그리고 범인이 저 창으로 불러모은 것이 있었던 거야."

"그러나 화정으로는 저 무지개가……"라고 검사는 현혹된 듯이 외쳤다.

"응, 그 화정인들…… 전에, 물병에 햇볕을 통하게 했다는 기교를 르블랑이 부렸지. 하지만, 그 수법은 이미 리텔하우스의 《우발적 범죄에 관하여》라는 책에 설명되어 있어. 그러나 이 경우는 그 물병에 해당하는 것이 유리창의 거품에 있었던 거야. 결국 그것이 위 아래 창문 중에서 안쪽 창문 위쪽에 있어 일단 거기에 모아진 태양광선이 바깥 창틀에 있는 도려낸 장식——알고 있겠지만 주석을 두른 술잔 모양을 한 것에 집중했던 거라고. 따라서 거기에서 시위 가까운 데에 초점이 만들어지므로 당연히 벽의 돌면에 열이 생길 수밖에 없지. 그래서 시위에는 이상이 없더라도 먼저 변하기 쉬운 모시풀 쪽에서 조직이 파괴되는 거야. 그런데 거기에 범인의 기가 막힌 기교가 있었던 거지. 왜냐하면 두 개의 모시풀 길이를 다르게 한 것과 또 그것을 시위 속에 박고지 모양으로 짜서 그 교차하고 있는 점을 시위의 맨 하단, 즉 활의 말단 가까이에 놓았다는 거야. 그러면, 최초의 초점이 그 교차점보다 조금 밑으로 처져서 시위보다 조금 짧은 한 가닥이 먼저 끊어진다고. 그러면 어느 정도 시위가 느슨해지기 때문에 그 반동으로 꼰 눈이 못에서 벗어나 그에 따라 노가 벽에서 벌어져 거기에 당연히 각도가 만들어질 수밖에 없지 않겠어? 그리고 태양의 움직임에 따라 초점이 위쪽으로 옮겨가면, 이번에는 시위를 그 길이까지 수축했던 최후의 한 가닥이 끊어지는 거야. 거기에서 화살이 발사되고 그 반동으로 노가 마루로 떨어진단 말이야. 물론 마루에 부딪힐 때 손잡이가 발사된 위치로 바뀌었겠지만, 원래 손잡이에 의한 발사가 아니었고, 또 모시풀의 변질된 분말도 끝내 시위 속에서 흐르는 일은 없었던 거야. 아, 클리보프, 그 코카서스 유대인은 틀림없이 그린 집안의 아다의 옛 지혜를 배운 것 같아. 그러나 처음에는 아마 등의자나 맞추려고 했겠지. 그런데 그 결과 우연히도 그 공중곡예를 연출하게 된 거야."

그야말로 노리미즈의 독무대였다. 그러나 거기에는 하나의 의문이 남게 되었는데 그것을 대뜸 검사가 찔렀다.

"과연 당신의 이론에는 도취했어. 또 그것이 현실적으로 실증되었지. 그러나 그것만으로는 도저히 클리보프에 대한 형법적 의의가 충분하지 않아. 요컨대 문제가 되는 것은 그 이중의 반사에 필요한 창문의 위치에 있어. 즉, 클리보프나 노부코, 그 어느 쪽인가의 도덕적 감정에 있지 않겠어?"

"그러면, 노부코의 연주중에 유령적인 배음을 일으킨 것은…….

사실 하세쿠라 씨, 그 사이에 종루에서 첨탑으로 가는 철사다리를 올라가는 자가 있었던 까닭이야. 그리고, 그 중간에 있는 12궁의 원화창에 세공한, 저 글라스 하모니카 비슷한 잔금을 막아 버렸기 때문이라고."

노리미즈는 준열한 표정을 하고 또 두 사람의 의표를 떠났다. 아아, 흑사관사건 최대의 신비로 지목되고 있던 저 배음의 수수께끼는 풀린 것인가. 노리미즈는 말을 계속했다. "그러나 그 방법이 있다면 하나의 투영적인 관찰이 있을 뿐이야. 즉 종루의 머리 위에는 둥근 구멍이 하나 뚫려 있어 그 위가 큰 원통이 되어 그 좌우의 두 끝이 12궁의 원화창으로 되어 있지. 그 원통의 이론을 오르간의 파이프로 옮기기만 하면 되는 거야. 왜냐하면 양단이 열려 있는 파이프의 한쪽이 막히면 거기에 한 옥타브 높은 음이 나오게 되기 때문이지. 그러나 범인은 그 이전에 종루의 회랑에도 나타났었어. 그리고 풍정의 종이조각을 붙인 세 개 가운데 중앙의 문을 아무도 모르게 살짝 닫은 거야. 왜냐하면 하세쿠라 씨, 당신은 레일리경(卿)이 이 세상에는 생물이 살 수 없는 음향의 세계가 있다고 한 말을 알고 있나?"

"뭐라고? 생물이 살 수 없는 음향의 세계?"

검사는 눈을 동그랗게 뜨고 외쳤다.

"그렇다니까. 그것이 실은 처참하기 짝이 없는 광경인 거야. 그래서 나는 종명기 특유의 신음의 세계라고 말하는 거지." 노리미즈는 다가오는 듯한 섬뜩한 음성으로 말했다. "그러면 문제는 자연히 중앙의 문을 어째서 닫아놓지 않으면 안 되었던가에 쏠리게 되겠지. 그러나 그 문이 있는 일대가 타원형의 벽면을 이루고 있어. 거기에는 음성학상 오목거울 비슷한 성질을 가지고 있기 때문이야. 이른바 사점(死點)과는 반대로, 종명기 특유의 신음소리를 한 점으로 모은, 바꾸어 말하면 그 벽면이라는 것이 건반 앞에 있는 노부코의 귀를 초점으로 하는 위치에 있었기 때문이지. 더욱이 노부코를 쓰러뜨리고 회전의자에도 의문이 남게 된 원인은 그 격렬한 신음소리에다 또 한 가지, 노부코의 속귀에도 있었던 것이야. 사실 아까 한 진술은 그것을 남김없이 한 말이었어."

"천만의 말씀. 그 여자는 오른쪽으로 쓰러진 것을 기억하고 있다고 말했어. 그러나 그때 노부코의 자세는 왼쪽으로 돌아간 흔적을 남기고 있는 거야." 구마시로가 듣고 따지자 노리미즈는 천천히 담배에 불을 붙이면서 상대에게 미소를 던졌다.

"구마시로 씨, 헤겔(독일의 범죄/정신병 학자)의 유례집에는 네거리에서 충돌한 히스테리 환자가 그쪽과 반대되는 진술을 했다는 보고가 실려 있어. 사실 그와 같이 발작중에 받은 감각은 그 반대로 나타나는 거야. 그러나 이 경우 문제가 되는 것은 결코 그 한 가지만이 아니야. 또한 가지는 발작중에는 역시 청각도 귀의 한쪽으로 쏠려 버린다는 징후에도 원인이 있었던 거야. 노부코에게는 그것이 오른쪽 귀에 있었기 때문에 문이 닫히는 순간에 일어난 그 맹렬한 신음, 즉 거의 소리를 의식할 수 없을 만큼 기관의 한도를 넘어선 것이 엄습하여 그것이 속귀에 불타오르는 듯한 염증을 일으켰어. 요컨대 인위적으로 미로 진탕증을 기도했기 때문에 그 결과는 물론, 온몸의 균형을 잃게 된 것은 말할 것도 없지. 그래서 열과 오른쪽 귀는 왼쪽으로라는 헬름홀츠의 법칙대로 삽시간에 온몸이 뒤틀렸던 거야. 그래서 회전이 극한에 이른 의자 위에서 그대로 왼쪽으로 기울면서 쓰러져 갔던 거야. 그러나 그것이 밝혀짐으로써 결코 범인으로 지적될 일이 아니고, 오히려 노부코의 무고함이 더 분명해졌을 따름이지. 다만 노부코를 쓰러뜨린 최후의 끝내기를 자세히 드러냈을 뿐, 아직도 범인의 얼굴은 종명기실의 의문 속에 숨겨져 있었어. 그리고 문제가 방의 내부를 떠나서 이번에는 복도와 철사다리로 옮겨가 버린 거야. 그러나 이렇게 노부코가 범인이 아니라면 무기실의 모든 상황이 클리보프에게로 기울어져 가는 것도 어쩌면 당연하지 않겠나?"

이렇게 분석한 것이 한 점으로 모아지자, 그것이 검사와 구마시로를 순간적으로 현혹의 소용돌이 속으로 내던져 버렸다. 그러나 그동안 구마시로는 차분해지려고 하는 사람처럼 묵묵히 담배만 피우고 있다가 슬픈 듯이 말했다.

"그러나 노리미즈 씨, 어느 장면에서도 클리보프의 알리바이는 도저히 무너뜨리기 어렵게 되어 있어. 아무래도 메이슨의 《독화살의 집》처럼 갱도라도 발견되지 않는 한 이 사건의 해결은 결국 불가능하다는 생각이 들어."

"그럼 구마시로 씨"라고 노리미즈는 만족한 듯이 수긍을 하더니, 호주머니 속에서 전에 보여주었던 딕스비의 이상한 글을 적은 종이조각을 꺼냈다. 그러자 거기에 무엇인가 색다른 것이 예기되어 두 사람의 얼굴에 좀 조심스러운 생기가 감돌았다. 노리미즈는 조용히 말했다.

"사실, 딕스비의 비밀 기법도 이미 그 큰계단의 뒤쪽만으로 끝나고, 이 이상한 글 속에 있는 고백과 저주의 의지를 나타내는 데 그친 것으로 생각돼. 그런데 일부러 문법을 무시한다든가 관사가 없는 점을 생각해 보면 거기에서 비밀 기법의 역겨운 향기 같은 것이 느껴져. 봐요, 구마시로 씨. 하나의 암호에서 또 새로운 것이 나타나는 것을 새끼가 딸린 암호라고 하는데, 이 두 문장이야말로 거기에 해당되는 거야. 그럼, 장황한 고심담은 빼고, 지체 없이 해독법을 설명하겠어. 원래 암호라는 것은 언뜻 전혀 닮지 않은 두 기문(奇文)처럼 보이지만 그중 처음 단문의 머리글자만을 늘어놓은 것이야. 그 핵심은 또 하나의 〈창세기〉 같은 문장 속에 숨겨져 있었어. 그러나 나도 처음에는 관찰을 잘못했지. 그것은 qlikjyikkkjubi 라고 모두 열네 글자로 되어 있어. 두 글자를 한 자로 하면 일곱 글자의 단어가 만들어져. ik로 이어진 부분이 두 군데나 있기 때문에 그것이 e와 s처럼 많이 쓰이는 글자를 암시하는 것 같아 보여. 그러나 자모 하나로는 의미를 이루지 못할 것 같아 그 생각을 버린 거야.

그래서 다음으로 나는 그 전문을 둘 내지 세 소절로 나누었어. 그것으로 쉽게 성공할 수가 있었지. 가운데에 k가 셋 나란히 있는 부분이 있잖아. 그 두 번째와 세 번째 사이를 끊어 주면, 당연히 두 소절에 부자연하지 않게 나눌 수 있어. 그렇지, 구마시로 씨? 같은 글자가 셋이나 이어진다는 건 결코 그런 우려가 없고, 중복되는 글자에서 시작된 단어라는 것은 극히 적을 수밖에 없어. 그래서 ……."

딕스비가 적어서 남긴 불가사의한 문장 한 구 한 구에 노리미즈는 다음과 같은 번호를 매겨 갔다.

여호와신은 남녀추니였도다.   처음에 스스로 덤벼들어 쌍둥이를
          1   2
낳으셨느니라.   처음에 태에서 나온 것은 여자로서 이브라 부르고,
                                    3
다음은 남자로서 아담이라고 부르다.   그런데 아담은 해를 보자 배꼽 위는 해를 좇고 배후에 그림자가 생겼으나,   배꼽 아래는 해를
                    4
거역하여 앞쪽에 그림자가 드리워지다.   신은 이 불가사의를 보고 매우 놀라 아담을 두려워하여 스스로 아들을 삼았지만,   이브는 보
                    5

통사람과 다르기에 계집종으로 하여 마침내 이브와 다투게 되고
이브는 애를 배어 딸을 낳고 죽도다. 신은 그 딸을 하계에 내려보

6   7

내 사람의 어머니가 되게 하시다.

"우선 이런 식으로 나는 이 문장을 일곱 절로 나누어본 거야. 그리
고 각 소절에서 거기에 숨어 있는 풀이말의 암시를 찾아내려고 했
어. 그런데 글 가운데 제1절 말인데, 나는 이 구절을 인간창조라는
의미로 해석했지. 모든 것의 시작, 이를테면 가나다의 가, ABC의
A가 되는 거야. 그리고 제2절, 이것이 제일 중요한 대목이라고. 구
마시로 씨, 그것이 '쌍둥이를 낳으셨느니라'였지. 그래서 쌍둥이라
고 하면, 우선 tt나 ff나 ae와 같은 문자적인 해석을 누구나 상상하
기 쉽겠지. 그런데 이 경우는 매우 상징적인 의미가 있어. 그것이
모태 안에서 쌍둥이 모양을 하고 있었던 거야. 대체로 쌍둥이라고
하는 것이, 엄마의 자궁 안에서 어떤 모양을 하고 있는지 모를 리
가 없지 않아. 반드시 하나는 거꾸로 되어 있고, 한 태아의 머리와
다른 태아의 발이 마치 트럼프의 인물 모양으로 머리와 발이 서로
같은 모양이라는 것이지. 자, p와 d가 서로 껴안고 있는 것을 보라
고. 알파벳 중에서 틀림없이 쌍둥이 모양이 이루어지지 않아? 그
리고 거기에 제1절의 해석을 보태면, 당연히 p나 d의 그 어느 쪽
이나 알파벳의 a의 위치를 차지하는데 틀림이 없는 거야. 그러나
또 그것만으로는 딴 암호를 만드는 데 지나지 않고 q와 b도 마찬
가지이지만, 그것으로는 해답이 대못 글자나 페르시아 문자같이 되
어 버려."
그리고 한숨 돌리고 나서 식은 홍차를 마신 다음 노리미즈는 단숨
에 말을 계속했다.

"그런데 그것을 마치고 제3절 이후가 되면 거기에서 비로소 d와 p가 구별이 되지. 즉, 처음에 낳은 것이 여자이고 다음이 남자가 되기 때문에 머리를 밑으로 숙이고 있는 d가 이브이고, p가 아담에 해당하겠지. 그리고 제5절에 있는 아들이라는 말과 7절의 어머니라는 말을 각각 자음 또는 모음으로 해석하는 거야. 결국 여기까지는 d가 모음이고 p가 자음으로 각각 어두에 차지하는 글자에 해당되지만, 제4절과 제6절로써 그것을 다시 정정하고 있어. 한데 제4절에 배꼽이라는 글자 하나가 있지만, 그것을 전체의 중심이라는 의미로 해석하는 거야. 즉, p를 자음의 머리말인 b에 해당시키고, bcdf……의 아래로 pqrs와 부합시켜 가면, n에 해당되는 h가 p부터 마지막 n까지의 어느쪽에서 세나 딱 한가운데에 해당하는 이치가 된다는 것이 배꼽이라는 한 글자로 상징되고 있는 거야. 그러면 제4절의 전반부에는 배꼽에서 위의 그림자는 자연스런 모양으로 배후에 떨어지는 것이 되기 때문에 b로부터 n, 즉 p에서 b까지는 여전히 그대로 상관이 없다는 거지. 하지만 다음으로 이어지는 후반부가 되면 변화가 일어나. 배꼽보다 밑의 그림자가 비쳐오는 햇볕을 거슬러 앞쪽으로 비친다는 문장의 해석은 그림자 곧 ABC의 순서를 거꾸로 하라는 암시가 틀림없는 거야. 그래서 전반부의 배열을 그대로 진행시켜 가면 당연히 n 다음의 p에 부합하지만, b의 다음은 c가 되는 순서지. 하지만, 그것을 뒤집어서 최후의 z에 해당되는 n을 p로 충당하는 거야. 따라서 pqrs에 대한 cdfg로 하는 데를 nmlk……로 끝에서부터 거꾸로 부합시켜 가는 거야. 그러니까 결국 자음의 암호가 다음과 같은 배열로 되어 버리는 거지."

bcdfghjklmnpqrstvwxyz

pqrstvwxyzbnmlkhgfdc

그리고 이어서 제6절에는 '이브는 애를 배어 딸을 낳다'는 문장에 의미가 있어. 그것은 이브 즉 d의 다음 시대, 결국 abcd를 세어서 a 의 다음인 d를 암시하는 거야. 그리고 거기에 제7절의 해석을 보태면 e가 모음의 머리말인 a에 해당되기 때문에 aeiou를 eioua로 바꾸어 놓은 것이 결국 모음의 암호로 되어 버린 것이야. 그러면 그 비밀기 법의 전부가 crestless stone이 되는 거지. 그것으로 우선 해독을 마친 셈이야."

"뭐야, crestless stone?" 검사는 무의식중에 큰소리를 질렀다.

"그래, 이른바 문장이 없는 돌 말이야. 당신은 단네벨그 부인이 죽 어 있는 방에서 벽난로가, 문장이 새겨진 돌로 쌓여 있는 것을 알지 못했나?"라고 노리미즈는 말하고 꺼내던 담배를 다시 갑 속에 넣었 다. 그 순간 모든 것이 정지해 버린 것같이 느껴졌다.

마침내 흑사관 사건의 순환론에 한 구석이 무너지고 그 쇠사슬 테 속에서 노리미즈의 손이 파우스트 박사의 심장을 움켜쥐어 버린 것이 다. 아아, 드디어 폐막인가. 그것이 마침 6시였는데, 밖에는 어느새 연기 같은 비가 자욱하게 내리기 시작했다. 그날 밤, 흑사관에는 1년 에 한 번 있는 공개연주회가 개최되었고, 해마다 20명 정도의 음악관 계자를 초청하게 되어 있었다. 연주회장은 언제나 교회당으로, 특히 그날 밤에 한해서 임시로 가설된 대형 샹들리에가 천장에서 빛나고 있기 때문에, 언젠가 보았던 희미하게 흔들리는 등 아래서 성서 낭독 과 풍금소리라도 들려올 듯한 그 그윽한 분위기는 어디에서도 찾아볼 수 없었다.

하지만 부채 모양을 한 돔 밑에는 아직도 중세풍의 정취가 모습을 잃지 않고 있었다. 악사들은 모두 가발을 붙이고 게다가 눈이 번쩍 뜨일 만큼 화사한 빨간 의상을 입고 있었다. 노리미즈 일행이 도착할 때는 두 번째 곡이 시작되었고, 클리보프 부인의 작곡에 관련된 변조의 하프와 현악 3중주가 마침 제2악장으로 들어가기 시작한 때였다. 하프는 노부코가 켜고 있어 그 기량이 다른 세 사람——클리보프·셀레나·하다타로보다 좀 떨어지는 것은 말하자면 흠이라면 흠이겠지만, 그러나 그것을 음미할 여유도 없었다. 왜냐하면 빛과 소리가 요사스런 환영처럼 어지럽게 펼쳐지고 있는 눈앞의 광경에는 한눈으로 감각을 앗아가기에 충분했기 때문이다. 짧게 머리를 내린 탈레랑식의 가발에 슈빙겐풍을 모방한 궁정악사의 의상, 그 짙은 빛깔의 향연은 그 옛날 템스 강에서 조지 1세의 음악 향연, 곧 바흐의 《수악 (水樂)》 초연의 밤을 방불케 하는 그야말로 불타오를 듯한 환상적인 매혹 속에도 조용한 추억을 찾아 멈춤이 없는 힘이 있었다.

　노리미즈 일행은 맨 뒷줄에 앉아 도취와 느긋한 분위기 속에서 연주회가 끝나기를 기다리고 있었다. 더욱이 그들 뿐만 아니라, 누구나 그렇겠지만 이렇게 휘황찬란한 샹들리에 밑에서는 아무리 파우스트 박사라고 하더라도 도저히 틈을 노릴 수는 없을 것 같았다. 그런데 하프의 글리산도 ^(비교적 넓은 음역을 급속히 미끄러지듯 연주하는 방법)가 꿈속의 거품처럼 사라져가고, 하다타로의 제1바이올린이 주제의 선율을 켜기 시작한 순간, 참으로 예상도 하지 못했던 사고가 발생한 것이다. 갑자기 청중 사이에서 일어난 어마어마한 격동과 함께, 무대가 섬뜩한 암흑세계로 변한 것이다.

　느닷없이 샹들리에가 꺼지고 색과 빛과 음이, 일시에 캄캄한 칠흑으로 변했다. 그와 동시에 무슨 작동이 있었는지 연주대 위에서 이상한 신음소리가 들렸다. 이어서 털썩 마루에 쓰러지는 듯한 소리가 나는가 싶더니, 현악기가 요란한 소리를 내면서 계단으로 굴러떨어졌다. 그리고, 그 소리가 잠시 어둠 속을 흔들었으나 그것이 뚝 그치자 누구 한 사람의 말소리도 들리지 않고, 연주회장 안은 뭐라고 할 수 없는 으스스한 침묵으로 휩싸였다.

신음과 추락의 울림소리. 분명 네 사람의 연주자 중에서 한 사람이 쓰러진 것이 틀림없다. 그렇게 생각하면서 노리미즈가 숨소리를 죽이고 가만히 귀를 기울이자 어딘가 아주 가까운 데서 흡사 여울물이 졸졸 흐르는 것 같은 희미한 소리가 들려왔다. 바로 그때 단상의 일각에서 어둠을 뚫고 한 개비 성냥불이 계단에서 객석 쪽으로 떨어졌다. 그리고 나서 극히 한순간이었지만 피가 얼어붙고 숨막힐 듯한 시간이 흐르기 시작했다. 그러나 그 빛이 요괴처럼 펄럭이면서 마루 위를 비추고 있는 동안 노리미즈의 눈만은 그 위쪽을 향해 부릅뜨고 날카롭게 단상을 주시하고 있었다. 그리고 어둠 속에 하나의 사람 모습을 그리면서 조용히 붙잡고 놓지 않은 환영이 있었던 것이다.

설사 희생자가 누구인들 그 하수인은 클리보프 외에는 없다. 더구나 그 얄궂은 냉소적인 괴물은 노리미즈를 눈 아래 바라보고 있음에도 불구하고 유유히 무참하기 이를 데 없는 참극을 한 마당 연출하고 사라진 것이다. 아마 이번에도 모순당착이 바늘주머니같이 뒤덮고 있어 그 두렵고 놀라운 기분을 반드시 네 번 되풀이하겠지. 그러나 척탄 거리는 차츰 가까워져 노리미즈는 벌써 상대의 심장소리를 듣고, 체취를 맡을 만큼 거리가 좁혀졌다. 그런데, 그 순간 불꽃이 다 된 잿불이 활처럼 축 늘어져 성냥이 손가락 끝을 떠났다. 그러자 새된 비명이 어둠을 뚫었고 그것이 노부코의 소리라는 것도 의식할 여유가 없이, 노리미즈의 눈은 곧 마루의 한 점에 못박혀 버렸다.

보라! 거기에는 유황처럼 어렴풋이 번쩍이는 한 폭의 큰띠가 있다. 그리고 그 밑의 언저리에서 수많은 불덩어리가 오글오글 나타났다 사라져갔다. 그러나 거기에 눈이 멈춘 순간 노미리즈의 표정이 굳어 버렸다. 그의 눈앞에 나타난 놀라운 어떤 세계 이외는 좌석의 긴 의자도, 머리 위에 교착하고 있는 부채꼴의 돔도, 마치 태풍 속의 수풀처럼 흔들리기 시작하여 그런 것들이 함께 그의 발 밑에 펼쳐진 무명의 심연 속으로 빠져들었다. 실로 그 꺼져가는 빛은 비스듬히 기울어진 가발의 틈으로 나타난 하얀 천 위에 떨어진 것이다. 그것은 틀림없이 무기실의 참극을 아직도 남기고 있는 이마의 붕대가 아닌가. 아아, 올리거 클리보프, 두 번째 노리미즈의 후퇴였다.

쓰러진 것은 누구인가. 그의 추정범인인 클리보프 부인이었던 것이다.

*1 493년 3월, 서로마의 섭정 오도아케르는, 동고트의 왕 테오드리히와의 싸움에서 패하여, 라벤나 성에서 농성하며 마침내 화친을 청했다. 그 화약의 석상에서, 테오드리히는 가신에게 명하여, 하이딕르크의 활로 오도아케르를 저격했는데, 시위가 풀려 있어 목적을 이루지 못하자 할 수 없이 검을 가지고 찔러 죽였다.

제8편 후리야기 집안의 붕괴

1. 파우스트 박사의 엄지 손가락

이렇게 광기어린 이 도박은 노리미즈의 카드를 본래의 출발점으로 되돌려 버렸다. 그러나 그 비통한 순간이 지나감과 동시에 노리미즈는 차분한 마음을 다시 찾았다. 하지만 귓전에 번갈아 기어 다가오는 것이 있었다. 그것은 아까부터 환청이 아닌가 생각했던 그 물소리 같은 음향이었다. 각기둥 같은 공간을 지나, 거기에 유리창의 진동 등이 가해진 탓도 있겠지만, 이번은 아까보다도 배가 되어 마치 지축을 뒤흔들 만한 굉음이었다. 그리고 그 엉클어져 울리는 엄청난 소리가 음산한 죽음의 방 공기를 흔들기 시작한 것이다. 그야말로, 중세 독일의 전설, '마녀 집회'의 재현이 아닐까. 몇 개의 쌓은 돌과 창을 사이에 두고 분명히, 이 성관 어딘가에 폭도가 떨어지고 있다. 그것이 눈앞의 범행에 직접 관련이 있고 없고를 떠나서, 파우스트 박사 특유의 장식벽이 장관을 즐기는 것이라 하더라도 도저히 그처럼 황당무계한 사실이 현실과 혼동되는 것은 믿어지지 않는다.

아아, 그 폭포의 굉음, 화려하고 그로테스크한 이 악몽은 그야말로 아무리 이성을 가지고서도 견제할 방법이 없는 별난 광태의 극치가 아닌가. 그러나 노리미즈는 그 미칠 듯한 감각을 뿌리치고 고함을 쳤다.

"스위치를, 불을 켜라!"

그러자 그 소리에 정신이 돌아온 듯 청중은 우르르 입구로 몰렸다. 그 흐름을 불이 꺼짐과 동시에 문을 지킨 구마시로가 제지했기 때문에, 잠시 그 혼잡으로 말미암아 스위치의 점화는 불가능하게 되고 말았다. 미리 관객의 주의가 산만해지지 않도록 하기 위해, 일층 일대를 소등해 놓았기 때문에 복도의 벽등 하나가 희미하게 켜져 있을 뿐 살롱이나 주위의 방도 캄캄했다. 그 시끄러운 동요 속에서 노리미즈는 조용히 생각에 잠기기 시작했다. 그런데 검사가 다가와서 클리보프 부인이 등 뒤에서 심장이 깊게 찔려 이미 절명했다고 일러 주었다.

그러나 그동안에 노리미즈의 두뇌는 피아노 선처럼 팽팽해졌다. 눈앞의 참사에 처음부터 나타난 여러 가지 일을 정리하여 그 곡선에 한 줄의 커팅라인을 그으려고 했다. 첫째, 연주자 중에 레베스가 없었다는 것이다(청중 가운데도 그의 모습은 찾아낼 수 없었다). 그리고 암흑과 동시에 이 방이 밀폐되었다는 것, 곧 사건 발생 전후의 상황이 똑같았다는 사실이었다. 그런데 최후로 스위치를 누른 것은 누군가? 가장 중요한 귀결점이 되는 소등의 건이 되자 거기에서 뜻밖에도 노리미즈는 한 줄기 광명을 얻게 된 것이다. 왜냐하면, 샹들리에가 꺼지기 직전에 쓰다코가 입구의 문에 나타나 문가에 있는 스위치 옆을 지나서 그쪽 끝에 가까운 맨 앞줄 의자를 차지했기 때문이다.

사실 거기에 노리미즈가 발견한 최초의 좌표가 있었다. 그것은 아벨의 《범죄현상학》에서 예로 들고 있는 속임수의 하나로 뚜껑이 붙은 스위치에 장애를 일으키도록 하기 위해서 얼음조각을 이용한다는 방법이다. 즉, 손잡이에 이어진 절연물에 얼음 조각 끝을 물려 놓아 손잡이를 틀면 접촉판이 조금 닿을 정도로도 점화가 된다. 그러나 그 직후 손잡이에 팔을 충돌시키는 것이 교활한 수법이며, 그렇게 하면 얼음 끝이 꺾여서 얼음 조각의 몸통이 열이 있는 접촉판의 하나에 닿게 된다. 따라서, 그렇게 녹은 증기가 도기로 된 받침대 위에 물방울을 만들면 당연히 거기에 전기장애가 생기기 마련이다. 더구나 녹은 얼음은 없어져 버리는 것이다. 즉, 이 경우 쓰다코가 스위치 옆을 지나갈 때에 혹시 그 술책을 썼다면 소등은 당연히 그녀가 좌석에 앉을 무렵에 실현되었을 것이다. 그리고 그 시간의 간격에 따라 여유있게 암영의 한 귀를 덮을 수가 있다.

오시카네 쓰다코, 왕년에 날렸던 이 스타는 그밖의 어떤 쇠사슬테 안에도 모습을 나타낸 일이 없지만, 이미 첫 사건날 밤에 고대 시계실의 철문을 내부에서 열고 단네벨그 사건에 씻을 수 없는 그림자를 남겼다. 더구나 사건 중의 인물 가운데서 가장 농후한 동기를 가진 그녀가 실지로 맨 앞줄에 좌석을 차지한 게 아닌가. 이렇게 몇 가지의 인자를 배열하는 동안 노리미즈는 혹 끼치는 피비린내 나는 외침소리를 자기의 호흡 속에 느끼는 것이었다. 고용인에게 촛대를 가져오게 하여 스위치 옆으로 가까이 가서 보니 거기에서 뜻밖의 것을 발견했다. 그것은 스위치 바로 밑에 있는 마루 위에 정장의 일본옷 끈이 하나 떨어져 있었던 것이다. 쓰다코뿐이다…….

"부인, 이 옷끈을 우선 돌려 드립니다. 부인이라면 혹시 이 스위치를 만진 사람이 누군지 모르시겠어요?"라고 쓰다코를 불러 노리미즈는 서슴없이 물었다. 하지만 쓰다코는 전혀 동요하는 기색 없이 오히려 냉소를 머금고 대답했다.

"돌려 주시니 받아 놓겠습니다. 하지만 노리미즈 씨, 저는 이것으로 겨우 아무리 착하게 살아도 결과가 좋지만은 않다는 것을 알게 되었는데요. 캄캄한 데서 신음소리가 들리는 순간 내 머리에 이 스위치가 문득 생각났어요. 혹시 남의 손을 빌리지 않고 손잡이를 틀수 있다면 반드시 그 뚜껑 안에 무슨 음흉한 장치가 숨겨져 있지 않으면 안 됩니다. 또 그것이 만일 사실이라면 아마 어둠을 틈타 범인이 그 장치를 회복시키러 올 거예요. 그렇게 생각하면 이제까지 생각해 보지도 않았던 결심이 생기는걸요. 그래서 나는 재빨리 좌석에서 떠나 이곳으로 온 것입니다. 그리고 내 등으로 이 스위치를 가리고 지금 댁이 보일 때까지 쭉 이렇게 서 있는 거예요. 그러므로 노리미즈 씨, 내가 혹시 디셔스(셰익스피어의 《줄리어스 시저》 중의 브루투스의 한 패)라면 이 경우 옷끈에게 이렇게 말하겠지요. '일각수는 나무에게 속고, 곰은 거울에게, 코끼리는 구덩이에게 속도다'라고."

그래서 부랴부랴 스위치의 내부를 조사하기로 했다. 그런데 그 결과는 예측과 달리 장애물의 흔적이 없을 뿐만 아니라, 손잡이를 틀어 전류를 통하도록 해도 상들리에는 켜지지 않고 여전히 캄캄 속이었다. 그것이 분주와 혼란의 시작이 되어 결국 문제는 교회당을 떠나게 된 것이다. 노리미즈도 메인스위치의 소재를 쓰다코에게 물어보기 전에 무엇보다도 그의 속단을 사과하지 않으면 안 되었다. 쓰다코는 기세를 꺾고 솔직히 대답했다.

"그 방은 교회당에서 복도를 건너 저쪽에 있고 예전에는 시체 안치실로 쓰던 방이었답니다. 그러나 지금은 개조를 하여 잡동사니를 넣어두는 방이 되었어요."

그런데 살롱을 가로질러 복도를 걸어감에 따라 물흐르는 요란한 소리가 점점 가깝게 들려왔다. 그리고 목표로 한 시체 안치실의 바로 앞에까지 오자, 저 예수 대수난에 성 패트릭 십자가가 붙은 문 저쪽에서 엉클어져 떨어지는 물소리가 솟아올랐다. 그와 동시에 그들을 살그머니 끌어당기면서 차갑게 작은 구멍으로 기어들어가는 것이 있었다.

"이크, 물이다!" 구마시로는 엉겁결에 큰 소리를 질렀는데 급히 뒤로 물러서는 바람에 비틀거리며 한쪽 손을 왼쪽에 있는 세면대에 짚지 않으면 안 되었다. 그러나 그것으로 만사는 분명해졌다. 즉, 문 맞은쪽 벽에 셋이 나란히 있는 세면대의 수도꼭지를 확 틀어놓은 채 거기에서 넘쳐 나오는 물이 자연의 경사를 따라 흐르도록 해 놓았다. 그리고 문지방에 나 있는 회반죽의 틈새로 이끌어서 그 물흐름을 시체 안치실 안으로 들어가게 한 것이 틀림없다. 그래서 문을 열려고 했지만 자물쇠가 걸려 있어, 아무리 밀어도 끄떡도 하지 않는다. 구마시로는 무서운 기세로 몸을 문에 부딪쳐 보았지만, 겨우 나무에서 삐꺽거리는 소리가 들릴 뿐 온몸이 공처럼 튕겨져 나왔다. 그러자 구마시로는 몸을 바로 세우고 마치 미친 듯이 큰소리로 외쳤다.

"빨리 도끼를 가져와! 이놈의 문을 박살내 버려야겠어."

그래서 도끼를 가져오자 우선 최초의 일격이 손잡이 위로 떨어져 패널을 향해 가해졌다. 나무토막이 부숴져 날아가고 구식 텀블러 장치가 나사못마다 축 늘어졌다. 그러자 의외에 그 쐐기 모양을 한 갈라진 틈에서 온천의 자욱한 증기 같은 것이 뿜어져 나왔다.

그 순간 모두들 바보 같은 얼굴이 되어 그 자리에 선 채 움직이지 못했다. 그 더운 물 폭포의 그늘에 설사 어떤 비밀스런 계획이 숨어 있다고 해도 이 경우 그것은 문제가 되지 않았다. 또 환상을 현실로 강요하려는 것이 파우스트 박사의 잔학한 쾌감일지 모르지만 눈앞에 펼쳐진 진기한 광경에는 넋을 잃고 도취될 수밖에 없는 마술적인 매력이 있었다. 문을 열자 내부는 온통 하얀 벽으로 눈알을 진무르게 할 것 같은 열기가 가득했다. 그러나 그때 구마시로가 문 옆에 있는 스위치를 틀고 또 그 밑에 있는 전기난로에 눈이 멈춰 플러그를 뽑았기 때문에 이윽고 자욱한 기운과 고온이 물러감에 따라 방의 전모가 차츰 밝혀졌다.

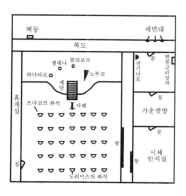

이 한 구획은 시체 안치실의 앞방에 해당되는 것으로 막다른 곳의 문 그 안이, 가톨릭에서 농담으로 무도장이라고 부르는 가운뎃방으로 되어 있다. 그리고 모퉁이에 열려 있는 배수구에서 물이 흘러나오고 있다. 또 가운뎃방과의 경계에는 장식이 없지만 위엄이 있는 돌문이 하나 있어, 옆의 벽에 옛날식 깃발 장식이 달린 큰 자물쇠 축 늘어져 있었다. 그 문에는 자물쇠가 없는데, 돌문 특유의 땅울림 같은 음향을 울리면서 열렸다.

그런데 이상한 것은 앞방이 진무를 정도의 고온임에도 불구하고 이제 앞에서 열려진 어둠 저 안에서는 마치 동굴 같은 공기가 차갑게 다가왔다. 그리고 문이 활짝 열렸을 때, 그 어슴푸레한 가운데 노리미즈는 자기의 눈에 어지러움을 느껴 굴러떨어질 만큼 충격을 받은 것이다. 눈에 번쩍 띄는 백호(白毫: 부처 32상의 하나. 눈썹 사이에 난 터력으로 광명을 무량세계에 비친다 함)의 강렬한 빛에 그는 무의식중 앞의 마루를 물끄러미 응시하며 우뚝 서 버렸다. 그것은 결코 이 수도원 구조 특유의 어둡고 침울한 분위기가 그에게 미친 힘은 아니었다.

거기 마루 위 한 면에는 몇십만의 하얀 지렁이를 풀어놓은 것 같은, 가늘고 짧은 곡선이 무수히 꿈틀거리고 있어, 그것이 쌓여 겹친 먼지 위에서 땅의 잿빛을 억누르고 있는 맑고 찬, 그러나 보기에 따라서는 섬뜩하게 묘한 점액같이 여겨지는 흰빛을 발산하고 있었던 것이다. 그것은 보고 있으면 시야에 해당되는 부분만이 장엄한 문장 모양 같이 되어 공중으로 떠올라 확 눈으로 날아드는 것이다. 그 빛은 마치 고테스셜크(제1 십자군 이전의 선발
대를 이끈 독일의 수도사)가 본 성 예로니모의 환영같이 생각된다. 그 무수한 줄은 거의 방 전체의 마루에 걸쳐 있어 자욱하게 쌓인 먼지 위에 만들어진 작은 도랑이 틀림없지만, 이상하게도 천장과 주위의 벽면에는 이렇다 할 흔적이 남아 있지 않다. 그뿐만 아니라, 다시 마루를 옆쪽에서 들여다보면 마치 달세계의 산맥이나 사막의 사구로밖에 여겨지지 않는 기복이 거기에도 무수하게 이어져 있는 것이었다. 그런 것들은 어떤 뛰어난 장인이라도 도저히 미칠 수 없는 자연력의 미묘하고 세밀한 조각임이 분명했다.

그 방은 석회석을 쌓은 돌로 둘러싸여 있고 고난과 수도를 연상시키는 침울하면서도 엄숙한 공기가 넘쳐 있었다. 막다른 돌문 깊숙한 곳에 시체실이 있고 그 문에는 유명한 성 패트릭의 찬시 〈이교도의 흉율(凶律)에 대하여, 또 여인 단공(鍛工) 및 도루이드 주술사의 주문에 대하여〉의 전문이 새겨져 있었다.

그러나 마루 위에는 발자국이 없어 아마 산데쓰의 장례 때에도 옛날식의 염 행사는 하지 않았던 것 같다. 그리하여 앞방보다 더 앞으로는 아무도 들어간 사람이 없었다는 것을 알자 의문으로 생각한 모든 것이 거기에서 끝나 버렸다. 결국 물을 세면대에서 끌어와 계단으로 떨어뜨린 목적은 아주 쉽게 추찰할 수 있었지만 다음으로 난로의 점화라는 점에서 보면 그 의도에는 전혀 짐작이 가지 않았다. 물론 벽의 스위치 상자는 뚜껑이 확 열려 있고 손잡이가 축 밑으로 처져 있다. 검사는 그 손잡이를 쥐고 전류를 통하고 발 밑에 열려 있는 배수구를 보면서 견해를 말했다.

"요컨대 세면대의 물을 써서 계단에서 떨어뜨렸다는 것은 마루의 먼지 위에 생긴 발자국을 없애려는 것이었겠지. 그렇다면 아무래도 근본적인 의문이 되는 것은 이 방의 메인스위치를 끊고, 문에 자물쇠를 채우고 방 밖으로 나와서 클리보프를 찔렀다. 그 1인 2역에 있는 것이 아닌가. 그러나 어떻게 되었든 나에게는 레베스가 그런 작은 악마 역할을 했다고는 믿어지지 않아. 반드시 그 해답은 당신이 발견한 문장이 없는 돌에 있는 것이 틀림없어."

"과연 잘 본 것은 틀림없지만" 일단 솔직히 긍정을 하고 난 노리미즈는 이어 우려하는 빛을 보이며 "그러나 이 경우에 걱정이 되는 것은 도리어 레베스의 심리극이 아닌가 싶어. 또 이 방 열쇠 행방이, 의외로 모습을 보이지 않는 레베스와 관계가 있는지도 모르고……" 라고 줄기차게 담배를 피우면서 구마시로를 돌아보았다. "아무튼 범인이 언제까지나 몸에 지니고 다닐 우려는 없으니까 우선 열쇠의 행방을 찾는 일이야. 그러고 나서 레베스를 찾아내어 데리고 오는 일이지."

간신히 악몽에서 해방된 듯한 기분으로 원래의 교회당으로 돌아오자 거기에는 다시 샹들리에가 찬란하게 비치고 있었다. 그 밑에 청중은 여기저기에서 작은 무리를 이루고 있었다. 단상의 세 사람은 저마다 원위치에서 움직이지 않아 더욱 불안과 우수에 쫓기고 있는 짐승처럼 두려움에 떨고 있었다.

클리보프 부인의 시체는 계단 앞쪽에 거의 고무래 정(丁)자 모양으로 가로놓여 있었다. 엎드려 쓰러져 양팔을 앞으로 늘어뜨리고 있고, 등의 왼쪽에는 창날 같은 단단한 손잡이가 섬뜩하게 우뚝 박혀 있었다. 시체의 얼굴에는 거의 공포의 흔적이 없었다. 더욱이 기묘하게 비계살이 많이 쪄 있고, 죽을 때 부어오른 탓도 있겠지만 여느때 보였던 모나고 독살스러운 용모가 죽은 얼굴에는 꽤 완화된 듯이 보였다.

그러나 그 언뜻 보기에 편안한 죽음의 그림자로 여겨지는 것은 동시에 불의의 경악이 가져온 허심상태로도 추측되는 것이다. 그리고 신체의 움푹한 등을 가득히 뒤덮은 응결한 피가, 가리키고 있는 손 모양으로 큰 웅덩이를 이루고 있고, 또 섬뜩한 것은 그 손가락 끝이 단상의 오른쪽을 가리키고 있는 것이었다. 그러나 그런 광경 중에서도 가장 강하게 가슴을 치는 것은, 그 살인사건과 어울리지 않는 대조였다. 창날 뿌리에는 배어나온 지방이 금빛으로 번쩍이고 있어, 그것과 궁정악사의 빨간색 윗옷이 이 참상 전체를 극히 화사하게 보이게 하고 있는 것이다.

노리미즈는 자세히 흉기의 손잡이를 조사했는데 거기에는 지문의 흔적이 없었다. 손잡이 밑에는 몬트펠러트 가문의 문장이 새겨 있었다. 그것을 뽑았더니 과연 그것은 두 날로 끝이 갈라져 있는 불꽃 모양의 창끝이었다. 그러나 범행 때에 나타난 자연의 못된 장난은 가장 핵심적인 부분을 가려 버렸다. 왜냐하면 단상에서 그 위치까지 사이에 전혀 핏방울이 발견되지 않았다는 사실이다. 말할 것도 없이 그 원인은 창날이 곧 쉽게 뽑히지 않았다는 점에 있었고, 그 때문에 순간적인 출혈이 별로 있을 수 없었기 때문이다.

그러나 그것으로써 무엇보다도 범행을 거듭할 수 없게 되어 연속성이 끊겨 버린 것이다. 결국 클리보프 부인이 단상 어디에서 찔려, 어떤 경로를 거쳐 추락했는가라는 두 가지 연결을 알 수 있는 방법은 없었다. 노리미즈는 검시를 마치자 청중을 밖으로 내보내고 나서 계단을 올라갔다. 그때 노부코가 먼저 악몽에 가위눌린 듯한 소리로 떠들어댔다.

"저 파우스트 박사는 아직도 나를 괴롭히는 것이 모자라는가봐요. 처음에 지정 카드를 저의 책상 속에 넣어둔 것만으로는 모자라는 거예요. 오늘도 저 악마는 또 저를 골라서 인신공물 세 사람 가운데 끼어넣는 거라구요." 노부코는 등 뒤로 돌린 두 손으로 하프의 틀을 꽉 쥐고 그것을 억세게 흔들었다. "그렇지 않아요, 노리미즈 씨? 댁은 클리보프 님이 연주대의 어디에서 찔렸는가, 또 어느쪽에서 굴러떨어졌는가, 그것이 알고 싶으시지요? 하지만 정말 저는 아무것도 몰라요. 오직 하프만 붙잡고 가만히 숨을 죽이고 있었으니까요. 그렇지요, 하다타로 님? 셀레나 님, 두 분 모두 그것을 알고 계시지요?"

"아니요, 내가 혹시 기데온(드루이드 주교(呪敎)에 나오는 대신비사)이라면 혹시 알고 있을지도 모르지요." 셀레나 부인은 떨리는 가운데서도 좀 익살을 부렸다. 그러자 거기에 말을 덧붙여 하다타로가 노리미즈에게 말했다.

"사실 그렇게 된 겁니다. 하필 우리에게는 곤충이나 소경이 지니고 있는 만큼 공간에 대한 감각이 정확하지 못한 것이지요. 게다가 어쨌든 의상도 똑같았으니까요. 노부코 씨가 성냥을 그어서 얼굴을 비칠 때까지는 도대체 누가 쓰러졌는지 그것마저도 알지 못할 만큼……. 그건 고사하고 아무 소리도 들리지 않고 꼼짝도 할 수 없었다고나 할까요?" 사건의 국면이 이제 노리미즈 일행에게 불리하다고 여기는지 벌써 그의 눈동자 속으로 거만한 것이 움직여 갔다. "그런데 노리미즈 씨, 대체 스위치를 끊은 것은 누구였을까요? 그렇게 재빠르고 깨끗하게 1인 2역을 해낸 악마라는 것이?"

"뭐요, 악마라고요? 흑사관이라는 제단을 지붕으로 하고 있는 인생 그 자체가 이미 악마적인 것이 아니겠소?" 눈앞의 조숙아를 섬뜩할 만큼 응시하면서 노리미즈는 막말을 내뱉었다.

"하다타로 씨, 실은 내가 구파의 수사법, 즉 인간의 허술한 감각이나 기억 따위에 신빙성을 두는 것을 성골이라고 하여 경멸하고 있답니다. 그런데 오늘의 사건에는 시체 안치실의 성 패트릭을 수호신으로 하여, 나는 도루이드 주술사와 싸워야 하게 되었어요. 댁은 그 아일랜드의 수도사가 데시르법 (웨일스의 악마교 도루이드의 교리에서, 제단의 주위를 태양 의 운행과 마찬가지로, 왼쪽에서 오른쪽으로 도는 습속) 과 비슷한 행렬을 하면, 그것이 도루이드 주술사를 내쫓고 알마의 땅이 성스럽게 되었다는 역사적 사실을 아십니까?"

"데시르법! 그것을 어떻게 또 댁이⋯⋯." 주눅들린 듯 얼굴을 찌푸렸으나 셀레나 부인은 그런 입으로 되물었다.

"하지만 총명한 성 패트릭은 포교의 방편으로서 그 왼쪽에서 오른쪽으로 돌아가는 행렬을 차용하지 않았던가요?"

"그럼요, 그것이 오늘 사건에서는 핵심을 말해 주는 상징이었어요. 그러나 주술의 표상을 다른 데로 옮긴다는 것은 수도사 스스로 자멸하는 일입니다." 노리미즈는 심술궂게 픽 웃고 나서 은근히 위협적인 말을 내뱉었다. 아아, 핵심을 말하는 상징이란 무엇일까? 그 풀리지 않은 안개 같은 것이 묘하게 표정을 긴장시키고 피가 얼어붙을 것 같은 공기를 자아냈다. 그런데 그 사이에 셀레나 부인의 눈이 이상하게 깜박거리는가 싶더니 처음에 노리미즈를 보고 나서 노부코를 밉살스럽게 한 번 훑어보고는 단 밑의 한 점에 시선을 떨어뜨리더니 꼼짝도 하지 않았다.

거기에는 말할 수 없이 불길한 사인이 있었다. 노리미즈가 오른쪽에서 왼쪽으로라고 한 상징, 흡사 거기에 해당되는 것이, 클리보프 부인의 등에 나타나 있는 것이다. 그 가리키고 있는 손 모양을 한 피의 웅덩이가 무슨 일인지 손가락 끝의 방향을 오른쪽 단상 곧 노부코의 위치로 향하고 있는 것이었다. 뿐만 아니라 기분 탓인지는 몰라도 어쩐지 그 모양이 하프와도 비슷해 보였다. 모두들 말할 수 없이 무서움을 느끼며 잠시 그 부호에 못박혀 버렸다. 이윽고 노부코는 하프에 얼굴을 가리고 어깨를 떨면서 가쁜 숨을 쉬기 시작했는데, 노리미즈는 그것으로 신문을 중단했다.

세 사람이 나가고 나서 구마시로는 열이 나는 듯한 눈을 노리미즈에게 돌리고, "얼씨구, 요것도 괜찮은 부처님인걸. 어때, 이 메뉴의 정성들인 꾸밈새가?"라고 파우스트 박사의 마법 같은 끌 자국을 보고 뜻밖의 혼란에 휘말려 한숨을 내쉬는 것이었다. 검사는 참을 수 없다는 기색으로 노리미즈에게 말했다.

"그럼, 결국 당신은 이 우연의 일치를 '이 사람을 보라'고 해석하는 거야?"

"천만에, 그것은 '자연 그대로 두는 유동체로다'야"라고 하면서 노리미즈는 싱겁게 단언했다. 그 갑작스런 말바꿈이 검사를 놀라게 했다. "물론 그렇게 되면 저 세 사람은 완전히 내 꼭두각시가 되어 버리는 것이지. 조금만 더 보라고, 저 세 마리의 심해어는 틀림없이 자기의 밥통을 내 앞으로 와서 토해낼 테니까 말이야." 노리미즈는 그가 연출하려고 하는 심리극이 얼마나 멋진가를 설명했다. "그래서 내가 데시르법을 비유한 진정한 의미라고 하면, 그것은 하다타로와 바이올린과의 관계에 있었던 거야. 당신은 눈치채지 못했나? 그 사나이는 왼손잡이인데도 불구하고 지금 활을 오른쪽에, 바이올린을 왼쪽에 가치고 있지 않아? 요컨대 그것이 데시르법의 왼쪽에서 오른쪽으로의 정체라고. 그러나 하세쿠라 씨, 설마 그 상수가 우연한 사고는 아니겠지?"

그때 클리보프 부인의 시체가 밖으로 나가고 사복형사 한 사람이 들어왔다. 물론 성관 전체에 걸친 수사가 끝났는데 그가 가져온 보고에는 의외로 눈이 휘둥그레질 만한 것이 있었다. 그것은 시체 안치실의 열쇠는 물론이고, 이게 웬일인가, 레베스의 모습이 첫 곡목이 끝나고 휴식으로 들어가자 동시에 사라져 버렸다는 것이다. 또한 마침 참사가 발생한 시각에 신사이는 병석에 있었고, 시즈코는 도서실 안에서 저작의 원고를 계속하고 있다는 것도 알았다.

이 소식을 듣자 노리미즈의 얼굴에는 심상치 않은 어두운 그림자가 어리기 시작했다. 그는 벌써 가만히 있을 수가 없는 듯 초조한 발걸음으로 방안을 걷기 시작했는데, 그러다가 갑자기 멈춰서서 몇 초 동안 생각에 잠기는 것 같았다. 노리미즈의 눈에 이상한 광채가 나타나는가 싶더니 쿵하고 마루를 차며 그 큰 반향 속에 환성을 질렀다.

"응, 그렇지. 레베스의 실종이 나한테 영광을 가져왔어. 지금 우리가 당하고 있는 수난이야말로, 그 사나이의 엄청난 유머를 풀지 못해서였어. 여보, 구마시로 씨. 그 열쇠는 시체 안치실 안에 있는 거야. 복도의 문은 안에서 잠갔다고. 그리고 레베스는 시체 안치실 깊숙한 데로 모습이 사라진 거야."

"뭐, 뭐라고? 당신, 정신이 좀 이상해진 것 아니야?" 구마시로는 깜짝 놀라 노리미즈를 물끄러미 바라보았다. 과연 가운뎃방 마루에는 발자국이 스쳐간 듯한 흔적이 하나도 없었다. 또 옆복도의 시체실 창에는 안에서 자물쇠가 단단히 채워져 있었다. 그러나 마침내 노리미즈는 레베스에게 나는 융단을 줘 버린 것이다.

"그럼, 앞방의 더운물 폭포를 만든 것은 무엇 때문이었지? 그리고 가운뎃방 마루에 아름다운 환영의 세계를 만들어 그 위의 발자국을 지워 버린 것은?" 노리미즈는 열광적인 어조로 되받으며 마지막으로 연주대의 끝을 쾅하고 밟았다. 그리고 그가 밝힌 것은 저 괴상하기 짝이 없는 문장 모양을 하고 마침내 관이 되게 한 것이었다.

"그런데 구마시로 씨, 당신은 늘 담배 연기를 뻐끔뻐끔 동그랗게 토하는데, 그것을 기체의 리듬운동이라고 하지. 그와 같은 현상이 양끝의 온도와 압력에 차이가 있을 경우, 한가운데가 볼록한 램프의 등피나 자물쇠구멍 등에도 나타나는 거야. 그리고 그 경우에 또 한 가지 주의해야 되는 것은 가운뎃방의 벽을 싸고 있는 석질이지. 그것은 바실리카풍의 수도원 건축 같은 데 많이 쓴 석회석인데, 오랜 세월 동안 자연히 기화가 되었겠지. 따라서 쌓인 먼지 중에는 물에 녹은 석회분도 섞여 있을 거야. 그래서 레베스는 먼저 앞방에 더운물 폭포를 만들어 자욱한 증기를 발생시켰어. 그러면 시간이 지나감에 따라 차츰 앞뒤 두 방의 온도와 압력에 차이가 생기기 때문에 거기에 좋은 상태가 만들어지겠지. 그리고 자물쇠 구멍에서 토해 내는 동그란 모양의 증기가 가운뎃방 천장을 향해서 올라가는 거야."

"그렇겠어, 동그란 모양의 증기와 석회분이 말이야." 검사는 마지못해 머리를 끄덕이며 희미하게 몸을 떨고 있었다.

"그렇게 되는 거야, 하세쿠라 씨. 그 증기가 천장에 쌓인 먼지에 닿으면, 무엇보다 먼저 석회분 속으로 침투해 간다고. 따라서 내부에 당연히 공동이 생기기 때문에 끝내 버티지 못하고 떨어지기 마련이야. 결국 그 물질이 마루의 발자국을 덮게 되는 것은 물론이지. 더욱이 그 마법의 테가 다량의 석회분을 흡수한 다음에 부숴졌기 때문에 그것이 저 현란한 신비를 낳게 된 거야."

그러나 검사는 아직도 반신반의하는 태도로 노리미즈를 바라보았다. "과연, 현상적으로는 그것으로 설명이 되지. 또 깊숙한 시체실 안에 문장이 없는 돌의 일부가 나와 있을지도 몰라. 그러나 설사 그것으로 1인2역이 해결된다고 해도 말이야. 아무래도 나한테는 숨지 않아도 될 사람이 모습을 감춘 레베스의 심정을 알 수가 없어. 아마 그 사나이는 자기 멋에 너무 도취하여 천성을 잃어 버린 것이겠지."

"저런, 하세쿠라 씨. 당신은 쓰다코의 옛 지혜를 잊었나? 그럼 시험삼아 시체실의 문을 열지 말고 놓아둘까? 그러면 그 사나이는 틀림없이 우리가 돌아올 때를 어림잡아서 옆복도로 나가는 창문으로 빠져나가겠지. 그리고 그랜드피아노 속으로라도 숨어들어가 수면제를 먹을 게 틀림없어. 자, 가자고. 이번에야말로 저 덧문짝을 박살내야겠어."

이렇게 노리미즈는 마침내 개가를 올리고, 잠시 후에 가운뎃방 속
——성 패트릭의 찬미가가 새겨진 시체실 문앞에 섰다. 그들 세 사
람은 이미 레베스를 감방 안에서 발견한 듯한 기분이 들어 그 잔인한
반응을 실컷 즐기고 싶었던 것이다. 그런데 아마 내부에서 잠겨 있어
무기실에 있는 큰 철퇴의 힘이라도 빌리지 않고는 열릴 것 같지 않던
그 문이, 뜻밖에도 구마시로가 손을 대자 소리없이 쓱 물러가는 것이
었다. 내부는 축축하게 밀폐된 방 특유의 어둠 속에, 거기서부터는
탁하기 짝이 없는 묘한 먼지 냄새 짙은 공기가 목을 간지럽게 하면서
흘러나왔다. 그리고 손전등의 동그란 빛 안에 과연 몇 줄의 신자국이
나타났다. 그 순간 어둠 저쪽에서 레베스의 반짝반짝하는 눈빛이 나
타나 그가 헐떡거리는 야수 같은 숨소리가 들려온 것은 그들이 그려
낸 하나의 환영이었을까.

　그 발자국은 깊숙하게 친 칸막이 포장 그늘로 사라지고 제일 깊숙
이 있는 묘실로 이어진 것이다. 그런데 그때 그들이 무의식중에 마른
침을 삼킨 것은 포장의 자락에서 마루 구석까지 비친 빛 안에는, 관
대의 다리가 겨우 네 개 나타나 있을 뿐, 사람 그림자도 없었다. 문
장이 없는 돌……. 레베스는 벌써 이 방에서 모습이 사라지고 없을
것이다. 구마시로가 힘차게 포장을 벗겼을 때 갑자기 그는 누군가에
게 이마를 차여 마루에 쓰러졌다. 그와 동시에 포장의 철봉이 삐걱이
는 소리가 머리 위에서 나며 검사의 가슴으로 날아온 단단한 물체가
있었다. 그는 엉겹결에 그것을 꽉 쥐었다. 구두였다. 그러나 그 순간
노리미즈의 눈은 머리 위의 한 곳에 얼어붙어 버렸다. 보라, 거기에
는 하나의 맨발과 구두가 벗겨져 가는 또 하나의 발이 둔한 흔들이처
럼 흔들리고 있는 것이 아닌가.

　마치 뇌장(腦漿)의 냄새를 맡는 듯했던 노리미즈의 추정이 마침내
뒤집혀 버린 순간이었다. 레베스를 발견하기는 했으나 포장의 철봉에

가죽끈을 매고, 목매어 죽고 말았다. 폐막……. 흑사관 살인사건은 이 어이없는 이 일막을 최후로 막이 내린 셈이다. 그러나 이 결론이 결코 노리미즈를 만족시키지 못했고 그것은 이상할 정도로 그를 당황하게 했다. 구마시로는 사복형사에게 밑으로 내려놓게 한 시체의 얼굴에 전등을 비추며 말했다.

"그럭저럭 이것으로 파우스트 님의 사건은 끝장이 난 것 같군. 결코 칭찬을 받을 정도의 종결은 아니지만 설마 이 헝가리 기사가 범인이 될 줄은 생각도 못했어."

그 이전에 벌써 관 안치대 위는 조사를 마쳤다. 거기에 남아 있는 구둣자국으로 판단하면 그 가장자리에 선 레베스는 양손을 가죽끈에 걸고 발을 떼면서 목을 끈 위에 떨어뜨린 것은 의심할 여지가 없다. 그 꼭 바닷짐승을 연상시키는 시체는 똑같은 궁정악사의 옷을 입고 있고 가슴 언저리에 조금 토사물이 묻어 있었다.

더욱이 추정시각은 한 시간 안팎으로 거의 클리보프의 살해와 부합되는 시각이었는데, 가죽끈은 칼라 위에서 그 나름대로 표시가 나 있고, 그것이 목덜미에 무참할 정도로 깊이 파고들어가 있었다. 물론 모든 점에서 목을 매고 죽은 형적은 뚜렷한 것이었다. 뿐만 아니라 그것을 한눈에 입증하고 있는 것이 레베스의 얼굴 표정이었다. 그 거무스름한 보랏빛으로 변한 얼굴에는 눈썹의 안쪽 끝이 치켜올라가고 아래 눈꺼풀이 무거운 듯이 처졌으며 입도 양끝이 내리처져 있었다. 물론 그런 특징은 이른바 '폴'이라고 부르는 것으로 거기에는 도저히 부정할 수 없는 절망과 고뇌의 빛이 가득해 보였다. 그러나 그 사이에 검사는 목덜미의 칼라를 손가락으로 집어올려 줄곧 후두부의 머리털이 난 언저리를 응시하고 있었다.

"나는 레베스에 대한 풍문이 너무 혹독하지 않았나 싶어. 어때, 노리미즈 씨? 이 호두 모양을 한 무참한 낙인에는 분명히 움푹한 끈의 홈 형상과 배치되는 것이 있는 듯한데 말이야." 아니나 다를까, 호두의 껍질로밖에 생각되지 않는 결절의 흔적이 하나 머리털이 난 언저리에 남아 있는 것을 가리키며 "과연 끈 모양이 위쪽으로 향하고 있거든. 그렇다면 이 결절의 하나 둘 따위는 하찮은 것에 지나지 않겠지. 그러나 케케묵은 폰 호프만의 《법의학 교과서》 중에도 이런 예가 하나 있잖아. 그것은 마루에 떨어진 서류를 주우려고 하여 피해자가 몸을 구부렸는데, 그 모노클의 명주끈으로 범인이 뒤에서 졸라 묶었다는 거야. 물론 그렇게 하면, 끈의 홈이 위로 어슷하게 패이기 때문에 범인이 그 위에 끈을 대어 시체를 매달았던 거지. 그런데 목덜미에 단 하나의 결절이 남아 있게 되어 끝내 그것이 입을 열게 했다는 거야."

검사는 그렇게 말하고 나서 레베스의 자살을 심리적으로 관찰하여 이 국면에서 가장 아픈 데를 건드린 것이다.

"노리미즈 씨, 게다가 레베스가 메인스위치를 끄고 가령 우리가 모르는 비밀 통로에 숨어서 클리보프 부인을 찔렀다고 해도 말이지. 크니트링겐의 마법박사 파우스트라는 위신도 있을 텐데, 그렇게 마지막을 멋없이 끝내고 말았다니 체면이 서겠어? 그만큼 연극을 잘하던 범죄자의 최후로서는 모두에게 실망을 안겨 주는 일이잖아?"

도저히 레베스의 자살심리를 이해할 수 없는 검사는 너무나 헷갈리는 일이었다. 그는 미칠 것 같은 심정으로 노리미즈를 바라보며 "노리미즈 씨, 수수께끼 같은 이 자살은 당신의 18번인 중세의 금욕적 찬송가로부터 쇼펜하우어까지 쳐들어본들 설명할 수 없을 것 같아. 왜냐하면, 현재 범인의 전투태세야말로 우리를 완전히 압도하고 있는 것 아닌가. 게다가 종말이 너무나 당돌해. 아아, 안타깝기 짝이 없는 위축이라고 할 수밖에. 이 사나이의 상상력이 저 사르비니 (과장된 표정 연기로 유명한 이탈리아 배우) 정도의 연극으로 끝난다고는 생각되지 않아. 시점의 선택을 그르치지 않으려고 해서였을까, 아니면 자랑스럽게 죽기 위해서였을까⋯⋯. 아니야, 결코 그 어느 쪽도 아니야."

"그랬을지도 모르지." 노리미즈는 담배로 케이스 뚜껑을 툭툭 치면서 무슨 함축성을 내포한 듯한, 어쩌면 검사의 설을 그대로 수용하는 것같이 묘하게 수긍하는 표정이었으나 "그렇다면, 우선 당신은 피데리트의 《의용(擬容)과 상모학(相貌學)》이라도 한번 읽어보는 게 어때? 이 비통한 표정은 '폴'이라고 하여, 자살자 말고는 아무도 알 수 없는 일이야"라고 하면서 칸막이 포장을 세게 젖히자, 머리 위에서 철봉이 울리는 소리가 났다. "저 봐요, 하세쿠라 씨. 저렇게 들려오는 반향이, 이 매듭을 뒤틀리게 보인 거야. 왜냐하면, 레베스의 중량이 갑자기 보태졌기 때문에, 철봉에 탄력이 붙기 시작한 거지. 그래서 그 반동으로 매달린 몸뚱이가 팽이처럼 돌기 시작하잖아. 물론 그에 따라 가죽끈이 둘둘 꼬여 가겠지. 그리고 그것이 한계에 이르면 이번에는 거꾸로 돌아가면서 풀리게 되는 거야. 요컨대, 그 회전이 10여 번이나 반복되기 때문에 자연히 꼬인 눈이 가장 극에 달한 데에서 매듭이 생겨, 그것이 레베스의 목덜미를 강하게 압박했던 거야."

이치로는 완전한 설명을 한 셈이지만 어쩐지 노리미즈에게는 그것이 스스로 자기를 점치는 것 같은 이상한 생각이 들었다. 그는 여전히 어두운 표정으로 담배만 내리 피우면서 생각에 잠겼다. 박사 파우스트, 별명 오토칼 레비스의 인생은 이렇게 연기처럼 사라진 것이다. 하지만 어째서 그랬을까?

검시는 일단 여기에서 하기로 되었는데 그보다 먼저 앞방의 문열쇠가 호주머니 속에서 발견되었다. 그 직후에 짓눌려 찌부러진 레베스의 칼라를 벗겼을 때, 뜻밖에도 그 밑에서 세 사람의 눈을 격렬하게 쏘아보는 것이 있었다. 마침내 레베스의 죽음이 논리적으로 분명해졌다. 마침 연골 밑 기관의 양쪽 언저리에 두 개의 엄지손가락 흔적이 생생하게 남아 있었던 것이다. 더구나 그 부분에 해당하는 목등뼈가 물러나 있어 레베스의 사인은 의심할 바 없이 목을 졸라서 죽인 것으로, 아마 그렇게 해서 숨이 차츰 끊어져 가는 몸뚱이를 범인이 매달았다고 단정할 수밖에 없게 되었다.

이미 명백하다. 국면은 다시 완전히 반전되고 말았다. 그러나 거기에는 오른쪽 손가락 쪽에 뚜렷한 특징이 있고 그쪽에만 손톱자국이 선명하게 새겨져 있다. 그리고 손가락 끝의 근육으로 누른 부분이 가볍게 움푹 패어 있어 그것이 무슨 부스럼이라도 쨈 흔적같이 보였다. 그러나 물론 그것으로 레베스의 자살심리에 관한 의문은 일소되었다고 해도, 열쇠의 발견에 의해 의문은 더욱 깊어지게 되었다.

이미 이 국면에서는 부정과 긍정이 모두 정리되어 있어 거기에는 몇 가지의, 도저히 뛰어넘을 수 없는 장애가 증명되어 있었던 것이다. 아마 범인은, 레베스를 앞방에 끌어들여 목졸라 죽여 가지고 그 시체를 깊숙한 시체실로 메고 갔을 것이다. 그리고 앞방의 자물쇠가 피해자의 주머니 속에 숨겨져 있었음에도 불구하고 그 문을 범인은 어떻게 잠겄을까. 또, 시체실에 남겨진 발자취에도 레베스 이외의 것은 없을 뿐만 아니라 얼굴 표정에도 자살자 특유의 것인 공포와 경악 같은 정서가 조금도 나타나 있지 않는 것은 어째서일까. 또, 복도 옆에 열려 있는 창문에는 그 상단만이 투명한 유리로 되어 있었지만, 전면에 두터운 먼지층이 뒤덮여 있어 거기로는 탈출할 방법을 생각할 수조차 없었다. 따라서 문장이 없는 돌에 모든 해답을 기대할 수밖에 없게 되었다.

검사는 시체의 머리칼을 쥐고 그 얼굴을 노리미즈에게로 돌렸다. 그리고 그가 전에 레베스에게 취한 혹독하기 이를 데 없었던 수단을 비난했다.

"노리미즈 씨, 이 국면에서 책임은 마땅히 당신의 도덕적 감정과 관련되는 일이야. 과연 그때의 심리분석으로 당신은 지정 카드 소재를 파악할 수 있었어. 또, 자칫 어둠속에 묻히고 말았을, 이 사나이와 단네벨그 부인과의 연애관계도 당신의 투시안으로 밝혀낸 거지. 그러나 레베스는 당신의 궤변에 몰려 자기가 무고하다는 것을 증명하려고 호위까지 거절했던 거야."

거기에는 노리미즈도 정면으로 반박할 수가 없었다. 패배, 낙담, 실의……. 모든 희망이 그에게서 사라졌을 뿐만 아니라 영원한 짐이 될 것 같은 어두운 그림자가 마음 한 구석에 자리잡고 말았다. 아마 그 유령은 노리미즈에게 끊임없이 이렇게 속삭일 것이다. '네가 파우스트 박사를 부추겨 레베스를 죽인 것이다'라고. 그러나 레베스의 숨통을 억세게 조인 두 엄지손가락의 흔적은 구마시로에게는 기분좋은 수확이었다. 그래서 지체 없이 가족 모두의 지문을 수집하기로 했는데, 그때 사복형사가 고용인 한 명을 데리고 들어왔다. 그자는 예전에 에키스케 사건 때에도 증언을 한 일이 있는 고가 쇼주로라는 사나이로 이번에도 쉬고 있던 시간에 레베스의 알 수 없는 거동을 목격했다는 것이다.

"자네가 마지막으로 레베스를 본 것은 몇 시께였지?" 재빨리 노리미즈가 물어보자 "예, 확실히 8시 10분쯤 되어서였습니다"라고 처음에는 시체를 보지 않으려는 듯 외면을 했으나 일단 말을 꺼내자 그 진술은 시원시원하게 요령이 있었다. "첫 곡이 끝나고 휴식으로 들어갔을 때, 레베스 님이 교회당에서 나오셨습니다. 그때 저는 살롱을 빠져나가 복도로 이 방 쪽으로 걸어오고 있었는데, 제 뒤를 따라 레베스 님도 저와 같은 방향으로 걸어오셨습니다. 그러나 제가 이 방 앞을 지나서 탈의실 쪽으로 돌아가 그 모퉁이에서 휙 뒤를 돌아보았더니 레베스 님은 이 방 앞에 선 채 저를 물끄러미 바라보고 계셨습니다. 그 모습이 마치 제가 사라지기를 기다리고 계신 것 같았습니다."

그 말대로 레베스가 스스로 이 방에 들어왔다고 하더라도 거기에는 조금도 의심할 여지가 없었다. 노리미즈는 다음 질문으로 들어갔다.

"그리고 그때 다른 세 사람은 어떻게 되었나?"

"그분들은 일단 제각기 자기 방으로 돌아가셨던 것 같습니다. 그리고 다음 곡이 시작되기 5분 전쯤에 세 분은 함께 오셨고, 노부코님은 그보다 몇 분 뒤에 오셨던 것으로 기억하고 있습니다."

거기에 구마시로가 한마디 끼어들었다.

"그럼 자네는 그 후에 이 복도를 지나가지 않았나?"

"예, 곧 두 번째 곡목이 시작되었으니까요. 아시다시피 이 복도에는 카펫이 깔려 있기 때문에, 소리가 나니까 연주중에는 바깥 복도로 가도록 하고 있습니다." 레베스의 미심쩍었던 행동에 대한 설명을 남기고 쇼주로는 진술을 마쳤다. 그런데 그는 끝으로 문득 생각이 난 듯 덧붙였다. "아, 참, 본청 외사과 직원이라는 분이 살롱에서 오래 기다리고 계십니다."

시체 안치실을 나와 살롱으로 가자, 거기에는 외사과 직원 한 사람이 구마시로의 부하와 함께 기다리고 있었다. 물론 그는 흑사관의 건축기사 딕스비의 생사에 관한 보고를 가지고 온 것이었다. 경시청의 의뢰에 따라 양곤의 경찰 당국이 아마 고문서까지 더듬어서 보냈을 그 회신에는 딕스비가 투신한 당시의 전말이 꽤 상세하게 적혀 있었다. 그것을 대강 말하자면, 1888년 6월 17일 새벽 5시, 페르시아 여왕호의 갑판에서 투신한 선객 한 명이 있었다. 목은 스크루에 절단된 듯, 동체만이 3시간 뒤에 항구에서 2마일 떨어진 바닷가에 표착하였다. 물론, 그 시체가 딕스비라는 것은 옷과 명찰 그밖의 소지품에 의해 의심할 여지가 없었다.

다음으로 구마시로의 부하는 구가 시즈코의 신분에 관한 보고를 가져왔다. 그에 따르면 그녀는 의학박사 야기자와 셋사이(八木澤節齋)의 장녀로, 유명한 광입자의 연구자인 구가 조지로(久我錠二郞)와 결혼, 남편과는 1913년 6월에 사별하였다.

물론 시즈코를 거기까지 조사하게 된 것은 언젠가 노리미즈가 그녀의 심상을 밝혀냄으로써 산데쓰의 심장에 이변이 있는 것을 알아낼 수 있었던 심리분석의 효과였다. 또 시즈코가 그뿐 아니라 조기매장 방지장치의 소재까지 산데쓰에게 들어서 알고 있었다면, 두 사람의 관계에 고용인과 고용주 간의 벽을 넘어선 어떤 미묘한 일이 있지 않았나 상상해보는 것도 당연하다. 그러나 야기자와라는 예전의 성이 눈에 띄자, 노리미즈는 갑자기 혼란스러운 듯한 표정을 지었다. 그리고 그 보고서를 입수하기가 무섭게 아무 말도 없이 살롱을 나가서 종종걸음으로 도서실로 들어갔다.

도서실 안에는 아칸서스 무늬를 한 대 위에 촛대 하나가 오도카니 불이 켜져 있었는데, 그 암울한 분위기는 평소 글을 쓸 때 시즈코의 습관이었던 것 같다. 그러나 시즈코는 전혀 다른 감각이 없는 듯 들어오는 노리미즈를 물끄러미 바라보았다. 그 응시는 노리미즈에게 말을 꺼낼 기회를 주지 않았을 뿐만 아니라, 검사와 구마시로에게는 일종의 공포감마저 들게 했다. 이윽고 그녀 쪽에서 아슬아슬하고 또 위압적인 태도로 말을 꺼냈다.

"네, 알겠어요. 댁이 여기까지 오신 이유가……. 아마 그것이겠지요. 언젠가 그날 밤, 나는 단네벨그 님의 옆에 있었잖아요? 또 그다음 참사가 일어난 뒤에도, 나는 이 도서실에서 떠난 일이 없었어요. 그래서 노리미즈 씨, 언젠가는 댁이 그 역설적인 효과에 반드시 신경을 쓰실 것으로 생각했지요."

노리미즈의 눈빛이 차츰 날카로워지더니 상대의 의식을 꿰뚫을 것 같이 보였다. 그는 몸을 좀 뒤틀어 잠깐 미소를 짓는가 싶었는데, 그것이 도중에 싹 가셔 버렸다.

"아니, 결코 나는 그런 달콤한 에피소드나 말하려고 온 것이 아닙니다. 여기에 나는 마지막이라는 생각을 하고 온 것입니다. 그런데 야기자와 씨……." 성을 노리미즈가 말하자 그와 동시에 시즈코의 온몸이 큰 동요를 일으켰다.

노리미즈는 추궁을 늦추지 않았다. "분명히 댁의 아버지이신 야기자와 의학박사는, 1888년에 두개 인양부(鱗樣部) 및 섭유와(顳顬窩) 기형자의 범죄소질 유전설을 주창하셨지요. 그러자 거기에 고인이 된 산데쓰 박사가 논박을 했어요. 그런데 미심쩍은 일은 그 논쟁이 1년이나 계속되어 최고조에 달했는가 싶었을 때, 마치 그것이 무슨 묵계라도 성립한 듯이 자취를 감춘 것입니다. 그래서 나는 과거 흑사관에서 일어난 사건들을 연대순으로 배열해 보았습니다. 그런데 그 이듬해가 되는 1890년에는 저 네 명의 젖먹이가 멀리서 바다를 건너오지 않았습니까? 그렇지요, 야기자와 씨. 아마 그동안의 변천 속에 댁이 이 성관으로 나오시게 된 까닭이 있을 것 같은데."

"그럼 모든 것을 다 말씀드리지요." 시즈코는 침울한 눈을 들었다. 마음의 동요가 말끔히 가신 듯 어쩐지 푹 꺼져 보이는 얼굴의 요철이 다시 무섭게 예리한 그늘을 드러냈다. "아버지와 산데쓰 님이 그 논쟁을 중지하신 것은 즉 그 결론이 인간을 재배하는 실험유전학이라는 극단론에 막혀 버렸기 때문입니다. 그리고 보면 저 4명이 고작 실험용의 작은 동물에 지나지 않는다는 것을 아시겠지요? 그래서 네 사람의 진정한 신분을 말하면, 각각 뉴욕 엘마일러 감옥에서 사형을 당한, 유대인·이탈리아인 등의 이주민들을 아버지로 하고 있는 것입니다. 요컨대 사형수의 시체를 해부하여 그 두개골 형체를 갖춘 자가 있으면 그때마다 사형자의 자식을 교도소장 브로크웨를 통하여 손에 넣었답니다. 그리고 마침내 그 수가 국적을 달리하는 저 4명이 되었으므로, 하트포드 복음전도사의 잡지 기사와 또 대사관의 공식기록까지도 산데쓰 님이 모두 돈을 듬뿍 써서 하신 일이었습니다."

"그렇다면, 이 성관의 저 네 사람을 입적시켜서 동산의 분배에 분규를 일으킨 것도 결국은 그 결론을 끌어내기 위한 한낱 수단이었다는 말인가요?"

"그렇습니다. 저 사람들의 아버지들도 마찬가지 두개형체(頭蓋形體)였던 모양입니다. 산데쓰 님은 자기의 설에 거의 광적인 집착을 가지고 계셨으니까요. 그러나 그분같이 색다른 성격을 가진 분에게는 우리의 일반적인 사고방식은 문제가 되지 않습니다. 그야말로 몰두하는 것만이 생명의 전부이고, 유산이나 애정, 육신 따위는 그분의 광대무변한 지적인 의식의 세계에서 본다면 먼지 같은 자질구레한 것에 불과한 것입니다. 그래서 아버지와 산데쓰 님은 후일을 약속하고 그 성패를 확인하는 역할을 나한테 맡긴 겁니다. 그런데 산데쓰 님은 몹시 음흉한 책동을 하셨습니다. 그것은 클리보프 님에 관해서인데, 그분이 일본에 도착하자마자 부검의 발표가 바뀌었다는 통지가 온 것입니다. 그러자, 산데쓰 님은 한 가지 꾀를 내어 4명의 이름을 《구스타프 아돌프》전에서 따온 것입니다. 즉, 그 두개에 의한 유전소질이 없는 클리보프 님에게는 암살자의 이름을, 다른 3명에게는 암살자 브라에의 손에 의해 저격당한 발렌슈타인 군의 전사자 이름에서 갖다붙인 것입니다. 그리고 이 서고에서 구스타프 왕의 정전을 모조리 제거하고 거기에 《리슐리외 블랙캐비닛》을 채워 놓았지만, 아마 그 이름은 가족들에게나 또 여러분 수사관에게도 어떤 형태로 알려질 수밖에 없으리라고 생각됩니다. 그러므로 노리미즈 씨, 언젠가 댁에게 말했던 영성(靈性)이라는 말의 의미가 결국, 아버지에게서 자식에게 인간의 종자가 반드시 한번은 방황해야 되는 저 황야의 의미임을 아시겠지요? 그리고 오늘 클리보프 님이 쓰러졌기 때문에, 그렇게 되면 당연히 산데쓰 님의 그림자가 그 끝없던 의문 가운데서 사라져 버리지 않겠어요? 아아, 이 사건은 모든 범죄 중에서 도덕이 가장 퇴폐한 형식인 것입니다. 그리고 그 거무스름한 시궁창 냄새 풍기는 괸 물 속에서 저 다섯 분들은 숨을 헐떡이며 다투고 있는 것입니다."

이렇게 네 사람의 신비악사의 정체가 폭로됨과 동시에 과거 흑사관의 어두운 흐름 속에는 이제 다만 한두 건의 변사사건만이 남게 되었다. 그리고 늘 신문실로 쓰고 있는 단네벨그 부인 방으로 돌아오자 거기에는 하다타로와 셀레나 부인이 네댓 명의 악단 관계자인 듯한 사람들을 데리고 기다리고 있었다. 한데 노리미즈의 얼굴을 보자, 온화한 그녀에게는 어울리지 않는 명령조로 셀레나 부인이 말을 꺼냈다.

"우리는 확실한 증언을 하려고 왔습니다. 실은 노부코에게 따져 물어보라는 것입니다."

"뭐라고, 가미야 노부코에게?" 노리미즈는 좀 놀란 듯한 몸짓을 보였지만, 그 얼굴에는 감추려고 해도 감출 수 없는 회심의 미소가 떠돌았다.

"그럼 그이가 여러분을 죽인다고 하던가요? 아니, 사실 누구에게나 도저히 무너뜨릴 수 없는 장벽이 있는 겁니다."

거기에 하다타로가 끼어들었다. 그리고 여전히 이 조숙아는 묘하게 노성한 어른처럼 부드러운 어조로 말했다.

"노리미즈 씨, 그 장벽이라는 것이 이제까지 우리에게는 심리적으로 쌓여진 것이거든요. 실제로 쓰다코 씨가 맨 앞줄 가에 계셨던 것을 아시지요? 그런데 그 장벽을 지금 여기에 있는 분들이 무너뜨려주신 겁니다."

"나는 샹들리에가 꺼지자 곧 하프 쪽에서 사람이 가까이 오고 있는 낌새를 느꼈습니다"라고 하면서, 아무래도 평론가인 시카쓰네 미쓰루(鹿常充)로 여겨지는, 이마가 벗겨진 40대 남자는 좌우를 돌아보며 주위의 동의를 구하였다. 그리고 그는 말을 이었다. "글쎄, 그것을 기운의 움직임이라고 해야 될까요? 그보다 비단옷 스치는 소리가 들려왔으니까 아마 그것이 아닌가 생각합니다. 그러나 어쨌든, 그 소리는 차츰 퍼져 갔습니다. 그리고 그것이 뚝 그치는가 싶더니, 동시에 단상에서 그 비통한 신음소리가 난 것입니다."

"그렇군요. 댁의 붓끝에는 충분히 독설적인 효과가 있겠지요." 노리미즈는 오히려 익살스런 웃음을 띠며 고개를 끄덕였다. "하지만 이런 헉슬리를 아십니까? '증거 이상으로 앞서가는 단정은 오류로만 그치지 않고 오히려 범죄가 된다'는 것 말입니다. 하하, 어차피 음악의 귀신이 현의 소리까지도 들을 수 있다면 그런 식의 닭소리로 이비크스의 죽음을 알린다면 어떨까요? 도리어 나는 아리온을 구하는 쪽이 음악을 좋아하는 돌고래의 의무가 아닐까 생각하는데요."

"뭐요, 음악을 좋아하는 돌고래라구요?" 함께 온 한 사람이 격분하여 고함을 쳤다. 그 사나이는 왼쪽 끝에서 근처의 하다타로 바로 밑에 앉았던 호른 주자였다. "됐어요, 아리온은 이미 구원받지 않았던가요? 그러나 내 위치가 위치인 만큼 시카쓰네 씨가 말한 낌새는 느끼지 못했어요. 하지만 도리어 이 두 분이 아주 가까이 앉아 있었기에 동정을 완전히 파악했다고 해도 과언은 아닐 것입니다. 노리미즈 씨, 나 역시 이상한 울림소리를 들었습니다. 그것은 신음소리와 함께 뚝 그쳐 버렸지만……. 그러나 그 소리는 하다타로 씨가 왼손잡이고 셀레나 부인이 오른손잡이인 한, 활의 줄이 어슷하게 서로 스쳐서 일어났을 것이 틀림없을 것입니다."

그때 셀레나 부인은 얄궂은 체념의 빛을 나타내며 노리미즈를 보았다.

"어쨌든 이 대조적인 의미가 아주 단순한 만큼 도리어 짓궂은 댁에게는 평가를 받기가 어렵겠지요. 하지만 자신의 관성(慣性) 이외의 신경으로라도 혹시 판단하신다면 틀림없이 그 천민에게 크라카우(전설에서 파우스트 박사가 마술수업을 한 곳)의 회상이 빛을 낼 거예요."

그리고 모두들 나가 버리자 구마시로는 난색을 드러내며 노리미즈에게 악담을 했다.

"너무나 어이없어 오히려 주어진 것을 솔직히 받아들이는 편이 당신한테 어울리는 고상한 정신이라고 생각되는데. 그보다 노리미즈 씨, 지금의 증언으로 당신이 아까 말한 무기실의 방정식을 돌이켜 생각해야 되지 않아? 그때 당신은 2-1=클리보프라고 했었지. 그러나 그 해답이 될 클리보프가 죽어 버렸으니 말이야……."

"장난이 아니야. 그런 천민의 딸이 어떻게 이 궁정음모의 주역이 될 수 있겠어?" 노리미즈는 힘을 주어 되받았다. "과연 노부코라는 여자는 매우 미묘한 존재로 단네벨그 사건과 종명기실을 제외한 것 말고는 완전히 정황증거의 그물 속에 들어 있는 거야. 그러나 그 표본적인 인신공물로 바치기 때문에 파우스트 박사는 쾌활한 기분이 이어지고 있는 거야. 첫째 노부코에게는 동기와 충동이 없어. 예를 들면 어떤 사디스트라도 그런 병적 심리를 끌어내게 되는 동인이 반드시 있기 마련이야. 실제로 지금도 저 음악을 좋아하는 돌고래들이……."

노리미즈가 무엇인가 언급하려고 할 때에, 아까 조사를 지시한 엄지손가락 지문의 보고를 가져왔다. 그러나 결과는 헛된 수고에 그치고 거기에 해당되는 것은 끝내 나타나지 않았다.

노리미즈는 피곤한 듯한 눈으로 잠시 생각하더니 갑자기 무슨 생각이 났는지 살롱의 맨틀피스에 늘어놓은 비망(備忘) 항아리를 가져오라고 명했다. 그것은 모두 20여 점이나 되었는데, 이미 고인이 되어 떠나간 사람들의 것이었지만 이 성관에 중요한 관계가 있었던 사람들에게는 골고루 만들게 하여 영원히 회상할 수 있도록 마련해 둔 것이었다. 표면에는 에스파냐식의 아름다운 유약이 발라져 있고 서툰 솜씨로 만든 탓인지 어딘가 소박한 데가 있었다. 노리미즈는 그것을 탁자 위에 죽 늘어놓고 말했다.

"혹은 내 신경이 너무 과민한지도 모르겠어. 그러나 이 성관처럼 정신병리적 인물이 많은 곳에서는 지문을 찍었다고 해도 그것을 믿는다는 것은 애당초 잘못이야. 왜냐하면 가끔 겉으로 나타나지 않은 발작이 있거든. 그때 경직되고 여위어 수척해지는 경우에 우리는 엉뚱한 착오를 부르게 되는 거지. 그러나 이 항아리 안쪽에는 반드시 평온한 상태에 있을 때에 찍은 지문이 분명히 남아 있을 거야. 구마시로 씨, 당신은 여기에 있는 항아리를 잘 깨뜨려 주어야겠어."

그래서 실굽에 있는 성명과 대조하여 깨뜨리는 동안, 어느새 두 개만 남게 되었다. 클로드 딕스비……, 깨졌으나 그 웨일스 유대인의 것과는 달랐다. 다음으로 후리야기 산데쓰……, 구마시로가 나무망치로 가볍게 내리치자 동체에 지그재그로 금이 갔다. 그리고 그것이 둘로 짝 갈라지는 순간 세 사람은 완전히 악몽 같은 것에 사로잡히고 말았다. 가장자리에서 조금 밑으로, 의심할 바 없는 엄지손가락 흔적이 레베스의 목에 남겨졌던 것과 똑같은 모양으로 나타난 것이다. 이 충격에는 어지간한 검사와 구마시로도 말할 기력조차 잃어버린 듯했다.

그때 구마시로는 잠에서 깨어난 것처럼 당황하여 담뱃재를 떨어뜨리며 가까스로 말했다. "노리미즈 씨, 문제는 이것으로 깨끗이 속시원하게 밝혀진 셈이야. 이제 유예할 것이 없어. 산데쓰의 묘를 발굴하는 일이야."

"아니, 나는 끝까지 정통성을 지키겠어." 노리미즈는 색다른 정열을 담아 고함쳤다. "그 한없는 의문에 현혹되어 산데쓰의 생존을 믿으려고 한다면 당신은 맘대로 강신제(降神祭)라도 지내 보지 그래. 나는 문장(紋章) 없는 돌을 찾아내어 사람인 살인마와 싸우겠어."

그리고 벽난로를 쌓은 돌에 새겨진 문장을 하나씩 더듬어가자, 마침내 오른쪽에 쌓은 돌 중에 흡사한 것이 발견되었다. 그래서 노리미즈가 시험삼아 그것을 밀자 이상하게도 그 부분이 손가락이 가는 대로 움푹 들어갔다. 그러자 그와 동시에 그 한 단으로 쌓인 돌이 소리도 없이 뒤로 물러가기 시작하더니 이윽고 그 자리의 마루에 뻐끔히 4각의 어둠이 뚫렸다. 갱도……. 딕스비의 사무치게 저주하는 의지를 담은 이 외길의 어둠은 벽 사이를 뚫고 틈새를 걸어서 어디로 더듬어 가려는 것인가. 종명기실인가, 교회당인가, 또는 시체 안치실 속인가, 아니면 사통팔달의 기로에서 갈려…….

2. 노부코여, 운명의 별은 그대 가슴에 깃들도다

발밑에는 작은 계단이 하나 있고, 거기서부터 칠흑과 같은 어둠이 엿보고 있다. 오랫동안 바깥 공기와 접촉이 없는 음습한 공기가 마치 시신의 미지근한 온도 같은 고약한 곰팡이 냄새와 더불어 찐득거리며 흘러나오는 섬뜩한 무섬증을 유발했다. 노리미즈 일행 세 사람은 재빨리 손전등을 켜고 어깨를 움츠려 계단을 내려갔다. 그러자 거기에는 사방 석 자쯤의 판자가 깔려 있어 거기까지 오자 이제까지는 광선 때문에 보이지 않았던 슬리퍼 자국이 마루에 여러 군데 나 있었다. 그런데 그중에 새로운 자국 하나가 일직선으로 계단 위까지 이어져 있었다. 그리고 타원형 흔적에는 조용히 걸었던 탓인지 앞뒤의 특징마저 남아 있지 않았다.

따라서 그것이 계단에서 내려온 것인지 아니면 깊숙한 갱도로부터 더듬어 온 것인지 그 식별이 불가능했다. 그때 주위를 비치고 있던 구마시로가 갑자기 '앗' 하고 소리를 질렀다. 얼른 바라보니 오른쪽 위에 몸서리치게 무서운 형상을 한 목각상 악마가 걸려 있는데, 그 왼쪽 눈동자가 5푼쯤 막대 같은 모양으로 쑥 나와 있다. 그것을 누르자 반대로 오른쪽이 들고 올라와, 위에서 비치는 광선이 좁혀져 갔다. 그리고 쌓인 돌이 원래의 위치로 돌아왔다.

노리미즈는 그 슬리퍼의 자국과 보폭의 간격을 재고 나서 앞으로 뚫고 나갈 정사각형의 어둠 속으로 들어갔다. 과연 거기서부터 그 옛날 로마 황제 트라야누스 시대에 총독 플리니우스가 두 여자 집사를 써서 카리스타스 지하복도를 찾도록 하였을 때의 광경을 방불케 하는 것이었다.

갱도의 천장에는 오랫동안 쌓인 먼지가 종유석처럼 축 늘어져 있고, 호흡할 때마다 미세한 먼지가 날아와서 목을 간지럽히며 숨막히게 했다. 그렇잖아도 공기가 신선하지 않아서 이상하게 숨이 답답한데 혹시 이때 횃불이라도 켰다면 타지 않고 연기만 내면서 꺼질 것 같았다.

게다가 성관 안의 소리가 이 공간에는 이상할 만큼 잘 울려 와서 가끔 갈림길이 아닌가 하는 생각이 들고, 또 사람소리같이 들리기도 하여 가슴을 두근거리게 할 때도 있었다. 그러나 슬리퍼의 자국은 끝까지 사라지지 않고 그들을 인도했다. 그 발밑에서는 눈을 밟는 듯한 느낌으로 쌓인 먼지가 무너지고 그것을 통해 떡갈나무의 차가운 감촉이 머리 꼭대기까지 스며드는 것 같았다.

이 터널 여행은 그럭저럭 20여 분이나 계속되었다. 갱도는 좌로 우로, 또 어떤 부분은 언덕을 이루고 거의 기억을 못할 만큼 꺾어진 데가 많았는데, 마지막에 왼쪽으로 돌자 거기는 벽장의 선반같이 막다른 데였다. 거기에도 섬뜩한 악마의 상판대기가 버티고 있었다. 아아, 그 석벽의 끝은 성관의 어디일까.

노리미즈는 마른침을 삼키며 상판대기의 한쪽 눈을 눌렀다. 그러자 그 오른쪽의 문이 구마시로의 어깨를 살짝 스치면서 열렸는데, 그 앞에도 여전히 어둠이 이어졌다. 그러나 어디에선지 부드러운 바람이 찾아들어 거기가 넓은 공간이라는 것을 짐작하게 했다.

노리미즈는 앞쪽의 공간을 목표로 하여 어슷하게 높이 비쳐 보았다. 하지만 그 빛은 어둠 속을 헛되이 지나갈 뿐 아무것도 비쳐지지 않았다. 그래서 이번에는 한 걸음 더 나아가 머리 위를 향해 비치자 거기에는 추하고 몹시 떨떠름한 모습을 한 세 사람의 남자 얼굴이 나타났다. 노리미즈는 그것으로 모든 것을 다 알게 되었다. 성 바오로, 성 이냐시오 로욜라, 콜도바의 늙은 사제인 호시우스……라고 벽면의 조상기둥을 셋까지는 세었는데 그 소리가 갑자기 떨리기 시작했다.

"묘소야, 끝내 우리는 산데쓰의 묘까지 오고 말았어."

노리미즈는 미친 듯 소리를 질렀다.

그 소리와 동시에 구마시로는 두세 걸음 앞으로 나아가서 손전등으로 앞쪽을 죽 비쳤다. 그러자, 그중 몇 개의 석관이 나타났는데 분명히 그 구석에 있는 한 구획이 산데쓰의 묘라는 것을 알게 되었다. 세 사람은 끊어질 듯 큰소리를 내며 숨을 내쉬었다. 언젠가 레베스가 노리미즈에게 말했던, '지정(地精)이여, 서두르라'는 해석이 이제야 환상으로부터 현실로 옮겨지려 하고 있다. 더욱이 슬리퍼의 자국은 한가운데에서 한결 더 뚜렷하게 산데쓰의 관 안치대를 향하여 똑바르게 이어져 있는 것이다. 그 덮개에는 가벼운 철판으로 만든 수호성인 성 게오르기우스가 누워 있는 상이 부각되어 있었다. 아마 그때 세 사람의 마음속에는, 산데쓰의 관 안치대만이 다리 없이 대리석을 쌓아올려 만든 데에서, 분명히 관 속에는 파우스트 박사의 모습은 없고, 거기에서 또 지하로 이어진 새 갱도가 나 있을 것 같은 생각이 들었다.

그런데 덮개가 쳐들려 있어 동그란 빛이 휙 비쳐졌을 때, 세 사람은 엉겁결에 오싹한 느낌이 들어 뒤로 물러섰다. 보라, 그 속에는 이상한 해골이 누워 있지 않은가. 편안하게 누워 있어야 할 터인데 무릎이 높이 꺾여 있고 양손은 허공에 떠 있으며 손가락은 무엇인가를 할퀴려고 하는 것처럼 끔찍하게 구부리고 있다. 더구나 세 사람이 뒤로 물러서는 순간, 그것이 바스락바스락 소리를 내며 섬뜩하게도 갈비뼈가 끝에서 한두 개 맥없이 떨어지면서 재처럼 힘없이 부서져 버렸다. 그런데 왼쪽 갈비뼈에는 자상의 흔적이 남아 있어, 그것이 산데쓰의 유해라는 것을 분명히 말해주고 있었다.

"산데쓰는 역시 죽어 있었어. 그렇다면 그 손가락 흔적은 도대체 누구의 것일까?" 구마시로를 돌아보며 검사는 신음하는 소리로 중얼거렸다. 한데 그때 노리미즈의 눈에 섬광처럼 번쩍 빛나는 것이 있었다. 그러더니, 얼굴을 갈비뼈에 들이대고 꼼짝도 하지 않았다. 참으로 뜻밖에도 그 갈비뼈에는 세로로 새겨진 색다른 글자가 있었던 것이다.

PATER! HOMO SUM!

"아버지시여. 저도 사람의 아들이로소이다."

노리미즈는 그 외줄의 라틴글자를 번역하여 중얼거렸다. 이어서 색다른 발견은 더 계속되었다. 그것은 그 새겨진 글자 가장자리에 군데군데 금빛 가루가 빛나고 있는 것과, 또 하나는 이빨이 빠진 틈새에 작은 새로 보이는 뼈가 끼어든 것이었다.

노리미즈는 그 금빛가루를 손에 쥐고 잠시 들여다보고 있더니 "아아, 이것이 아마도 파우스트 박사의 의례(儀禮)인 모양이야. 하지만 구마시로 씨, 이 글자는 건판에 새겨져 있어. '아버지시여, 저도 사람의 아들이로소이다'라고 말이지. 게다가 이빨 사이에 끼어든 작은 새의 뼈인 듯한 것은 아마 조기매장 방지장치를 방해했다는 곤줄박이의 시체가 틀림없어. 너무나 무서운 일이 아닌가.

요컨대 산데쓰는 관 속에서 일단 되살아났지만, 그때 범인은 곤줄박이의 새끼가 끼어들어 벨이 울리지 못하게 했던 거야."

노리미즈의 소리만이 은은하게 메아리칠 뿐, 그것이 전혀 귀에 들어오지 않을 정도로 검사와 구마시로는 전율하지 않을 수 없는 눈앞의 정경에 끌려들어가고 말았다. 그 모습은 명백히 관 속의 괴로움을 나타냈고 그 결론은 생매장이 틀림없었다. 그러나 그렇다 치더라도 파우스트 박사로서는 산데쓰가 관 속에서 소생하여 미친 듯 신호의 끈을 잡아당겼지만, 구원하러 오지는 않고 힘도 탈진하여 머리 위의 덮개를 쥐어뜯은 몰골로 보아, 어쩌면 또 잔학한 쾌감을 즐긴 것인지도 모른다. 그리고 범인의 냉혹한 의지는 곤줄박이의 뼈와 더불어 '아버지시여, 저도 사람의 아들이로소이다'라는 글로 끝장이 났기 때문에 구가 시즈코가 도덕의 가장 퇴폐한 형식이라고 외친 것도 무리가 아니었다.

흑사관 살인사건이라는 잔인무도한 유혈의 역사 속에 숨어 있는 사연보다도 눈앞에 펼쳐진 유해의 형상 따위가 공포 비극을 실감나게 하는 것이 사실이었다. 그리고 슬리퍼의 발자취를 조사했는데, 그것은 묘소의 계단을 다 올라간 머리 위의 문 입구, 즉 묘지의 관감까지 이어져 있었다. 그러나 여기까지 와 보고서야 비로소 그 앞뒤가 밝혀졌다. 범인이 단네벨그 부인의 방에서 갱도로 들어가, 관감의 덮개를 열고 뒤뜰의 지상으로 나왔다는 것을 알게 되었다. 또 그밖에도 먼지에 묻혀져 가는 발자국 비슷한 것이 산재해 있어, 진작부터 그 열지 않았다는 방에 이상한 잠입자가 있었다는 것이 의심할 바 없게 되었다.

조사를 마치자 세 사람은 창황하게 석관의 덮개를 덮고 짓누르는 도깨비 장난 같은 광기에서 벗어났다. 그리고 길을 걸어가면서 노리미즈는 몇 가지의 발견을 종합 정리하여 그것을 쇠사슬처럼 엮어 갔다.

1. '아버지시여, 저도 사람의 아들이로소이다'의 고찰──이미 그것은 어떻게도 부정할 수 없는 확고한 징표이다. 그러나 산데쓰가 자기 주장의 승리에 대한 광적인 집착으로 하여 4명의 외국인을 귀화 입적시켰을 뿐만 아니라, 상식을 벗어난 유언장을 만들었다든가, 시양도(屍樣圖)를 그리고 마법전(魔法典)을 태웠다든가 하여 범죄방법을 암시하고 수사의 교란을 미리 꾀한 것은 과연 세 사람 중 어느 누구에게 충동을 주었는가──그 결정은 물론 의무였다. 하지만 그 아버지의 한마디는 명백히 하다타로가 아니면 셀레나 부인을 가리키는데 혹시 하다타로가 유산에 관한 폭거로 복수를 한다든가, 아니면 셀레나 부인이 어떤 동기에서 산데쓰의 참뜻을 알게 되어──거기에는 노리미즈의 광적인 환영으로밖에 생각할 수 없는 시양도의 반 쪽이 암시되는 것이지만──만일 그렇다고 하면 부인의 긍지로서 작용하는 절대의 세계가 혹은 세상에서도 기괴한 폭발을 일으켰을지도 모른다. 그리고 그 의사 표시가 '저도 사람의 아들이로소이다'라는 한 구절에 틀림없지만, 가령 그것이 가짜라고 한다면 이번에는 오시카네 쓰다코를 이 미친 글의 작자라고 추정할 수밖에 없다.

2. 범죄현상으로서의 오시카네 쓰다코. 벌써 명백해진 사실은 신의 심문회 때 쑥 내민 가장자리에서 움직였던 사람 그림자와, 처음에 건판을 주우러 온 원예창고에서의 구둣자국, 거기에 약물실의 침입자, 이상의 세 사람이 산데쓰를 쓰러뜨리고 그날 밤 단

네벨그 부인의 방에 침입한 인물과 동일 인물이라는 사실이었다. 그렇다면 당연한 문제로서 단네벨그 사건에 한데 묶여 거기에는 부정할 수 없는 그림자를 던진 오시카네 쓰다코가 동기 중의 동기라는 연줄을 가지고 등장하는 것이다. 물론, 확실한 결론으로서 규정할 수 없는 한 그런 추측은 허공 속의 한 돌기물에 지나지 않겠지만.

다시 원래의 방으로 돌아와 의자에 앉자, 노리미즈는 실망한 듯 턱을 만지면서 놀라운 말을 내뱉었다.

"실은 산데쓰의 유해에는 두 가지의 광포한 의지의 표시가 담겨 있는 거야. 하나는 딕스비의 처추 때문에 죽음을 당했고, 그러고 나서 소생했는데, 이번에는 파우스트 박사가 숨통을 찌른 거야. 결국 그것은 두 번 죽음이지."

"뭐, 두 번 죽음?" 구마시로가 놀란 나머지 되묻자 노리미즈는 큰 계단 뒤쪽을 세 번이나 뒤집어서 마침내 최종 귀결점을 밝혔다.

"그렇잖아, 구마시로 씨? 유명한 란지($^{프랑스의}_{암호\ 해독가}$)가 한 말인데 '비밀 기호의 마지막은 같은 글자의 정리에 있다'는 거야. 그래서 그 같은 글자의 정리를 문장이 없는 돌에 시험해 보았는데, s와 s, re와 le, st와 st를 제거해 보았지. 그러자, 그것이 Cone($^{솔}_{방울}$)이라는 글자로 변해 버렸어. 그런데 그 솔방울의 모양이라는 것이 침대의 닫집에 있는 장식이었는데 그것이 또 섬뜩한 익살꾼이었다는 거야."

그러고 나서 커튼 안으로 들어가, 방석 위에 탁자와 의자를 하나씩 쌓아올렸다. 그리고 마지막으로 캐비닛을 올려놓을 때, 검사와 구마시로는 깜짝 놀라 숨을 죽였다. 왜냐하면 솔방울 모양을 한 그 장식물이 입을 벌리고 거기에서 살살 하얀 가루를 쏟아냈기 때문이다. 그러자 노리미즈는 과거에 흑사관을 암담하게 만들었던 세 건의 변사사건에 대해서 소견을 털어놓는 것이었다.

"이것이 암흑의 신비, 흑사관의 악령이야. 그것을 수사학적으로 말하면 우선 중세의 이단에 대한 농락이라고나 할까? 그러나 그 장치의 내용이야말로 과거 세 건의 변사사건이 각각 동침 중에 일어났다는 것을 생각하면 알 수 있겠지. 즉 두 사람 이상의 중량이 한계이고 거기에다 더하면 솔방울의 장식이 입을 벌리고 가루를 쏟아내게 되는 거지. 그것도 옛날 마리아 안나 여왕 시대에는 미약(媚藥) 따위를 넣었는데 이 침대에는 마호가니의 정조대로 되어 있거든. 왜냐하면 이 분말은 분명히 스트라모니히너스*1——매우 희소한 식물독이라고 생각되기 때문이야. 그것이 코의 점막에 닿으면 지독한 환각을 일으키기 때문에 처음은 1896년에 덴지로(傳次郎) 사건, 그리고 1902년 후데코(筆子) 사건이라는 두 타살사건이 일어났고 최후로 산데쓰가 인형을 안고 그날 쓰러진 거지. 결국 이 딕스비의 저주라는 것은 《죽음의 춤》에 적혀 있는 '자이나 교도는 지옥의 밑바닥에 드러누워서'의 정체라고."

이렇게 밝혀짐으로써 흑사관을 뒤덮고 있던 과거의 어두운 그림자는 말끔히 사라졌다. 그러나 검사는 흥분 속에 가벼운 실망이 뒤얽힌 태도로 말했다.

"과연, 당신이 수다를 떨었지만 현재의 사건에 대해서는 아무것도 알지 못했던 거야. 그보다 이 모순을 당신은 어떻게 해석하나? 문에서 방의 중도까지는 카펫 밑에 인형의 발자국이 축축한 물기로 찍혀 있었잖아? 그런데 일단 갱도 속으로 들어가면서 그것이 인간의 것으로 둔갑해 버렸어."

"그런데 하세쿠라 씨, 그것이 +—라고. 처음부터 인형의 존재를 믿지 않은 나는 그것을 말할 필요가 없었던 거야. 그러나 이것 한 가지만은 우연한 일치로서 도저히 부정해 버릴 수는 없다고 생각해. 왜냐하면 갱도에 있는 슬리퍼의 자국을 인형의 발자국과 비교하면 그 보폭과 발 모양의 길이가 같고 또 슬리퍼의 자국이 인형의 보폭과 부합이 되거든."

난로 앞에서 노리미즈는 빨간 숯불에 손을 쬐면서 말을 계속했다.

"그런데 그 인형의 발자국이라는 것은 원래 내가 카펫 밑에 있는 물방울의 범위를 잴 때 생긴 것이야. 그리고 상하 양단의 제일 뚜렷했던…… 바꾸어 말하면, 물방울의 양이 가장 많은 부분을 기준으로 삼았다는 것이 되거든. ……그래서 내가 +ㅡ라고 하는 궤계(詭計)를 재현할 수 있었던 것이야. 그것은 다름 아니라, 슬리퍼 밑에 또 두 슬리퍼를 위로 향해 신고, 또 그 두 슬리퍼를 서로 엇갈리게 짜맞추는 거야. 그리고 문을 열어, 물을 듬뿍 적셔 가지고 처음에 뒤쪽의 커버를 발꿈치로 세게 밟아. 그러면 커버의 가운데에 좀 작은 원형의 힘이 작용하기 때문에 당연히 그 밀려나오는 물이 상향의 위로 향한 괄호(ᴗ) 모양이 되지 않겠어?

다음으로 아까 그 커버를 발부리로 밟으면 이번에는 그 모양이 말굽 같은 꼴이 되기 때문에 가운데보다 양단에 가까운 물이 세게 튀어나와 그것이 아래로 향한 괄호(ᴖ) 모양으로 되어 버리는 거야. 그리고 그 상하 두 모양의 괄호꼴을 한 물의 흔적을 좌우에 서로 안배해 가는 거지. 요컨대 범인은 미리 보통사람의 세 배나 되는 인형의 발자국을 재 놓았지. 그리고 나서 보폭을 거기에 부합시켜 갔기 때문에 당연히 그 두 괄호에 낀 중간이 인형의 발자국을 방불케 하는 모양으로 변해 버렸던 거야. 따라서, 그 슬리퍼의 길이가 아장아장 걷는 인형의 보폭과 같아져서 거기에서 양화(陽畫)와 음화(陰畫)가 송두리째 역전되어 버렸다고 할 수 있겠지."

이렇게 기괴하기 짝이 없다고 여겼던 기교가 밝혀짐으로써 인형의 자취가 사라져 버리자 이제 시광과 칼무늬라는 둘 중에 무엇인가 범인이 이 방에 침입한 목적이 있지 않았을까 하는 생각이 드는 것은 당연했다. 벌써 11시 30분. 그러나 이날 밤 안으로 어떻게든 해결하는 데까지 밀고 가려는 노리미즈에게는 전혀 철수할 기색이 없었다. 그 사이에 검사가 탄식하는 듯한 목소리로 말했다.

"자, 노리미즈 씨. 이 사건의 모든 것은 파우스트 박사의 주문을 기준으로 한, 동의어의 연속이 아닌가 말이야. 불과 불, 물과 물, 바람과 바람……. 하지만 저 건판만은 그 배합의 의미를 도저히 납득할 수가 없어."

"그렇군, 동의어라? 그렇다면 당신은 이 비극을 미리 의도된 일로 보려는 것인가?" 노리미즈는 약간 익살을 섞어 중얼거렸는데 느닷없이 그 말을 예리하게 중간에서 끊었다. "앗, 그렇군. 하세쿠라 씨, 동의어……, 건판. 뭔가 나한테, 그 칼무늬의 까닭이 뭔지 알 것 같은 느낌이 들어." 갑자기 뛰면서 외치더니 노리미즈는 그대로 바람처럼 방에서 나가 버렸다. 그러나 잠시 후에 좀 상기된 얼굴로 돌아온 그를 보니, 그 손에 전날 개봉된 유언장이 들려 있었다. 그리고 상단의 좌우에 두 줄로 나란히 있는 문장의 하나를 칼무늬의 사진과 맞추어 전등으로 투시하는 순간, 무의식중에 두 사람의 입에서 신음소리가 새어나왔다. 그 두 개가 정말 추호의 어긋남도 없이 잘 맞아떨어졌기 때문이다. 노리미즈는 고용인이 날라온 홍차를 죽 들이마시고 말했다.

"정말 비길 데가 없군! 범인의 지적인 창조야말로 놀랄 수밖에 없어! 이 편지지는 이미 1년 전에 지금의 것과 바꾸었다고 하니까 말이야. 물론 그 전에 저 건판은 사건의 그늘에 숨어 있는 광기어린 것을 비쳐 찍은 거야. 왜냐하면, 오시카네 박사의 진술을 상기할 필요가 있어. 그렇잖아도 현재 이것으로 볼 수 있는 것과 같이 산데쓰는 유언장을 다 적고 나서 그 위에 옛날 군령장에 쓰는 동분

(銅粉)을 뿌린 것이야. 구마시로 씨, 구리에는 암실에서 건판을 인화한다는 자광성(自光性)이 있잖아? 아아, 그 서막……, 이 공포 비극의 서문. 자, 그럼 이제부터 그 낭독을 해 볼까? 그날 밤 산데쓰는 찢어버린 한 장을 밑으로 하여, 두 장의 유언장을 금고의 서랍에 넣었어. 그런데, 그 전에 범인은 미리 그 암흑의 밑바닥에 건판을 깔아놓고 있었던 거야.

그러자 다음날 아침에 산데쓰가 금고를 열고 가족을 나란히 세워 놓은 앞에서, 그 인화된 쪽의 한 장을 태워 버리고 나서 남은 한 장을 다시 금고에 보관하는 동안, 몇 사람이 전문(全文)을 찍어서 건판으로 꺼낸 자가 없으면 안 되겠지. 아주 그 짧은 순간에 파우스트 박사에게 악마와의 계약을 맺게 했던 거야. 그것을 직관과 전조만으로 판단하더라도 태워 버린 한 장이 내가 몽상하고 있던 시양도의 반 쪽에 마땅히 해당되는 것이고, 또 그것이 좌표가 되어 저 환상적인 공간에 무서운 소용돌이를 불러일으킨 것이었어."

"과연 그 건판은 무한한 신비성을 지니고 있지. 그러나 당연한 결론은 그 차리에서 누가 먼저 나갔는가 하는 것이 되지 않겠어?"라고 말했는데 구마시로는 양손을 축 내려뜨리고 짙은 실망의 빛을 띠었다. "물론 지금에 와서는, 그 기억마저 분명하지 않아. 그럼 그 칼무늬와 건판과의 관계는 어떻게 봐야지?"

"그것이, 로저 베이컨(1214~1292, 잉글랜드의 사제. 마법연금술사로 유명하지만 원래 비범한 과학자였음)의 지혜라는 거야"라고 노리미즈는 조용히 말했다.

"그런데, 아비리노의 《성인기적집》을 보면, 베이컨이 길포드의 교회당에서 시체의 등에 정밀한 십자가를 나타냈다는 일화가 실려 있어. 하지만 또 발화연(發火鉛 ; 주석산에 열을 가하여 밀폐한 것. 공기에 닿으면 혀바닥처럼 빨간 섬광을 발하며 타오름)을 유황과 철분을 포함한다는 베이컨의 투척탄을 생각하면 거기에 기교주술(아트매직)의 정체가 무엇인가를 알 수 있게 되겠지. 그와 동시에 이 사건에도 그것이 칼무늬의 성인을 분명하게 밝혀 준 거야. 구마시로 씨, 당신은 심장이 멎기 직전에 이르면 피부와 손톱에 생체반응이 나타나지 않는다는 것을 알고 있겠지. 또 충격적인 죽음을 당한 경우에는 온몸의 땀샘이 급격히 수축하거든. 그 부분의 피부에 섬광적인 불꽃을 갖다 대면 거기에는 메스를 댄 것 같은 칼자국이 남게 돼. 물론 범인은 그것을 단네벨그 부인의 임종 때에 건판을 응용했던 거야. 그 방법이라는 것은 먼저 두 문장을 건판에서 떼내어 그 윤곽대로 감람관을 산(酸)으로 새기는 거지. 그리고 나서 그 두 줄을 합쳐서 그 공동(空洞) 속에 발화연을 만드는 거야. 그래서 재빨리 그것을 관자놀이에 대기만 하면 발화염이 섬광적으로 불타서 홈처럼 칼무늬가 남는다는 것 아니겠어? 어때, 구마시로 씨? 진절머리가 나지? 물론 기교주술 그 자체는 유치한 전기화학에 불과한 거야. 하지만 그 신비스런 정신이야말로 화학기호를 둔갑시켜 인형극을 꾸밀 정도라니까."

그래서 인형의 존재가 꿈속의 거품처럼 사라져 버리자 자연히 그 이름을 적은 단네벨그 부인의 서명이 든 종이조각을 범인이 메모나 연필과 함께 투입시켰다고 볼 수밖에 없게 되었다. 그러나 그 독특한 서명을 어떻게 범인이 빼앗았을까. 건판을 끝까지 추구해 가면 반드시 신의심문회까지 거슬러 올라가 출처를 거기에서 찾지 않으면 안 되게 되었다. 노리미즈는 잠시 가만히 생각하더니 무슨 생각에서인지 한밤중임에도 불구하고 노부코를 불렀다.

"부르신 것은 아마 이것 때문이지요?" 노부코가 의자에 앉기가 바쁘게 말문을 열었다. 그 태도에는 여전히 밝은 정이 넘쳤다. "어제 레베스 님이 저에게 공연하게 결혼을 청하셨어요. 그리고 그 결정을 이 둘로 회답해 달라고 하시면서……." 그녀는 말끝을 흐리면서 너무나 빨리 닥친 인생의 변전을 슬퍼하는 것 같았다. 이윽고 주머니 속에서 꺼내 놓은 것이 있었는데, 그 자리에 어울리지 않게 호사스러운 휘황한 빛이 무의식중에 세 사람의 눈을 사로잡았다. 그것은 두 개의 왕관핀이었다. 게다가 하나에는 루비, 또 하나에는 알렉산드라이트(옥의 한 가지. 햇빛에서는 진녹색, 인공광선에서는 자색으로 빛남)가 각각 백금으로 된 대(臺) 위에 120~130캐럿은 될 성싶은 마키즈형의 양각면을 비치고 있었다. 노부코는 가냘프게 탄식을 하고 나서 혀를 무거운 듯이 움직였다.

"결국 친애하는 노랑 알렉산드라이트 쪽이 좋은 운이고, 루비의 핏빛은 흉한 거예요. 그리고 이 두 가지를, 가부를 나타내는 표시로서 어느 쪽인가를 연주중에 저의 머리에 꽂아 달라고 그분이 말씀하셨어요."

"그럼 맞춰 볼까요?"라고 교활하게 눈을 가늘게 뜨고 말했으나 웬일인지 노리미즈는 가슴이 두근거렸다. "언젠가 댁은 레베스를 피해서 수피정으로 도망치지 않았던가요?"

"아니요, 레베스 님의 죽음에 저는 도덕적 책임을 질 약점은 추호도 없어요." 노부코는 숨을 거칠게 쉬며 외쳤다. "저는 실은 알렉산드라이트를 꽂았어요. 그래서 그분과 둘이서 이 헤르츠 산(요사스런 마귀들이 발브리기스의 향연을 벌인다고 하는 산)을 내려갈 작정을 했던 거예요."

그리고 나서 노리미즈의 얼굴을 찬찬히 들여다보며 애원하듯이 말했다.

"있잖아요, 정말 사실대로 말씀해 주세요. 혹시나 그분이 자살을 하셨다면……. 아니에요, 결코 제가 알렉산드라이트를 꽂은 이상은……."

그때 노리미즈의 얼굴에서 어두운 그림자는 싹 가셨지만 점점 괴로운 듯한 표정이 떠올랐다. 그 어두운 그림자란, 분명히 그의 마음속에 하나의 역설이 자리잡고 있었는데, 그것을 지금 노부코의 말이 산산조각으로 부숴 버린 것이 틀림없다.

"아니, 정확히 타살입니다." 노리미즈가 침통한 소리로 말했다. "그러나 여기에 댁을 부른 것은 다름이 아니고 작년에 산데쓰가 유언 장을 발표한 자리에서 대체 누가 맨 먼저 밖으로 나갔던가요?"

벌써 1년 가까이 지나간 일이기 때문에 물론 노부코 역시 모른다고 고개를 내저을 것으로 생각했다. 그런데 그 의미 있을 성싶은 한마디 가, 노부코에게 무엇인가를 깨닫게 한 것 같았다. 그 자리에서 그녀 의 온몸에 이상한 동요가 일어났다.

"그것은……그……그분이었어요." 노부코는 괴로운 듯이 얼굴을 일그러뜨리면서 말을 할까말까 망설이며 마음의 갈등을 겪는 듯하더 니, 이윽고 결심을 한 것같이 의연하게 노리미즈를 보며 말을 이었 다. "지금 제 입으로는 도저히 말씀드릴 수 없어요. 하지만 다음에 종이에 적어 드리겠어요."

노리미즈는 만족한 듯이 수긍을 하며 노부코의 신문을 마쳤다. 구 마시로는 오늘 사건에서도 가장 불리한 증언을 해야 될 처지의 노부 코에게, 그점은 한마디도 물어보지 않은 것이 불만인 것 같았으나 건 판에 숨어 있는 심오한 비밀을 찾아내기 위한 최후의 수단으로서, 마 침내 신의심문회 광경을 재연시켜 보기로 했다. 물론 그전에 노리미 즈는 시즈코에게 사복형사를 보내어 그때 7명이 차지하고 있었던 위 치를 알아냈다. 그런데 그 배치를 말하면, 단네벨그 부인 한 사람만 맞은쪽에 있게 하고 그 사이에 영광의 손(교살된 시체의 손을 초에 절여서 그것을 다시 말린 것)이 끼어 있 으며, 그 앞쪽에는 왼쪽으로부터 노부코·시즈코·셀레나 부인·클리보 프 부인·하다타로 등 5명이 상당히 떨어져서 반원형을 짓고 있었는 데, 레베스만은 홀로 반원형의 정점에 해당하는 셀레나 부인의 전면 에서 조금 구부러진 자리를 차지한 것이다. 그리고 6명의 위치는 입 구의 문을 등지고 있었다.

예전의 그 방으로 들어가 철상자 속에서 구마시로가 영광의 손을 꺼냈을 때, 손가락이 덜덜 떨리는 것을 보며 섬뜩한 공포감에 젖었다. 그것은 일찍이 인체의 일부였던 것을 비웃는 듯 제 모습을 지닌 선이나 덩어리를 어디에서도 찾아볼 수가 없었다. 오직 잡스러운 빛과 모양을 한 하나의 혼합물 같기도 하고, 기묘한 나무뿌리를 세공한 것 같기도 하며, 낡은 책의 표지가 벗겨진 것을 보는 듯한 느낌도 들었다. 이미 육체적인 유사성을 찾기는 어려운 괴물이었다.

손가락 끝을 세운 시체초에는 하나하나 방향과 표시가 붙어 있고, 그것은 좀 광택이 우중충한 느낌이지만 보통의 백랍과 별로 다를 바가 없었다. 그리고 끝에서 불을 옮겨가자 지지직 지지직하면서 마치 귀에 익은 속삭임을 듣는 것처럼 소리를 내며 타기 시작하고, 붉으스름한, 마치 피를 묽게 한 것 같은 광선이 방 구석구석으로 퍼져 갔다.

그러고 있는 동안, 단네벨그 부인의 위치에 있던 노리미즈의 시야를 이상하게 몽롱한 것이 뒤덮기 시작했다. 그것은 일종의 특별한 냄새를 가진 안개 같은 것으로 차츰 밑에서부터 다섯 자루의 초를 감싸기 시작하여 마침내 불꽃이 깜박거리며 흔들리기 시작하자 방안은 쏙한 단 내려가듯이 어두컴컴해졌다. 그 순간 노리미즈의 손이 뻗어나와 시체초를 하나하나 조사하기 시작했다. 그러자 다섯 손가락 모두 그 밑에, 즉 가운데 석 자루는 양쪽에 하나씩, 양 끝의 두 자루는 안쪽에 하나씩 알 수 없는 미세한 구멍이 있는 것이 발견되었다. 그것을 보고 구마시로가 스위치를 켜자 그 이상한 안개가 이번에는 노리미즈의 병적인 탐구의 구름으로 변해 갔다. 이윽고 그는 히죽 득의의 미소를 지으며 두 사람을 돌아보았다.

"이 작은 구멍의 존재 이유는 어떤 의미에서는 방패막이이고 또 일종의 수정응시(水晶凝視)를 일으키는 뜻도 있는 거야. 각각 심지구멍으로 통하고 있기 때문에 거기에서 따라온 초의 증기가 초의 몸체를 돌아서 피어오르게 되어 있어. 하지만 그래서 단네벨그 부인의 얼굴에 증기의 벽이 생기고, 또 가운데 세 자루에 불꽃이 깜박이게 하여 빛을 어둡게 하면 자연히 동그라미를 이루고 있는 인원의 한가운데 사람의 얼굴은 이상이 없는 양쪽 끝의 빛에서 가장 멀어지겠지. 따라서 그 얼굴이 단네벨그 부인에게는 전혀 보이지 않게 될 수밖에. 그리고 동시에 양끝의 두 자루도 양쪽에서 올라오는 증기를 부추겨서 불꽃이 옆으로 기울어지지 않겠어? 그리고 빛의 위치가 더욱 치우치기 때문에 자연히 양쪽에 있는 두 사람의 얼굴도 이 위치에서 보면 빛에 가로막혀 사라져 버리게 된다고.

  결국 하다타로·노부코·셀레나 부인——이 세 사람은 설사 도중에 이 방 밖으로 나가더라도 단네벨그 부인은 그 모습을 볼 수 없었던 게 당연해. 또, 그밖의 사람들도 이 이상한 분위기 때문에 아마 주위를 식별하지 못했을 것 같아. 모르는 것이 오히려 당연하지 않았을까? 그런데 단네벨그 부인이 쓰러지자 금세 노부코가 옆방에서 물을 가져왔다는 것이 어쩌면 노부코에게 의혹을 사게 했는지도 몰라. 요컨대, 그전에 벌써 그녀는 미리 이 일을 예상하고 있었기 때문에 방에서 나가 물을 준비하고 있었다고 할 수도 있겠지. 하지만 물론 이 추측은 어떤 행위의 가능성을 지적할 뿐, 당연히 증거 이상의 것이 될 수는 없어."

  "분명히 이 작은 구멍은 범인의 세공인 게 틀림없어"라고 검사는 턱을 끄덕이면서 되물었다. "하지만 그때 단네벨그 부인은 산데쓰라고 외치면서 졸도했다고 했어. 그것이 그 여자의 환각의 소치라고만 생각되지는 않아."

  "잘 보았어. 결코 단순한 환각은 아니지. 단네벨그 부인은 분명히 리보의 이른바 제2시력자, 즉 착각으로부터 착각을 만들어 낼 수 있는 능력자였던 것이 틀림없어. 그것은 성녀 테레사에게도 유향입신(乳香入神)이라는 말을 하지만, 훈연과 증기의 막을 뚫고 보면 요철이 한결 선명해지고 또 그 잔영이 가끔 기괴한 상을 지을 때가 있는 거야. 이 경우는 양끝의 촛불에서 보아 안쪽에 있는 두 사람, 즉 시즈코와 클리보프 부인의 얼굴이 응시 때문에 복시처럼 겹쳐 보였겠지. 그래서 아마 그 착각이 원인이 되어 단네벨그 부인은 환시를 일으켰던 것이 틀림없어. 그것을 리보는 인간정신 최대의 신비력이라고 하여 특히 중세에는 가장 높은 인간성의 특징으로 보았던 거야. 아아, 틀림없이 단네벨그 부인은 일찍이 잔 다르크나 성녀 테레사와 마찬가지로 일종의 히스테리성 환시력을 가지고 있었음이 분명한 거야."

이렇게 노리미즈의 추리가 반전 약동하면서 그날 밤 내민 창 가장자리에서 꿈틀거리다가 건판을 떨어뜨린 인물을, 기존의 쓰다코 이외에 하다타로 이하 세 사람까지 더 지목하게 되었다. 그때에 노리미즈의 전투상태는 바야흐로 호조건의 절정에 있었다. 사건이 오늘 밤중으로 종결되지 않을까 할 정도로 그의 날카로운 신경운동의 맥박소리마저 들리는 듯하였다.

그리고 어두운 복도를 걸어 원래의 방으로 돌아오자 거기에는 아까 노부코가 약속한 회답이 기다리고 있었다. 신의심문회의 연줄 속에서 짙은 의혹에 싸여, 더욱이 그것이 딱 들어맞는 현존의 4인, 이들에게 최후의 카드가 던져진 것이다. 노리미즈는 입술이 마르고 봉투를 쥔 오른손이 이상하게 떨리기 시작했다. 그리고 마음속으로 고함을 질렀다. 노부코여! 운명의 별은 그대 가슴에 깃들도다!

3. 아버지시여, 저도 사람의 아들이로소이다

작년에 문제의 유언장이 발표되자 그 자리에서 재빨리 밖으로 나가, 산데쓰가 거기에 당도하기 전에, 금고 속에서, 태워버린 전문을 찍은 건판을 꺼낸 인물이 없으면 안 되었다. 그러기에 그 인물을 표시한 노부코의 봉서를 손에 쥐고, 노리미즈가 마음속으로 그렇게 외친 것도 당연하다고 할 것이다. 그러나 개봉하여 내용을 훑어본 순간, 어찌된 일인지 그의 눈동자에서 빛이 사라지고, 긴장했던 온몸이 축 늘어지면서 힘없이 그 종이조각을 탁자 위로 내던졌다. 검사가 깜짝 놀라 옆눈으로 들여다보았더니 거기에 이름은 없고 다음의 글귀만 적혀 있었다.

옛날 츠레*²에 청이통(聽耳筒)*³이 있었도다.

"과연 청이통이지. 그 무서움을 알고 있는 것은 노부코 혼자만이겠어?" 노리미즈는 쓴웃음을 지으며 고개를 끄덕였다. "사실도 사실이려니와, 파우스트 박사의 그 음험한 청이통이야말로 때와 장소를 가리지 않고, 우리의 대화를 빠짐없이 모조리 청취해 버리니까 말이야. 그러니까 자칫 방심하는 날이면, 노부코가 그레이튼의 운명으로 빠져들게 되는 것은 뻔한 일이지. 반드시 어떤 형태로, 저 악마의 귀가 음흉한 제재방법을 취하지 않고 내버려 둘 리가 없어."

"우선 그건 그렇다 치고……. 그런데 시원스럽지는 못했지만, 당신이 지금 재현한 신의심문회의 광경 말인데"라는 말에 노리미즈가 고개를 들자, 검사의 얼굴에 의심에 찬 듯한 주름살이 잡히고 있었다. "당신은, 단네벨그 부인을 제2시력자라고 하고, 또 놀랍게도 범인이 그 환상을 예상하고 있었다고 결론지었어. 하지만 그와 같은 정신의 초형이상학적인 형식이 말이야, 가령 쉽게 예측될 수 있었다면, 당신의 논지는 애매하다고밖에 할 수 없어. 결코 심오하다고는 하지 못할걸."

노리미즈는 좀 빈정대는 몸짓을 하며 한숨을 짓더니 검사를 찬찬히 바라보았다.

"어째서 나는 힐슈도 아니고……. 단네벨그 부인을 그렇게까지 신비스런 영웅처럼, 예를 들면 스웨덴볼그나 오를레앙의 소녀 같은, 만성환각성 편집증이라는 게 아니야. 다만 부인의 어떤 기능이 과도하게 발달되어 있기 때문에, 가끔 그런 특성이 유기적인 자극을 받으면 감각상에 기교적인 추상이 만들어진다는 거야. 즉 막연히 분리되어 흩어져 있는 것을 하나의 현실로서 파악한다는 거지. 게다가 하세쿠라 씨, 프로이트는 환각이라는 것에 억압된 욕망의 상징적 묘사라는 가설을 세우고 있어. 물론 부인의 경우에는 그것이 산데쓰의 금단에 대한 공포, 말하자면 레베스와의 범해서는 안 되는 연애관계에 근원이 있는 거야. 그래서 범인이 부인의 환각을 예측할 수 있었던 조건으로, 마땅히 그동안의 경위를 잘 알아야 되었겠지. 또 나아가서 그것이 하나의 안으로 꾸미도록 하여, 시체초에 수정체 응시를 일으킬 미묘한 술책을 부리게 한 거야. 그것으로 부인을 쉽게 자기최면에 걸려들게 하였어. 그런데 하세쿠라 씨, 그 잠세(潛勢) 상태라는 관념이 나한테 영광을 가져다 준……"

그렇게 예리한 말을 뚝 끊고 나서, 혼자 묵묵히 생각에 잠겨 담배를 몇 대 피우는 동안, 노리미즈는 새로운 착상이 떠오른 것 같았다. 그는 하다타로·셀레나 부인·노부코 세 사람을 빨리 불러오라고 명한 다음, 다시 교회당으로 내려갔다. 사람 기척이 없는 휑뎅그렁한 교회당 안은 어쩐지 쓸쓸하고 음울한 회색 기운이 감도는 가운데 어둑어둑하고 천장이 아주 낮아 보였다. 거기에서 빛이라고 하면, 감실에서 흔들리고 있는 희미한 불빛 하나가, 전체의 공간을 더욱 작게 보이게 했다.

거기에서 마치 무슨 태 안에라도 들어 있는 것같이 묘한 붉은 빛을 띤 어두움이 시작되었다. 게다가 끊임없이 하늘거리고 있는 금빛 테에는, 쳐다보고 있으면 눈을 쓰리게 할 정도의 치열한 감각이 있어, 마치 그것이 노리미즈의 격렬하기 짝이 없는 열의와 힘으로 일거에 성패를 결판지어 파우스트 박사의 머리 위에 지옥의 기둥뿌리를 뒤흔들 만한 형벌을 가하려는 것같이 보이는 것이었다.

이윽고 여섯 사람은 원탁을 둘러싸고 앉았다. 그날 밤 하다타로는, 평소 같으면 몸치장에 온 정성을 다하는 그로서는 드물게 비로드 조끼만 입고 눈을 내리깐 채, 섬뜩할 만큼 빛이 새하얀 손을 만지작거리고 있었다. 그 옆에 노부코의 작고 생기 넘치는 손이 말린 살구처럼 윤기있고 건강하게, 아주 귀여운 모습으로 비쳐지고 있다.

그러나 셀레나 부인은 여전히 사랑의 방패라도 보는 듯한, 어딘지 품위가 있는 귀부인이었다. 하지만 스커트에 고전적인 검은 무늬를 넣은 아름다움의 그늘에는, 역시 맥박이 느리고 수다를 싫어하는 정적주의자다운 조용함이 있었다. 그러나 이 자리의 공기는, 분명히 일말의 위기를 잉태하고 있었다. 그것은 굳이 쓰다코를 빼놓은 노리미즈의 전의가 어디에 있는지 의심스러울 뿐만 아니라, 각기 두려움과 책략을 가슴에 지닌 듯 잠시 동안이었지만 묘하게 서로 상대의 뱃속을 탐색하려는 것 같은 침묵이 흘렀다. 그러자 셀레나 부인이 흘끗 노부코를 곁눈으로 스쳐보더니 반사적으로 입에서 말이 튀어 나왔다.

"노리미즈 씨, 증언을 신중히 고려한다는 것은 대체로 수사관의 권위에 관한 일이 되겠지요? 확실히 아까 여러분은 노부코 씨가 움직이는 데 따른 옷 스치는 소리를 들었던 거예요."

"아니에요, 하프의 앞틀에 손을 대고 저는 그대로 가만히 숨을 죽이고 있었습니다." 노부코는 주저하지 않고 자제하는 태도로 되받았다. "그래서 장현만 울렸다고 한다면, 또 들은 말이지만⋯⋯. 아무튼 지금 말씀하신 그 비유는 실제와는 전혀 반대되는 것이에요."

그때 하다타로가 묘하게 노성한 듯한 태도로, 차갑게 꾸민 웃음을 지어 "그럼, 그 요염한 성질을, 노리미즈 씨가 음미해주셨으면 합니다. 애당초 그때 하프 쪽에서 다가온, 기맥이라는 것이 어떤 의미를 가지고 있는지. 맑고 고른 음이라면 얼마나 좋습니까? 한데 아름다운 근위갑기병의 행진이 아니라, 그 무분별한 패거리가 짧은 윗옷만 걸쳐 가슴털을 드러내놓고 뚝뚝 떨어지는 사슴의 핏자국을 쫓아다니는 흑색 사냥꾼이었습니다. 아니 틀림없이 그 녀석은 인육을 즐기겠지요."

그렇게 추궁당하는 노부코의 처지는 분명히 불리했다. 그 잔인한 선고가 영원히 그녀를 묶어놓을 것 같았으나, 노리미즈는 좀 열띤 눈을 돌리면서 말했다.

"아니, 틀림없이 그것은 인육이 아니라 생선이었어요. 하지만 그 불가사의한 고기가 다가왔기 때문에 도리어 클리보프 부인은, 여러분의 상상과는 반대방향으로 물러섰던 것입니다." 여전히 연극조를 띤 태도였지만 일거에 그것이 노부코와 두 사람의 처지를 역전시켜 버렸다.

"그런데 샹들리에가 꺼지기 바로 직전 노부코 씨는 분명히 글리산도를 전 현에 걸쳐 켜고 있었지요. 그리고 그 직후 불이 꺼지는 순간, 무의식적으로 여세에 휩쓸려 페달을 전부 힘껏 밟아버렸어요. 실은 그때 일어난 울림소리가 마치 페달을 순서대로 밟은 것같이 들렸기 때문에, 그것이 가까이 다가오는 것처럼 들리는 것이지요. 요컨대 여운이 아직 남아 있는 동안 페달을 밟으면 하프에 울리는 소리가 일어나…… 여러분은 그 고약한 소문 덕분에, 그런 자명한 이치를 나한테 설명을 들어야 하게 되었어요." 호방한 태도는 그것으로 끝내고, 노리미즈는 갑자기 엄숙한 자세로 바뀌었다.

"한데 그렇게 되면, 클리보프 사건의 국면은 완전히 역전이 되어 버리는 것입니다. 만일 부인이 그 소리를 들었다고 하면, 마땅히 두 분이 있는 쪽으로 물러났을 테니까요. 그런데 하다타로 씨, 그 때 활 대신 댁의 손에 쥐어진 것이 있지 않았소? 아니 직설적으로 말하지요. 샹들리에가 다시 켜졌을 때 말이오, 왼손잡이인 댁은 어째서 활을 오른손으로 쥐고, 바이올린은 왼손에 가지고 있었던가 요?"

노리미즈가 줄기차게 용솟음쳤다 떨어지는 기세에 압도당한 하다타로는 완전히 화석처럼 굳어져 버렸다. 그것은 아마 그에게 그때까지는 상상도 하지 못할 만큼 의외의 일에 부딪친 것이 분명했다. 노리미즈는 상대를 가지고 노는 태도로 여유있게 입을 열었다.

"한데 하다타로 씨, 폴란드의 속담에 바이올리니스트는 켜서 죽인다고 하는 말을 아시나요? 사실 롬브로소가 칭찬했다는 라이브마일의 《재능 및 천재의 발달》이란 책을 보면, 손가락에 마비가 온 슈만과 쇼팽, 그리고 개정판에서는 바이올리니스트인 이사야의 고뇌 등을 말하고, 더욱이 음악가의 전생명인 골간근(骨間筋 : 손 가락의 근육)까지 언급하고 있어요. 라이브마일은, 급격한 힘의 작용이 그 근육에 경련을 일으킨다고 합니다. 그러나 물론 그것은 이 경우의 결론으로 확실한 것은 아닙니다. 하지만 댁이 연주가인 한, 도저히 그 관성을 무시할 수 없다고 생각합니다. 아마 그후 왼손의 두 손가락으로 활을 쥐는 것이 불가능하지는 않았던가요?"

"그, 그럼 그것뿐인가요? 노리미즈 씨의 강령술이라는 것이? 책상다리를 치우고 몹시 귀에 거슬리는……" 그 섬뜩하게 기분나쁜 조숙아는, 만면에 옥죄인 듯한 증오심을 불태우며 간신히 목쉰 소리로 말했다. 그러나 노리미즈는 다시 줄기차게 쉬지 않고 몰아붙여 "천만에, 그것이야말로 정확한 중용의 몸자세가 되지 않겠소? 댁은 언젠가 인형의 이름을 단네벨그 부인에게 쓰도록 했지요"라고 놀라운 말을 내쏟으며 그 큰 도박이 모두를 흥분의 절정에 이르게 했다.

"실은 아까 신의심문회의 정경을 재현시켜 보았는데, 그 자리에서 뜻밖에도 단네벨그 부인이 놀라운 제2시력자이고, 그녀에게 히스테리성 환시력이 심했다는 것을 알게 되었습니다. 그러면, 당연히 발작을 하는 경우에, 그분의 마비된 쪽의 손에는, 자동수기(自動手記, 심리학자 자네의 실험에서 시작된 것으로, 무의식 중에 펜을 쥔 사람의 마비된 손을, 모르게 쥐어주고 두세 번 글자를 쓰게 하면, 그 쥐었던 손을 뗀 다음에도 글자를 그대로 자기 필적으로 적는다는, 일종의 변태심리현상)가 가능해진 게 아니겠어요? 아니, 노부코 씨의 방문가에 있던 L모양으로 찢어진 옷 흔적을 보아도, 부인의 오른손이 그때 마비되었다는 것을 알 수 있지요. 그러나 그 경우는 그것이 또 한 번 180도로 반전해서, 다시 이상한 모순을 일으킨 것입니다. 왜냐하면 다른 쪽 손으로 잘 쓰는 쪽의 손에 자극을 주면, 가끔 요구하는 글자는 아니지만 그와 비슷한 글자를 쓴다는 것입니다. 물론 그날 밤은 노부코 씨가 꽃병을 넘어뜨려, 그와 교대하여 단네벨그 부인이 들어와서 몹시 격분된 상태로, 부인은 침실의 커튼 사이에서 오른쪽 어깨만 내놓고 있었습니다. 그래서 이때다 하고 댁은 자동수기를 시도했지요. 그러나 결과적으로 부인이 적은 것은, 댁이 요구한 것과는 다르게 된 것입니다"라고 탁자 위의 종이조각에 다음의 두 자를 적고 특히 그 중앙의 석 자를 원으로 둘러쌌다.

Th[ére]se S[ere]na

그 순간 모두의 입에서 동시에 신음소리가 흘러나왔다. 특히 셀레나 부인은 분노라기보다도 오히려 너무나 의외의 사실에 넋을 잃은 듯, 하다타로를 물끄러미 바라보았다. 하다타로는 진땀을 줄줄 흘리면서 온몸을 채찍줄처럼 뒤틀며, 격노의 소리를 냈다.

"노리미즈 씨, 댁, 아니 각하! 이 사건의 공룡이라는 것은, 말할 나위 없이 당신을 말합니다. 그러나 레베스 님의 목에 새겨졌다는 아버지의 손가락 흔적, 그 공룡의 손톱자국은 바로 당신의 분신인 것입니다."

"공룡이라고!" 노리미즈는 씹는 듯이 말을 똑똑 끊어서 "과연 공룡이라는 것이 저 시체 안치실 안에 있었던 것은 확실한 사실입니다. 그러나 그 1인 2역의 반 쪽은 난의 일종인, 현학적으로 말하면 용설란이었어요"라고 말하고, 호주머니 속에서 꺼낸 레베스의 칼라를 잡아찢자, 그 이음매 사이에서 갈색의 오그라든 그물모양의 띠가 나타났다. 더욱이 글 전면에는 그것이 또 몇 겹으로 짜여져 있어, 마치 엄지손가락 모양으로 보이는 타원형이 둘 붙어 있었다. 그 위에 손가락을 대고 노리미즈는 말을 계속했다.

"이렇게 되면 한 번만 보아도 벌써 명백합니다. 물론 수분만 빨아들이면 용설란의 섬유는 총 길이의 8배나 줄어든다고 하니까요. 당연히 시체 안치실의 앞방에 더운물 폭포가 필요했던 이유는 말할 것도 없습니다. 그래서 범인은 처음에, 그 섬유를 메인 스위치의 손잡이에 묶고 수축을 이용하여 전류를 단절시킨 것입니다. 그리고 손잡이가 밑으로 처지자, 거기에서 쑥 빠져 흐르는 물 속으로 떨어졌기 때문에, 자연히 배수구에서 흘러나오게 된 것입니다. 그리고 다음에는 물론 엄지손가락의 흔적 모양을, 용설란의 섬유로 만든 칼라에 이용하여 레베스의 목을 죄어갔던 것입니다.

결국 레베스의 죽음은 타살이 아니고 자살이었어요. 그래서 대체로 그 경로를 상상해보면, 처음에 레베스가 깊숙한 시체실로 들어가는 것을 확인한 범인은 더운물 폭포를 만들었어요. 그러니까 서서히 습도가 높아져, 용설란이 수축을 시작했기 때문에 레베스는 차츰 숨이 답답해졌습니다. 거기에 뭔가 그 사나이에게 자살을 필요로 하는, 이상한 원인이 고개를 쳐든 것이지요.

따라서 레베스의 죽음에는, 당연히 두 가지의 의지가 작용한 것으로 산데쓰를 닮은 엄지손가락 흔적에다, 그 사나이의 비통한 심정이 겹쳐진 비극이라고 해야겠지요."

거기에서 말을 끊고 노리미즈는 날카롭게 하다타로를 응시했다. "그러나 이 칼라에는 물론 누구의 얼굴도 나타나 있지는 않아요. 그렇지만 머지않아 이 사건의 공룡은 쇠사슬에서 손톱을 빼낼 수가 없게 될 것입니다."

땀으로 범벅이 된 하다타로는, 이 짧은 동안에 담즙이 온몸에 넘쳐난 것이 아닌가 할 정도였다. 이미 고함을 칠 기력도 쇠진하여 멍청하게 초점잃은 눈으로 허공만 보고 있었다. 이윽고 흔들흔들 흔들리던 몸이 막대기처럼 굳어졌나 싶더니, 상심한 하다타로는 얼굴을 수평으로 들이받으며 탁자 위에 쓰러졌다. 그것을 노리미즈가 밖으로 내보내게 하자 셸레나 부인도 가볍게 목례를 하고 그 뒤를 따랐다. 그러고 나서 노부코 혼자만 남게 된 실내는, 잠시 긴장이 풀리고 깨느른한 침묵이 감돌았다. 아아, 저 별난 조숙아가 범인일 줄이야. 그 사이에 방 안을 돌아다니던 노리미즈가 자리에 앉자, 끼고 있던 팔을 쿵 하고 탁자 위에 놓으며 까닭이 있는 듯한 말을 노부코에게 던졌다.

"그런데 그 노랑에서 빨강으로 말인데, 나는 어디까지나 그 진실을 알고 싶습니다."

그 순간 그녀의 얼굴이 신경질적으로 경련을 일으키며, 모욕과 굴욕을 느꼈다고밖에 생각할 수 없는 결벽성이 입을 뚫고 나왔다.

"그럼 저에게 연상어(聯想語)를 바라시나요? 노랑에서 빨강으로, 그러면 그것이 오렌지색으로 되는 게 아닌가요? 오렌지색. 아아, 그 브래트 오렌지를 말씀하시는 것이지요. 그래서 틀림없이 댁은, 제가 마신 레몬수의 빨대에서 비눗물이 튀어나오기라도……. 아니요, 저는 빨대를 다발로 해서 마시는 것이 버릇이에요. 하지만 그렇게 되면, 그 다발이 단번에 현으로는 짝을 지어 가지 못하지 않겠어요?" 노부코는 몹시 빈정거리는 말을 했다. "그리고 저 단……단네브로그

(^{덴마크}_{국기})가 슬픈 반기로 내린다는 것이, 저 단네벨그가 저와 무슨 관계가 있겠어요? 그리고 청산가리가 대체 무슨……."

"아니요, 결코 그런……. 오히려 그런 것은, 내가 쓰다코 부인에게 말해야 되겠지요."

노리미즈는 조금 얼굴을 붉히며 조용히 말했다.

"실은 그 노랑에서 빨강으로라는 것이, 알렉산드라이트와 루비와의 관계인 겁니다. 그렇잖아요, 노부코 씨? 틀림없이 그때 댁은 거절의 표시로 루비를 꽂은 게 아닌가요?"

"아니에요, 절대로……." 노부코는 노리미즈를 물끄러미 쳐다보며 힘주어 말했다. "그 증거로, 연주가 시작되기 직전이었는데요, 하다타로 님이 저의 머리를 보시고 '어떻게 레베스 님의 알렉산드라이트를?' 하고 물으셨던 것을 기억하고 있어요."

그 노부코의 한마디는, 아직도 레베스의 자살 수수께끼를 풀지 못했을 뿐만 아니라, 노리미즈에게 더욱 가책과 후회가 되어 그의 마음 한 구석을 파고들어 영원히 무거운 짐이 되게 했다. 그러나 노리미즈는 마침내 이 참극의 장막을 열어젖히고, 그만큼 불가능한 것으로 여겨졌던 제왕절개 수술에 성공한 것이다. 그때는 밤이 이슥하여 가슴의 단추에 각등을 매단 젊은이가 수위실에서 찾아왔다. 하나 둘 개똥지빠귀가 울기 시작하고, 보루의 저 건너에서 절로 노래하고 싶은 마음이 우러날 만큼 아름다운 새벽 햇살이 솟아올랐다. 노리미즈는 노부코와 나란히 창가에 서서, 파노라마 같은 조망을 황홀하게 맛보고 있는 동안, 그녀의 어깨에 손을 얹고 무한한 의미와 애착을 담은 말을 했다.

"노부코 씨, 이제는 태풍과 급박한 시대는 사라졌다오. 이 성관도 다시 옛날처럼 현란한 라틴 시와 연가의 세계로 돌아가겠지요. 그런데 그렇게 해서 방울뱀의 이빨은 모조리 뽑아버렸으니까, 댁은 두려움 없이 나한테 그때의 약속을 실행하여 주시겠지요. 모든 것이 끝나고 새로운 세계가 시작되는 것입니다. 이 신비스런 사건의 폐막을, 나는 이런 케르넬의 시로 장식하고 싶어요. '빛이 누런 가을, 밤 등불이 지나면 붉은 꽃이 찾아들어……'"

그런데 그 다음날 오후가 되자, 노부코의 핵심 카드가 휙 바람을 가르고 날아들 것으로 생각했는데 뜻밖에도 검사와 구마시로가 찾아와서, 당사자인 노부코가 권총으로 저격을 당하여 즉사했다는 비보를 전했다. 그 소식을 듣자 사건을 완전히 포기할 수밖에 없을 만큼, 노리미즈는 실망을 나타냈을 뿐만 아니라 겨우 찾아낸 확증을 잡으려는 순간, 그 희망은 사라져 버리고 이 사건의 형법적 해결은 이제 영원히 바랄 수 없게 된 것이다.

그로부터 30분 후에 노리미즈는 암담한 안색으로 흑사관에 나타났다. 눈앞에 노부코의 유해를 보자, 사건의 당초부터 파우스트 박사의 파도 같은 마수에 농락을 당해 오다, 결국은 생명의 벼랑에서 떠밀려 떨어진 그레이트헨 같은 운명……, 어쩐지 사인에 대한, 노리미즈의 도덕적 책임을 묻는 듯한 생각이 들어, 끝내 그것이 무한한 회한의 정으로 변했다. 그런데 현장인 노부코의 방으로 한 걸음 들어서자, 거기에 선명하게 남긴 범인 최후의 의지, 'Kobold sich mühen'(지정이여, 서투르라)이 새겨져 있지 않는가.

더구나 그것은 여느때 같은 종이조각이 아니고 이번에는 노부코의 몸에 새겨져 있었다. 왜냐하면 그 아무렇게나 뻗은, 왼손부터 왼발까지 한일(一)자로 수직의 선을 이루고 있어, 오른손과 오른발이 각을 지어 어쩐지 전체 모양이, Kobold의 K자와 비슷한 것같이 보였기 때문이다. 문입구에서 석 자쯤 앞쪽에 발이 있고, 오른쪽으로 어슷하게 위를 향해서 누워 있었는데, 레베스나 클리보프처럼 비통한 표정을 하고 있었지만, 거기에는 조금도 공포의 그림자는 찾아볼 수 없었다.

시체에는 오른쪽 관자놀이에 심한 총알 흔적이 입을 벌리고 있어, 카펫 위에 흐른 피가 흠뻑 묻어 있었다. 외출복을 입고 장갑까지 끼고 있는 것을 보면, 노리미즈를 찾아가려고 하다가 갑자기 저격을 당한 것이 아닌가 생각되었다. 또 범행에 사용된 권총은, 문밖 손잡이 밑에 버려져 있고, 그 문에는 밖에서 빗장이 걸려 있었다. 그렇지만 이 국면에는 하나의 섬뜩한 증언이 따르고 있고, 은밀히 꿈틀거리는 듯한 파우스트 박사의 옷스치는 소리가 들리는 것 같은 느낌이 들었다.

마침 2시쯤 총소리가 울렸기 때문에 성관 안이 움츠러든 것 같은 공포에 싸여, 누구 한 사람 현장으로 뛰어가려고 하는 자가 없었다. 그로부터 10분쯤 지나서, 옆방에서 부들부들 떨고 있던 셀레나 부인의 귀에, 문을 닫고 걸쇠를 떨어뜨리는 소리가 들렸다는 것이다.

그래서 파우스트 박사의 암약이라는 것이 밝혀짐과 동시에, 그 아주 단순한 국면에도 불구하고 노리미즈마저 손을 놓고 방관하는 수밖에 없었다. 물론 권총에 지문이 남아 있을 리가 없고, 가족의 동정도 당시의 상황이 상황인 만큼 전혀 밝혀지지 않았다. 아마 노리미즈와의 약속을 이행하려 한 데서, 사건 중 줄곧 불운이 따라다닌 이 박복한 처녀에게 최후의 비극을 가져오지 않았는가 추측되었다.

이렇게 해서 최후의 카드인 노부코까지 쓰러지고 말았으니, 천하무적인 악마의 도약에 휩쓸려 무섭게 솟아오른 조수의 도도한 기세 앞에, 해결의 희망은 싹 가셨다고밖에 생각할 수 없었다. 그런데 그날 밤부터 다음날 낮까지 노리미즈는 그 특유의, 뇌장이 다 말라버릴 만큼 사색을 계속했는데, 그 결과는 뜻밖에도 노부코의 죽음에 하나의 역설적인 효과를 찾아냈다. 그날 점심을 마치고 얼마 후에 노리미즈를 찾아온 검사와 구마시로가 서재의 문을 열었을 때, 갑작스런 해후의 순간 노리미즈의 서릿발 같은 눈빛과 마주쳤다. 그는 두 손을 거칠게 흔들며 방 안을 돌아다니면서 미친 듯이 계속 고함을 질렀다.

"아아, 이 동화 같은 건축은 어떤가. 범인의 이색적인 재지야말로, 참으로 놀랄 만하지 않는가"라고 걸음을 멈춰 섬뜩한 눈으로, 혹은 반원을 그리고 또는 그것을 크게 물결치면서, 세로물결 모양으로 바꿨는가 했더니 "이 훌륭한 피날레여. 막이 내리면서 관중의 박수를 받는 파우스트 박사의 큰 터득이 의표를 초월한 총 참회의 형용을 보자고. 하세쿠라 씨, 지정·수정·화정, 그 머리글자를 따고 거기에 이 사건의 해결에 표상을 보태면, 그것이 Küss(킷)가 되어 버린단 말이야. 분명히 살롱의 벽로 위에, 로댕의 《입맞춤》의 모상이 놓여 있었지? 자, 지금부터 흑사관으로 가는 거야. 나는 내 손으로 최후의 막을 내리겠어."

세 사람이 흑사관에 도착하자 마침 노부코의 장례가 시작되고 있었다. 그날은 바람이 거세고 눈을 머금은 듯한 어둠침침한 구름이 낮게 숲의 나무들 우듬지 사이에 걸려 있어, 그것이 언제까지나 움직이지 않았다. 그런 황량한 풍물 속에서, 구내는 사람 그림자도 드물 만큼 쓸쓸하고, 토피어리의 울타리가 흔들려 마른 가지가 술렁거리는 가운데, 갑자기 일어난 것이 교회당에서 들려오는 진혼의 합창이었다.

노리미즈는 성관으로 들어가자 혼자 살롱 안으로 갔는데, 거기에서 그의 결론을 뒷받침해 준 것은, 다시 단네벨그 부인의 방에서 두 사람 앞에 나타난 환한 얼굴빛이었다. 그리고 오늘은 교회당에, 가족 일동으로 오시카네 박사까지 참석, 관계자 모두가 모인 것을 알자, 장례를 잠시 연기하도록 명했다. 그러고 나서 말했다.

"물론 범인이 교회당 안에 있는 것은 확실해. 더욱이 지금은 절대로 움직일 수 없는 상태에 있어. 하지만 나는 노부코에게, 특히 그 유해가 지상에 있는 동안에, 범인의 이름을 알려 주어야 될 의무가 있다고 생각하는 거야." 노리미즈는 잠시 입을 다물었다가 이윽고 착잡한 감정을 얼굴에 나타내며 말을 이었다.

"한데 하세쿠라 씨, 그럴싸한 거인의 진영이 흔적도 없이 사라지고 이 성관은 다시 백일하에 드러나게 되었어. 그래서 우선 순서대로, 처음의 단네벨그 사건부터 설명하기로 하지. 그때 부인이 어째서 브래트 오렌지만을 먹었는가 하는 점에, 나는 지금까지 그 최단선(最短線)——산토닌 (구충제)의 황시증 (모든 사물이 노랗게 보이는 증세로, 산토닌 중독에서 자주 나타난다)을 소홀히 했던 거야. 그 시야의 전체를 황색으로 바꾸어 버리는 중독증상이, 가벼운 근시현상까지 도와, 과일접시 위에서 배나 그밖의 오렌지도 접시 바닥과 같은 빛깔로 보이게 만들었던 거야. 따라서 특이한 붉은 빛깔을 띤 브래트 오렌지밖에, 단네벨그 부인의 눈에는 비치지 않았던 것이지. 게다가 또 산토닌 중독 특유의 환미 (幻味)와 환각현상이 따랐기 때문에, 그만큼 치사량이 훨씬 넘은 이상한 냄새가 나는 독극물도, 단네벨그 부인은 의심없이 먹었던 거야.

하지만 그 자각성이라는 것은 결코 우연의 소산일 수가 없어. 근본적인 단서라고 하면, 역시 범인에게 과한 나의 심리분석이었지. 그러나 또 한 가지 측면에서 자극을 한 것이 있었는데, 이상하게도 그 하나의 산토닌이 범인에게도 영향을 주어, 그 양면을 모아 보면 마치 음화와 양화처럼 딱 부합되는 것이었어. 그것은 다름 아닌, 그 원예화의 신발자국이었지. 그건 진작 나의 해석으로 꾸민 발자국이라는 것이 판명되었지만, 그 돌아오는 중간에 아무 의미도 없이 마땅히 밟아야 될 것으로 여겨지는, 마른 잔디를 가랑이를 크게 벌리고 넘어갔어. 그런데 그 자칫하면 놓치기 쉬운 미세한 점, 말하자면 털끝만한 것에, 범인의 목숨이 걸린 하나의 맹점이 있었던 거야. 그래서 나는 인과응보라는 신의 마력을 확고하게 파악할 수가 있었어. 이 운명적인 비극에는 범인이 보조용 독으로 사용한 산토닌에 의해 끝내는 스스로 죽음을 자초한 거야. 왜냐하면 하세쿠라 씨, 범인은 단네벨그 부인과 같이 자기도 산토닌을 마시지 않으면 안 되었기 때문에, 그것을 알면 마땅히 그 마른 잔디를 어째서 가랑이를 크게 벌리고 넘었던가 하는 의미를 알 수 있잖아. 그것은 일종의 뇌수상의 맹점으로, 자기에게는 그만큼의 황시증이 일어나지 않았음에도 불구하고 당연히 황시증이 일어난다고 믿어 버렸기 때문이야. 그리고 그 밤눈에 황색으로 빛나 보이는 마른 잔디를, 괸 물이 황시증 때문에 황색으로 보이는 착오를 일으켰던 것이지. 그러나 산토닌이 신장에 미친 영향이 한편으로는 시관의 원인을, 체내에서 피부의 표면으로 끌어낸 결과도 가져온 거야."

그러고 나서 노리미즈는 침대 커튼 안으로 들어가, 침대의 도료 밑으로 나이프를 쿡 찔렀다. 그러자 밑에는 아직 역청 상태의 층이 있어, 거기에 연필촉을 밀어넣자 미세하나마 형광의 빛이 나타났다.

"지금까지는 침대 부근에, 시체 같은 정밀한 주의를 요하는 것이 없었기 때문에, 자연히 신경을 쓰지 않았던 것이 분명하지. 물론 이 역청 형태의 것이, 우라늄을 함유한 피치블랜드라는 것은 말할 것도 없어. 그리고 내가 언젠가 지적한 네 경우의 성인 시광, 그것이 모두 보헤미아령을 둘러싸고 있는 데서 생긴 일이었지. 물론 그것은 신구교도 간의 갈등이 낳은 시위적인 잔꾀에 지나지 않는 일이었어. 하지만 그것이 지리적으로 접근하고 있는 것은, 마침 그 중심에 주산지인 에르츠산괴가 자리잡고 있기 때문이야. 그러나 결국 그 천고의 신비라는 게 이 화학적인 속임수에 불과한 거야. 한데 하세쿠라 씨, 당신은 비소를 먹는 사람에 대해 들어봤겠지? 중세의 수도사들이 금욕을 위해 비소를 많이 썼다는 것은, 롤렐 미약(媚藥)과 함께 유명한 얘기 아니야? 그런데 로댕의 《입맞춤》 중에서 내가 지금 발견한 내용에도 적은 것처럼, 단네벨그 부인 역시 신경병의 치료제로서 늘 미량의 비소를 써 왔던 거야. 그러면 오래될수록 조직 속으로까지 비소의 무기성분이 침투하기 마련이지. 따라서 산토닌에 의해 부종과 땀이 피부면에 일어나면, 자연히 거기에 모인 비소의 성분층이 피치블랜드의 우라늄 방사능을 쐬지 않을 수 없었겠지."

"물론 현상적으로는 그것으로 충분히 설명이 되겠지. 또 아무리 표현상으로 다소 모호한 데가 있더라도, 새로운 매력이 있는 것은 틀림없어. 하지만 말이야, 당신의 설명은 일부러 구체적인 설명을 피하는 듯한 느낌이 들어. 도대체 범인이 누구라는 거야?" 검사는 손가락을 신경질적으로 만지작거리면서 침을 꿀꺽 삼켰다. "분명히 그때 노부코도, 단네벨그 부인과 같이 레몬수를 마셨다는 것 아니야. 하지만 그 여자는 벌써 파우스트 박사의 손으로 원래 상태로 돌아가 버리지 않았나 말이야."

그 사이에 노리미즈는 활기가 없는 무딘, 생명의 빈 쭉정이처럼 우두커니 서서 그 모습은 차라리 격렬한 고통의 정점에서 승리를 거둔 사람같이 보였다. 이미 정돈된 쐐기를 박을 시점에 가까워진 탓인지, 급격하게 찾아든 피로는 아마 무엇보다도 더한 매혹적인 것임이 분명하리라.

그러나 그런 가운데 격렬한 의지의 힘이 솟구쳐 나와 "응, 그 가미야 노부코였지"라고 우두둑 턱뼈를 울리자 그 순간 새로운 기력이 생기를 불어넣었다.

"그게 단적으로 말해서 크니트링겐의 마법사였어."

실로 흑사관의 요괴 파우스트 박사야말로 가미야 노부코였던 것이다. 그러나 그 말을 들은 순간, 검사와 구마시로는 이성과 본능 모두 180도로 역전되어 사라져 버린 것처럼 생각되었지만, 좀 마음이 차분해지자 거기에는 오히려 진지한 반론을 하는 것이 바보스러울 정도로, 이상스러울 만큼 냉정한, 반향 한 번 내비치지 않은 정적이 흘렀다. 첫째 그것을 부정할 수 있는 엄연한 사실의 하나로, 노부코는 이미 다섯 번째의 인신 공물이 되었다는 뚜렷한 타살의 증적이, 노리미즈의 서명과 더불어 검시 보고서로 기재되어 있다. 그리고 가족이 아닌 그녀에게는 동기라고 할 만한 것이 하나도 없고, 더구나 노리미즈의 동정과 비호를 한껏 받은 노부코가 어떻게 범인이라는 말이 믿어질 수 있겠는가. 그렇기 때문에 구마시로는 그것이 자칫하면 머리 아픈 사람이 걸리기 쉬운, 어떤 병적인 경향으로 간파한 것도 무리가 아니었다.

"참으로 정신이 아찔해질 일이 아닌가. 정말 제정신으로 한 말이면, 단 한 가지라도 나는 거기에 형법적 가치를 요구한다고. 우선 무엇보다도 노부코의 죽음을 자살로 바꾸는 일이야."

"한데 구마시로 씨, 이번에는 털끝만한 것이라고 하지만 문의 널빤지에 있었던 것을, 당신한테 실제 증거로 제공하겠어." 노리미즈는 상대의 무반응을 비웃음으로 돌려주듯이 힘주어 말했다. "시험삼아 이런 경우를 생각해봐. 미리 바늘에 용설란의 섬유를 연결시켜 한쪽 문에 가볍게 우뚝 세워 두고, 그 한 끝을 자물쇠 구멍에 끼워넣어 거기에 물이 흘러들어가게 해. 그러면 당연히 그 섬유가 수축하기 시작해, 열린 문이 차츰 좁혀들어가겠지. 그때 관자놀이에 쏜 권총이, 손에서 벗어나 그 순간에 두 문 사이로 떨어지게 된 거야. 그리고 몇 분 뒤에는 문이 닫혀지면서 미리 세워 놓았던 걸쇠가 뚝 떨어졌겠지. 아니, 그보다도 문의 움직임으로 권총을 복도로 내던져 버렸을지도 몰라. 물론 용설란의 섬유는, 바늘을 뽑아내어 그것마저 자물쇠 구멍 속으로 사라지게 한 거지."

말을 끊더니 노리미즈는 길고 깊게, 좀 떨면서 숨을 들이마셨다. 그리고 새까만 비밀의 무거운 짐과 함께 다시 숨을 시원스레 내쉬었다.

"그런데 구미시로 씨, 그래서 타살로부터 자살로 상황이 바뀌게 되면, 거기에 어떤 빛으로도 볼 수 없는, 노부코의 고백문이 나타나게 되지. 그것은 변덕스런 요정 같은 푸짐한 쾌락적이고, 게다가 어떤 놀라운 영지를 지닌 인간 말고는 도저히 그 불가사의한 감성을 느껴볼 수도 없는 것이야. 노부코는 그 진부하기 짝이 없는 수법으로 하나의 새로운 생명을 불어넣은……."

"뭐야, 고백문이라고?" 검사는 정수리까지 저린 듯한 얼굴로, 담배를 입에서 떼고 멍청하게 노리미즈의 얼굴을 응시했다.

"응, 불꽃의 변설이야. 그 불꽃은 결코 볼 수도 없는 거지. 게다가 파우스트 박사 최후의 인사로, 그것은 일종의 비밀 표시거든. 자, 하세쿠라 씨. 이를테면 머리카락·귀·입술·귀·코……, 그렇게 차례 차례 밀고가면, 그것이 Hair·Ear·Lips·Ear·Nose로 결국 Helen으로 되는 그런 비밀 표시의 일종을, 노부코는 타살로부터 자살로 옮겨가는 전기 가운데 숨겨 놓은 거야. 한데 그 처음이 시체로 그린 K라는 글자이고, 그것은 노부코가 스스로 꾀해서 일으킨 히스테리성 마비의 산물이었던 거야.

그 많은 실례가, 글류와 브로의 《인격의 변환》 중에도 씌었듯이, 어떤 종류의 히스테리 병자가 되면 강철을 몸에 대고 그 반대쪽으로 마비를 일으키게 할 수 있는 거야. 요컨대 왼손을 높이 들고, 한쪽 문 귀퉁이에 기댄 데서 오른쪽 볼에 권총을 댔기 때문에, 당연히 좌반신이 경직되었던 것이지. 그리고 발사와 동시에 그대로 마루 위에 쓰러졌기 때문에, 수직을 이룬 하반신이 그렇게 섬뜩한 K자를 그리게 만든 거지. 그러나 물론 그것은 '지정이여, 서두르라'는 상징은 아니었어. 그 두 문을 연결하여 용설란의 섬유가 만든 그 반원은 아무리 보아도 U자형 아닌가. 그리고 문에 밀려 움직인 권총의 선이 이상하게도 S자를 그리고 있어. 아아, 지정·수정·풍정이……. 그리고 최후로 그 국면의 진상 Suicide $\binom{자}{살}$를 보태면 그 전체가 Küss가 되어 버리는 거야. 거기에 기교를 초월한 파우스트 박사의 참회문이 나타나게 되어 있어. 물론 노부코는 그 이전에 어떤 물체를, 《입맞춤》 상의 동체에 숨겨 놓은……."

거기에는 두 가지의 이상한 영지가, 생사를 걸고 결투하는 장관이 그려져 있었다. 검사는 질식할 것 같아 참았던 숨을 간신히 내쉬면서 말했다.

"그렇다면 마땅히 그 용설란의 위계가, 종명기실의 문이나 12궁의 원화창에도 이루어졌을 것 아닌가? 그러나 그때는 하다타로가 범인으로 지목되어, 자기는 승리와 평안의 절정에 올라서게 될 때지. 거기에서 노부코가 불가사의한 자살을 하게 된 거야. 노리미즈 씨, 도저히 풀 수 없는 의문은……."

"그것이 하세쿠라 씨, 그날 밤 최후로 내가 노부코에게 말한 '빛이 누런 가을 밤 등불이 지나면 붉은 봄꽃이 찾아들어'라는 케르넬의 시에 있었던 거야. 바로 그 순간에 노부코는 비참하게 굴러떨어진다는 것을 의식하지 않으면 안 되었던 거지. 왜냐하면, 원래 알렉산드라이트라는 보석은, 전등빛 아래에서 보면 새빨갛게 보이기 때문이야.

거기에서 나는, 노부코가 레베스에게 그 방을 지적하여 자기는 알렉산드라이트를 머리 장식으로 꽂아, 거기에 전등빛을 투과시켜 레베스를 실의에 빠뜨렸다고 해석하게 되었지. 하세쿠라 씨, 이 경구는 어떨까? '레베스, 그 헝가리의 연애시인은, 가을을 봄으로 알고 이승에서 사라졌도다'라고."

담배를 한 모금 깊이 빨고 나서 두 사람이 헷갈린 듯 탄식하는 것도 아랑곳없이, 노리미즈는 말을 이었다.

"그런데, 그 노랑에서 빨강에는 그밖에 또 다른 의미가 있어. 물론 내가 산토닌의 황시증을 투시한다고 말한 것도 우연의 소산은 아니었어. 왜냐하면 그러고 나서, 범인의 잠세상태(潛勢狀態)를 척결했기 때문이야. 그것을 달리 말하면 범행에 의해서 받은 범인의 정신적 외상, 즉 그때 주어진 표상이나 관념의, 감각적 정서적 경험을 재현시키는 데 있었으니까. 물론 나는 신의심문회의 정경을 재현했을 때, 어쩐지 노부코의 냄새가 물씬 코를 찔렀던 거야. 그래서 시험삼아, 비방과 풍자를 최대한으로 활용하여, 적당한 날조로서 하다타로에게 전면 공세를 취했던 거지. 말할 나위도 없이 그것은 노부코의 긴장과 경계를 풀도록 하기 위해서였는데, 물론 단네벨그 부인의 자동수기는, 노부코가 텔레즈의 이름을 쓰게 했던 것이고, 레베스의 죽음과 엄지손가락 흔적의 진상 말고는 아무것도 진실이 없었어. 그래서 느닷없이 노랑에서 빨강으로라는 한마디를, 알렉산드라이트와 루비의 관계에 비유로 써보았던 거야. 그런데 뜻밖에도 그것이 전연 다른 형태가 되어, 노부코의 심상 속이 드러나게 되었던 거지. 그것은 라인할르의 《서정시의 쾌·불쾌의 표출》이라는 저술 중에, 헐핀의 시 《아일랜드 토성학》에 대한 것이 적혀 있지. 그중의 한 구 '성 패트릭 말하기를 사자좌 거기에 있고, 두 큰곰·수소, 그리고 큰게가'라는 그 큰게(cáncer)라는 대목에 이르면, 낭독자는 갑자기 그것을 운하(canalar)라고 발음해 버렸다는 거야.

요컨대 그 낭독자가, 그때까지 성좌의 모양을 머릿속에 그리고 있었기 때문에 이른바 프로이트가 말하는 '실언의 표명에 집착하고 있는 감각적 흔적'에 틀림없는 거지. 또 한편으로는 연상이라는 것이 그 한자 한자에는 나타나지 않고, 전체의 형체적 인상, 즉 공간적인 감각이 되어 나타난다고도 할 수 있겠지. 그러나 노부코의 경우는 그것이 단네벨그 사건으로부터 교회당의 참사에 이르기까지 네 가지 사

건에서 모두 표면화시켜 버린 거야. 왜냐하면 노부코는 오렌지라고
말한 다음, 빨대를 다발로 해서 레몬수를 마신다고 말해 버린 거야.
거기에는 마땅히 종명기에 나란히 있는 건반의 줄이, 그 인상의 배경
이 되었던 것 같아. 그리고 이어서 단네벨그 부인의 이름을, 단네브
로그(Dannebrog, 덴마크 국기)라고 잘못 말한 것이, 거기에서 분명히 무기실의 전모를
나타내고 있는 거야. 왜냐하면 그때 노부코는 앞뜰의 수피정 안에서,
레베스가 만든 무지개의 자욱이 피어오르는 김이, 창문으로 들어가는
것을 바라보고 있었어. 그런데 그 수피정의 안쪽 테두리에는, 갖가지
시가 새겨져 있어. 그중에 피츠너의 시인, '그때 안개는 빛나게 들어
가도다'라는 구절이 있었던 거야. 요컨대, 그때의 뒤얽힌 인상이 덴
마크 국기라는 비슷한 실어가 되어 나타난 거지. 그러면 하세쿠라
씨, 그 네 구절로 나누어져 있는 노부코의 말 가운데서 종명실과 무
기실, 그 두 인상만이 기묘하게 가운데에 끼어 있어. 그렇게 되면…
…" 하면서 말을 끊고, 그 놀라운 심리분석에 노리미즈는 최후의 결
론을 내렸다.

"그러고 보면 마땅히 그 앞뒤에 있는 노랑과 빨강, 그 둘에서 받은
감각이, 최초인 단네벨그 사건과 마지막인 교회당의 장면으로 되지
않으면 안 되겠지. 그리고 최후의 빨강이, 현란한 궁정악사의 붉은
빛 의상이라고 한다면, 어째서 최초인 단네벨그 사건에서 노부코는
노랑이라는 감각을 받았을까?"

그 사이에 검사와 구마시로는 마치 취한 듯한 감동에 싸여 있었다.
그러나 조금 있다가 구마시로는 천천히 확실하지 않은 점을 물었다.

"그러나 교회당에서 어둠 속에 들려왔다는 두 가지 신음소리에는
노부코가 아니면 하다타로, 그 누군가를 결정해야 될 성싶은데."

"그것은, 사점(死點)과 초점을 어떻게라는, 음향학의 단순한 문제
에 지나지 않는 거야. 이를테면 클리보프 부인의 위치는, 노부코가

밟은 페달 소리에 대해서 사점이 되고, 하다타로의 활이 스치면서 났던 소리에는 그 희미한 속삭임까지도 들을 수 있었다는 게 초점이었던 거야. 그리고 부인이 노부코 쪽으로 기울어진 때에 등뒤에서 찔러 버렸던 거야. 어때, 하세쿠라 씨? 이 이상 논할 문제는 없다고 생각하는데. 오직 불쌍하게 여겨지는 것은 노부코에게 놀아난 공차기 신을 신고 갑주까지 입혀졌던 어리석은 에키스케야."

그렇게 말하고 나서 노리미즈는, 처음부터 순서를 따라 노부코의 행동을 말하기 시작했다. 물론 피로갈빈을 마셨다던 진술도 한낱 잔꾀로 꾸며댔다는 것이 판명되었다.

그렇게 말을 마치자 노리미즈는 드디어 흑사관 살인사건의 핵심을 이루는 의혹 중의 의혹, 아무리 생각해도 도저히 알아낼 방도가 없다고 생각했던 노부코의 살인동기에 대해서 언급했다.

그것은 무언의 사실이었다. 로댕의 《입맞춤》 동체에서 찾아낸 것을, 노리미즈가 호주머니에서 꺼내 놓았을 때 두 사람의 눈은 무의식중에 거기에 못박혀 버렸다. 건판, 그리고 몇 조각의 파편을 이어 보았더니 거기에서 다음과 같은 전문이 나타난 것이다.

1. 단☐벨☐비소의☐.
1. 가와나베☐, 가슴☐죽음☐.
(특이체질의 부분은 그 두 가지만 적혔고, 그 전의 것은 분명치 않다)
1. 나는, 내 자식☐ 희생으로 삼는 것을 참을☐, 태어난 딸을 아들로 바꾸어 자라난 다음 내가 비서로서 내 곁에☐ 가미야 노부코다. 그러므로 하다타로는☐ 혈통과는 전혀 관계가 없다.

이렇게 분규와 혼란을 거듭했던 흑사관 살인사건은, 마침내 마지막

막을 내리는 마당에서, 가미야 노부코가 산데쓰의 친자식으로 드러나게 되었다.

그렇게 되면 물론 산데쓰의 가엾은 죽음은 가미야 노부코의 존속살해였으며, '아버지시여, 나도 사람의 자식이로소이다'라는 글은 당연히 그 심각성을 다한, 복수의 의지였던 것이다. 그러나 그 건판이라는 것이, 노리미즈의 몽상의 꽃인 시양도의 반 쪽이었다고 하더라도 지금 있는 것은 그 일부이며, 딴 것은 떨어질 때 박살이 나버렸거나, 아니면 노부코가 파기해 버렸거나, 어쨌든 두 사람 이외의 특이체질은 영원히 밝혀지지 않은 채 수수께끼로 묻혀 버리고 말았다. 이윽고 검사는 꿈에서 깨어난 듯한 얼굴로 물었다.

"과연 자기가 당사자인 주인으로서, 이제는 어찌할 수도 없는 그것이 원인이 되어, 노부코에게 잔인한 욕구의 어머니 역할을 하게 했어. 그 피를 즐기는 버릇의 근원은 나도 이제 알겠어. 그러나 범행을 할 때마다 인간의 세계를 초월했다고밖에 생각할 수 없는, 기괴한 그 장관을 만들어 내는 것을 노리미즈 씨, 심리학적으로 설명해 주지 않겠나?"

"그것은 한마디로 말해서 유희적 감정, 일종의 생리적 세척이야. 인간에게는 억압된 감정이나, 메말라버린 정서를 채워주는 것으로 무엇인가 어떤 생리적 세척이 요구되는 거지. 하세쿠라 씨, 자베릭스(젊은 파우스트라고 불리고, 16세기 전반, 독일 국내를 유랑한 마술사)나 디츠의 파우스티누스 사제 등이 정령주의에 빠진 것도…… 모두 인간이 탈진하여 반역할 방법까지 잃었을 때에는, 그 격정을 완화시켜 주는 것이 정령주의라고 하지 않아? 게다가 광적인 변태의 세계를 만들어 내는 여러 수법으로서 우선 서고에 있는 그이드 보넛(13세기 이탈리아의 파우스트라고 불린 마술사)의 《점화술 요론》과 바자리의 《제례사와 사육제 장치》 같은 책의 영향도 작용했었어. 애당초 노부코가 그 건판을 훔친 것은 우연히 장난기가 발동한 것이겠지. 그러나 그 내용을 알았을 때에, 노부코는 아마 마법처럼 엄청난 섬광을 느꼈을 것이 분명해. 그 느닷없이 일어난 절망, 상심, 숙명감, 그런 감정이 홍수처럼 밀려와 그때까지 마음의 평형을 지켜왔던 대립의 한 둑이 무너져 내린 것이야. 그래서 그것이 그 파괴적인, 신성한 광기를 휘몰아쳐 세상에 기괴한 폭발을 불러일으킨 거지. 그러나 나는 결코 노부코를 패덕광이라고 부르지 않겠어. 그것은 브라우닝이 말한 운명의 아들, 이 사건은 하나의 살아 있는 인간의 시가 틀림없는 거야."

그렇게 말하고 나서 노리미즈는 해맑은 총명한 눈빛으로 검사를 돌아보았다.

"그렇잖아, 하세쿠라 씨? 하다못해 최후로 보내는 절차만이라도, 이 신성가족의 마지막 한 사람에게 예우가 되도록, 노부코를 장식해 주어야 되지 않겠어?"

이렇게 메디치 가문의 혈통인 요비(妖妃) 카펠로 비앙카의 후예, 신성가족 후리야기 최후의 핏줄 가미야 노부코의 상여는, 피렌체의 시기(市旗)에 덮여 4인의 마포를 걸친 성직자의 어깨에 메어졌다. 그리고 우렁찬 합창과 향 연기의 소용돌이 속에 뒤뜰 묘지로 향해 가는 것이었다.

―――폐막.

＊1 훗날 노리미즈는 스트라모니히너스가 마침내 전설 이상이었다는 데 놀랐다고 한다. 그것은 게올히 발티슈(16세기 케니히스부르크의 약학자)의 저술 가운데 적혀 있을 뿐, 근세에 와서는 1895년에 핏슈라고 하여 인도 대마의 재배를 장려한 독일령 동아프리카회사의 전도의사(傳導醫師)가 있을 따름임. 그리고 드물게 인도 대마의 스트리히너스속(屬)이 기생하자 그 과실을 토인들이 귀중히 여겨 주술에 사용했는데, 아마 그것이 아

닐까 하는 보고가 하나 전해 왔을 뿐이다. 아마 흑사관의 약물실에 있었던 빈병도 딕스비로부터 보내오기를 산데쓰는 기다리고 있었기 때문일 것이다.

* 2 츠레——괴테의 《파우스트》 중에, 그레트헨이 부른 최초의 민요. 그때 파우스트에게서 반지를 받은 것이 첫 인연이 되어, 그녀의 비운은 시작된다.

* 3 청이통——에스파냐 종교심문소에 설치된 것이 최초. 우파의 영화 《회의는 춤춘다》 가운데, 메테르니히가 웰링턴의 대화 내용 따위를 도청한 것이 바로 이것이었다.

일본 미스터리 불멸의 흑사관

《흑사관 살인사건》에서 "보스포루스 해협으로부터 동쪽에는 오직 후리야기 집안 건물 하나밖에 없는……웅장하고 장려한 켈트 르네상스식 성관에" 걸맞은 대건축을 어떻게 세울 수 있었겠는가. 확고하게 현실을 꿰뚫고 보면 비현실이 드러난다는 점이 중요하기 때문에 처음부터 "프로방스의 성벽을 모방했다는 저 성벽의 외관"이나 "문밖에도 안 나가는 현악 4중주단을 이루고 있는 네 사람의 외국인" 등을 내세운 것은 너무나 이색적이다.

제1편의 처음에 있는 큰 계단 밑의 갑옷 무사가 2층으로 뛰어올라가 더구나 좌우 반대로 놓여졌기 때문에 신앙과 부귀가 학살당해 버렸다는 것을 지적. "빛의 안개에 싸인 것처럼" 시광을 비친 시체. 그리고 종장에 이르러서야 겨우 밝혀지는 산토닌 황시증과 브래트 오렌지의 관계. 초등학교 때부터 에도가와 란포를 읽었고, 예전부터 기괴 망상 소설을 써 보기도 했던 것이 오구리의 충동을 어느 정도 완화시키는 데 도움이 된 게 틀림없다.

안타깝게도 전쟁의 막바지에서 다시 일어설 겨를도 없이 오구리는

45세라는 너무나 젊은 나이에 메틸알코올이라는 하찮은 사연으로 《악령》의 서장을 남기고 요절하였다.

《완전범죄》는 1933년 〈신청춘〉 권두에, 예정되어 있던 요코미조 마사시(橫溝正史)가 결핵으로 쓰러진 공백을 메우기 위해 갑자기 채택한 작품이다. 요코미조가 발병하지 않았다면 이름도 없는 신인이 권두를 장식한다는 것은 상상도 할 수 없는 찬스였다. 그리고 그것은 동시에 미스터리소설계로서도 참으로 얻기 어려운 행운이기도 했다. 광채가 이륙했다고나 할까. 천재가 용솟음친 듯한 제1작.

일본인은 한 사람도 나오지 않은, 중국 남부의 오지 팔선채에서의 기괴한 밀실 살인사건. 그 살해방법보다 더한 충격적인 범행의 동기. 어디에서 이런 소재를 발굴했는지 전혀 알 수 없는 무대와 먀오족 홍군의 활동상. 특히 그것을 실감있게 전하기 위해 "잔뜩 찌푸린 하늘에 서풍이 부는 날에는……구역질을 재촉하는 듯한 바다안개가 늪쪽에서 몰려와 그것이 마을 사람들을 오리고기를 찌는 듯한 악취로 둘러싸 버렸다"라든가 "사후의 체온이 미미하게 남아 있는 시체" 같은 손을 가진 목발의 로렐 부인이라는 묘사의 기막힌 솜씨.

오구리의 작품은 말하자면 시대가 요청한 것이라고 할 만하다. 1930년대는 그야말로 오구리 무시타로를 위해서 펼쳐진 것 같다.

"그래서, 그 일절이라는 것은 경궤(經机) 위에 펴진 '오장 백육십 심등 삼중적색망집화(五障百六十心等三重赤色妄執火)'라는 한 구로서 그 구를 다 읽은 찰나에 갑자기 태룡의 머리 위에 적색망집화가 내려온 것이다."

"관자놀이에 고압전류를 받고, 이 젊은 복수자는 다시 소생할 수가 없었던 것이다."

미스터리소설다운 상쾌한 맛이 물씬 나고 어쩐지 시원스럽기까지 하다. 이에 반하여 《성 알렉세이 성당……》은 누가 어떻게 되든지 상관없다는 느낌을 주어 탐탁치 않다. 더욱이 이런 작품들을 모두 수록한 1935년 5월의 《흰개미》의 머리말에서 오구리 자신은 이렇게 말한다.

"그런 것을 작자로서 입밖에 내서는 안 되겠지만, 내가 쓴 몇 작품에서도 역시 마음에 드는 것과, 싫은 것이 구별되는 것은 부정할 수 없다고 생각된다. 특히 이 《흰개미》는 교졸을 떠나서, 나로서는 애착이 가는 것이다."

오구리로서는 시국의 변천에 따라 어쩔 수 없는 변신의 작품이라고 하겠지만, 신전기 소설로 명목을 내건 《20세기 철가면》이라든가 《잠수정 '매의 성'》 이후의 작품들도 점점 소홀해져 가는 느낌이었는데, 오구리 자신도 이 세상 밖으로 도망치고 싶다는 강한 의지가 숨겨져 있기에 그 나름의 중요한 작품들이라고 하겠다.

그의 대표걸작 《흑사관 살인사건》 또한 처녀작과 마찬가지로 행운이 따른 작품이다. 왜냐하면 "대 란포 드디어 일어서다"라고 떠들어댄 뒤, 1933년 11월에 시작한 《악령》의 연재가 불과 3개월로 "주야로 고심하였지만, 아무리해도 미스터리소설적 정열을 불러일으키지 못하여" 중단할 수밖에 없기 때문에 〈신청년〉으로서는 어떻게 해서든지 그것을 대신할 대장편을 실어야만 되었다. 당연히 오구리에게 이목이 쏠려 1934년 4월호부터 《흑사관 살인사건》의 연재가 시작되었는데, 마감 날짜까지 별로 시간적 여유가 없었지만 제1회의 여는 글에서 제1편의 마지막까지를 단숨에 써 내려간 그 열기. 이것은 이제 미스터리소설에서 다른 작가에게는 바랄 수 없는 거대한 꽃의 훌륭한 결실이었다. 오구리는 신조사(新潮社)판 머리말에서 이렇게 썼다.

"《흑사관 살인사건》의 완성으로 그때까지 발표한 몇 가지의 단편은 모두 길가의 잡초처럼 가엾게도 과감한 주물이 되고 말았다. 뿐만 아니라, 이 작품이 〈신청년〉에 연재되는 동안, 칭찬을 받거나 비방을 당하거나 모두 최대급의 용어가 동원되었다. 사실 그 소용돌이 속에서, 나는 철저하게 비벼대면서 빠져 나온 것이다. 아마, 일본에 미스터리소설이 등장한 이래 나만큼 그렇게도 적대시를 당한 작가는 일찍이 없었을 것이다. 그러나 또 한쪽에서는 열광적인 지지를 보내 주었고 수많은 독자를 가졌으며, 특히 평소에 미스터리소설 따위는 거들떠보지도 않았던 순수문학 방면에서 수많은 격려의 소리를 듣게 된 것도 이때였다."

도대체 누가 어떻게 비방을 했으며, 어떤 욕을 했을까? 이 작품을 한 번 읽고 나면 누구든지 당치 않다고 생각할 것 같은데 말이다. 그러나 오구리는 당당하게 이렇게 계속했다.

"그러나 나는 추호도 이 무서운 싸움터를 버리고 퇴각할 생각이 들지 않는데……."

그 의기가 좋다. 실제 제5편의 1에서 2에 걸친 열띤 문장을 보면 70여 년 전의 잡지에 이만큼 격조 높은 일본 미스터리문학의 불멸의 거작이 연재되었다니, 감탄하지 않을 수 없다.